The Pike
Gabriele D'Annunzio

# ダンヌンツィオ 誘惑のファシスト

ルーシー・ヒューズ=ハレット
Lucy Hughes-Hallett
柴野均◆訳

Poet,
Seducer and Preacher of
War



白水社

# ダンヌンツィオ
# 誘惑のファシスト

THE PIKE
by Lucy Hughes-Hallett



First published in Great Britain in 2012 by Fourth Estate, an imprint of
HarperCollins

Japanese translation rights arranged with Lutyens & Rubinstein
through Japan UNI Agency, Inc., Tokyo

カバー写真：Bettmann / Getty Images
Stone Master / shutterstock.com

レティスとメアリーに、愛を込めて

ダンヌンツィオ　誘惑のファシスト　目次

第1部――この人を見よ　7
ザ・パイク(カワカマス)　9
目撃証言　25
六カ月　50
第2部――さまざまな流れ　81
信仰　83
栄光　93
愛の死　106
故郷　117
青春　125
貴族性　129
美しさ　142
エリート主義　149
殉教　152
病　159
海　165
デカダンス　170
血　177
名声　181
超人　184

男らしさ 205
雄弁 213
冷酷 220
生命 229
演劇 237
生活の場面 240
スピード 273
万華鏡 308
戦争の犬たち 339

第3部――戦争と平和 357

戦争 359
平和 428
全燔祭の町 462
五番目の季節 500
隔離された場所 544

註 621
謝辞 641
訳者あとがき 643
写真著作権について *22*
主要参考文献 *16*
主要人名索引 *1*

# 第1部

# この人を見よ

# ザ・パイク（カワカマス）

一九一九年九月、詩人、飛行家、ナショナリストのデマゴーグ、戦争の英雄たるガブリエーレ・ダンヌンツィオは、イタリア軍から離脱した百八十六人の反乱兵の指揮をとった。あまりにも多くの花を積んでいたために――ダンヌンツィオは花を大いに好んだ――霊柩車と間違えた者がいた、真っ赤なフィアットに乗り、彼は反乱兵たちを率いてクロアチアの海港都市フィウーメに進軍した。クロアチアはかつてのオーストリア＝ハンガリー帝国の一部で、この帝国の解体に関して戦勝した連合国の指導者たちがパリで話し合っていた。連合国を代表する部隊が道路を封鎖していた。部隊が連合軍最高司令部から受けていた命令は明確だった――ダンヌンツィオを阻止し、必要とあらば彼を射殺せよ。だがこの部隊はイタリア軍で構成されており、そのうちのかなりの部分はダンヌンツィオがやろうとしていることに共感を抱いていた。ひとり、またひとりという具合に、部隊の将校たちは指示を無視した。ダンヌンツィオがのちに新聞記者に語ったように、正規軍が道をあけ、あるいは脱走して彼らの一行にしたがった成り行きは、ほとんど喜劇のようであった。

フィウーメに到着するまでに、彼にしたがう者は二千人ほどになっていた。町のなかに入っていくと、ダンヌンツィオは夜通し待っていた群衆から熱狂的な歓迎を受けた。その日の朝早い時間にひとりの将校が町の中心の広場を横切ると、そこがイブニングドレス姿で銃を手にした女性たちで埋め尽くされているのを見た。それこそが、すべての連合国を無視してダンヌンツィオが統領《ドゥーチェ》および独裁者としてフィウーメを支配した十五カ月間の、この場所の性質を見事に要約したイメージ――幻のごときパーティーであると同時に戦場――だった。

ガブリエーレ・ダンヌンツィオは、激烈ではあるがつじつまの合わない政治的意見の持ち主だった。彼自身の（そして他の多くの者たちの）評価では、ダンテ以来もっとも偉大な詩人として、「詩聖《イル・ヴァーテ》」であり国民的詩人であった。彼は未回収地回復運動のスポークスマンであった。この運動の熱狂的支持者たちは、かつてはイタリアであった（と彼らが主張する）地域を、そして十九世紀にイタリア人たちが外国の支配者たちから自由になったときに回収されていなかった地域をすべて取り戻すことを願っていた。ダンヌンツィオがフィウーメにやって来た公然たる目的は、イタリア系住民が多いこの土地をイタリアの一部にすることであった。彼の到着から数日のうちにこの目的が非現実的であることが明白になる。ところがダンヌンツィオは敗北を認めるどころか、自分の小さな支配地に対するヴィジョンを拡大したのである。フィウーメはその領有をめぐって争う小さな地域の切れ端ではない。彼は自分が理想的な都市国家——政治的にきわめて革新的で文化的に非常に輝かしいことで、戦争によって疲弊しくすんだ世界全体が眩惑されるような国家——を創造しつつある、と宣言した。彼はフィウーメを「惨めさの海の真ん中に輝く灯台」と呼んだ。それは聖なる炎であり、その火花は風に乗って世界に火をともす。それは「全燔祭の町《チッタ・オロカウスタ》」であった。

フィウーメは政治の実験室となった。社会主義者、無政府主義者、サンディカリスト、そしてこの年の初めに自らファシストと名乗りはじめた者たちの一部がそこに集まった。シン・フェイン党の代表たち、インドやエジプトの民族主義グループの代表たちが到着し、イギリスの密偵たちが目立たぬようにそのあとを追ってきた。そして、この地上に母国を持たないグループもいた。旧市街のイチジクの木の下に集まって自由恋愛や貨幣の廃止について話し合う「完璧をめざす自由精神連合」、そしてYOGAという、一種の政治クラブ兼ストリートギャングで、そのメンバーのひとりが「歴史の無限の海に浮かぶ幸せの島」と説明する組織も存在した。

ダンヌンツィオのフィウーメは逸楽の土地《クッカーニャ》であり、通常の掟が適用されない法外の地であった。そこはまたコカイン——ベストのポケットに入れた小さな金の箱に収めてファッショナブルに携帯した——の土地でもあった。脱走兵やアドレナリンに飢えた復員兵たちも、経済不況のわびしさと平和の退屈さからの避難所をそこに求めた。麻薬密売人や売春婦も彼らのあとを追ってフィウーメの町にやって来た。ある訪問者はこれほどセックスが安価な場所をほかに知らない、と報告している。同様に貴族のディレッタントや家出したティーンエイジャー、詩人と詩を愛する人々が西洋世界のあらゆるところから流れ込んだ。一九一九年のフィウーメは不満を抱く理想主義者の国際的集団にとって、一九六八年のサンフランシスコのハイト＝アシュベリーと同じぐらい魅力的な場所であった。しかし、ヒッピーたちとは異なり、ダンヌンツィオにしたがう人々はセックスだけでなく戦争もするつもりだった。彼らは爆薬だった。ヨーロッパのあらゆる国の外務省はフィウーメに諜報員を配置し、ダンヌンツィオがやろうとしていることを警戒していた。ホテルは新聞記者であふれ返った。

　ダンヌンツィオはすでにベストセラー小説家であり、崇敬を集める詩人であり、その新作が上演される初日には王族が出席し、暴動を引き起こす劇作家であった。いまや彼はフィウーメで人間の命を素材にした芸術作品を作っていると豪語していた。フィウーメの公的生活は街頭を舞台としたノンストップのパフォーマンスであった。ある観察者はこの町の暮らしぶりを、延々と続く七月十四日〔フランス革命記念日〕にたとえている。「歌、踊り、打ち上げ花火、仕掛け花火、演説。雄弁！　雄弁！　雄弁！」

　フィウーメ占領が終わる頃までには、理想社会というダンヌンツィオの夢は民族抗争と儀式化された暴力の悪夢へと堕ちてしまった。一年以上にもわたって列強のどの国も彼を追放するために指一本動かさなかったが、ついに一隻のイタリアの戦艦が港に入ってダンヌンツィオの司令部を砲撃すると、三日間の戦闘ののちに彼は降伏した。だが彼の指揮が続いているあいだ、フィウーメは――彼がそうあるべきと意図した通り――数千人のキャストによって世界中の観客を前に演じられた、並外れた現実のドラマの舞台であった。そしてその舞台では、次の半世紀の歴史のなかでも最悪のテーマのいくつかが予告されたのである。

　ダンヌンツィオは自分が新しい、よりよい世界の秩序を、「詩の政治《ポリティカ・デッラ・ポエジーア》」を創り出すために働いていると信じていた。あらゆる政治領域の観察者たち――彼の軍団に熱心に志願して加わった保守的なナショナリストから、キャビアを一瓶送って「ヨーロッパにおける唯一の革命家」と彼を呼んだウラディーミル・イリイチ・レーニンまで――も同じように考えていた。彼の信奉者たちはフィウーメを新たな人生――すべての不純なものが洗い流され、それまでよりも自由で美しい人生――を始めることができる場所と見なした。しかしそこで創造された文化は、あとから振り返ってみると、すぐに呪われた性格を帯びるようになる。稲妻をあしらった黒い制服は、それを着用する人々を邪悪な超人に変えた。軍事的スペクタクルが聖なる儀式であるかのように演じられた。若さの崇拝は犯罪の許容へと堕落していった。民族的少数派に対する嫌がらせが横行した。敬愛する指導者の栄光をたたえるために計画された行進や祝祭が果てることなく続いた。いまならこうした現象のすべては、詩ではなく野蛮な権力の政治に典型的なものと見抜くことができる。のちにベニート・ムッソリーニは、『ファシズムの洗礼者ヨハネ』というタイトルのダンヌンツィオの伝記の執筆を援助した。ダンヌンツィオは、このファシストの指導者を彼自身の俗悪なイミテーションと見ており、自身をムッソリーニに救世主となる道を御膳立てしたたんなる先駆者とする考え方を喜ばなかった。だがダンヌンツィオがファシストではなかったとはいえ、ファシズムはダンヌンツィオの影響を受けていた。黒シャツ、片腕を真っ直ぐ伸ばす敬礼、歌と鬨《とき》の声、男らしさと若さ、祖国と血の犠牲をたたえることなどはすべて、ムッソリーニのローマ進軍の三年前にフィウーメに存在したのである。

ファシズムおよびファシズムの政治綱領が花開いた経済・政治・軍事状況については、膨大な量の文献がこれまでに書かれてきた。ダンヌンツィオの物語は、そうした動きを別の角度から検討するレンズを、ファシズムの文化的先行例とファシズムが利用した心理的感情的欲求を明らかにするレンズを提供する。若きネオロマン主義詩人から民主的権力に対抗する過激な右翼の反乱の扇動者にいたるダンヌンツィオの軌跡を綿密に検討すれば、ファシズムがある例外的な歴史的要因がもたらした異常な結果ではなく、ヨーロッパの知識人たちの世界や社交界で伝統的に築かれてきたさまざまな潮流から自然に生まれたものであることが理解できる。

そうした潮流のいくつかは明らかに申し分のないものであった。ダンヌンツィオは幅広く深い教養の持ち主で、思慮深くもあり、古典から近代文学まで広い読書の経験があった。美を、生命を、愛を、想像力を（これらの言葉を彼は大文字で書いている）彼は擁護した。それらのすべてはポジティブに聞こえる。だが彼はイタリアを不必要な戦争へ引きずり込んだ。それが何か利益をもたらすと信じたからではなく、世界を激変させる暴力を切望していたからである。フィウーメでの彼の冒険はイタリアのデモクラシーを致命的に弱体化させ、ファシズムの大言壮語と暴力への道を開いた。「注目」を集め、生命の豊かさを十全に経験し賛美する、自らの才能をダンヌンツィオは誇りにしていた。「わたしは、引き潮の浜辺を裸足で歩き、何度も何度もかがみ込んで何であれ足の下で動くものをたしかめ、集める漁師と同じだ」。彼はすべての生き物を愛した聖フランチェスコを気取った。だが戦時の彼の発言は憎しみに満ちていた。イタリアの敵国は汚らわしい。グロテスクな犯罪を彼は敵国のせいにした。敵の血を要求した。

「他者の好感を得る彼の才能は、悪魔的なものである」とフィリッポ・トンマーゾ・マリネッティは書いている。ダンヌンツィオを断固として認めない人々でさえ、その魅力には抗しがたかった。それと同じように、ヨーロッパ全体に広がったファシズム運動は非難されるべきものではあるが、歴史はその魅力の力強さを示している。ファシズム運動の復活から身を守るためには、その邪悪さを意識するだけでなく、その誘惑する力を理解する必要がある。ダンヌンツィオは、ムッソリーニがそう願ったほど、ファシズムを支持したことは一度もなかった。彼は未来の統領《ドゥーチェ》を臆病なおしゃべりだと嘲笑した。彼はヒトラーも馬鹿にしていた。だが彼のフィウーメ占領がイタリアの民主的政府の権威を徹底的に傷つけ、それによって三年後のムッソリーニによる権力掌握を間接的に可能にしたこと、ムッソリーニとヒトラーの両者ともダンヌンツィオから多くを学んだこと、ダンヌンツィオの生涯と思想の収支決算はそこに流れ込んだ文化的要素の歴史と合致し、ダンヌンツィオによる「全燔祭の町」占領後の二十年間に、彼が心に描いたよりも大規模で恐るべきホロコーストに火をつけたことは、疑いのない事実である。


フィウーメに向けて出発したとき詩人は五十六歳だった。彼は借金と決闘、スキャンダラスな恋愛沙汰で悪名高かったが、同時に戦時中の功績と文学の才能で名声を馳せてもいた。飛行機事故で片目を失明していた。そしてこの偉大な冒険に乗り出したとき、立っているのもやっとというほどの高熱で非常に弱っていた（スペイン風邪で五千万人が死んでいた当時においては軽視すべきことではなかった）。

背は低く頭は禿げており、なで肩で、献身的な秘書に言わせれば「惨めなほどの歯並び」の彼は、見た目はまったくぱっとしなかった。しかし、彼の愛人たちの長いリストのなかには、この世のものとは思えないほど美しいエレオノーラ・ドゥーゼ――その当時ヨーロッパの二大女優のひとり（サラ・ベルナールが彼女の唯一のライバルだった）――も含まれていた。そして彼は女性を誘惑するのと同じぐらい容易に群衆を操ることができた。

当節の詩人はわずかな人々からしか関心を向けられない。だがダンヌンツィオは、作家が大衆を惹きつけてかなりの政治的影響力を行使できた時代に、詩人であると同時に小説家、劇作家でもあった。その戯曲『愛よりも』の初日の夜には、彼を逮捕すべきだという声が上がった。『船』の初演のあと、観客たちは劇場から出てくるとローマの通りを行進し、武器を取るように呼びかけた芝居の台詞を繰り返し唱えた。ダンヌンツィオが朗読をするときには、その影響力を恐れて、聴衆のなかに外国の諜報員が紛れ込んでいた。彼が論争を引き起こすような詩を書くと、イタリアの有力紙は第一面でその全文を掲載した。

イタリアは新しい国であった。その南半分（ブルボン家が支配した両シチリア王国）はダンヌンツィオが生まれる二年半前にピエモンテの北部王国に併合された。一八七〇年にフランス軍がローマから撤退して新しい国が完成したとき、ダンヌンツィオは七歳だった。リソルジメントの英雄たちがイタリアを作ったのである。いまや誰かが「イタリア人を作る」（その時期の政治的レトリックのなかでこのフレーズは何度も繰り返された）必要があった。ダンヌンツィオは二十代の多くの時間を古風な詩形の恋愛詩とフランス風のフィクションを書くことに費やしたあと、その任務を引き受けた。ドイツではゲーテが、ロシアではプーシキンが、たんに洗練された文学の著者としてだけでなく、新しい国民文化の創造者として敬意を払われていた。ダンヌンツィオも同じ道をたどるはずだった。「わが民族の声はわたしを通じて語る」と彼は主張した。

彼は仲間たちから大いに賞賛された。二十代の彼はもっとも優れた唯美主義者として知られたリーダー的存在であった。成熟するにつれて、自分と同じ世代だけでなく、より若い同時代の人々からも賞賛される作品を書いた。ジェイムズ・ジョイスは、ダンヌンツィオこそ、フローベールのあと（そしてジョイス自身の前に）小説を新しい領域に移行させる唯一のヨーロッパ人作家であるとして、キプリングとトルストイとともに十九世紀に登場した三人の「生まれつきもっとも才能に恵まれた作家」のひとりに位置づけた。プルーストはダンヌンツィオが書いた小説のひとつに「魂を奪われた」と明言した。ヘンリー・ジェイムズはダンヌンツィオの芸術的知性の「驚くべき幅の広さと繊細さ」をほめたたえた。

だがダンヌンツィオはまず何よりも作家であったが、ただの文人では決してなかった。彼は自分の言葉が暴動に火をつけ、国民を燃え上がらせることを望んだ。もっともよく知られている彼の戦功はトリエステあるいはウィーンへ飛行した際のものだが、彼が飛行機から投下したのは爆弾ではなく（それも落としたが）、パンフレットであった。ダンヌンツィオにとって書くことは格闘技であった。

彼は自己宣伝が巧みだった。自分自身をリソルジメントのロマン主義的な英雄ガリバルディに結びつけた。ガリバルディのイメージ——ポンチョ、赤シャツ、世俗の聖者の誠実さと結合したゲリラ戦士の突撃——はその武勇と同じぐらいイタリア統一の大義にとって重要だった。ダンヌンツィオは過去の人物が持つ名声を借用した。彼はまた未来のダイナミズムと自らを同一視した。水雷艇や飛行機、自動車のかたわらに立つ自分を写真に撮らせた——光り輝く頭から磨き込まれた革のブーツにいたるまですっきりと無駄のない現代風の身なりだった。引退後の日々に、過去を振り返って彼は自分が政治家として持っていた最大の力が何であったかを正確に見抜いていた。「わたしは自分の行動にシンボルとして持続する力を与えるやり方を知っていた」。彼の処女小説の主人公は「人は芸術作品を作るように、自分の人生を作り上げねばならない」ことを学ぶ。ダンヌンツィオ自身、自らの存在という素晴らしい材料を対象として休むことなく働きつづけたのである。

まったく新しいマスメディアを彼は抜け目なく利用した。青年時代の彼は多作のジャーナリストとして批評やゴシップ、ファッション記事、半ば自伝的な短編まで書きまくった。真面目な友人たちは彼が自分自身を安売りしていると考えたが、新聞に蒔いたアイデアの種はやがて大衆の意識のなかで芽を出し、一冊の本に投入したアイデアよりも早くそして確実に実を結ぶだろう、と彼は書いた。彼はフィクションのなかの分身のひとりを、猟師が獲物に惹きつけられるように、大衆に惹きつけられる存在として描いている。

大勢の聴衆を前にすると、ダンヌンツィオは新しい種類の公的人物に変わった。テレビジョン放送が始まったのはようやく彼の晩年のことだが、彼の影響力は現代のマスメディアに登場する専門家と同じだった。社会階級と政治的階層制度を尊重するのではなく、支配階級からの支持を求めつつも、彼は民衆に注意を払い、人気を権力へ変えた。歴史学者エミリオ・ジェンティーレが指摘しているように、ファシズムがフィウーメから得たものは、政治的信条ではなく「政治を実践する方法」であった。その方法はそれ以降ほぼ全世界に広がることになった。

一九一九年十二月、ダンヌンツィオはフィウーメで住民投票を要求した。民衆は彼がとどまって自分たちを支配するか、あるいは彼をフィウーメから追放するか、どちらかを決めることとなった。ダンヌンツィオは薄暗いレストランに座って支持者たちとチェリー・ブランデーを飲みながら投票結果を待った。彼はパリの博物館にある自分の等身大の蠟人形について話した。現在の冒険の決着がついたら、その人形を頼んで譲ってもらい、ヴェネツィアにある自分の家の窓際に座らせようと考えている。そうすればゴンドラ漕ぎたちは観光客に見せてやれる。自分のような人間には二つの存在——ひとつは私人としてのもの、もうひとつは公的なイメージ——があることに彼は気づいていた。彼はまた自らの名声を利用できることを知っていた——旅行者を喜ばせ、なにがしかの金を稼ぎ、軍隊の士気を高め、そしておそらく政府を転覆することさえできる、と。

ダンヌンツィオの物語は、その偉大な才能やその生涯のドラマ（毒々しく、波瀾万丈ではあるが）以上の理由で、語る価値がある。その物語は文化史の流れを明らかにする。それは古典時代の一見無害な起源から始まり、ルネサンスの驚異と十九世紀初めのロマン主義の理想を経過して、最終的には長靴とファシストの棍棒へといたる流れである。

ダンヌンツィオは数カ国語の本を飽くことなく読んだ。忘れ去られていたアイデアを再びアクチュアルなものとして復活させることが巧みであり、のちに発展していく風潮が生まれる瞬間を見つけることができた。十九世紀末あるいは二十世紀初めの文化的流行のうち、彼が自分の作品のなかで探求しなかったものを見つけるのは難しい。新しいもの、影響のあるものを感じとるダンヌンツィオの鋭い直感力は、（やがて敵となる友人の）ロマン・ロランをして彼をカワカマス——「漂いながらじっと、アイデアが姿を現すのを待って」潜んでいる捕食動物——にたとえさせた。他人のアイデアの盗用について繰り返し彼は批判されたが、それも無理からぬことだった。彼は素晴らしいパスティーシュ作家であり、その作品に感銘を受けた新しい作家のテクニックを採用し、改変して利用した。彼はヴェルガのように、フローベールのように、そしてドストエフスキーのように書いた。だが、鋭い批評家たちはダンヌンツィオが完全に剽窃するほどの模倣はしないことに注目していた。潮流のなかで漂いながら自分の知性を刺激する何かを見つけると、彼はそれをカワカマスのようにさっと捕まえて飲み込み、さらにうまく表現して吐き出すのであった。

彼は借用もしたが、他者に先んじることもあった。フロイトよりも前に、滑らかな機械類から得られる興奮の性質を十分に意識していた。金属製の軍艦の船首は「巨大な男根の延長」である、と彼は書いた。一八九〇年代にニーチェを読んで、すでに自分の作品のなかに内在的に含まれていたアイデアをそこに見てとった。エズラ・パウンドが吟遊詩人を模倣しはじめる四半世紀前に、ルネサンス以前の詩人たちの作品をモデルにして詩を書いた。ニジンスキーとストラヴィンスキーがバレエ『春の祭典』で大騒ぎを引き起こす三十年前に、男根崇拝の牧神と異教信仰以前の儀式について書いていた。マリネッティが『未来派宣言』のなかで機械の時代の無慈悲で新しい美学を発表する優に二十年前の一八八八年に、ダンヌンツィオは魚雷をたたえる頌歌を書いている。彼は自動車と電話、飛行機と機関銃を愛した。マリネッティの宣言は、市民社会はあまりにも汚れていて戦争だけがそれを浄化できるとしたことを含めて、世に無視されたダンヌンツィオ的感情に満ちている。

彼の政治的信念はその文化的趣味と同様に折衷的だった。彼は政党人ではなく、他者から押しつけられたプログラムに同意するには、自らの重要性を強く感じすぎていた。それに加えて、彼が政治的にもっともアクティブだった時代は、フィウーメ進軍のわずか数カ月後には分裂して互いに敵対することになる諸集団が協力し、左右両極の急進派が中道に対抗して手を結んでいた時代だった。いまなら右翼と見なされるナショナリズムと左翼的なサンディカリズムは、ダンヌンツィオの同時代人のひとりに言わせれば、「エネルギーと意志の教義」を持つ点で似通っていた。両者はともに交渉よりも暴力を優先させた。両者ともに政治的プロセスを理性ではなく神話の言葉で理解した。民主的「株式仲買人と薬剤師」の「金次第で動く、物質主義的な社会」において彼らは英雄的であり、「その二つだけが貴族的な勢力」であった。ダンヌンツィオにとって、そして彼のあとにはファシストたちにとって、重要だったのは理論的なプログラムではなく、様式であり、生命力であり、活力であった。

フィウーメでダンヌンツィオは自分の小さな国家のために憲法を起草した。彼が「カルナーロ憲章」と呼んだその憲法は、多くの点で驚くほどリベラルな文書である。それは成人への普通選挙権と法の下での男女の絶対的平等を約束した。社会主義者たちはこれに拍手を送った。だが一九二〇年代になると、この憲法は「ファシスト国家の青写真」として熱烈に迎えられることになる。

自然や神話について情熱を込めて書き綴る好ましいダンヌンツィオと、地上を血まみれにするようイタリア人に呼びかけ、愛国主義の危険な理想と栄光を擁護したことで制度的な殺人への道を開いた、戦争挑発者の恐ろしいダンヌンツィオがいる。前者を賛美する人々はしばしば後者の存在を無視あるいは否定しようとしてきた。ダンヌンツィオはあれほど美しい詩を書いたからファシズムに対するいかなる共感も持ち得なかった、あるいは（それとは逆に）彼の政治は嘆かわしいものであったからその詩は決してよいものではあり得ない、そのどちらかを主張することがムッソリーニの失脚後に当然のことになった。わたしはその両方の主張に異議を唱える。二つのダンヌンツィオ像はまったく同一のものである。

ダンヌンツィオは戦争がどれほど恐ろしいものになりうるかをよく知っていた。若者の頃に彼は好奇心からいくつもの病院を訪ねた。愛人たちが重い病気になったとき彼は思いやりのある看護人になった。彼が言うには、彼女たちが苦しんでいるとき、あるいは死にかけているとき、もっとも愛を感じるのである。戦争中は何週間も前線で過ごして大量殺戮を目の当たりにし、埋葬されていない死体の臭いを嗅いだ。死んだ友人たちの身体についた傷や腐敗がおよぼす影響について詳細なノートを作った。戦争中の演説では何度も何度も「犠牲」という言葉を使った。それは若者たちが殺されることで、より大きな共同体が利益を得る、という（異教とキリスト教の双方の）宗教的寓話を意識してのことであった。ダンヌンツィオが好感を抱いていた二人の戦闘機パイロットが一九一七年に行方不明になったとき、彼らが死んでしまっていることを心から望む、と彼は日記に書いた。

彼はきわめて頭のよい人間のひとりであったが、感情移入がまったくできない人間でもあった。幼児のように無慈悲で自己中心的だった。「彼は子どもだ」とフランスの小説家ルネ・ボワレーヴは書いている。「山ほどの嘘とごまかしで尻尾を出す」。子どもじみたことに、彼は他者を自分との関係のみで判断した。恋愛においては熱烈に慕ったが、ひとたび女性に飽きてしまうと、相手のことを考えるのをやめてしまうのだった。彼は素晴らしい雇用主だった（給与の支払いについては几帳面とはほど遠かったが）。小さな子どもたちの愛らしさには心が動かされた。自分の犬たちには非常に優しかった。だが食事を運んでくる女性は、自分にとって家具のひとつ、足つきの食器戸棚以上のものではない、と彼は書いている。

彼の詩のなかでもっともよく知られている作品のひとつは、アブルッツォの羊飼いたちに関するものである。夏の終わりに見かける彼らは、聖書に出てくる族長のようなローブをまとい顎髭を伸ばして浜辺をひたすら歩いており、そのまわりで羊たちは温かい波のように揺れ動いている。それは美しい詩であり、優しく堂々とした詩だが、ダンヌンツィオを知る者たちには無害な田園詩として読むことはできない。夜明け前に十九世紀の都市のまだ眠っている通りを移動する羊の群れについて、彼はしばしば書いた。羊の毛が月光に照らされて恐ろしいほど銀色に光る――それはほかにも何人かの作家たちが書いているありふれた光景である。ダンヌンツィオにとって羊たちは田舎を思い出させる可愛い存在ではなかった。それは屠畜場へ向かう家畜の群れだった。軍隊も同じであった。こうした考え方が彼をぞっとさせることはなかった。一九一四年、同時代のイギリス人ウィルフレッド・オーウェンが同じような比較をする三年前に、ダンヌンツィオは軍隊の食糧となるために戦線へ駆り立てられて北フランスの道路をふさいでいた雄牛の群れを、同じ道を行く兵士たちの列になぞらえている。オーウェン同様、ダンヌンツィオは戦争で男たちが牛のように死んでいくことを知っていた。だがオーウェンとは違ってダンヌンツィオは、彼らの死が甘美かつ適切なものであるだけでなく、崇高なものである、と見なした。

一九一五年五月のある夜、ローマにいたダンヌンツィオは、ホテルの自室で二人の知人と軽いおしゃべりをしていた。そのうちのひとりは彫刻家ヴィンチェンツォ・ジェミートで、もうひとりはカサーティ侯爵――その妻は「わたしを驚愕させることができた唯一の女性」で、ダンヌンツィオと長い友人関係を持った――であった。そしてこの心地よい幕間が終わると、生涯のなかでももっとも激しい演説のひとつを行うためにダンヌンツィオはバルコニーに出て、窓の下の群衆を駆り立ててリンチすらやってのける暴徒に変えた。「市民を扇動して暴力行為にいたらしめることが犯罪と見なされるなら、わたしはその罪を犯したことを自慢する」。礼儀正しい社交界の名士であり教養人である世界と、同国人たちに選挙で選ばれた彼らの代表を殺してヨーロッパの土を血まみれにするように呼びかける熱狂したデマゴーグである世界とは、三歩分の距離と窓ガラス一枚で分かたれていたのである。どちらの人格も本物である。わたしはダンヌンツィオについて書きながら、その両者を公平に扱う形式を見つけようとつとめた。

間違いなくダンヌンツィオは、かつてないほどもっとも徹底的に人生を記録にとどめた人物のひとりである。いかなるときでも彼は手帳をポケットに入れていた。それらの手帳は彼の人生を伝える貴重な生の素材である。その内容は彼の詩や手紙、小説に再び登場した。飛行機で飛ぶときには（あるいは飛行機に同乗するとき、とすべきかもしれない――彼は操縦を学ぶことは生涯なかった）、特別に手に入れた万年筆を持参して、対空砲火を避けるときでさえ印象を書きとめた。出会った女性たちの服装やセックスアピールもすぐさま記しているが、きっと彼女たちが立ち去る前に手帳を手に取っていたに違いない。自宅でひとり食事をしているときでも、ランチを給仕するメイドの様子を書きとめた。舌の肥えた彼はアスパラガスについても手帳に書きつけている。

彼の作品にはあまりにもあからさまなセックスに関する記述が満ちていて、いまでも驚かされる。夜をともにした翌朝に書いた手紙のなかで、ダンヌンツィオは恋人に自分たちが得た歓びの数々を描写しているが、それは親密な関係の相手に送ったポルノグラフィーであった。それは彼自身の備忘録でもあり、フィクションの一場面の最初の草稿となることも多かった。ベッドのなかで、あるいはよく燃えている暖炉（彼は恐ろしく寒がりだった）の前の敷物の上で、夏の夜には森のなかや人目につかない庭園で、ダンヌンツィオが何をしたかが異常なほど詳細な点までわかる。彼がときに自分のペニスを腿のあいだに挟み込んで、女性を演じるのを好んだこともわかっている。クンニリングスを大いに楽しんだこと、したがって少なくとも五フィート六インチ（一六五センチメートル）以上の身長の女性を好んだこと、それが無理なら高いヒールの靴を履かせたこと（女性の前でひざまずけば、口がちょうど彼女の生殖器にあたる）もわかっている。ダンヌンツィオが描写したのは恋人たちの外見だけではない。彼女たちの肉体の秘めやかな割れ目や口蓋の様子、耳の内側の渦巻き、うなじに生えている産毛、腋の下と女性器の匂いまでわかるのである。

ダンヌンツィオの手帳、膨大な作品の数々、そしてそれを上まわる数の書簡などから、この男性の内側（彼の考え、好み、感情そして肉体感覚まで）が見えてくる。死んだ兵士たちの長靴が積み上げられているのを見てどれほど心を動かされたか、グレイハウンドの毛のすべすべした温かい手触りをどれほど好んだか。そして彼が半世紀以上にもわたって公的な人物であったおかげで、その外面を示す、彼とその行動に関する他者による数十もの報告を取り上げることができる。この本は数多くの視点を持っている。そしてダンヌンツィオの生涯は、誰もがそうであるように、入り組んでおり、そうした視点がときとして互いに矛盾することもある。知人のひとりがフィレンツェで彼を見かけたときのこと。知人は十一月の曇った日にダンヌンツィオがアルノ川に架かる橋の石の手すりに寄りかかっているのを見て、そのレインコートの優美さに気づいた（彼はつねにスタイリッシュだった）が、詩の創作に没頭していると考えて、声をかけるのを慎んだ。だがダンヌンツィオ自身の記述を見てみれば、そのとき彼の頭にあったのは、愛人がそろそろ現れるかどうか、密会の場所として取ってある部屋に彼女を連れ込んだら何をしようかということのみであった。その部屋には匂いをつけたハンカチをクッションの陰に忍ばせ、ベッドには花を敷き詰めてあったのである。

　わたしは何ひとつでっち上げてはいないが、伝記よりもフィクションを書くときに一般的なテクニックを自由に用いた。わたしは経時的な順序をつねに守ってはいない。人生の始まりが最善のスタート地点であることは滅多にない。時間の流れ方はさまざまである。わたしは数十年を大急ぎで通り過ぎ、一週間、一夜、ある会話を詳細にわたって記録するためにスピードを緩めた。音楽――十分に扱うだけの紙幅がなかったダンヌンツィオの生涯のテーマのひとつは、彼の音楽に関する鑑識眼である――から言葉を借りてくるとすれば、レガートの叙述と彼のある時点での姿や思考の断片を描くスタッカートを交互に用いた。

　ほとんどの人の人生がそうであるように、連続してはいても一貫してはいない人生を、均質な語り口に適合させようとするあまり、事実を偽ることだけはすまいとわたしは心がけた。一九〇八年、ヴェネツィアでの『船』の初演のためにダンヌンツィオは彼に敬意を表して催された宴会や市の式典に出席し、気高い感情と戦争への扇動に満ちた難解な演説を何度か行った。しかしながら、彼が手帳に記したのは、「喝采から次の喝采へのあいだに」膨大な時間を愛人への完璧な贈り物を探すために費やしたことだった。アンティークのエメラルドの指輪――それを彼はもちろん購入できなかった（債権者たちを恐れて自宅に帰れなかった時期だった）――が気に入ったが、それを収める箱の問題が残っていた。まさにおあつらえ向きのもの――ミニチュアのヴェネツィア元首《ドージェ》の帽子の形をした（彼女の目の色に合う）緑の革でできた小箱――を見つけるまで半ダースほどの場所を探しまわった。わたしは宴会でもったいぶって話す男と骨董品店をあさる男の両方を公平に扱うつもりだ。

二つのイメージがわたしの方法を説明する助けになる。最初のイメージは一八九六年、ダンヌンツィオは三十三歳で、エレオノーラ・ドゥーゼのそばにいるためにヴェネツィアに滞在していたときのものである。そこで彼はジョルジョ・フランケッティと知り合う。フランケッティは、先頃大運河沿いのすべての宮殿《パラッツォ》のなかでももっとも素晴らしく装飾されたカ・ドーロを購入し、十五世紀のヴェネツィア=ムーア風の輝きを復活させようとしていた。フランケッティ自身がモザイクの舗装を手がけ、汗と石屑にまみれながらスリッパを膝にくくりつけて貴重な石でできた多様な色の床を這いずりまわっていた。そこにダンヌンツィオが加わって、斑岩と蛇紋岩の小さな四角片を生乾きのセメントに並べた。床にテッセラ〔モザイク用の角石・ガラス〕を並べるように噂話や逸話を並べることで、ダンヌンツィオの分裂ぶりと複雑さを示しながら徐々に全体の構図を明らかにする報告書を創り上げることがわたしの狙いである。

もうひとつのイメージはトム・アントンジーニから来ている。アントンジーニは秘書、代理人、買い物係、そしてセックスの領域ではドン・ジョヴァンニに仕えるレポレッロのように、三十年仕えて彼をよく知る人物である。アントンジーニは、一九一〇年にパリで過ごしたダンヌンツィオの大騒ぎの数カ月間を「万華鏡のようだった」と形容している。昔風の万華鏡のなかで、宝石のように輝くガラスのかけらは厚紙でできた円筒がまわるたびに形が変わる――同じかけらでも、パターンは変化していく。ダンヌンツィオの生涯と思考のなかで、さまざまなイメージとアイデアが繰り返され、現実からフィクションへ、フィクションから現実へと移っていく。殉教と人間の犠牲、切断された手、ライラックの香り、イカルスと飛行機、赤ん坊の愛らしい脆弱さ、半獣半神の超人。こうしたかけらをわたしは並べた。それがどう移り変わるのかを示した。

ダンヌンツィオはひどく嫌われた。彼の同時代人である哲学者で歴史家のベネデット・クローチェいわく、ダンヌンツィオは「肉欲とサディズム、そして冷酷なディレッタンティズムに満ちている」。ダンヌンツィオを大好きだったアントンジーニはこう書いている。ダンヌンツィオは「重婚、姦通、窃盗、近親相姦、自慰、聖職売買、殺人そして食人などの罪で非難されてきた……要するに、皇帝ヘリオガバルス〔在位二〇三―二二二、放縦と奢侈に耽り、倒錯的な性癖の持ち主で最悪の皇帝として知られる〕を妬ましく思うことはまったくないのである」。一九三八年にダンヌンツィオが死ぬと、イギリス外務省のなかで公的な哀悼の意を表すべきかどうかについて議論が生じ、ヴァンシタート卿は彼を「第一級の下司野郎《キャド》」と呼んで提案に猛反対をした。こうした敵意はいまも持続している。第一次世界大戦期のイタリアを専門領域とする優れた歴史家マーク・トムスンは、数十万のイタリア人兵士を確実な死に追いやったイタリア軍最高指揮官カドルナ将軍について思慮深い節度をもって記述している。ムッソリーニとファシズムの起源を語るトムスンの筆は穏やかである。だがダンヌンツィオに対して彼が用いている言葉は「憎むべき」「堕落した」「精神病的」といったものなのである。

そうした言葉をわたしは使わないようにした。わたしは自称「男らしさの詩人」について書いている女性であり、戦争挑発者について書いている平和主義者であるが、非難することは有効な反応の仕方ではない。ダンヌンツィオを際立って憎むべき、あるいは狂った人物、として片づけることはできない。彼は自分の国をやらずにすむ戦争に引きずり込むのに手を貸した。そして彼が当時およびその生涯を通じて表現した意見は嫌悪感を引き起こすことが多い。しかし彼の考えが常軌を逸していたと主張することは、彼が提起した問題の重要性を否定することにつながる。第一次世界大戦のあいだ、繰り返しダンヌンツィオは十代の若者たちに兵役への志願を呼びかけた。イタリアの戦争目的が何であるかについて、若者たちのごくわずかしか考えておらず、すでに死んだ者たちが地中から若者たちに自分たちの「犠牲」に倣うように呼びかけているため、死ぬことを求めたのである。この本の執筆中きわめてよく似た考えが——表現の華々しさの点では劣るが——アフガニスタンでの戦争を続けることを正当化するために繰り返し登場した。多くの者が死んだ。戦闘が無益だと認めることは、そしてそれを終わらせることは、死者たちを裏切ることになる。だから、さらに多くの者が死なねばならない。この論法は憎むべきものである（わたしはそう考える）。だがもし「精神病的」であるとするのが、少数派の健全な人々の考え方であるなら、それは精神病的ではない。それはまったくノーマルなのである。

一九二六年、マルゲリータ・サルファッティは彼女の愛人ムッソリーニの伝記を発表した。そのなかでサルファッティは、戦争を「予言し、参戦を説き、戦った」ことでダンヌンツィオを絶賛し——ファシストの考え方では戦争を主張することは賞賛に値する行為なのである――「ファシズムの不死の若さが持つ、誇り高く騎士的で、嘲笑的かつ魅力的で残酷な精神」に表現を与えたとして詩人を熱烈に持ち上げた。のちに（ユダヤ人だった）サルファッティは「魅力的で残酷な精神」から逃れるためにイタリアを慌てて立ち去らねばならなくなるが、このときにはそうした精神を崇め、ダンヌンツィオをたたえていた。彼女にとってダンヌンツィオの作品は、一九二二年十月ローマに集まった黒シャツ隊員たちが大声で歌うその響きと同じように、「大胆さと希望、偉大さと限りない信頼」に満ちているように思えたのである。

　第一次世界大戦が始まって最初の冬、ダンヌンツィオはフランスで暮らしており、特権的なオブザーバーとして何度か前線への旅を経験した。そこで彼は十人ずつの集団で柱に直立した形で縛られて死んでいる兵士たちを見た（あるいは見てきたふりをした）。その当時ムッソリーニはイタリア社会党を離れたばかりで、新たな支持者たちをこれから見つけなければならなかった。しかしダンヌンツィオはすでに（彼が熱狂的に賛成していた）ミリタリズムと（その後すぐに発展していくことになる）政治的信条を恐ろしいほど象徴するイメージを見いだしていた。血まみれの直立した死体の塊は、古代ローマの貨幣にしばしば見られる図柄を思い出させた。それは間もなく、イタリアのいたるところに再び現れることになる、斧のまわりに複数の棒を縛りつけた束、すなわちファッショのことである。斧は生と死を決定する法の力を意味した。棒の束は力なき個々人を集めることで単一の強力な存在となる「ファシスト」国家を表していた。

## 目撃証言

一八八一年、ローマ。ここに十八歳のガブリエーレ・ダンヌンツィオがいる。学校を出たばかりで、高く評価された二冊の詩集を発表した早熟な著者である。ダンヌンツィオを見つめているのはエドアルド・スカルフォーリョ、彼もまだ二十一歳で、イタリア王国成立から十一年目の首都で道を切り開こうとしているもうひとりの野心的な若者だった。スカルフォーリョは自ら編集長をつとめる週刊紙のオフィスにいる。その部屋はおしゃべりをする人々でいっぱいである。若き詩人が入ってきたとき、スカルフォーリョはベンチの上に横になってあくびをしていた。「巻き毛の頭と愛らしい女性的な目の、この小柄な同僚を初めて見て……わたしはひどく驚き、飛び上がった……ガブリエーレはわれわれ全員にとって信じられぬほどの熱狂と崇拝の対象であった。彼はわれわれに対してあまりにも人なつこくて謙虚だった。生まれたばかりの名声をあれほどの気品とともに持ち込んできたため、あらゆる者が彼のもとに走り寄り、自然に友情と愛着の感情によって惹きつけられた」。

巻き毛はすぐに消えてしまった（ダンヌンツィオは三十歳までにほぼ完全に禿げてしまった）。そして謙虚さはスカルフォーリョの想像以外にはまったく存在したことがなかった。若き詩人はすでにしたたかな自己宣伝家だった。ローマにやって来る数カ月前に、彼は新聞の編集者たちに落馬事故による自らの早すぎる死を匿名で伝えたのである。素晴らしい才能に恵まれた若者が、目もくらむほどの成功が得られるはずのキャリアの発端で命を失うという悲痛な物語は広く報道され、嘆かれた。悲劇の少年が書いた二冊目の詩集は報道のあと同じ月に刊行され、よく売れた。「誤解」が明らかになる頃には、ダンヌンツィオはたんに優秀さ（たしかにそうではあったが）がもたらすよりもかなり有名になっていた。

スカルフォーリョは、最初の出会いからわずか数カ月後には、かの両性具有の無邪気な少年が建築投機に沸く首都で抜け目のない若者になっていくのを嘆くことになる。「ガブリエーレが洒落た身なりで香水までつけてパーティーに現れたのを初めて見たとき、どれほど仰天したかを忘れることは決してないだろう」。二十歳のとき、スカルフ

ォーリョから「臆病な、人慣れしていない少女」のように見られていたダンヌンツィオは、ある公爵の娘を妊娠させて駆け落ちすることで世俗的な野心と性的能力を示した。二十六歳のときには、裏話やゴシップ記事を大量に書く一方ですでに四冊の詩集と二冊の短編集を出していた彼は、最初の長編小説を発表することになる。

一八九三年。三十歳になったダンヌンツィオはナポリで暮らしていた。彼がローマを離れたのは債権者たちから逃れるためで、この年の終わらぬうちに同じ理由でナポリからも逃げ出すことになる。彼は三冊の長編小説と数十篇の短編小説を書いており、そこから収入が入りはじめていたが、途方もない額に達していた負債を支払うにはとても足りなかった。彼は妻と三人の息子を捨て、五年間情熱的に愛したエルヴィラ・フラテルナーリとも別れていた。このときはシチリアの伯爵夫人マリア・グラヴィーナと暮らしていたが、彼女ともども姦通罪で禁固刑の判決を受ける(恩赦が二人を救う)。見事であると同時にスキャンダラスな作品、派手な暮らしぶり、莫大な負債、数回にわたる決闘と数々の恋愛沙汰は、この頃までに彼を国際的な有名人にしていた。

個人としてはひどく無鉄砲な生活を送っていたこの時期に、ダンヌンツィオの政治的思考の土台が築かれた。彼はずっとニーチェを読んできて、その作品のなかに自らのエリート主義の裏づけを見いだした。再びカワカマス流に行動して、ニーチェ風の宣言を挑発的に行った。「人間は二種類の人種に分かれる」と彼は書いた。「自らの純粋な意志によって上昇し、すべてが許される高等人種。そして何も許されない、あるいはきわめて少ししか許されない下等人種である」。ダンヌンツィオは自分が前者の階級のメンバーであることを決して疑わなかった。

そして彼はリヒアルト・ワーグナーに魅了された。ダンヌンツィオは音楽を熱愛したが、彼自身は音楽家ではなかった。音楽を聴くためには音楽家を探さねばならなかった。彼は作曲家ニッコロ・ヴァン・ウェスターハウトをたびたび訪ね、説得して少なくとも十回はオペラ『トリスタンとイゾルデ』の全曲をピアノで演奏してもらい、そのあいだ自分はリブレットを読んだ。音楽が解き放つ感動の大波を感じとり、それをいかにコントロールするかを理解するために、音楽の主題の反復パターンを学んだ。彼はヴァン・ウェスターハウトを何時間もピアノに縛りつけた。「トリスタンは彼の精神を一種の病的な妄念で満たした」。ダンヌンツィオは特定のパッセージを何度も何度も繰り返し聴きたがった。彼は「媚薬がもたらす苦痛」によって釘づけになっていた。

家ではひどく金に困っていた。彼が借りていた家の外には債権取り立て人たちが陣取っていた。マリア・グラヴィーナの健康状態は危機に陥っていた。だがダンヌンツィオはあらゆる感情的な要求、現実的な要求を自分から切り離すコツを心得ていた。ヴァン・ウェスターハウトとの音楽のセッションは、ワーグナーに関する彼の影響力の大きいエッセイと、自殺という考えに取り憑かれた小説『死の勝利』に直接つながった。『死の勝利』のなかで、恋人たちは『トリスタンとイゾルデ』を一緒に演奏し歌いながら死までの数日間を過ごす。そして主人公は恋人を断崖へと無理やり引きずっていき、愛のための死を強いるのである。

その年の後半にはマリア・グラヴィーナが自殺を図る。ダンヌンツィオの妻もすでに自殺を試みた経験があった。

一八九五年八月。ダンヌンツィオはギリシアへ向かうヨットのデッキで素っ裸で日光浴をしていた。彼はつい最近それまでで最大の収入を処女長編小説『快楽』のフランス語版から得ていた。船旅の同行者のなかに、彼の作品をフランス語に翻訳したジョルジュ・エレルがいた。

エレルは落胆していた。真面目な見物の合間に文学に関する真剣な議論を彼は期待していたが、ダンヌンツィオは日光浴しかしたがらず、同乗の若いイタリア人たちと淫らな冗談を交わしたり、港での食事の約束のためにシャツにきちんとアイロンをかけさせるのが難しいことに思い悩むだけだった。エレウシスに上陸したとき、エレルはダンヌンツィオが「ほとんど何も見物せず、旅行とはまったく関係のないことを——色恋沙汰や社交界の人々について——ずっとしゃべりつづけた」と書いている。列車での旅の際には、過ぎ去る景色には目もくれず、顔に絹のハンカチを載せて居眠りを続けた。パトラスとピレウスでも、ダンヌンツィオは上陸するやいなや、娼婦を探して姿を消してしまった。エレルは日記にこう書いた。「まことにガブリエーレ・ダンヌンツィオにはどこか幼稚な部分がある」。

エレルが理解できなかったのは、ダンヌンツィオの精神が猛烈な速度で機能しているので、さまざまな印象を受け取るために長々と見つめる必要がなかったこと、あるいは自分が見たものについて省察するために重々しい沈黙を守る必要がなかったことである。船旅から戻って数日のうちに彼は最初の戯曲『死の都市』の構想を練りはじめるが、これは一行のミュケーナイ訪問からインスピレーションを得ていた。その八年後、彼は現代の叙事詩『マイア』を書くことになる。エレルがあれほど汚らわしいものと見た、パトラスの売春宿への訪問(「この恐ろしい女たち……船乗りの相手をする女たち……ギリシアにいながら、これほど愚かな時間の費やし方ができるのは理解できない」)は半ば滑稽で半ば深い悲しみに満ちたエピソードとして登場する。そこではひどく年老いたトロイのヘレンが肉体の快楽と美のはかなさを象徴するのである。

一八九五年十二月。フィレンツェのカフェ・ガンブリヌス。一緒にカフェにいるアンドレ・ジイドがダンヌンツィオを注意深く観察していた。「彼はボール紙のコーンに入った小さなバニラアイスクリームをがつがつと食べている。彼は、わたしの思うに、努力することなくチャーミングかつ上品に話す……文学あるいは天才を思わせるようなものは何もない。先を尖らせた顎髭は薄い金色で、よく通る声で話す。その声は冷たいが、柔らかく人の心を誘う。その視線はひどく冷淡である。おそらく彼は冷酷な人間だろう。あるいはそんなふうに見えるのは、彼の洗練された官能性のせいだろう。頭には黒い山高帽をかぶっている」。

ギリシアから戻って以来、ダンヌンツィオはエレオノーラ・ドゥーゼと関係を持つようになっていた。彼はジイドにこう言う。「わたしはミュケーナイの崩れ落ちつつある門の下でソフォクレスを読んだ」。読書時間は短かったに違いない——ダンヌンツィオのミュケーナイ訪問は昼食に間に合うように切り上げられた——が、その発言は自分が古典の伝統の後継者であるという彼の自負と、ドゥーゼとともに大事に練っていた計画にふさわしかった。ダンヌンツィオとドゥーゼはアルバーノ丘陵に円形劇場を建設し、それを国立の野外劇場として運営し、ダンヌンツィオの戯曲と古代ギリシアの悲劇作家の作品を同時に上演することを望んでいた。

話題は同時代のヨーロッパ文学に移った。ダンヌンツィオはメーテルリンクの「凡庸さ」とイプセンの「美の欠如」を嫌悪している、とジイドに語った。彼はフランスのすべての作家の作品を知っていた。

「わたしは微笑みながら彼に言った。《だが、あなたはすべてを読んでおられる!》彼は《どういう返事をお望みですか?》とまるで言い訳でもするような調子で言った。《わたしはラテン人ですよ》」。

「ラテン人」であることはダンヌンツィオの自己像にとってきわめて重要だった。のちにそれは彼の政治のもっとも有力なテーマとなる。彼はすべてのアングロサクソンあるいはゲルマン系の民族を「蛮族《バルバリ》」と呼んでいた。

「わたしは度の過ぎた仕事中毒です」と彼はジイドに言った。「一年のうち九カ月もしくは十カ月のあいだ、休むことなく、一日十二時間仕事をします。もう二十冊ほど書いています」。そこには誇張はほんのわずかしかなかった。ダンヌンツィオの異性関係があまりにスキャンダラスだったため、一般の人々は彼をディレッタントだと考えていた。しかし彼の時間の大半は、ひとりでの集中した仕事に充てられていた。彼は言う。「書いているときには、まるで癲癇《てんかん》の発作のように、一種の磁力がわたしをとらえるのです。わたしは『罪なき者』(二作目の長編小説)をアブルッツォの修道院において三週間半で書き上げました。誰かがわたしの邪魔をしたら、撃ち殺していたでしょう」。

「彼はこうしたことすべてを、自慢するような様子はまったくなしに、礼儀正しい柔和さで語った」とジイドは書いている。

スカルフォーリョをうっとりさせた、他者の気持ちを静めるような優しさを魔法のように取り出してみせる能力は、生涯ダンヌンツィオから失われることはなかった。その能力の裏には無関心が隠されていることなど百も承知の、彼をよく知る人々ですら、そうした優しさには抵抗できなかった。何年ものちに彼の側近が書いている。「挨拶の言葉とともに彼が顔を輝かせると、それでもうお手上げになる。屈するしかない。実際のところ、彼は何も気にかけていないのだ！」

一九〇一年一月。トリーノ。ジイドとの出会いから五年のあいだにダンヌンツィオは数本の戯曲と彼のもっともよく知られている長編小説を書き、この上なく優雅な叙情詩『アルキオネー（カワセミ）』の連作を書きはじめていた。彼とドゥーゼはフィレンツェを見下ろすセッティニャーノの丘の、向かい合った二軒の家に暮らしていた。彼らの外出は必ずゴシップ欄で報告され、カップルの不釣り合いな外見――ドゥーゼは恋人よりも五歳近く年上で数インチ背が高かった――は繰り返しカリカチュアの対象となった。

ダンヌンツィオの文学的キャリアはその絶頂にあり、詩人から政治家への移行を開始していた。一八九七年、彼は故郷アブルッツォで下院議員選挙に立候補し、当選した。選挙キャンペーンのなかで彼は「詩の政治」を唱えた。ほぼ二年後に議員職から離れた彼は、政治の詩を書いて攻撃的かつナショナリスト的傾向をたたえた。そうした詩の最新作――千行にもおよぶジュゼッペ・ガリバルディへの敬意を示す詩――を朗読するために彼はトリーノに来たのである。

フィリッポ・トンマーゾ・マリネッティはパリの新聞『ジル・ブラ』の寄稿者としてトリーノにいた。間もなく未来主義運動のプロデューサーおよびスポークスマンとして知られるようになるマリネッティは、旺盛な執筆で知られるジャーナリストだった。演説家という新しい役割にダンヌンツィオはまごついている、とマリネッティは観察している。「詩聖《イル・ヴァーテ》」（この頃にはそう呼ばれたがっていた）は三十八歳だったが、何歳でもあり得た、もしくは歳をとらなかった。黒いスーツのボタンをきっちりと留めた彼は「象牙の頭部を持つ小さな黒檀の偶像」のように見えた。「勝利を期待して鋭く興奮した」目は「奇妙なほどに輝いていた」。その顔は「野望の炎で炙られたかのように青ざめ、しなびていた」。これは客観的な描写ではなかった。マリネッティは、「野心とプライドの餌食になっている」と見えたダンヌンツィオを妬んでいたのである。「いついかなるときでも、どんな場所でも、ガブリエーレは巧みに表現された言葉で世界をひっくり返すことを夢見ている」

とあざ笑う。それはマリネッティもまた夢見ていたことであり、この時点まではダンヌンツィオのほうが優れていることを実証しつつあった。

　ダンヌンツィオは演壇の上に立ち、（マリネッティの考えでは）湯気を上げるレンズ豆の皿のふたを持ち上げてみせるコルドン・ブルーのシェフのような気取った様子で朗読を始めた。彼は非常にゆっくりと読み、演台の上に置いた拳で軽く拍子をとっていた。唇は異常なほど赤かった。その場にいたうちの数人は彼が化粧をしていた、と書きとめている。

　一時間半かかって朗読が終わると、群衆はやんやの喝采を送った。ダンヌンツィオは賞賛の声に応えて立ち上がり、頭を下げた。新しい発明品である電灯がダンヌンツィオの輝く禿げ頭にまぶしく反射していることにマリネッティは気づいた。それは機械時代の英雄にふさわしい完璧にモダンな光輪である、と。

　一九〇五年、セッティニャーノ。そこにもうひとつのダンヌンツィオ像がある。これを伝えるのは、ある日の午後、彼がベッドに誘った匿名の貴婦人である。

　ダンヌンツィオは強迫的なまでに女性を誘わずにはいられなかった。それまでの三年間で彼は最大の詩作『賛歌《ラウディ》』を完成させていた。八年にわたったエレオノーラ・ドゥーゼとの恋愛関係は終わり、いままで以上に金を浪費していた。彼の新しい恋人、貴族の若い未亡人であるアレッサンドラ・ディ・ルディニ侯爵夫人は重病で生命も危ぶまれる状態であった。その匿名の貴婦人がやって来たのはおそらくアレッサンドラの入院中のことで、追伸に「わたしはひとりであなたを待ちます」とある招待状に応じたものだった。

　彼女は薔薇の花でいっぱいの小さな居間に案内された。「薔薇はいたるところに――花瓶に、アンフォラ（古代ギリシア・ローマの両手つきの壺）にも、鉢にも――あり、その花びらは絨毯の上に散らばっていた」。ダンヌンツィオは誘惑の舞台装置には細心の注意を払っていた。縦に長い窓の外には藤を這わせたパーゴラが太陽の光に藤色のヴェールをかけていた。部屋は息が詰まるほど暑く、空気はアクア・ヌンティアの匂いで満たされていた。これはダンヌンツィオが十四世紀の手稿のなかで見つけたという製法にしたがって、彼自身が調合した香りだった。彼はその香水をフィレンツェの薬屋に大量に作らせていた。それはムラーノのガラス瓶（これも詩人の注文で作られていた）に詰められてラベル（そのデザインにも多くの意図が込められていた）を貼られていた。
家の主《あるじ》が濃い青に黒い縁取りのあるキモノを着て現れた。密会にはこの脱ぎやすい服を着るのがダンヌンツィオの習慣であり、つねに女性の訪問者のためにもキモノを一着用意していた。小さな黒檀のテーブルの上には大きな銀のトレーが置かれ、そこにはサモワールとカップが二客、銀の皿の上にマロングラッセが載っていた。ダンヌンツィオは茶（香りの強い中国茶）を注ぎ、貴婦人の座る椅子のそばのラグにあぐらをかくと、彼女の両手を取って誘惑を開始した。「彼の身ぶり、彼の声からは打ち負かせない欲望の大波が伝わってきて、その大波はわたしの全身を抵抗できない愛の空気のなかに呑み込んでしまった」。彼の誘惑のプロセスについては数多くの記述が存在する。ダンヌンツィオはきわめて説得力のある求愛者であった。この匿名の貴婦人は自分が「法もしきたりも存在しない、神秘的な領域に」押し流されるのを感じた。こうしていともたやすく「詩人の耳に快い言葉が含む甘美な毒に引きずられるままに」彼女は、性交にはっきりと同意することで自分の体面を傷つけることなく、彼の寝室へと茫然と連れ込まれた。

二人の忘我の時間が終わると、ダンヌンツィオは彼女から離れた。「十五分後、わたしは書斎で本のページをめくっている彼を見つけた」。無言のまま彼は彼女を馬車までエスコートした。彼女は「おもちゃのように捨てられたというひどく不愉快な感覚」を味わいながら、追い払われた。ダンヌンツィオの指示で、彼女の馬車には「まるで金持ちの棺のように」薔薇が敷き詰められていた。

一九〇六年夏。ダンヌンツィオは、かつてトスカーナの公爵の自宅だった、ピサの近くの海辺にある宮殿のようなヴィッラを借りて暮らしていた。彼が書いた戯曲『イオリオの娘』は彼を文学界のスターにしただけでなく民衆の歓声ももたらした。「イタリアの詩人万歳！」と初演の夜に観衆は叫んだ。
アレッサンドラはここにいたが、いまではモルヒネ中毒になっており、ダンヌンツィオはすでに新しい恋人であるフィレンツェの伯爵夫人に毎日手紙を書いていた。二十年近くのあいだで初めて、彼は息子を三人とも身近に連れていた。朝には彼らは浜辺に作った即席のリングでボクシングをした。ダンヌンツィオは松林のなかで馬を走らせたり、泳いだり、新しいカヌーを漕いだりして、どの活動にもエネルギッシュに打ち込み、若者たちを驚かせた。昼食は十五人いた召使いの数人によってフォーマルに給仕され、彼は持参した百着近くのうち白い麻のスーツに着替えた。夜は遅くまで執筆を続けた。

ダンヌンツィオの息子ガブリエッリーノの客として招かれていた、野心に燃える詩人ウンベルト・サーバがこの集まりの目撃証人である。四十三歳にしていまだにほっそりした体型を維持していたダンヌンツィオは、サーバをこの上なく丁重にもてなした。客を喜ばせるようなことを口にしながら彼はサーバを一同から引き離して庭へ連れて行き、そこで二人は石のベンチに座った。「彼はわたしが旅で疲れていないか尋ね、そしてもし面倒でなければ、わたしの詩のいくつかを朗読して聞かせてもらえないか、と求めた」。これこそまさにサーバが望んでいたことだった。彼は自分の幸運を信じられなかった。彼はダンヌンツィオの求めにしたがった。ダンヌンツィオはほめそやした。サーバの作品を自分の出版者に推薦してもいいかとまで尋ねた。サーバはこの偉大な詩人の寛大さに圧倒されて涙が出そうだった。この素晴らしい瞬間のあらゆることがサーバの記憶にとどめられた。何年も経過したあとでも、二人の足下できしむ松葉の音が聞こえるほどだった。

会話は続いた。ダンヌンツィオは言った。イタリアには三人しか偉大な詩人はいない――ダンテ、ペトラルカ、レオパルディ――（そして彼はこう二度繰り返した）わたし以前にはってことだが。詩人の息子たちには彼を「パパ」と呼ぶことが許されていないのにサーバは気づいた。息子たちには自分を「マエストロ」と呼ぶように彼は求めていた。

のちにサーバは自分の貴重な手書き原稿を郵送した。何の返事もなかった。ダンヌンツィオはサーバの詩を誰にも引き渡さなかった。彼はそれを返送することさえしなかった。

一九〇九年九月。ブレーシャの航空ショー。その場に集まった五万人のほぼすべてにとって、飛行機に乗った人間が空を飛ぶ素晴らしいスペクタクルを初めて見る機会となった。それはウィルバーとオーヴィルのライト兄弟が最初の動力飛行を行ってからまだ六年、ウィルバーが彼らのフライヤー一号機でヨーロッパでの最初のデモンストレーションをしてから十三カ月、ルイ・ブレリオ（ブレーシャにも来ていた）がイギリス海峡を飛び越えてドーヴァー城近くの牧場に六十五フィートの垂直落下をして不時着し、着陸装置は大破したものの無事生還してからやっと六週間しか経っていなかった。ダンヌンツィオは有頂天だった。人間による空の征服は「新しい文明、新しい生活、新しい天空」の予兆である、と彼は宣言した。「この英雄的な業績を謳い上げることができる」がゆえに詩人が求められた。その詩人は彼自身でなければならなかった。詩の朗読会兼記者会見兼撮影会をブレーシャで演じ、集まったジャーナリストやカメラマンのために詩を朗読した。イカルスを扱ったその詩は十年前に発表されていた。ダンヌンツィオは学校に通っていた少年の頃から空を飛ぶことを夢見ていたのだ。

彼は次の長編小説の材料を集めるためにブレーシャに来ていた。彼はまた勇敢にも――すでに数人の飛行士が事故死していた――同乗させてほしいと求めるつもりだった。このときにはフランツ・カフカとその友人マックス・ブロートがダンヌンツィオを目撃した。二人は一緒にガルダ湖で休日を過ごしていた。カフカは落ち込んでいた。インスピレーションが失われていた。彼の胃はいまにも泣きたくなるほどひどく痛んだ。彼をまた書く気にさせるために、ブロートは航空ショーの報告を競作しようと持ちかけた。

二人の若者は乾燥しきった飛行場の膨大な群衆のなかにいた。二人ともスタンドの「まばゆい貴婦人たち」や紳士たちのあいだにいるダンヌンツィオの存在に気づいた。ブロートはダンヌンツィオの「女性的な魅力」に衝撃を受け、「徹頭徹尾驚くべき」人物だと感じた。カフカはそこまで強い印象は受けなかった。彼の報告によれば、ダンヌンツィオは「背が低い」（これはまぎれもない真実である）だけでなく、「弱々しい」（「女性的」の別の言い方かもしれない）。ダンヌンツィオが貴婦人たちのあいだを「スキップして」いたこと、オルドフレーディ伯爵（ショーの主催者のひとり）のまわりを「内気な様子で」小走りに動きまわっていたことをカフカは書いている。

ダンヌンツィオは内気ではなかったが、彼のボディーランゲージは控えめで、姿勢は媚びへつらうようでもあり、慇懃でもあった。（写真で見る彼は、頭を片側に軽く曲げ、話し相手のほうに身体を傾けている。）オルドフレーディがその日の彼のホスト役であり、飛行機に同乗するにはその同意が必須であった。だがダンヌンツィオは普通の懇願者ではなかった。ブレーシャでは大物たちが彼を「イタリアの二代目の王のように」扱っている、とブロートには見えた。

数時間後、ダンヌンツィオは二度の短いフライトを、アメリカ人飛行士グレン・カーティスとイタリア人飛行士マリオ・カルデラーラの同乗者として、経験した。彼は革製の飛行帽をかぶってカメラにポーズをとっている。着陸直後に『コッリエーレ・デッラ・セーラ』紙の記者のインタビューに答えている（自己宣伝の才能はいかなるときも彼から失われなかった）。彼は言う。空を飛ぶことは神聖である、と。あまりにも神聖であるため、「神々しい《ディーヴォ》」という言葉でもそれを表現できない。それはセックスと同じように言葉で言い表せない。

政治姿勢が次第に好戦的かつナショナリスト的に変化していたダンヌンツィオは――軍事当局が空軍力に資金を投入しはじめる何年も前に――新しい飛行機械の戦略的潜在能力を見抜いていた。その翌年、彼は（多額の報酬を得て行った）講演のなかで、制空権を握ることによってイタリアが強国の地位を確保する必要性を繰り返し語っている。

一九一〇年。債権取り立て人たちがセッティニャーノのダンヌンツィオの家にいた。債権者たちに追いかけられながら、彼自身は、美しい歌声の持ち主で、ものわかりのよい夫のいる長い脚のロシアの伯爵夫人を追いかけていた。フランスの歯科医を訪ねる必要があると宣言してパリへと素早く立ち去った。彼の到来はパリでちょっとした騒ぎを引き起こした。彼は過去二十年間においてフランスでもっともよく売れた本の著者であった。すぐに彼は社交界をめぐりはじめ、彼と出会った人々はその印象を書きとめている。

ダンヌンツィオは四十八歳になっていた。彼と再会したジイドには「やつれ、しわが増え、以前にも増して小柄になった」ように思えた。たしかに彼には優秀な歯科医が必要だった。彼が自らの魅力を発揮しようとしたあるフランス人女優は、彼が「奇妙な、小さい、鋸《のこぎり》のような、不健康な歯」をしている、と書いている。「いままで出会ったなかで、彼は三色（白・黄色・黒）の歯を持つ唯一の男性である」。歳をとるにつれて、彼の性的な曖昧さのオーラはますます際立ち、女性たちにとっては非常に好奇心をそそり、ほとんどの男性には嫌悪感を催させるものになっていった。新たに面識を得た人々は、彼の狭く弱々しい肩と女性のような幅広いヒップ、指輪をはめた白い小さな手、うるさく目障りな身ぶり、度を越したお世辞などについて述べている。「不快感をもたらす風采」とルネ・ボワレーヴは書いている。「彼はイタリア喜劇の登場人物のように入ってくる。彼がコブを背中につけている姿が容易に想像できる」。

にもかかわらず、何人かの人々にとってダンヌンツィオはきわめて魅力的だった。イザドラ・ダンカンは、彼に言い寄られる女性は「魂も肉体も、神聖なベアトリーチェと連れだって歩く、この世のものならぬ領域へと引き上げられるのを感じる」と証言している。若いイギリスの外交官ハロルド・ニコルスンは、自分と同じぐらいスノッブな二人のヨーロッパの貴族とダンヌンツィオについて話し合ったときには、このプチブルの詩人は「知り合いにならなくてもよいつまらない男だ」と決めつけた。しかしダンヌンツィオが貴族の家の居間で自作の詩を暗誦するのを聞くや、バイセクシュアルのニコルスンはたちまち陶酔してしまった。ニコルスンは突然パーティーの席を離れ、セーヌ川の岸壁に沿って歩いた。「まだ興奮で震えていた」。ダンヌンツィオの声が「銀の鐘のように」彼の耳のなかで響いていた。

魅惑的な表面の奥にあるものを見抜いていたパリ人たちもいた。ダンヌンツィオは結局書くことがなかった何冊もの本の前渡し金を受け取っていた。未払いの宿賃を残したままホテルからホテルへと密かに立ち去った。その作品を剽窃したことでダンヌンツィオが正当に非難された、フランスのナショナリスト作家モーリス・バレスは、詩人の利己主義的で他人を利用する側面をはっきりと見ていた。「彼は種を探してあちこち固いくちばしでつつく小鳥に似ている……この辛抱強い小さな兵士、この貪欲な征服者はわたしの手のひらをついばんで傷つけている」。ダンヌンツィオの倦怠を感じとった人々もいる。彼の大恋愛は過去のものとなり、彼の最良の詩は書かれてしまっていた。イタリアを去ることで彼は国民の指導者という役割を失った。派手な同性愛者ロベール・ド・モンテスキュー伯爵は彼を援助し、パリの上流社会に紹介してやったが、ときおり彼の仮面がはがれ落ちるのに気づいた。「何かがしぼみ……鼻孔は戦闘でへこんだ紋章に描かれた顔のように歪み、口の端は言葉で言い表せない恐怖を表現している」のを見た。

ディアギレフのロシア・バレエ団がパリにいて、フォーキンの振付、レオン・バクストの舞台装置で『クレオパトラ』を上演していた。主役はバイセクシュアルのロシア美人イーダ・ルビンシュタインが演じていた。彼女は大きな青いカツラをかぶって登場し、宝石を散らした透明の薄織りをまとって舞台の上を漂い、それらのほとんどを終幕ま

でに脱ぎ捨てた。ダンヌンツィオはド・モンテスキューとともに客席にいた。バレエが終わると、彼らは楽屋へ向かった。そこでは大きな「洗練されていない」宝石の数々とわずかなシフォンの切れ端しか身につけていないルビンシュタインがファンに取り囲まれていた。バレスのほかに、エドモン・ロスタンや文学界の有名人たちがみな夜会服に身を包んでその場にいた。ダンヌンツィオはクレオパトラの物語を続けた。「近くからあの素晴らしいむき出しの脚を見ると、いつもの大胆さでわたしは床に身を投げ――燕尾服のことはほぼ忘れていた――彼女の足に口づけた。そして足首から膝へとキスを続けながら、ダブル・フルートの上を素早く移動するフルート奏者の巧みかつ軽やかな唇で、太腿から股へと上っていった。なんたる見物《タブロー》！ なんたるスキャンダル！」そばで見ていた人々は困惑した。ルビンシュタインは面白がっていた。ダンヌンツィオが目を上げると（真っ直ぐに立っていても彼のほうが六インチは背が低かった）、もつれ合った青いカツラの雲の下で微笑んでいる彼女が見え、彼女が「感嘆させる」ような口をしていることにも気づいた。

すぐに二人はある種の性的関係を持つようになり――彼らのプライベートな出会いは、公的な出会いの場合と同様に、ほとんどがダンヌンツィオの口とルビンシュタインの性器のあいだでなされた――彼の『聖セバスティアヌスの殉教』で彼女はタイトルロールを演じることになる。この聖者はダンヌンツィオの性的幻想のなかで長いあいだ重要な意味を持ちつづけてきた。彼はそうした幻想の数々を長大な音楽劇の贅沢な楽曲に変えていった。作曲は彼の新しい友人であるクロード・ドビュッシーに、舞台装置は再びバクストに依頼した。パリ司教は信徒たちにこの音楽劇を観ることを禁じた。刊行された戯曲は、カトリック信徒が読んではならないものとして、教皇の禁書目録に載せられた。

一九一五年三月。戦争の勃発以来、「人種間の大闘争」のみが社会から退廃を取り除くことができると信じていたダンヌンツィオは、パリからイタリアへ向けて英仏（イタリアの「ラテンの姉妹国」）の側で参戦するように呼びかけていた。彼はイタリアへ帰還することを計画していたが、そのときを待つあいだに、イタリア人新聞記者ウーゴ・オイエッティとランスまで同行して、前年九月にドイツ軍による占領下で炎に包まれた、由緒ある大聖堂《カテドラル》を見に行くことにする。オイエッティは通行証と自動車を一台確保していた。彼はパリの西マレにある十七世紀の建物の前で車を止めた。そこにダンヌンツィオは東洋の品物でいっぱいのアパートメントを持っていた――ある訪問者はそれを「百の仏陀の家」と呼んだ。最初にひとりの召使いが数個のスーツケース（ダンヌンツィオは決して身軽に旅をしなかった）と食べ物の詰まった籠を持って出てきた。そしてダンヌンツィオが現れた。「いつも通りエレガントで光沢を帯びて」いたが、（オイエッティのスーツとフェルト帽とは違って）装備一式にはうっすらと軍服のような雰囲気が漂っていた。市民という身分が彼には恥ずかしかった。彼は運転用の帽子をかぶり、乗馬用の半ズボンにグレーの巻きゲートル、ふさふさした黄色いキツネの毛皮で裏打ちされた濃い茶色のオーバーコートを身につけていた。

彼らはランスまで、戦場の「月面のような景色」のなかを車で抜けていった。いたるところに死んだ馬が、膨らんだ腹部や空に上げた脚を見せていた。偉大なゴシックの大聖堂は屋根がなくなっており、窓には何もなく、石は黒く変色していた。砲声が聞こえていた。そこは前線からそう遠くなかった。ダンヌンツィオは静かで注意深かった。彼はステンドグラスのかけらやねじ曲がった鉛の板、小尖塔のひとつから崩れ落ちた石刻の花を拾い上げた（この三つはすべて二十三年後に彼が死を迎えるときデスクの上に置かれている）。自分が知っている彫像があるか見るために砂嚢の上によじのぼった。彼は熱心にガイドブックを研究していたのである。彼はメモを書きとめている。「天使の羽が突然開いたかのように、鳩たちが飛び立った」。

　ダンヌンツィオにとってはこれが初めてのランス訪問だったが、彼はすでに大聖堂の火災に関する報告を書いており、そのすべてのパラグラフは「わたしは見た……」という嘘から始まっていた。大聖堂の黒く変わり果てた廃墟がドイツの「蛮行」をどれほど強烈に印象づけるかを彼は知っていた。そして自分の名声がそれをどれほど強力に裏書きするかも理解していた。彼の偽りの目撃報告は有用なプロパガンダであった。真実である必要はなかったのだ。

　帰りの道中、死の広がる光景のなかで唯美主義者の詩人であるダンヌンツィオは、道路がカーブする様を、中世の聖人たちの描写にあるような吹き流しのようだと記している。

　一九一五年五月十七日。首都ローマ。ダンヌンツィオは五年間をフランスで過ごしたのち、再びエネルギーを得て戻ってきた。彼は五十歳を越えていたが、その生涯のもっとも刺激的な時期はまだ始まったばかりだった。ヨーロッパは戦争状態にあり、彼は新しい手段（話し言葉）と新しい人格（国民的英雄）、新しい使命（同国人たちに偉大な存在となるよう説得する）を見いだしていた。イタリアはまだ中立を保っていた。十二日前に帰国して以来、ダンヌンツィオは演説に次ぐ演説をこなし、それぞれの演説は不戦派に対する軽蔑を示す点でより辛辣になり、より好戦的なものになっていった。

　そのとき彼は古代ローマの中心で、すっかり熱に浮かされている群衆に向かって話していた。数カ月後、負傷して床に臥していた時期に彼はその場面を思い出す。「顔、顔、顔、すべての顔がはらむすべての感情が、傷ついたわたしの目を通して、熱い砂が拳のあいだから落ちるように、数限りなく流れ込んでくる。じっとしている者はひとりもいない。だがわたしは彼らを見分ける。それは五月のローマの群衆ではないのか？　カンピドリオの丘〔ローマの中心部にある、旧市庁舎のある丘〕でのあの夜の？　膨大な数の、波打つような、叫び声を上げる群衆」。

　神経症の域に達するほど潔癖なダンヌンツィオは、つねに不潔なものを身震いするほど嫌ってきた。いまや彼はそうした個人的な懸念を政治的怒りに変換していた。自らの広大なボキャブラリーを存分に駆使しながら、演説のなかに「不潔」の同義語を大量に詰め込んだ。古い秩序は「悪臭」を放っており、徹底的に破壊されなければならない。慎重な政治家たちは「腐った肉」のように処理されるべきだ。「すべての汚物を一掃せよ！　下劣なものはすべて排水口へ！」イタリアは、イタリア政府は、その全政治システムは汚れていて、胸がむかつくようで、不潔で、汚染されていて、泥だらけで、悪臭を放ち、腐敗臭がして、糞まみれで、病原菌に感染していて、堕落していて、膿をはらんで、冒瀆的である。腐敗の悪臭を浄化するために、火で焼き尽くすことを、ホロコースト（この言葉を彼はしばしば用いた）を、大量の血の流出を彼は要求した。

彼は我を忘れていた。「わたしは自分の青白い顔が白い炎のように燃えるのを感じていた。ふだんのわたしはもうそこにはいなかった。わたしは暴動の守護神だった……あらゆる言葉はわたしの頭蓋骨の下で音叉のように反響した」。

長い熱弁がクライマックスに到達すると、彼は小道具を取り出す。それはガリバルディの副官のなかでももっとも攻撃的だったニーノ・ビクシオがかつて所持していた剣である。「わたしは剣を手に取ると引き抜いた……そのむき出しの刃に唇を押し当てた……魂を熱狂のなかに委ねた」。

群衆は涙を流して叫ぶ。ダンヌンツィオはさらに続ける。彼は聴衆を説得する。殺人をも含むいかなる手段を用いてでも、妥協派が再び議会に議席を得ることを許してはならない、と。「慈悲を与えることなく、追放者のリストを作るべきだ。君たちにはその権利がある」。

演説は暴動のきっかけとなる。数百人の逮捕者が出た。そのうちのひとりがマリネッティであり、彼は『未来派宣言』のなかで「近代の首都のなかで起こる革命の多色・多声の流れ」をたたえる。もうひとりの逮捕者はベニート・ムッソリーニという名の雑誌編集者であった。

一週間後、サランドラ首相はイタリアが交戦状態にある、と宣言する。

一九一七年八月。戦争。ダンヌンツィオは移動「連絡将校」としてアドリア海の軍艦に搭乗して夜間作戦に参加し、潜水艦で水面下の作戦も経験した。彼は山岳地帯やティマーヴォ川沿いの激戦地で何度も銃火をくぐっており、飛行も繰り返し経験していた。飛行機の墜落事故から生還したが、このときには真っ暗にした部屋で数カ月間身動き

もできなかった。この事故で彼は片目を失明した。ダンヌンツィオの大げさなレトリックを我慢できなかったアーネスト・ヘミングウェイでさえ、彼が「神々しいまでに勇敢である」ことを認めている。
次に挙げるのは、スロヴェニアの山岳地帯でオーストリア軍部隊を追跡して飛行したときのダンヌンツィオの報告である。彼はそのとき戦闘機の飛行中隊を指揮していた。この女手紙はもっとも新しい恋人に宛てたものであった。この女性はヴェネツィアの豪華なパラッツォの女主人で、ダンヌンツィオはヴェントゥリーナと呼んでいた。というのも、彼女の金色の斑点がある黄褐色の瞳がムラーノのガラス工房の用いる色のひとつを思い出させたからである(彼は目の肥えたガラス製品の収集家だった)。

ヴェントゥリーナは恋人を誇らしく思うだろう。それは炎の地獄だった。敵の歩兵部隊を機銃掃射するために、高度百五十メートルまで降下した……敵兵の軍服や日差しを遮るためにうなじにつけた日よけまで識別できた……なんという奇跡! わたしの頭のほうに飛んできた一発の銃弾が操縦席の前の手すりに当たり、左側へと跳ねた。高い金属音がはっきり聞こえて、そちらを向いた。鋼鉄製の管がへこんでいた。もう一発の銃弾がキャンバスを突き抜けてわたしの両脚のあいだを通り抜けた。それ以外にも無数の銃弾が翼に穴を開け、プロペラを削り、翼の桁を砕いた。そしてわれわれは全員が無傷だった！

その十二日前、軍隊の儀礼につねに関心を払ってきたダンヌンツィオは、自分の指揮する飛行中隊に新しい鬨《とき》の声を教えた。あまりに粗野で洗練にかける「イップ、イップ、ウラー！」の代わりに「エイア、エイア、エイア、アララ！」というギリシア語を叫ぶように命じた。彼の主張によれば、それはアキレウスの戦いの叫びであった。彼はこれをアイスキュロスとピンダロスの作品のなかで見つけ、自分の戯曲で使っている。そしていま指揮下の兵士たちに、木とキャンバスでできたちっぽけで壊れやすい飛行機のコックピットに真っ直ぐ立って叫ぶように命令していた。

高い山の峠にいる敵部隊の上空を飛行機は旋回し、そして再び上昇していった。エルマーダ山上空をあまりにも低い高度で飛行していたため「斜面を這って登る馬車のように思えた」。彼らは爆弾をさらに積むために基地に戻り、オーストリア軍の大口径の大砲を爆撃するために戦場へ飛び戻った。「飛行機の先端と後尾のあいだを醜い大ネズミが空中を掘り進むがごとく榴弾が通過するのを見た」。これはダンヌンツィオがそれまで経験したなかでもっとも激しい対空砲火だった。それは「わたしがこれまで生きた他のどんな時間とも交換しようとは思わないほど、素晴らしい時間だった」。

一九一九年四月。戦争は終わった。交渉者たちはまだヴェルサイユで協議をしており、消滅したオーストリア＝ハンガリー帝国の残骸を切り分けている。戦争が終結して以来、ダンヌンツィオはイタリアが正当な取り分について欺《だま》されている、勝利は「台無しにされた」と叫びつづけていた。いま彼はヴェネツィアにおり、サン・マルコ広場で演説してイタリア人たちに再び武器を取って領土（イストリア、クロアチアそしてダルマツィアの沿岸地帯）を要求せよと呼びかける。その地域は新生国家ユーゴスラヴィアが領有を主張していたが、ダンヌンツィオはそれを「イタリアの左肺」と呼んだ。アイルランド人のイタリア愛好家ウォルター・スターキーがその場にいた。そしてダンヌンツィオの外見に最初はひどくがっかりした。「目玉をぎょろつかせた、分厚い唇の小びと《ドワーフ》——悲劇的なガーゴイルのようなグロテスクさは、まことに不吉に見えた」。他の多くの人々と同様に、スターキーも不思議に思った。「これがドゥーゼの愛した男なのか？」と。

　ダンヌンツィオが話しはじめると、すぐにスターキーは「魅了された」。ダンヌンツィオは「あたかも最上のヴァイオリニストがストラディヴァリウスを演奏するように」群衆を動かしていた。彼は話したくないふりをしていた。「言葉のときは過ぎ去った」。だが彼は巨大なイタリアの旗とともに、準備万端だった。その旗を小道具として見事に操り、まるで礼拝のようなパフォーマンスを行った。彼の物腰は聖職者のようであり、話しぶりは注意深く計算されていた。「決して急がない、ぎくしゃくした身ぶり。ときおり片腕を、あたかも想像上の杖を振るうかのように、ゆっくりと上げる」。その効果は催眠術をかけるかのようだった。「声の調子は終わりなき流れのなかで上がったり下がったりして、吟遊詩人の歌のようだった。そして声は海の表面に落としたオリーブ油のように膨大な数の聴衆のあいだに広がっていった」。

　この油は波打つ海を静めるためではなく、沸き立たせることを意図していた。きわめてゆっくりと声は調子を上げていき、聴衆たちの感動をそれまでにないほど高めていく。自分に応えるように彼は群衆に呼びかけ、彼らを魔術のなかに取り込んでしまう。演説に関する彼自身の記録にも群衆の反応が記されている。「すべての民衆が《われわれはそれを欲する《ヴォリアーモ》！》と叫ぶ……広場全体に全員の喝采が響きわたる……熱狂的な喝采……すべての民衆が大声で応える。《そうだ《シ》》……全員がさらに大きな声でシと応える……民衆は何度も叫んで旗を振る」。ダンヌンツィオが雷鳴のようなクライマックスに達すると「数千人の目が催眠術にかかったように彼をじっと見つめる」とスターキーは書いている。

　一九一九年九月。ダンヌンツィオは行動に移った。彼はフィウーメに進軍し、小さいけれどもいまでは世界中に知られるようになった都市国家の支配者となった。彼の新しい側近のなかに、もうひとりの詩人であるジョヴァンニ・コミッソ（ダンヌンツィオよりおよそ三十歳若い）がいた。コミッソはダンヌンツィオがフィウーメに進軍してきたとき連合軍の守備隊の一員であったが、すぐに脱走して加わったのである。

　楽団が演奏して群衆が歌うなか、ダンヌンツィオが総督の官邸に到着したとき、コミッソはそこにいた。車から降りてきたダンヌンツィオは小さく見え、熱があったため「ひどく弱っていた」。ダンヌンツィオのうしろを押し合いへし合いしている集団にコミッソも加わった。詩人は大理石の階段を上り、広いバルコニーに出ると下に集まった群衆に呼びかけた。コミッソが驚いたことに、弱々しい病人は「信じられないほどの力強さで」話しはじめ、狂った卑劣な世界のなかでフィウーメは唯一の輝きであると宣言した。集まった群衆は涙を流し、大声で笑い、熱狂を声にして叫んだ。「この男は、かつての時代の予言者であるかのごとく、わたしに確信を抱かせた」とコミッソは書いている。

数日後、コミッソが髭を剃っていると、窓の外からどよめきが聞こえてきた。騒ぎの原因をたしかめようと、シャツの前を開け顔には石鹼の泡をつけたままで窓から身を乗り出した。窓の下の通りでは、アルプス兵の洒落た縁のあるフェルト帽をかぶった非常に小柄な男のまわりに兵士たちが集まっていた。「その男は少年のように身軽で絶えず動いていた。彼はその場にいた男たちのひとりの腕を取り、写真を撮らせていた」。それは自分を見世物にするという仕事に、感嘆すべきエネルギーのいくらかを注ぎ込んでいるダンヌンツィオだった。フィウーメの町外れに到着すると、彼はカメラマンたちが追いつけるように停止を命じた。フィウーメで権力を握った彼が最初にとった措置のひとつは、自分の報道部を作ることだった。十五カ月のあいだ、入念に自ら身づくろいをしたダンヌンツィオの写真が、西洋世界すべての新聞に登場することになる。

一九二〇年十一月。イギリスの貴族階級に属する著述家オズバート・シットウェルがフィウーメにやって来た。彼は「ダンテ以来、どの作家よりもイタリア語に貢献した男」が自分の都市国家をどのように創ったか、ということに関心があって来たのだ。シットウェルは町の通りが多彩な無法者たちであふれているのに気づいた。「誰もが自分でデザインした軍服を着ているようだった。顎髭を生やし、司令官と同じように頭を剃り上げている者もいれば、前髪を伸ばして半フィートほどの長さを額に垂らし、黒いフェズ帽をかぶっている者もいた。マント、羽根飾り、長い黒ネクタイは共通しており、全員がローマ風の短剣を所持していた」。

シットウェルは何とか謁見を取りつけるのに成功した。柱の多いホールを抜けたが、そこは「ビザンツ様式に似せた植木鉢に植えた椰子の木でいっぱいだった……兵士たちがぶらつき、タイピストたちが忙しく出入りしていた」。「多くの旗でほとんど覆われていた」奥の部屋のひとつには、フィレンツェからもたらされた金箔をかぶせた等身大よりも大きな二体の聖者像と、巨大な十五世紀の青銅の鐘、そして胸に多くの勲章のリボンをつけた灰緑色の軍服姿の司令官《コマンダンテ》（ダンヌンツィオはそう呼ばれるのを好んだ）がいた。彼は不安げで疲れているように見えた。だが禿げ頭と片目ではあっても「数秒後には、浮かれ騒ぐ群衆を怒りに燃える同志に変えることができる、あの並外れた魅力の影響を感じた」。

シットウェルがフィウーメに来たのち、偉大な指揮者アルトゥーロ・トスカニーニが自分のオーケストラを連れてやって来た。トスカニーニの来訪を祝うためにダンヌンツィオは、かつてのローマの興行のごとき死者さえ出るような模擬戦を催した。戦闘には四千人が参加し、互いに本物の手榴弾で攻撃を行った。オーケストラは当初音楽（ベートーヴェンの交響曲五番）を伴奏していたが、戦闘に巻き込まれた。百人以上の負傷者が出て、そのなかには五人の楽団員も含まれていた。

この事件をシットウェルと話し合ったダンヌンツィオは、彼の軍団員たちが「戦闘を待つのにうんざりしている。互いに戦うしかないのだ」と説明した。しかし彼は自分のまわりで起こっている混乱について、ほんとうは話したくなかった。シットウェルの来訪は自分の「大いなる孤独」を軽減する意味で歓迎したい、と彼は言った。兵士たちは全員非常に良好な状態だが、自分は――対等な人々（彼の意見では自分と対等な人間などいない）ではなく、事情に通じた崇拝者たちとの――交友関係がないことを寂しく思う。彼はイギリスの新しい詩人たち（なかでも最良のひとりはシットウェルの姉イーディスだった）についてシットウェルに質問した。彼らはシェリーについて、そしてイギリスのグレイハウンドについて語り合った。

一九二〇年十二月。イタリアの利益のためにダンヌンツィオがフィウーメ併合を主張したとはいえ、その冒険が対外的な困惑と国内の不安定をもたらしたことから、イタリア政府は彼を排除するために艦隊と戦艦一隻を派遣した。何年ものあいだダンヌンツィオは群衆を「フィウーメか死か！」という合い言葉で導いてきたが、自分の敵対者が同国民であることは予期していなかった。三日間の戦闘ののち、彼は撤退に同意した。フィウーメのイタリア系住民一万二千人はダンヌンツィオが立ち去るのを見送った。支持者のひとりによれば、「大雨のように花が降り注ぐなか、彼は涙を流しながら町を去っていった」。その日の数時間後、運転手を除けばたったひとりで、彼はヴェネツィアの潟湖《ラグーナ》に面した船着き場にたどり着いた。長く仕えてきた側近のトム・アントンジーニと彼の軍団の将校ひとりが、モーター・ランチで迎えに来ていた。日は傾きかけていた。陸も海も霧で覆われていた。ダンヌンツィオは灰色のケープと毛皮のベレー帽を身につけていた。アントンジーニには彼が「急に老け込んで」しまってほとんど意識がないように見えた。ダンヌンツィオは二人を抱きしめ、黙ったまま船に乗った。

ヴェネツィアのパラッツォ・バルバリゴまでは短い旅だった。ダンヌンツィオはそこに部屋を借りていたが、六年前に去ったフランスの家にあったものを詰め込んでいたため、自宅というよりも家具置き場だった。彼の大量の所有物――数千冊の本、数百体の仏像、数十枚の聖セバスティアヌスの絵の複製など――をヴェネツィアに運ぶにはトラック九台が必要だった。天井の高い部屋にそうしたものが乱雑に積み上げられていた。書類が箱からあふれ出ていた。埃っぽい絨毯が部屋の隅に山のように積み重なっていた。ダンヌンツィオの家政婦は、その家を彼が好むような暑すぎる室温まで暖めて、主人を喜ばせようとした。家のなかに入ると、アントンジーニと将校は汗をかきはじめた。

翌日、ダンヌンツィオは側近の六人を招集した。彼は自分の周囲の混乱状態に苛立ち、絶望していた。彼は北イタリアに新しい家を探しに行くよう側近たちに命じた。彼にはグランドピアノが、バスルーム、洗濯室、大量の薪と石炭、塀で囲まれた庭園が必要だった。「一週間のうちに」と彼は言った。「お前たちのうちの誰もわたしにぴったりの家を見つけなかったら、わたしは運河に身を投げる」。

一九二五年一月。ダンヌンツィオはガルダ湖を見下ろす山の斜面に建つ家にいた。この家を、彼は残りの生涯を費やして徐々に芸術作品の展示空間へと変えていくことになる。その一部は幅広く多方面にわたる彼の所有物の展示に、一部は彼自身の多面的な個性を具体的に表したものに、一部は戦争の記念物に、一部は地上の歓びを表す庭園に、そして一部は彼の霊廟になる。彼はこれを「ヴィットリアーレ」と呼んだ。

ベニート・ムッソリーニがダンヌンツィオのかつての政

治的位置を占め、一九二二年十月のローマ進軍によって首相の職を脅し取った。ダンヌンツィオが新体制を全面的に支持しているとイタリア国民が信じることはムッソリーニにとって都合がよかったが、実際には彼らは互いに不信を抱いていた。詩人は一匹狼であり、いまだに危険なほどの影響力を持っていた。したがって味方につけておく必要があった。ダンヌンツィオが飽くことを知らぬほど金を必要としたことが弱みとなり、利用された。「朽ちた歯を抜けないのなら、金冠をかぶせるものだ」とムッソリーニは言った。彼はその通りに振る舞った。

　ムッソリーニはいくつかのブロブディンナグ〔スイフトの『ガリバー旅行記』に登場する巨人国〕土産をごたまぜの展示物に加えることで、ヴィットリアーレの奇妙さをさらに際立たせた。最初はダンヌンツィオがウィーンへ飛行したときの飛行機だった。ダンヌンツィオはこれを収容するためにドーム型の建物を造ることになる。次はダンヌンツィオがオーストリア艦隊に大胆な襲撃をかけたときに使ったモーターボートだった。それに乗って湖を轟音をたてて行き来したダンヌンツィオはひどい風邪を引いてしまった。その次は、戦艦プーリアを解体して前半分を二十両の平台貨車に乗せて運んできた。デゼンツァーノ駅で貨車から降ろし、小さく分けて苦労しながら湖畔に沿って山腹のダンヌンツィオの要塞へと運び上げ、そこで組み立て直したのである。コンクリートで固定したあと、欠けているうしろ半分は石材で作られた。ダンヌンツィオの薔薇園の上部にあるイトスギに覆われた斜面の横からそれは突き出ており、まるで化石化した波をかき分けているように見える。この贈り物には本物の生きた水兵一組が付属しており、ダンヌンツィオは彼らを甲板で訓練した。

　そしていまでもダンヌンツィオを自分の目で見ることができる。ユーチューブで視聴できるフォックス・ムーヴィートーン・ニュースは、プーリアの設置直後に彼がその甲板上で開いた小さなパーティーの様子を映し出す。それは大きな鐘をつくところから始まる。そして六発の礼砲が撃たれて、船の大砲の煙が丘の斜面を覆う。胸いっぱいに勲章をつけた軍服姿でホストが甲板に現れる。彼は微笑みながらクローシュ〔釣り鐘型の婦人帽〕をかぶった貴婦人たちをエスコートしている。弦楽四重奏団が演奏する。ダンヌンツィオは注意深く耳を傾ける（カメラは見えるほうの目を丁寧に撮影している）。彼は以前よりも恰幅がよくなり、少しばかり腰が曲がっている。彼は何音かクラリネットを演奏する。カット。ダンヌンツィオは愉快そうに笑っていて、ほ

とんど歯がないことを露呈する。彼の書くものには総じてユーモアが欠如していることから、彼がどれほど陽気になれるかを見いだして、しばしば人々は驚く。撮影クルーのために何か詩を朗誦するように求められる。彼は両手をひらひらさせて、さらに大きな笑い声のなかで、ダンテの『地獄篇』の冒頭の数行を早口でしゃべると、女友達のほうに戻っていく。

ムッソリーニは権力の座につくわずか三年前にダンヌンツィオに手紙を書き、イタリアの王室を廃止してダンヌンツィオを大統領とする「総裁政府」を樹立することを提案した。その時点での「統領《ドゥーチェ》」はダンヌンツィオであり、ムッソリーニはその執行者役をつとめることで満足していたのである。いまではダンヌンツィオは敗れた指導者だった。一九二〇年代を通じて、その巨大な影響力を行使して人々を指導してほしいとダンヌンツィオに求める人々がやって来る。たとえばムッソリーニが権力を強化する過程で行った妥協に落胆したファシストたちや、詩人がそれほど残忍ではない体制の指導者になりうると考えた反ファシストたちである。彼らの期待は空しかった。

一九三七年九月。ヴェローナ駅。ムッソリーニは新しい同盟者アドルフ・ヒトラーを訪問し、ドイツ国民に自分の姿を見せたのち、ローマに戻る途中だった。生涯を通じて猛烈なドイツ嫌いだったダンヌンツィオは、ヒトラーは「凶暴な道化師《パリアッチョ・フェローチェ》」だとムッソリーニに語ったことがあった。そうしたことがあったにせよ、そしてこの頃には滅多にヴィットリアーレを離れることもなくなっていたにもかかわらず、彼はガルダから敬意を表するためにやって来た。彼は七十四歳になっていた。そしていまだに自分の性的能力を大いに誇りにしていたとはいえ、ひどく年老いてしまっていた。老耄をもたらした理由は、時間の経過のほかに、梅毒と彼が摂取してきた大量のコカインであった。

ダンヌンツィオの伝記作者であるフランス人フィリップ・ジュリアンによれば、このときの会合をニュース映画が記録している。「ダンヌンツィオは建築家マローニの腕につかまって、ムッソリーニが身を乗り出している客車の窓まで敷かれたレッドカーペットを足を引きずって歩いていく。人食い鬼のような微笑みを浮かべながら、ムッソリーニは詩人の手を取る」。列車から降りたムッソリーニは、集まった群衆に演説をするためにバルコニーに向かう。「小さな老人は、ぺちゃくちゃしゃべったり、しなびた両手を空中にひらひらさせたりしながら、彼のあとをチョコチョコ歩いていく。ムッソリーニは歩調を緩めることなく、ときおりダンヌンツィオを見て微笑むが、群衆の喝采のせいでダンヌンツィオが言っていることが聞きとれない」。結局、明らかにダンヌンツィオに一緒に来るよう招くことなく、ドゥーチェはずんずんと前に進む。彼に気づかない群衆のなか、車に戻るために苦労する詩人を残して。

ヴィットリアーレに配置されていたムッソリーニのスパイによれば、ドゥーチェに対してダンヌンツィオが言おうとしていたのは「あなたがしていることゆえに、かつてないほどあなたに敬服している」ということだった。だが、ダンヌンツィオの信頼を得ていたマローニの報告によれば、ひどい落胆状態で、「これで終わりだ」とつぶやきながら、彼はヴィットリアーレに戻った。それから五カ月後に彼は死ぬ。

# 六カ月

一九一五年、聖金曜日（復活祭の前の金曜日）の夜明け直後。ガブリエーレ・ダンヌンツィオの数十匹いるグレイハウンドのなかのお気に入り、フライがパリの獣医医院で死んだ。詩人はその夜のほとんどを、脚の一本が腫れ上がって横になれないフライが震えているのを支えながら、眠らずに過ごした。最終的に獣医は犬を「楽にして」やらねばならない、と伝えた。獣医がその措置をとっているあいだ、ダンヌンツィオは通りを歩いた。その日は公的な休日で、キリスト教の暦のなかでももっとも悲しみに満ちた祝祭にあたっていた。そして、いずれにせよパリの四分の三は空っぽだった。裕福な住民のほとんどは、前年の秋に政府がボルドーへ移ったときに逃げ去っていた。ダンヌンツィオが通りで出会ったわずかな人々は、全員が軍服姿の男たちで、負傷していた。彼は楽器店のウィンドウの前で立ち止まり、ヴァイオリンに見とれた（音楽と優れた職人技の目利きである彼は弦楽器製作者の腕に強い関心を持っていた）。その優美なスタイルとニスを塗った黒い色は愛犬を思い出させた。

獣医医院に戻ると、係員が彼にフライの遺体を見せた。以前ならいつも彼を崇めるように見つめていた犬の目は「黒っぽい隙間」になっていた。ダンヌンツィオは犬の身体を温かい木綿でくるんでやり、そのあとにリネンのシーツ、そして赤いダマスク織りでくるみ、最終的には白塗りの小さな棺に入れた。職人がふたに釘を打ちつけているあいだ、彼はフライが暗闇に一匹だけ残されることをどれほど恐れたかを思い出した。棺を後部座席に置いて、彼はヴェルサイユの近くの農場へとかなり速度を落として車を走らせた。そこではすでにほぼ興味を失いかけていた愛人ナタリー・ド・ゴルベフが、次第に数が減りつつあるグレイハウンドの集団を世話していた。フランスの参戦以来、餌不足のせいで犬たちの多くが処分されていた。

墓穴が掘られた。ナタリーは籠いっぱいの忘れな草とツタをフライの頭に置いた。その日のダンヌンツィオの手帳には、元気がなくわびしい記述が残っている。機関銃のパチパチという銃声（前線がきわめて近かった）、雄鶏の鳴き声、漂う煙。「乾ききった粘土のような、白っぽい色をしたモグラの丘……このひどい生活……飛行機の轟音……

腐敗が始まったフライの哀れな目……言葉で表現できない悲しみ」。そのあとダンヌンツィオはナタリーとともに朝食を食べた。五年前彼はナタリーを追ってフランスにやって来た。そしてまだときおりは彼女と素晴らしい夜を過ごしてもいた。二人とも黙っていた。ダンヌンツィオは犬たち――フライの子どもや孫たち――を見つめ、ほっそりしたハウンドの身体が土の下で腐りはじめていることを考えた。

ダンヌンツィオは女性について書くときには滅多に示さないような優しさで、犬について書いている。数日後に彼はナタリーと別れ、二度と会うことはなかった。その後彼女について書いたものは、悲しげというよりも苛立ちを表している。個人的な感情を弱々しく書きつけた日は、彼の公的な活動においては、目のまわるような興奮の一カ月の真ん中にあたる。ダンヌンツィオが何もない土地にフライを埋葬したとき、彼はうんざりしてしまった自分の人生の一局面を埋葬しつつあり、新しい局面が始まるのを待ちきれない思いでいた。

前年夏の戦争開始以来、彼は間違った場所にはまり込んだまま立ち往生をしており、自らの役割に確信が持てず、五十二歳という自分の年齢を感じていた。だが一九一五年三月七日、彼は数日前に届いた一通の手紙をようやく読む気になった（彼は膨大な量のファンレターを受け取るため、数週間あるいはずっと郵便物を開封せずにいることがしばしばあった）。手紙にはジュゼッペ・ガリバルディが信奉者たちを引き連れてシチリアに向けて出航した、クァルト（ジェノヴァの近郊）の港に設立される予定の記念碑の写真が同封されていた。シチリア遠征は近代イタリア建国の神話のなかでももっともスリリングなエピソードであったし、いまなおそうである。一八六〇年、いかなる政府の承認もなしに、千人をわずかに超える貧弱な装備の義勇兵部隊の先頭に立って、ガリバルディはシチリアに上陸した。その後の数カ月のあいだに彼はブルボン家のナポリ王の軍隊を南イタリアから追い出し、自由で統合されたイタリアの創建につながるプロセスを開始したのである。

ダンヌンツィオの奇妙な外見が悪名高いのと同じぐらい、ガリバルディはハンサムで有名だった。ガリバルディはその禁欲主義と絶対的な清廉さで知られていた。イタリアの半分の独裁者となったのち、彼は一袋のトウモロコシの実以外には何も得なかった。ダンヌンツィオは常習的な契約破棄者であり、スーツをダース単位でシャツを百枚単位で購入しながら、負債を支払わない人間だった。だがこの二人には重要な面で共通点があった。桁外れの性的なエネルギーと（数世紀にわたってイタリアの多くの地域を専制的に支配した）オーストリアに対する嫌悪である。一九一五年パリでダンヌンツィオは偉人の孫にあたるペッピーノ・ガリバルディと接触した。ペッピーノはイタリア人義勇兵部隊を指揮してフランス陣営で戦っていた。ダンヌンツィオはイタリアに戻るしかるべき機会を待っていた。ゴミ箱行きをかろうじて免れたその手紙が彼に待ち望んだ機会をもたらした。記念碑はガリバルディの出発から五十五年目にあたる五月五日に披露されることになっていた。ダンヌンツィオがそのときに演説をするため帰国するつもりがあるかどうか、主催者たちは問い合わせていた。「手紙を開封した。読んだ。あらゆることが輝きだした！」

その前年、戦争が始まったときイタリアは中立の立場にとどまった。首相アントニオ・サランドラと外相シドニー・ソンニーノは、自国の軍隊には戦う準備ができていないことを知っており、一八八二年の三国同盟の条項を守ることを宣言した。その条項によれば、イタリアはオーストリアおよびドイツと互いに戦争するのを差し控えることに同意していた。ダンヌンツィオには中立策は恥ずべきものに思えた。イタリアは、利益のためではなくプライドの問題として戦わねばならない。世界中のあまりに多くの人々がイタリアを「美術館、旅館、休暇の目的地、新婚旅行におあつらえ向きのプルシアンブルーの水平線」の国だと考えている。そうではないことを彼らに示さねばならない。一九一四年から一五年の冬のあいだ、フランスの側に立ってイタリア両国の新聞に掲載した記事を通じて、フランスとイタリア（この戦争でのイギリスとロシアの役割について彼はまったく関心がなかった）チュートン人たちの「群れ」を相手に参戦すべきだ、とダンヌンツィオはイタリア政府に呼びかけつづけた。「この戦争はたんなる利害の争いではない。そうした利害は一時的・散発的なものであり、もしくは錯覚にもとづいたものである」と彼は書いている。「この戦争は人種間の闘いであり、和解不能の強国間の対立であり、血の試練なのである」。

フランス政府は当然のことながら、自分たちの側で同胞を戦いに参加させようというダンヌンツィオを積極的に支援した。彼がジェノヴァからの手紙を読む前日の夜、フランスの政府高官ジャン・フィノが訪ねてきた。ダンヌンツィオはこの男をあまり好きではなかった。「小柄なせむしの男で、ある種の虚栄で自分を支えていた」。フィノが話し合うために持ってきた計画も彼の気に入らなかった。それまでペッピーノ・ガリバルディの義勇兵部隊は英雄的に戦っていた。ガリバルディの別の二人の孫を含む、部隊構成員の四分の一が戦死していた。そこで、生き残った義勇兵たちを母国に送り返して、同胞のイタリア人たちを鼓舞して立ち上がらせようという計画だった。ドレスメーカーのマダム・パキンは、偉大なガリバルディの部下たちが半世紀前に着たのと同じ赤シャツを二千枚用意することを約束していた(ただし、今回のシャツは絹製であった)。この冒険にはクーデタのような部分もあれば、政治的演劇の一部のようなところもあった。前者とすれば、あまり役には立ちそうもなかった。後者とすれば、狙いが曖昧で的外れに感じられた。ダンヌンツィオは不安だった。フィノが帰ったあと、(ひどい咳のため)湿布用のからし軟膏を胸に塗ってベッドに入ったが、遅くまで眠れなかった。生涯を通じて彼の気分は桁外れのエネルギーと意気消沈のあいだを揺れ動いた。この夜の気分は非常に低調だった。「死の贈り物のように」眠りが訪れてくれるのを彼は待った。

翌朝ジェノヴァからの手紙を読むと、彼はたちまち元気を取り戻した。「わたしは行く。ガリバルディ部隊を、赤い波を率いる」と手帳に書きつけた。「クァルトへは……血の犠牲を厭わぬ者たちを乗せた船でティレニア海を渡っていこう!」まさに「アポロの神佑」が彼を助けたのである。

その日の午後ペッピーノ・ガリバルディが彼に会いにやって来た。二人は部屋を歩きまわった。両者とも興奮して座っていられなかったのだ。小柄なダンヌンツィオはいつものようにきちんとした身だしなみだった。背の高いガリバルディは、深いしわと輝く瞳を持ち、フランス陸軍大佐の青い上着に赤いズボンを身につけていた。ダンヌンツィオは自分のヴィジョンを詳細に説明した。「二千人の武装した若者たちが……崇高な記念碑を取り巻き、そこから征服と死へ向かう準備ができている」。彼自身がこの好戦的なショーの原案者と演出家そして花形役者を兼ねていた。「イタリアが、いかに目が見えなく耳も聞こえないとしても、クァルトの岩礁からひとりまたひとりと立ち上がれば、そのしるしを見ないこともアピールを聞かないことも不可能である」。ガリバルディも同じぐらい感動していた。それは炎となるだろう、あるいは詩となるだろう、と彼は言った。その日の朝、「屈辱的なちょっとした病気」(痔あるいは前年に感染した性病の再発)がもたらす不快感のせいで冴えない気分で目を覚ましたダンヌンツィオは、有頂天になり、「心のなかで響く音楽の急流」に夢中になるうちに一日を終えた。

フライが死んだ悲しい日から、そして死を悼みながらナタリーと過ごした復活祭からぴったり三週間が経過して、荷造りの憂鬱な作業が始まった。引っ越し業者がパリの彼の住まいを空にするのを見ながら「切開した静脈から流れ出すように、生命がその家から流れ出るようだ」とダンヌンツィオは書いた。自分のグレイハウンドのうち最良の数匹を人に譲った──二匹は未来の元帥であるペタンに。ダンヌンツィオはいつもと同じようにひどく金に困っていた。旅費を工面するために、エレオノーラ・ドゥーゼから贈られた豪華なエメラルド数個を質に入れた。クァルトでの予定の一カ月前に、彼はアルカションの大西洋岸にある自分のヴィッラに向かった。そこで彼は二つの猛烈に好戦的な記事とクァルトでの演説の草稿にエネルギーを注いだ。そしてフランスでの最後の情事の相手である、外科医の娘で優秀な騎手でもある女性（ダンヌンツィオは彼女を「アマゾン」と呼んでほめたたえた）との関係にも精を出した。ヴィッラの近くにこの女性がいることについては、彼の家政婦兼愛人兼売春周旋人であるアメリ・マゾワ（ダンヌンツィオは彼女を「アエリス」と呼んだ）が絶えず目を光らせていた。

パリに戻ると、つねに変わらぬ熱心な自己宣伝の一環としてダンヌンツィオは記者会見を行った。『ルヴュ・ド・パリ』誌の記者は彼のワードローブの豪華さに強い衝撃を受けた。彼の秘書は仕立屋に注文してあったスーツの出来上がりを急がせるのに追われた。そしてこの月の請求書を見ると、桁外れな数のネクタイを買っていたこともわかる。ダンヌンツィオは自分の演説の原稿をサランドラ首相やパリとミラノの新聞編集者たちに、五月五日の朝までは掲載してはならないという厳しい指示を付して、送りつけた。『ル・フィガロ』紙の編集者に「賽は投げられようとしている」と語った。こうした表現が明らかにしているのは、（それを望まないローマに英雄的に戦争の運命を押しつけることで）彼が自分自身をユリウス・カエサルに擬していた、ということである。

パリのリヨン駅でダンヌンツィオは盛大な見送りを受けた。「女性たちが駅に駆けつけた」と彼は書いている。「そのほとんどは、わたしのベッドに親しんでいた」。ナタリーはプラットホームにはいなかった。彼女のことを「うんざりさせる女《スコッチャトリーチェ》」と呼ぶようになっていた彼が、農場に追い返してしまっていたからである。だがアルカションから来たアマゾンは見送りに集まった群衆のなかにいた。そしてそれ以外にも何人かの愛人が。ナタリー・バーニーのサロンで出会った、彼と同様に性的に曖昧なグループのひとり、レズビアンの小説家シビッラ・アレラーモと、女流画家ロメイン・ブルックス（ダンヌンツィオが唯一の男性の恋人だった）の女友達は、彼が前年に「四人から六人」の女性と同時に関係を持っていた、と断言している。

　破産し、屈辱的なまでに大急ぎでイタリアを去ってから五年以上が経過して、一九一五年五月四日にダンヌンツィオは再び国境を越えた。開戦後の数カ月をパリで、自分の犬たちのための装具一式をオートクチュールに注文したり（デザイナーのチャールズ・ワース〔イギリス人の服飾デザイナー。パリのオートクチュールの創始者〕が作った赤と青のもの）、特製の香水の調合の際にガラス吹きやねじりなどを習ったりして時間を無駄にしているあいだに、ダンヌンツィオは同国人たちの集団的想像のなかで、イタリアの国民的名誉を守ることができる人物に変わっていった。その脱線行為が（どれほど愉快なものであっても）どんどん威厳を欠いていく有名人として、ダンヌンツィオはかつてイタリアを去った。その彼が国民的救世主として戻ってきたのである。

一世代前の大詩人ジョズエ・カルドゥッチはそうした人物の到来を予告していた。「やがて現れる主《あるじ》のために、偉大で自由で、正義に適い、人間的なイタリアの天才のために、その翼の羽ばたきが近づいているのが聞こえる天才のために、道を用意したまえ」。同じようにダンヌンツィオ自身が次のように謎めいた書き方をしている。「死に打ち勝って、沈黙の世界から彼はやって来る／不可欠な英雄が」。フランスにいた不在中に、民族主義的で軍国主義的な信念を持つイタリア人たちにとって、そうしたメシア的な英雄の地位と輝きを彼は獲得していた。ミラノでは支持者たちが彼の到着を祝うために、彼の詩の一連の朗読会を企画した。「自身の崇高な幻覚に恍惚として、彼はこの上なく美しい祖国を忘れてしまったように見えた」と崇拝者のひとりは書いた。「だがそうではない！　新たな夜明けが空に現れるやいなや、誇り高く立ち上がり、祖国への愛に震えながら、偉大なる母の胸に駆け戻ってきたのだ」。

　ダンヌンツィオを乗せた列車が祖国との国境に近づくと、彼は目隠しをした。彼の説明によれば、それは祖国の最初の光景があまりに強く感情を刺激しないようにするためだった。イタリア領内に入ると、すべての停車駅で熱狂的な群衆と遭遇した。若い女性たちは列車の踏み板にのぼり、彼がいるコンパートメントの窓にキスをして花束を手渡した。トリーノでは、翌日の『コッリエーレ・デッラ・セーラ』紙によれば、「数千の手が彼に差し伸べられ」ダンヌンツィオは感動に声を詰まらせながら列車の窓から群衆に話しかけた。ジェノヴァに近づく時間になると、大学のある教授は講義を打ち切り、歴史を学ぶのではなく駅でダンヌンツィオを迎えて「歴史を生きる」ように学生たちに勧めた。

ダンヌンツィオは苦労しながら車に乗り込み、押し寄せる群衆のなか車を走らせた。無事にホテルに着くと、彼はバルコニーに出て興奮した群衆に語りかけた。「五年間の長きにわたる不在と悲しみはわたしから過ぎ去り、消えてしまった！」実際のところ、もっと早くイタリアに戻ることを阻んでいたのは彼自身の意向だけだった。しかし彼は自分の不在を「亡命」と呼んだ。「いまやわたしは新しい人生を生きる、生きることだけを望む」。

翌日彼は海岸通りで演説をした。事前に演説の草稿を読んでいた国王ヴィットリオ・エマヌエーレ三世は、その場にいないほうがよいと判断していた。政府の閣僚も全員同じ行動をとった。イタリアはまだ中立を保っていた。国王あるいは政府要人が臨席することで承認されたと受け取られるには、ダンヌンツィオのレトリックはあまりにも攻撃的だった。しかしながら、彼は演説のトーンを下げるようには要請されなかった。

波止場の近くには人々が押し寄せた。イタリアの英雄的な建国の生ける記念物、ガリバルディの千人隊の生き残りである約百人がそこに集まっていた。マダム・パキンが作った赤シャツを着た新ガリバルディ軍団員たちも来ていた。報道写真は麦わらのカンカン帽の海のあいだに屹立する記念碑を示している。男たち（写真に写っている女性はごくわずかしかいない）はもっとよく見える場所を求めて岩によじのぼったり、陸地の雑踏を避けるためにボートに乗り込んだりしている。その日の式次第を市長が始め、ひな壇に並んだお偉方に自己紹介をした。これにそっぽを向くことで現代の政治プロセスを理解していることをきちんと示して、ダンヌンツィオは群衆に向かって話しはじめた。

いかなる種類の拡声装置もなしで、ダンヌンツィオは数千人の人々に自分の声を聞かせることができた。ドイツの風刺画家トリーアはこの年の後半に、顔を歪め、口を大き

く開けてわめき散らすダンヌンツィオを描いた。だがこのイメージは誤解を招く。聴衆を戦争に向けて扇動するときでさえ、彼の戦略は熱弁をふるうことではなく、魅了し、誘惑することだった。彼の言葉は暴力的だったが、その振る舞いは快いものだった。クァルトでの彼の演説は音楽としての言葉の傑作だった。演説のなかでダンヌンツィオは千人隊のヒロイズムに賛辞を呈し、それによって彼らの栄光を我がものとした。彼はガリバルディのもっとも有名な台詞を引用する。「ここでイタリアを作るか、それとも死ぬかだ！」古代ローマの英雄たちの気高い意志について彼は語った。彼は聴衆を持ち上げ、そして挑発する。彼らの偉大な祖先たちにふさわしい存在であるか、問いかける。彼は挑発的な政策を祈禱のリズムのうっとりさせる崇高さに包み込む。演説は一連の幸福の教えで締めくくられた。

幸いなるかな、栄光に飢え渇く若者たちは。なぜなら彼らはその飢えを満たすだろうから……

幸いなるかな、憐れみ深き者たちは。なぜなら彼らは輝く血を乾かし、光を放つ苦痛に包帯を巻くよう求められるだろうから……

幸いなるかな、より多く持てる者たちは。なぜなら彼らはより多く与えることができ、より多く燃やすことができるから……

幸いなるかな、栄光を持ち帰る者たちは。なぜなら彼らはローマの新しい相貌を見ることになるから。

この演説は魔法のような効果を持った。それは聴衆を魅了した。それは神聖なものを冒瀆していた。「この男は！」とロマン・ロランは憤慨して書いた。「文学的欺瞞を体現するこの男は、あえてイエスのふりをしている！」かつてロランはダンヌンツィオとのつき合いを楽しんだこともあったが、いまでは戦争に対する姿勢で正反対の立場にいた。ロランは平和主義者であり、一方ダンヌンツィオは「イタリアが条約を破って、同盟国に戦争を仕掛けるようけしかけるために山上の垂訓」を真似したのだ。

ダンヌンツィオの観客を惹きつける演出は凝りすぎで、彼の演説は不合理なほどに学識を詰め込みすぎていると考える人々もいた。だがダンヌンツィオは自分がしていることをわかっていた。政治がパフォーマンスであることに気づいていた。同じ年のあとになってダンヌンツィオは、聖職者が「卑しい精神は高度で気高い雄弁を理解できないと信じて」無学な兵士たちに素朴すぎる説教をすることが、いかに退屈で恩着せがましいか、と書いている。この種の失敗を彼はしたことがなかった。彼が与えたのは陶酔させる韻律、派手に響く断言、大いなる抽象概念の利用と朗々と鳴り響く神話であった。彼が語るすべてを聴衆が理解しようとしまいと、彼らはその語り口の催眠作用に熱烈に反応した。クァルトで聴衆は盛り上がり、「ラテンの姉妹」であるフランスを支援するしるしとして『ラ・マルセイエーズ』を歌い、戦争を求めて叫んだ。

町は熱烈なナショナリストたちで満ちあふれた。何度も何度もダンヌンツィオは演説を依頼された。四日間で彼は七回の演説を行った。彼のそうした演説は全ヨーロッパに伝えられた。イタリア政府の大臣たちは不安になった。彼らは細心の注意が必要な秘密交渉を続けていて、ダンヌンツィオは狙いの不確かな危険きわまりない大砲だった。外相ソンニーノはクァルトに彼が登場したことを「道化の大道芸」と呼んだ。大臣マリーニは「愚かなこと」と片づけた。しかしフランスからの通信員たちは賞賛と感謝に満ちた報告を送った。彼の敵たちもまた敬意を表した。彼がわめき散らし熱狂する姿を描いたドイツの風刺漫画には次のようなキャプションがつけられた。「彼の大口ほど大口径の大砲を持っていれば、すべてがうまくいくだろう」。

ジェノヴァで起きていたと思われるのは、洒落者の詩人から国民の救世主へのダンヌンツィオの変身であった。だがホテルの部屋でのプライベートな生活に戻れば、彼は依然として矯正不能の浪費家で放蕩者であった。彼とともにジェノヴァにやって来たウーゴ・オイエッティはその週に、共通の友人で出版者でもあったルイジ・アルベルティーニに手紙を書き、詩人が自らの評判と参戦の大義を危機にさらしていることに対して影響力を行使してくれるように頼んだ。「彼はもっともいかがわしい女たちのスカートに潜り込むことしか考えていない」。すぐに彼に敵対的な下院議員は、「イエス」という答えを期待して次のような質問を議会で行った。ダンヌンツィオ氏は、彼自身と彼とともに過ごした身元不明の二人の女性が残した驚くほど多額の宿泊料を支払わずにジェノヴァのホテル、エデン・パレスを立ち去った、というのは真実であるか？

思ったほど単純ではなかったのは、ダンヌンツィオの個人的再生だけではなかった。政治ドラマにおける役割についても、彼は主役を要求するようになった。彼は同胞たちに、三国同盟を清算し仏英露の協商国側で参戦することに同意するようはたらきかけていた。それから二週間以上にわたって、ますます激しい言葉を用いて、明らかにそれに躊躇する姿勢を示す政府閣僚たちを繰り返し非難した。だが彼の知らないところで、大臣たちはすでに彼が求めていたことを正確に実行していたのである。

一九一四年から一五年の冬のあいだ、首相サランドラと外相ソンニーノは両陣営と交渉を行い、協商国側から提案された条件のほうが魅力的であるという結論を下した。四月二十六日、ダンヌンツィオがまだパリにとどまっていたとき、イタリアの支配者たちは英仏とのロンドン協定に秘密裏に調印し、そちらの陣営について参戦することに同意したのである。五月一日、ソンニーノは、協商国側との合意を達成するために、閣議に三国同盟の解消を要請した（実際には合意はすでに成立していた）。五月三日、ダンヌンツィオが南へ向かう列車に乗る前日、サランドラ政府は正式に（だが依然として秘密裏に）ドイツおよびオーストリア＝ハンガリー帝国との同盟関係を断ち切った。

のちにダンヌンツィオは政府の秘密交渉について内々に関知していたと主張するが、これは嘘である。フランスにいた最後の数週間、彼は記者団や政権に遠い位置にいた政治家たちのまた聞きのゴシップから情報を集めていた。当局との秘密のつながりを彼は持っていなかった（それがあれば、あれほど激しい非難の言葉はすぐに収まっていただろう）。秘密交渉については知らなかったが、参戦を要求していた彼はやかましく大げさな身ぶりですでに開いていたドアを叩いていたのである。

クァルトでの演説の翌朝、ジェノヴァ市は八百キログラムもある十四世紀のライオンの石像の石膏模型をダンヌンツィオに寄贈した。聖マルコと（彼が再興を意図していた）ヴェネツィア帝国の紋章であるライオンを、その日の最初の演説を行ったあと、彼は受け取った。自分の家がないにもかかわらず、彼はいつも巨大ながらくたを喜んで受け入れた。正午に、今度はガリバルディの古参兵たちを相手に再び演説をした。その日の夕方、市長からブロンズの盾を贈られ、さらに長々とした演説で応えた。演説のたびに彼の主張はますます激しいものとなった。大学の学生たちにこう語った。「行け！　諸君は聖なる輝きをもたらす激しい閃光である。炎をあげよ！」

五日間を休息と二人の女友達との気晴らしで過ごしたのち、彼はローマへ移動した。秘密のうちに参戦を協商国側と合意していたサランドラ政権は袋小路に追い詰められていた。国王、教皇そして軍指導部の大半を含むイタリア人の多数派は、依然として中立を支持しており、議会もその点では同じだった。平和陣営を率いていたのは自由主義派の政治家ジョヴァンニ・ジョリッティであり、その抜け目のないプラグマティズムゆえにダンヌンツィオはこの政治家を激しく憎悪していた。ジョリッティはそれまでに四度首相をつとめていた。一九一五年に彼は首相の職を離れたが、それまで二十年近くそうしてきたように、依然として議会を支配していた。ジョリッティは戦争からイタリアが得られるものはほとんどないとして、議会で繰り返し参戦への反対論を説いた（彼が正しかったことはのちに明らかになる）。彼には多くの支持者がいた。五月には三百人以上の下院議員が連帯のしるしとして彼のもとに自分の名刺を残した。

だがジョリッティに反対する人々はより騒々しかった。イタリア全土で参戦派のデモが展開された。イギリスから訪れた政治家志望のヒュー・ダルトンは「数百、数千ものあらゆる階級からなる善良な人々がローマや他のイタリア都市の通りをゆるやかに歩き、ゆっくりと同じ言葉《ジョリッティに死を、ジョリッティに死を》と繰り返している」と報告している。ローマではイギリス大使レネル・ロッド卿は、参戦支持を表明するためにポポロ広場に集まった群衆の数を二十万人と見積もった。「集まった人々は通常ならデモに参加するようなタイプではなく、秩序正しく統制のとれた群衆であり、ブルジョワジーの最良の人々が含まれているように思えた」。

イギリスの目撃者たちは、当然のことながら自国の側に立って戦うことを望むイタリア人たちを好意的に見る傾向がある。「最良の」人々という彼らのデモ参加者の描写にはそのバイアスが反映している。大使夫人は大使館のバルコニーから参戦派のデモ参加者たちに花を投げた。ロンドン協定の秘密はまだ明らかにできないため、ロッド自身は沈黙を守らねばならなかった。実際には、すべての参戦支持者が「秩序正しく」「統制がとれて」いたわけではなかった。ローマでは、中立派の議員たちが通りで袋叩きにあった。当時は雑誌編集者だったベニート・ムッソリーニは読者に呼びかけた。「撃て、わたしは言う、数十人の中立派議員を背中から撃て、と」。しかし、たとえ「人々は広場に現れてその意志を示した」とロッドが主張しても、サランドラは議会の合意なしで軍隊を動員することはできず、ジョリッティは下院の多数を支配していた。行き詰まりを打破するには何かが、あるいは誰かが必要だった。

ダンヌンツィオは五月十二日にローマに到着した。『コッリエーレ・デッラ・セーラ』紙の記者は、十万人が彼の乗る列車を迎えるために集まった、と見ている。鉄道の駅では騒然とした場面も生まれた。ダンヌンツィオは車に駆け込むまでに崇拝者たちに押されて、やっとのことで圧死を免れた。写真が示すヴェネト通りは端から端まで人で埋め尽くされ、帽子の黒い河が出来上がった。彼はホテル・レジーナに着くと、安全のために調理場のドアから入った。それから間もなくして彼はバルコニーに姿を現し、国王と（参戦に賛成として知られていた）王太后への忠誠を宣言した。そして聴衆には「身中の敵」たる臆病者たちと妥協派を攻撃するよう呼びかけた。

それから数日のあいだダンヌンツィオは、ますます激しやすくなった群衆に向けて繰り返し演説を行った。『ル・タン』紙の特派員ジャン・カレルは彼を次のように描いている。「これほどの落ち着きをもって群衆の前に進み出る演説者を見たことがない。即席で作られた演壇の上に立った彼はたったひとりで堂々としており、大理石のごとく蒼白でその瞳は炎のようだ」。彼はきらきら輝いていた。また別の観察者は「禿げた頭が放つ光と彼の眼鏡（実際には片眼鏡《モノクル》で、それを彼は「カラメッラ」と呼んだ）からのきらめき」について書いている。

何度も何度も、恐ろしいほどの、しかし計算ずくの怒りを込めて彼は自国の政府を非難した。かつて彼は熟慮の上で次のように書いている。欲望に燃え上がった男にとって女性の口は花や天国、あらゆる快楽の官能的な縮図と見えるだろうが、数日後あるいは数時間後には（欲望が満たされれば）それは嫌悪感を催させる——ねばねばした、ぞっとするほど生温かい、不安にさせるほど筋肉質な——ものに変わる。過去において恋人たちから離れる理由となった嫌悪感や飽きてしまった快楽などが、平和なイタリアの社会的慣習や政治的諸制度に向けられるようになった。彼にとってローマは排水孔であり、その支配者たちはよだれを垂らし、腐敗臭を漂わせる老人たちであり、市民生活は不潔な泥沼なのであった。

ヨーロッパ全体に響きわたるであろう感情を彼は声に変えていた。マリネッティは戦争を「ヨーロッパの健康法」と呼んだことがあった。その時代の政治的レトリックと詩のなかでは、市民生活は灰色で薄暗く、道徳の面では妥協的で肉体的には汚らしいものとされた。それとは対照的に戦場は明るく、武器とともに輝き、喜びの光を発する。何よりも戦場は清潔である。イギリスが宣戦を布告したとき、ルパート・ブルックは「名誉でさえ動かせない病んだ心と／不完全な人間および彼らの不潔な歌と退屈さを捨て去る」ことへの感謝を公言した。ダンヌンツィオのように、ブルックは戦争を「泳ぎ手が澄んだ水に飛び込むように」突き進むことができる新しい経験と考えていた。ドイツではトーマス・マンが戦いを「浄化と解放」として歓迎した。「嵐よ来い。そしてわれわれのサロンを一掃せよ」とハンガリー人デジェー・コストラーニは叫んだ。

ローマに到着した翌朝、ダンヌンツィオは植民地相フェルディナンド・マルティーニを訪ねた。マルティーニは一八七〇年代に『ファンフッラ・デッラ・ドメーニカ』紙の編集者として、当時は早熟な学生の寄稿者だったダンヌンツィオと面識があった。二人がどのような会話を交わしたかについては記録が残っていない。同時代の人々は間違いなくマルティーニが三国同盟の解消とロンドン協定について話したはずだと考えた。マルティーニはダンヌンツィオを信頼していなかったとしても、おそらく話しただろう。その数日前に彼は国王がクァルトから離れているべきだと忠告をしながらこう書いていた。「ダンヌンツィオは自分自身と自分の成功のことしか考えていない……どのようなものであれ政治的な分別をわきまえておらず、その素晴らしい才能にもかかわらず、常識さえ持ち合わせていない……彼は容易にわれわれを危険にさらすことができる」。しかし、議会と国民が支持へと態度を変えない限り、戦争に踏み切る決定を実行することはできなかった。ダンヌンツィオはそれを助けることができたのである。

その日の夜、ホテルのバルコニーからダンヌンツィオはそれまでにもっとも激しい演説を開始した。いままでは彼は政府の暗黙の承認を得て演説をしており、彼の言葉は危険なまでに扇動的なものとなり、彼がはたらきかけようとしていた行動は犯罪的なものとなった。平和を支持する人々を彼は辛辣な言葉で攻撃した。ローマの空気には彼らの裏切りの悪臭が漂っている。いまだに戦争に尻込みする者たちは裏切り者であり、祖国の「暗殺者」であり、イタリアの死刑執行人である。ジョリッティはプロイセンのロープでこの国の首を絞めつつある。

ダンヌンツィオは選挙で選ばれた国民の代表に暴力的な攻撃を加えることを公然と奨励していた。自らの手で制裁を加えるようローマの暴徒たちに呼びかけていたのである。「汗臭いプロイセンの足が突っ込まれた長靴をなめている」妥協派を攻撃するように聴衆に呼びかけた。彼は「投石と放火」を要求した。そのレトリックはますます熱狂的なものになった。「君たちに告ぐ。ここローマには裏切りが存在する！　われわれは病気に感染した牛の群れのように売られようとしている」。彼は参戦に反対する議員たちを追い詰めるよう人々に求めた。「隊《スクアードラ》列を作れ！」（「スクァードラ」はファシストたちがダンヌンツィオから借用した多くの言葉のひとつであった）。「待ち伏せをしろ。奴らを捕まえろ！」演説の途中で彼が間《ま》を置いたときに巻き起こった喝采は嵐のようだった、とある目撃者は報告している。そして再び、よりいっそう口汚い言葉で「悪魔のごとき、分厚い唇の老いぼれ死刑執行人」とジョリッティを罵りはじめると、嵐は「サイクロンに変わった」。

自らの雄弁に、自分がおだてて火をつけた群衆の熱狂に、そして流血の予感にダンヌンツィオは酔っていた。五十二歳の彼は、若者の「無慈悲な純粋さ」をほめそやした。曖昧で美しい言葉を織り合わせることがライフワークだった詩人が、冗長な言葉を痛烈に非難し、素早く、必要とあらば残酷で、明快な行動を求めていたのである。「いまはもはや話をするときではなく、行動するときである」。最後にリソルジメント賛歌を群衆に歌わせ、バルコニーの下にいる人々がリフレインを大声で叫ぶときには、小さな手で拍子をとった。「隊列を組もう／いつでも死ぬ覚悟はできている！／イタリアが呼んでいる！」王太后は、鎧戸を下ろした王宮の窓のうしろでこれを聞き、感動のあまり涙を流した、とトム・アントンジーニは書いている。

その夜、サランドラはいったん辞表を提出することで、より確実な委任を得ようとした。その翌日である五月十四日、ローマは大混乱に陥った。画家ジャーコモ・バッラは渦巻く大騒ぎを表現した作品『イタリア万歳を叫ぶ集団』と『愛国者のデモ』（どちらもダンヌンツィオが加わった暴動からインスピレーションを得た）で、そのときの雰囲気に存在した暴力と盛んな意気を伝えている。暴徒たちを恐れて、オーストリア大使館は銃剣をつけた歩兵部隊によって非常線を張られた。群衆は下院のあるパラッツォ・モンテチトーリオに乱入し、調度品を破壊して議員たちを震え上がらせた。その日の午後、国王はジョリッティを召喚し、組閣を要請した。ジョリッティはこの要請を断った。彼の生命が危なかった。だが彼が首相の任命を受けられなかった理由は、恐怖ではなく原理の問題だった。国王はすでにロンドン協定に署名をしていた。よって国王が任命する新しい首相はそれを実行する義務を負うことになる。あれほど公然と、かつ激しく反対していた戦争に国民を導くことは、ジョリッティにはできなかった。国王とサランドラは彼を不可能な立場に追い込んだのである。首相として統治するチャンスを辞退することで、ジョリッティは反対する力を失った。

その日の夜、ダンヌンツィオは新聞協会で演説したあと、ローマのオペラ劇場であるコスタンツィ劇場へ向かった。上演スケジュールを中断して、第一幕が終わったところで彼は舞台に歩み出た。そこで彼はイタリアが戦争を行うというニュースを独断で発表した。彼の演説は自信たっぷりでドラマティックだった（彼はクァルトで散文と詩を入念に組み立てた演説をしてから数日のうちに、デマゴーグとして長足の進歩を遂げていた）。「わたしの言うことを聞け！」と彼は話しはじめた。「聞け！　君たちが知らない、きわめて重大なことを言おう。静かにしてくれ。耳を傾けてくれ。そうすれば、全員が立って踊りだすだろう！」もう一度彼はジョリッティを激しく罵る。「その魂はいかようにも変化できる冷たい嘘でできていて、からみつく触手を持ったタコのごとく」「国王を裏切り、祖国を裏切る」。ダンヌンツィオは「善良な市民たち」に復讐を求める。彼の演説は殺人を呼びかけていた。「もし血が流れるなら、その血は塹壕で流れる血のように祝福されるべきものだ」。その後ダンヌンツィオの支持者の数人が消防車を奪い、その梯子を使ってジョリッティの家に侵入しようとした。彼らは軍の警備兵によって追い払われた。

国王はサランドラに新しい内閣を作るように求めた。ジョリッティは敗北を認め、ローマを離れた。歴史家マーク・トムスンが「実質的なクーデタ」と呼んでいることを参戦派は遂行したのである。社会党の指導者フィリッポ・トゥラーティは次のような洞察力のある言葉で自らの絶望を表現した。「ブルジョワジーに戦争をさせよう。勝者はひとりもいないだろう。誰もが敗者になるのだ」。戦争への道は開かれた。だがダンヌンツィオは依然として語っていた。彼が自らに課した仕事は、政府の政策のたんなる変更よりも大きなことだった。彼は新しい、より偉大なイタリアの誕生を助けていたのだ。「群衆は陣痛に苦しむ女のように叫んでいる。群衆は自らの運命を産み出すために叫び、身をよじる……すべてが熱く、騒々しい。創造と陶酔、危険と勝利、戦いの暗い空の下、ツバメたちが閃くように飛び、鳴く」。

ジェノヴァとローマでの熱病のような日々はダンヌンツィオの個人的な神話のなかで「輝かしき五月」として記憶されることになる。それは栄光の光に満たされた時期であり、その期間中に彼はそれまで知られなかった芸術の形式で傑作を作り上げたのである。一九〇六年、ダンヌンツィオは、友人の彫刻家クレメンテ・オリーゴが彼の詩のひとつに触発されたブロンズの彫像を鋳造するのを見ていた。それはケンタウルスが牡鹿と格闘する姿を表した巨大で複雑な像であった。工房のなかの光景——猛烈な暑さ、鋳物職人たちの豪胆さ、芸術的手腕と危険の組み合わせ——は彼にとって強く印象に残った。彼はそれをある小説のなかで用いた。いま彼はそれを自分がイタリア国民に対して行っていることのイメージとして呼び起こした。新たに国民を作るために、イタリア社会の退廃的で古い形式を彼は打ち壊していた。それは鍛冶屋がスクラップの金属をつぶして、新しい製品に用いるのと同じであった。彼は自分という人間の素材から不純な部分を取り除いていた。その素材を自らの雄弁の白熱のなかに融解させていた。五月十七日、カンピドリオの欄干から演説を行った。そして参戦の報告で彼は、鋳物職人が鋳型に溶けた金属を流し込むために栓を叩いて外すときの強打に、自分の言葉をなぞらえた。彼にとって「暴動」は炉の熱い空気に思えた。群衆は、彼の意志によってどんな形にもなる、溶けたブロンズの白熱した塊であった。「鋳型のすべての口は開いている。巨大な像が鋳造されている」。

その日、カンピドリオにはツバメが飛んでおり、その多くの群れが緑色をしたマルクス・アウレリウスのブロンズの騎馬像のまわりを飛びながら、騒がしい鳴き声を放っていた。それがわかるのは、ダンヌンツィオが手帳に書いていたからだ。自分が意のままに興奮させ、すっかり陶然となった群衆に囲まれていても、鳥や花（前夜コスタンツィ劇場で演説を行ったときの大量の赤いカーネーションがそこに並んでいた）、あるいは手の下にある馬の尻の感覚を観察するのに十分なほどの冷静さを彼は保っていた。

見事なまでに巧みな演説のテクニックを彼は急速に身につけつつあった。聴衆の病的な興奮状態を誘うために彼が用いた工夫は、彼らを決して休ませないことだった。宗教儀式あるいは古典演劇から拝借したレトリックのトリックを聴衆に対して使った。「聞け《ウディーテ》！」と彼は叫んだ。「耳を傾けよ《アスコルタミ》！」、「理解せよ《インテンデーテ》！」と。唱和するように求められた群衆は、彼の呼びかけに何度も「万　歳《エッヴィーヴァ》！」の叫び声で応えた。これらは理性的に評価されるべき演説ではなく、集団的自己催眠の行動である。劇作家としてのダンヌンツィオの作品は、構想は壮大で、舞台効果には目を見張り、その感情の激しさは人を凍りつかせるものが多いが、「輝かしき五月」のあいだに彼が上演した演《だ》し物のようなものはそれ以前にはひとつもなかった。

彼は自分の天職を見いだした。ロマン・ロランは嫌悪感にあとずさりしながら、彼をマラー〔フランス革命の指導者、ジャン＝ポール・マラー〕になぞらえた。彼は大衆運動のシンボルとなった。ダンヌンツィオが車でカンピドリオから去るとき、「髪を振り乱し、熱狂した顔つきの、戦いのあとのように汗を滴らせた少年たち」が車に飛びつき、地面から持ち上げかねない様子だった。「戦いには勝利した。偉大な鐘は鳴り響いた。空全体が炎に包まれている。わたしは戦争の喜びに酔う」。

こうした大衆によるデモが異常な形で連続して行われたことが、どれほどの政治的影響を与えたのか、という点は議論の余地がある。ロンドン協定は、ダンヌンツィオがフランスから帰国する以前にすでに調印されていたが、彼の介入がなければサランドラと彼の内閣は有権者たち（その多くは戦争を非常に恐れていた）の支持を得ることに失敗していたと考えられる。しかし、彼の実際の影響力の範囲がどれほどのものであろうと、（いかなる法的な権威も持たない一個人の）ダンヌンツィオが選挙で選ばれた政府に自分の意志を押しつけ、彼こそが戦争へと国民を導いた男であるという印象を大衆に与えたことはたしかである。イタリアの民主的代議制度の代表たちに対して一連の悪意に満ちた毒舌を浴びせることと、自分の周囲に結集した群衆を内戦に等しい行動へと駆り立てることによって、彼はそれを成し遂げた。あの騒乱に満ちた日々のローマで、誰か国家の敵がいたとすれば、それは確実にジョリッティではなく、ダンヌンツィオ自身であった。

ニーチェは国家を「冷酷な抑圧装置」、「獲物を探してさまようブロンドの野獣の群れ」と定義した。ダンヌンツィオは――（ときには）自分を社会的良心あるいは市民の義務に縛られない、ニーチェ流の「超人《ユーバーメンシュ》」であると想像した――有権者をまったく尊重せず、民主的諸制度の権威を傷つけることに関して罪の意識を持つこともまったくなかった。十年後にムッソリーニは一九一五年五月の出来事を「革命」として言及し、その栄光に満ちた月にイタリア国民は（「最初のドゥーチェ」であるダンヌンツィオに励まされ）、名誉を守り栄光を獲得する権利を大声で要求しながら腐敗して臆病な支配者たちに対して立ち上がり、支配者たちは屈辱的な形で降参した、と喜ぶことになる。事実はそれとは異なる。しかし、法の支配に何の敬意も示さないひとりのデマゴーグの演説によって明らかに政府が行動に追いやられたという光景は、立憲民主制にとって不吉なものとなった。

ダンヌンツィオはカンピドリオに登場して激しい興奮を煽ったのち、すぐにアヴェンティーノの丘でひとり静かに散歩をする生活に引きこもった。彼の小説『快楽』の恋人たちも「金色の埃が漂うなかを貫く黒みがかったイトスギのあいだに、炎のように赤い夕陽が燃えたたせる皇帝たちの遺跡の壮大な光景を見ながら」同じ道を歩いた。ダンヌンツィオ自身も、ローマで過ごした時代の恋人エルヴィラ・フラテルナーリとともに歩いたものであった。彼はその夜、彼女のことを思った。（とはいえ、その月に彼女から届いた手紙には返事をしたためなかった。かつて熱愛した女性に年齢がもたらしたものを見たくなかったのである。）フランスでの「亡命」の五年間に彼は思いを馳せた。文名を上げ、結婚し、何度か恋に落ち、そして若かった時代を過ごした（その年、彼はもう一度二十七歳に戻れるのであれば、どんなものでも――彼の最良の連作詩『アルキオネー』でも――投げ出すだろう、と書いた）ローマに戻ってきたことは彼の心を深く揺り動かした。マルタ騎士団総長の館の門（その鍵穴からはサン・ピエトロ寺院の丸屋根が見えることで知られている）のそばで、彼は目の高さで小さな星がちらちら瞬いているようなものを見た。それは一九一〇年にイタリアを離れて以来初めて見る蛍だった。

　彼の手帳や手紙、回想録『夜想曲《ノットゥルノ》』などのなかで、蛍には前述の演説とほとんど同じ分量の言及がされている。芸術的才能と繊細な感受性の持ち主が政治的過激主義と暴力への渇望を持ちうるはずがない、と信じるような単純な人々は、ダンヌンツィオの事例につねに困惑してしまう。つい数時間前には政治的反対派を罵り、群衆に殺人をけしかけていた男が、ジャスミンの香りが漂うローマの夜を物思わしげなノスタルジーに耽りつつ、深い教養の持ち主らしくローマの何層にも重なった美しさを評価しながら散歩をしていた。ほんとうに小さな自然の驚異に対する彼の反応は詩人のそれだった。

　オーストリア＝ハンガリー帝国に対する宣戦布告がなされた日、ダンヌンツィオは支持者数人と夕食をともにした。かなり遅い時間、夜も明けようかという頃、彼は会食者たちに話しかけた。このときの話は公的な場での演説のやかましさに対する静かできわめて不吉な終章《コーダ》となる。やがて始まろうとしている戦場での殺戮を彼は待ち望んでおり、この国をそこに関わらせることに果たした自分の役割については何ら後悔を示さない。とどまることなく演説を続けた日々のことを、冒瀆的にも「御受難の聖週間《セッティマーナ・デイ・パッショーネ》」と彼は呼ぶ。彼自身と話の聞き手たちが来たるべきものに対する恐れを感じたこの瞬間は、彼にとってはゲッセマネの園〔ゲッセマネはエルサレムの東にある園で、イエスが受難の前夜に最後の祈りを捧げた場所〕での夜であった。「昨日、通りや広場で暴動を起こした、大声で戦争を要求した人々はすべて、血の気に満ちている」。犠牲となった人々の部隊、「血を流すべき若者たち」とともにクァルトに到着するというアイデアにかつて彼は夢中になった。そしていまや、数え切れないほどの他者の命を彼の「十人目のミューズであるエネルギー」に捧げることを期待していた。このミューズが「愛するのは、控えめな言葉ではなく、たっぷりとした血であり」、それを満たしてやることが目前に迫っていた。彼は無言の祈りで話を終えた。「生死を問わずわれわれが光あるところで再会することを、われらが神はお許しくださる」。

　ショーが終わると、ダンヌンツィオは緊張を緩めた。

一九一五年の夏、五月の驚くべき演説の偉業が終わって七月に前線へ向けて出発するまでのあいだ、彼の秘書トム・アントンジーニによれば、彼は「抑制のない虚飾」に沈み込んだ。アエリスをパリから呼び寄せ（ナタリーは明らかに招かれなかった）、アントンジーニが語るところによれば、「パーティーから会食へ、親密なお茶の席からさらにうちとけた夜の会合へ」とめぐり歩いた。イタリアの新しい勇敢な運命を創り出した人間として、彼はまさに時の人であった。女性たちにとって彼は以前にも増して抵抗できない存在となった。ある裕福なアルゼンチンの貴婦人はわざわざ彼のそばにいるためにホテルの部屋をとった、とダンヌンツィオの息子マリオは伝えている。（ダンヌンツィオは彼女が贈った花は受け取ったが、贈り主は拒絶した――「細すぎる」と彼は言った。）イザドラ・ダンカンも同じホテルにおり、おそらくもう少し幸運だった。多くの女性と肉体関係を持つことは彼の大衆的な人気をまったく損なわなかった。好戦的な姿勢は彼の性的魅力を増大させた。数々の性的な征服は彼の男らしく鋼鉄のようなイメージを強めた。

　彼は執筆していなかった。いまや彼は英雄であり、いままでよりも需要があった。そして彼が戦争へと急き立てた人々は、自分たちの戦いの賛歌を書くことを彼に期待していた。だが言葉はまったく出てこなかった。「座ったままの仕事はぞっとする。ペンとインク、紙などを使う仕事はいまでは空しい。行動の熱病がわたしをむさぼり食っている」とその夏に彼は書いている。

　青年時代の彼は兵士の暮らしに強い熱狂を示したことはなかった。彼は巧みに兵役を免れつづけたが、それ以上は不幸な日を先延ばしにできなくなると、きわめてぎこちなく祖国に仕えた。「わたしにとってそれは確実な死だ。伍長《カポラーレ》のアリエーレ！」と彼は恋人に手紙を書いた。（彼自身の人格《ペルソナ》のモデルのひとりであった詩人シェリーのように、シェイクスピアの両性具有の妖精にちなんで、自分をアリエーレと名づけていた。）「繊細なアリエーレ！　君はそれを想像できるかい？」彼は兵舎で寝起きして自分の馬にブラシをかけることを強要された。除隊したときはほっとしたものである。それがいま、四半世紀ののちに、再びそこに加わることを熱望していた。

　入隊のためにどこに出頭すべきかという指示をローマで待っているあいだ、彼は自分の軍服を用意させる難しさに思い悩んでいた。『コッリエーレ・デッラ・セーラ』紙に発表する『戦いの歌』を彼に期待していたルイジ・アルベルティーニは、詩の代わりに、仕立屋を見つけるのが難しいことに不満を表明する手紙を受け取った。しかしながら、すぐダンヌンツィオはノヴァーラ槍騎兵の優雅な白い軍服を身につけるようになり、その軍服のせいで奇妙に相反する感情を経験することになる。「わたしはすでにある身分に属していると感じており、自分が規則にとらわれていることも承知している」。彼はアオスタ公――国王の従弟で第三軍を指揮し、身長、カリスマ性ともに王よりも高かった――の幕僚に配属されることになっていた。そして戦争での任務を自ら決めることができる、ほとんど無制限の許可を与えられていた。総司令官カドルナ将軍からは前線のいかなる地域も訪問でき、どの作戦でも参加できる許可を得ていた。彼は指導者ではなく、戦意を高める役割を期待されていた。

七月末にダンヌンツィオが北方の前線へと向かったときには、イタリアに到着したときとほとんど同じぐらいの興奮で迎えられた。世界的に著名な詩人のなかにかつての厚かましい若造の姿を見ていた植民地相マルティーニは、ダンヌンツィオは「黙って」さっさとウーディネの司令部に行っていればいいものを「宣伝なしでは生きていけない」と苛立たしげに書いている。ダンヌンツィオは母（その頃には麻痺状態で口もきけなかった）に別れを告げるためにペスカーラへ行き、アブルッツォの同郷人たちから熱烈な歓迎を受けた。そしてフェラーラに立ち寄り、自分の戯曲『パリジーナ』の手書き原稿を公的なセレモニーのなかで市長に贈呈した。その際に「この町の美しさを大胆不敵な心に」持ちつづける、と言明した。「馬鹿げた言動は聴衆を怒らせた」とマルティーニは書いているが、これは大臣の間違いである。人々は温かい反応を示した。

例のごとくダンヌンツィオは、まるで明日がないかのように、金を使いまくっていた――それは開戦に対する当然の反応かもしれないが、彼の非公式なマネージャーとして振る舞っていたアルベルティーニには腹立たしいことであり、財政的な破局が再び近づいていることをはっきりと見抜いていた。ダンヌンツィオは二カ月間滞在した贅沢なホテル・レジーナからの請求を精算できなかった。ほぼ三年が経過したあとでも、このとき支払いの代わりに残していくことを余儀なくされた、服や装身具の詰まった複数のトランクを彼は取り戻すことができなかった。騎兵隊将校として自前で持ち込むことを期待されていた二頭の馬の代金を支払うために、彼は自分の本の発行人であるトレーヴェスに前渡し金を要請せざるを得なかった。そこでアルベルティーニは真っ直ぐにアオスタ公の司令部へ行くように彼に勧めた。分別のある優れた忠告である。「そこなら君は一日四リラで将校用の食事を食べることができる。おそらく宿泊料も不要だろう。月四百リラの給料もくれる。新しい地平線が見えてくるぞ！」それはダンヌンツィオの気を惹く類いの地平線ではなかった。ヴェネツィアに着くと、その当時もいまも、世界でもっとも豪華なホテルのひとつであるダニエリに彼はチェックインした。

イタリアの第一次世界大戦はオーストリアとの国境線に沿って、ヴェネツィアの北側と東側の山岳地帯で戦われた。ヴェネツィアは激しい変化をこうむった。一九一四年の夏は、同時代のヴェネツィアの歴史家ジーノ・ダメリーニによれば、とりわけ輝かしいシーズンだった。その夏アメリカ、イギリス、フランス、ドイツ、ハンガリー、ロシアからの訪問者たちは、ホテルやレストランや浜辺を満杯にして「贅沢さや裸体の露出、放縦な快楽の追求、謝肉祭風の思いつき、これ見よがしの優雅さを互いに競い合った」。大運河に面して立ち並ぶパラッツォは——その所有者の多くはダンヌンツィオの古くからの知人であった——すべてが開放されて、風のない暑い夜を光と音楽で満ちあふれさせた。そこへサラエヴォでの暗殺事件が発生し、「最初の砲撃の音が響くと、これらの人々のすべてが……イルミネーションが、絹や宝石、万華鏡のように絶えず移り変わる向こう見ずなゲームや洗練が、つむじ風に巻き上げられるように消え去ってしまった」。その一年後ダンヌンツィオがやって来るまでにヴェネツィアは陸海軍の基地という性格を帯びるようになり、敵軍の攻撃を受ける危険が迫る都市になっていた。大きな運河のいくつかは封鎖された。遅くとも十五世紀以来、陸地を渇望するヴェネツィア住民の庭園の欠乏感を慰めてきた、アルターナと呼ばれる木製のぐらぐらする屋上テラスは、敵の空襲を警戒する監視人たちに乗っ取られた。太陽に髪をさらして脱色する宮廷人たちをカルパッチョが描いた高い台にも、サーチライトとサイレンが設置された。彫像も積み上げた砂嚢の陰に隠れてしまった。パラッツォや教会は裸にされ、その貴重な品々は取り外されて隠された。ホテルは病院となった。大きな館の玄関ホールは難民たちの収容場所となった。一日のうちで一番明るいときですら、ヴェネツィアではすぐに迷子になってしまう。灯火管制で真っ暗になるとヴェネツィアは迷路となり、その住民たちですら夜になると盲人のように手探りで歩きまわるようになった。

北へ向かう途上でダンヌンツィオは手帳に書いた。「空虚さと隔たりの感覚。活力と生きる理由がわたしから失われてしまった。二つの流れのあいだで、過去と未来のあいだで……。退屈さ。生ぬるい水……。行動の必要性」。したがって、ヴェネツィアに到着するとすぐに、自分のなすべき行動を見いだすことがダンヌンツィオにとって何よりも優先された。二日にわたって彼は夜間作戦を展開していた海軍の艦隊の駆逐艦に搭乗し、敵の艦船との遭遇を求めてオーストリアの領有するトリエステに向かって海岸沿いを東に向かった。

　月の光や船の航跡が重なる様子、艦砲のまわりで押し黙って食事をとる水兵たちについてダンヌンツィオは記しているが、そうした記述のすべてがのちに戦時の著作のなかで生かされることになる。彼は証人となることを期待されていた。彼はまた、「人々を鼓舞する存在」であることも期待されていた。彼がヴェネツィアに来る二週間前にイタリアの巡洋艦アマルフィが魚雷攻撃を受けて沈没していた。数十名のイタリア人水兵が命を落とした。再び任務につくために戻ってきた生還者たちにダンヌンツィオは呼びかけた。「もはや言葉のときではない《ノン・エ・ピウ・テンポ・ディ・パローレ》」と、その後、何度も何度も語ることになる発言を初めて行った。だが、言葉こそダンヌンツィオが彼らにもたらしたものであった。戦争の残りの期間を通じてダンヌンツィオは、前線に向かう兵士たちや消耗しきって戻ってきた兵士たち、戦死者を埋葬する兵士たちに対して繰り返し語りかけた。血と犠牲について、記憶と愛国心について、イタリアのために死んだ人々に対して生きている者たちが負う義務について、彼は語った。彼の追悼演説は哀れな徴集兵たちの死後、英雄の称号を彼らにもたらした。戦闘を前にして行った演説は、近代戦の血なまぐさい苦闘を気高い犠牲と表現した。演説において言葉を紡ぎ出す彼の才能は戦争の道具になった。

　だが他者を駆り立てることだけで彼は満足できなかった。ダンヌンツィオは超人にふさわしい役割を求めていたのだ。彼はそれを空に見いだした。それまでダンヌンツィオはつねに飛ぶことに惹きつけられてきた。数十年ものあいだ詩作のなかでイカルスの神話を何度も取り上げていた。一九〇九年のブレーシャでの航空ショーで彼が初めて体験した飛行についてはすでに述べた。フランスに移住していた頃にはヴィラクブレーの飛行場にしばしば足を運び、何回か飛行を経験した。一九一五年七月、ヴェネツィアに来てすぐに彼は潟湖《ラグーナ》のなかにあるサンタンドレア要塞

島の空軍基地を訪れた。そこで若いパイロットのジュゼッペ・ミラーリアと出会った。

縁故関係に恵まれ――父親はナポリ銀行の頭取で政界ともつながりを持っていた――ダンヌンツィオの表現によれば、ブロンズ色の肌と金の斑点のある緑黄色の瞳の持ち主であるミラーリアは、戦友たちの模範であり、護身用にピストル一丁だけ持って敵の占領下にあるポーラまで単独で侵入したことで知られていた。戦争期間中、彼はダンヌンツィオにとって、愛すべき同志であると同時に、若さゆえの豪胆さとそれにふさわしい犠牲という理想を体現した若者たちの最初のひとりとなる。「いまこのときに二十歳である人々の幸いなるかな」とダンヌンツィオは語った。彼は若者たちの美しさを賛美し、羨んだ。そして戦争が彼にもたらした、戦友として若者たちとともに生きる機会を大いに楽しんだ。彼らの死でさえ彼にとっては素晴らしいものだった。次から次へと若者たちが戦死すると、自らの著作と演説のなかに作り上げた万神殿《パンテオン》に彼らを安置し、彼らを殉教者とするとともに新たな戦争神話の英雄崇拝を築き上げた。

ダンヌンツィオはミラーリアからトリエステ空襲計画を

知らされた。アドリア海の深奥にある国際都市トリエステはその当時オーストリアの重要な港であり、未回収地回復運動家たちがその領有を切望する土地のひとつだった。これこそダンヌンツィオの好みにぴったりの任務であった。彼は飛行家であった。ヴェネツィアとトリエステは百五十キロメートルしか離れていない。これは現代の飛行機ならひと飛びだが、一九一五年には恐るべき距離であった。ひとりの興行師としてダンヌンツィオはこの飛行が素晴らしく劇的なプロパガンダの材料になることを理解していた。彼は自分自身でそれを実行することを決意した。彼とミラーリアは港湾のオーストリア軍の砲座に爆発物を投下するが――ダンヌンツィオにとってそれ以上に重要なことは――都市の中心部にある広場に（当然ダンヌンツィオ自身が書いた）パンフレットを投下することも計画していた。

ルートと手段について彼はミラーリアと相談を始めた。彼らがその上空を通過する予定の海岸線の地図をダンヌンツィオは研究した。ビラを収納する小さな砂袋の最良のデザインをあれこれと考え、それに必要なキャンバス地を買うために自らリアルトの市場に赴いた。彼は幸福な気分で考えていた。長年にわたって続けてきた運動の厳しいプログラムのおかげで、自分は飛行の肉体的試練に耐えるだけでなく、小さな飛行機の不安定な座席から爆弾や砂袋を投げつけることだって難なくできる、と。「トリエステのイタリア人たち」に宛てたメッセージを彼は書き上げ、彼らの一刻も早い解放のために献身することを宣言した。そして何枚も何枚も、自筆で署名――優雅だがたいていはアラビアの唐草模様のように読みづらい――を間違いなく読みとれるように気をつけて書きつけた。

噂は広がり、報道記者の耳に届いた。ダンヌンツィオの行動は何であれ、ゴシップ欄のネタであるだけでなく、ニュース記事でもあった。ヴェネツィアの一紙が飛行計画を公表し、詩人がそれに加わると伝えた。小規模な空軍を指揮していた提督は二重の意味で困惑した。第一には秘密の漏洩である――いかなる作戦にしろダンヌンツィオが参加すれば、敵軍から秘密を守ることが困難になるのは明らかであった。第二にはこの不都合なまでに有名な部下が戦死してしまうリスクであった。生きていればこそダンヌンツィオは兵士たちを鼓舞することができるのであり、この十年間書いてきた強烈に民族主義的な詩をさらに生み出しつづければ、戦争に対する市民の支持を集めるのに貢献するはずであった。これに対して、彼の死は、全国民の士気に有害な影響をもたらしてしまうだろう。

提督は飛行計画を却下した。ダンヌンツィオは抗議した。提督はさらに上位の将官に問い合わせた。何通もの電報がローマとヴェネツィアおよびウーディネの陸軍司令部のあいだを行き来した。軍当局の誰ひとりとして飛行計画を承認しようとはしなかった。命令は下された。ダンヌンツィオの生命は「この上なく貴重」であり、守られねばならない。彼はこの作戦だけでなくいかなる危険な作戦にも参加を禁じられた。怒り狂ったダンヌンツィオは最高権力者に訴えた。七月二十九日、彼は首相サランドラに熱のこもった手紙を書いた。

まずサランドラを持ち上げる。「かくも勤勉かつ寛大な心の持ち主である貴方であれば、必ずやわたしの考えを理解していただけるでしょう」。彼は自らの肉体的な能力を強調した。自分は「スカルキャップをかぶってスリッパを履いているような古いタイプの文人ではない」。冒険家である。「わたしの全人生は危険をはらんだ勝負であった」。過去の大胆な行動を自慢した。「わたしはカンパーニャ・ロマーナの柵や垣根を千回も飛び越える危険を冒してきた」(彼はキツネ狩りが大好きだった)。フランスにいた頃の彼は、「ランド〔ビスケー湾に面した地域〕の漁師たちなら証言してくれるだろう」が、しばしば危険な天候のなか大西洋に船を出した。彼は繰り返し西部戦線で敵軍の支配地域に侵入する危険を冒した(彼は二度にわたって前線を訪れ、フランス軍側の安全な地域にとどまった)。何よりも重要なことは「わたしが飛行家であり……高い高度を何度も飛んだ経験を積んでいることである」(厳密にはこれも事実ではない)。そして彼は勇敢であるだけではなかった。役に立つ知識や能力を保有していた。彼はイストリアを、トリエステを知っていた。彼は「細かなことによく気がつく」性格だった。

こうして自らの信任状を開陳したあと、きわめて強い調子で、要求を行っている。「貴方に強くお願い、懇願する……この憎むべき禁止命令を撤回させるように」。もし自分の好きなように命を危険にさらすことが許されないなら、真っ直ぐ前線に行くことであえて危うい状況に踏み込むだろう、とダンヌンツィオは示唆した。「わたしのような過去と未来を持つ」者が英雄的な生き方をするのを阻むことは、「わたしを不具にし、手足を切断し、無に等しくする」ことである。兵士たちも、新聞も、イタリアの国民全体も彼を「戦争の詩人」と見ているのに、軍当局は彼を博物館の展示物として扱おうとしている。

キツネ狩りやプレジャー・ボートでの小旅行がダンヌンツィオ

ツィオが求める任務に必要な経験を提供している、という主張を植民地相マルティーニは一笑に付した。しかし、サランドラはダンヌンツィオの書簡の真剣この上ない調子に強い印象を受けた。禁止命令は撤回された。飛行計画は実施へと動きだした。

大喜びのダンヌンツィオは再び買い物に精を出すようになった。トリエステの住民に向けた彼の手紙を飾るために、裁縫用品を扱う小間物屋で（赤・白・緑というイタリア国旗の三色の）リボンを買い込んだ。サン・マルコ教会の正面に積み上げてあった砂嚢からひとつを失敬した。ヴェネツィア帝国の中心である歴史的建築物に接触することで神聖化された砂嚢は、ダンヌンツィオの小さな包みに物理的な重量と同じように歴史的な重みももたらすことになるだろう。自分のために彼は分厚いウールのベストと長い下着を買い、すべての準備が整って小さな砂袋をすべて大きな袋のなかに詰め込むと、「嬉しさのあまりそのまわりで戦いの踊りを舞った」。

飛行計画の実施は、ダンヌンツィオが吉兆と見た、八月七日と決められた。飛行機時代の初期ではそれが現実的な対応だったが、彼自身、死を覚悟していた。任務に出発する日の朝のことを数カ月後に彼は書いている。「帰還するという考えは、厄介な邪魔物として、家の玄関に置いていった」。そして出発を前に操縦士とともに座り、ルートや装備について落ち着いて話をしたが、「われわれ二人ともが正午までに一握りの黒焦げの肉体に、金歯が光る砕けた頭蓋骨になっているかもしれない」ことを意識していた。彼は遺書を書き上げるとアルベルティーニにそれを託した。

八月六日、ダンヌンツィオとミラーリアはテスト飛行を行った。ダンヌンツィオはそれ以前にも飛行の経験があったが、それは飛行場の上空を短時間飛んだだけのものだった。だがこのときには、偉大な都市ヴェネツィアを、ごくわずかな者たちしか見たことがない上空から見下ろしたのである。彼はその経験を書きとめた最初の著述家となった。すべての飛行士と同じように彼も分厚い革の手袋をはめていた。ミラーリアが顎紐を締めるのを手伝おうと片方の手袋を外すと、たちまち指が凍りつくのを感じた。それでも、前の席にベルトで身体を固定し、ガタガタ揺れる小さな飛行機のなかであらゆる方向からの風にさらされながら、彼はその飛行のさまざまな印象を粘り強く書き綴った。一隻の船の航跡が幾筋にも広がるのは「勝利の女神が手に持つ棕櫚《しゅろ》の枝」に見えた。運河で区切られたヴェネツィアの島々は切り分けられたパンのようだった。ヴェネツィアにつながる長い鉄道橋は、街という花の茎だった。潟湖《ラグーナ》の水路が風に波立って鳩の喉元のように虹色に光っていた。本土は、八月の乾期のせいでブロンドに染まり、堤防の青白いリボンで髪をしばった女性に見えた。こうした目新しい光景を貪欲に受け止め、それらを直喩で表現しながら、ダンヌンツィオは不快感やめまい、あるいは恐怖については一言も書いていない。

翌七日の朝、いつもの身支度――召使いの施す激しいマッサージのあとの入浴――をしながら彼は思った。いま手入れをしているこの身体が夕暮れには裸にされ、死体となって横たわっているかもしれない、と。朝食（濃いコーヒー）をすませると、もう一枚ウールのジャンパーを手に入れようと再び買い物に出かけた。それは前日に寒く感じたからだった。ホテル・ダニエリへ歩いて戻る途中で彼はモロシーニ伯爵夫人とその娘のロビラント伯爵夫人に出会った。もっとも危険な行動を目前にしているときに知人と社交的なおしゃべりをしている自分に気づいたことは、ダンヌンツィオの戦争体験のなかでも奇妙なもののひとつだった。新聞のゴシップ欄で「ヴェネツィアの無冠の女王」として知られていたアンニーナ・モロシーニは大運河《カナル・グランデ》に面したパラッツォ・ダ・ムーラの女主人で、詩人の気前のよい友人であった。その日の朝ダンヌンツィオは彼女の目が美しいことに気づいて、「いまだにそそられる《アンコーラ・デジデラービレ》」と手帳に書きとめた（彼女は五十一歳だった）。彼は自分が何をしようとしているかを伝え、冗談めかしてお守りをくれるように頼んだ。彼女はためらい、うまくいくように祈る言葉だけを述べると、その日の夕方に電話をすると約束した。この約束に対して彼は素っ気なかった。「彼女は何のために電話をよこすつもりなのだろう」と彼は書きとめた。入浴時に考えたことからすれば、その日の夕方ははるか遠いことと思えたに違いなかった。ホテルの自分の部屋に戻ると、シガレット・ケースに弾薬を詰め、ウールの飛行用ジャケットを広げて自問した。「上は寒いだろうか、それとも下は寒いだろうか？（傍線は彼自身による）」彼が考えていたのは海の底のことであった。死なずに捕虜となる可能性を思い出して、よく効く下剤を六錠と少額の金をポケットに入れ、階下に降りると待たせてあったゴンドラに乗って飛行場へ向かった。ミラーリアは準備を整えて彼を待っていた。それまでどんなイタリア人飛行士が飛んだよりも遠くまで、敵の砲火の射程範囲までの飛行に彼らは出発した。

その日ダンヌンツィオが持参した手帳には、詩人の目で見た観察――「悲しげな海に嚙みつく突堤の歯が見える」――が対話のあいだにまき散らされている。ダンヌンツィオとミラーリアは互いに言葉を交わすことができなかった。飛行時の肉体的環境に関してダンヌンツィオが唯一愚痴をこぼしているのは、エンジンの恐ろしいほどの騒音であった。蠟でできた耳栓を持ってこなかったことを彼は後悔した。彼とミラーリアは手帳とペンを前後の席でやりとりすることで意思の疎通をはかった。そしてダンヌンツィオはそれをするためにぎこちなく振り向かざるを得なかった。二人のあいだで交わされた最初のやりとりは和やかなものだった。「もっと上昇するのか?」「君はブロンズの坊主みたいに見える」とダンヌンツィオはミラーリアへ伝えた。「コーヒーを欲しくないか? すごく熱いのがあるぞ」。しかしすぐに二人の交わすメッセージは切迫したものとなった。ダンヌンツィオは景色を記録する――「青白いラグーナのなかで曲がりくねった運河はクジャク石のように緑色だった」――ためだけにそこにいたわけではなかった。彼は爆撃手でもあった。

彼らは数発の円筒形の爆弾を飛行機の着陸装置に固定して運んでいた。そして明らかにそのうちの一発が引っかかって動かなくなってしまった。ダンヌンツィオはそれを何とかして動かそうとした。「引き上げられない……紐がないか?」

ミラーリアは心配そうに指示を与えた。「ねじは絶対にまわすな……爆弾を落とせるように押し出せるか試してみろ。だが絶対にねじっては駄目だ」。それはいつでも爆発する可能性があった。爆発しなかったとしても、それを外すことができなければ、着陸時に爆発するのはほぼ確実だった。「着陸するときにはわたしが両手で持つよ」とダンヌンツィオはミラーリアに言った。ダンヌンツィオの戦争の記録を冷笑する人々がいまでもいるが、彼が冒した危険は真実のものであり、そうした危険に対処した彼の勇気も本物である。

トリエステが彼らの視界に入ってきた。八月の太陽の下、輝く白い石の町がカルソ――その後三年以上ものあいだ戦場となる岩だらけの荒野――を背景に浮かび上がった。下方にぱっと煙が見えた。それは彼らが敵の砲火の標的になっているしるしだった。すぐに砲声が届き、衝撃も数回感じた(帰還後彼らはダンヌンツィオの肘から数インチの機体部分に一発の弾丸が打ち込まれているのを発見することになった）。彼らはさらに高度を下げた。港に複数の敵の潜水艦が停泊しているのを見つけると、それに向かって爆弾を投下した。低空飛行に入るとダンヌンツィオは自分で用意した小さな袋を投げ落とし、それについていたリボンや旗がひらひらと落ちていくの見た。いくつかは空しく海に落ちたが、それ以外は銀行や税関の立派な建物が立ち並ぶトリエステの海に面した大きな広場に落ちた。ダンヌンツィオが自ら書き上げたパンフレットを投げ落としたのは、メッセージを伝えることだけが目的ではなかった。言葉を投げ落とした場所には爆弾を落とすこともできる、と示すことも目的であった。親イタリア派の住民を勇気づけると同時に、オーストリアの支配者たちを恐怖に陥れるために彼はそこへ行ったのである。戦争期間中の彼の功績の多くがそうであったように、この最初の飛行は敵の戦力よりも士気に対する攻撃であった。

彼とミラーリアが一発の爆弾の故障に気づいたのは、帰投中のことだった。ダンヌンツィオは狭いコックピットのなか、エンジン音によって何も聞こえない状態で、彼らの壊れやすい飛行機のバランスを狂わすことのないよう急な動きを一切避けながら、その爆弾を外そうと悪戦苦闘した。彼はそれまで英雄的な死を心から望むことがよくあった。このとき彼は、飛行機が着陸と同時に爆発するのは悲劇的ではなく滑稽に見えるのでは、という考えに悩まされた。どうにかこうにか——細かな事情がわからないのは、詩人の無頓着に由来する——彼は問題を処理することができた。おそらく（彼およびミラーリアの手帳が示唆するところでは）ぼろ切れとダンヌンツィオのベルトを使ったものと思われる。彼らは無事に地上へ戻った。

その瞬間からのち、ダメリーニによれば、ヴェネツィアの人々はダンヌンツィオを「思いやりのある愛情の波」で包み込んだ。それまで彼は貴族たちのあいだでは特別な賓客として扱われていた。それがいまでは、ローマではすでにそうだったように、ヴェネツィアでも民衆の偶像となった。崇拝者たちが彼のまわりに群がった。その姿を一目でも見ようとホテル・ダニエリの外に人々がたむろした。彼が歩いて出かけると、群衆はそのあとについてスキアヴォーニ河岸を歩いた。ゴンドラあるいは最近導入されたモーターボートで戻ってくると、桟橋に詰めかける群衆が多すぎて上陸する場所を探すのに苦労するほどだった。

彼は国民的英雄としての新しい生活を開始したが、そこで彼が選んだ個性には旧態依然たる面と最新式の面の両方があった。物質的破壊兵器よりもプロパガンダという武器を好んだことで、彼は典型的な形で現代的洗練を提示していた。彼は新しい物好きのPRマンであったが、軍馬を飛行機に乗り換えた、騎士道の時代の英雄でもあった。イギリス首相ロイド・ジョージが「飛行士たちは恐れも一点の恥じるところもない空の騎士団だ。あらゆる空中戦はロマンスであり、あらゆる記録は叙事詩である」と述べている通りである。そのすべての戦線でますます残酷で恐ろしいものになりつつある戦争において、リボンで結んだ宣伝冊子を携え、敵の対空砲火のなかを天界で生まれたごとく無傷で切り抜けたダンヌンツィオは、雄々しく、楽しげで、颯爽として見えたのである。

彼はホテル・ダニエリに戻った。モロシーニ伯爵夫人が約束通りその日の夕方に電話をしたかどうかはわからないが、彼女が翌日に自分の名前と彼の偉業の日付を刻み込んだ小さな銀の箱をダンヌンツィオに贈ったこと、そこに示されている日付は「わたしのすべての詩よりも」大切なものゆえ片時も手放しませんと言って彼が感謝したことはわかっている。自称天才として、そしてヨーロッパでもっとも有名な人物のひとりとして数十年を過ごしたのち、第二の、そしてより重要な人生を彼は開始したのである。「過去のすべてが合わさって未来へと流れていく」と彼は書いた。「これまでの人生のあいだ、わたしはずっとこのときを待っていたのだ」。

その地点から振り返って、彼の人生と精神を貫く流れのいくつかを地図にし、どれほど遠くまでさかのぼれるか、その源がどれほど泥だらけかあるいは澄みわたっているかをたしかめ、それらがどのように合流して混ざり合い、また分かれていって最後にまたひとつになるかを観察し、そして最終的にどのようにしてそれらが血の海のなかに流れ出すかを明らかにするときが来た。

# 第2部

# さまざまな流れ

# 信仰

ガブリエーレ・ダンヌンツィオ――受胎を告知する天使《アヌンチアツィオーネ》ガブリエル。自分の名前のあらゆる点が詩人には好ましかった。貴族的な接頭辞、聖書との関連、神に近い者として彼を際立たせている点など。彼は驚愕する世界に啓示をもたらす大天使であった。その名前（あまりにぴったりなために何人かの同時代人は彼が自分で作ったと主張した）は彼の本名である。あるいは少なくとも、彼がほんとうに与えられた姓であった。彼の父親はフランチェスコ・パオロ・ラパニェッタとして生まれたが、フランチェスコの子どものない叔父ダンヌンツィオが彼を自分の相続人としたため、彼は正式に自分の姓を変更した。息子は即座にその姓を受け入れた。ダンヌンツィオはその名声と資産の最盛期に、食堂のウィングチェアの背に次のような言葉を刻ませた。「主の天使はわれらとともにあり」。

ダンヌンツィオは信心深い人物ではなかったが、キリスト教信仰のさまざまな飾りには並々ならぬ情熱を示した。自分の周囲に聖書朗読台や祈禱用の小椅子、吊り香炉やもともとは聖水を入れるために作られた雪花石膏《アラバスター》製の聖水盤などをめぐらせた。彼の政治的な立場を支持する人々に向けた演説は、祈禱のように、呼びかけとそれへの応答の連続として構成された。彼にとって兵士たちは殉教者であり、破損した武器は聖遺物であった。彼は極端な快楽主義者であったが、禁欲主義者でもあった。アッシジを訪れたあと、自分と聖フランチェスコのあいだに類似性を見いだし、修道士の衣服を身につけることを好んだ（悔い改めるための衣服の粗末さは、その下に藤色の絹の下着を着ていた事実によって軽減された）。

フィウーメではサン・ヴィート大聖堂で偽りの神聖な儀式を上演し、彼自身の個性に対する崇拝を熱烈に奨励したため、フィウーメの司教は激怒して、自分の教区民たちが現代のオルフェウスのためにキリストを見捨てつつある、と書いた。その晩年はガルダ湖を見下ろす自邸を自らをたたえる聖堂に変えることに捧げられた。彼は自分自身以外には誰も崇めなかったが、崇敬することは彼を魅了した。神性を表す行為が創造行為であるなら、ダンヌンツィオ――その創造性はまことに桁外れであったため、肉体的消耗以外に彼のペンを鈍らせるものはなかった――は神に似ていた。彼はそう考えた。彼の小説『そうでもあり、そうでもなし』の主人公はサルデーニャの浜辺に飛行機を不時着させ、荒野でたったひとりになって熟考する。「わたしが神でないなら、神はいない」。

彼が生を受けた文化は、信仰が形づくったものであった。それはキリスト教の神とその聖者たちへの信仰、そして魔術に対する信仰である。大人のダンヌンツィオは近代性とその馬鹿騒ぎを喜んで受け入れたが、彼が育った世界の音は羊と牛の鳴き声、荷馬車がきしむ音、麦わらのたてる音からなっていた。一八六〇年代の（そしてある程度はいまでも）アブルッツォは隔絶した場所だった。イタリア半島西岸の大都市からはアペニン山脈によって遮断され、熊や狼がまだ生息する不毛の山々に囲まれ、その丘陵地帯には城壁をめぐらした町がキノコの裏のような溝のある断崖にしがみついている。地形はそこからアドリア海に向かってゆるやかに下っている。アブルッツォの水夫たちは数世紀にわたってアドリア海を越えて、その東側のダルマツィアの海岸地帯と交易を行ってきた。陸地は低い崖もしくはペスカーラ（州都であり、ダンヌンツィオの故郷でもある）の近くのように砂浜と松林——いまではそのほとんどが海辺のホテルを建てるために伐採されてしまった——で海と区切られている。中年の頃に帰郷したダンヌンツィオは、石の壁、花をつけた木々が点在する低い丘に戻った。「絵の描かれた荷車が二頭の白い牛に牽《ひ》かれて浜辺を進んでいく……海に向かって下っている砂まじりの土は、ほとんど波打ち際まで犂《すき》で掘り起こされている。長い緑の帯状に植えられたソラマメがある。関節炎の老人の手のようにひどく歪んだブドウの木。黒くなった麦わらの山。極度の倹約、勤勉な労働……山が高くそびえ立っている」。

こうしたことのすべて（とくに倹約）をダンヌンツィオは断固として捨て去った。だが実際にアブルッツォを離れたとしても、彼の小説や回想にはつねにその地が登場する。そこで話される方言を彼は聞きたがった。中年時代に名声の頂点にあったとき、自分の家の執事としてアブルッツォ出身の男を雇った。彼はアブルッツォの風景を探し求めた。トスカーナでドゥーゼとともに過ごしていた時代にマリーナ・ディ・ピーサで、そして「亡命」時代にフランスの大西洋岸のアルカションで、少年時代に知っていたアドリア海の浜辺によく似た、松林で区切られた浜辺で暮らすことを彼は選択した。彼はアブルッツォについて繰り返し何度も書いている。そして彼の想像力にもっとも強くはたらきかけた側面はアブルッツォの住民たちの宗教生活であり、それは彼にとって嫌悪感を引き起こすと同時に魅了する現象でもあった。

隔絶した村において教会は信仰の場所であるだけでなくコミュニティーの中心でもあり、教会を飾るために激しい労働と献身、そして貧しい農民たちのわずかな貯えも注ぎ込まれた。巡礼の集団が村の小道を「古いベッドカバーの刺繍にあるような姿で」通り抜けた。ダンヌンツィオが子どもの頃、「メシア」と呼ばれた遍歴の聖職者がその地域を歩きまわっていた。青いチュニックと赤いマントを着て木靴を履き、人々に作物と家畜の群れを捨てて自分についてくるように呼びかけた。数百人がそれに応じて、町から町へと歌を歌い、物乞いをしながら移動した。ダンヌンツィオはのちにこう書いた。「狂信の風がアブルッツォの端から端まで吹き抜けていた」。

アブルッツォでは家々は慎ましく、立派な教会は数少ない。この地方でもっとも注目すべきモニュメントは高い山にある隠者の住まいである——千年あるいはもっと前から洞窟や岩の割れ目に神秘主義者たちが住みつき、そのまわりには彼らに帰依する人々が数世紀にわたって不安定な聖堂を作り上げた。自分の家系を説明するとき、ダンヌンツィオはこうした隠者たちのイメージを借用した。「わたしはきわめて古い家系に属する」と彼は書いた。「わたしの祖先はマイエッラの隠者たちだった……彼らは自らを血が出るほど鞭打った……彼らは狼を絞め殺した。鷲の羽根をむしり、巨大な岩に爪で彼らの紋章（聖エレーナが集めた十字架）を刻んだ」。ダンヌンツィオは貴族の祖先を持たなかったため——彼はそのことを終生悔しがった——自分のための虚構の英雄たちを作り上げ、別種のエリート、きわめて神聖なエリートの一員であると自らをたたえたのである。

ダンヌンツィオの父親フランチェスコ・パオロは隠者とはほど遠い人物だった。彼は小地主でワイン商人だった。ガブリエーレが子どもの頃、彼はペスカーラの市長をつとめ、地方都市の名士であった。ペスカーラあるいはその周辺を舞台にした初期の短編小説のなかでダンヌンツィオは、港や兵舎や市場の活気が、暗い小部屋に閉じこもっている女性たちのフラストレーション（彼女たちは鎧戸の隙間や小さな高い窓から通りの活動を見つめている）と対置される、そうした場所を描いている。教会の鐘が時を告げる。聖職者たちは瀕死の者に与える終油を持って通りを歩いていく。掟によって厳しく隔離されていた少年と少女は、キリストの受難を記念する聖週間に教会のランプが消されるとき、その慈悲深い暗がりのなかでこっそりと身体を押しつけ合う。葬式では、頭巾をかぶった会葬者たちの長い列が棺のあとに続く。頭巾は目の部分に切れ目があるだけで彼らの顔を覆い隠している。あるいは最初の聖体拝領式に向かう、犠牲の白い服を着た少女たちの行列などが町の主要な出来事である。

聖なるものはあらゆる場所に存在した。ガブリエーレが弟と共有していた寝室には、二つのベッドのほかに主たる家具として祈禱用の小椅子があった。壁にはティツィアーノとラッファエッロの宗教画の石版画が掛かっていた。アブルッツォを舞台にしたダンヌンツィオの長編小説で、ある女性は恋人とベッドで午後の時間を楽しむ前に、壁にある数多くの聖者たちの絵に覆いを掛けることを楽しげに語っている。神とその代理人たちは少年ダンヌンツィオの周囲のどこにでも存在し、監視の形をとる以上、慰めにはならなかった。

フランチェスコ・パオロ・ダンヌンツィオは肉欲の人であった——自堕落で肥っていた。後年ダンヌンツィオは父親に嫌悪を抱く（とりわけ父親の乱れた性生活と浪費癖が自分自身の不愉快なカリカチュアに見えたからである）が、幼い息子を父親は喜ばせようとつとめた。フランチェスコ・パオロの浪費ぶりは大したものだった。謝肉祭のあいだ彼はバルコニーに立って、習慣が求めるままに、お祭り騒ぎをしている人々に金貨や銀貨の心づけを投げ与えた。その行為は幼い息子の心に深く残り、息子も自分の金を浪費することで人生のほとんどを過ごすことになった。フランチェスコ・パオロは派手なこと、人を驚かせることが好きだった（どちらの特徴もガブリエーレは受け継いだ）。彼は自分の白い鳩たちに新製品のアニリン染料でピンク、緑、紫、オレンジの色をつけて、自宅の中庭で飛ばしたりした。

ガブリエーレは両親のお気に入りの息子だった。父親は彼を厳しく監督していた。「父はわたしを軽々しく扱うこともなければ、馬鹿にすることもまったくなかった」。彼には弟がひとり（音楽家、詐欺師となり、その後アメリカに移民した）、妹が三人いた。だが彼は神童であり、小さな王子だった。母親ルイザ・デ・ベネディクティスを彼は敬愛していたが、彼が言うには、それは彼女がこの息子を崇める様子が満足を与えるからだった。「わたしを見る母

の眼差しは天国をもたらした」。
家は女性たちであふれており――女中たち、三人の妹、未婚の叔母たち、祖母――彼は誰にとっても大事な最愛の人間だった。ご婦人がたが母を訪ねてくると、彼はその真ん中に置いた小さな腰掛けに座り、「珍しい獣」のように自分をうっとりと見つめる視線を浴びたものだった。十一歳で寄宿学校へ送られると、家を恋しがる手紙を書いたが、そのなかで幼い頃の輝かしいイメージ――聖人たちの子ども時代の記録から盗用したものと思われる光景――を書き綴っている。「僕がまだ小さかった頃、いつも朝一番に輝くような喜びで満ちあふれてあなたの部屋に行ったことを覚えている？　いつも花を持っていったことも？……どんな雲の影も僕の楽しさを乱すことはなかった」。
実際には多くの影が存在した。田舎に暮らすこと（ダンヌンツィオの家族は一年のうち一定の期間は、町の外の所有地にあるヴィッラ・フォーコという第二の家で過ごした）は、血みどろの現実にさらされることを意味した。子ども時代を題材としたダンヌンツィオの短編の多くは死んでいく動物たちを扱っている。たとえば小さなサルデーニャ馬の死の話がある。それはアクィリーノという名前の鼻面が白い鹿毛《かげ》の馬で、ダンヌンツィオは静かな夜の厩《うまや》にリンゴと角砂糖を持参して食べさせたものだった。農場管理人がくれた、小枝で編んだ籠に入れたウズラがいた。半世紀が経過したあとでも、ダンヌンツィオは、小さな生き物が間に合わせの格子に突進し、ぱっくり割れた頭から骨がのぞく場面を思い出すことができた。家畜を殺す日には、追い詰められた豚たちの鳴き声や、その血が盥《たらい》にほとばしる様子にぎょっとして、部屋の隅に隠れて壁を向き、歪んだ口を手で押さえることになった。「生命はわたしをおびえさせた。まるで屠畜用の刀を持って追いかけられるような気がした」。「大虐殺」のあと、彼は一晩中泣きつづけた。

ガブリエーレの教育は信心深い二人の未婚の姉妹によって始められた。彼はのちに疫病と性的絶望を扱った中編小説――『乙女たちの書』、のちに書き直して『処女オルソラ』とした――のなかでこの二人を残酷な形で愚弄することになる。二人の女性が行った読み書きと宗教の授業を描いた部分は、実際の経験を回想しているように思える。「彼女たちは重々しい声で罪について、罪人の恐怖について、永遠の罰について語った。一方子どもたちの目はみな驚きで丸くなり、小さなピンクの口は仰天のあまりぽっかりと開いた。子どもたちの生き生きとした想像のなかで、さまざまなものが命を吹き込まれた……茨で縛られ、血を滴らせたナザレ人は、あらゆる場所から苦痛に満ちた目で見つめていた。暖炉のフードから出てくる黒い煙のひとつひとつが恐ろしい形をとった」。どこかよその子どもたちなら鋏《はさみ》男や大きな悪い狼、あるいは残忍な悪いウサギにおびえたかもしれないが、ダンヌンツィオとその仲間たちにとっては怖いお化けと神はまったく同じだったのである。

ルイザは夫よりも社会的には上の階層の出身だった。彼女は息子を連れてオルトーナの海岸地域にある両親の家に滞在することがよくあった。それは修道院と要塞のあいだに建てられただだっ広くて古い家で、立派な塀と隠された中庭、長い廊下と独房のような小さな部屋からできていた。這いずりまわる小さな子どもだった頃のダンヌンツィオは、花や動物を描いた床のタイルに夢中になった。立って話ができるようになると、漆喰の壁にはめ込まれた陶製のパネルに描かれた寓話の説明を聞きたがった。

オルトーナ滞在時のもっとも驚くべき経験は、もうひとりの親戚である尼僧院長を訪問することだった。彼女は「まむし《ヴィーペレ》」という名の小さなねじったビスケットを子どもに食べさせた。彼女が「栄光に満ちた謎」を教えてあげると言って紫水晶《アメジスト》のロザリオを持たせると、のちに神聖な装身具の飽くなき収集家となり、創意に富む擬似宗教儀式の役者となるガブリエーレは、興奮して過呼吸状態になってしまうのだった。それにもまして刺激的だったのは、彼女がお気に入りの甥である彼に、面会所を通り抜けて修道院のなかに入るのを許してくれたことだった。そこは彼女の小さな僧房で、秘密のうちに彼女が「占いの術」を実践するのを彼は見つめた。そのときガブリエーレは九歳で、どんな男性も入ることを許されない場所にいて、教会が禁じている儀式に立ち会っていたのだ。何重もの逸脱を犯しているという混乱した、しかし恍惚とした意識のなかで、彼は彼女が香草を火に投げ込むのを見つめ、その魔法のありふれた材料（「ボラの腸、さまざまに色が変化する魚の鱗、サルビアの葉」）にじっと目を凝らした。修道女のきちんとした頭巾や帯をつけていたにもかかわらず、この老婦人は魔女だった。ガブリエーレは彼女が怖かった。彼女は彼の両手を取り、聖なる物語が二枚折りの絵に描かれているように、彼の過去と未来は両方の手のひらに書かれていると説明した。部屋は煙で満たされていた。ひざまずき、両腕を広げ、彼女の服の袖は帆のように垂れ下がり、尼僧院長はトランス状態に陥ったように見えた。ガブリエーレはパニックを起こした。狂ったようにドアを叩きながら、見習い修道女が現れて解放してくれるまで叫びつづけた。

魔術や占いは修道院の壁を越えて侵入していた。壁の外ならどこにでも存在したのだ。アブルッツォの住民たちは教会に通い、断食や祝祭をきちんと守ったが、キリスト教信仰は異教的な魔術を含む彼らの文化と共存していた。「憑かれた者」の狂気が叫び声や口笛などの音でさらに悪化するやかましい儀式について、ダンヌンツィオは証言を残している。彼の短編にペスカーラのある女性がまじない師を探し求める作品がある。それは顎髭を生やし、白いラバに乗って町にやって来た老人で、金の三角の耳飾りをつけ、コートにはスプーンの窪みほどもある大きな銀のボタンがついていた。盲人に視力を取り戻させ、邪悪な精霊を追い出して憑かれた人々を落ち着かせることができると言われていた。町の外の洞窟で一緒に暮らしている彼の妻は、堕胎医だった。別の短編のなかでダンヌンツィオは、不漁が続く漁師が自分は呪われていると思い込む話や、腐敗し悪臭を放つ死んだ犬が、吸血鬼を追い払うために夜になると小屋のドアから出ていく話、瀕死の子どもの母親が、息子の死は呪いをかけられたからだと公言する話を書いている。フィクションのなかで描かれたこうした魔法の実践のいくつかは、友人の民俗学者デ・ニーノから拝借したものである。それ以外は彼が子どもの頃に見聞きしたものであった。

アブルッツォは羊の国である。草の河のような緑の道が、高い山の放牧地から果てしなく長い傾斜地を貫いて海にまで達していた。「遠い祖先たちの足跡を」毎年のようにたどって家畜の群れを運ぶ羊飼いに関するダンヌンツィオの詩は、彼が定期的に帰郷することをやめてだいぶ経ってから書かれた。しかし、彼が子どもの頃には羊飼いたちの季節的な移動は、一年のなかでも大きなイベントのひとつであり、収穫や最初のサクランボが熟すのと同じぐらい季節をはっきりと区分するものだった。そうした羊飼いたちと海岸沿いの平野を耕す貧しい農民たちは、多くの信仰や儀式を無傷のまま保持していた。誕生から死にいたるまであらゆる儀式につきものの、終わることなく繰り返される、哀調を帯びた歌をダンヌンツィオは描いている。移動する男や女の集団ごとにパートに分かれて歌われる旅の歌は、「絶えず浮き上がったり沈んだりする波のような」響きを持っていた。いまでもアブルッツォの村々に残っている儀式を彼は記録にとどめている。「一年間たっぷり牧草で肥らせた白い雄牛が朱色の飾りをつけられ、小さな少年を背中に乗せ、旗と蠟燭の立ち並ぶなかを教会に向かって華やかに進んでいく……身廊の真ん中まで来ると、牛は糞をひり出す。その湯気の立つ糞の山で敬虔な信者たちはその年の収穫を占う」。

収穫期の慣行である神をたたえる手の込んだ歌についてダンヌンツィオは述べている。食べ物と絵が描かれた背の高い甕に入ったワインを持った女たちの列が、太陽と地主そして神をたたえながら、野原を進んでいく。男たちはその歌が聞こえてくると草刈り鎌を置き、親方が祈りの音頭をとる――「熱に浮かされたように……即興で二行連句の形式で感情を述べる」（この即興詩には多くの記録が残っている）――そして残りの男たちはそれに対する返事を大声で叫ぶ。「日没の赤い光が鉄の刃に反射して、小麦の束の山のてっぺんでは麦の穂が炎のように輝く」。

言葉の力によって人々の集団がいかに結びつき興奮させられるかを、子ども時代の彼は見て、大人になってから思い出す。

ダンヌンツィオはキリスト教信仰の魅力を感じとってい

た。何度もあった抑鬱症の発作の時期には、宗教的な隔離施設での平安を切望した。さまざまな個人的な儀式が彼にはあり、魔術的な思考に対する偏愛も抱いていた。生まれたときには、かろうじて羊膜による窒息死を免れた。こうして生まれた子どもには予見の能力があると信じられ、その羊膜自体は、身につけた者を水難から救うお守りとされた。ダンヌンツィオの羊膜は細い紐で吊された絹の袋に保存され、幼い彼はそれをいつも首に掛けていた。大人になってからこうしたことを思い出した彼は、その効果を信じていた女性たち――彼の母、叔母たち、乳母――の「迷信」について偉そうな調子で書いている。しかし第一次世界大戦のあいだずっと、作戦に参加するときにはいつも、彼はポケットにお守りをひとつもしくは二つ持っていた。

　彼はつねに優柔不断だった。決断を迫られるときには、単純な占いに頼ることが多かった。無作為に本を開いて、目に入った文章のなかにメッセージを探すのである（それは「キュベレ〔古代ギリシアの女神。自然と生命をつかさどる〕の古代の僧侶たち」から学んだやり方だ、と彼は主張した）。彼は前兆《オーメン》を探し求めた。エメラルドは幸運をもたらした――魔術的にも、（実際そうであったように）現実的にも。エレオノーラ・ドゥーゼは彼に二個の巨大なエメラルドを与えたが、それを質入れすることで何度か財政的破綻を免れた。彼は千里眼を持つ人を訪ね、占星術師に相談を持ちかけた。小さな宝石箱に入った一対の象牙の骰子《さいころ》を彼は持ち歩いた。宝石箱にはカエサルの「賽は投げられた《アーレア・ヤクタ・エスト》」という銘文があり、決断を求められるとしばしば骰子をころがした。子どもの頃に見聞きした貧しい農民たちの信心深さを彼は忌み嫌っていたが、捨て去ったはずの村落社会の迷信の多くを、教養を深めた大人になっても持ちつづけていたのである。

　ダンヌンツィオが五、六歳の頃、妹のひとりが彼を手招きし、小さな拳を開いて自分の宝物である人工真珠を見せた。すぐに彼は同じように丸く輝やくものへの切望にとらわれた。彼の家の軒にはツバメが巣を作っており、そこから卵を盗もうとした。彼は最上階の部屋まで駆けのぼって狭いバルコニーに出たが、ツバメの巣に手が届くには彼はまだ小さすぎた。部屋のなかに戻ってベンチを見つけると、どうにか頑張ってそれをバルコニーまで引きずり出した。正面の家の窓のそばにいた女性たちが大声で彼に向かって叫んだ。その声に彼はまったく注意を払わなかった。彼はベンチに這いのぼり、そこから三階の鉄製の手すりに乗った。下は舗装された通りであった。羽根板のついた鎧戸につかまりながら、彼は手探りで進んだ。女性たちはさらに大きな声で叫んだ。下の通りでは通行人たちが立ち止まる。何が起こっているのか見るために店員たちが外に出てきて、頭を上に向けた。下のどよめきが大きくなっていくのが少年にも聞こえた。何とかして自分の身体を引き上げようとしたが、彼の腕にはそれだけの力がなかった。動揺したツバメたちが彼の頭のまわりをバタバタと飛びまわっていた。

突然彼は腰のところをつかまれて引きずり下ろされた。両親がそこにいた。母親は震え、父親は青ざめて、ぶつぞと脅した。ふらふらで震えている彼は、抱かれたまま窓を抜けてベッドの上に寝かされた。回想のなかで彼はその三人――母・父・子ども――を世俗の三位一体と見ていた。叔母たちは彼にかがみ込んで泣いた。それは死せるキリストを前にして嘆き悲しむマリアのようだった。だが家族の交流は中断された。通りに集まった群衆が、子どもが死んだものと思い込んで、葬式の風習である気の滅入るような叫び声を上げはじめたのだ。ガブリエーレの父は、ぐったりして青白い顔をした息子を抱き上げるとバルコニーに戻った。嘆きの声は喜びの叫びに変わった。

老年期になってこの出来事を説明する際にダンヌンツィオは、この、自分が最初にバルコニーに現れた行為を前兆として描いた。自分は子どもの頃から公的な活動に運命づけられていた、と彼は主張する。だがこの出来事が示すのは、宗教的な表現がどれほど彼の想像力に浸透しているか、ということである。学校の成績通知表には彼が「きわめて不信心である」と記されている。十六歳の頃、彼は『失楽園』とバイロンの『カイン』に夢中だった。いずれの詩も主人公は神を無視する。彼はダーウィンを崇拝していた。彼は教師たち（ほとんどが聖職者だった）にショックを与えた。もし神が存在するなら、その神は「つまらぬ者あるいは馬鹿者である。なぜなら苦しむのを見て楽しむために人間を創り出したから」という「とんでもない異端の説」を公言したためであった。だがそれにもかかわらず、自分自身をキリストと、両親をマリアとヨゼフと見ることは彼にとって自然なことであった。彼がそのなかで子ども時代を過ごした人々の公的活動とは、彼らの信仰、彼らの歌と祈り、彼らの魔術と祝祭であった。そしてそれらは彼の心を構成する一部となった。

# 栄光

ダンヌンツィオがペスカーラで子ども時代を過ごした当時、午後の遅い時間になると、オレンジ色や濃い黄色もしくは茶褐色の大きな帆を持つ、パランツァと呼ばれたアブルッツォの漁船が河口に姿を現した。九歳のある日、ガブリエーレは波止場まで漁船を迎えに走っていった。船の一隻にはいつも彼に貝を土産に持ってきてくれる友人が乗っていた。貝を受け取ると、それをペスカーラの要塞の荒廃した壁の窪みに持っていき、錆びた大砲にまたがって自分のポケット・ナイフでこじ開けはじめた。貝は容易には開かなかった。ナイフを持つ手が滑った。深い傷を負ってしまった。血が彼の手や大砲の上に流れた。めまいがしはじめた。持っていたハンカチは止血帯にするには小さすぎた。彼はシャツの片袖を引きちぎり、傷口を縛った。包帯はすぐに血でぐっしょりとなった。

その場所は人の気配がなく、夜が近づいていた。彼の上にそびえる古い壁から山羊の頭が現れ、その狂った悪魔のような目で彼をじっと見つめた。古い兵器庫の丸天井には蜘蛛が多く生息していて、土地の女性たちが蜘蛛の巣を止血に使っていることを彼は思い出した。いまでは震えながら、瓦礫だらけの暗い部屋をいくつも抜けて、恐ろしい怪物を追い払うために大声を出し、ナイフで蜘蛛の巣を切り裂くとそれで血まみれの手を覆った。そして半ば気を失った状態でよろめきながら家に向かった。

中年になってこの冒険譚を書いたとき、ダンヌンツィオはそれを人里離れた山岳地帯と燃えるような色の雲という素晴らしい舞台装置のなかに設定した。彼は親指の傷跡を「わたしが生まれつき他者とは異なることを示す、消すことができない目印」として大事にした。この事件を語ったエッセイのタイトルは「崇高な運命の最初のしるし」というものだった。

ダンヌンツィオが成長するにつれて、英雄たちのイメージや物語が彼を取り巻くようになる。ペスカーラにあるダンヌンツィオ家の客間にはアエネーアースを描いた絵が飾られていた。絵の背景にはトロイの町が燃えていた。ひるまぬアエネーアースは、未来をしっかりと見据え、父アンキーセースが予見した偉大な運命を実行するために出発する。同じようにダンヌンツィオも、父親の野望を実現するために、世界に乗り出そうとしていた。

彼はイタリアにとって英雄的な時代に成長していた。アブルッツォは両シチリア王国の一部であり、十九世紀の半ばまでナポリを首都とするブルボン王朝によって支配されていた。ガブリエーレの生まれる三年前にガリバルディは千人の義勇兵を率いてシチリアに上陸した。その数は地元の支持者たちで数千人にまで膨れ上がり、ブルボン軍部隊を島から駆逐した。王は不安になり、対応を決めかねた。王の将校たちは絶望的なまでに士気が低下した。ガリバルディがカラーブリアからナポリまで席巻すると、動揺した王朝の兵士たちは寝返るか、もしくは軍服を脱ぎ捨てて家に逃げ戻った。ダンヌンツィオは短編のひとつのなかで、ペスカーラの要塞から兵士たちが撤退して「武器や装備を川に投げ込んで、部隊が散り散りになった」日の光景を描いているが、それは間違いなく彼がその説明を繰り返し聞いたからであった。

サヴォイア家のヴィットリオ・エマヌエーレ王は、ガリバルディが征服した地域を併合するために、軍の先頭に立って南へやって来た。フランチェスコ・パオロ・ダンヌンツィオは、ペスカーラに王の部隊を招くために、アンコーナにあった王の野営地まで旅をした代表団の一員だった。部隊がそれに応じたとき、（その後すぐに全イタリアの王の称号を得る）王自身がダンヌンツィオ家で一夜を過ごした。彼らなりのささやかな流儀ではあるが、ダンヌンツィオ家はイタリアの国民国家の成立に立ち会っていたのである。

それは大量複製時代の始まりの時期であった。ガリバルディとヴィットリオ・エマヌエーレ王の版画が半島の全域で家々の壁を飾り、宗教画が崇められるのと同じように、大事にされた。ダンヌンツィオの家では、古典的な英雄たちの偉業の絵とともに二人の版画が並べて飾られていた。まさに輝かしい偉業の時代が再びめぐってきたようだった。ガブリエーレが七歳のとき、フランスが教皇の世俗的権利の支援から手を引き、ヴィットリオ・エマヌエーレの部隊がローマに進軍した。独立して統一されたイタリア国家が完成した。九月の夜、眠りについたあと、松明《たいまつ》を持って通りをパレードする人々の騒々しい歌やトランペットのファンファーレ、そして「ローマ！」という叫び声で目覚めたことを、何年ものちにダンヌンツィオは思い出す。

十一歳のときに、ダンヌンツィオはプラートにあった寄宿学校、レアル・コッレジョ・チコニーニ（王立チコニーニ寄宿学校）へ送られた。この学校は当時イタリアでは最良の寄宿学校と考えられていた。フランチェスコ・パオロは息子が「トスカーナ化される」ことを望んでいた。トスカーナ方言はダンテやマキアヴェッリ、そしてロレンツォ・デ・メディチ（イル・マニフィコ）が使った言葉であり、新しいイタリアのエリートが使う言葉になるべきとされていた。

チコニーニ校は大きいが気味の悪いところだった。十八世紀風の正面《ファサード》の背後には長い廊下があり、丸天井には鉄製のランタンが吊り下がっていた。礼拝堂とエレガントな小劇場があったが、少年たちがくつろげるようなものはほとんどなかった。ガブリエーレは寄宿学校に入った子どもなら誰でも感じるような惨めな気持ちになった。この学校での思い出を書いた文章のなかで、彼はそこを「監獄《カルチェレ》」と表現している。毎日の散歩のあと「悲しげな門」を入って戻るときの憂鬱な気持ちや、短期の休暇の際に監禁と禁止の雰囲気から逃れられる安堵の気持ちなどを彼は思い出す。四年のあいだ彼は、夏の長い休暇期間中でさえ、ペスカーラに戻ることを許されなかった。

愛のない環境にある子どもたちは、自分を守るために心のまわりに殻を作る。のちにその殻は簡単には破れないものとなる。ダンヌンツィオは成長して著しく感情移入に欠けた大人に、他者を利用する友人に、信頼できない恋人に、子どもに無関心な父親に、集団としての人間を家畜の群れと同じものとして見るような人間になっていく。少なくとも彼の感情的冷淡さのある部分は、幼いうちに学校へ追いやられたことに原因がある。とはいえ、その当時彼はこうしたスパルタ式の扱いに対して、忠実に応えただけでなく、非常な熱心さを示しつつそれへの愛着まで公言していた。神童として傑出した存在になるという使命は、彼が熱狂的に受け入れたもののひとつだった。寄宿学校の一年目に「最愛のお父さん」に宛てた手紙に、クラスで一番になったことを彼は書いた。「この言葉を口にするのがなんと心地よく、あなたの願いを満足させることで得られる喜びのなんと大きいことか」。

学校に通う少年だった頃から、すでに彼は小さな愛国者だった。十三歳のときに、自分には二つの使命がある、と書いた。「祖国への愛を人々に教えること……そしてイタリアの敵を徹底的に憎めと人々に教えることである！」こうした熱烈さは彼に限ったものではなかった。イタリアはそれぞれに大きく異なる歴史を持つ地域が集まった新しい不安定な国であった。各地の方言は著しく異なっていたために多くの場合互いに理解不能であった。そうした国民に祖国を愛することを教える必要があった。イタリアのナショナリズムは不安をはらみながら同時に好戦的な性格も持っていた。十九世紀の後半はすべてのヨーロッパ人にとってナショナリズムの時代であった。しかし新たに作り上げられた、不安定な統一国家——ドイツとイタリアはそのなかでも目立った——にとって、国家に対する素朴な忠誠心は半ば宗教的で半ばエロティックな衝動の複雑な網の目とつながっており、そうした衝動のなかには崇拝の対象となる英雄を待ち望むことが含まれていた。ダンヌンツィオの場合、かくのごとく曖昧であっても強烈な感情が彼自身の「崇高な運命」という考え方と合体していたのである。

フランチェスコ・パオロとガブリエーレはともにそうした運命を信じていた。十五歳のときに息子は父に次のように書き送った。「わたしは賞賛を好む。なぜなら、わたしに与えられる賞賛をあなたが喜ぶだろうから。わたしは栄光を好む。なぜなら、わたしの名前に栄光が与えられることにあなたは歓喜するだろうから」。

栄光、栄光、栄光。この言葉が彼の思春期の手紙のなかで鳴り響いている。「偉大な人物として名を残すことに彼は全面的に打ち込んでいる」と成績通知表のひとつに記されている。古い写真に写るダンヌンツィオは巻き毛のティーンエイジャーであり、表情は真剣で視線は一点を見据えている。写真には彼自身の手で「栄光へ《アッラ・グローリア》」と書き込まれている。そこへいたる彼の道は文学であったが、そのための準備のやり方は、見習い修道士が禁欲の苦行に、あるいは軍人志望者が身体の鍛錬に打ち込むような、自分を罰する類いの激しい熱意で進められた。

普通の時間割だけでは十分ではなかった。彼はヴァイオリンとフルートの演奏も学んだ。さらに声楽のレッスンも受講した。休日の仕事——オウィディウスの『変身譚』の翻訳、「観察」の本の編集——も自分に課した。夜の学習時間が終わる合図の太鼓の音が聞こえると、ほかの少年たちは寝る準備を始めるが、ダンヌンツィオは夜遅くまで勉強が続けられるように彼らのランプに残った油を集めてまわった。彼は再びクラスのトップになったことを父親に手紙で知らせたが、そこに「その順位を得るのにどれほどの犠牲が必要だったか、わかっていただければ！」とつけ足した。彼は自分を、その身体に書かれた偉業のしるしを帯びている英雄として見ていた。成長期にあまりにも長時間

机に背を丸めていたために、左肩が右よりも低くなった、と彼はのちに書いている。

ある試験を免除されたとき、彼はどれほど落胆したか母親に書き送った。「一番をとれたはずだと確信しています」。十六歳のとき、復活祭に両親に宛てて六通の手紙を書いた。一通はイタリア語、そのほかはギリシア語、ラテン語、英語、フランス語、スペイン語であった。いつの日か書くと確信している偉大な本は、自分が登るであろう「頂上」となる、と書いた。

チコニーニ寄宿学校は軍隊式に運営されていた。少年たちは、青緑色のズボンに飾り紐のついたボタンと肩章を配した上着という洗練された制服を身につけていた。彼らは生徒であったが、それと同時におもちゃの兵隊でもあった。彼らは二つの「中隊《コンパーニア》」に組織され、ひとつの中隊は四つの「分隊《スクアードラ》」からなっていた。そして優秀な少年には将校の地位が与えられた。二年目にダンヌンツィオは「伍長《カポラーレ》」となった。三年後、彼は「軍曹《セルジエンテ》」に昇進し、学校での最終年度には「司令官《コマンダンテ》」（フィウーメで自ら名乗る地位となる）となった。少年たちの一日は、授業の始まりと終わり、勉強時間を告げる太鼓の音で区切られていた。

彼らの体育は教練であり、遠足は行軍であり、遊びは戦闘であり、英雄は征服者だった。

　生徒たちの時間割のなかで古典の授業は大きな比重を占めていた。それは西洋世界の学校ではどこでも同じだったが、イタリアの子どもにとってラテン文学とローマ史はこの地域に特有の重要な意味を持っていた。イギリスの男子生徒たちは、共和政ローマがスパルタから取り入れた禁欲的な美徳を高め、ローマの禁欲主義とヴィクトリア時代後期の感情を表さないことの類似性を明らかにするように奨励されたものであった。彼らは、マコーリーの『古代ローマ詩歌集』を読んで、大英帝国とローマ帝国を同一視し、ローマの英雄たちの容易に屈しない勇気をイギリスの植民地軍将校たちの勇気と比較したりした。イタリアの子どもたちにはそうした想像の努力は必要なかった。プルタルコスの『列伝』のなかに、イタリアが生んだ英雄たちの物語を彼らは見いだした。オウィディウスやホラティウスを読むとき、その才能がイタリア民族の偉大さの一部を構成している詩人たちを彼らは勉強していたのである。ウェルギリウスの『アエネーイス』は——十二世紀も続いた断絶のあと——新たに再生する国家を作り上げる過程を描写している。リヴィウスとカエサルは国家がいかに戦い、征服するかを語った。（とりわけ読んで愉快だった）タキトゥスは、いかにイタリア人／ローマ人が北方のゲルマン人——生徒たちの親や教師の時代に北イタリアのほとんどを支配していたオーストリア人の祖先——を打ち破ったかを描いた。ダンヌンツィオの晩年にかけて、ムッソリーニは「古代ローマ精神《ロマニタ》」を公的な信仰に変えた。ダンヌンツィオのような教育を受けた子どもにとっては、そうした信仰は無理やり強制されて作り上げたものではなく、まさに知的な活動が始まるときから歴史観や美徳の概念を形成した連想のまとまりなのである。

　栄光は古代のものに限られていたわけではない。十九世紀のヨーロッパ人たちにとって偉大な征服者とはナポレオンのことであった。一八四八年にトーマス・カーライルが嘆いたように、偉大な人間が少なくなった世界において、ナポレオンが低い身分から出発してヨーロッパを支配する超人にまでのし上がったことの記憶は人々を鼓舞した。はっきりナポレオンに敵対する立場にあった人々（バイロンのようなイギリス人やトルストイのようなロシア人）でさえも、彼に魅了された。イタリア人にとっては、ちょっとした愛国的詭弁を使えば、ナポレオンを自分たちのひとりだと主張することが可能だった。フランス軍の先頭にいたフランス人ボナパルトのイタリア侵略ではなく、コルシカ人ブオナパルテが憎むべきオーストリア人たちを（一時的とはいえ）追い出したことを強調できたのである。ナポレオンはイタリア人たちに対して、ともに立ち上がり、団結することを呼びかけた。彼はイタリア人たちに彼ら自身の三色旗を与えた。彼がイタリアの美術品を略奪し、イタリアの諸公国を自分の血縁者たちに報賞として与えたことは事実である。しかしイタリアは、彼の栄光の一部であると主張することで自らを慰めることができた。

フランチェスコ・パオロは、息子を英雄にする努力において、自らの神秘的な記憶力を用いた。プラートにガブリエーレを訪ねた際に、彼はイタリア王ナポレオンの肖像のある一枚のコインとラス・カーズ伯爵の『セント・ヘレナ覚書』を持参した。伯爵はナポレオンの側近のひとりで、幽閉された島まで失脚した皇帝に同行した。彼の八巻におよぶ回想録は恐るべきベストセラーとなり、ボナパルト信仰の不可欠の原典となった。これを読むことでダンヌンツィオは取り憑かれてしまった。彼の数多いコレクションの手始めは、ぼろ切れの寄せ集めと蹄鉄用の釘だった。彼はそれを自分の「聖遺物」と呼んだ。神ではなく「ナポレオン・ボナパルトという名のわが主」を崇拝するようになった。

プラートで出会った教師たちはダンヌンツィオの眼鏡には適わなかった。アブルッツォ時代の年老いた個人教師に彼は手紙を書いて「無気力でまるまる肥った」聖職者たちから教えられるものは何もない、と不満を漏らした。彼は勉強熱心ではあったが、従順な生徒ではなかった。学校時代の回想は、屋根に登って一昼夜をそこで過ごしたことや、食堂で食べ物を投げ合った合戦（彼は片方の陣営の将軍だった）などについて語っている。彼は、その言葉のロマン主義的な意味での、反逆者だった。非凡な才能はあるが、手に負えない生徒だった。

それでも彼は自分が指導者と後援者を必要としていることに気づいていた。フランチェスコ・パオロはできるだけのことはしたが、ダンヌンツィオはもっと多くの父たちを求めていた。自分を助けてくれる、文学の偉大な世界へのコネクションを持った影響力のある年上の人物を。並外れた自信を抱いていた彼は、一種の逆転したアカデミーを創り出すことに着手した。それはひとりの賢人と彼から熱心に学ぼうとする者たちから構成されるのではなく、たったひとりの学生（彼自身）と著名な賢人たちのチームで構成されるアカデミーであった。

十五歳になって、ようやく彼は夏の休暇期間中に帰郷を許された。そして学校へ戻る途中でボローニャに立ち寄り、カルドゥッチの『蛮異風オード集』を購入した。ジョズエ・カルドゥッチはイタリアで広く認められた優れた詩人であった。その振る舞いが無愛想なことで知られていた。彼の考え方はさまざまな点で一般常識に反するものであった。全体としてキリスト教的価値観を攻撃し、とくにカトリック教会を批判することを通じて、異教信仰が持つ神聖な官能性への回帰——ペイターやスウィンバーンを代表とするイギリスの唯美主義者たちがすでに探求していたテーマ——を擁護するイタリア人のなかでももっとも雄弁な存在となっていた。もっともよく知られた彼の作品には『魔王賛歌』というタイトルが付されていた。神を嘲る少年だったダンヌンツィオは、たちまちカルドゥッチの作品に強い衝撃を受け、その模倣を始めた。数カ月後、彼は巨匠に手紙を書いたが、そこで用いたボキャブラリーは学生のものではなく戦士のものだった。彼は言う。「戦いの精神」に全身の細胞が震えるのを感じる。魂のなかで「栄光と戦闘」への切望に火がつく。「おお、詩人よ、わたしはあなたの側に立って戦いたい！」

カルドゥッチはこの異常に好戦的なファンレターに対して返信しなかったようである。ダンヌンツィオは、文通を自慢するために有名人に手紙を書く「搾ったレモンの皮のように中身のない、生意気な少年のひとり」と自分のことを思わないでほしいと手紙の冒頭で嘆願していた。この時点ではカルドゥッチがそれ以外のことを思う理由はほとんどなかった。だがそれから間もなくして、ダンヌンツィオは自分の存在を示しはじめる。

印刷された彼の最初の詩作品はウンベルト王に宛てた頌詩で、十六歳になった月に書かれた。フランチェスコ・パオロがそれを印刷させ、国王の誕生日にペスカーラの中心部の広場で開かれた演奏会に集まった人々に配ったのである。その数カ月後にガブリエーレの最初の詩集『早春』——このタイトルは「春」と「最初の詩」をかけたものだった——が刊行された（これも父親が費用を負担した）。ダンヌンツィオ自身はこれに収められた作品を「若者の命が放つ薔薇色の閃光」であり、「紺碧の澄みきった色と暗い霧」に満ちている、と評している。詩の内容があまりにもエロティックでふしだらだったため、チコニーニ校の教師たちは詩集を学校に持ち込むことを禁じるべきか、あるいはきわめて優秀な生徒であっても彼を追放すべきか、決めかねた。彼の扱ったテーマは恥ずべきものだった。「震えるほどの欲望とともにお前を蓮の上に横たえ、激しい口づけを与えよう――おお、お前はわたしのものだ！　わたしのものだ！　と叫びながら――お前は呻きながら、まむしのように、身をよじる……」。だが彼の統語法は完璧であり、古典詩の形式を正確に使いこなしていた。彼は学校にとどまることを許された。

カルドゥッチは彼の手紙を無視したが、ダンヌンツィオはいまでは自分の名刺を持っていた。彼はまだ学校に通う生徒で、十六歳でしかなかったが、もうひとりの見ず知らずの著名人にはたらきかけた。エンリーコ・ネンチオーニは批評家でイギリス文学の愛好家だった。ダンヌンツィオは学校――「わたしの惨めな監獄」――から彼に手紙を書き、『早春』を同封した。ネンチオーニはフィレンツェの自分を訪ねるように少年を招いた。プラートからフィレンツェまでは列車を使えば短時間で着く距離である。二十六歳近い年齢差があったにもかかわらず、二人はすぐに親密な友人同士になった。

ネンチオーニは背が高く痩せていて神経質だった。腕が長く、詩を朗読するときにはそれを大きく動かした。そして「あらゆる態度のなかにどこかびくびくしたところがあった」。ダンヌンツィオは自分たちの関係をソクラテスと美しいアルキビアデスのそれ――堂々とした若者と彼に夢中になる哲学者――になぞらえるようになる。若き詩人に対するネンチオーニの影響は計り知れないほど大きかった。ずいぶんあとになってからダンヌンツィオは、二人が初めて出会った日のことを一種の宗教的通過儀礼、自分の「堅信礼」として描いている。

ネンチオーニは彼にバーン＝ジョーンズやロッセッティらラファエル前派の複製画を見せた。彼はまたウォルター・ペイターを読むように勧めた。ペイターはオックスフォードの教授で、その著書『ルネサンス史の研究』（初版はダンヌンツィオがチコニーニ校に進学する前年の一八七三年に刊行された）はイギリスの唯美主義者たちに、そしてダンヌンツィオ自身にも、信念を与えた。この本は美術史の基準に対する再評価（巨匠と認められていた少数の芸術家のなかにボッティチェッリを昇格させたのはペイターだった）を美と情熱の価値に対する熱烈な信仰の表明と組み合わせていた。人生は短い。「多彩で劇的な人生を送るために、限られた心拍数がわれわれに与えられている。何物も――因習あるいは容認された道徳は絶対に――情熱をともなう脈動から、（ペイターのもっともよくとから唯美主義者を引き離すべきではない。ダンヌンツィオは理解の早い生徒だった。全生涯を通じて彼は、あらゆるつかの間の快楽、あらゆる美しさの兆しを幅広く受け入れることを誇りにすることになる。

ネンチオーニはトーマス・カーライルの著作を彼に教えた。カーライルの『英雄崇拝論』は、ダンヌンツィオの偉人への畏敬をたしかなものにし、人間の歴史を形づくるのは社会主義者が主張するように経済力ではなく優れた人間の行動であるという彼の信念を強めた。ネンチオーニの指導の下に彼はキーツを読み、その官能的な言葉の使い方を見習った。そして成人してからの人生の大部分をイタリアで過ごした二人のイギリス人ロマン主義者――シェリーとバイロン――の作品を特別な熱狂をもって読んだ。ダンヌンツィオの作品にはこの二人の詩の影響の痕跡があるが、彼にとってもっとも重要だったと思えるのは、彼らの個性と政治について学んだことであった。のちにダンヌンツィオはバイロンのものだったと主張する指輪を所有し、自分とバイロンにどれほど共通点があるかということを強調したがった。泳ぎが得意であること、（二人とも自ら招いた）「亡命」の時期があること、ヴェネツィアを愛したこと、異性関係が乱れていたこと、驚くべき名声を博したこと、などである。

シェリーもバイロンも貴族であり、慣習を無視して祖国と家族から自らを切り離すことで同国人のあいだでスキャンダルを引き起こした。両者とも激烈に政治的であった。シェリーの過激な平等主義はダンヌンツィオの帝国の栄光に対する崇拝とは合致しなかったが、日常生活の退屈さと道徳的腐敗に対するシェリーの苛立ち、そして飛び抜けた栄光の理想像を求めたことはダンヌンツィオを計り知れないほど興奮させた。「彼は光を求めて戦った」とダンヌンツィオは書いた。戦いの相手は「法、信仰、専制、迷信」であった。彼は半神半人であり、「世界のなかでももっとも偉大な詩人のひとり」であった。

バイロンはさらに魅力的なモデルであった。彼は性的に人を惹きつけてやまない放蕩者として記憶されており、それはティーンエイジャーのダンヌンツィオにとってきわめて興味深い彼の名声の一面だった。彼はまた、その詩によって大金を稼いだ詩人であり、そしてそれ以上に誘惑的だったのは、それ以前なら勝利を得た戦士あるいは国家の指導者だけが享受していた種類の名声を得ていたことである。バイロンは政治的にアクティブだった。一八二〇年代、ヴェネツィアに住んでいたバイロンはカルボナーリ（「炭焼き党員」）に接触した。イタリアの民族主義を信奉するカルボナーリの非合法な革命組織は、四半世紀後にイタリアのリソルジメントにつながる運動の先駆けであった。彼は自由で統一されたイタリアという理想像を「政治の詩そのもの」と定義した。ダンヌンツィオにとって刺激的だったのは、詩人が英雄になりうること、詩と政治が合流でき、そして栄光につながることを、バイロンの例が示唆していた点であった。

なおも自分と作品の両方の売り込みに熱心だったダンヌンツィオは、チェーザレ・フォンターナに紹介してもらう機会を得た。フォンターナはミラノの金持ちで、美術品の鑑定家であり、自身が所有する相当な資産を気前よく散財していた。ダンヌンツィオは彼に自分自身の「心理的スケッチ」を送った。

「近づきつつある青春の最初の炎」で胸がわくわくしている、と彼は書いた。わたしは「知識と栄光を求める並外れた願望を持っていて、それがしばしば陰鬱で苦しいメランコリーをもたらす」。いかなる「軛《くびき》」も甘受できない。「精神の卑しさ」を軽蔑する。わたしは「新しい芸術と美しい女性たちを熱烈に愛する者である……その趣味においてきわめて特異で、その意見についてはきわめて執拗で、辛辣なまでに率直で、破滅的と言えるほど気前がよく、狂気と言えるほど熱狂的である……それ以外には何が？……おお、あることを忘れていた……わたしは邪悪な詩人であり、大胆に夢を追う者である」。句読法と感嘆符を軽蔑していることから、明らかに作り物ではないこの手紙は、巧みな自己宣伝の作品である。そのなかでダンヌンツィオはロマン主義的な英雄のモデルに自分を当てはめている。自分が洗練された悪徳（美しい女性たち、邪悪な詩）の持ち主であると主張し、自分がいまだにどれほど若いかということをさりげなく思い出させる一節を滑り込ませている。それから二年のあいだ、ミラノの出版社に自分を推薦してくれるように何度もフォンターナに頼んだ。

『早春』はさらにあちこちへと送られた。一冊は影響力のある批評家ジュゼッペ・キアリーニに送られた。キアリーニに接近するにあたってダンヌンツィオは手紙を書いた。自分は、著名人に紹介されて茹でた海老のように赤くなって気の利いたことは何も言えずに手に持った帽子をねじ曲げている、不作法な農民のように恥ずかしく感じている。こうした可愛らしい内気さのイメージを持ち出したあと、恥を知らない自己宣伝家は、自分たちはともにハイネとホラティウスを愛好していることについて楽しい文通をしたいものです、として年上の男によい印象を与えようとしている。こうしてダンヌンツィオはもうひとりの第一級の巨匠を見いだし（キアリーニに宛てたその後の手紙で彼は「親愛なるわが教授殿」という呼びかけをしている）、刊行物での貴重な宣伝の機会を獲得した。一八八〇年五月、キアリーニは広く読まれていたローマの新聞『ファンフッラ・デッラ・ドメーニカ』に『早春』の書評を書いた。彼はやっと十七歳になったばかりのダンヌンツィオを「並々ならぬ才能」を持った「新しい詩人」と激賞した。それから数日のうちにダンヌンツィオはキアリーニに次の詩集を送り、それに同封した手紙でいつも気にかかっていることを尋ねた。もし「チャーミング」とか「感じがよい」といった評価しか得られないとしたら、自分は書くことをやめてしまうだろう。「小さな芸術家……小さな詩人」と呼ばれることには我慢できない。それくらいなら技師や弁護士になったほうがましだ。（父親のように）小さな町の町長になってもいいかもしれない。つまり、大事な質問とは「（詩人として）自分は栄光を得られるか？」ということであった。

最終的に四十八巻の著作集を持つことになるダンヌンツィオは、最初の本を出版してから一年のうちに、さらに二冊を世に出した。亡くなったばかりの祖母に捧げた『想い出によせて』は一八八〇年五月に、そして同じ年の十一月に新たに四十三篇の詩を加えた『早春』の第二版――文学者としての経歴を通じてダンヌンツィオは自分の作品を改訂し、再構成し、再販売することを繰り返した――が刊行された。いずれの場合も印刷費はフランチェスコ・パオロが負担したが、装幀はダンヌンツィオ自身が受け持った。本の製作と文学のビジネスについて彼はすでに精通していた。学校の机で書いた手紙で印刷業者に紙の質やフォントのサイズについてあれこれうるさく指示を出した。印刷費用について精力的に論争したり、地方の本屋と販売条件について交渉したりした。出版した本の宣伝には、父と息子がそれぞれの役割を果たした。『早春』（第二版）の刊行を祝うために、フランチェスコ・パオロはヴィッラ・フォーコのテラスで宴会を開いた。作品への注目を集めるためにガブリエーレはもっと巧妙な方法を思いついた。

イギリスのロマン主義者たちの著作を読みながら、キーツやシェリーが若くして死んだことが彼らの名前をきらめく悲痛なヴェールに包んでいる、とダンヌンツィオは考えていた。『早春』第二版刊行の数日前に、フィレンツェの新聞『ガッゼッタ・デッラ・ドメーニカ』の編集者は匿名の通報者（ダンヌンツィオ自身）が書いたペスカーラからの葉書を受け取った。その文面は「すでに文学界で知られている若い詩人」が落馬して急死したことを知らせるものだった。新聞社はこれを大きく報じた。このニュースはイタリア全土の新聞に掲載された。トリーノでは「ミューズの最後の生まれ変わり」の悲劇的な死を嘆く声が上がり、フェラーラでは「両親の喜びであり、友人たちの愛の対象であり、教師たちの誇り」であった優秀な少年への賛辞が表明された。学校に通う少年詩人は「文学界」のみで語られる人物ではなくなっていた。彼は知名度を上げた。栄光はまだ獲得していないかもしれないが、有名になることは達成したのである。

## 愛の死

トスカーナの春の陽差しが降り注ぐ日、花が咲き乱れる岸辺のあいだを小川が流れる。太陽の光を受けた教会の丸屋根のそばには、高いイトスギの木が古いヴィッラの壁の上に伸びている。背景には青い丘が広がる。小道づたいに黒っぽい色合いの少女が現れる。黒い瞳、黒い髪、黒い眉、そして白い、青白い顔。若者が彼女に向かって歩いていく。数日後、僕は永遠に君のものだ、と若者は手紙を書く。

それはガブリエーレがネンチオーニの部屋で複製画を見せてもらった、ダンテ・ガブリエル・ロッセッティあるいはバーン＝ジョーンズが描く絵かもしれない。テニスンの『国王牧歌』あるいはスウィンバーンの『ヴィーナス賛歌』の一場面ということもありうる。ガブリエーレは両方の詩人の作品をすでに読んでいた。だが実際には、それは生身の肉体を持つ二人のティーンエイジャーの出会いを、その片方が描写したものであった。チコニーニ校での最後の学期を前にして、復活祭の休暇をフィレンツェで過ごしていたダンヌンツィオは、彼のお気に入りの教師の十七歳になる娘とあっという間に恋に落ちた。

それは彼にとっては初めての官能的経験ではなかったが、最初のロマンスであった。ダンヌンツィオの場合には、曖昧な言葉がふさわしい。彼の恋愛はすべて、リアルな関係――肉体的で情熱的な関係――であると同時に文学的な創造物でもあった。彼のモットーのひとつは「生きる《ヴィーヴェレ》、書く《スクリーヴェレ》」であった。とりわけ性的な経験は彼の創造的エネルギーに火をつけた。ファーストキスを何年ものちに思い出して彼は書いている。それは「わたしの人生が芸術となり、わたしの芸術が人生となりはじめた、まさにその瞬間だった」。恋に落ちると、彼はペンを手に取るのであった。

小川のそばの黒い瞳の少女はジゼルダ・ズッコーニだった。ガブリエーレの母親のように、いずれ彼が愛する女性たちの何人かのように、黒い髪でがっしりした顎の彼女は、少女としては珍しいほど高い教養があり、優れたピアニストだった。彼女の父親ティート・ズッコーニはチコニーニ校で近代語を教えており、ダンヌンツィオの助言者《メンター》のひとりだった。ズッコーニはほっそりした身体つきで、ダ

ンヌンツィオがひどく軽蔑していた「脂ぎった手をした坊主ども」とは大きく異なっていた。彼にはガリバルディのかたわらで戦った経験があった。彼自身が詩人であった。彼は優秀な生徒と友人になり、休みの日には長い散歩に誘い、フィレンツェの自分の家族を訪ねるように招いた。

ダンヌンツィオは中年になってから後悔を込めて振り返り、その頃の自分がどのように見えたか描いてみせる。「黒く濃い髪の下にはすべすべした額がある。大きな目の憂鬱に対して、眉はあまりにも純粋な線を描いているのできわめて初々しい印象を与える。やや開いた美しい口は切望を伝える……」。こうした自己観察と描写は写真と一致している。ジゼルダは魅了された。ダンヌンツィオはアブルッツォを舞台にした短編を書きはじめていたが、それらはギ・ド・モーパッサンとジョヴァンニ・ヴェルガに強く影響されていた。ズッコーニ家への二度目の訪問時に彼は短編のひとつをジゼルダに読んで聞かせた。それは口のきけない乞食と冷たくなった幼い少女の遺体をめぐる陰惨な話であった。小川のそばを歩いていたジゼルダに初めて会ったとき、ダンヌンツィオは「自分でもわからない感情」を感じた。彼の物語を聴いている彼女の睫毛に涙を見たとき、自分が恋に落ちたことを理解した。

彼は学校に戻った。プラートに戻った彼はティートに自分の恋を打ち明け、ティートはジゼルダに宛てて手紙を書く許可を彼に与えた。数日後、彼女は自分も彼を愛していることを伝えた。学校の寄宿舎でダンヌンツィオは夜明けまで起きて、彼女の写真にキスをしながら長い手紙を書いた。ときにはどこにでもいるティーンエイジャーのように自分の気持ちを表現した。「僕は幸せだ、幸せだ、幸せだ」あるいは「君を愛してる、愛してる、愛してる」。彼が普通ではないことを示す手紙もあった。「キスしてくれ、エルダ、キスを。君の小さな手を僕の髪に突っ込んで、鎖につながれて震える豹のような僕を動けなくしてくれ」。

ダンヌンツィオの性的な経験は早くに始まった。洒落た制服を着たチコニーニ校の生徒たちがプラートの周辺を行進するとき、彼にはすれ違う若い女性たちを振り向いて見つめる傾向がある、と教師のひとりが記している。家族の友人たちとともにフィレンツェで学校の休みを過ごしたとき、その家の娘（十七歳で、彼は十四歳だった）を考古学博物館までエスコートし、エトルスク展示室で彼女にキスをした。何年ものちの回想によれば、一日の激しい労働を終えて腹を空かせた労働者が食べ物をがっつくように、彼女の口に貪欲に襲いかかった。一種の錯乱した恐怖とともにそのとき考えていたのは、彼女のスカートの下にある秘められたもうひとつの「口」のことだった。学校の小旅行の際に彼は教師の監視の目から抜け出し、娼婦から手ほどきを受ける代金を支払うために祖父の金時計を売り払った。その年の夏、十五歳でようやく帰郷を許された彼は、ペスカーラという小さな町の上品な社交界で何人かの若いご婦人がたと戯れ、（後年の彼自身の記述によれば）ある農民の娘をレイプした。彼がブドウ園で娘を追い詰めて地面に押し倒すと、彼女は抗い、恐怖のあまりうわごとを言って震えた。

二年後にジゼルダに会うまでに、セックスを求める彼の渇望は、苦痛を与えたいという欲求および死の幻想とからみ合うようになっていた。彼の愛情に初めて火をつけたのは、ジゼルダの涙を見たことだった。「君にあの涙をもう一度流させたい」と手紙に書いた。自分の言葉で彼女がむせび泣き、気も狂わんばかりになることを想像した。彼女が不幸になることを考えて、彼は楽しんだ。彼女の遺体をどれほど見たいか、ということまで彼女に語ったのである。ロッセッティの有名な詩と絵に登場する死せる少女「祝福されし乙女」のように、彼女が死人のように白い肌をしているのを彼は愛したが、その絵以上に青ざめていることを望んだ。町のすべての花屋をまわって馬車をさまざまな花で満たし、その花の下に君を埋めよう、と彼は告げた。「そうとも！　君を埋めるために！　僕は君を死なせたい！」

ダンヌンツィオはティート・ズッコーニに手紙を書いて、普通の人ならティートの娘を大事にし、守ることを約束する代わりに、「僕とエルダは長く生きることはできない」と告げた。ダンヌンツィオもジゼルダも、わかっている限りではいたって健康だったが、彼はこう書いている。「僕たちは冷たくなった身体を地中に残し、花を育てよう。僕たちは宇宙の力の抵抗できない流れに押し流されて、無意識の原子となるだろう」。ダンヌンツィオはワーグナーの『トリスタンとイゾルデ』をまだ聞いたことがなかった（彼の小説『死の勝利』はそれにもとづくことになる）が、愛の死のファンタジーはすでに彼に取り憑いていた。「もし、いま君がここにいたら」とジゼルダに書き送る。「僕たちは互いに殺し合おう……こうした情熱の悲劇的な恐ろしさがすべてわかるかい？」

若いカップルのあいだでほとんど毎日のように手紙が行き交うようになった。彼女は自分の写真や押し花を送った（彼女の父親が使者の役割を演じた）。彼は数千もの言葉を送った（二年足らずのあいだに約五百通に達した）。これはすべてが紙の上の言葉でなされた恋愛だった。ダンヌンツィオは、ジゼルダに出会ったわずか六日後に、自分の「ベアトリーチェ」を見いだしたことを誇らしげにキアリーニに伝えた。こうしてダンヌンツィオは新しいダンテとなり、哀れなジゼルダはダンテが（彼らの出会いに関する詩的な報告を文字通り受け取れば）生涯に二度しか会わなかった少女の役――詩作に霊感を与え、理想を体現するが、実際の彼女の人生に詩人は何の役も演じなかった――を割り当てられたのである。

ダンヌンツィオは、ジゼルダを自分自身のイメージに似合うアクセサリーに作り替えることに着手した。まず彼女が送ってきた写真の型にはまったポーズを非難した（「あまりにもありきたりだ」）。ダンヌンツィオは彼女が「詩人の腕に手を置く、誇り高く物思わしげな女王」のように見えることを望んだ。彼は彼女に新たな名を与えた（すべての恋人に新たな名をつけるのが彼の習慣となる）。「君のことをエルダと呼びたい」と書き送った。それは本来のジゼルダという名前よりも愛情がこもっていて、彼女に子どもであってほしいと願う彼にとっては、よりふさわしい名前だった。「君は大女ではない」とつけ足した（彼は恋人となった女性の多くに、たとえ自分よりはるかに背が高くても、「小さな《ピッコラ》」と呼びかけた）。彼はジゼルダを「赤ちゃん《ビンバ》」と呼んで育児室のシナリオを想像し、そこで彼女はすねる子どもの役を演じることになっていた。「小さな足で地面を蹴っても何にもならないよ……おいで、エルダ……可愛い、可愛い赤ちゃん！　僕のことを許してくれるかい？……ああ、笑って、笑って」。だが彼女を子ども扱いし、支配することを好んだとしても、支配されることもまた彼は望んでいた。君は「意地悪」で「残酷」だと彼女に告げた。黒い服を着るように彼は指示した。「女性の淡い色の服が僕は大、大、大嫌いだ」。黒い服は彼女の肌の青白さを際立たせると同時に、彼女に託したもうひとつの役割である「魔女」――キーツの「美しいけれど無慈悲な乙女」やテニスンの「モルガン・ル・フェ」のような――にふさわしかった。

学期が終わって、若い恋人たちはようやく、互いに心を打ち明けてから初めて会うことができた。「昨日はどれほど楽しい数時間だったか！」と翌日ダンヌンツィオはジゼルダに書き送った。「僕たちは十二時間ものあいだずっと抱き合い、ずっとキスしつづけていた。あの甘い言葉をささやき合いながらの長い口づけは、僕らの四肢のすべてを震わせた。そのことをわかっていたかい？」もちろん彼女にはわかっていたが、ダンヌンツィオにとっては、経験とはそれを文章として書きとめるまで実質のないものだった。フィレンツェに滞在した十一日間に彼は数篇の詩を書いた。それは翌年刊行される次の詩集『新しき歌』に「偉大な、美しい、この上なく愛する、霊感をもたらす女性」としてエルダへの献辞をつけて登場する。ペスカーラに向けて出発するまでに、ダンヌンツィオはすっかり彼女と婚約したつもりになっていた。自分の娘が非凡な才能を持つ少年の関心を惹きつけたことを知ったティートは異議を唱えなかった。この父と娘の両方にダンヌンツィオは、両親が自分を溺愛していることを自信たっぷりに伝えた。彼が幸せになれることなら何であれ両親は賛成するだろう、と。こうして彼はペスカーラへ去った。

処女長編小説『快楽』のなかで、主人公アンドレア・スペレッリは魅惑的な恋人からの突然の、説明のつかない別離の宣言を受けて苦悩する。彼女は馬車を止め、彼は馬車から降りる。彼は絶望する。「エレーナの馬車がクァットロ・フォンターネのほうに消えたあと、彼は何をしただろうか？ 正直なところ、ふだんと何も変わらなかった」。スペレッリは家に戻り、夜会服に着替えて晩餐会に出かける。そして、その二年後に偶然再会するまでエレーナのことを考えた様子はほとんどない。スペレッリは著者の忠実な自画像では決してない（はるかに金持ちで、より貴族的である）が、作者と虚構のキャラクターには多くの共通部分があり、ここで挙げた点はそのひとつである。エルダの扱い方でダンヌンツィオが意地悪だったと想像する理由はひとつもない。彼は、しばらくのあいだは、彼女と恋愛関係にあった。おそらく彼女と結婚することも実際に考えただろう。しかしそれでも、フィレンツェを離れてしまうと、彼女がいないことを非常に寂しく思った様子はなかった。

その年の夏、ダンヌンツィオにとって人生は甘美なものだった。十八歳、学校をとうとう終えて大人の世界に入る準備が整った。そこでは本人に先んじて、その評判が彼を迎え入れることを約束していた。愛する場所に戻って、ともに楽しむ友人たちの輪が広がり、彼は長く楽しい、そして実り多い夏を海のそばで過ごした。家族は満足げに彼を誇りにしていた。フランチェスコ・パオロは『早春』に収録された詩のタイトルを居間の壁にフレスコで書かせた。ダンヌンツィオは猛烈な勢いで書いていた。それは翌年『処女地』として刊行される、農民たちの生活を描いた短編群と『新しき歌』への追補分の詩だった。彼は楽しむことにも貪欲だった。馬に乗り、泳ぎ、月の夜にはボートで海に出た。

エルダに宛てた彼の手紙は、彼女のいない暮らしがどれほど満たされていて楽しいかを伝える、心遣いに欠けた暗示でいっぱいだった。書いているときに乱入してくる連中もいた。「くそっ！ 僕の部屋に友達が何人か入ってきた。書くのをやめるのを許してくれ……彼らは剣を置いた台からフルーレとサーベルを持ち出して、とんでもない騒音をたてている」（その当時もそれ以降も、ダンヌンツィオはフェンシングを愛好した）。彼は溺愛され、ちやほやされていた。旅行の準備をするときは、部屋にいた彼の母、三人の妹、二人の叔母の全員が彼を手伝った、と手紙に書いている。女性の連れが欲しいときには――彼自身の翌年の報告によれば――ペスカーラ川の対岸にあるリゾート地カステッラマーレが多くの気晴らしを提供した。長く続いている砂浜には大勢の海水浴客がいて、遊歩道には「頭にヴェールを巻きつけた女性たちがどれほどいたことか！　ポンパドール風の衣装のアラベスクや花柄で包まれた身体がしなやかに動くのがまるで猫のようだ！……花を飾った大きな帽子の下から聞こえてくる若い女性の笑い声がつむじ風のように舞う！」アブルッツォの新聞記者カルロ・マニコは、ダンヌンツィオがまるで「セキレイのように気取って」そうした若い女性たちのまわりをピョンピョン跳びはねていた、と書いている。彼が光沢のある小さな鳥のように敏捷に動きまわり、ローカルなヒーローに与えられる注目で得意になって、エネルギーと自己愛に満ちあふれて楽しむ一方で、エルダはやつれていった。

二人の婚約に両親が同意すると請け合った、彼の考えが間違いだったことが判明する。とくに父親は、息子を誇りに思うあまり、それほど若くしてたんなる学校教師の娘と結婚の約束をするという考えを受け入れることはできなかった。何とかこういう形で決着がついた。フィレンツェ大学に入学するよりも――そこへ行けば勉強のかたわら、二人は好きなだけ会うことができる――ローマへ行くべし。ガブリエーレがこの決定にどれほど抵抗したかについては記録が残っていない。首都ローマはたしかに野望に燃える若者に適した場所であり、ダンヌンツィオはまことに野心的であった。それに加えて、エルダとともにいたいという彼の願望は、それほど強くなくなったように思える。

彼女には毎日手紙を書いた。彼女の魅惑的な美しさをたたえる詩を書いた。しかし、彼がフィレンツェまで「ちょっとした気晴らしの旅行」ができるのではないか、と彼女が示唆したとき、彼はそのアイデアを馬鹿げたものとして扱った。君は距離のことがわかっていない、とダンヌンツィオは書いた。「君にはペスカーラからフィレンツェまでが《ちょっとした気晴らしの旅行》の距離に思えるのかい？」そしてつけ加える。たぶん、ミラノの美術展を観た帰りにフィレンツェに寄れるだろう。（彼はそうしなかった。）エルダがこう尋ねるのも当然だ。ミラノに行けるのなら、なぜフィレンツェに行くのが不可能なのか、そちらのほうが近いのに、と。「君にもう一度キスできなければ、僕は死んでしまうだろう」と彼は書いたが、それを実現しないままに時が過ぎ去るのにまかせた。十一月、ローマへの出発の前夜、彼は手紙に書いた。「考えておくれ。僕たちが最後に会ってから五カ月、五カ月もの長い時間が経過した」。その事実の責めを負うべきは、ほかならぬ彼自身であった。

最後に会ってから半年後のクリスマスに、ようやく彼は彼女に会うためにローマからフィレンツェへ向かう列車に乗った。そして公現祭〔キリスト生誕の際に東方の三博士がベツレヘムを訪れたことを記念する一月六日の祭〕まで滞在した。彼がフィレンツェを去るまでにエルダの唇は二人の「激しい口づけ」のせいで腫れ上がってひりひり痛むようになった。そしてまた六カ月が経過し、そのあいだ彼は毎日のように手紙で「自分はすべて君のものであり、それは永遠である」と誓いつづけた。ジゼルダは繰り返し何度も会いに来てほしいと懇願した。しかしいつでも何らかの言い訳があった。守らねばならない締め切りがある。兵役に召集されるのを避けるために定期的に大学の登録簿に署名しなければならない。両親がローマにやって来る。四月十五日、彼らが初めて会った記念日に、彼女と一緒にいられないことを嘆き、二人の未来の家庭生活の幸せな想像図を手紙に書いた。彼には美しく明るい書斎があって、絵と古い武器そして珍しい織物の数々に囲まれて仕事をしている。「そしてヘクサメトロン〔ギリシアおよびラテンの叙事詩でよく使われる六歩格、六脚詩〕を中断して、僕は君にキスしに行くよ」。彼女の姿を想像するよりも書斎を描き出すことのほうに、より創造的なエネルギーを注いでいるように見えるのは注目に値する。彼は言う。彼女のもとに駆けていけないことは辛い、と。彼女が自分を求めて泣いている声が聞こえるようだ。それでもたぶん行けないだろう、と彼は言う。なぜ行けないのかは説明していない。

その手紙を書いて二週間後、彼はサルデーニャへ向かう二人の友人とともにローマの鉄道駅に行った。ただ見送るだけのつもりだったが、突然の衝動に駆られて、満月が海の上に昇るのを見る機会を逃すことはできないと宣言し、一緒に行くことにした。ボタンホールに一本の白い薔薇を挿していたほかには、蓮の花の把手のついた籐のステッキしか持っていなかった（この世代の唯美主義者たちにとって、「イシスの王笏」である蓮は男根のシンボルであると同時にあらゆる東洋的でエキゾティックなもののしるしだった）。

旅行は陽気なもので、その計画はめちゃくちゃだった。若者たちは列車のなかで狩猟服姿の貴族の知人たちと一緒になった。彼らは湿地帯へウズラを撃ちにいくところだった。楽しい会話をたくさん交わして、ハンターたちが列車から降りると、残った三人はシートに横になって窓の外に出した足をぶらぶらさせた。サルデーニャ島に向かう船に乗るチヴィタヴェッキアでダンヌンツィオはためらった。はじめはそれ以上遠くへは行かないと言い、それからやっぱり行くと言ったが、一行からはぐれてしまいバーでベルモットを注文したりしていたため、もう少しで船に乗りそこねるところだった。その夜、海の上で彼は手帳に月光に寄せる詩を書きとめながら、甲板を散歩しはじめた。天候が急変した。風が強くなるや、彼の顔色はまず黄色に変わり、そして緑色になった。船室に戻ると麻のスーツのまま吐き気と震えに耐えながら惨めな一夜を過ごした。

サルデーニャへの旅は子どもじみた冗談として始まったが、ダンヌンツィオの心に影響を与える経験へと発展した。友人たちと一緒にマスアで鉱山を訪れたダンヌンツィオは、坑夫たちが暮らし働いている地獄のような状況について感動的な報告を書いた。彼らは明かりのない悪臭のする坑道へ降りていった。そこでは「粘着性のある熱い蒸気がわれわれを包み込んだ。まるで柔らかくて湿った舌が顔をなめるような感じだった。汗でびしょ濡れの手がわれわれの手を握っているようだった」。ダンヌンツィオはこうした経験についてジゼルダに書き送ったが、哀れな彼女がもっぱら衝撃を受けたのは、自分と一緒に過ごすために一日か二日すら割くことができないと明言していたにもかかわらず、三週間もの旅行のためにローマを離れる時間があったという事実だった。翌月彼は夏休みの残りを過ごすためにペスカーラへ向かう途中、フィレンツェに十日間滞在し彼女と過ごした。ペスカーラでは手漕ぎボートにラッラという名をつけたが、本物のジゼルダへの手紙の頻度は次第に低下していった。一八八三年二月、彼は彼女に宛てた最後の手紙を書いた。

ダンヌンツィオは、良心の呵責を感じることなく女性を誘惑しては捨てるドン・ファンである、という評価をすぐに得ることになる。実際のところは、いつも別れを告げるのは至難の業だった。ひとつには、彼がつねに優柔不断だったからである。チヴィタヴェッキアの波止場でぐずぐずしたのは、彼の性格だった。そしてひとつには、彼が誰を相手にしても「ノー」あるいは「さよなら」を言えないからでもある。彼は執筆依頼を決して断らなかった。何にでも同意し、そして約束を守らなかった。何年ものちに、ファンや図々しい旧友たちに悩まされる有名人になっても、うんざりする長い会話を終わらせることができなかった。そういうときには何か謎めいた言葉をつぶやいて、部屋を出て行くのだった。訪ねてきた人々は彼が戻ってくるものと思って待つが、それは無駄に終わった。彼には使用人を解雇することが恐ろしく困難だった。フランスの海岸地域に住んでいた頃、彼の命令を受けた執事が厩番を解雇する場に居合わせるのを避けるために、（列車で一日かかる）パリへ行ったこともあった。ありがたくない招待に対して率直に「ノー」と答えるより、出席できない馬鹿げた言い訳をでっち上げた。あるときダンヌンツィオは運転手にランチの招待主に電話をさせ、彼が気球で空へ昇ったのでしばらくは降りてこないと伝えさせた。

　彼の恋愛沙汰の終わりがこのように長引くのは、ほかにも理由があった。女性が不幸になればなるほど、彼にとって彼女が興味深くなるのである。訪問の約束を何度も延期することでエルダを焦《じ》らせば焦らすほど、彼女のイメージは彼にとって魅力的になった。「君は苦しんでいるに違いない……かわいそうな僕のエルダよ！」と彼は手紙に書いた。「君は絶望的な願いを込めて僕のことを考えるだろう」。彼に「猛烈なキス」をしてもらえず彼女が落胆することが、彼が好んだイメージのひとつだった。エルダに滅多に会わないのだから、彼女が実際にどれほど青白く弱々しくなったかは知る由もないわけだが、サディスティックな憐れみに恍惚となって彼は呼びかけた。「僕の青白きオフィーリアよ、僕の哀れな裏切られた処女よ」。自分が裏切っていることを彼が直接認めることはまずなかった。その代わりに、彼女の叱責の言葉に応えて、悲しみに気が狂わんばかりだった（あるいはそう断言した）。

　手紙を書くダンヌンツィオは、彼がその手紙を送る少女と同じぐらい虚構の存在であった。サルデーニャの冒険はモーツァルトの『ドン・ジョヴァンニ』からの剽窃とも言える場面で終わる。ダンヌンツィオと彼の二人の友人は、土地の女性たちとあまりにも親しくなりすぎたために、敵意を抱いたサルデーニャの男たちの一団に船まで追いかけられた。滑稽な（だがおそらく肝を冷やした）エピソードであるが、「セキレイ」のダンヌンツィオの実像――旅行で町から離れた青二才が気取って歩きまわり、女性と見れば粉をかける――を垣間見ることができよう。彼の仲間のひとりはこの旅行について書いている。「彼はふっといなくなると、われわれがそれに気づく前に、ネズミをくわえた猫のように戻ってきた」。「ネズミ」とは若い女性だった。

　エルダに手紙を書いているときの彼はまったく違う人間だった。恋と不安に震え、自殺したくなることも頻繁にあった。「僕は恐ろしい深淵に取り囲まれている」と、彼女から関係を絶つと脅されたときに、彼は書いた。「岩の頂上でたったひとりだ。光はまったく見えず、希望もない。君はあらゆるものを僕から奪い去った」。彼の最後の手紙を読んで彼女は困惑したに違いない。「僕たちはつねに愛し合っている」と彼は書く。しかし「記憶は空っぽな夢のようにどうしようもなく四散してしまう」。彼は自分が彼女にもたらした不幸に、嫌悪感を催させる傲慢さを示しながらこだわる。手紙は残酷な矛盾の連続で終わる。「さらば《アッディーオ》」と繰り返し彼は書いている。僕は悲しい、と言う。さらに書きつづけることは、彼女を悲しませるだけだ。再び「さらば」。しかし突然「言葉で言えないほどの欲望で君の唇にキスをする」。さらに気も狂わんばかりの憐憫──「おお、僕の哀れな殉教者よ！」再び「さらば、さらば」。そして最後に、いまでは明らかな嘘が二度繰り返される。「僕は君のもの、いつも君のもの」。ダンヌンツィオは二十歳になろうとしていた。四カ月後彼は結婚する。エルダとではなかった。

一九二一年、三十八年間の沈黙のあと、エルダはダンヌンツィオに手紙を書き、彼の手紙を売る許可を求めた。その金で息子を結婚させてやれると彼女は期待していた。ダンヌンツィオの女性たちのなかで、彼の手紙をこれほど長く手元に保管していた点で、彼女は例外的である。それ以降のどの恋愛関係でも、別れる際に彼は一度は愛した女性に対して、偉大な情熱が衰えたことを悔やむ甘美な表現に満ちた手紙を書いたが、その最後は自分の手紙を返却することを無愛想に求める一文で締めくくっていた。ダンヌンツィオはジゼルダに対して、手紙を彼の弁護士に引き渡すことを示唆する返事をした。自分を訪ねてくるように彼女を招くことはなかった。

# 故郷

ガブリエーレの部屋に乱入して、フェンシングの剣で大騒ぎをした騒々しい連中だけが彼のアブルッツォでの仲間ではなかった。ペスカーラから数マイル南にあるフランカヴィッラに、画家フランチェスコ・パオロ・ミケッティが住んでいた。ミケッティはダンヌンツィオの友人たちすべてのなかで、もっとも忠実で寛大な友となる。ガブリエーレよりも十八歳年上の彼は、もうひとりの父親になれるくらい老成していて、成功した芸術家でもあった。夏のあいだフランカヴィッラの彼のところに、創造的な芸術活動をしている仲間たちが集まり（ふざけ半分に冒瀆的な尊大さを込めて）自分たちを「チェナーコロ」――この言葉はダイニング・クラブあるいはダイニング・ルームと訳せるが、イタリア語ではソクラテスが主宰したシンポジウム、あるいはキリストの最後の晩餐を指す際にもっともよく使われる――と呼んだ。もっとも頻繁に顔を出したのはフランチェスコ・パオロ・トスティ（のちにダンヌンツィオの詩の多くに曲をつけた作曲家）と彫刻家コンスタンティーノ・バルベッラの二人だった。

ガブリエーレが十七歳で、卒業までにまだ一年あった一八八〇年の夏、彼はすでにチェナーコロの有力なメンバーだった。彼はペスカーラから馬でやって来るか、最初はミケッティの海辺の小さな家に、そしてのちにはミケッティが自分のアトリエ兼自宅に改装した、世俗化されただだっ広い修道院に滞在した。「滅多に人の訪れない海辺の家」を思い出しながら、「おおフランカヴィッラのあの美しい日々！」と彼はのちに書いている。その家のすべての部屋には塩辛い海の風が吹き抜けた。「そこでは人生が花開いていた」。彼はグループの最年少で、他の人々よりも十歳以上若かった。数人は確固たる評価を得ている人物だった。ネンチオーニとそれ以外の助言者たちが、彼の中等教育を通じて指導した個人教師だったとすれば、チェナーコロは彼の大学だった。彼とミケッティは話しつづけた。「ぶっ続けで七時間」とエルダへの手紙に書いている。「そしていつも芸術について、いつも芸術についてだ」。

それは当初、文学のグループではなかった。ミケッティの友人には、詩人よりも美術家、音楽家、学者のほうが多かった。著述家および文化的コメンテーターとしてのダンヌンツィオの高い能力のひとつは、彼が文学と同じぐらい音楽や視覚芸術に精通しており、それらを高く評価していることだった。彼は徹底的な観察者であった。ミラノの現代美術展を観に行くという彼の計画は、エルダを遠ざけるためのたんなる言い訳ではなかった。彼はその計画にほんとうに夢中になった。芸術作品は彼の小説や芝居のなかで、シンボルとして、評価の基準として、インスピレーションとして、媚薬として重要な役割を果たしている。彼の作品に登場する主人公のひとりはレオナルドの肖像画になぞらえて自分を変える。別の主人公はある女性に、手を見れば彼女の裸体がコッレッジョの『ダナエ』のそれと同じぐらい美しいことがわかる、と誘惑の言葉をかける。彼の詩は色彩に満ちている。彼は自分の小説のヒロインにしばしばグレーのドレスを着せるが、それは古いありきたりのグレーではない。その陰影を特定する。灰のグレー、鳩の羽根のグレー、白鑞《しろめ》〔錫・銅・鉛の合金〕のグレーあるいは薄曇りの空のグレー、というように。フランカヴィッラで彼は友人の画家の目を通して見ることを学んでいた。彼の初期の短編は思いがけないほど鮮やかな色彩で満ちている。乾いた岩の漂白したような色を背景として咲く緋色のケシの花の輝き、緑柱石色あるいはトルコ石色の空、紫の山々、乞食の深紅のジャケット、明るい緑色の川の水面に次から次へと映る木々、オレンジの蛍光を発する輝き、銀色あるいは鉛灰色の海の上をすべる黄褐色の帆。これらはミケッティが描いた場面であった。ダンヌンツィオの作業はそのイメージを言葉にすることだった。

彼の耳は目と同じぐらい優れた識別力を持っていた。アンソロジーにもっとも多く収録された彼の詩『松林の雨』は、松の葉に落ちる雨の音を描写すると同時に模倣した、美しく構成された言葉＝音楽作品である。あるときオーケストラのなかのどの楽器のチューニングが狂っているかを指摘して、トスカニーニを仰天させたことを彼は自慢している。生涯を通じて音楽は彼の最大の楽しみのひとつだった。「音楽を彼以上に見事に聴ける人はいない」とロマン・ロランは書いている。

フランカヴィッラでダンヌンツィオは作曲について作曲家たちと語り合うことができた。そして彫刻家と画家が自分たちの見たものにどのように形を与えるかを観察できた。彼が書き残したものによれば、その家の主人が描いたスケッチが散乱する部屋では、彫刻家バルベッラが彼の横で胸像を型どり、別の仲間がマンドリンでシューベルトを演奏し、トスティが子守歌のリフレインを歌うなかで彼は書いていた。「（ミケッティの）ヴィッラは真の芸術の神殿であり、われわれはその聖職者なのである」。

ダンヌンツィオが自分の故郷を文学で扱うにふさわしい題材だと考えはじめたのは、この神殿での経験がきっかけだった。ミケッティとともに彼は、この地域の内陸の山岳地帯へと長い距離を馬で移動した。この小旅行によって彼はアルカイックでありながら同時にエキゾティックでもある世界へと足を踏み入れた。農村の人々は「ほとんど小びとで、あぐらをかいた鼻と平たく押しつぶされた唇」をしているが、一種の「東洋的な」壮麗さを持つ服を着ていた。ダンヌンツィオはある婚礼のパーティーを「絹のドレス、金襴のスカーフ、大きな金のイヤリングが、心狂わせるようなギターの低い音……銃声……砂糖菓子を投げるパチパチという音……楽しげな叫び」とともに乱舞する大騒ぎとして描いている。

チェナーコロのメンバーたちは全員がアブルッツォの伝統的文化への関心を共有していた。トスティは民謡を採集していた。ミケッティの友人たちのなかには、アブルッツォの方言辞書の著者で民話の翻訳者でもあったジェンナーロ・フィナモーレ、そして六巻にもなる『アブルッツォの慣習と風習』の著者である民族学者アントニオ・デ・ニーノらも含まれる。詩人ブルーニがアブルッツォの方言で詩を書き、トスティがそれに音楽をつけて男声合唱曲とし、復活祭の翌日の月曜日に行われる屋外のセレモニーで歌われた。ダンヌンツィオがのちに書いているが、ミケッティの絵のテーマは「かつてアブルッツォに暮らしていた活動的な種族で、彼らはたくましく、思慮深く、つねに歌にあふれていた」。

一世紀以上も前からヨーロッパの知識人たちは、廃れてしまった伝統文化の残滓《ざんし》を孤立した農村共同体に探し求めていた。民族学がもっとも熱心に実践されていたのは、外国の政府に対してナショナリズムが自らの権利を主張する状況にある地域であった。ジェイムズ・マクファースンは古代ゲール人の詩を「発見」し（オシアンという名で刊行された、そうした詩のほとんどは彼自身による偽造作品だった）、彼の崇拝者であり継承者でもあったサー・ウォルター・スコットはスコットランド高地地方の歌や物語を採集したが、彼らの意図はスコットランドが――そこを政治的に支配している南の隣人であるイングランドと同じように――豊かな文化遺産を持っているのを示すことであった。ヤーコプとヴィルヘルムのグリム兄弟の少年時代、ドイツの諸国家の多数はナポレオンの支配下にあった。「普通のドイツの農民たちのあいだで見いだされる」おとぎ話を彼らが採集した行為は、消えつつある文化を保存することだけが目的ではなく、「想像のなかでの国家建設」でもあった。一八九三年にゲール語およびゲール文学の保護と奨励のためにアイルランドで設立されたゲール語連盟は、独立アイルランド国家のための刺激をもたらすことを狙っていたのである。

同じように、ミケッティは刺繍を施したベストと手織りの赤いスカートを身につけた画趣に富む農民の少女を探してアブルッツォを旅しながら、トスティは畑で収穫作業を行う人々の歌う歌を採譜しながら、新しいイタリア国家のための文化的基礎を提供していたのである。だが多くの愛国的民族学者が気づいたように、その土地に固有の文化の真正な残滓を特定するのは容易ではなかった。新しいドイツに純粋にドイツ的な前史をもたらすために、グリム兄弟が採集した物語のいくつかは、実際にはフランスから逃がれてきたユグノーたちによって輸入されたものだった。それと同じように、ダンヌンツィオのイタリア人の友人たちも、イタリア外からの影響に動かされた。彼らが扱った素材はローカルなものだったが、彼らの関心は外国の事例がもたらしたものだった。ミケッティの絵はフランスの写実主義派（コロー、クールベ、ミレー）に負うところが多かった。彼らの集まりの名称「チェナーコロ」でさえ借り物だった。半世紀以上も前のパリで、ヴィクトル・ユゴーは「セナクル」を主宰していたのである。

フランカヴィッラでダンヌンツィオは水泳に打ち込んだ。彼はまれに見る泳ぎの名手だった。「僕たちは海水浴に行き、何もない浜辺で野蛮人のように泳いだ」。砂浜沿いに馬を走らせ、自分の小さなボートを沖に向かって漕いだ。彼と友人たちは――召使いに給仕されるのに慣れていたり、母親にいつも料理をしてもらっている若者たちにふさわしい不器用な手つきで――互いのために料理もした。彼は自分で作った巨大なオムレツを自慢げに思い出すことになる。ミケッティは写真を撮るために浜辺で客たちにポーズをとらせた。写真のダンヌンツィオは、自分をそうイメージすることを好んだ、フォーン〔半人半羊の林野牧畜の神〕のように見える――巻き毛が前に落ちて、ほっそりした身体は引き締まってエネルギーを感じる。写真の何枚かには女性たちもいるが、長袖のガウンにつば広の帽子といった、男たちとくらべると不釣り合いなほどの厚着をしている。これ

はダンヌンツィオがエルダへの手紙で示唆したような修道士のごとき隠遁生活ではなかった。
夕方にはワインが出たが、ダンヌンツィオは――このときもその後の生涯においても――飲酒については控えめであった。彼が喜んで摂取したアヘンもあった（「僕はわずかのうちにきわめて熱心なアヘン使用者となった」）。自分がドラッグのせいで「茫然としている」ことに気づいて、彼はすぐに摂取をやめた（「でも、なんと気持ちのよい瞬間だったことか！」）。夜になって、オリーブの木々のあいだに座りながら――その枝は満月の光に照らされて銀色に変わっていた（この効果についてダンヌンツィオは小説のなかで何度も語っている）――トスティが採集して「セレナータ」として新たに編曲した合唱曲や子守歌を彼らは歌った。ときには近くの野辺にいる姿の見えない働き手たちが彼らに応えて歌う、不気味で繰り返しの多いメロディーが聞こえることもあった。

一八八〇年の夏のあいだ、ミケッティとダンヌンツィオは二回の小旅行を行い、それは両者にとってとくに実り多いものとなった。そのうちの一回はトッコ・ディ・カザウリアの村を収穫期に訪れたものだった。そこで彼らはひとりの美しい娘と数人の酔った刈り取り人たちのある光景を目撃した。ミケッティはその年の冬に、彼のもっともよく知られている作品のひとつ『イオリオの娘』のための習作を描きはじめ、それは十四年後に第一回ヴェネツィア・ビエンナーレで展示されることになる。その絵は緋色のドレスとショールをまとった農民の娘が、いやらしい目で見ている男たちの集団の前を急いで通り抜けようとしている場面を描いている。ダンヌンツィオはその素材をはるかに暴力的な作品に仕上げることになる。あるインタビューのなかで彼はそのときの出来事を説明した。「突然、小さな広場に美しい若い女が、髪を乱して叫びながら駆け込んできた。それを追って大勢の刈り取り人たちがやって来たが、彼らは太陽とワインそして欲望のせいで野獣と化していた」。このたったひとつの劇的な場面から彼は性的逸脱と群衆の暴力の物語を作り上げ、それはほぼ四半世紀後に彼のもっとも成功した戯曲となった。この作品も『イオリオの娘』と呼ばれる。

もうひとつの注目すべき遠出は、息が詰まるほど暑い夏の日にミリアーニコにあるサン・パンタレオーネ教会を訪れたことであった。聖人の祝日を祝い、罪を償い、奇跡を祈るためにやって来た巡礼たちで教会はびっしり埋まっていた。ミケッティはこの光景を彼の作品『誓い』のなかで描き、この作品は一八八三年にローマで展示されて大きな喝采を浴びた。ミケッティは、娘たちの刺繍を施した衣装のきらびやかな色、教会の高い窓から差す斜めの光、そして神の恩寵を求めてやって来た瀕死の者の悲劇的なドラマを一枚の大きな光景として描き出した。

だがダンヌンツィオにとって、教会のなかで見た光景はぞっとするものだった。彼の書いた文章によると、教会の薄暗がりのなかでひしめき合っている人々の身体から、動物の悪臭が立ちのぼっていた。群衆の真ん中に一種の溝ができていて、両側を人間の壁で挟まれたその狭い通路を、熱狂的信者たちが這って進んでいく。「三人、四人、五人と精神異常者たちが身体をよじりながら、地面に腹をつけ、タイルの埃を舌でなめつつ、体重を支えるために足を曲げたまま、やって来た。まるで爬虫類だ」。彼らの足や手は血まみれだった。少しずつ前に進みながら、彼らは床をなめ、自分たちの唾液で十字を描いていた。「ひとりの狂信者が残した赤い染みは、次の狂信者の乾いた舌で拭い取られた」。這いずる人々は、ひとりずつ銀でできた聖人の肖像に近づき、「憎しみと同種のように見える最大限の努力で」それぞれが肖像の首の部分をつかむと、聖人の金属の唇に自分たちの血だらけの口を押しつけ、「一種の快楽による痙攣状態で」すがりつく。観衆は呻き声を上げた。

ダンヌンツィオはこの光景に何度も何度も立ち戻ることになる。ミリアーニコで見たことに関する完全な描写は十五年後に『死の勝利』の一部としてようやく発表されたが、彼の初期の短編のなかで、宗教がもたらす慰安と狂気そして群衆の力というテーマは、さまざまなバリエーションを演じることになる。

学校で過ごす最後の冬のあいだに、ダンヌンツィオは、最初の散文集『処女地』に収録される短編小説をいくつか書いた。おそらくティート・ズッコーニに促されて、彼はゾラ（とくに『ムーレ神父のあやまち』）、ヴィクトル・ユゴーの『ノートルダムのせむし男』、そしてジョヴァンニ・ヴェルガの新作『農村での生活』などを読んでいた。やがて彼はモーパッサンとフローベールを見いだす。彼の読書リストに新たに加わった本は、彼自身の書くものから察知することができる。外国の手本から大量の盗用をしているからである。表現を盗み、構文上の構成を再現する。プロットを借用することもある（彼の悲喜劇の主人公は鐘つきで、ジプシー娘に恋をして憔悴する）。叙述の構成は出来合いのものを使う（『処女アンナ』はフローベールの『純な心』の展開をまったくそのままなぞっている）。より重要な点は、他の作家たちのリアリズムがダンヌンツィオに、自分の故郷で見つけた素材を利用できることを気づかせたことである。

ダンヌンツィオはヴィクトル・ユゴーのような感傷的な人間ではなく、ゾラのように社会正義を求める運動家でもなかった。農民あるいは労働者の生活における精神を破壊するような厳しさを描くとき、その筆致には憐れみではなく嫌悪感に近い何かがあった。アブルッツォを舞台にした彼の短編は愚かな暴力で満ちあふれている。乞食は自分の手足の不自由な息子を見世物にし、漁師の愛は嫉妬のために歪み、哀れな白痴はトカゲをじわじわと殺して楽しむ。ダンヌンツィオはこうした人間の退廃を例にとり、そのひとつひとつを入念に練った散文で物語に織り上げた。ミケッティとその友人たちは（豊かな儀礼と信仰の遺産を持つ）故郷の文化に関心を払うことを彼に教えた。彼らはダンヌンツィオがそれを好きになるようにとは説得しなかった。彼の虚構の分身のひとりは考える。彼がその美しさを愛した農村地帯が、原始的な恐怖や妄信に満ちていると気づくことは、女性の香《かぐわ》しい髪を指で梳《す》いているときに、その下に「シラミがうようよいる」のを見つけるようなものだ、と。

ダンヌンツィオの故郷に対する感覚は、彼の政治と自己表現において重要なテーマとなる――「わたしの靴の底にはアブルッツォの土がついている」と彼は書いた――が、故郷で暮らそうとは決して思わなかった。一九一四年、ペスカーラの当局者から彼に対して、その地方出身の偉人という高い社会的地位を評価して、一軒の家を寄贈する申し出があった。彼はこれを断った。その当時彼はイタリアでは破産状態で、フランスでも莫大な負債を抱えていた。しかし彼にとってアブルッツォは文化の遅れた僻地であり、ペスカーラは老耄と無知の不潔な罪の臭いが漂う場所だった。「わたしのアブルッツォ」と呼ぶものに対する大いなる愛着を公言していたにもかかわらず、故郷に幽閉されるよりも、ホテルの経営者を欺したり自分の崇拝者にたかって暮らすほうが、彼にははるかに好ましかった。

# 青春

「若者であることの限りない喜びを歌え」と十八歳のダンヌンツィオは書いた。「大地が生み出す果実を、白い歯で思いきり嚙み砕く喜びを歌え」。一八三〇年代にジュゼッペ・マッツィーニが創始した非合法の民族主義運動――それは結果的にリソルジメントを前進させることになる――は「青年イタリア」と呼ばれた。その運動が目標としたのは、老朽化した小国家群が連合した合成物ではなく、力強い一体化した実体としての新国家をイタリアに作り上げることだった。ダンヌンツィオは政治的キャリアを開始するときに同じレトリックを用いることになるが、彼はまた若さそれ自体を重んじてもいたのである。そして彼が初めてローマにやって来たとき、友人やパトロンたちのグループのなかで自分がもっとも若いことに歓喜した。

そのグループは準備されていた。一八八一年十一月にローマへ出発する前夜、彼はエルダに手紙を書き、有名になるのが早すぎたことに不満を漏らすふりをした。「あまりにも多くの友人が、あまりにも多くの崇拝者がローマで僕を待っている。初めのうちはうんざりするだろう！」

彼はローマ大学の文学部に入学手続きをし、いくつかの講義に出席さえした。しかし彼のエネルギーの大半は別の方向に向けられた。彼がまだチコニーニ校にいるあいだに、すでに刊行されていた最初の短編集に収録された作品のいくつかが『ファンフッラ・デッラ・ドメーニカ』紙に掲載された。この新聞の編集部には彼の助言者であるネンチオーニがおり、『早春』に対するキアリーニの好意的な書評もこの新聞に掲載されていた。それ以外にダンヌンツィオにとって役に立ったのは、同じアブルッツォ出身のエドアルド・スカルフォーリョとの接触であった。スカルフォーリョは詩人であり、週刊紙『カピタン・フラカッサ』の編集長もつとめていた。この週刊紙は礼儀知らずで風刺がきいており、若者向けに若者たちによって作られていた。ある日、自分のオフィスであくびをしているときにダンヌンツィオが初めて現れ、強い衝撃を受けたのがこのスカルフォーリョであり、その次の夏にサルデーニャに向けてダンヌンツィオが出発したとき一緒だったのもこのスカルフォーリョである。名刺代わりに既刊の書物を携えて現れたダンヌンツィオは、すぐに多作なフリーランスのライターとなって、教育を受けた中間層の読者という新しいマーケットの需要を満たすために次々と創刊されていた新聞に、詩や短編、記事を売り込むようになった。

スカルフォーリョは彼をシャトーブリアンもしくはヴィクトル・ユゴーの本に登場する「詩人のロマンティックな理想を体現した人物」と見た。ダンヌンツィオの新たな知人のなかの別の人物は、彼の「滑らかな栗色の巻き毛と軟膏の匂い」(生涯を通じて彼は宮廷人のように身づくろいに注意を払った)と、「教会の宗教行進で見る小さな天使のような、すべすべして白い額」を描き出している。それから間もなく、大胆な若き事業家アンジェロ・ソンマルーガに出会う(彼はその後すぐ贈賄と恐喝で刑事告発を受ける)。ソンマルーガはスキャンダルになりかねないような仕事でも手を出す用意があることを自ら誇りにしていた。彼はすぐにダンヌンツィオを自分の雑誌の寄稿者に加え、この若い作家の次の詩集と最初の短編小説集の出版を引き受けた。

それは教皇が世俗権をイタリア王国に譲り、イタリア政府の拠点が最初のトリーノ、次のフィレンツェから現在のローマに移動して、まだ十年を経過したばかりの時期であった。数世紀にわたってローマは美しい停滞地域であっていた。それが一八八一年頃には巨大な建設現場となっていた。千年ものあいだ古代の城壁の内側で生き残ってきた、オリーブ園や牛の放牧地、そして貴族の庭園は、新たに急成長をしている都市へと流入してきた政治家、宮廷人、役人、ジャーナリスト、企業家たちの大群を受け入れるための建物の用地となった。

ダンヌンツィオはローマにやって来た当初、コルソ通りとスペイン広場のあいだという中心部の屋根裏部屋に下宿した。近くには売春宿もあった。夜になって戻ると、彼の家がある建物の正面扉に客たちがもたれかかっていたり、それを蹴飛ばしてなかに入ろうとしているのに出くわした。肉体的には精力にあふれ、午前中はフェンシングの学校へ行き、午後は馬で農村地域まで遠乗りをした。新しい友人たちと楽しんだ。『カピタン・フラカッサ』紙の編集室はふざけて「黄色い広間《サーラ・ジャッラ》」と名づけられていたが、ビヤホールの階上にある一間の部屋で、狭い通りに面して窓が二つあるだけだった。部屋の黄色い壁紙は、原稿を届けに来たりゴシップを集めに来たライターや画家、俳優や政治家が残した、スケッチやスローガンでいっぱいだった。交わされる会話でそこはいつも騒がしく、常連たちのいるスページが足りなくなると、近くのケーキ屋へ移動した。毎週新聞の組版が終わると、彼らはこのケーキ屋で満足げに夜明けの朝食をとった。ソンマルーガの『クロナカ・ビザンティーナ』紙はパラッツォ・ルスポリにもっと大きな編集部があり、よりいかがわしい雰囲気が漂っていた。ダンヌンツィオは、ある朝、彼と同僚たちが競って言い寄っていた「美しくて文盲の女性」に会えることを期待しながら、「一足飛びに」階段をのぼっていった自分自身を描いている。

ミケッティが紹介状を何通も用意してくれた。カフェ・ローマあるいはエレガントな十八世紀風のカフェ・グレコで夜の宴が開かれていた。後者は画家たちが好んで集まる場所であり、そのうちの数人はダンヌンツィオの友人となって彼の本に挿絵を描いた。パオロ・トスティの「暗い廊下ばかりの謎めいた家」で開かれる夜の集まりもあった。トスティは何時間もぶっ続けでピアノを即興で演奏し、歌手メアリー・テッシャーは黒いレースと黒玉の宝石を身につけてシューベルトのリートを歌った。客たちはソファや床でくつろいでそれを聴いた。ディオクレティアヌス帝の浴場跡の内部にある、彫刻家モージズ・イジーキエルのアトリエで集まりが開かれることもあった。テベレ川の下流にある、若い芸術家たちのなかでも「才能ある人々」が住んで仕事をしている家でも夜の集まりがあった。そういう場では簡単につき合える女性たちがいた。ダンヌンツィオは「ある好色な高級娼婦の白い肩」に詩を数行書いたことをアブルッツォの友人のひとりに自慢げに書き送った。そこから想起される光景は文学的なものである――ダンヌンツィオはここでラクロの『危険な関係』に登場するシニカルなヴァルモン子爵に自分をなぞらえている。だが彼が描いた光景は、実際には売春宿を訪れたときのものであった。

ローマに初めてやって来てから結婚までの一年半のあいだに、彼は一連の詩を書いたが、そこには淫らさとセックスに対する吐き気を催すような嫌悪が交互に登場する。ソネット『無意識』はそうした詩の典型である。その詩は死体の腐っていく肉が肥料となって豊かに茂る葉を描写する。そして血まみれの傷のような花を摘もうと手を伸ばす者がいるが、気がつくとその手は猛毒に侵されている。この詩は「猥褻」に関する激しい論争の引き金となった。ダンヌンツィオはそれらの詩のなかで、完璧な韻律則にしたがい、ルネサンス期のポルノグラフィー作家ピエトロ・アレティーノの作品以来の率直さでセックスを描いたことを自慢した。

　夜明けに疲れた頭を傾斜した胸の上に下ろすこと、女性の股のあいだの「溝を上にのぼっていく」ことについて彼は書いている。フェラチオをされるときの感覚――それを生き生きと表現している――に捧げるソネットを書いている。ベッドのなかと紙の上の両方で彼は快楽を追求した。だがそれについては幸せではなかった。「氷のような嫌悪のなかに欲望の炎が消えてしまい、無気力な裸体を覆う愛のヴェールがなくなると、汚れた肉体のぞっとするような悲しさが襲ってくる」。処女長編小説のなかで彼は、まったく共感できないキャラクターである堕落した英国紳士に、自身のアレティーノ好みという性格を付与している。アブルッツォの冬のすがすがしい寒さがたまらなく欲しい、自分は疲れきって汚れたように感じる、と彼はスカルフォーリョに語った。「僕の野蛮な若さの力は、女たちの腕のなかで殺されてしまった」と『だが満足したわけではない《セド・ノン・サティアトゥス》』のなかで彼は書いている。彼にとって女性はつねに成熟しすぎた存在であった。若さは純粋で、清潔で、力強く、野蛮で、男性のものであった。

## 貴族性

一八七九年五月のある日曜日の朝、チコニーニ校の少年たちの一団は、学校の楽団を先頭にして、プラートから十キロメートルほど離れたポッジョ・ア・カイアーノまで軍隊式の行進を行った。彼らは途中の公園で、パンにサラミにワインという行軍中の朝食をとり、全員で大量のヒナギクの花を摘んで花束を作った。その花束を校長の妻に贈ろうという考えがガブリエーレ・ダンヌンツィオの頭に浮かんだ（彼はまさにそういうタイプの少年だった）。

ボタンホールや帽子の帯に花を飾って、少年たちはポッジョへ行進していった。彼らは町から来たもうひとつの一団と遭遇し、「国王の長命を祈る《ルンガ・ヴィータ・アル・レ》！」と叫びながらヴィッラ・メディチに進んでいった。このヴィッラはジュリアーノ・ディ・サンガッロがロレンツォ・イル・マニフィコのために建設したもので、この当時は王室の（滅多に使われない）御用邸になっていた。

ダンヌンツィオは有頂天だった。そこは彼が夢に見ていた生活の舞台そのものだった。「花々が描かれ、高い価値を持つ絵画で飾られた大広間の数々。エレガントで謎めいた寝室……どこへ行ってもシャンデリアと鏡、細工を施した簞笥、大理石のテーブルがたくさんあり、あらゆる場所にうっとりするほど由緒正しい古いものが並んでいる」。他の少年たちが庭園に走っていったのに対して、彼はその場に残った。十五分ほどのあいだ彼は、ヴァザーリがかつて世界でもっとも美しい部屋と呼んだ、フレスコ画の描かれたサロンにひとりたたずんで白日夢に耽った。それはイタリアの貴族階級の妖麗さと壮大さに関する、半ばエロティックな夢想であり半ば畏敬を込めた瞑想であった。「ビアンカ・カッペッロの絹のドレスがたてる衣擦れの音や、求めに屈する彼女のため息と甘い言葉をわたしは聞いたような気がした」。ビアンカ・カッペッロは十六世紀の美女で、アッローリが描いた彼女の肖像画をダンヌンツィオはウッフィーツィ美術館で観ていた。彼女と彼女のメディチ家の恋人は一五七八年の同じ日に謎めいた死を遂げた。おそらく彼の縁者によって毒殺されたのであろう。ダンヌンツィオは殺人と禁じられた情熱の物語にわくわくしていた。鎧をまとった騎士を見るたびに、「面頰《めんぽお》の陰の炎のような目と鞘を払った剣」がそこにある、と自分に言い聞かせていた。
少年たちは外で昼食を食べ、ボートに乗りに行ったが、雨が降りはじめた。ヴィッラのなかにはアーチ状の柱廊がめぐらされていた。少年たちはそこで雨を避け、踊りはじめた。それは楽しい光景だったが、知的にも性的にも早熟だったダンヌンツィオには、ある何かが欠けていた。彼は執事の三人の娘に気がついていた。「グラス一杯の水を所望して」彼は執事の家に入り込み、三人のうちで一番美しい娘に自分とダンスをしないか——「ワルツを一曲だけ？」——と尋ねた。彼女は同意した。二人は大きなサロンに移動した。やがてほかにも数人の少年たちが加わった。「こうして本物のダンスパーティーが……バッカスの宴が始まった」。かつてロレンツォ・イル・マニフィコが歩いたフロアを、イタリアの黄金時代にもっとも崇拝された画家たちの何人かが装飾を施した壁のあいだを、彼はくるくるまわった。「わたしはとても楽しんだ。とてもとても楽しんだ」と十六歳のダンヌンツィオは母親に伝えている。

ペスカーラでの子ども時代、ダンヌンツィオは土地の名士、市長の長男であり、町でも最高の家のひとつに住んでいた。田舎にある家族の休養の場所ヴィッラ・フォーコには、欄干をめぐらせた広いテラスや石の柱があった。柱のてっぺんには王と王妃の胸像をかたどったテラコッタの鉢があって、鉢に植えられたアロエの木が冠の形になっていた。父親の浪費のためにいくつかの地所を売らねばならなくなったとき、農民や使用人たちが、あたかも亡命しようとする王妃に対するように、母親のまわりに集まったのを彼はじっと見つめていた。人々はアンズの実をつけた枝やワインを入れたカラフ、子羊の肉などの贈り物を持ってきていた。「そのうちの数人は母のドレスの裾にキスをするためにひざまずいていた。わたしの手にキスをして涙で濡らしてしまう者たちもいた」。ガブリエーレは自らに対する他人の敬意を当然と思う立場で成長していった。彼は他の子どもたちと遊んだが、そのうちのひとりはのちに次のように回想している。もし誰かが彼のリーダーシップに疑問を投げかけようものなら「彼は激怒した。顔は真っ赤になり、三本の静脈の線が額に浮かび上がるのだった」。アブルッツォの家では、自分が社会的に劣ると感じるような相手には滅多に会うことがなかった。

ローマでは事情が違っていた。人間という種族は、一方に考えたり感じたりする暇と能力を持つ優越した存在がおり、他方に生きるために働かねばならぬ人々がいる、とダンヌンツィオはのちに書くことになる。彼は自分が生まれつき前者に属することを決して疑わなかった。しかし彼を取り巻く環境は、大いに悲しむべきことに、彼を後者に追いやった。彼は雇われ文士、三文文士であった。詩を売るだけでは十分な稼ぎを得られなかった。本や音楽、展覧会の批評を書き、店舗やカフェについて、新たに流行している日本の小間物をヨーロッパの居間の装飾に取り入れるやり方などについて書くうちに、彼はゴシップ欄の執筆者となった。それはヘンリー・ジェイムズ――当時ジェイムズもローマに住んでいた――の『デイジー・ミラー』に登場する俗物の語り手が「ペニー・ア・ライナー〔一行一ペニーの安い原稿料の書き手〕」と呼んだ、一種の社会的寄生者であった。

ダンヌンツィオはローマにやって来てから七年後にフランカヴィッラへ去り、そこで六カ月かけて、大成功を収める処女長編小説『快楽』を書いた。この小説はウジェンタ伯アンドレア・スペレッリの恋愛をめぐる冒険を詳しく語っている。まずスペレッリは、若く美しいがわがままで堕落した公爵未亡人エレーナ・ムーティに恋をする。彼女は当初、エメラルドをはめ込んだしゃれこうべを買ってくれとねだって、彼を受け入れる素ぶりを見せる。扉を閉じた馬車のなかで彼の首に自分の羽毛の襟巻を巻きつけ、何も言わずに危険な抱擁に彼を引き込む。エレーナに捨てられ、そして決闘で身も心も傷ついたスペレッリは次いでマリア・フェレスと恋に落ちる。彼女も同じぐらい美しいが、高潔で純粋な心の持ち主であり、才能あるピアニストでもある。彼女は長いためらいののちにスペレッリの誘惑に屈し、彼によって破滅させられる。

七年のあいだジャーナリストとしてダンヌンツィオが行ってきた観察が、この小説のなかに取り入れられている。競馬やチャリティー・オークション、コンサート、スペイン広場の骨董宝石商の店周辺のざわめきなどを彼は描いている。こうしたものはすべて、生活のために働かねばならない物書きが、上流階級のメンバーのかたわらで立ち会った（そうでなければ近づきがたい）現場だった。優れたダンヌンツィオ研究者のアンナマリア・アンドレオーリは、エレーナ・ムーティが最初に登場する場面で、彼女がディナーに訪れた邸宅の階段をのぼる姿が、背後と下からの視点で描かれている、という事実の辛辣さを指摘した。ローマでの新参者であるダンヌンツィオは鋪道にいるアウトサイダーであり、自分が入るように招かれていない門を、より特権的な人々が通り抜けていくのを見つめている。そしてそうした門のいくつかが自分に開かれればじめたときでさえ、客として迎えられるのではなく、何とか許容できる記者として受け入れられたのであった。

ローマでは貴族はいたるところで見ることができた。彼らと知り合う機会を決して持つことがない人々でさえ、それは可能だった。ダンヌンツィオはコルソ通りを行き来する馬車――分厚いヴェールをつけて毛皮にくるまれたご婦人がたが後部座席に横たわる――を見た。スピルマンのケーキ店で二人の貴婦人がボンボンを買う際に「無頓着に」おしゃべりをしているのに彼は耳を傾け、彼女たちのかぶり物が「小さな黒レースの帽子」と「駝鳥の大きな羽根とアオサギの羽根でできた飾り」であるのに目をとめた。彼は競馬へ行き、群衆のなかに立ってスタンドの「女神たち」の詩を書いた。それは「河馬のような夫」を持つ「名も知らぬブロンドのディアナ」であり、その大理石のような白い腕には金のブレスレットがいくつもはまっていて、花柄のチュールで半ば隠されていた。また、緑のドレスに赤い羽根のついた帽子を身につけたアマゾンもいた。オペラでは最前列に座ってボックス席の貴婦人たちを見上げ、コラム記事のためにファッションをメモした。サン・ファウスティーノ公妃の「きわめて薄い青から緑へと変化するドレスはゆるやかに垂れて、ほとんど透明に見える……彼女のむき出しの肩は赤いサテンで縁取られたブロンドのビーバーの毛皮で覆われ……高く盛り上げた髪にはきらきら輝く半月がかかっている」。白いサテンのドレスをまとったキージ＝ロンダローリ伯爵夫人は「蓮の茎のようにほっそりしている」。シャッラ公妃とアヴィリアーナ侯爵夫人は、ともに黒いブロケード織りのドレスである。アントネッリ公爵夫人はトルコ石色のストライプの入った絹のタイトなドレスを着ている、などなど。毎日、毎週、彼はこのような名前と宝石と布地のリストを、面識のない女性たちの肉体的特徴と高価なアクセサリーを愛撫するがごとく箇条書きにしながら大量に書きつづけた。

オペラ劇場で貴婦人たちが毛皮を着けたままにしていることに彼は腹を立てた。「彼女たちはその肩の月のように白いアーチを見せようとしない」。『快楽』の出版後、読者はスペレッリがダンヌンツィオの自画像だと考えたが、堂々としたスペレッリは手帳を手にした若いジャーナリストとはまったく違っていた――このジャーナリストがイブニングドレスに身を包んだ貴婦人たちを拝める唯一のチャンスと言えば、オペラ劇場の最前列から、ストールを外してほしいと願いながら見つめるときだけだった。

首都での二度目の冬を過ごすためにアブルッツォからローマに戻った十九歳のダンヌンツィオは、夜会用のスーツをあつらえ、父親には「上流社会《ハイ・ライフ》（彼が用いた英語）」に乗り出すところであると伝えた。「三文文士」としてなら、より立派な肩書きがある客たちと同じように歓迎されることはなかっただろうが、徐々にコンサートや舞踏会、「ピクニーク」（真夜中頃に始まる室内のイベントだが、東洋風のテントや温室の植物で作った森が呼び物となった）などへの入場を彼は認められるようになっていった。彼は自分の道を切り開いていた。

スカルフォーリョはショックを受けた。新古典主義的な詩と高潔な写実的短編の原稿を携えてローマにやって来たダンヌンツィオが、怠惰な金持ちにへつらう軽薄な人間に変身してしまったからである。「六カ月のあいだ彼はある舞踏会から別の舞踏会へ、カンパーニャ・ロマーナへの朝の遠乗りから（紋章以外には何も持たない、ポマードで髪を固めた愚かな老人の家で開かれる）夕食会へと動きまわっていた。何もじっくりと考えてはいなかった。彼は絹の紐でつながれた子犬である」。チェナーコロの何人かが集まって、気取らないアブルッツォ風の夕食をともにしたある夜、この二人は諍いを起こした。ダンヌンツィオが染みひとつない白いカフ（クリーニングは高価だった）を後生大事に汚さないようにしていることにスカルフォーリョは苛立っていた。スカルフォーリョが（おそらくわざと）詩人の黒いスーツにパン屑を落としたとき、ダンヌンツィオは本気で腹を立てた。

自分の振る舞いに何か恥ずべきものがあることを認める気持ちもダンヌンツィオのなかには存在した。生活のために稼ぐ必要があるのは彼にとって嫌悪すべきことで、それはその後もつねにつきまとうことになる。「なんという情けない屈辱だろうか、エルダ……ここでは人間が牛のように売られている」。しかし、彼の意見では、大衆に人気のあるジャーナリズムに悪い点はひとつもなかった。彼は読者を欲した、それもたくさんの。それに加えて、店やテーブルセッティング、婦人帽などについて書くとき、そのテーマによって自分が品位を落としているとは感じなかった。スカルフォーリョにとってそれらはくだらぬことだったが、ダンヌンツィオは自分を楽しませる生活の側面を観察し、記録していたのである。

彼は衣服をきわめて重視した。彼の小説のヒロインたちは素晴らしいドレスを着ており、それは細かな点まで描写されている。庭園を散歩するのにマリア・フェレスはフォルトゥニー風の襞《ひだ》のあるガウンをまとった。ダンヌンツィオはガウンの袖の裁ち方、錆色あるいはクロッカスの雄しべに似た、その「言葉で言い表せない、奇妙な色」についてパラグラフ二つ分を充てている。ウエストに巻いた淡緑色のリボン、襟をとめているスカラベをかたどったトルコ石のブローチ、そして服装全体を仕上げる、ヒヤシンスでぐるりと飾られた帽子などについて彼は述べている。そうすることで彼はイタリアのルネサンス前派の画家たちを、そして同時代の画家たちでもお気に入りの二人、ダンテ・ガブリエル・ロッセッティとローレンス・アルマ＝タデマを思い出させる。彼にとってファッションは視覚芸術の延長であった。居間の装飾あるいは女性のドレスが、風景もしくは絵画とくらべて、真剣な関心に値するものではないと考える理由が彼にはなかった。

上流社会は楽しい見世物というだけではなかった。ダンヌンツィオは『快楽』のなかで次のように書いている。「イタリアの古くからの貴族は、何世代にもわたって、えり抜きの文化やエレガンスや芸術を、家族の伝統として」生かしつづけてきた。

自分のまわりのあらゆる場所にそうした伝統のしるしを彼は見いだしていた。ローマはパリンセプスト〔書いたものを消した上にまた書けるようにした古代の羊皮紙〕であり、ダンヌンツィオは何層にも重なった過去の廃墟の飽くなき探求者であった。神殿やフォルムの崩れ落ちたアーチを彼はよじのぼった。馬に乗ってローマの外に広がる丘を越え、修道院やバシリカを抜けてカンパーニャ・ロマーナの巨大な煉瓦造りの遺跡や水道跡、墓などを見てまわった。皇帝たちの宮殿の広大な廃墟を彼はさまよい歩いた。教会から教会へと歩きまわり、音楽を聴いて彫像について書きとめた。だが彼をもっとも感動させたのは、カエサルのローマあるいは教皇たちのローマではなかった――この二つの先行するローマは、イタリアのナショナリストたちが新しい国の首都を「第三のローマ」と呼ぶときに心に描いていたものであった。ダンヌンツィオがもっとも強い情熱をもって反応したローマは、大貴族たちのローマだった。

彼は貴族のヴィッラを愛した。ヴィッラは外からその正面《ファサード》に見惚れるだけだったが、多くの場合庭園は自由に歩きまわることができた。トピアリー〔庭木を動物や鳥などの形に刈り込んだもの〕、噴水、イトスギ、オベリスクなどが互いの形を競っていた。幅の広い湾曲した階段、藤で覆われたパーゴラ〔つる植物を這わせた棚を屋根としたあずまや〕、彫刻されたライオンたちによって支えられる大理石のベンチ。そうした庭園は驚くべき場所であった。彼はそれらを自分の記憶のなかに蓄え、何年ものちに想像力を刺激する材料とした。彼は夏の夜に自分の恋人たちをそうした場所へ連れて行き、苔に覆われた欄干に自分たちの名前を刻んだり、キスをしたり、ナイチンゲールの鳴き声を聞いたりした。そしてわれわれが知る限りにおいて少なくとも二回は、着ているものをすべて脱ぎ捨ててセックスをしている。

それらの庭園――夢のなかでちらりと見える風景のような――は、危機に瀕していた。「われわれはローマにイタリアを建設しなければならない」とフランチェスコ・クリスピは宣言した。クリスピはその後の二十年間イタリアの政界を牛耳ったナショナリストの政治家である。開けた空間はすべて投機家の標的となった。アヴェンティーノとジャニーコロの丘は区画ごとに分割されて売りに出た。ヴィットリオ・エマヌエーレ通りは中世およびバロック期の狭い路地を一掃して、町の中心を貫いた。ダンヌンツィオが首都に到着して一カ月後、新体制は十二年間で「ゴート族とヴァンダル族の侵入よりも大きな破壊をローマの美しさと利益に対してもたらした」とイギリス人居住者オーガスタス・ヘアは書いた。

ダンヌンツィオは、のちに名声が彼に影響力をもたらすようになると、モニュメントや都市環境の精力的な保護論者となる。たとえば、ルッカの町がいまだに中世の城壁を維持しているのは、主としてダンヌンツィオの擁護発言のおかげである。とはいえ、若いジャーナリストであった彼にできたのは、神聖なものが汚される事態を嘆くことだけだった。「この前の春にはスミレがこれを最後とでもいうように、草の葉と同じぐらいたくさん咲き誇っていた」庭園は白い漆喰の山と積み上げた赤い煉瓦で覆われた。数世紀にわたって邪魔されることなくナイチンゲールが歌を披露してきた木立では、「荷馬車が耳障りな音をたてている。職人たちの叫び声は荷馬車の御者のしわがれ声と交互に響きわたる」。開発業者に売却されたヴィッラ・シャッラの月桂樹は「切り倒されるか、あるいは株式仲買人や雑貨食料店主の小さな庭に侮辱されたように立っている」。ルドヴィージ家の壮大なヴィッラ・アウローラの庭園では、新たに拡張されたヴェネト通りの集合住宅の建設のために犠牲になる過程で、長い樹齢のイトスギが何本も根こそぎにされ、その傷ついた根が無残にも空に向いているのをダンヌンツィオは目撃した。野蛮な破壊の風がローマに吹き荒れていた。「女人像を刻んだ柱やヘルメス柱像〔上部に頭像・胸像を置いた石の角柱〕のように不死と思われた、ヴィッラ・アルバーニのツゲの生け垣でさえ、市場と死の予感に打ち震えている」。

　その風とは、新政府の行政機構が移動したあとを追ってローマに流入してきた中間層の役人、商人、実業家たちの比喩であった。一八八〇年代のローマにおいて、ダンヌンツィオの熱烈な愛国心――論理的にはつい最近達成されたイタリアの解放を喜び、統一国家を運営している体制への献身的忠誠へつながる――は、彼の芸術的感受性と対立することになった。貴族階級が守ってきた、彼の信じる文化は、「当世の灰色の官僚制の洪水に呑み込まれる危機にあり……その洪水はあまりにも多くの美しい、希少なものを卑しさのなかに埋没させつつある」。

　次第に知り合いが増えていった貴族たちを彼は無批判に崇めていたわけではなかった。だが彼の小説に登場する上流階級の人物は、自堕落あるいは愚かであっても、より低い階級の人々には与えられていない優雅さを持っていた。ダンヌンツィオの想像が生み出したアンドレア・スペレッリ伯爵は、決闘の始まりにあたって「守勢」をとるが、その人となりを説明するあらゆる場面で「大貴族のさりげなさ」を示している。別の小説でダンヌンツィオは、洗練された若者がブルジョワの愛人のむき出しの足を見て強い嫌悪を示す様子を描いている。裸足は不潔さと卑しさを連想させ、嘆かわしいほど卑俗であるように思えたからである。上流階級の足の甲の曲線ですら、平民のそれよりもどこか高貴に見えた。

　ポッジョへの学校の遠足の際にダンヌンツィオは、少女たちの機嫌をとったおかげで、ヴィッラの壮麗な住居部分に入り込むことができた。大人になった彼はローマでも同じ方法をとった。彼はフェンシングの学校と厩舎で上流階級の若者たちと出会った。彼らが染みひとつない服装でクラブの階段を大股で上っていくのを見た。列車では彼らと同じコンパートメントに乗ることもあった。だが彼は彼らの一員ではなかった。彼は勇敢な騎手だったが、排他的なキツネ狩りのクラブ、「チルコロ・デッラ・カッチャ〔狩猟サークルの意味〕」のメンバーになるにはさらに十二年を要した。しかしながら、女性たちに接近するのはそれより容易だった。ダンヌンツィオの上流階級への熱狂は性的な動機にもとづいている、とてっきりスカルフォーリョは思い込んだ。「だが冬になって、ローマの大貴族の家々が彼を受け入れはじめると、彼はご婦人がたの機嫌をとるのをやめてしまった」。

スペイン広場とコルソ通りのあいだの三本もしくは四本の通り――当時は骨董品店や宝石店が多かった――は彼の猟場だった。そこでは、彼の言うには、屋外での「いちゃつき《フラーティション》（彼が用いた英語）」が盛んだった。『ラ・トリブーナ』紙に書いた、からかうような調子の記事のなかで、ショッピングがもたらすエロティックな機会を説明している。「刺繡を施した絹に触れる際に、こっそりとご婦人の手に触ることができる」。クリスマスのプレゼント選びについてのアドバイスは、「無限のマドリガル〔抒情短詩・小恋歌〕」を言外の意味として持つことができる、と彼は読者に説明する。「あまり知られていない骨董品の店で珍しいものを見た、と彼女に言って、そこへお連れしますと誘いなさい。そして問題の小物を吟味するために二人でかがみ込めば、あなたの耳を彼女の髪がくすぐるのを感じるでしょう」。そして、しばらくしてから、そのときの親密な接触の記憶を利用することできる。「《覚えていらっしゃいますか、公爵夫人……あなたはチンチラで縁取りされた栗色のマントをお召しになっていました。そしてあなたはとても素敵でした。ヤネッティの店で、太陽の光のなかで立っておられた。象眼細工と銀色と薔薇色のキメラの模様がある革のついたてのあいだでした……あの朝、あなたはとても美しかった……そしてとても優しく……香しかった……。覚えていらっしゃいますか？》もし公爵夫人が覚えていれば、あなたはほぼ間違いなく彼女を自分のものにしたのです」。

彼が誰のことを思い描いていたのかを推測するのは難しくない。一八八三年四月、エルダへの最後の手紙を書いてから二カ月後、ダンヌンツィオはパラッツォ・コンセルヴァトーリで開かれた高い身分の貴婦人たちの集いに出席していた。彼が書く記事はいつものような美術に関する言及とファッションのメモ、社交界の情報が混ざり合ったものだった。鬘をつけたビロードに身を包んで落ち着き払ったディ・ガッレーゼ公爵夫人について彼は触れ、白い羽毛の服を着て大理石の彫像の横に立っているブロンドの髪の娘マリアに彼女がたびたび微笑みかけていることを述べている。ダンヌンツィオはこの記事を、長い睫毛の下にある一双の「金色の斑点がある生きているトルコ石」という謎めいた表現で終わらせている。翌月に発表され、スキャンダルを巻き起こした詩『五月の罪』のなかで、まさにそうした瞳を持つ若い女性を誘惑することを彼は描いた。それから間もなくして彼とマリア・ディ・ガッレーゼは駆け落ちをした。

彼はネンチオーニへの手紙に書いた。「とうとう僕は全面的に自分を愛に委ねることができた。僕自身も他のすべてをも忘れて」。公爵の娘マリア・アルドゥアン・ディ・ガッレーゼ（写真では彼らの息子マリオと一緒にいる）は彼よりも一歳年上で、ある同時代人は彼女を「優美な女性、かよわく、十八世紀のパステル画のよう……まさに詩の化身である」と評している。

一家は貴族の名前を持っていたが、マリアの両親はどちらも由緒ある貴族の生まれではなかった。父親はノルマンディー出身の時計職人の息子で、一八四九年にフランス軍の下級将校としてローマにやって来た。ガッレーゼ家のパラッツォを宿舎として指定され、あるいは厩舎に通っていただけかもしれないが、公爵の未亡人と出会い、求婚し、彼女を自分のものにした。教皇の特別通達のおかげで、彼女と結婚して称号を共有することになった。彼女が死ぬと、はるかに若いブルジョワジーの女性と再婚した。だがどのような経緯で得たものにしろ、公爵の称号そのものは由緒あるもので尊敬の対象となった。その自宅である十五世紀に建てられたパラッツォ・アルタンは壮大な建物であった。彼の二度目の妻（マリアの母）は宮廷に出入りし、王妃の侍女をつとめていた。

ダンヌンツィオに最初に関心を抱いたのは公爵夫人のほうだった、というしつこい噂があった。隣人であるルイジ・プリーモリ伯爵（彼はダンヌンツィオの仲のよい友人となる）によれば、彼女は「上品で魅惑的だが、小説のヒロインのようにヒステリックでもある」女性だった。彼女は絶えず詩人と出歩いていた、とプリーモリはつけ加えている。彼女のサロンで作家や芸術家たちが上流社会と接触した。それは排他的ではないサークルの一種で、ダンヌンツィオも招待されていた可能性がある。あるいは彼が母娘に出会ったのはプリーモリと一緒のときだったかもしれない。プリーモリもまた「二種類の貴族、つまり精神の貴族と血統の貴族」を招待することを実践していたからである。ダンヌンツィオはたしかにこの頃彼の家を訪ねており、椰子の木で半ば隠れ分厚いカーテンがかかったアルコーブの、小さな低い長椅子のある「謎めいた部屋の隅」が「ご婦人と静かに会話する」のに完璧な場所となる、と好

意的に書いている。

ダンヌンツィオと公爵夫人のあいだに何があったにせよ、彼はすぐに関心の対象を娘のほうに移した。プリーモリ伯爵はその事件について日記に詳しく書いているが、マリアがパラッツォの片隅でダンヌンツィオを見つけるところを想像している。「若い詩人……中世の従者のように美しい。彼女の母のためにそこにいたのか？　彼女は彼を自分のものにした」。若いカップルが会うのは難しいことではなかった。のちになってプリーモリに宛てた手紙のなかでマリアは、ヤネッティの店のウィンドウにある美しい品に「おお！」とか「ああ！」と嘆声を上げたこと、スペイン広場の露店の花屋でスミレを買ったことなどを懐かしそうに書いている（『快楽』のなかで、貴婦人たちはみなマフの内側にスミレの小さな花束を挿している）。ダンヌンツィオもまたそこに頻繁に現れた。やがて彼らは乗馬の際にも会うようになる。そして『五月の罪』を実際に起こったことの描写と受け取るならば、こうした野外での密会はすぐに天にも昇るほど楽しいものとなる。クロウタドリが鳴く森のなかで、詩の語り手は「ほっそりとしたブロンドの相手」の前にひざまずく。彼の手は彼女の身体の上をハープを演奏するように動く。彼女は彼にしがみつき、身体を揺らし、気絶する。二人は横たわる。彼女の乱れた髪は褥《しとね》となって、その上に彼女は身体を伸ばす。「彼女の乳首が盛り上がるのを感じる、淫らに／わたしの指が近づくと、肉厚の花びらのように……」死の硬直が彼女をとらえるが、「彼女は快楽の波とともによみがえる／わたしは全身を彼女の口の上に傾ける、まるで聖杯から飲むように、征服の歓びに震えながら」。

その詩のなかの女性はイエッラと呼ばれている（それはマリアのよくある異形変化、マリエッラの縮小辞である）。ダンヌンツィオは破廉恥なほどに無分別な行動をとっていた。おそらく彼は、それがマリアを得る唯一の方法だと計算していたのだろう——取り返しがつかないほど彼女の評価を危うくするという方法が。公爵自身、寝室を経由して貴族の身分に仲間入りした成り上がり者であったが、自分のやり方を真似た娘婿を歓迎しなかった。むしろその反対であった。その年の初夏にマリアは妊娠した（マリオ・ダンヌンツィオは翌年一月に生まれる）が、「三文文士」と娘の結婚を認めることを父親は断固として拒否した。

一八八三年六月二十八日、ガブリエーレ・ダンヌンツィオとマリア・ディ・ガッレーゼはフィレンツェに向かう列車に乗った。彼らの駆け落ちは広く報道された。おそらくダンヌンツィオ自身が事前に新聞に知らせていたものと思われる。不適切な事件を隠そうとする試みもあった。このスキャンダラスな駆け落ち事件を取材したほとんどの新聞記者は、カップルが（列車より電報のほうが速く着くので）フィレンツェの駅で警察署長に迎えられ、そのまま真っ直ぐローマに送り返された、と断言した。それは儀礼的なフィクションであった。警察署長が彼らをホテル・エルヴェティアで発見したのは翌朝のことだった。マリアは大急ぎでローマに戻されたが、公的な場所で一夜をともに過ごしたことによって、マリアの両親が結婚を許さざるを得ない状況を恋人たちは作り上げたのである。

許すということは、賛成するあるいは祝福することではなかった。たんなる作家ふぜいが娘を奪ったことに対する公爵の怒りはすさまじく、パラッツォ・アルタンの礼拝堂で行われた結婚式に出席しなかった。さらに悪いことに、マリアとその夫にいかなる財政的支援を与えることも公爵は拒絶し、彼らと会うことすら拒否した。ダンヌンツィオの名誉のために言っておくが、マリアの嫁資がなくなったことや、家から追放されて彼があれほど魅せられていた貴族のグループに入る権利を彼女が提供できなくなったことに対して、彼は落胆した様子を見せなかった。カップルはローマを離れて、夫婦だけの牧歌的な生活を楽しんだ。マリアはダンヌンツィオの、真珠のような白い肌の高貴な生まれの乙女であり、彼は彼女の巻き毛の従者であった。そしてしばらくのあいだ二人は完全に幸福であった。彼は妻をペスカーラへ連れて行き、一年以上も父親のヴィッラ・フオーコで暮らした。繊細で美しい妻との合法的な「横たわったままの生活《ヴィータ・オリゾンターレ》」を楽しんだのである。その後ローマに戻ると、彼はもうひとりの扶養家族を抱えることになった。マリアの両親は、娘の慌ただしい結婚の直後に別居していた。そしてしばらくのあいだ公爵夫人はダンヌンツィオとマリアのもとに身を寄せることになった。もしダンヌンツィオが結婚で財産を得ようとする類いの男なら、それについては才能がなかった。富と地位の代わりに彼は、名誉を失って依存してくる二人の女性を抱えたのである。彼にはその生活を支える余裕はなかった。

## 美しさ

ダンヌンツィオが初めてプリーモリ伯爵の家に行ったとき、その家の主人——写真家の先駆けであり、ビロードのニッカボッカー姿で自分の写真を撮る派手好きなダンディー——について彼は何か語るべきことがあっただろう。プリーモリはダンヌンツィオのもうひとりの助言者となり、このあとの彼の二つの恋愛事件で仲を取り持つ役割を果たした。しかし伯爵の家で開かれた夜会に関する記事のなかで、ダンヌンツィオは人間そっちのけで、生命のないものにばかり注目していた。

鮮やかな赤に塗られた大きな部屋、大量の花、鳥や百合の形をしたガラスのランプシェード、どこを見ても小さな装飾品が散らばっている。ダンヌンツィオはメモをとった。「目もくらむ輝き。金の刺繍が施された飾り帯がイスパノ・モレスク〔ムーア人によって伝えられた、スペインの錫釉陶器〕の大皿を取り囲んでいる。ヴェネツィアのビロードの布がサムライの刀でとめられている。十六世紀の地球儀と聖職者が着る藤色のマントがウルトラ・モダン派の画家が描いた不敬な絵の背景になっている」。きわめて古いものと最新のもの、美しいものと風変わりなものが並んでいる、この贅沢なごた混ぜは、のちにダンヌンツィオが自分の家で作り上げる内装のモデルとなった。その空間は、それを創造した者の生活のドラマの背景であると同時に、インスタレーション・アートの作品でもあった。

ダンヌンツィオは彼の同時代人たちの「がらくたマニア《ブリカブロコマニア》」について書いている。「ローマでは……すべてのサロンは《珍奇なもの》であふれている。どの奥方もクッションのカバーに司教のマントを用いたり、薔薇をウンブリアの薬局の壺あるいはカルケドン〔ボスフォラス海峡を挟んでビザンティンの対岸にあった古代ギリシアの都市〕のゴブレットにいけたりしている」。それはダンヌンツィオが夢中になった流行であった。彼は古銭や版画、小立像を探して、カンポ・デイ・フィオーリ広場の露店を端から端まであさった。彼は競売場にも頻繁に通った。『快楽』のなかでスペレッリとエレーナ・ムーティは、亡くなった枢機卿の資産の競売に顔を出している。小さくて優雅な品物が購入の可能性がある人々の吟味にかけられる——それはローマのカメオ、装飾された祈禱書、ボルジア家の宮廷に仕えた金細工職人の手になる宝石といったものである。エレーナがとくに素晴らしい何かに触れると、彼女の「公爵のような」指は少し震えた。その身震い《フリッソン》は、彼女の性的陶酔能力を予言し、その貴族的趣味の細やかさを証明するという二重の意味で、スペレッリを歓ばせる。

とりわけダンヌンツィオのお気に入りだったのはベレッタ姉妹が経営する店で、そこではもっぱら日本の品物が扱われていた。彼はこの店の乱雑さを愛した――「漆器、青銅製品、織物、陶器など、すべて珍奇で貴重なものが散在して、さまざまな色彩と形が素晴らしい混乱状態を作り出している」。日本の工芸品は一八五〇年代以降少しずつ西洋にも到達しはじめ、ダンヌンツィオがローマに来た頃までには相当な流行になっていた。新しい髪飾りのスタイルであろうと、革新的な小説技法であろうと、政治理論であろうと、何が流行しているかを突きとめるのはすでに彼の才能になっていた。同時代のフランス人作家たちの作品を彼はむさぼるように読んでいた。パリでは何が古びつつあり何が最新流行なのかを注意しながら、イタリアの首都で彼は読んだり考えたりしていた。彼はジュディット・ゴーティエによる日本の詩の翻訳を書評している。ゴンクール兄弟が東洋芸術を広めたことについて賛辞を寄せている。深紅の壁とつやのある黒い木で内装され、杉と白檀の香りが漂うベレッタ姉妹の店は、彼独自のスタイルを形づくることに寄与したもうひとつの場所であった。

残念なことに珍奇で貴重なものは高価である。そして一八八〇年代前半のダンヌンツィオは、大量の著述活動を行ってはいたものの、彼が必要と思うだけの金額にはほど遠い収入しか得ていなかった。その一方で彼が負う責任は大きくなりつつあった。彼とマリアは結婚して最初の十五カ月間をペスカーラで過ごした(フランチェスコ・パオロは息子夫婦がヴィッラ・フォーコに滞在することを許した)。彼らの息子マリオは一八八四年一月にそこで生まれた。ダンヌンツィオは頼りになる父親にはならないが、息子の誕生は彼を感動させた。「わたしは檻のなかの獣のように、部屋中を歩きまわった……弱々しい、可愛い赤ん坊の泣き声が聞こえた……そのときに感じたものをどう表現すればいいのかわからない」。青い目ととても小さな口を持つ、ピンク色の小さな生き物について彼は愛情を込めて書いており、その子の将来のプランを立てている。マリオは画家に、あるいは科学者にしよう。彼の二作目の長編小説『罪なき者』には、赤ん坊の小さな手と湿った歯茎、激しい腕の動きと焦点の定まらない目などに関する、愛情に満ちた詳細な描写がある。この小説は、両親の愛の営みを妨害する乳児を父親が殺すという不幸な結末で終わる。生後一カ月も経たないうちに、ダンヌンツィオはマリオを祖父母のもとに預けた。「泣き声がうるさすぎる」のが原因だった。

アブルッツォでダンヌンツィオはもうひとつの短編小説集を仕上げた。それは上流階級の女性たちの性的願望を描いた、フローベールに深く影響された作品だった。この本は一八八四年の夏にソンマルーガ社から出版され、表紙には三人の裸体の女性が描かれていた。ダンヌンツィオはその表紙が「破廉恥だ」と不満を表明した。著者と版元は新聞のコラム欄で白熱した手紙をやりとりしたが、この表面的な諍いは本を宣伝するために両者のあいだで企てられたものだというもっともらしい指摘がなされている。

ダンヌンツィオはまたローマのいくつかの新聞への寄稿も再開したが、記事の材料が不足していた。公的な休日にペスカーラの周辺を行進してまわる楽隊に関する記事が、いよいよネタに困って最後に書いたものだった。個人的にはダンヌンツィオは楽隊の耳障りな音楽が大嫌いであることを公言していた。友人たちが懐かしかった。「誰も僕に会いに来ない」と彼はスカルフォーリョに書いた。見捨てられたように感じていた。最新の新聞を送ってくれるように懇願した。「僕のところには何も届かず、絶望している」。一八八四年十一月、まだ二十一歳の彼は『ラ・トリブーナ』紙の編集者兼定期寄稿者の職に就くために、妻と乳児を連れてローマに戻った。

それから四年以上にもわたって、来る日も来る日も、ローマの社交界や文化活動に関する数百もの記事や小文を彼は書きつづけた。博学な批評家の役割を演じて、本や展覧会を批評することもあった。ルナンの『イエス伝』を論じながらホメロスのエリュシオン〔ギリシア神話に登場する死後の楽園〕に言及する散漫な記事を書いたこともあった。それよりも多かったのは、軽薄な「上流社会」の観察者としての記事であった。葬式や競馬について、コンサートやパーティーについて彼は書いた。一日の狩猟のあとに食べる食事に関する、淫らな感じすら与える詳細な記述——ローズマリーとタイムで調理したノウサギ、ガチョウの肝臓のパテにトリュフの香りをつけたゼラチンを添えたもの、シャンペン——を残している。もっとも優雅なタバコの吸い方についても提案をしている。紳士たる者がオペラに行くときにどのような服装が適切であるかについてのルールも書いている。

　彼はさまざまなペンネームを持っていた。サー・チャールズ・ヴィア・ド・ヴィア、リラ・ビスケット、アップムーシュ、ブル=カーフ、パック・オア・ボトム（一八八七年に彼は『真夏の夜の夢』の翻訳を間もなく刊行すると発表した――ついに実現しなかったが）、ミッチング=マジェコ（もうひとつのシェイクスピアからの引用（『ハムレット』のなかの台詞にある「卑劣ないたずら」の意味））、日本人シウン・スイ・カツ・カヴァ、そしてもっともよく使われたミニモ公爵などである。こうした架空の人物はたんなる名前ではなく、十分に展開されたキャラクターであり、彼らにはそれぞれ自分たちの召使いや家、社会生活があった。ダンヌンツィオは彼らにそれぞれ小さな欠点を用意してやり、彼らの異なる声を使って語ったのである。サー・チャールズ・ヴィア・ド・ヴィアは友人のドンナ・クラリベルを紹介し、野生のロバの革（ダンヌンツィオはバルザックをすでに読んでいた）で装幀した手帳に彼女が書いている日記から長々と引用した。実際の著者から二重の距離を置いているドンナ・クラリベルの、フォックスハウンドとの出会いに関する話は陽気なフィクションだが、軽やかで滑稽な読み物である。ダンヌンツィオの主要な作品には、彼がユーモア感覚を備えていたことを思わせる部分はかけらもないが、こうした初期の作品は陽気でひょうきんなものである。売文業者であったダンヌンツィオは、のちに小説家として再利用する背景や登場人物や状況を観察していただけではなかった。彼はフィクションのテクニックを試してもいたのである。

　彼がもっともよく使った偽名は貴族のそれだが、ミニモ公爵という名前には苦い皮肉が込められていた（「最小の公爵」の意）。ダンヌンツィオは「公爵」の手になる記事のなかで、彼と友人たちの集団が列車の車両に乗ることを拒否された経緯を語っている。「われわれは、まるでそこいらに大勢いる新聞記者であるかのように、渾身の力で追い出された」。ダンヌンツィオは自分がそうなりたいと望んでいる人たちから、実際の自分がどのように見られているかを十分に承知していた。

　ダンヌンツィオの虚構のもうひとつの自我であるアンドレア・スペレッリは、パラッツォ・ズッカリのなかの広壮で贅沢に装飾されたアパートメントに住んでいる。この建物はスペイン広場の階段のてっぺんにあって、その近くでダンヌンツィオは売春宿の隣に屋根裏部屋を借りていたことがあった。ダンヌンツィオの想像が作り出した公爵夫人、エレーナ・ムーティはパラッツォ・バルベリーニにアパートメントを持っており、その部屋はいずれも浮き彫りを施された櫃《ひつ》や古典的な胸像、ブロンズの皿、金色の一角獣の刺繡があるカーテンなどが備え付けられていた。ダンヌンツィオと彼の家族はそこからそう遠くない狭い通りに面した窮屈な賃貸アパートメントに住んでいた。一八八六年に次男ガブリエッリーノが生まれ、続いてその翌年にはヴェニエーロが生まれた。アンドレア・スペレッリは昼食会のあとタペストリーが掛かった自分の部屋に戻ると、暖炉の前で物憂げに身体を伸ばし、従僕が夕食の着替えの時間だと知らせに来るまで美や芸術について思いをめぐらせた。その創造者は、払わねばならぬ請求書や(ますます増える)懐柔すべき債権者たちに対応するデッドラインに追われていた。「惨めな毎日の苦労」と彼が呼ぶものは、小休止すらも許さなかった。

スペレッリは舞踏会へ行く前には、必ずローマの大きなパラッツォのひとつで開かれる夕食会に招かれている。それとは対照的にダンヌンツィオは、たったひとりでビアホールで食事をとり、眠り込んで椿の木とゆりかごがあちこちにある舞踏室の夢を見た。どのゆりかごにも赤ん坊がいて、どの子も大きな声で泣いている。その騒音は我慢ならないほどすさまじい。舞踏室がカップルでいっぱいになると、赤ん坊をゆりかごから抱き上げた紳士たちは、それぞれ肩の上に乗せたり、腋の下に挟んだり、ベストの下に抱えたりしたまま踊ろうと試みる。赤ん坊たちは泣き叫び、身をよじり、指で踊り手たちの目を突く。こうして大騒ぎを引き起こし、夢見る人・作家は目を覚ます。それは疲れきった新米の親なら誰でも思い当たる夢だろう。とくに小さなアパートメントに(この記事を書いた時点では)二歳半にもならない二人の子どもとともに暮らしている若い父親で、本人は優雅な暮らしにあこがれて奮闘しているのに、わが子に邪魔されてろくに眠ることもできないでいるのなら、なおさらである。

本来は悩んでしかるべき金欠状態を、ダンヌンツィオはさほど苦にしてはいなかったようである。マリアが語るところでは、家賃の支払いにどうしても必要だった報酬を受け取ると、彼は「小鳥のように軽やかかつ陽気に」出かけていき、翡翠でできた装身具に全額を浪費してしまった。彼の浪費の衝動は、最善でも無思慮な、最悪なら病的なものだった。

彼は金銭に無頓着な人間ではなかった。その書簡からは、まだ書かれていない(そしてときには結局書かれずに終わった）本の前渡し金として出版社に法外な金額を支払わせるために、脅したりすかしたりすることに彼がどれほどのエネルギーを注いでいたかが見てとれる。自分の長編小説が外国で出版されたとき、彼は為替相場を研究し、外国での著作権使用料の支払いを求める時期を選んだ。名声が高まった中年時代、あるホテル経営者が彼の振り出した小切手を、自筆の署名を取っておきたくて換金しなかったという話を聞いて、他のホテル経営者たちも同じように振る舞うよう説得する方法はないものかと考えた。だが彼は欲が深いのと同じぐらい、矯正不能なほど金遣いが荒かった。マリアが、それまでの恵まれた生活で経験したことがない家事をこなしながら、肉屋とパン屋に支払う金に四苦八苦している一方で、彼女の夫は『クロナカ・ビザンティーナ』紙への寄稿に対する報酬を花屋のツケ払いに充てるようにソンマルーガ社に求めていた。

『ラ・トリブーナ』紙での二年の勤務ののち、ダンヌンツィオは新聞の社主であるマッフェオ・コロンナ・ディ・シャッラ公に一通の手紙を書いた。手紙の一部は昇給の要請であり、別の一部は文学的自画像を描き出している。「わたしは性格上贅沢を必要としています」。自分のまわりに美しいものがなければならない。「わたしは大きくない家でも快適に暮らせるでしょう……安物のカップでお茶を飲み、一ダース二リラのハンカチで鼻をかむのも苦ではありません……ですが、これはもう宿命的に、ペルシアの絨毯、日本の皿、青銅製品、象牙の品々、小物など役には立たなくても美しいすべてのものを、わたしは深く、破滅を招くような情熱で愛しているのです」。この自己描写には申し訳なさそうな姿勢は一切ない。しみったれの商人のようなやり方で、彼の支出を収入に釣り合わせるのは大天使でも無理な話だ。「考えたり感じたりする」ことが役割の優越した存在のひとりであってもできはしない。浪費は貴族的な悪徳であり、気前の良さの倒錯した形である。それに加えて、ダンヌンツィオはたんにわがままな浪費家ではなかった（その部分もたしかにあったが）。彼は、その言葉のもっとも文字通りの意味において、唯美主義者であり、美を崇拝することが道徳に代わる人間だった。

芸術批評やジャーナリスティックなエッセイを書きながら、ダンヌンツィオは一世代前にボードレールが示した模範にしたがうことに喜びを感じた。『悪の華』の著者は影響力のある芸術批評家でもあり、「ダンディー」に関する彼のエッセイは新しい種類のヒーローを定義した。「こうした人々は、彼ら自身のなかに美の概念を育て、自身の情熱を満足させ、感じ、考える以外の目的を持たない」。ボードレールはフランスのデカダン派や象徴派のあいだに多くの信奉者を得た。それはテオフィル・ゴーティエ、アンリ・ド・レニエ、ステファヌ・マラルメなどで、ダンヌンツィオはこうした人々の著作を貪欲に読んでいた。

一八八二年、ダンヌンツィオがローマに来た最初の年、ネンチオーニとともにその著作を読んだウォルター・ペイターが初めてローマを訪れた。その後ペイターは『享楽主義者マリウス』を書くが、これは同性愛の幻想と哲学的熟考がからみ合った長編小説である。それと同時期に、ペイターのエッセイを「美の聖書」と呼んだオスカー・ワイルドが、アメリカ合衆国をまわっていた。ワイルドはアメリカで、ビロードのフロックコートとサテンのズボンを身にまとって、「ハウス・ビューティフル」について講演を行った。講演は室内装飾のスタイルについてよりも、芸術作品と同じように人生は作られねばならないというダンヌンツィオの命令に、きわめて近い切望について述べていた。

美しい人生は古いと同時に新しいものであった。「今日のすべての文学は屑である」とジョズエ・カルドゥッチは書いた。「真の芸術、ギリシアやラテンの芸術に戻ろうではないか。これらイタリアの写実主義派の何たるちっぽけな小物ぶりであろうか！」ダンヌンツィオはそうした小物のひとりであったが、結婚から一年半のあいだに書かれて『ラ・キメーラ』（擬古典的）と『イサオット・グッタダウロ』（擬中世的）の二冊にまとめられた詩は、数世紀の歴史を持つ詩の形式を用いて新たに書かれた用例集となった。そこで使われている言葉は古風で、そのイメージ（百合、ザクロ、病弱な乙女）はラファエル前派的である。押韻は緊密であり、リズムは歌のようである。エロティックな象徴的意味をたっぷりと含んだ宝石や花が、気高い乙女と勇敢な求婚者たちの姿の周囲にちりばめられている。綴り字までが擬古典的である。『イサオット・グッタダウロ』の刊行後すぐに『リサオット・ポミダウロ』（トマトのリゾット――同じように作り物の古語風の綴りである）と題するパロディーが登場した。

スカルフォーリョがこのパロディーを刊行した。表面上は深く傷ついた様子のダンヌンツィオは彼に決闘を申し込み、それはどちらにも怪我のない形で実施された。ソンマルーガ社の「卑猥な」表紙をめぐる口論と同じように、パロディーの刊行および二人の友人のあいだの諍いと決闘は、詩に対する関心を惹くための手段ではないかという疑惑が広く持たれた。

## エリート主義

一八八五年九月、ダンヌンツィオは新聞記者カルロ・マニコと諍いを起こして決闘を挑んだ。学校時代の彼は優秀なフェンシング選手だった。そしてローマでも練習を続けていたが、かなり背が高いという利点を持つマニコは彼を打ち負かした。ダンヌンツィオは頭に傷を負い、浅い切り傷だったが、それは彼を混乱させた。(『快楽』の主人公は決闘で死ぬ寸前までいく。)作家で編集者のマティルデ・セラーオは決闘の現場に居合わせた。ダンヌンツィオの出血の量に不安をおぼえた医者は過塩素酸鉄を傷口にふりかけた、と彼女は述べている。出血は止まったが、化学薬品はダンヌンツィオの髪の毛根に修復不能なダメージを与えた——と、おそらくダンヌンツィオに促されて、セラーオは主張している。それから間もなくして彼は禿げ頭になった。

ダンヌンツィオの伝記作者たちの全員が繰り返しているこの話は説得力に欠ける。ダンヌンツィオを撮影した写真では、彼の禿げた頭部にそれとわかる傷跡はない。写真が示しているのは、徐々に髪の生え際が後退していたことである。他の男たちが禿げていくように、彼も禿げが進行していたのである。だがダンヌンツィオは他の男たちと同じようになりたくなかった。彼は自分の「豊かな巻き毛」を誇りにしていた。「青年《エフェーボ》」(それは彼のお気に入りの言葉だった)時代の終わりが始まったことは彼にとって苦痛であり、変身が必要だった。髪を失うというありきたりな不運は、戦いの傷に作り替えられた。両性具有の妖精ではいられなくなった彼は、自分自身に新しい人格《ペルソナ》を与えはじめた。それは雄々しい英雄、という人格である。

多くのイタリア人たちはそうした英雄、独裁的な偉人を求めていた。イタリア王国の議会制民主主義は絶望的なまでに不安定であった(その状態はその後も続く)。最初の四十年間に三十五もの内閣が生まれた。イタリア王国の最初の十年にあたる一八六〇年代は、タバコの専売制に関する明らかな不正取引をめぐるスキャンダルによって汚された。一八七三年に議員のひとりは議会を「不潔な豚小屋であり、もっとも誠実な人々でさえそこでは礼儀正しさと恥の感覚を失ってしまう」と評している。

それ以前に権力を独占していた貴族たちは、無教養な連中のためのおしゃべりの場だとして議会を軽蔑した。左派の政治家たちは、議会のメンバーは富裕な人々しか代表していない、と不満を述べた。投票結果はすべて露骨に操作されていた。投票箱が細工されていない選挙区でさえ、真に自由な投票が行われたケースは少なかった。まず有権者の数がわずかであり、選挙権を拡大するその後の改革法も反動派を強化することにしか役立たなかった。有権者の社会階層が低くなればなるほど、聖職者もしくは地主の指示するままに投票する傾向が強くなった。農村地帯では新しい民主制は中世の封建主義によく似たものに見えた。イギリスの歴史家クリストファー・ダッガンは次のように要約している。「あらゆる種類の贈賄行為はありふれたもの──金、食べ物、仕事の紹介、借金──だった。そして南部の多くの地域では暴力的という評判を持つ男たち──匪賊あるいはマフィア構成員──が有権者を脅迫するために広く配置された。投票日はしばしば、地主が自分の支持者たちを投票所へと、演奏者や聖職者、お偉方たちとともに行進させるカーニバルを行う機会となった。それはまるで封建時代の軍隊であった」。議会に席を占めたわずかな「新人たち」は、その前任者たちと同様に、自分の利益のために動く人間であり、役に立つには教育が足りないと見なされた（多くの場合それは正しかった）。

一八八二年、ダンヌンツィオがローマにやって来てから数カ月後にジュゼッペ・ガリバルディが死去した。ガリバルディは死ぬまでイタリアの政府にとってはきわめて厄介な存在だったが、死によって彼はイタリアの偶像となった。彼の副官のひとりだったフランチェスコ・クリスピは、カーライルの言葉を言い換えながら、次のように宣言した。「歴史のある時期において……神意は例外的な人間を世界にもたらすことがある……彼の驚くべき功績は人々の想像力をとらえ、大衆は彼を超人と評価する」。ガリバルディはそうした人間だった。「この人物の生涯には何か神聖なものが存在する」。

生前ガリバルディは、自分が「独裁官《ディッタトーレ》」となるべきである、と提案したことがあった。この言葉は長いあいだ使われなかったラテン語の称号であり、現在それが持っているような否定的な連想はその当時にはまだなかった。それは国家存亡の危機に際し、限定された期間、特別な権限を与えられた人間を指す言葉である。ガリバルディはこう説明している。ときとして、そうした権力を願うことがあった。たとえば、彼が船乗りだった時代に、ときおり舵を握りながら、自分こそが嵐のなかで船を操ることができる唯一の人間だと承知しているようなときである。彼がその成立を助けたイタリアにおいて、議会の腐敗と無能力に幻滅して、そうした「独裁官」を望む多くの人々がいた。「今日のイタリアは激しい嵐のなかの船のようだ」と、ある政治評論家は一八七六年に書いている。「水先案内人はどこにいるのか？　わたしにはひとりも見えない」。

ダンヌンツィオはまだ学校にいた頃にダーウィンを読み、進化とは継続するプロセスであるという重要な点をすぐに把握した。どの世代においても他のものよりも高度に進化した個体が生まれる、という主張がそれに続いていた。ダンヌンツィオの意見によれば、男性は（そして女性は）平等な存在として生まれてくるのではない。『快楽』のアンドレア・スペレッリはパラッツォからパラッツォへと移動する際に、通りで労働者の姿を見て憂鬱になる。怪我をしていたり、重い病気にかかっている者もいれば、淫らな歌を歌いながら腕を組んで歩いている者もいる。神のごとき貴族がくつろぐ、暖かくてよい香りがするサロンの外には、より劣った種類の人間が群れをなしている（そのほとんどは「獣」同然である）ことを、彼らは耳障りな形で教えているのである。

ダンヌンツィオは作曲家の友人に次のような手紙を書いた。「お願いだから、君自身を大事にしてくれたまえ！……戦いを恐れてはいけない……それはダーウィンの《生存競争《ストラッグル・フォー・ライフ》（ダンヌンツィオが用いた英語）》であり、避けることはできないし、情け容赦ない戦いなのだ。敗北を認める連中はぶっつぶせ。卑しい奴らはぶっつぶせ！」こういった「キリスト教的でない原理」を問題視しないでほしい、と彼は求める。利他主義と謙遜はここでは考えないことにすべきだ。「僕の言うことを聞いてくれ……猛烈な勢いでめいっぱい戦った経験が僕にはある」。彼は攻撃的で競争好きであり、そのことを誇りにしていた。ダンヌンツィオはまだニーチェを読んでいなかったが、すでにニーチェのような考え方をしていた。「取るに足りない連中が支配する時代は終わった。暴力的な人々が台頭する」。

## 殉教

公爵の娘マリアはかつてこのように語ったことがある。「夫と結婚したとき、わたしは詩と結婚するのだと思った。彼が出した詩の本を一冊三リラ半で買ったほうがよかった」。

夫婦の平和な新婚生活は短かった。妻と赤ん坊を連れてローマに戻るとすぐに、ダンヌンツィオは同僚のジャーナリストであるオルガ・オッサーニとつき合いはじめた。彼女はフェベーアというペンネームで『カピタン・フラカッサ』紙に書いていた。オルガは、彼女の新しい恋人に言わせれば、プラクシテレス（紀元前四世紀のギリシアの彫刻家）が作ったヘルメス像の頭を持っていた。ダンヌンツィオは彼女の「奇妙に血の気のない顔」と若くして白くなった髪が気に入っていた。彼女は頭がよく、型にはまらない考え方の女性だった。女性が新聞に寄稿することは、その当時決してよくあることではなかった。二人の関係が始まった月に催された、新聞社のダンスパーティーでの彼女の姿をダンヌンツィオは描いている。彼女はソファに身体を伸ばして、まわりを取り巻く紳士たちと気の利いた「少々無礼な意見」を笑いながら交わしていた。

ダンヌンツィオは独立心のある女性たちに魅力を感じていた。彼は自分のアイデアを彼女たちで試してみることを好み、のちにエッセイや小説のなかで使われる散文のかなりの分量をラブレターに書き込んでいる。彼は恋人となる女性たちに目の肥えた読者になってもらいたかったし、自分を楽しませることができるようになってほしかった。彼はエルダを「赤ちゃん《ビンバ》」と呼んだ——それは彼らが出会った年齢を考えれば、文字通りそのままを描写した表現だった——が、通常は子どもっぽいパートナーを選ばなかった。ダンヌンツィオよりも数歳年上のオルガ・オッサーニは、彼の恋人となる成熟した才能ある女性たちの系列に連なるひとりであった。

彼らはその目的のため借りた部屋——自分の家の家賃の支払いすらやっとという男にとっては無分別な浪費だった——で逢瀬を重ねていた。ダンヌンツィオはその部屋を日本の屏風で飾り、緑の絹布で覆った。あるいは十六世紀に建てられたヴィッラ・メディチ（その当時も現在もローマのフランス美術院がある）の庭園を散歩することもあった。ヘンリー・ジェイムズはこのヴィッラのマニエリスム風庭園を「ローマでもっとも魅力的な庭園」と呼んでいる。ジェイムズは装飾的に配置された花壇の上に見える木立の丘を愛した。「その林には信じられないほどの、ありえないような魅力がある……常緑の樫の木の森のせいで少し薄暗い。伝説の幽霊が出るような薄暗さで、柔らかな灰緑色が広がっている」。ある日、オッサーニがダンヌンツィオに「吸血鬼のように噛みついた」激しいセックスのあと、彼がその部屋を出たときには身体に「豹のような斑点」がついていた。翌日の夜、彼らはヴィッラ・メディチの「薄暗い森」で再び会った。「不意に思いついた。月はトキワガシのあいだから光を投げかけていた。わたしは身を隠した。わたしは薄い夏服を手早く脱いだ。キョウチクトウに背中を向けてもたれかかり、あたかもそれに縛られているかのようなポーズをとって彼女を呼んだ。月がわたしの裸身を照らし、すべての傷が露わになった」。

その当時流行していた室内ゲームに「活人画《タブロー・ヴィヴァン》」があった。プレイヤーは（しばしば非常に手の込んだ）衣装を着て、歴史的あるいは伝説的キャラクターのポーズをとる。他の参加者はそれが誰か当てるのである。オルガはダンヌンツィオが出した謎をすぐさま推察した。「《聖セバスティアヌス！》と彼女は叫んだ」。彼女に抱きしめられると、心地よい身震いとともに、見えない矢が彼の傷口を貫いて背後の木に突き刺さるのを感じた。

その夜のあとすぐにダンヌンツィオはオルガに手紙を書き（それには「聖セバスティアヌス」と署名した）、フローベールの古代カルタゴを舞台にした小説『サランボオ』を読むように促した。この作品では、輝くような肉体を持つリビアの戦士が、ある女神官への愛のために自ら拷問を選んで死にいたる。そして、数十人の生贄が無慈悲な神の犠牲となる。「君のきわめて繊細な知性であれば、その読書から長く深い歓びを引き出すだろう」とダンヌンツィオは彼女に伝えた。

苦痛と快楽の結合は十九世紀後半の美術と文学ではありふれたものであり、それはしばしば聖書の物語あるいは聖人たちの伝説として表現された。フローベールはキリスト教の聖人たちが自らに課した拷問について書いた。「汝は勝利した、青ざめたガリラヤ人よ！」とスウィンバーンは書いた。「汝の吐息で世界は灰色になった」。だがスウィンバーンの詩は、ダンヌンツィオの詩と同様に、宗教的なイメージに満ちている。オスカー・ワイルドは（彼より前のフローベールと同様）、サロメと洗礼者ヨハネの物語の宝石をちりばめたサディスティックなバージョンをやがて書くことになる。聖書のテーマは、東洋的な背景と古風な壮大さの両方をもたらして場所と時間の二つのエキゾティシズムを結合し、殉教者信仰はそこに陶酔をもたらす血の匂いをつけ足した。

聖セバスティアヌスは性的な連想をもたらす殉教者である。フラ・バルトロンメーオが描いた聖セバスティアヌスの絵は、それを見た女性たちのあいだに「淫らな欲望を引き起こした」ため祭壇から撤去された、とヴァザーリは語っている。それからほぼ三世紀後にスタンダールは、そうした問題が消え去っていないことを伝えた。「信心深い女性たちが絵に惚れ込むことが続いた」ため、グイド・レーニの手になる複数の聖セバスティアヌスの絵（数点が現存する）が取り払われた。

セバスティアヌスは四世紀初めのローマの軍人で、キリスト教信仰のために死刑を宣告された。聖人たちの生涯をまとめた十三世紀の『黄金伝説』が述べるところによれば、彼は全身に矢を受け、そのまま死ぬまで放置された。彼は息を吹き返して皇帝の宮殿に戻ったが、それは自分の奇跡的生還によって、キリストの神聖な力をディオクレティアヌスとマクシミアヌスの二人の共同皇帝に信じさせることを期待していたからである。皇帝たちは態度を変えなかった。セバスティアヌスは再び死刑を宣告された。彼は死にいたるまで棍棒で打たれ、遺骸は下水道に投げ込まれた。

初期の宗教画ではセバスティアヌスは顎髭を生やしており、軍人にふさわしい服装に身を包んだ、成熟した父親然とした男である。しかし十四世紀までには、彼を裸体の美しい若者として描くことが画家たちの慣習となる。一三七〇年代に、ジョヴァンニ・デル・ビオンドは彼を下帯だけの裸のまま柱に縛りつけ、キリストの十字架刑とくらべたくなるようなポーズを与えた上で、（初期の図像学者が述べているように）「ハリネズミのように」見えるほどたくさんの矢をその身体に突き立てた。それ以降の描写は、より優雅で、よりエロティックなものへ変わった。ピエロ・デッラ・フランチェスカ、アントネッロ・ダ・メッシーナ、マンテーニャ、グイド・レーニ、その他数多くの画家たちは、立ち姿あるいは寄りかかった姿の彼が、裸同然の美しい肉体を無残に射抜かれて、まるで苦痛がもたらす陶酔状態にあるかのように頭をのけぞらせている様を描き出した。

矢はキューピッドを連想させる。矢を受けることは性的な情欲に燃え上がることである。ダンヌンツィオとオルガがヴィッラ・メディチの庭園で密会をしているとき、ジークムント・フロイトはまだ神経症の研究を開始していなかった。しかし、肉体的に完璧な若者がなす術なく拷問者の矢に貫かれた姿をさらしている光景は、強烈な恍惚のイメージであると指摘するために、ダンヌンツィオは精神分析理論を必要とはしなかっただろう。

ダンヌンツィオと同様に聖セバスティアヌスに関心を寄せた同時代の著名人は数多い。作家としてはマルセル・プルースト、トーマス・マン、オスカー・ワイルド（監獄からの解放後にセバスチャンという名前を名乗った）、そして写真家フレデリック・ホランド・デイらがいる。こうした人々と、のちのセバスティアヌス愛好家である三島由紀夫（その思想や生涯は多くの点でダンヌンツィオのそれを反映している）、映画作家デレク・ジャーマン、写真家ピエール・エ・ジルといった人々はすべて、少なくともある程度までは、同性愛の傾向を持っていた。先駆的なドイツの性科学者でダンヌンツィオの同時代人であるマグヌス・ヒルシュフェルトは、聖セバスティアヌスの絵画を「同性愛者」が特別に好むイメージのひとつとしている。ダンヌンツィオの聖セバスティアヌス信仰は、彼の性的方向性に関する避けがたい疑問をいくつか引き起こす。

ダンヌンツィオが女性を熱心に愛したことは、豊富な記録が残る事実である。彼が男性たちともセックスを楽しんだかどうかについてはわかっていない。学生時代の手紙のいくつかは、そうしたことを示唆していると解釈することも可能だが、ダンヌンツィオが生きていた時代には同性の友人たちのあいだで恋人同士のように感情的な手紙をやりとりするのは珍しいことではなかった。彼が別の少年と思春期の友情を結んだ記述が次のものである。「そして僕たちは微笑み合う。ちらり、ちらりと目の端で互いを見ながら……そして僕たちの友情のあの瞬間を僕は一度も忘れたことがない。いまそれは記憶のなかで説明のつかない美しさで輝いている」。年上の後援者たちに手紙を書くとき、彼は軽薄かつ感激しやすい調子になる。チェーザレ・フォンターナへの手紙で彼は語る。「君の美しい手紙を二十回も読み返した……愛情にあふれたあれほど優しい手紙へのお返しとして、何を君に言えばいいのだろうか？　僕も君を愛している、と言えばいいのか？……おお、そう信じておくれ、僕の友よ」。

ダンヌンツィオがこうした少年たちあるいは男たちと性

的な接触を持っていたとしても、彼がそれを公的に認めなかったことは驚くに値しない。この時代にあえてそれを公表しようという男はわずかしかいなかった。しかし、いまでも読むことができる、彼が私的に書き残したもの（手紙、手帳、メモ）の量と、自分の性生活のもっとも細かな点にいたるまであらゆることを書きとめようとする彼の強迫衝動を考えると、同性愛的な関係に関するどんな記述も存在しないことが強く示唆しているのは、彼が一度もそうした経験を持っていないことである。回想録のなかで、他の少年たちとの感情的な「友情」と、（回想の時点では）経験したことがない彼らとの「愛」を、彼ははっきりと区別している。後期の小説『そうでもあり、そうでもなし』のなかでダンヌンツィオは、男友達の二人組を、一連の勇敢な冒険をともに経験する同志として描いている。彼らの同志関係は、まさにそれが「清らか」であるがゆえに強固なのである。同世代の男たちの大多数と同じように、彼は男同士の仲間づき合いを、ベッドをともにする女性たちとのエロティックで、からみついてエネルギーを搾り取る、熟しすぎた関係からの逃げ場として理想化していた。

しかしながら彼の性向がどのようなものであれ、ダンヌンツィオには性的に曖昧な何かが存在していた。青春時代の彼は、その女性的な可愛らしさと少女のような声がスカルフォーリョを魅了した。成熟した彼は、女性のように張った腰を持つ小柄な男になったが、通常ヘテロセクシュアルな男性にはふさわしくないほど、服や花、テーブルセッティングに大きな関心を寄せた。

自己の性別認識がはっきりしない人々、とくに女性たちに彼は関心を寄せた。オルガ・オッサーニについて彼が気に入っていたことのひとつは、彼女の「美しい両性具有的な頭」であり、彼のフィクションの登場人物アンドレア・スペレッリは「両性具有者の物語」を執筆していた。小説のなかでダンヌンツィオは、女性二人または三人（姉妹や親友たち）を登場させ、男性主人公がそのなかからひとりを選ぶ、あるいは彼女たちの官能的に密接な関係のなかに主人公が入り込むようなシチュエーションを繰り返し設定している。マリア・フェレスと彼女がいる家の女主人——ともにスペレッリと恋愛関係にある——は、寄宿学校時代に互いの髪をブラッシングし合ったときの官能的な歓びを楽しそうに思い出す。そして『快楽』には二人のはっきりとしたレズビアンが登場する。ひとりは「力強い男性的な声」の大柄な貴婦人で、王侯の住むような邸宅で開かれた昼食会のあいだ、その黒い目は「公爵夫人の緑の目とあまりにも頻繁に視線を交わしていた」。もうひとりは高級売春婦《ドウミモンデーヌ》で、厚化粧だが巻き毛を短くカットしているためアストラカン〔ロシア南部アストラハン地方の子羊の巻き毛黒皮〕の帽子をかぶっているように見え、男仕立てのジャケットとベストを着て片眼鏡をつけ糊のきいたネクタイを締めていた。彼女はディナーの席でタバコを吸い、生牡蠣をひたすら呑み込む。スペレッリは彼女のマナーと見た目が示唆する「悪徳と堕落、奇怪さ」に惹きつけられる。

　八年間ダンヌンツィオの恋人だったエレオノーラ・ドゥーゼはバイセクシュアルだと噂されていた。ダンヌンツィオがフランス在住期に恋愛関係を結んだロメイン・ブルックスははっきりとしたレズビアンだった。女優でマイム役者のイーダ・ルビンシュタインとエキセントリックな百万長者ルイザ・カサーティ――彼はどちらとも深い友情とちょっとした恋愛関係を結ぶ――は二人とも、公然と裸で現れたり、男装をしたりして、自分たちの性別認識に関して芝居じみた変種を演じた。しかし、オルガと過ごしたヴィッラ・メディチの庭園での一夜から四半世紀のちに、ダンヌンツィオは（ドビュッシーの音楽をつけて）戯曲『聖セバスティアヌスの殉教』を書いたが、それは明確にイーダ・ルビンシュタインのために書かれたものだった。あれほど多くの男性同性愛者の空想のなかの犠牲者＝ヒーローであるセバスティアヌスは、ダンヌンツィオの戯曲では女性によって演じられることになったのである。

　彼はおそらくアクティブな同性愛者ではなかったが、確実にサド・マゾヒストであった。ローマとその貴重な文化財を探索するなかで、ダンヌンツィオはミケランジェロの『ピエタ』に特別深い感動をおぼえた。彼は自己中心的な空想を練り上げ、そこでは彼の母親をミケランジェロの聖母に、彼自身を死せるキリストに想像した。こうして想像のなかで自分自身をもうひとつの活人画に配置し、そこで彼は美しいほとんど全裸の、拷問を受けた若い男を演じていた。

　死にゆく若者への崇拝は、ダンヌンツィオがイギリスのロマン主義者たちに見いだしたテーマのひとつであった。彼は（「安らかな死にあこがれた」悲劇的詩人）キーツについてたびたび述べているが、キーツの最後の住まいがあるスペイン階段をダンヌンツィオはほぼ毎日歩いていた。そして『アドネイス』でキーツを甘美に悼んだシェリーも三十歳で帆走中に溺死したが、ダンヌンツィオは彼についても述べている。一八八三年、ダンヌンツィオは彼自身の『アドニス』を書いたが、それはこのように終わっている。「こうして青年は死ぬ。苦痛と美の大いなる謎のなかで。わが夢と芸術が想像したごとく」。『快楽』のなかでスペレッリはマリア・フェレスをローマの英国人墓地へ連れて行く。（キーツの墓をそこに訪ねたオスカー・ワイルドは、キーツと聖セバスティアヌスの類似点に思いを馳せた。その両者ともが「美に仕える聖職者であり、本来の死期よりも早く殺された」。）ダンヌンツィオの小説に登場する恋人たちは死者を悼む。マリアは黒いヴェールを脱ぐと一束の白い薔薇をそれで包み、シェリーの墓前に置く。「彼はわたしたちの詩人だった」。

シェリーの死から六十年後、ロマン主義は成熟してテニスンとボードレールの後期ロマンティック・メランコリーへと変化し、そしてそれが熟しきるとデカダンスへ流れていく。悲運の若者というロマンティックなイメージにまつわる優雅な悲しさは、より熱っぽい気分とより知ったかぶりの言説に道を譲る。自分のセックスのパートナーに殉教した聖人のポーズをとりながら、拷問を受けて殺された若者をイメージしてダンヌンツィオは自分自身を性的に刺激していた。のちに彼はそのイメージが現実となったのを見る機会を数多く持つことになる。一九一五年、彼は自分が若い義勇兵たちからなる部隊の先頭に立ってクァルトに到着することを計画した。若者たちの「血は流される準備ができており」、フローベールが『サランボオ』で描いた「ホロコースト」のなかで殺される奴隷たちのように、それこそが人間の生贄であった。第一次世界大戦を通じて、ダンヌンツィオは繰り返し、そしてますます熱を帯びた調子で、死んだ兵士たちを「殉教者」として言及し、その死は美しい若者たちのさらなる犠牲によって栄誉を与えられねばならない、とした。ある審美的な潮流によって形づくられたエロティックな空想として始まったものが、大虐殺の動機となったのである。

## 病

ダンヌンツィオがバルバラあるいはバルバレッラと呼んだエルヴィラ・フラテルナーリ・レオーニは、彼よりも一歳か二歳年上で、金色の肌と色の薄い大きな瞳の持ち主だった。一八八七年四月に、あるコンサートで彼女と知り合ったとき、彼は二十四歳で妻は三人目の子どもを妊娠していた。その月の終わりには彼とバルバラはほとんど毎日会うようになっていた。逢い引きの場所は、当初はダンヌンツィオの美術家の友人のアトリエのどこかだったが、すぐにその目的のために彼が借りた部屋になった。

「ヘラクレスの力あるいはヒッポリュトスの美しさをもってしても、こと女性をぞくぞくさせる力に関しては、高名には敵わない」とダンヌンツィオは書いている。この頃までに彼はとくに女性にとって魅惑的な人物であるとの評判をほしいままにしていた。性愛を扱いつつ正統から逸脱した詩を書くという評判の詩人であったし、スキャンダルとなった駆け落ちを行った恋人でもあった。仲間たちからも賞賛される真面目な詩人であると同時に放蕩者として知られていた。「恋する女性にとってこう言えることはどれほど甘美なものであろうか……この謎に包まれた人間を、そのキメラの飛翔で女性たちが激情に駆られて失神してしまう、そんな男の魂も肉体も自分は所有しているのだ、と」。言い換えれば、詩人はスターであり、あらゆるスターと同様に彼も自分のグルーピーを持っていた。ある男友達はダンヌンツィオのことを「セイレン〔美しい歌声で航海中の人を惑わし遭難させる、ギリシア神話の海の怪物〕」であり、「誰も彼に抵抗できない」と書いている。オルガと別れてからバルバラと出会うまでに、彼はつかの間の情事を少なくともひとつ経験していた。おそらくそのほかにも記録に残っていない関係が複数存在していた。だがバルバラとは、彼は自分を見失うほどの恋に落ちた。彼女がしばらくのあいだローマを離れたとき、彼は頻繁に郵便局に通っては彼女からの手紙が届いていないか必死にたしかめ、カフェ・モルテーオで柄にもなく黙ったまま座り込み、最後には感極まって泣きながら帰っていった。

バルバラは（彼が熱心に書いた）貴族の一員ではなかった。彼女の両親は下層中産階級に属し、方言で話す敬虔なカトリック信徒だった。彼女は二十歳のときにレオーニ伯

爵——ボローニャの実業家で、貴族の称号はおそらく偽物である——と結婚した。レオーニは彼女を冷酷に扱ったので、数週間で彼女は夫のもとを去って両親との生活に戻ったが、彼はときおり現れては夫としての権利の行使を要求した。『快楽』の主人公アンドレア・スペレッリの恋人は彼に言う。結婚後も関係を続けたければ、彼女の性的もてなしを彼女の夫と共有しなくてはならなくなる、と。スペレッリは仰天してそれを拒否する。現実においてはこのときも、そして別のケースでも、ダンヌンツィオは同じような状況を受け入れざるを得なかった。レオーニが訪れたあとに、バルバラが打撲傷を負っていたり動揺していたりすることを、ダンヌンツィオは楽しみにすることさえあった。

バルバラは魅力的だった。複数の写真が示しているのは垢抜けした若い女性で、口紅をさしたふっくらした唇と、上を向くと虹彩の下に真っ白なアーチが覗く目の持ち主である（ダンヌンツィオの同時代の伝記作者によれば「ローマでもっとも美しい目」であった）。例によって性的曖昧さを好むダンヌンツィオは、彼女のボーイッシュな外見と男っぽい小さな帽子を賞賛した。彼女は相当な読書家で頭もよかった。新たに翻訳されたトルストイとドストエフスキーの作品を読むように彼に勧めたのは彼女だった。彼女はミラノの音楽学校《コンセルヴァトーリオ》で学んだ、熟練したピアニストだった。何よりも魅力的だったのは（あるいはダンヌンツィオが送った数百通の手紙からそう判断できるのは）、彼女が絶えず病気だったことである。彼女は癲癇患者であり、婦人科の病気で苦しんでもいた。夫からもらった性病に感染していた可能性もある。不手際な妊娠中絶手術を経験していたことも考えられる。あるいは何らかの先天的奇形を持っていたのかもしれない。いずれにせよ、彼女は身体の不調に苦しみ、しばしば痛みを訴えた。

こうしたことすべてがダンヌンツィオにとってはきわめて刺激的だった。学生時代、彼は出席すべき講義や授業をサボったが、有名な生理学者ヤーコブ・モレショットが行った連続講座には出席した。ダンヌンツィオの初期の短編小説には病気や怪我のイメージがあふれており、たじろぐことのない厳密さで描写されている。エレーナ・ムーティ（『快楽』）、ジュリアーナ・エルミル（『罪なき者』）、イッポリタ（『死の勝利』）といったヒロインたちの病気のディテールを補強するために、彼はバルバラを頼った。どのヒロインも、その現実のプロトタイプと同じように、病気のせいで一時的に触れることができないとき、とくに魅力的になるのである。汗で湿った額、青ざめた肌、ひび割れた唇、どんよりと視点の定まらぬ目などが性的恍惚のしるしでもあるかのように描かれる。媚薬としての病はデカダン派の文学ではありふれたものだったが、ダンヌンツィオがとりわけ熱狂的な反応を示した点であった。『快楽』のなかで彼は、病床の誘惑に関する強烈にエロティックな記述を展開している。バルバラはそうしたスリルを現実の生活のなかで提供したのである。「こんなふうに病気で疲れきっている君は僕を歓ばせる」と病床の彼女にダンヌンツィオは手紙を書いた。「君の美しさは病気によって浄化される……君の顔は、深遠な、人間を超えた青白さを帯びる……君が死ぬときには、美の最高の輝きに達するのではないか、と僕は思う」。

二人きりになれた最初の数回を含めて、バルバラの身体の不調のために、ペニスを挿入する性交ができないときがあった。何の問題もなかった。セックスへの障害は彼らの歓びを高めるだけだと思えた。ダンヌンツィオは有頂天で感謝の言葉を連ねた手紙を書き、長々と続くキスを思い出しながら、彼女の身体のあらゆる部分を自分がどのようになめたり吸ったり噛んだりしたかをすべて語り直した。密会用に借りた部屋にある大きな肘掛け椅子の上や下で、互いに頭からつま先までどのようにからみ合ったかを描き出した。「こうして熱に浮かされながら（こんなに震えて！）書いていても、君の薔薇の柔らかくて小さな襞を唇に感じている。果実の汁を吸うように、それを僕は貪欲にすすったのだ。覚えているかい？」（ダンヌンツィオにとって薔薇は、彼が読んできた中世の詩人同様、女性器を意味した。）目を閉じて横たわり、次は身体のどの部分に彼女の冷たい唇を感じるか、わくわくしながらベッドで過ごした素晴らしい時間を彼は思い出す。そしてそのあとにはもはやためらう必要がない日々が続いた。彼の手紙は列車の客車内での「荒々しく」切迫した性交を伝えている（その一節はほとんど一字一句そのまま『死の勝利』のなかで繰り返されることになる）。

バルバラとの関係は、彼の最初の成熟した一連の詩である『ローマ哀歌』を生み出した。そのタイトルはゲーテから借用したものである。その哲学的土台はシェリーとショーペンハウエルが提供している。物質世界と人間の感情の対応という主張は、ダンヌンツィオが読んできたフランスの象徴主義の詩人たちにヒントを得たものだが、哀歌の目もくらむような出来栄えはダンヌンツィオ自身の手腕によるものである。

このときまでに詩人は自分の技法を完璧に統御するようになっていた。彼は詩の形式を極限まで発展させた。そして彼はそれを自分の感情的な目的のためにねじ曲げ、あるときは物悲しげな、あるときは愉快な効果をもたらすために詩のリズムを駆使する。詩の一篇はバルバラと名づけられた。すべての詩のなかで彼女は「わたしのそばにいる者」であり、最初の読者であった。彼らの関係が始まった当初の段階を描いている詩では、行間から幸福感が伝わってくる。ある日の午後、バルバラとヴィッラ・デステの庭園にいるとき、ダンヌンツィオは哀歌の二つのバージョンを書いた。ティヴォリの素晴らしい庭園にある噴水、薔薇、木々、あらゆる木の葉、草の茎の、その美しさとほとばしる生命は彼女のおかげである、と彼は断言する。二つの手書き原稿は現存しており、同じ六月の午後の、ひとつは五時、もうひとつは六時と記してある。

ダンヌンツィオはバルバラから片時も離れたくなかった。別れるたびに彼女の肉体への飽くなき欲望に彼は苦しんだ。彼の伝記作者の数人は彼女を生涯の愛と述べているが、ダンヌンツィオが彼女に宛てた手紙のなかでもっとも頻繁に使っている言葉は「愛《アモーレ》」ではなく「欲望《デジデーリオ》」であった。『快楽』の読者たちは、小説の作者をアンドレア・スペレッリのような無頓着な誘惑者——特別な理由もなく、退屈と虚栄から友人の恋人とセックスをする男——だと想像した。だがダンヌンツィオは冷淡なドン・ファンではなかった。彼の性的欲求は、彼が生きているあいだもそのあとも、好色な笑いを引き起こす理由となったが、それはしばしば他人にも彼自身にも残酷なものとなった。

ケンタウロスやキメラ、サテュロスなど半人半獣の生き物が彼の空想的な作品には登場する。彼は繰り返し自分のことをフォーン——野生の半人で、腰から上は滑らかな肌の人間で、その下は毛むくじゃらの獣——として描いている。フォーンは流行のモチーフだった。ダンヌンツィオはマラルメの有名な詩をすでに読んでいたが、彼にとってそのイメージは根源的な葛藤を表現していた。ときとしてその自己描写は陽気であり、肉体的に自信を持つ若者のうぬぼれが自分自身をいたずら好きな動物として見ることを楽しんでいる。またときとしてそれは自己嫌悪と自分を恥じることを暗示している。

バルバラと会った数週間後、ダンヌンツィオは家族の危機を解決するのを手伝うためにペスカーラに呼び戻された。父親フランチェスコ・パオロは恐ろしい勢いで金を浪費していた。ダンヌンツィオの母親が受け継いだ遺産はすべてなくなってしまった。妹たちの嫁資を工面するチャンスはほとんどなかった。それから六年以上にわたり、ダンヌンツィオは父親のせいで大きく悪化した彼自身の財政問題に直面することになる。母親が死ぬまで金を送りつづけることになるのだ。

小説家の人生に関して、彼が書いたフィクションを読むことから何かたしかなものを導き出せると考えるのは、たいていの場合愚かなことであるが、ダンヌンツィオの『死の勝利』(一八八九年に書きはじめられ、五年後に最終的な形で刊行された)は例外的なケースである。そこには著者自身のラブレターが一字一句そのまま引用されており、それが最初に書かれた場所の正確なディテールまで描写されている小説なのである。ダンヌンツィオはロマン・ロランに、その物語には「架空のものは一切ない」と語っている。主人公ジョルジョ・アウリスパはダンヌンツィオのような洗練された若い都市生活者で、彼はアブルッツォの自分の家族のもとを訪れる。小説のなかの父親はダンヌンツィオの現実の父親の生き写しである。さらに痛ましいことに、それは一種の自画像でもある。ぞっとするほど歪んだガラス越しに著者は描かれている。

一八八七年の夏にフランチェスコ・パオロに会いに行ったとき、ダンヌンツィオ自身、すでに収入以上の金を使う習慣が身についていた。アウリスパの父は、ダンヌンツィオの父のように、愛人にかかる費用を支払うために妻と子どもたちの住む家をこっそりと売却していた。ダンヌンツィオはバルバラとの密会のために、自分の正当な家族が是が非でも必要としていた金を使って、部屋を借りていた。小説のなかの父親は見えすいた嘘をつく狡猾な人間である。まだ妻と暮らしながらほぼ毎日バルバラと会っていたダンヌンツィオは、きっと始終嘘をついていただろう。アウリスパは気むずかしく、肉体的には洗練された男である。ダンヌンツィオは、学生だった頃からすでに洗濯屋に法外な金額を支払うような、きれい好きな小柄な男だった。アウリスパは父親をじっと見つめる。「肥って血色がよく、精力的なこの男は四肢から肉欲の熱気を発散しつづけている……その顔からは性格の激しさと頑なさが見てとれる……これらすべてがほとんど嫌悪に近い感情を彼(アウリスパ)にもたらす……《自分はこの男の息子なんだ!》」現実の父親を見て、ダンヌンツィオはそれが自分自身のひどく不愉快なカリカチュアであるかのように思えて、アウリスパと同じように後ずさりした。ドリアン・グレイの屋根裏部屋の肖像画のように(オスカー・ワイルドの小説は『死の勝利』の第一部と同じ年に刊行された)、フランチェスコ・パオロ・ダンヌンツィオはその息子の最悪の欠点の象徴であった。息子がフォーン——わざとらしい牧歌劇に登場する可愛い生き物——だとすれば、父親は彼を生み出した悪臭を放つ山羊であった。

一八八七年の夏、おそらくダンヌンツィオが父親の問題の処理のためにアブルッツォに行っているあいだに、三人目の子どもを妊娠していたマリアは、バルバラから彼に宛てた一通の手紙を読んだ。それは二人の関係を明白に示す内容の手紙だった。事実が露見したあと、夫と妻のあいだで何が起きたかはわからない。二人が決定的に別れるのは三年後のことである。しかしダンヌンツィオはのちに「修羅場」があったことをほのめかしている。

# 海

ダンヌンツィオは自分が海で、ブリガンティン船（前が横帆、後ろが縦帆の二本マストの船）イレーネ号の船上で生まれたこと、「海での誕生」が彼を生まれつきの船乗りにしたことを繰り返し自慢していた。彼は自らを海の神グラウコスと同一視した。自分は「航海の守護神」を持っていると主張し、自分自身を「海の狼」と呼んだ。

こうした主張のほとんどは空想が生み出したナンセンスである。ダンヌンツィオが陸地で、ペスカーラの家族の家で生まれたことについては、（船酔いする傾向があったこと同様に）しっかり記録が残っている。だがペスカーラとその近隣の諸都市に、ダンヌンツィオが生きていた時代には、船乗りたちのコミュニティーがあったことは事実である。鉄道の到来以前には、広大な土地は恐るべき障害であり、海の水の広がりはハイウェイであった。人々は共通の土地ではなく、共通の海でつながっていた。ダンヌンツィオの父親の収入は（まだあるうちは）、狭いアドリア海を越えてダルマツィアのフィウーメ、ザーラ、セベニコ、ラグーザ、スパラート（現在のリエカ、ザダル、シベニク、ドゥブロヴニク、スプリト）などの諸都市との交易から得られるもので、こうしたすべての都市にはその当時かなりの数のイタリア系住民がおり、イタリアの東海岸の諸港との貿易や血縁関係での密接なつながりを持っていた。ダンヌンツィオの初期の短編には、アドリア海を行き来して木材や穀物、ワインや干した果実を取引する船乗りたちに関するものがいくつかある。アブルッツォが彼の生まれた土地だとすれば、アドリア海は間違いなく彼の生まれた海であった。

老年になっても、遠くまで泳いだ思い出話を長々と語るのを彼は好んだ。「素っ裸で、いたずら好きなイルカと出会いながらパランツァ船に向かって懸命に泳ぐ。漁師たちは、オレンジ色と赤褐色の帆がはためく下で、ぼろ切れでわたしの身体を拭いてくるんでくれる。その場でテラコッタの鍋で調理する熱いスープは、ヒメジ、シタビラメ、イカがトウガラシで真っ赤になっている。そして空腹、空腹、歓喜と忘却。わたしのまわりでは水夫たちが、大漁の網にかかり海の底から引き上げられた生き物を見るように、驚いた顔で突っ立っている」。

一八八七年の夏、彼の個人生活は激動のときを迎えていた。バルバラの両親は彼女をリミニにやって数週間を妹とともに過ごさせるようにはからった。夫が再び現れ、彼女を駅までエスコートした。両親と夫はどうやら彼女と既婚男性との関係を嗅ぎつけたようだった。しかも嘆かわしいことに、その男の負債はすでにどうしようもないほど多額になっていた。マリアはこの最新の、そしてもっとも深刻な不貞に気づいていた。つい最近両親のもとを訪ねたことも、ダンヌンツィオの心を苦しめ、心配の種になっていた。そうした状態からの救いは海への逃亡の招待という形で届いた。

八月の初めに書かれた陽気な小文のなかで「ミニモ公爵」は、いつも馬鹿げた計画を持って現れる匿名の友人をネタにしている。ある暑い夜、この友人はパラッツォ・ルスポリの近くのバールで、氷を入れた背の高いグラスでレモネードを飲んでいる上機嫌のグループ（「公爵」もそのなかにいた）と一緒にいる。彼らの頭上には色を塗った亜鉛の人工の木があって、女性歌手が『カッコーの歌』を歌っている。彼はアドリア海を帆走してまわる計画を明らかにする。アブルッツォの港から出発して北へ向かい、ヴェネツィア、トリエステを経てイストリアをまわり、ダルマツィアの海岸線を南下するのだ。そこでは木々が素晴らしい果実をたわわに実らせ、水はダイヤモンドのように輝いている、と彼は請け合う。美しい女性たちにも会える――白い肌に青い目の金髪女性や激しい気性の黒髪の女性たち。誰もが笑う。だがひとり「シェリーの熱烈な信奉者」であるアドルフォ・デ・ボシスだけが色めきたつ。彼は「僕らはパーシーのように死ぬだろう」と宣言して同行を申し出る。そして長々とシェリーの引用を始めるが、他の連中はそれを黙らせ、あるいは大声でさえぎる。そして陳腐なオチで記事は終わる。計画の立案者はローマの駅で海岸へ向かう列車に乗り遅れ、しょんぼりとローマで夏を過ごすことになるのである。だが現実には続編があった。デ・ボシスはほんとうにいた。彼はシェリーの翻訳者で、イタリアにおける主たる擁護者であり、ダンヌンツィオの親しい友人だった。レディ・クララと名づけたカッター船を所有していたのは彼であった。そしてその船に乗ってアドリア海を帆走してまわろうという彼の提案を衝動的に受け入れたのはダンヌンツィオであった。

臨月にさしかかっていたマリアをローマに残して、彼は

ペスカーラでデ・ボシスと落ち合った。彼らの航海は風雅なスタイルで始まった。船にはペルシア絨毯と多くのクッション、そして寄木象眼の腰掛けを一脚持ち込んだ。彼らは水夫を二人雇ったが、ダンヌンツィオが軽薄にも名前の響きがよいということで選んだその水夫は、二人ともすぐに無能であることが明らかになった。

ダンヌンツィオが時代に先駆けていた多くのことのひとつが、日光浴に対する情熱であった。全裸で終日デッキに横たわり、動くのは太陽に対する身体の向きを変えるときだけだった。彼はリミニでバルバラにわずかでも会おうと試みた。彼女には介添え役がぴったり付き添っていたので、一瞬唇を盗むことしかできなかったが、彼女のほうは少なくとも、レディ・クララ号のマストに掲げてもらうため自ら刺繍をした赤い旗を彼に手渡すことはできた。デ・ボシスとともに海へ戻ると、唯美主義を気取ったスタイルで楽しんだ。浜辺でのピクニックのために停泊すると、二人の若者は白い麻の服を身につけ、絨毯とクッション、銀のティー・セットを岸へ持っていった。彼らは互いに写真を撮り合い、それぞれ洗練されたやり方で楽しんだ。

リミニの北で彼らは沖へ流されてしまった。強い風が吹きはじめた。船はダルマツィアの海岸へと押し流された。

青ざめたダンヌンツィオは何の役にも立たなかった。雇われた二人の水夫もいくらかましな程度だった。デ・ボシスは小さな船と苦闘したが、やがて恐ろしいほど操船ができなくなった。突然「パーシーのように」死ぬことが現実味を持って目の前に現れた。しかし幸運なことにイタリア海軍の小艦隊が近くで演習を行っていた。レディ・クララ号が波に翻弄されているのを見た巡洋艦アゴスティーノ・バルバリーゴが救助に向かった。小さな帆船は最初は綱で曳航され、次いで吊り上げられて鉄で装甲された軍艦に載せられた。彼らの生命は救われ、ダンヌンツィオは新たな方向性を与えられた。この救出劇を彼は、「たんなる詩人」としての自分の存在から、国民の代弁者としての人生への転換点ととらえることになる。

巡洋艦アゴスティーノ・バルバリーゴが、二人の無力な文人が下船する予定地だったヴェネツィアへ向かって航行しているあいだ、ダンヌンツィオは力強い鋼鉄の船に乗っていることに興奮していた。翌年彼は賛歌『アドリア海の駆逐艦へ』を発表するが、そのなかで「抜き身の刀のように美しく」光り、「金属が恐るべき心臓を閉じ込めているかのように」エンジンの鼓動で震える船をたたえた。これほど巨大な兵器は「冷静な勇気」を持つ男たちにしか扱えない、と彼は書いた。海にはまだ、ヒーローのための場所が残っていた。いにしえの騎士たちが鉄の鎧をまとった馬にまたがったように、巨大な戦艦の震えるブリッジにまたがるのだ。

イタリア、オーストリア、ドイツの協定――二十年後にダンヌンツィオが激しく罵ることになる三国協定――は五年前の一八八二年に締結されていた。それと同時に、弱みを持つためにこれほど相性の悪い同盟国を心ならずも受け入れねばならなかったイタリア政府は、陸軍の強化と戦える艦隊の創設に踏み切った。自称「海の狼」ダンヌンツィオはいまやこの問題に夢中になった。アゴスティーノ・バルバリーゴの艦上で将校たちから説明を受けて、彼は一連の論争を呼ぶ記事を書いた。それをまとめた本は『イタリアの艦隊』というタイトルで出版されたが、内容はナショナリスト的立場からより多くの艦船の建造を要求するものだった。「新しい艦船の進水式にともなって起こる喝采と敬礼、祝福の声はイタリア半島の隅々まで響きわたり、大きなこだまを引き起こす」。

記事には艦隊の資金調達と装備について、そして水兵の訓練についての実践的な提案が数多く含まれていた。物憂げなサー・チャールズ・ヴィア・ド・ヴィアや快楽を愛するミニモ公爵、移り気なアップムーシュたちは、工学と海軍の規律について丹念に調べて考え、そして驚くほど好戦的な性格を持つ解説者に姿を変えた。ダンヌンツィオは水雷艇の未来の役割とそれが敵の艦隊に引き起こす大損害を予言した。彼は乗組員の士気を想像した。「巨大なドレッドノート級艦艇が沈没するのを見るときの歓びに匹敵するものはない」。これはダンヌンツィオ本人の声だった。それらの記事は、ゴシップやファッション記事とは異なり、ダンヌンツィオの本名で発表された。

ダンヌンツィオ一行はヴェネツィアで下船し、レディ・クララ号はアルセナーレ（造船所）——かつてヴェネツィアを東地中海の支配者とした偉大な艦船がそこで造られた——の船大工に引き渡された。ダンヌンツィオがヴェネツィアを見たのはこのときが最初だった。海上での栄光という考えを心に描きながらやって来た彼にとって、ヴェネツィアはイタリアの過去の偉大さのシンボルとなった。帝国のローマ以上に、ヴェネツィア帝国は近代世界における彼の政治理念を形づくったのは、ヴェネツィア帝国であった。

ヴェネツィアに到着して数日後、ダンヌンツィオは三番目の息子が彼の不在中に生まれたという知らせを受け取った。彼は妻に電報を打って、子どもにはヴェニエーロと名づけるように伝えた。それはレパントの海戦を指揮した、ヴェネツィアの提督にして元首《ドージェ》からとった名前だった。

ヴェニエーロの父親がその誕生に立ち会えなかったのは、バルバラがやって来たことと金がなかったためだった。『死の勝利』ではヒロインのイッポリタはヴェネツィアでジョルジョ・アウリスパと合流する。そこに記録されているロマンティックな恋物語には、おそらくたったひとつだけ事実ではない点がある。小説では恋人たちはホテル・ダニエリの豪華な部屋に滞在している。実際にはダンヌンツィオはスキアヴォーニ河岸のさらに遠いところにある、はるかに質素なホテルに部屋を借りていた。そのホテルでさえ彼には分不相応だった。自分の宿賃を払うことができず、デ・ボシスが必要な金を貸してくれるまで、そこを離れることができなかったのである。

## デカダンス

ここに『ラ・トリブーナ』紙に掲載された、「園遊会《ガーデン・パーティー》（ダンヌンツィオが用いた英語）」として知られる最近流行の午後の催しに招かれた若い紳士諸君のために、ダンヌンツィオが書いたアドバイスがある。紳士諸君は夜会用の服ではなく「シンプルなルダンゴート〔ウエストが絞られて裾が広がったコート〕」を着るべし。ズボンの色は淡すぎてもいけないし、形はぴったりしすぎてもいけない。「流行が求めているようにゆったりと」していなければならない。ネクタイは明るい色で結び目は大きくする。「シルクハットは、できれば白いもので、半喪期のように黒いリボンを巻いてあるものがよろしい」。

ダンヌンツィオがお洒落というテーマを真面目にとらえているにしても、彼が自分の才能を無駄にしていることは、この頃にはスカルフォーリョのみならず本人にも明らかになっていた。こんなことのために自分は学友たちからランプの油を集めたのか？　こんなたわごとを書くために、自分はまず古典に、そしてその後はイギリスやフランス、ロシアのもっとも新しい、もっとも革新的な著作に通暁するようになったのか？　天才がその才能を用いるのに、これが正しいやり方であろうか？　崇高な運命に生まれついた者が、こんなくだらないものに関心を寄せるのはふさわしいことだろうか？　明らかに違う。一八八八年七月、二十五歳になっていた彼は『ラ・トリブーナ』紙での仕事を辞めた。彼はローマを去った。そしてフランカヴィッラのミケッティの修道院に引きこもり、僧房のドアの上に「クラウズーラ〔修道院への俗人の出入り禁止を意味する〕」という言葉を絵具で書いた。

そこに彼は、恋人とも妻とも息子たちとも会わずに、五カ月間とどまった。小説こそいまの時代にもっとも適した文学の形式である、と彼は確信するようになっていた。小説を新しいものとし、それと同時に偉大な現代作家としての自分の評価を確立することを決意していた。ローマに戻るまでに彼は『快楽』を完成させていた。

彼はミケッティを修道士集団のリーダーを意味する古語である「修道院長《チエノビアルカ》」と呼び、修道会への入門者として振舞った。自分の僧房で根気強く仕事を続けた。バルバラはトリーノで会ってほしい、あるいは数日でいいからローマに戻ってほしいと手紙で頼んできたが、彼は拒絶した。自分の仕事は中断されてはならない。それは厳しい試練、英雄的な努力であり、信仰の行為であった。

数カ月のあいだ、わかっている限りでは、彼は禁欲を保った――彼の言うところによれば、その理由はただひとつ「三、四十マイル四方にいるのは、病気持ちの売春婦か、あるいは少なくとも二十人の子どもを産んだ疲れきった既婚女性だけだったからである」。彼はまるで自分を罰するかのように、隠者のごとき厳しさで仕事に打ち込んだ。「昨日は午前中五時間仕事をしたあと、午後には七時間ぶっ続けで机に向かい、一度も立ち上がらなかった。仕事を中断したときには疲労で死にそうだった」。

まだ知られていないフィクションの形式を作り出すことを彼はもくろんでいた。彼はそれまでに写実主義的な短編小説とラファエル前派的な夢のイメージに満ちた詩を書いてきていた。いまや彼はその二つの潮流を組み合わせて、ギュスターヴ・モローの絵画の、聖書に登場する宝石をちりばめた誘惑者の女性たちと同じぐらい危険な女性像を創り上げようとした。それは遠いエキゾティックな過去ではなく彼が知るローマに住む女性たち――陰毛と階級の匂いがする腋の下を持ち、その口はキスをすると近頃人気のピーク・フリーンのビスケットの味がする、現実の女性たちである。

彼は例のごとく古いものと新しいものを同等に描いていた。ダンヌンツィオは古典を知っていた。彼はわずかな人々しか知らない初期のイタリア文学を知り尽くしていた。中世の教会人たちの著作を研究し、その恍惚とさせるリズム、人間の心や意識に関する綿密な考察を学びとった。だが彼は批評理論に関心を持つモダニストでもあった(つい最近ポール・ブールジェの『現代心理学論』に強く感銘を受けていた)。文学には個人の内的生活とそれを形づくる「目に見えない諸力」を表現することが可能であり、そうした文学は「文学的伝統の全面的廃棄」によって始まる、と確信していた。

夜になると、ミケッティは彼の僧房への階段をのぼり、ダンヌンツィオはその日に書いたページを声に出して読み上げた。彼らが飲む中国茶から立ちのぼる湯気が彼には自分たちの知性のイメージに思えた。部屋の穏やかな空気に漂う茶の香りは教会の香《こう》が漂うのと似ていた。彼らはそれぞれの芸術に打ち込む隠者たちだった。海のざわめきのかたわらで夕食をとるとき、彼らはまた、ホメロスの戦士たちがしたように、「骨の折れる仕事のあとの空腹」を癒やす英雄たちでもあった、と彼は記している。

『快楽』はスペイン広場周辺のローマの一画を空から見た描写から始まる。広場とそれにつながる通りは賑やかである。通り過ぎる馬車や人の声のざわめきが聞こえてくる。秋の午後、陽差しは金色に輝き、もやがかかって憂鬱な感じも漂う（ダンヌンツィオはまさにそうした午後を描いた詩をかつて書いたことがあった）。視線は下がっていき、窓を抜けてパラッツォ・ズッカリの部屋のセットへと入っていく。視線は部屋の内部を見まわし、たくさんの薔薇が挿してある金箔を施したガラスの花瓶にしばらくとどまる。このカットで、同じような花瓶が聖母の背景に置かれたボッティチェッリの絵を（はっきり言及することで）思い描くことになる。そして再び部屋に視線が移ってそこに主人公アンドレア・スペレッリが見えてくる。

映画的な言語はダンヌンツィオの叙述の技法に適している。この五年前に活動写真の撮影機が発明されており、彼は最初の長編小説を映画の脚本のように構成したのである。『快楽』の語り口は明快に視覚化された場面の連続である。それはフラッシュバックや突然のカット、遠景や内なる思いを語るナレーションなどの技法を用いている。フランカヴィッラでダンヌンツィオはミケッティに語った。自分の小説は（その後誕生する映画のように）「科学の正確さを夢の魅力と」結びつけるものだ、と。

『快楽』でダンヌンツィオは美しい生活のヴィジョンを提起しており、結末部分でようやくその空疎さや不毛な点を咎めている。その足取りや服装のセンス、花の飾り方など、すべての点がエリートの一員であることを示す人々を彼は描いている。そうした人々を夢のような美しい背景——ルネサンス期の建物にあるつづれ織りの掛かった部屋、迷子になるほど広々としたテラスのある庭園——のなかに置いている。彼らにはゴージャスな服と高価な装身具をまとわせ、そうしたものすべてがきわめて扇情的に描かれているために、作品全体がフェティッシュな印象を与える。しかし彼はつねに、自分の本は暴露記事であって、そこで「わたしは悲しみとともに、これほどの腐敗、堕落、逸脱、背信そして無益な残酷さを研究しているのだ」と主張している。

小説の主人公は放蕩者である。彼は、情熱も後悔もなしに、無為に他人の妻たちを誘惑し、約束のない夜には自分でも軽蔑している娼婦たちと過ごす。ギャンブル、心ない誘惑そして残酷な性的虐待などのすべてが筋書きの一部を構成し、ダンヌンツィオがほのめかしているように、そのすべてが彼らの表面上は優雅な世界に固有のものなのである。サテンのイブニングガウンを着た貴婦人がたは、遠くから見れば神々しいが、ダンヌンツィオが彼女たちのおしゃべりを聞きとれるほどマイクを近づけると、その狭量さと悪意は明白となる。彼女たちは他の女たちの外見を馬鹿にする。「あのかたって、枢機卿の服を着た駱駝みたいじゃないこと?」彼女たちは他の女たちの恋愛沙汰を意地悪く噂する。そして自分たちの逸脱ぶりを自慢する。舞踏室の隅に立っている貴族の若者たちの服装は非の打ち所がなく、彼らの会話は猥褻である。こうした人々は消耗し尽くした階層の最後の標本である。この小説のもっとも印象的な部分のひとつで、倦怠と不毛と絶望を視覚的に思い描かせるものとしてダンヌンツィオはラモーのガヴォットを使っている。「未来は、すでに穴を掘り終えて遺体を受け入れる用意が整っている墓地のように、悲しげなものである」。スペレッリは、美しいものを見抜く鋭い目と他者に共感できないほとんど自閉的な性格を持ち、最後はひとり取り残されて、恋人の家具を買い集めることで愛を失った自分自身を慰めようとする無意味な行動に出る。『快楽』はデカダンスの研究なのである。

「われわれは文明において死につつある」と、ダンヌンツィオが熱心に読んでいたフランス人作家のひとりである、エドモン・ド・ゴンクールは書いた。フランスの知識人たちは自らを、一八七〇年の普仏戦争で彼らに屈辱的な敗北をもたらした「野蛮人たち」によって包囲された、ラテン文化の継承者と見なした。ひねくれた考え方だが、十九世紀後半のフランスの工業や芸術活動における創造的エネルギーの大きさは明らかであったにもかかわらず、彼らは自分たちが衰退し没落しつつある文明の一部であると感じていた。彼らは自分たちが共有している特定の感受性――心からの感動などという、きわめてぎこちなくナイーブなものに対するけだるい軽蔑――を表現するのに「デカダンス」という言葉を用いた。彼らは自分たちの上品さや洗練に満足すると同時に、それがエネルギーや意志の衰弱でもあるとして批判した。

こうしたデカダンスは決して新しいものではなかった。学校時代にバイロンを読んで、ダンヌンツィオは、幻滅した詩人＝貴族という人格《ペルソナ》を真似したいと願った。フランスのロマン主義の原テキストであるシャトーブリアンの小説

『ルネ』は、水準の低下した民主的世界で幸せになるには気高すぎるが、退化した仲間たちを見下さずにいるには知的すぎる超越的精神の人間をダンヌンツィオに提示した。『快楽』の主人公アンドレア・スペレッリは、こうしたプロトタイプによるところが大きく、退屈を紛らわすために無邪気な若い女性をもてあそんだ上で彼女の婚約者を無意味な決闘で殺してしまう、プーシキンの『エヴゲーニイ・オネーギン』からもなにがしかの影響を受けている。だが彼にはもっと新しいモデルも存在した。

一八八三年、ステファヌ・マラルメは世紀末のデカダン信仰の重要人物であるロベール・ド・モンテスキュー伯爵を訪ねた。大燭台のほの暗い明かりで照らされたその家で、シロクマの毛皮の上に置かれた橇《そり》や、修道院の僧房のような調度の部屋、ヨットの船室のような部屋、ルイ十五世時代の説経壇と聖歌隊席、祭壇の手すりがある部屋などをマラルメは見た。書斎には宝石で彩った装幀の本や、金を塗った亀の甲羅をかぶせた本（装幀のために亀は死んでいる）などがあった。マラルメはその訪問について友人のジョリス=カルル・ユイスマンスに説明している。

ユイスマンスは、ダンヌンツィオと同様に、以前はゾラの影響を強く受けて労働者や貧しい農民を主人公としたリアリズム小説を書いていた。ダンヌンツィオのように、彼自身がブルジョワジーのなかでも忙しい仕事に従事していた（彼は公務員だった）。そしてこれもダンヌンツィオと同じだが、自分とは違って、古くから続く名前の威信を享受し、優雅に装飾された部屋で考えたり感じたりするのに時間を費やすのが主たる仕事である人々に魅せられていた。一八八四年、ダンヌンツィオがマリアと赤ん坊を連れてローマに戻った年に、ユイスマンスは『さかしま』を発表した。それは退廃的趣味と価値観の一種の要約とも言える小説であった。

『さかしま』はすぐにダンヌンツィオのもとに届いた。彼はのちに『快楽』のフランス語版の翻訳者に、それが『さかしま』に似ていることを認めている。『さかしま』を彼は非常に気に入った。ユイスマンスの文体はその主人公の生活スタイルと同様に凝ったものである。その構造は入り組んでいて、ボキャブラリーは古風である。ユイスマンスは、ダンヌンツィオと同じように、言葉の収集家であり、自分の手帳に深遠な言いまわしをぎっしりと詰め込み、（彼いわく）文章を輝かせるために「スパンコール」のように著作全体にそうした言葉をばらまいた。

『さかしま』の主人公ジャン・デ・ゼッサントは自分の

居間を分割して壁龕《ニッチ》をいくつも作り、それぞれに異なる装飾を施して自分の好きな本を読むのに適した背景を用意する。「彼のために編成された特別なキャラバンで中国からロシアを経由して」輸入された、上質の黄色い茶を彼は飲む。（ダンヌンツィオが中国茶をどんなふうに味わったかについてはすでに触れた。）デ・ゼッサントはこの「香り高い液体」を卵の殻のような半透明の磁器のカップからすすり、ときには（食べ物に対してはわずかな食欲しかないが）少しばかりメッキのはげた銀の皿に載せて提供されるトーストをちょっとずつ口に入れる。（ダンヌンツィオのアンドレア・スペレッリは、同じようにくたびれた銀のテーブルウェアを持っている。）ド・モンテスキューを真似て、デ・ゼッサントは絨毯の色を引き立たせるために生きた亀をその上に這わせ、亀には金を塗り、宝石をちりばめた。

バルベー・ドールヴィイは『さかしま』について、この小説がこれほど生きることに対して倦《う》んだ世界を表現しているため、その著者は「ピストルで自殺するか十字架のもとに身を委ねるか」のどちらかを選ぶしかないだろう、と明言した。ユイスマンスは後者を選んだ。小説の刊行から八年後、彼はトラピスト会の修道院に隠遁し、のちに叙階を受ける。この点では彼とダンヌンツィオは根本的に異なっている。ダンヌンツィオは自分自身の部屋と主人公の部屋を宗教的ながらくたでいっぱいにするが、信仰を持たない彼は、ときおり隠遁するときでも短期間にすぎなかった。

『快楽』では、恋人の冷たい拒絶に辛い思いを抱いたスペレッリは、次々と女性との関係を持ちはじめる。「堕落への嗜好」が彼を、それまで申し分のない評価を得ていた貴婦人たちを誘惑することに駆り立てる。手当たり次第の乱交は、相手になった女性たちと同様に彼自身にも害をおよぼす。「癩病患者のような汚名」が彼につきまとうようになる。ダンヌンツィオの小説は光を放つが、燃え尽きることも予定されている。フランカヴィッラから彼はミラノのエミリオ・トレーヴェスに手紙を書いた。ミケッティが紹介したトレーヴェスは、その後の二十八年間、ダンヌンツィオの本を出版することになる。彼はトレーヴェスに手紙で伝えた。それは「きわめて精神的で、きわめて悲痛な本」であり、「高いモラル」に満ちた小説である、と。

おそらく彼は少しばかり強く断言しすぎていた。ユイスマンスのデ・ゼッサントは永久に田舎に引きこもり、隠遁者となる。ダンヌンツィオのアンドレア・スペレッリは一夜をひとり熟考に費やそうと決意するが、一時間もしないうちに三人の貴族の若者たちと食事に行く招きに応じ、娼婦たちと合流する。二十代のダンヌンツィオには数カ月の隔離《クラウズーラ》が必要だったかもしれないが、現世の歓びと肉欲を永遠に拒否することなど望まなかったし、想像もしなかったのである。

# 血

ある日コンサートが終わって自分の豪華な部屋に戻ろうとした『快楽』の主人公アンドレア・スペレッリは、ローマの街頭での大騒ぎによって馬車の到着が遅れていると知って苛立った。ときは一八八七年一月。人々は議会の建物に向かって行進しており、軍の部隊は彼らを解散させようとしていた。デモ参加者たちは興奮し、腹を立てていた。エチオピアのドガリでイタリア軍部隊が殲滅《せんめつ》の憂き目にあったというニュースをスペレッリは知っていたが、それは彼にとっては何の意味もないことだった。彼は連れていた女性に言う。死んだ男たちは「四百頭の野獣であり、野蛮な死に方をした」だけのことだ、と。

その「野獣たち」は準備不足の侵略部隊の一部だった。彼らは十倍の兵力のエチオピア軍に襲撃され、全員が虐殺された。イタリア人にとってドガリは、イギリス人にとってのロルクズ・ドリフト〔一八七九年ズールー戦争での激戦地〕、アメリカ人にとってのリトル・ビッグ・ホーン〔一八七六年米国陸軍と北米先住民との戦いの地〕にあたり、そこで失われた命は民衆のレトリックによってヒロイズムと自己犠牲の物語に転化した。数百人の白人の死は、伝説へと誇張され、深い悲しみの霧がかかることで、それ以外のより都合の悪い物語――そこにもともと住んでいた数千人の人々が土地を奪われ、追い出されあるいは殺された――を見えなくさせてしまった。一八八九年の夏に『快楽』が出版されたときまでに、四百人の死者は愛国の大義のために死んだ五百人の栄光ある殉教者となり、ローマ・テルミニ駅の正面に立つモニュメントによって追悼された。そしてイタリアの次なるエチオピア侵略がやがて始まろうとしていた。

『快楽』のなかの記述は、スペレッリを著者自身と見なした人々からの憤激の合唱を引き起こした。ダンヌンツィオはそれに対して激しく怒った。この一節はスペレッリが「怪物」であることを明確に示す、小説のなかの大事な部分であると彼は主張したのである。彼、すなわちダンヌンツィオが、自分が描いた登場人物の退廃的な反軍国主義と同じ意見でないことは、非常にはっきりしていた。彼はアフリカの戦争で死んだ者たちをたたえる詩を書きはしなかったか？

新国家の歴史が始まるときから、深い悲しみと失敗がイタリアの愛国主義を形づくった。ダンヌンツィオがまだ三歳だった一八六六年、国として未完成だったイタリアは、挑発されたわけでもないのに、オーストリアとプロイセンの戦争に参戦した。北方の二大国の争いは、ヴェネツィアとその後背地を血を流すことなく獲得する好機をイタリアにもたらした。イタリアが中立を保てば、オーストリアはその地域の支配権を譲っていたであろう。しかしイタリアの支配者たちが求めたのは、まさに血を流すことだった。議会でガリバルディの信奉者のひとりが宣言した。「世界のなかでわれわれにふさわしい地位を確保したいのであれば、多くのイタリア人の血を流さねばならない」。フランチェスコ・クリスピがこれに応えた。イタリアが「偉大な国家」としての地位を証明するには、「血の洗礼」を受けねばならない。宣戦がなされたとき、通りを埋め尽くしていた群衆の勝ち誇った様子とカーニバルのような雰囲気を作家エドモンド・デ・アミーチスは記録している。「イタリアにとって偉大な日々である！　大戦争だ！　こうして国ができるのだ！」

結果は屈辱的なものであった。数週間後、イタリア軍部隊はクストーザで奇襲を受けて大敗を喫した。北部戦線でプロイセン軍の強い圧力にさらされていたオーストリアは、イタリアが軍を撤退させれば、ヴェネト地方を引き渡すと再び申し出た。ヴィットリオ・エマヌエーレ王と幕僚たちはこれを拒絶した。彼らが求めたのは領土ではなく軍事的栄光であった。七月、リッサの海戦が行われ、数的に劣勢だったオーストリア艦隊がイタリア艦隊を打ち負かした。指揮にあたった提督は、上院から無能力、怠慢、反抗の点で有罪と宣告された。「なんと惨めな時代に生きていることか！　なんたる無能さ！　偉大なものは何もない。犯罪でさえもそうだ！」とジュゼッペ・ヴェルディは書いている。

いずれにせよイタリアはヴェネトを手に入れた。それは勝利の戦利品としてではなく、フランス皇帝ナポレオン三世からの好意としてであった。普通ならばこれは祝賀すべき出来事であったが、血の洗礼と国家形成の大戦争を熱望していた愛国主義者たちには期待外れであった。クリスピは書いている。「かつてはイタリア人であることがわれわれの願望だったが、現在の状況においてそれは恥辱である」。ダンヌンツィオの世代のイタリア人たちにとって、その恥辱は血によって消し去らねばならない汚点であった。

十九世紀後半のナショナリストとロマン主義者の発言には血という言葉があふれていた。血。血。血。その言葉は議会での演説や新聞記事にたびたび現れた。血は流されねばならない。流血の動機や機会には二次的な重要性しか与えられなかった。文学的空想の領域では、ダンヌンツィオのアンドレア・スペレッリは取るに足りない侮辱をめぐる決闘で殺されかける（多くの若い男の身に実際に起こったように）。現実の政治の領域では、政治家たちは争いの口実を見つけ出そうとする。

ヨーロッパ全体で同じような血なまぐさいレトリックが用いられていた。イギリスでは桂冠詩人テニスン卿が、『モード』の語り手＝ヒーローに「来たるべき戦争がもたらす世界への希望」という輝かしい未来を与えた。そうした不特定の戦争に何らかの合理的な理由があるからではなく、平和が「悪事と恥辱に満ちており／恐ろしくて、憎むべきで、忌まわしくて、語らざるべきものである」のに対して、「炎の心とともに咲く血のように赤い戦争の花」は「純粋で真実である」からである。フランスではジョルジュ・ブーランジェ将軍が、流血の持つ、士気を高める力を語っていた。ドイツでは抜け目のない宰相ビスマルクが、ドイツはこれ以上の戦いを必要としないと主張していたが、彼の現実を踏まえた判断は、（やがて皇帝となる）若きヴィルヘルム皇太子周辺の好戦的なグループの大声にかき消された。一八八〇年代には、イタリアのすべての政治集団の代弁者たちは、戦争を要求する——どんな戦いでも、どこであっても——ことで自分たちの愛国主義を表明していた。平和は士気を低下させる。国民性は「戦争のるつぼ」のなかで鍛えられねばならない。この戦争には厳密な戦略的目標は必要ない。戦争は偉大で栄光に満ちており、魂にとって良いことであった。

イタリアのいわれなきエチオピア侵略はドガリでの災厄という結果に終わった。自らの力を国に吹き込むことができる強い男と見られていた、フランチェスコ・クリスピがその直後に首相となった。ダンヌンツィオが『快楽』を書いているあいだ、クリスピはフランスを戦争に引き込もうとする企てに固執していた。「シニョール・クリスピの大きな野望であり、そしておそらく彼の行動の源は、イタリアに軍事的な勝利をもたらすことである。それがどこであろうと、どのような形であろうと、問題にはならない」とイギリスの代理公使は報告している。知識人たちはクリスピの好戦的な姿勢を支持していた。「貴殿に栄光あれ！

偉大なる愛国者よ」とクリスピに宛ててジュゼッペ・ヴェルディは書いた。

無意味な戦争は延期された。ウィーンに派遣したクリスピの密使は、（計画中のフランスとの戦争においてイタリアの同盟国になると想定されていた）オーストリアが「平和に対する一種の感情的、博愛主義的愛着」を抱いている――それをクリスピは明らかに困惑すると同時に嘆かわしいと見ていた――と報告した。それが意味するのは「自分たちの利害だけで戦争を引き起こすのがきわめて困難になる」ことであった。イタリアの血に対する飢餓感は、一八八九年の新たなエチオピア侵略によって、ある程度は満たされた。だが四半世紀後に、ダンヌンツィオとその他の者たちがイタリア人を「大戦争」へ動員することを可能にするレトリックは、すでに形づくられつつあったのである。

## 名声

ダンヌンツィオは音楽を聴くためと女性たちと知り合う機会を持つために、ローマでの最初の数年間コンサートに通ったが、そこでときおりフランツ・リストを見かけた。それより四十年前、ヨーロッパ全体にリストマニアの影響がおよんでいた。リストにあこがれた女性たちは、マエストロの不要になったピアノの弦からブレスレットを作り、彼の葉巻の吸いさしをロケットに入れた。彼の演奏は失神を引き起こし、幻覚をもたらしたと言われる。聴衆全体が集団ヒステリーに陥ったこともあり、ハインリヒ・ハイネは一八四四年にそれを「真の狂乱ぶりであり、この種の熱狂は年代記でも聞いたことがない！」と書いている。ダンヌンツィオがその姿を見かけた頃には、リストは七十代になっており、だいぶ弱っていたものの、いまだにスターとしての神聖なオーラを保持していた。最前列で二人の貴婦人のあいだに座り、音楽が終わるとお供を引き連れて通路を歩いていったが、彼の崇拝者たちはうやうやしく立ち上がって、彼が去っていくのを見つめていた。

ダンヌンツィオは魅了された。肩まであるリストのよく知られた長髪もいまは白くなり、硬い銀でできているように見えた。崇拝者たちは彼の後頭部をじっと見つめ、「一種の宗教的陶酔状態にあった。それはカトリック教会で聖体顕示台の輝きが信者に与える陶酔によく似ていた」とダヌンツィオは書いている。リストは微動だにせずに座っており、音楽を聴いているとき頭は片方に傾いていた。ダンヌンツィオは自分の時計でたしかめた。老人はその姿勢を崩さないまま半時間も保つことができた。「彼は生きている人間ではなく、金属と蠟でできた偶像ではないか、と思うほどだった」。

リストのように、ダンヌンツィオも有名人という奇妙に隔絶された存在へと変わっていく。そして彼は名声が彼に押しつける人格である「偶像」と個人の違いをよく理解していた。老年期に彼は「《ガブリエーレ・ダンヌンツィオ》であることへの恐怖」を実感を込めて語ることになる。だが恐怖であろうとなかろうと、その人格は彼が創り出したものであり、彼自身が名声を求めることに異常なエネルギーと工夫を示したのである。

彼は小説を売り込むことに熱意を持って取りかかった。ダンヌンツィオの考えでは、エミリオ・トレーヴェスはイタリアで「本を世に出す方法を知っている」唯一の出版業者であった。二人で考えたキャンペーンは、ダンヌンツィオ自身の人物像――せっせと働く文無しの乱筆家――を小説の主人公であるスペレッリ――バイロンのような貴族の息子で「背が高くほっそりとしており、古い血統だけがもたらす真似できない優雅さを備えている」――と重ね合わせることだった。

事実とフィクションを分けている薄い膜は透過性を持つようになった。ダンヌンツィオの友人である、現実の美術家アリスティード・サルトーリオは、小説のなかでスペレッリが作るエッチング――スペレッリはディレッタントとして素敵な詩を書き、線画を描く――を作成するように頼まれた。そのテーマは性的な刺激である。エレーナ・ムーティは豪華な青いシルクのベッドカバーの下に横たわって眠っている。カバーには黄道十二星座がすべて刺繍されている。サルトーリオの描写では、ダンヌンツィオが小説のなかで細かな点まで説明しているそのカバーは、ずり落ちてしまっている（こうしたシチュエーションでは起こりがちのことだが）。エレーナの美しい上半身が露出しており、そして（これこそがとくに身震い《ノリッソン》をもたらすイメージなのだが）一匹のグレイハウンドが彼女の裸の胸をなめようとしてかがみ込んでいる。ダンヌンツィオは自分の小説がポルノグラフィーではないと主張するのに苦労した。しかしサルトーリオの絵が宣伝の材料となることには、それほど口うるさくなかった。「刷るのは限定された枚数だけにして、それを秘密めかして売ることにしよう」と彼はサルトーリオに手紙で伝え、それが両者にとってどれほどの儲けになるか説明している。このプランの狙いを理解したサルトーリオは、「銅版画家アンドレア・スペレッリ」という署名を絵に入れた。それはコルソ通りにある画商の店の正面のウィンドウに展示された。

ダンヌンツィオは広い読者層を求めていた。小説と詩から莫大な金額を稼ぐようになっても、彼はジャーナリズムを完全にあきらめることはなかった。「見知らぬ群衆とのこうした素早いコミュニケーションにわたしは心を惹かれる」と彼は書いている。「現代の芸術家にとって、流行の活気ある媒体にときには没頭することが有益である」。同じ理由から彼は新しいと同時に大衆的なジャンルであえて書くこともあった。新聞が新しい小説の抄録を掲載すると、その売り上げが著しく増大することに彼は気がついていた。フィクションに対する需要が存在し、イタリアでは、その供給がわずかしかなかった。ダンヌンツィオの考えでは、マンゾーニ――一八四〇年に刊行され、偉大なイタリア小説と一般に見なされている『いいなずけ』の著者――には、ふさわしい後継者が現れなかった。そして、さらに言えば、彼はそれほどマンゾーニを尊敬していたわけでもなかった。

彼はいまや、教養あるエリートだけでなく、大衆向けの市場も意識して書いていた。小説の読者は圧倒的に女性であると彼は確信していた。女性読者の大多数は金持ちでも上流階級でもないが、そういう世界の人間について読むのを楽しんでいた。初期の短編小説で彼は乞食や働き疲れた漁師について書いていた。だが彼がいま楽しませようとしている読者たちは、アブルッツォの貧しい農民たちの苦しい生活には関心を持っていなかった。彼女たちは「平凡な現実」から切り離されることを望んでいた。こうして彼は空想の世界を彼女たちに与えた。そこでは給料をもらって仕事をする者はおらず、さまざまな官能的な快楽や、庶民には窺い知れない知的な快楽のうちに生活は過ぎていくのである。

そうした小説を執筆するにあたって、彼は読者に合わせてわかりやすく書くことはせず、自分の気の向くままに書いた。彼は人気を求めたが、それを獲得するために妥協はしなかった。妥協を排した実験的な小説でありながら巨大な大衆的成功を収めたことで、『快楽』は文学史のなかでも希有な例なのである。それは大いにスキャンダルを引き起こすゴシップとなり、刊行後すぐさまベストセラーとなった。同時代の新聞記者の表現を借りれば「数千もの若者たちがアンドレア・スペレッリの流儀で衣装を整え、動き、話し、歩き、タバコを吸った。女性たちはヒロインの物腰や彼女たちの部屋の装飾を真似た」のである。より長い目で見れば、この小説は国際的に玄人受けのする作品となった。ヘンリー・ジェイムズはダンヌンツィオの「高揚した感受性」と「素晴らしい視覚的センス」そして「ゆったりとした優雅な文体」をほめたたえた。カサノヴァの自伝ですら、「アンドレア伯爵の正確で見事に凝縮された虹色の叙事詩とくらべれば、安っぽく散漫な大衆向けの読み物にすぎない」とジェイムズは結論づけている。ダンヌンツィオが出来上がった。

# 超人

『快楽』刊行後の六年間にダンヌンツィオが暮らしたのは、まずローマ、そしてアブルッツォ、再びローマ、いくつかの兵舎、またローマ、アブルッツォ、ナポリ（ナポリ湾の周辺数カ所で賃借あるいは貸与されて住んだ）、ローマ、フランカヴィッラ、ペスカーラ、そして再びローマ、であった。こうした転居のうちいくつかは不本意なものだった。その六年間に中編小説を一作、長編小説を三作、かなりの数の詩と新聞への寄稿記事を書いて、彼は著作から大金を稼ぎはじめた。だがそれでも負債を解消することはできなかった。公の場面では、彼は唯美主義者／洒落者／詩人としての体面を保っていたが、その家庭生活は、玄関先に現れる債権取り立て人たちの恐ろしい騒ぎによって繰り返し混乱した。

五年目に入ったバルバラとの関係は続いていたが、次第に愛と憎しみの両方の影が濃くなりつつあった。一八九〇年に決定的に妻と別れてナポリに移転したのちも、彼はバルバラの訪問を受け入れていた。そして次の、もっとも悲惨な恋愛となったマリア・グラヴィーナ・クルイラス・ディ・ラマッカ公女との関係を開始しようとしているときも、ダンヌンツィオはバルバラに熱烈に愛していると請け合っていた。さまざまな意味で悲痛かつ下劣な、そして致命的なまでに深刻な災厄が彼の身に起こっていた。彼の父親は、破産を宣告されたのち、死去した。彼の妻マリア・アルドゥアン・ディ・ガッレーゼと彼の新しい愛人マリア・グラヴィーナはともに自殺を企てた。その絶望の少なくとも一部は、ダンヌンツィオから受けた仕打ちの結果であった。マリア・グラヴィーナとの関係では、彼は姦通罪（ナポリの法律では犯罪行為にあたる）で収監される間際までいった。彼の四人目の（そしてもっとも愛された）子どもである、娘レナータが生まれ、そして死にかけた。老年期に彼は、明け方まで娘の小さな身体を腕に抱いて過ごした夜のことを――筋肉は痙攣し、娘の熱が去るように全身全霊をかけて願っていた――それまで経験したなかでもっとも純粋で力強い感情に支配されていた、と思い出している。

彼の書くものはますます人気が高まり、大きな利益を生み出すようになったが、それが引き起こす論争もますます激しくなっていった。ぞくぞくさせる邪悪な表現を創り出す者として一般大衆のあいだで評判になるとともに、文学界の仲間たちからの敬意も増大していった。『快楽』のフランス語版が刊行されると、大衆紙がスキャンダラスに取り上げる一方で、学識ある彼の賛美者たちはソルボンヌで会議を催した。

これがダンヌンツィオの大混乱時代であり、そのすさまじい仕事ぶりによって彼の評判が公に確立した時期であるが、私的な生活では無責任と不誠実のために、ある絶望的な状況から次の絶望的状況へとよろめき歩く状態だった。それはまた彼の読書および思索が政治的信念と合体しはじめる時期でもあった。その時期のエピソードをいくつか見てみよう。

ローマ。一八八九年二月、雨の夜。ダンヌンツィオは閉め切った馬車のなかにいて、バルバラが母親と一緒に住んでいる家の外で彼女を待っていた。その日一日、彼はバルバラへの欲望にさいなまれながら、その家の前を行ったり来たりしていた。「雨の勢いはすさまじく、馬車のなかにいても通りにいるのと同じだった」。

法で認められていない恋人の生活は惨めなものになりかねない。真夜中の十二時を少し過ぎてバルバラが現れた。男が一緒だった……彼女の夫である。ダンヌンツィオは二人が家に入るのをじっと見つめ、レオーニ伯爵が立ち去るのを願ってその場で待ちつづけた。一時間十分が過ぎて、彼はあきらめその場を去ったが、妻と子どもたちが暮らしているアパートメントではなく、バルバラと会うために借りている部屋に向かった。「そして新たな苦しみが始まった……あらゆる音に耳を傾けた。二度あるいは三度、外に出てみた……君の声が聞こえた気すらした」。彼女は来なかった。夜が明ける頃彼は眠りに落ちた。あまりにも疲れきっていたので、「死んでしまいたい肉体的欲求」を感じていた。

五カ月後。フランカヴィッラのミケッティの修道院。ダンヌンツィオは明確な意図を携えて現れた。「この夏に僕は絶対に傑作をものにする」。ところがミケッティは海辺の彼のアトリエで涙にくれるダンヌンツィオを見つける。彼は原稿を書くための白い紙を山ほど用意してきたが、書いたのはそのうちの三枚だけだった。それは新しい本の一ページ目ではなく、自殺のための三枚の遺書だった。一枚は母に、もう一枚はバルバラに、残る一枚はミケッティに宛てたものだった。彼は両手の拳から血を流していた。半ば失神するまで拳と頭を壁に打ちつけていたのだ。額には傷がついていた。ミケッティはぎょっとし、わけがわからなかった。ダンヌンツィオはすべてを打ち明けた。バルバラの「痛ましく官能的な美しさ、結婚生活で感染した病気、その夫の卑劣さ……そして抑えようのない僕の情熱……それを許さないあらゆる事情があっても、一刻も早く彼女とともに過ごしたい、そうでなければ死んでしまう」。

彼の助言者のひとりは、『快楽』を読んで、この本には「精液の臭いがする」——そのもっとも印象に残る部分は長いエロティックな空想である——と意見を述べた。そしてダンヌンツィオに、次の小説を書くにあたって、仕事のあいだは義務を負わない同棲相手（「雌牛の一種」）を確保して性的なプレッシャーを取り去るように、と忠告をした。より同情的だったミケッティは、彼のもとに「雌牛」ではなくバルバラを連れてくると約束した。真の、そして物惜しみをしない友人である彼は、ダンヌンツィオに隠れ家を見つけてやり、そこで彼と合流するようにバルバラを説得した。

二カ月のあいだ恋人たちは小さな家で暮らした。その家のことをダンヌンツィオは、相変わらず宗教的隔離の空想をもてあそびながら、「隠れ家《エレモ》」と呼んだ。それはこんな家だった。もっとも近い鉄道の駅からでこぼこの道を歩いて四十分ほどかかり、アドリア海に面した崖の上にあって、ダンヌンツィオがバルバラに事前に警告したように、「生活の快適さに必要なものはすべて欠如」していた。だがそこで彼らは完璧に外の世界から隔離され、目の前に広がる海の広大さを楽しみ、いつでもセックスをすることができた。ダンヌンツィオは新しい詩集の作成と、のちに『死の勝利』として刊行される長編小説の執筆に取りかかった。

バルバラがつねにそばにいたその夏に書かれた第一稿は、彼の情熱が次第に弱まっていったことを明らかにしている。雨のなかで彼女を一晩中待とうとした男は、いまでは満ち足りていた。「女性がつねにそばにいることが高揚した精神に害をおよぼすという修復不能の破滅」と彼は手帳に書きつけている。この小説はダンヌンツィオとバルバラに多くの点で似ている二人の人物を描いている。「隠れ家」のような家に二人だけで暮らし、家の下にある浜辺で泳ぎ、砂浜に張ったオレンジ色の絹のテントのなかでセックスをし、彼らの唯一の隣人である農民や漁師たちの儀式を見学し、漁師の一家が子どもの溺死を嘆き悲しむのをぞ

っとしながら眺めている（ダンヌンツィオとバルバラがそうしたように）。

　ダンヌンツィオはのちにロマン・ロランに対して次のように語っている。彼はバルバラが眠るベッドの横に座り、彼女の外観についてメモをとった。だから自分の小説のなかでのその描写は「恐ろしいほどの真実」を伝えている、と。小説のヒロイン――ダンヌンツィオははっきりと「それは君だ」とバルバラに語った――は海風のなかで元気になる（ダンヌンツィオは病弱な彼女を好んだ）。彼女は日に焼ける（ダンヌンツィオは肌の白い恋人を好んだ）。ほかにすることがないため、彼女は農婦の家政婦を手伝って料理のような「低級な仕事」に忙しい。彼女の顔は崇高なところが少なくなり、俗っぽくなる。彼女の楽しみは「動物的」なものになる。「彼女は身なりを構わなくなった」。主人公はある種の癖に気づく。とくに彼女がタバコを巻くやり方が「まるで娼婦だ」と衝撃を受ける。

　主人公は性的接触に、湿った旺盛な肉欲にうんざりするときがある。愛は「その背後に死んだものでいっぱいの巨大な網を引きずっている」と彼は考える。バルバラとの関係はさらに三年続くことになる――別離によって彼の情熱には再び火がつく――が、その年の秋に二人がローマに戻った直後、彼は幻滅に満ちた哀歌『ヴィッラ・キージ』を書いた。

一晩中――おおなんと長いことか！（夜明けは決して来ないように思えた）
熱情と狂ったような怒りを抱えて、わたしは試みた
からみ合った身体と口づけのなかに炎を再びともそうと
彼女はもう口づけのなかのわたしの魂を飲もうとしない
彼女が飲むのは口づけのなかの自分の涙だけだ

一八九〇年三月。ダンヌンツィオの二十七回目の誕生日。彼は軍の病院で過ごしている。兵役（すべてのイタリア人に義務として課される）を、学生であるという偽りの理由で何年も逃れてきたのち、とうとう彼は召集に応じた。兵隊の生活は彼をうんざりさせた。トコジラミに苦しめられ、あまりに多くの仲間と身近に接触することは吐き気をもたらした。毎日何時間も訓練を強制されて、小説の執筆を中断した。自分の馬を手入れしてやり、厩の掃除も手伝わねばならなかった。自分の身体を洗う時間もほとんどなかった。「わたしの最悪の敵でさえ、これ以上残酷で非人間的な責め苦を想像できなかっただろう」。

こうした抗議の言葉にもかかわらず、彼は寛大な扱いを受けていた。すでに父親のもとを訪れるために休暇の延長を許されていた。そしていま「神経衰弱」の治療のために別の休暇を得ていた。気晴らしに病院の解剖室に行き、検死に立ち会ったりした。「一面血だらけの光景、死の臭い、医師たちの平気な様子」。二人の重傷を負った兵士の収容に彼は立ち会った。二人のうちのひとりは、あまりにひどい出血だったため、その場にいた全員が血を浴びてしまった。時刻は夜。「影、見物人たちのささやき、外科医のメスの輝き、こうした悲劇的なものすべてがわたしを高揚させた」。自分の部屋に戻ると、解剖された遺体についてバルバラに手紙を書いた。「頭蓋骨が砕かれて、胸が開かれた大きな身体がわたしにはまだ見える」。

ダンヌンツィオは（自分自身と他者の）肉体を意識しており、それは文学者仲間の誰とも同じではなかった。彼はラブレターのなかで女性の内部に入り込むこと――バルバラへの手紙では彼女のヴァギナの内側の襞を描写している――を好んだ。小説のなかでは、ヒロインたちの汗が流れるのを見たり息を嗅いだりできるほど近くに寄っている。

ピンク色をしたまぶたの内側の縁について、腋の下について、鼻汁が詰まった鼻孔について、裸足について彼は書いている。『そうでもあり、そうでもなし』のなかで、春になって戻ってきたツバメを見るために若い娘たちが窓に集まったとき、彼女たちは身体を寄せ合った際に触れ合う互いの脚を意識している（楽しんではいるが、少々きまり悪くもなっている）。これらの娘たちは肉であり、それはわれわれすべてが同じである——ダンヌンツィオにとってそれは、あるときには素晴らしく、あるときには嫌悪をもたらし、あるときには惨めに思える事実だが、決してそれを忘れることはない。

一八九〇年四月、ペスカーラで詩人の従弟フランチェスコ・ダンヌンツィオがピストルで自殺をした。同じ年の六月六日、ダンヌンツィオの妻マリア・アルドゥアン・ディ・ガッレーゼは二階の窓から身を投げた。

マリアは助かったが、両脚を骨折した。彼女が自殺を企てた動機としてさまざまなことが考えられてきた。その日自分を絶望させたのは父親だった、と夫の初期の伝記作者のひとりに彼女は伝えている。息子たちのひとりと散歩しているときに偶然通りで父親に出会った彼女は、父にその孫を紹介しようとした。父は彼女を鼻であしらって言った。「あなたはどなたですか？　わたしはあなたを存じ上げません」。別の情報源は、夫婦の共通の友人である、ラスティニャックというバルザック風のペンネームを持つジャーナリストからの誘惑を、マリアが喜んで受け入れたとダンヌンツィオが非難したために、彼女が動揺したことを示唆している。彼女が恋人の子どもを妊娠していたというゴシップすらあった。こうした動機はすべて可能性としてはありうる。しかしマリアにとって最悪の試練はダンヌンツィオの相も変わらぬ不貞であった。つい最近も彼は妻子とともに住んでいるその建物のなかに、バルバラとの愛の巣を借りることで、マリアに新たな屈辱を与えた。

マリアの入院中、彼は足繁く病院に通った。彼はつねに病床ではきわめて思いやりが深かった。「彼女がいつも苦しんでいたり、ずっと病気であれば、わたしを歓ばせるのに」と『死の勝利』の主人公ジョルジョは考える。だが妻が自殺を企てたまさにその日に、ダンヌンツィオはバルバラに手紙を書いて、少なくとも三週間は妻は入院するだろうから急いでローマに戻ってくるように提案している。マリアは退院してすぐ、きっぱりと夫と別れた。

ダンヌンツィオの小説、そして彼の手紙や日記のなかには自殺という亡霊がはびこっている。小説『死の勝利』（マリアが自殺を企てたときにはその一部がすでに書かれていた）は自殺で幕を開ける。ジョルジョとイッポリタがピンチョの庭園を歩いていると、手すりから身を乗り出して険しい崖を見下ろしている男たちの一団と出会う。崖の下の道では荷馬車屋が棒で血の痕と金色の髪をつついている。女性がそこに身を投げたのだ。彼女の遺体はすでに運び去られていた。「死者たちに幸いあれ」とその場を去りながらジョルジョは言う。「彼らはもはや疑うことはないのだから」。

自殺はロマン主義的な行為であった。心からの希望の成就としての死は、ダンヌンツィオが読書のなかで何度も何度も見いだした概念であった。学生時代から彼が愛したイギリスの詩人たちは死に陶酔していた。手の届かぬ女性に恋をして自殺する、ゲーテの若きウェルテルは、ヨーロッパ全体にそれを模倣した自殺を広める引き金となった。ダンヌンツィオが生きた時代には、もうひとつの自殺の波がドイツ語圏を席巻した。アルトゥル・シュニッツラーの娘、フーゴ・フォン・ホーフマンスタールの息子、ルートヴィヒ・ヴィットゲンシュタインの兄弟の三人、そしてグスタフ・マーラーの弟などはすべて自殺している。シュニッツラーは自殺のさまざまな動機を推察している。「憐れみ、もしくは負債、生きることへの退屈あるいは純粋に愛情の喪失」。一八八九年、オーストリア＝ハンガリー帝国の生まれながらの継承者であるルドルフ皇太子が愛人のマリー・ヴェッツェラを殺したのち自殺したとき、死の流行は頂点に達した。そのちょうど七カ月前にダンヌンツィオは同じような二重の死で終わる小説を書きはじめていた。

一九一三年、詩人はフランスで中編小説を書いたが、その語り手はデジデーリオ・モリアール（「死の願望」）という興味深い名前を持っていた。また彼は最後の作品に「ガブリエーレ・ダンヌンツィオ・テンタート・ディ・モリーレ（死のうとしたガブリエーレ・ダンヌンツィオ）」と署名した。

兵役を終え、結婚生活も終わったダンヌンツィオは、一八九〇年から九一年の冬をスペイン広場の近くの大きな一階の部屋で暮らした。バルバラはそこを頻繁に訪れ、禁欲によって彼女への欲望に再び火がついたダンヌンツィオは暖炉の火を大きく燃やし（彼の薪の消費量はすさまじかった）、強い炎の前に積み上げたダマスク織りのクッションの上で彼女とともに裸で横たわった。

一八八〇年代にフランス語やイタリア語への翻訳が登場しはじめたロシアの小説を、バルバラに促されて彼は読んでいた。ドストエフスキーから新しい語り口と題材を学んだ。十九世紀の最後の二十年間のローマは、ラスコーリニコフのような疎外された独身の男たちでいっぱいだった。彼らの多くは故郷から遠く離れて、急成長する都市で暮らしを立てようとやって来た者たちだった。一八九一年の春のあいだ、ダンヌンツィオはそうした人々を背景にした中編小説『ジョヴァンニ・エピスコポ』を執筆した。

ろくな教育も受けず、作法もわきまえていない雑多な男たちの集団が一軒の下宿屋で暮らしている。毎晩彼らはそこで食事をし、その全員がセックスに飢えているため、どの男も器量よしの女中を欲望のこもった視線で追いかける。「暑さに息が詰まりそうで、耳は赤くなり、目はギラギラ輝く。下劣な、ほとんど獣と言ってもいいような表情が、食べて飲んだ男たちの顔に浮かぶ……気が遠くなりそうだ……わたしは肘を引いて隣の男たちとの距離を作ろうとする」。

『死の勝利』のなかでは恋人たちを取り囲んだ残忍な農民たちを描いた。今度は野獣のような都市の労働者たちである。ダンヌンツィオの小説には人間以下の連中が数多く登場する。彼のダーウィン主義は悪意あるものになりつつあった。彼の想像の世界は不適格者――その生存は不必要であり価値がない人々――で満たされていた。『罪と罰』でドストエフスキーの殺人者は「普通の人間ではないため、あらゆる種類の狼藉をはたらき、あらゆる犯罪を犯し、どのような形であれ法を破る絶対的権利を持つ」超越した人間がいる、と信じている。ダンヌンツィオの次の作品は『罪なき者』となるが、そのなかで主人公トゥッリオは赤ん坊を殺す。この長編小説は誰に宛てたものでもない告白の形式をとっており、トゥッリオは断言する。「人間の司法は僕を裁けない。地球上のいかなる法廷も僕をどう裁けばよいのかわからない」。トゥッリオは、ラスコーリニコフのように、自分は絶対的自由と超人の地位を認められた例外的身分であると主張するのである。

一八九一年三月。債権取り立て人たちはダンヌンツィオの部屋のドアを打ち壊している。彼は破産を宣告された。彼に対する債権取り立て人の中心は、何年もツケで食事をしてきたカフェ・ローマの所有者である。彼の財政事情は理解を超えた複雑さを呈している。彼は負債をほかからの借金でまかない、借金の保証人たちを互いに保証し合うようにさせていた。そうすることで、彼がそれまでに稼いだよりもはるかに多額の金を消費したという恐ろしい事実を隠す、一見安定しているように見える網を作り上げていたのである。

彼は家具や家財を詰め込んだコンテナをいくつかフランカヴィッラに送った。（やはり多額の金を貸していた）ミケッティが借金の支払いの代わりにそれを預り、支払いが終われば返却するという約束であった。したがってそれらを他の債権者たちから安全に保管する狙いもあった。それらのコンテナの内容目録をざっと見るだけで、ダンヌンツィオの金がどれほど早く消えてしまったかがよくわかる。「金銀の象眼細工を施したハープ一台、ねじれた黒檀の円柱二本、青と金の日本風トレー一枚、バロック風の額縁に入ったボッティチェッリの『春』のエッチング、ボヘミア・ガラスの大皿一枚、人物が描かれているコルドバ革のベルト一本、イノシシの牙二本、日輪型の祭壇の飾り一点、大型のアンティークな東洋風ラグ十枚……」等々、この調子でずっと続いていく。品物は全部で八十点あり、それらはすべて一部屋のアパートメントから回収されたものであった。

ダンヌンツィオはそうしたものすべてが目の前から消えるのを眺め、そしてローマを離れる。「わたしは苦しみ、絶望し、力を失って、忌まわしい夜明けに出発した」。いつものように彼はフランカヴィッラの隠れ家に逃れた。彼の守護天使にして修道院長のミケッティが迎え入れた。

のちに彼は『罪なき者』を三週間半で書いたと自慢するようになる。実際には三カ月近くかかったのだが、それでもそれは感嘆に値する精神と意志のなせる業であった。バルバラに宛てた手紙のなかで、膨らみはじめた果樹や遠くに見える森の灰緑色のヴェールが作るもやなどについて述べているが、それはもう一度小説に用いられた。村で行われる洗礼の儀式に出席し、そこで見聞きした歌や典礼はそのまま叙述のなかに取り入れられた。訪問を懇願するバルバラからの手紙には、またもやすべて拒絶の返事を返した——彼女に宛てた手紙のなかでは性的興奮を抑えられない状態を大げさに書いていたにもかかわらず。彼の「荒々しい旆旗《ゴンファローネ》（この言葉は英語と同じようにイタリア語でも古風な言い方である）」は上がったままだ、と彼女に伝えている。

七月半ば、彼は完成した原稿をエミリオ・トレーヴェスに郵送した。すでに何カ月も前から彼はトレーヴェスに前渡し金をうるさくせがんでいた。自分は良い投資先だ、と彼は言う。トレーヴェスはこれから先に自分が書く一連の本も受け取ることができる。この申し出を断る理由はないのではないか？「わたしに必要な金を同封した返事を期待する」。トレーヴェスは小説を読むまでは何についても同意しない。ダンヌンツィオはそれを送った。三週間が経過し、がっかりさせる返事が届く。『罪なき者』は「きわめて退廃的」でオリジナリティーに欠けるというのである――『アンナ・カレーニナ』と『戦争と平和』のイタリア語版を出版したばかりのトレーヴェスは、ダンヌンツィオによるトルストイのテーマと技法の盗用に感銘を受けなかった。トレーヴェスは出版してくれない。いまやバルバラは手紙で絶縁すると脅してきている（二人はもう五カ月会っていなかった）。結婚は終わり、恋愛は危うく、職業的な展望も暗いなか、ダンヌンツィオはフランカヴィッラを去ってナポリへと向かった。

トレーヴェスが拒否した小説はその後ダンヌンツィオに国際的な賞賛をもたらすことになる。その告白の形式は革新的である。主人公＝語り手のトゥッリオ・エルミルは自分自身の「この上なく明晰な観察者」として自分の行動を語っている。その自分があまりにも変わりやすいため、トゥッリオは堕落と後悔、優しさとサディズムを行き来しながら自分の意識をたどり、自身を「多くの魂《ムルタニメ》を持つ者」として描き出す。すべての偉大な心理小説のなかでも、『罪なき者』はもっとも複雑なニュアンスを伝える作品のひとつである。それはまたダンヌンツィオのもっとも説得力のあるストーリーテリングを伝える作品である。

ダンヌンツィオの主人公の多くと同様に、トゥッリオは現代のローマの有閑紳士で、知的に洗練されており、感情的には疲れきった人物である。彼には何度も美しい妻ジュリアーナを裏切った過去があり、彼女は夫の愛を取り戻すことに絶望して他の男の誘惑に応じることを自分に許してしまう。復活祭の時期に、田舎にある彼の母親の家に二人が滞在しているあいだ、トゥッリオは和解を求めるが、そのときにはジュリアーナは恋人の子どもを妊娠している。二人は人里離れたヴィッラ・リッラで一日を過ごし、庭園のライラックの花の香りに圧倒されたジュリアーナは夫の腕のなかで気を失う。トゥッリオは再び彼女への愛を燃え上がらせる――不順な妊娠状態のため（ダンヌンツィオが恋人たちに求めたように）彼女が青白く病弱になったことが少なからず関係している――が、他の男の子どもを育てねばならないという可能性に苦しむ。男の子が生まれる。

冬のさなか、家の者がみなクリスマスの到来を祝うために礼拝堂にいるあいだ、トゥッリオは赤ん坊をくるんでいるショールをはぎ取り、裸にして窓を開けて冬の寒さにさらし、赤ん坊に致命的な風邪を引かせてしまう。

非難を恐れたトレーヴェスは正しかった。この小説がついに出版されると、『ファンフッラ・デッラ・ドメーニカ』紙の評者は「ガブリエーレ・ダンヌンツィオの新しい小説のあらゆる毛穴からにじみ出る不快な毒素」と吐き気を催すような「腐敗と堕落の悪臭」を嘆いた。読者にショックを与えたのは、二重の姦通と赤ん坊殺しだけではなかった。口づけを交わす唇の温かいぬめり、赤ん坊の上唇にこびりついた鼻汁、あるいはコルセットをしていない女性の胸の柔らかさなどについての、ダンヌンツィオの書き方には心をかき乱すような生々しさがある。恋人がパートナーを愛撫するときに代わる代わる押し寄せる衝動——欲望と残酷さとぞっとするほどの嫌悪感——を分析する際にも、同じように精密な表現を用いている。多くの人々にとって、これはリアリティーを求めるにしてもやりすぎだった。

それほど神経質ではない読者にとって『罪なき者』は、この小説が言語的に申し分なく感情面でも詩と同じぐらい示唆的であるというダンヌンツィオの主張を証明するものであった。多様なイメージが何度も繰り返される構成は、作品全体を言葉のつづれ織りにしている。ジュリアーナの両手は力なく椅子の肘掛けに伸びていたり、病床のシーツに広がっていたりする。白い菊の花束。モンテヴェルディのエウリュディケーの嘆き。住む者のいないヴィッラの軒下に並んだツバメの巣。こうしたモチーフのそれぞれが何度も登場し、叙述のなかで音楽として響く一連のリフレインを構成する。ヘンリー・ジェイムズによれば、『罪なき者』は、ダンヌンツィオが「怒りに駆られた感受性」の領域で卓越した支配力を持つことを示している。「他の作家たちが、内的領域の入り口にとどまってかすかな物音をとらえようとしているにすぎない印象を与えるのに対して、ダンヌンツィオだけはその領域に入り込み、支配者として好きなように動きまわっている」。

ダンヌンツィオは「自分の人生を作り上げる」ことを望んでいたが、彼は決断を下す人間ではなく、衝動で動く人間だった。ミケッティがナポリに行く予定だったので、さしあたってどこかへ行く理由のなかったダンヌンツィオも同行することにした。彼らの共通の友人スカルフォーリョとその妻マティルデ・セラーオはナポリに住んでいた。ダンヌンツィオは三夜連続で彼らに『罪なき者』を読んで聞かせ、彼らは自分たちの新聞『コッリエーレ・ディ・ナポリ』に何回かに分けて掲載することに同意した。

ローマが新しいメトロポリスとして活気にあふれていたとすれば、消滅した王国——一八六〇年にガリバルディが進撃してきたとき、ブルボン王家は慌てて逃げ出した——の首都だったナポリは壮大に衰えつつあった。火山と海に挟まれたナポリの状況が生み出したドラマは息を呑むようなものだった。市政は腐敗していた。当局はカモッラの同意があって初めて統治が可能だった（ナポリのカモッラはシチリアのマフィアにあたる）。その社会は、文字通り退廃していた。ダンヌンツィオはナポリが自分の気性に合うと感じた。

著名な作家はすぐに、少なくとも二人の抜きん出た女主人の客間に通うようになる。そのあいだに悪名高い黒幕が、彼にとって不可欠なナポリの金貸しとの顔合わせの機会を設け、『コッリエーレ』紙の事務所でスカルフォーリョとセラーオが知識人たちに彼を紹介した。もうひとりの優秀なアブルッツォ人である哲学者ベネデット・クローチェや、未来の二人のイタリア首相、フランチェスコ・ニッティとアントニオ・サランドラと出会った。四半世紀後、クローチェはダンヌンツィオをもっとも手厳しく批判する批評家のひとりになり、ニッティは彼の政治的な敵となる。だが当面のところ彼らは二人とも才能ある若者で、ダンヌンツィオは彼らとのつき合いを楽しむ。いまでは彼の外見はだいぶ様変わりし、より男性的になっていた。急速に後退しつつあった髪は短く切られ——もはやあの黒い巻き毛はなくなり——小さな、（驚くべきことにブロンドの）先の尖った顎髭を生やすようになった。片眼鏡を好んでかけ、彼があまりに図々しく淑女を見つめるため、その友人の紳士と取っ組み合いの喧嘩になることもあった。

彼とバルバラは手紙をやりとりしたが、そこには辛辣な言葉とうわごとのようなポルノグラフィー的空想が交互に現れている。彼はいつも「聖遺物」——写真と一房の彼女の陰毛を収めたロケット——を持ち歩いている、と手紙に書く。彼女はやって来る。二人は言い争う。秋の光とカポ・ディ・モンテの庭園、そして衰えていく愛について悲しい詩を彼は書く。二人の愛は終わろうとしている、とダンヌンツィオは親しい友人に語る。金貸しと仲人を兼ねている女性をバルバラが訪問したことを伝える匿名の手紙を彼は受け取る。おそらくこの女性は、バルバラが彼女の負債を払えるだけの金を持つ新しい男を見つけるのを助けている。たぶんダンヌンツィオは自分の罪悪感を和らげるために、自分にそう言い聞かせたかったのだろう。

彼はすでにバルバラの代わりを見つけていた。ナポリに到着してすぐ、彼はマリア・グラヴィーナ公女と出会う。ダンヌンツィオよりも二歳年上で数インチ背が高い彼女は、砲兵隊将校と結婚しており、二人もしくは四人の子どもがいた――子どもの数について複数の証言が一致していないが、その数がどうであれ、いずれにせよ彼女は自分の子どもたちを見捨てることになる。彼女はシチリア人で公爵の娘であり、黒い瞳を持ち、黒い髪にはドラマティックな赤いメッシュが入っていた。

その後の冬のあいだダンヌンツィオは、バルバラへの熱烈な手紙を一方で書きながら、マリアを口説きつづける。春になって不愉快な出来事が続けて起こった。マリアの夫アングイッソラ伯爵は自分の財産を無分別に投資して、それを失う。彼はナポリの家を売却し、家族の領地に引きこもった。マリア・グラヴィーナは夫との同行を拒否した。彼女は子どもたちを連れて夫の家を離れ、法に適った別居を求める。彼女の両親は手当の支給を打ち切る。彼女は自分が妊娠しているのに気づく。ダンヌンツィオがお腹の子の父親であることは間違いない。流産を引き起こそうと彼女は試みるが、うまくいかない。夫が彼女の家を訪ね、妻とダンヌンツィオが同衾しているところに出くわす。伯爵は法的告発を行う。この告発が法廷で審理されるまでに一年近くかかり、そのあいだ恋人たちは、ナポリの法律では姦通が強制的収監の判決をもたらす犯罪であることを意識しながら一緒に暮らす。ダンヌンツィオにはマリアとの関係をそれ以上長引かせるつもりはなかったが、その時点で彼女を捨てることはできないと感じている。夫と別れ、両親とも疎遠になった彼女は彼にすがりつき、彼女の妊娠は「別離をさらに難しく」する。

ナポリとローマは依然として別々の世界だった。ゴシップはゆっくりとしか伝わらなかった。彼の新しい恋愛のことをまだ知らないバルバラは、ダンヌンツィオのもとを訪れるという手紙をよこした。彼にはバルバラに来られてはまずい理由がいくつもあった。彼には金がなかった。マリア・グラヴィーナと彼女の子どもたちは彼の下宿に転がり込んでいた。ダンヌンツィオはナポリでもローマにいた頃と同じようにあっという間に借金を増やしていった。どこへ行っても「彼が金を借りた人々が憂鬱な列をなして」つきまとった。すぐに彼の下宿に債権取り立て人たちが押しかけるようになった。有り金すべてを差し出さねばならなかった。彼が集めていた骨董品の類いはすべて押収された。彼はまたホームレスになった。そして今回は妊娠した女性とその子どもたち、そして子どもたちの乳母まで一緒だった。

マリア・グラヴィーナの女友達が、ナポリから三十キロメートル離れた湾岸のオッタヤーノにある彼女の城の一翼を提供して、見捨てられた一行を救った。その背景は素晴らしかった。その環境は悲惨だった。マリア・グラヴィーナは妊娠期間の最後の三カ月に入っていて、冬が始まっていた。「この広大な中世の城は氷室だ」とダンヌンツィオは手紙に書いた。愛人たちがいつでも快適に裸で横になれる温度に、そして男性の訪問客たちが息が詰まると繰り返し不満を漏らすような温度に自宅を保つことをダンヌンツィオは好んでいた。「ここの部屋はどれも教会の身廊のように天井が高くて長いため、暖めることができない」。マリア・グラヴィーナの子どもたちは騒がしくて要求が多く、絶えずダンヌンツィオにどれほど長く(ほぼ二年)自分の息子たちと会っていないかを思い出させた。牛乳屋に払う金がなかった。パンも買えなかった。薪も買えなかった。ダンヌンツィオは前の下宿の女大家に——たまった家賃を払っておらず、彼女からも金を請求されていたために——手紙を転送するように頼めなかった。彼はバルバラに(ひとりでいるとほのめかしながら)手紙を書いて、自分がその犠牲者になった不運と、(ファッションの権威であるミニモ伯爵である自分が!)債権者たちにスーツ一着と寝間着二枚を除くすべての服を差し押さえられた事実を嘆いた。

だがそれでも何とか彼は切り抜けた。ある骨董品店のウィンドウで見かけた、ルイ十六世風のライティング・デスクを自分に買ってくれるようにデッラ・マッラ男爵夫人に懇願するふざけた詩を彼は書いた。それは「あらゆる点で高名な作家にふさわしい」美しい机だが、残念なことに自分の資力をはるかに超える値段である。そうしてくれれば、彼女は金のかかる恩恵を詩人に与える用意がある多くの貴婦人のひとりとなるだろう。家賃も取らずに城を貸してくれた公爵夫人のように、その城が寒すぎるとわかると、親切な男爵夫人は彼にヴィッラを貸してくれた。そしてときおり金が届くと、ダンヌンツィオは牛乳屋への支払いはせず、町へ行って食事をとった。

とうとうバルバラもマリア・グラヴィーナの存在と子どもがもうすぐ生まれる事実を耳にした。「すべてを知っている」と彼女は手紙に書いた。ダンヌンツィオは当惑した様子もなく返事を書いた。バルバラがすべてを知っているとしても、「怒濤のような出来事に追い立てられて出口のない迷路にはまり込んだなかで、わたしは自分の義務を果たした」ことをいずれ理解してくれるだろう、と。バルバラに宛てた彼の最後の手紙は、自己欺瞞とうぬぼれの驚くべき実例である。一度も彼女に嘘をついたことはない、と彼は言う。怒りのあまり何も見えなくなった彼女が書いた言葉を自分は許す。彼女に新しい愛を見つけるように促す――だがどうかわたしを抱きしめたような愛ではありませんように。自分について言えば「どこへ向かって落ちていくかわからないが、先の見えないめまぐるしい疾走を続ける。過ぎ去った大いなる愛を涙ながらに見つめるために振り返ることはしない」。自分は人間の判断を超えた、ドストエフスキー流の例外的な存在である。自分はまたあらゆることに責任があるとは言えない無力な犠牲者でもある。自分は不幸だ。自分は同情に値する。自分は最善を尽くしている。こうした事態のどれひとつをとっても自分のせいではない。これまでのこと、現在のこと、将来のことのどれも自分のせいではない。「辛い運命がわたしをこれほど苛めるのは信じられないほどだ」。

不当な扱いを受けた女性たちや債権取り立て人、刑事告発や大慌ての逃亡といった騒動のなかでもダンヌンツィオは仕事を続けた。ナポリで過ごした二年のあいだに、彼は多くの詩や短編小説、新聞への寄稿記事を生み出した。中断していた『死の勝利』を手を加えて完成させ、次の長編小説『巌頭の乙女たち』の材料を収集した。『楽園詩集』というタイトルで出版される詩を書いたが、そこに収められた詩のいくつかは、いまでも変わらぬ人気を誇っている。

新たな刺激とも出会った。一八七〇年代にリヒアルト・ワーグナーがラヴェッロに滞在していた頃に彼と知り合った人々がナポリにおり、ダンヌンツィオがヴァン・ウェスターハウトに『トリスタンとイゾルデ』を何度も何度も演奏するようにうるさくせがんだのもこの時期のことである。彼はまた政治にも関心を持つようになった。

一八九〇年代のイタリアでは、政党はイデオロギーではなく共通の利害によって区別されていた。政権は恩恵のやりとりを通じて形成された中道派の同盟となる傾向が強かった。利己的な相互利益にもとづいた同盟はきわめて微妙なものであったため、誘われたり脅されたりして議員たちが支持する陣営を変えるプロセスを表すために「変移主義《トラスフォルミズモ》」という新しい言葉が用いられた。フランチェスコ・クリスピはこのプロセスに厳しい評価を与えている。議会において重要な議決が行われる際にはいつも混乱が生じる、と彼は書いている。「政府支持派は廊下も含めて議場のあらゆる場所を駆けまわって賛成票を求める。補助金、勲章、運河、橋、道路などあらゆるものが約束の対象となる」。腐敗は議会に根づき、あらゆる政治党派のリーダーたちは変革を要求していた。

エドアルド・スカルフォーリョとマティルデ・セラーオは二人ともに議会制にもとづく政府の弱体さを激しく非難していた。『コッリエーレ・ディ・ナポリ』紙は一貫してイタリアの民主的な制度に批判的な姿勢をとりつづけた。ダンヌンツィオは一八九二年九月にこの新聞のために書いた記事で、さらに一歩進んで民主主義それ自体を攻撃した。

彼の記事には挑発的に「選挙で選ばれた獣」というタイトルがつけられていた。多数派が「自由を手に入れることは決してない」と彼は断言する。エリートは「遅かれ早かれ、つねに権力の手綱を再び握るだろう」。そして彼の未来のヴィジョンを提示する。「人間は二つの人種に分かれる。自らの意志によって上昇し、すべてが許される高等人種。そして何も許されない、あるいは少ししか許されない下等人種である」。伝統的な階級の区別をダンヌンツィオは語っているのではない。「真の《貴族》は、古い貴族の家系の気力に欠ける後継者たちとはまったく似ていない」。むしろ征服者の人種のメンバーは、その人自身の「個人的貴族性」によって傑出した存在となる。それはW・E・ヘンリーの詩『敗れざる者』（一八八八年に初めて発表された）の語り手のように、自らの運命を支配する者であり、自らの魂を動かす者である。「彼は自らを治める力である」。彼の手は投票用紙に触って汚れることは決してない。民主的なプロセスに参加することは、「庶民」と対等な地位を彼に与えることであり、彼が決して受け入れることのない退化なのである。

一八九五年のある晩餐会の席でダンヌンツィオは「腐敗」に乾杯することを提案した。それは「生命のもっとも熱烈で暴力的な表れだ」と彼は言う。ダーウィンにそれとなく言及しながら自分の主張を説明したが、彼が話したかったのは生物学についてではなかった。彼が乾杯したかったものは、相変わらず続いている政治活動の低下であり、議会民主制が自ら崩壊して、この国をダンヌンツィオ風のヒーローに適したものとすることであった。「血だまりに咲く薔薇にわたしは乾杯する」。

一八九三年六月、ダンヌンツィオの父フランチェスコ・パオロが死んだ。この知らせは彼があるカフェに座っているときにもたらされた。「大げさな言い方はやめてくれたまえ」と彼は言った。彼はペスカーラへ向かったが、着くのが遅すぎた。どのような理由かは不明だが、父の葬式には間に合わず、資産の分配に出席できただけだった。それは悲しく浅ましい作業だった。彼は自分の負債を支払うのに十分な遺産を期待していたが、失望に終わった。ペスカーラの家は母親がそのまま暮らすために残されたが、ほかの家産はすべて売却され、その利益は死んだ父親の負債の解消に充てられた。

ダンヌンツィオは『死の勝利』の序文でフリードリヒ・ニーチェにそれとなく言及している。「芸術においてわれわれは……ユーバーメンシュ、超人の到来に備えている」。文化的雰囲気の変化を感じとるいつもの才能を発揮して、ダンヌンツィオはニーチェを実際に読む前にその著作について述べている。しかし一八九三年にニーチェの著作からの抄録がフランス語に翻訳され、ダンヌンツィオはそれに飛びついた。

これ以降のダンヌンツィオの思索のほとんどがニーチェの思想に由来する、ということが伝記作者や批評家たちにとって通説になっているが、むしろこの二人が同じ模範を参考にして、同じ結論に到達したというのが事実である。ダンヌンツィオと同様にニーチェもドストエフスキーに影響を受けた。ニーチェはドストエフスキーを「わたしがあらゆることを学んだ唯一の心理学者」と呼んでいる。そしてこれもダンヌンツィオと同じように、「男」（これらの思想家たちの誰ひとりとして女性という人類に関心を払わなかった）は「遠い未来において、より高度な生物となる運命を」期待する、というダーウィンの示唆をニーチェは書きとめている。

「人間にとって猿とは何であろうか？」とニーチェは書いている。「嘲笑の対象あるいは苦痛に満ちた当惑である。そして嘲笑の対象あるいは苦痛に満ちた当惑、というのはまさにユーバーメンシュ＝超人にとっての人間なのである」。新しい人種――新しい種とさえ呼べるもの――は徐々に現れはじめている。ダンヌンツィオにとってと同様に、ニーチェにとってそうした「より高度な運命」は、エリートにのみ与えられるものだった。偉大な創造的精神の持ち主、生の悲劇的な暗闇に「光をもたらす」者とニーチェが考えた、例外的な人間たちだけが、より劣った人々を抑圧するという犠牲を払って、自らの輝きを提示することができるのである。「人類が全体として犠牲を払うことで、単一のより強力な人間という種が成長する――それが進化である」。

二つの人種という理論を信じるダンヌンツィオは、こうした考え方を喜んで受け入れた。何年ものちにフランスで、引っ越しの際に荷物の運搬人たちが彼の家具を運んでいるのを見ながら手帳に自ら問いかけた。「トランクを運びながらおしゃべりをしているこの連中とわたしが同じ種なのだろうか？」この疑問に対して期待される答えはノーであった。

ニーチェの超人は生物学的進化の頂点であった。それに加えて、超人は道徳的判断の範囲を超えた、「善悪の彼岸」にいる例外的な存在であった。ニーチェは偉大な犯罪者たちを激賞した。人類は「パルジファルよりもチェーザレ・ボルジアを求めるほうがよい」と彼は書いた。普通の生き方に含まれる惨めさや卑小さを乗り越えたいなら、ニーチェのように、「もはや動物ではない」状態――彼が「精神の独裁者」と呼ぶ偉大な哲学者や聖者、戦士＝英雄、芸術家――を望むなら、鍛錬と冷酷さ、非情なまでの意志が要求される。ニーチェは、学生時代のダンヌンツィオがそうだったように、ナポレオンを崇拝した。フランス革命（ニーチェはそれを非難した）が引き起こしたあらゆる流血と混乱は、彼の意見では、このような「天才」の登場によって十分に報われたのである。「それと類似した報賞を得るために、われわれの文明全体が無秩序に崩壊することを望まねばならない」。英雄的なもの、巨大なものを彼は切望した。神の出現のように超人の到来を待望した。「竜を退治する英雄たちの大胆な歩みを思い起こせ」。

一八四八年、トーマス・カーライル――その著作をダンヌンツィオは十代の頃から読んでいた――は書いている。「人は天に生まれたものである。環境や必然性の奴隷ではなく、それを首尾よく征服する者である」。ニーチェもダンヌンツィオも天国がこの問題に関与しているとはまったく考えていなかったが、「偉大」になるには、自らの意志の実行を通じて生活にある価値を押しつけることで、必然性を征服しなければならないことにはともに同意していた。「人生の奴隷」ではなく「人生の主人」にならねばならない、と宣言して、ニーチェは習慣的に一晩四時間しか眠らなかった。ダンヌンツィオが「隔離状態」の時期にそうだったように、ニーチェも禁欲主義的だった。彼の苦行とさえ思える自己鍛錬は、彼自身の評価を引き下げるのではなく、引き上げる方法だった。ダンヌンツィオは書いている。「人は芸術作品を作るように、自分の人生を作り上げねばならない」。ニーチェのなかに彼は自分のこだまを見いだした。「人は自分の人生を材料として明白な芸術作品を創り出さねばならない」。

『死の勝利』の主人公は、ある朝目が覚めて歓迎できない訪問者がすでに寝室に入り込んでいるのに気づく。それは昔の学校時代の友人で、ツキに見放された彼は泣き言や甘言を弄して借金をするためにやって来たのだ。金を借りようとするこの男は嫌悪感と軽蔑とともに描かれている。小説家として自分の描き出すキャラクターのもっとも綿密な自己欺瞞を分析することができたダンヌンツィオは、この描写がぞっとするほど戯画化された彼自身の自画像であることに気がついていたに違いない。

ナポリでの彼の負債はそれまでにないほど多額になり、その支払いを逃れるための策略もさらに手の込んだ、わかりにくいものになる。彼が稼ぐあらゆる金は、それを受け取るはるか前から、どこかへ消えてしまう約束がされていた。郵便切手さえ買えなかった。友人たちは彼が借金をせがむ——むしろ横柄に要求する——手紙の郵便料金を支払わざるを得なかった（しかもその借金が返済される見込みはまずなかった）。家のなかに食べ物がまったくない日が何日もあった。「目がほとんど見えない」と彼は友人に書き送っている。「朝食を食べておらず、気が遠くなりそうだ」。彼は自殺の話を持ち出すことで、同情を求めた。「これ以上苦しまないために、急流に身を投げようかと思った」。網にかがみ込んでいる貧しい漁師たちを羨みもした。「僕は乞食が羨ましい。死者が羨ましい」。彼の太陽神であるオルガ・オッサーニに金をせがむことすらやってのけた。自分は八方ふさがりで、いまにも気が狂いそうだ、と伝えて。

こうした状況のなかで正気を失いはじめたのはマリア・グラヴィーナのほうだった。三十歳になった一八九三年は、ダンヌンツィオにとってひどい年だった。一月、マリア・グラヴィーナは娘レナータを産み落としたが、子どもの誕生はわずかな喜びしかもたらさなかった。赤ん坊は病弱だった。マリアは母乳が十分には出なかった。ダンヌンツィオに言わせれば、不幸が彼女の母乳を酸っぱくしてしまった。法廷は彼女の上の子どもたちを取り上げる決定を下した。ダンヌンツィオには安堵をもたらしたが、子どもたちは父親の保護下へ戻された。マリアは生活の苦しさと不安定さを余儀なくされることに耐えられず、惨めな気持ちを怒りに変えた。彼女は嫉妬深かった（それには十分根拠がありそうだった――ベネデット・クローチェはダンヌンツィオが自分との約束を女性との密会のために破ったことに不満を漏らしている）。数時間だけダンヌンツィオが彼女のもとを離れてナポリに行きたいと言うと、彼女は荒れ狂った。騒々しく暴力的な場面が何度も見られた。

レナータは百日咳に感染し、もう少しで死ぬところだった。彼女は助かったが、二週間後に別の打撃が襲ってきた。不貞をはたらいたカップルに対するアングイッソラ伯爵の告訴が法廷に持ち出された。ダンヌンツィオとマリア・グラヴィーナは出廷し、姦通罪に対して五カ月間の禁固刑という判決を聞かなくてはならなかった。この頃にはこの姦通をダンヌンツィオは深く後悔していた。彼らは恩赦によって救われたが、不名誉は屈辱的なものとして残った。

ダンヌンツィオの負債は依然として返済されなかった。「債権者たちの行列がまた始まった。ドアを叩く音や無礼な声が二十回も聞こえ、わたしは何とか抑えようとしても激しい怒りで二十回は息が詰まりそうになった」。さらなる危機が訪れ、さらなる屈辱が待っていた。債権者たちはダンヌンツィオを通りで待ち伏せし、自宅で彼を取り囲んだ。マリア・グラヴィーナは嫉妬に狂い、非難がましく、怒りをぶちまけた。ある日、彼がひとりでアブルッツォへ行くと話すと、彼女はひどく逆上し、その結果自殺をはかる彼女を止めようと組み伏せるのに女大家の加勢を頼まねばならなかった。「床や壁に頭を打ちつける彼女を止めるために、まる一時間われわれは超人的な努力を強いられた」。

その後、彼は病気になり、惨めな気分から仕事ができなくなった。彼はマリアから離れ、レジーナの郊外にある彼らの小さな家を数日間留守にして、ナポリの町に隠れた。そしてレジーナに戻ると、債権取り立て人たちがまたしても家のなかに乱入し、彼らの財産として残っていたもの（絨毯、衣服、椅子）をすべて持ち去っていった。このときには、哀れなカップルとその赤ん坊はまた別の借家を探すことになったが、公爵の娘たるマリア・グラヴィーナは身につけている服のほかには何も持っていなかった。

実に奇跡のように、救いが近づいてきていた。ダンヌンツィオがナポリに着いた頃、イタリア好きのフランス人教師ジョルジュ・エレルがナポリを訪問した。二人は出会わなかったが、エレルは『コッリエーレ・ディ・ナポリ』紙を読んで楽しんだ。そして、彼は帰国の際にこの新聞の郵送での購読を申し込んだ。新聞で『罪なき者』の連載が始まると、エレルは「感嘆した」。彼は自分でその翻訳を始め、著者に手紙を書くと、ダンヌンツィオは続けるように励ました。一八九二年九月、エレルによってフランス語に訳された『罪なき者』は、『闖入者』というタイトルで『ル・タン』紙に連載されはじめた。翌年、ダンヌンツィオが債権者たちからナポリ湾の隅々まで追いまわされていた頃、それはパリで本の形で出版された。それはスキャンダルによる成功と批評による成功の両方をもたらした。書評は好評だった。売り上げは良好だった。ダンヌンツィオは重要な場所で成功したのである。

一八九〇年代のパリは西洋世界の知的中心であった。ダンヌンツィオがロシアの小説家たちやニーチェを見いだしたのは、フランス語への翻訳を通じてだった。世界が最初にダンヌンツィオを見いだしたのは、フランス語への翻訳を通じてだった。刊行される作品が増えるにつれて、ダンヌンツィオへのフランスからの送金は、金額も頻度も着実に増えていった。ドイツとイギリスの出版社はこの新しい作家の名前をメモし、翻訳出版の契約を行った。

しかしながら、彼の人生のこうした好転も、目の前の問題を解決するには、あまりにもゆっくりとしたものであった。ダンヌンツィオとマリア・グラヴィーナがレジーナの家から追い出されたとき、フランスでの出版から入ってくる金はまだ微々たるものだった。印税の支払いを待つよりも名誉の点では劣るが、借金苦から逃れる手っ取り早い方法がいくつかあった。一八九三年十月、ダンヌンツィオはもっとも急を要する請求をどうにかして支払った。スカルフォーリョによれば、マリア・グラヴィーナがかつての恋人から多額の金を得ていたようである。スカルフォーリョが思わせぶりにほのめかしてはいるが、彼女がその見返りにどのような奉仕をしたかはわからない。小康状態がもたらされた。彼らを包囲していた債権者たちは沈静化し、ダンヌンツィオは厄介な愛人と彼らの赤ん坊をローマまで連れて行き、そこに二人を置いてミケッティとともにフランカヴィッラに滞在するためにひとりで——深い安堵とともに——出発した。

## 男らしさ

ダンヌンツィオがナポリを離れたとき、町の質屋の一軒は貸金の回収をあきらめて彼の質草を競売にかけた。物件のひとつが毛皮のコートだった。会場には大勢が押しかけ、競売は熱気にあふれた。ダンヌンツィオは有名人であり、彼の古着であるコートには聖遺物としてコレクションの対象とするだけの価値があったのである。

彼はまた、自身の評価においても、次第に増えつつある彼の支持者たちの評価においても、天才であり、世界は(彼が促したことから)その事実を認めはじめていた。いつに変わらぬ自己宣伝家である彼は、『罪なき者』に対するフランスでの肯定的な批評がイタリアの新聞に掲載されるように取りはからった。「パリでの《熱狂》。それこそが唯一の言葉」と彼は大喜びで伝え、その表現を広めた。ナポリでの最後の仕事のひとつが、もっぱら彼自身と彼の作品をたたえることを目的として刊行される特別な雑誌の監修であった。『ダンヌンツィアーナ』と題されたその雑誌には、若いオーストリアの詩人フーゴ・フォン・ホーフマンスタールの熱狂的なエッセイも収録されていた。そのエッセイはダンヌンツィオ自身によって「翻訳」(特別な賛美の形容詞がつけ加えられていた)されたものだった。彼はその雑誌をトレーヴェスと彼の本を出しているフランスの出版社に送った。名声とはきちんと栄養を与えることが必要な植物であり、彼がそうであったように経済的困窮に悩まされることもある。ダンヌンツィオは名声の世話をきちんとした。

一八九四年の春、ミケッティの修道院という聖域に戻って、彼はそれまで四年間手をつけていなかった『死の勝利』をようやく完成させ、新しい詩集を刊行した。イタリアでも外国でも彼の公的なステイタスは上昇し、収入も着実に増大しつつあった。辛抱強い友人から借りたローマのアパートメントにマリア・グラヴィーナを住まわせた(生涯を通じてダンヌンツィオは、自分のためにわざわざ面倒なことを引き受けるように他人を説得する特異な才能を持ちつづけた)。しかし数カ月後には彼女の懇願に負けて、一軒の家ヴィッリーノ・マンマレッラをフランカヴィッラに借りた。彼は一番大きな部屋を書斎として占領し、例に

よってがらくたでその部屋を満たした。その年に撮った一枚の写真には、刺繡を施した布で覆われた長椅子にクッションに囲まれてハレムの女奴隷のように横たわる彼の姿がある。マリア・グラヴィーナとレナータは彼と一緒に住むようになった。彼らは幸せではなかった。ダンヌンツィオは友人たちに、マリアと一緒に暮らすのは「想像を超えた拷問」である、と語っていた。彼女は美貌を失ってしまっていた。なお悪いことには、彼女は「ほぼ完全に狂って」おり、「恐ろしい神経の病気」にかかって「そのせいでほとんど悪魔のような振る舞いをした」（彼の友人の数人が認めている事実である）。わたしを苦しめる以外のことは何もしない、とダンヌンツィオは言う。「わたしがこのような罰を受けるのにふさわしいことをやったのだろうか？」

マリアは大いに同情に値する。彼女は精神的に病んでいた（おそらく統合失調症であった）。もう自分を愛していない、自分を好きでもない男のために、彼女は社会的地位も子どもたちも家庭も犠牲にしていた。彼女の両親はもはや彼女との関係を断ち切っていた。彼女の個人的財産は没収されて嫡出の子どもたちのものとされた。孤立して不安な彼女は、嫉妬でダンヌンツィオを悩ませ、激怒で彼をおびえさせた。彼女は書斎に侵入し、手書きの原稿を引き裂いた。どこかからピストルを手に入れ、自分を撃とうとした。「そんなことが起これば、どれほどの不名誉となることか！」とダンヌンツィオは書いている。「そしておそらく彼女の死の原因を作ったとして、わたしを非難する連中が出てくるだろう」。

一八九四年九月、ダンヌンツィオはジョルジュ・エレルと初めて会うためにヴェネツィアにいた。彼は毎晩フローリアン〔サン・マルコ広場にある有名なカフェ〕に座って、熱心な崇拝者たちの相手をした。夜ごとその数は増えていき、夜が明ける頃には十五人から二十人のお世辞を言う若者たちの一団が彼のテーブルに集まった。

ある夜、ホテルに歩いて帰る途中でダンヌンツィオは夜の時間が無駄だと嘆いた。ゴンドラを雇って二、三時間を「小さな運河の神秘的で素晴らしい暗闇」を探索するのに費やすほうがどれほど楽しいことだろう、と彼は話した。ではなぜ、ああいう人々の全員と会うことを受け入れているのか、とエレルは尋ねた。ダンヌンツィオは、力なく、しかしおそらく正直に答えた。「それ以外のことがわたしにはできないのだ。丁重な招待を断ることも、お返しにこちらが招待するのをやめることもできない」。カフェで半時間過ごすのを断ること、あるいは何年も続く相互に破壊的な関係を終わらせることなど、どのようなものであれ決定的な拒絶を打ち出すことが自分にはできないと彼が考えていたのは事実である。彼の友人や親族はマリアと別れるように促したが、彼には終わらせる決断ができなかった。

実のところ、おそらく彼はこうした取り巻きと一緒にいるのを（自宅での数々の悲惨さとは大いに違っているため）、エレルに対して認めたよりもはるかに楽しんでいた。この九月に彼が何度も会った人々のなかには、その後も親しい友人や協力者となった者が多かった。そのうちのひとり、美術史家アンジェロ・コンティ（ダンヌンツィオは彼に「神秘博士《ドットール・ミスティコ》」というあだ名をつけた）はヴェネツィアの建築や絵画を彼に紹介する役割を果たした。マリアーノ・フォルトゥニーは驚くべき織物のデザイナーで、古代ギリシア彫刻に見られるチュニックのような薄くて襞のある生地を作り、それは女性の身体の上を近代的な素晴らしい淫らさで覆った。このとき以降、ダンヌンツィオの現実の生活と彼の小説に登場する女性たちは、しばしばフォルトゥニーのガウンを着ることになった（マルセル・プルーストも同じぐらい熱狂的なそのガウンの愛好者だった）。オーストリアのプリンス、フリッツ・フォン・ホーエンローエと彼の愛人もいた。この二人は自分たちの小さなパラッツォ、カゼッタ・ロッサのためのロココ風装飾の貪欲なコレクターだった。ダンヌンツィオはこのパラッツォを二十年後に彼らから借りることになる。ヴェネツィア人と外国人の両方のサロンの女主人たちがおり、その多くが高名な詩人を楽しませるのに熱心だった。ダンヌンツィオをめぐるグループのもうひとりのメンバーがエレオノーラ・ドゥーゼだった。

ヴェネツィア滞在の直後に彼は語っている。この滞在は心の正しい枠組みのなかに、魂の目に映る美しい古いもののヴィジョンを残し、「わが音楽的作品」に求めていた切々たる悲しみをもたらした。そして、『巌頭の乙女たち』の執筆にダンヌンツィオは取りかかった。この小説は、「謎と思索」を混ぜ合わせながら、音楽を演奏するように近代的な散文の叙述を書き上げるという彼の野心にもっとも近い作品である。

彼は「古い貴族の家系の気力に欠ける後継者たち」について軽蔑を込めて言及したことがあった。この小説で彼はそうした人々を目の前に見せてくれる。王位を奪われたナポリとシチリアのブルボン王家に忠実なある家族が、迷路のような（曇った古い鏡とアンシャン・レジームの聖遺物でいっぱいの）田舎の邸宅に引きこもっていた。家長は古い貴族の尊敬に値する典型であるが、彼の妻は狂っている。妻の肥満した不吉な姿は庭園の小道の端でときに目撃されるが、彼女には灰色のお仕着せを着た二人の看護人が影のように付き添っている。二人の息子は知能が低く、ひとりはすでに痴呆が進んでいる「廃人」であり、もうひとりも同じ運命が訪れるのを悲痛なまでに恐れている。この家族は明らかによい血統ではなく、そして主人公カンテルモもまさにそう見ている（ダンヌンツィオには皮肉を込める意図はないと思われる）。家族には三人の娘（タイトルの乙女たち）がおり、全員が結婚適齢期の美女である。カンテルモは三人のうちからひとり、自分の花嫁であると同時に偉大な英雄となる自分の息子を産む母親となる娘を選ぶつもりでその古い邸宅にやって来る。

小説の長い第一部はカンテルモの世界観を説明する。小説のキャラクターの意見は必ずしもその作者の意見であるとは限らないが、この場合にはそうであることがわかる。カンテルモの感情の多くは、ダンヌンツィオが自分の名前で発表した記事やエッセイから一字一句そのまま引用されている。カンテルモはレオナルド・ダ・ヴィンチが描いた、自分の祖先である傭兵隊長の肖像画を所有している。(まだナポリにいた頃ダンヌンツィオは、ガブリエル・セアイユが書いた、影響を広く与えた新しいレオナルドの伝記を読んでいた。)彼は、流行のもうひとりの過去の巨匠であるソクラテスを引用する。(ウォルター・ペイターの『プラトンとプラトニズム』はダンヌンツィオが『乙女』を書きはじめるちょうど二年前に刊行された。)ニーチェのように、ダンヌンツィオのように、カンテルモは現代の政治プロセスを軽蔑する。「力こそ自然の第一法則である」という信念、人間は「最終的にひとりの、もっとも価値ある者がすべての他者に対する支配を打ち立てるまで」どの世代においても互いに戦わねばならない、との信念を彼は口にする。世襲貴族の古い概念と進化の新しい概念を混ぜ合わせながら、「すべての新しい生命は、それ以前の生命の総計であるゆえに、未来の条件である」と彼は断言する。祖先たちの偉大さは彼に責任を負わせる。カンテルモは「来たるべき英雄」の親になることが運命づけられている。

マリア・グラヴィーナの狂気はダンヌンツィオの小説に染みわたっていった。「巌頭の乙女たち」の人生に彼女たちの母親の狂気がどのような呪いを投げかけるのかを彼が書いているあいだ、その精神錯乱が彼自身の呪いとなっている女性はいつも隣の部屋にいた。「一瞬でもよそ見をしたり、鞭を取り落としたりすれば、むさぼり食われてしまう猛獣使いのように」生きている、と彼は自分自身を描いている。マリア・グラヴィーナの性的欲求が彼を消耗させて恐怖すら抱かせる、と男友達に打ち明けてもいる。彼女は「わたしをまるで無生物のように完全に所有したがっている」と彼はエレルに語った。

自らを解放する方策がわからなかった。ただ逃げることのほうがはるかに容易だった。一八九五年の夏、スカルフォーリョがギリシアからイスタンブールまでの長期の航海を提案してきたとき、ダンヌンツィオはすぐさまそれを受け入れた。

すでに見たように、ダンヌンツィオが裸で歩きまわったり、猥談に興じたりしてエレルを悩ませたのはこのときの旅である。ヨットは全面的にスカルフォーリョの所有物だったにもかかわらず、ダンヌンツィオは共同所有者であるふりをして、船主のように気前よく振る舞った。彼はエレルにさほど多くの服は必要ではないと請け合っていた——

船の上の暮らしは形式ばらないものだし、上陸して食事をすることは避けるだろうから、と。フランス人のエレルは彼の言葉を額面通り受け取り、スーツをたった一着しか持ってこなかった。そして当のダンヌンツィオが、六着のスーツ（すべて白）とディナー・ジャケット一着、三十枚のシャツ、八足の靴を持ち込んだこと、アテネでもどこでも、彼らを待っていたすべての招待を受け入れたことで悔しい思いをした。

いまやダンヌンツィオは国際的な有名人になっており、その事実を楽しんでいた。しかし『罪なき者』の移り気な主人公を説明するのに彼が創り出した「多くの魂を持つ者《ムルタニメ》」という造語は、気分の変化が激しい彼自身にもよくあてはまっていた。ギリシアでの彼の態度は怠惰なプレイボーイのそれだったが、彼の手帳の記述はそれとはまったく異なる内的な活動を明らかにしている。裸で日光浴をして、（ダンヌンツィオがいつもしているような）毎日の性交なしで過ごさねばならないことを嘆くのは、エレルから見れば「幼稚な」振る舞いだった。だがフランス人のエレルには下品さと愚かさを誇示する行為と見えたことが、ダンヌンツィオの考えでは、彼らの旅の気分と完璧に調和していたのである。ウォルター・ペイターが古代ギリシアの「快活な宗教」と呼ぶものを彼は追求していたのであり、ニーチェが『悲劇の誕生』で描いたディオニュソス的な生命力と触れ合うことを期待していたのである。彼は即興で宗教儀式めいたことを行った。船の上で彼は、沈む太陽の美しさに捧げる香りとして、ギンバイカの小枝を燃やした。ケンブリッジからミュンヘンまでのいたるところですぐに流行することになる、復興異教主義《ネオ・ペイガニズム》を彼は展開していたのである。裸体を羞恥心からの解放として彼はたたえた。「わたしは骨の髄までヘレニズムが浸透したように感じる……わたしはアテネに生まれるべきだった。そして若者たちとジンナージオ〔古代ギリシアの青年たちが集まって運動や議論をした鍛成所〕で運動をしているべきだと感じる」。船のデッキで無駄話をしたり居眠りをしたり、娼婦を探してみすぼらしい裏通りを探索したり、大使館でのディナーのために見事にアイロンがかけられたシャツと光る靴を身につけたりしながら、詩人ならかくあるべしとエレルが考えているような行動をとらなかったとしても、彼は詩人であった。この航海から戻って数日のうちに、彼は最初の戯曲である『死の都市』を書きはじめる。その形式はギリシア悲劇から借用し、そのテーマは神話の魅力と力、そして考古学者たちがその当時明らかにしていた血な

まぐさい歴史であった。
船旅は予定よりも短縮された。彼らはビザンティウムまで帆走する予定だったが、ボスフォラスにもたどり着かなかった。いずれにせよダンヌンツィオはスカルフォーリョや他の同行者たちよりも数週間早く帰国していた。彼は異教の快楽主義者を気取り、恥ずかしげもなく日焼けした身体で歩きまわったが、その身体が彼をがっかりさせた。彼は再び船酔いに苦しんだ。スニオン岬の沖で嵐のなかを帆走したとき、彼は自分を岸で下ろしてくれるように頼み、フェリーで帰国した。

一八九五年の秋、ギリシアから戻ってすぐにミケッティはダンヌンツィオの肖像画を描いた。制作風景を写した写真は、アトリエにいる二人の友人同士が、しわだらけの麻のスーツを着て笑いながらくつろいでいる姿を示しているが、その結果出来上がった絵はまったく異なるストーリーを伝えている。それ以前のダンヌンツィオの肖像画や写真は、物思わしげで内省的、憂鬱な表情のロマンティックな詩人の姿を示していた。ところがこの肖像画は新しい人物像を提示している。背景は荒れ狂う空の景色で、ダンヌンツィオはまるで山の頂上にひとり立っているようである。

彼の狭いなで肩は英雄のような幅広い肩に変わっている。髪（写真が示すより量が多い）と先の尖った顎髭は実物よりも黒くくっきりしている。口髭の端は猛々しくぴんと尖った形に固められている。

何枚かの形式ばらない写真のなかでの彼は、頭を片側に傾けて仲間たちを横目で見ており、重いまぶたを半ば閉じて、誘惑するような、何かをほのめかすような視線を投げかけている。この肖像画では、彼は真っ直ぐに立ち、顔を斜めにして遠く上方を見つめ、その視線は絵を見る者にではなく彼自身の偉大な運命に向けられている。この絵を見せられたエレルは、その意味をたちどころに理解した。「これこそたしかに《超人》ダンヌンツィオの最初の肖像画である」。

# 雄弁

黄色い壁紙の『カピタン・フラカッサ』紙のオフィスの壁には、たくさんのカリカチュアが貼られていた。そのなかに、イタリアのもっとも有名な女優である美しいエレオノーラ・ドゥーゼが、大きな柔らかい唇、見事な骨格、愁いを含んだ淡い色の瞳を見せているものがある。一八八五年の聖ヴァレンティヌスの日、二十二歳になる『カピタン・フラカッサ』の寄稿者ガブリエーレ・ダンヌンツィオは、コルソ通りの鋪道にいて、パラッツォのバルコニーに立って謝肉祭の陽気な騒ぎを眺め、下に集まった群衆に菓子や花を投げている貴婦人たちについてメモを書きとめていた。彼は恋人のオルガ・オッサーニの姿をパラッツォ・ティットーニの柱廊に見つけ、その隣で「日本風の奇妙な髪型のシニョーラ・ドゥーゼが、花模様の鎧戸を背にくっきりと際立っており、まるで装飾を施したついたての前にいるかのようだ」と書いた。このとき彼が女優に関心を抱いたのは、当時彼が非常に好んでいた日本趣味《ジャポネズリ》の流行の一例としてだけであった。

それからほぼ十年後の一八九四年、ヴェネツィアでダンヌンツィオは花形女優《ディーヴァ》に紹介された。その年、彼女は以前の恋人アッリーゴ・ボイトに手紙を書いていた。そのなかで『死の勝利』を読んだことを告げ、「あのダンヌンツィオのような悪魔のごとき男に恋をするくらいなら、部屋の隅で死ぬ」ことを選ぶ、と書いた。彼を愛することはすでに彼女の心に浮かんでいた。「ダンヌンツィオは大嫌い。でも彼を崇めている」。

最初の出会い以降、二人のあいだに賞賛の手紙以上の交流があったとは考えにくいが、ドゥーゼは『快楽』を手に入れて公演旅行のあいだにそれを読んだ。そして翌年の九月、ギリシアから戻ってすぐにダンヌンツィオはヴェネツィアを再び訪れ、「愛と苦痛に捧げる」というお得意の謎めいているが暗示的な書き込みを手帳にしている。長い年月ののちにダンヌンツィオが書いたロマンティックな記述によれば、夜明けに偶然エレオノーラと会ったとき、彼はゴンドラから飛び降りた。二人ともに眠れぬ夜を過ごしたあとのことだった。ドゥーゼは書いている。「一言も口にすることなく、わたしたちは心のなかに同盟の約束を作り上げた」。こうして彼の人生でもっとも有名な恋愛が始ま

った。
エレオノーラは三十七歳で、彼女の新しい恋人より五歳近く年上だった。ダンヌンツィオと同じように、彼女は子どもの頃から事実上多くの人の目にさらされる生活を続けてきた。それは、彼のように名声を渇望していたからではなく、彼女が旅回りの役者の一家に生まれ、仕事を必要としていたからであった。彼女は十二歳のときにフランチェスカ・ダ・リミニの役を、十三歳でシェイクスピアのジュリエットを演じた。二十歳のときにはナポリの一座ですべての主役を演じていた。ダンヌンツィオと出会うまでに、彼女は南北アメリカ、イギリス、オーストリア、フランス、ドイツ、ロシアを公演してまわり、レパートリーとしては苦悩するヒロイン――もっとよく知られていたのはデュマ・フィスの椿姫だった――を演じて、どの国においても、すべての女優（サラ・ベルナールを例外として）のなかでももっとも見事で、もっとも美しく、もっとも優雅に悲痛な役を演じることができる女優だと喝采を浴びた。恋愛関係では悲しい結末で終わることの連続だった。女優としては全盛期だった。観衆は彼女を賛美した。しかし彼女は不満だった。「緑の布を貼り合わせて作った張り子の木のなかで」写実的なドラマを演じるという彼女がしている

仕事は、彼女を満足させなかった。成功を収めたロンドンでの公演のあと、「この人生の猿真似は、なんという魂への侮辱であろうか！」と彼女は書いた。彼女は「苦悩と約束」を求めていた。「人生の深み」に到達することを切望していた。ダンヌンツィオは彼女がそこへたどり着くのを助けるのにおあつらえ向きの人物であった。

　彼女は経験に富み、自立し、高額の出演料を稼いでいた。つねに移動しており――ダンヌンツィオは彼女を「ノマド」と呼んだ――男を縛りつける女性ではなかった。彼女自身が芸術家であり、男のエネルギーを消費するのではなく、インスピレーションを与えた。多数のファンを持っているため、彼女の恋人は大勢の崇拝者のなかから自分が選ばれたという満足感を得ることができた。「劇場に喝采が響きわたり、欲望に火がつくとき、ディーヴァがただひとり見つめる男、彼女が微笑みかける男は誇らしさのあまり有頂天になる」とダンヌンツィオは書いている。

　二人には共通点が非常に多かった。彼女からは言葉が絶えずあふれ出ていたが、それは彼も同じだった。彼の構文はつねに完璧だった。彼女の場合には構文などほとんど存在しなかった。二人が交わした手紙のなかで、彼は傷ひとつない言葉の網を織り上げ、彼女は口ごもるかと思えば堰《せき》を切ったように語りだしたりした。しかし、自分の才能に自信を持つ芸術家としての並外れた野心を彼らは共有していた。二人で初めての夜を過ごしたあと彼女は書いた。「ああ神よ、わたしに与え給いし神よ……わたしはあなたの魂を感じ、わたしの魂を見いだした。ああ、どう言ったらいいのかしら……あなたはわかる？　わたしの手をしっかり握って！」

　ドゥーゼは芝居じみた《ヒストリオニック》性格で、ユーモアが完全に欠如していた。「彼女に関するあらゆるものがあまりにもわざとらしかった」とトム・アントンジーニは書いている。「ダンヌンツィオがあれほど独特でうんざりする自然らしさの欠如を何年もどうやって我慢できたのか、わたしにはわからない」。しかしダンヌンツィオは、彼女の人生というメロドラマのなかでひとつの役を演じることを楽しんでいた。彼らは格言風の言葉をやりとりした。それらは難解だったかもしれないが、含みのあるスリリングな言葉に思えた。彼らはともに貪欲に経験を求めていた。ダンヌンツィオが自分の周囲の世界と自分自身の意識に対する関心を高めていたように、ドゥーゼは「より生きて、より感じる」ことに絶えず集中していた（と彼は満足そうに書いている）。彼女が切望していたのは「生きること、自由に、完全に自由に生きること、そしてわくわくすること！」であった。

ダンヌンツィオと同様に、彼女もきわめて野心的な向上心を持った勤勉な芸術家だった。彼と同じく彼女は読書家であり、自分なりのシェイクスピアやソフォクレスの見方を持つとともに、新しい動向にも注意深く目を配っていた。イプセンの『人形の家』（一八七九年初演）は彼女のレパートリーのなかでも定期的に演じるものだった。そしてこれも彼と同じだが、彼女も買い物が大好きだった。貴重な古いガラス製品や美しい装幀の古書、ワースで仕立てた衣装、彼らの共通の友人マリアーノ・フォルトゥニーが彼女のためにデザインしたゆったりしたローブなどであった。どちらも相手が個性と自信を持っていることを感じとっていた。「あなたが信じてくれるのなら、わたしは生きていける」と彼女は彼に言った。そして彼のほうは、彼女の死後に書いたもののなかで、彼がするあらゆることが彼女を魅了したと回想している――「わたしの果物のかじり方……スミレや四つ葉のクローバーを探すときに草のあいだにひざまずくやり方」や、コインをズボンのポケットにしまうやり方（そうすることで彼の身体の温かさがコインの緑青《ろくしょう》を強める）など。「その前もその後も、ギゾーラのようにわたしを愛した女はいなかった」（ギゾーラは彼がドゥーゼに与えた多くのあだ名のひとつだった）。「炉のなかのピラウスタのように、わたしは彼女の視線のなかで生きていた」（ピラウスタとは、大プリニウスによれば、炎のなかで生きる透明な翼を持つ小さな竜のこと）。

ダンヌンツィオはエレルに、自分はマリア・グラヴィーナの数々の不運に責任があり、したがって彼女のそばにいてやらねばならない、と語っていた。しかしこれほど魅力的な別の選択肢が現れたいまでは、良心の咎めを完全に克服することができると感じた。とはいえ例によってすぐさますっきりとした別離とはならなかった。彼が最終的にマリアのもとを去るまでにさらに二年かかるが、それよりもはるかに前から、彼のますます忙しく派手になる生活から彼女は閉め出されてしまっていた。一八九五年から九六年の冬には、彼は数週間をドゥーゼとともにヴェネツィア、フィレンツェ、ピサなどで過ごし、フランカヴィッラに戻ってくるのは彼女が公演旅行をしているあいだ執筆をするためだけであった。ドゥーゼとダンヌンツィオは八年のあいだ、離れたり一緒になったりしながら、ともに過ごした。それはダンヌンツィオの人生のなかでもっとも安定した、もっとも創造的な時期であった。

大女優との関係の始まりは、劇作家としての彼のキャリアの出発と一致していた。それ以前の彼が定期的に劇場に通っていたかについては記録がない（初期の短編のひとつに旅回りのだらしのない女優に関する冷笑的な描写が含まれているが）。しかしニーチェの『悲劇の誕生』は演劇のポテンシャルに関する思索に火をつけた。ワーグナーの音楽に熱中したことは、紙の上に表現する文学よりも直接的で強力なパフォーマンスの方法について考えさせることになった。ギリシアから戻って三週間後に彼は最初の戯曲『死の都市』についてトレーヴェスに話をしている。

彼はまたパフォーマーとしてもデビューを果たした。国際芸術展、第一回ヴェネツィア・ビエンナーレが一八九五年に開幕した。壁一面を覆う大作であるミケッティの絵画『イオリオの娘』が展示され、賞を獲得した。ダンヌンツィオは友人の作品を「賛美する」ために来場することを主催者に約束していた。彼は四月のオープニングに登場することを期待されたが、それを取り消し、展覧会の閉幕で話をすることを約束した。十一月、彼はついにヴェネツィアのオペラ・ハウスであるラ・フェニーチェ劇場の金と大理石で飾られた大広間で演説を行った。

講演は格調の高い散文詩作品で、ヴェネツィア、ティツィアーノとヴェロネーゼ、海とガラス（ダンヌンツィオはムラーノ島を訪ねた経験があり、ガラス吹き工の作品を鑑定できるコレクターになっていく）、そしてかつてのヴェネツィア帝国の輝きの衰退などに関する考察を盛り込んでいた。ダンヌンツィオは自分の崇拝者のひとりに、エーテルを染み込ませた角砂糖を食べて眠気を払いながら講演の原稿を一晩で書き上げた、と話した。英雄的なクリエイターと薬物を摂取するデカダン派という彼の人物像にぴったりの話である。実際にはそれは十年前の詩『秋の夢』の焼き直しであり、その後ダンヌンツィオの次の小説『炎』に収録するために手が加えられることになる。（ダンヌンツィオは自分の作品を材料として再利用することを好んだ。）

ダンヌンツィオの仕事は頭脳を用い、座ったまま行う（あるいは少なくとも動かない――しばしば立ったまま書いたので）ものだが、彼が思うにはそれは肉体的に英雄的なものであった。彼はそのために、アスリートや戦士がするように鍛えていた。そして後年その仕事が自分の肉体に残した跡を誇りとした。中指のペンだこ、わずかに歪んだ肩（生涯にわたる読書の結果、片方が反対よりも上がっている）などである。彼はまた自分の美しい声を鍛えるための努力も自慢した。

彼の声の美しさには多くの証言がある。イギリスの詩人アーサー・シモンズはダンヌンツィオの作品の熱烈な支持者のひとりだが、ローマのプリーモリ伯爵のパラッツォで彼が聖書の一節を読み上げるのを聞き、パリで彼の朗読の場に立ち会ったハロルド・ニコルスンと同様に、魅了された。そして半ダースもの女性たちがこう証言している――美しいとは言えない彼の外見に対する落胆が、彼が話しはじめるとすぐさま消えてしまった、その声の「柔らかくしなやかで、ビロードのような」音質があまりにも魅力的であり、その声の使い方があまりにも誘惑的であるために。

彼はそれを才能として与えられたものではなく、自ら創り上げたものだと強調することを好んだ。小さな子どもだった頃、彼は家から外へ走り出ては母親を心配させた。彼が戻ってくると、母は安堵して歌うような調子で迎えた。彼女は頭を左右に揺らしながら低い声で歌った。「魔法をかけられたようだった。わたしは母のやり方を真似て、自分の話し方の調子を母の話し方に倣った。そういうわけで、わたしの声はさらに美しくなった」。チコニーニ校では、当初彼はアブルッツォのアクセントをからかわれた。プライドが高く、きわめて負けず嫌いな少年だった彼は、あっという間に方言を捨て去った。そのときもその後も、古典を読みながら彼は群衆に対して演説者が用いる効果的な方法をじっくり考え、キケロが「彼の美文に抑揚をつける」方法は、歌手が聴衆の感情に「激動」を作り出すのとほとんど同じだと書いている。

詩と同様に散文においても、「音節の集合は、その理論的な意味以上に、暗示的で感情的な力を持っている」ことを彼ははっきり意識していた。そのため同じ表現やうっとりさせるリフレインが彼の小説にはたびたび登場した。したがって、その華麗に引き延ばされたセンテンスのリズムに惜しみない関心が注がれた。したがって、演説をする際には、「ひとつの言葉の輪郭を明確に描き出す」ようにゆっくりと慎重に発音する話し方が用いられた――同時代人の数人がその効果を語っている。最初は聞いていて「精彩に欠ける」「活気がない」「平板」あるいは「単調」に感じたものが、たちまち聴衆を催眠術にでもかけたようにつかんでしまうのだ。

ラ・フェニーチェ劇場で、自分が創り出す言葉＝音楽を権力の道具としてどのように使えるのかを、彼は初めて理解し、感じることができた。聴衆――イブニングドレスの貴婦人たちや前年の夏にカフェ・フローリアンで彼を取り巻いていた崇拝者の若者たち――は、燕尾服を着て口髭の先端を立てた洒落者が、ゆっくり原稿を読み上げながら手入れの行き届いた小さな手を几帳面に動かすのを見つめた。ダンヌンツィオ自身が見たものは、もう少しドラマティックな何かだった。「それは円形競技場で行われる激しい競技で、競技者のヘラクレスのようなエネルギーのすべてが、腱を震わせ、動脈を膨らませながら発揮されていた」。

『炎』の主人公ステリオ・エッフレーナは、似てはいるがより魅力的な状況で、まったく同じ演説を行う。自分の言葉を熱心に聴いている聴衆を眺めながら、ステリオは自分の知性が巨大な蛇のように広がって緊張を緩めるのを感じる。「彼は聴衆の心をひとつに融合してその手でつかみ、旗のように振りまわしたり、手のなかでつぶしたりする力を持ったように感じた」。彼は勝ち誇る。「彼の魂と聴衆の魂の交流のなかで、ひとつの神秘が、神聖なものに近い何かが生まれた」。ダンヌンツィオは自分のしるしを世界に残す新しい方法を見いだしたのである。

## 冷酷

手はダンヌンツィオを興奮させた。彼は右手で書いているときに、自分の左手が「水中花のように」机の上でゆったりと横たわっている姿の美しさに感じる歓びを記した。このモチーフは彼の小説や詩のなかで繰り返し用いられる。『厳頭の乙女たち』のなかには、欄干にもたれる三人のヒロインの姿と三組の手が優雅に垂れ下がる様子を描いた、名人芸とも言える一節がある。ダンヌンツィオのラブレターのなかには手があり、彼の室内装飾にも手があった。ヴィットリアーレには様式化された手のモチーフで装飾された部屋がある。

手は性欲を刺激した。『快楽』のなかでは、女性がピアノの上に片方の手袋を残すことは彼女が性的誘いに応じるしるしであり、エレーナ・ムーティがカップのように合わせた両手からシャンペンを男たちに飲ませてやるのは彼女の堕落と魅惑のイメージなのである。スペレッリがマリア・フェレスの両手のデッサンを描くのは、彼女に触れることなく愛撫する方法である。現実の生活においても、ダンヌンツィオは恋人たちの手袋を戦利品としてコレクションしていた。彼が最後に暮らした家にも手袋でいっぱいの引き出しがいくつもあった。

手は、怪我をしたときには、彼にとっていっそう興味深いものであった。初恋の相手エルダに彼は書いている。「何か君が喜ぶことを教えてくれれば、僕はそれをするだろう……片手を切り落として箱に入れて送ってほしいかい、郵便で？」初期の短編のひとつで、宗教画の下敷きになって片手をつぶされた農民の話を彼は書いている。ぞっとするような一節で、その農民は自分で手を切断し、それを聖人への貢ぎ物として差し出す。それからほぼ三十年後に、ダンヌンツィオはウンベルト・カーニと出会ってわくわくする。カーニは極地探検家で、凍傷にかかって壊疽《えそ》状態になった指を切断した経験があった。

ドゥーゼの手は細くて白かった。彼らが一緒だった時期ダンヌンツィオは出版する本に「美しき手のエレオノーラ・ドゥーゼ」と献辞をつけて次々と彼女に献呈した。しかし一方で彼は戯曲『ラ・ジョコンダ』（レオナルドのモナ・リザの別称）を書き、そこではその美しい両手は恐ろしい形でずたずたにされる。ドゥーゼのためにダンヌンツィオが創り出したキャラクターは、ある大理石の彫像が倒れるのを防ごうとする。それは夫である彫刻家が自分の愛人を表現したものである。巨大な像、彼女の屈辱の象徴が両手の上に落ちて、その手をつぶしてしまう。ダンヌンツィオはドゥーゼを残酷に扱っていると広く噂された。ダンヌンツィオが小説や戯曲で二人の関係を描くやり方は、彼がそのことを十分意識していて、隠すつもりがなかったことを示唆している。ドゥーゼの死後、二人の恋愛を回想して、彼の心をもっとも動かした記憶は彼女独特の興味深い身ぶりだった。ダンヌンツィオがドゥーゼを泣かせると（それは頻繁にあった）、彼女はあの長いエレガントな両手を下から上に動かして涙を拭ったものだった。それはまるで涙をこめかみにすり込むような動作だった。

関係が始まって二年のあいだに、彼らはヴェネトを見てまわり、ミラノ、ヴェネツィア、フィレンツェ、ピサ、ローマ、アルバーノ、アッシジなどを一緒に訪れた。こうした旅行は楽しい思い出を残した——ピサのカンポサントである日の午後、雨のなかで彼女のためにスミレを摘んだことは四半世紀のちにダンヌンツィオの心にしばしばよみがえった。しかしながらドゥーゼにとってこうした短い幸せなひとときは苦しみだった。両者をよく知る友人のひとりは、ダンヌンツィオが与える性的快楽に彼女が溺れているると信じており、彼女を憐れんでいた。彼は「官能を握ることで彼女を支配し……彼女は彼なしではいられなかった……それは嘆かわしい状態だった」。ドゥーゼはピサで過ごした時期を「肉体と魂の恐ろしい痙攣」と表現し、それ以降彼女は、再びひとりになると、彼の愛撫を切望して「狂ったようになり……二十日間も高い熱が続いた」。ドゥーゼは彼を拒絶することで依存と闘った。「彼女は窓辺でむせび泣いている。《おお、だめ、だめだわ。あれからわたしに何が起きたのかわかっているわ……あなたはいつも行ってしまう。あなたはわたしからますます遠く離れてしまう》」。こうした苦痛に満ちた場面についてわかるのは、ダンヌンツィオがその結末とともに手帳に記録していたからである（「彼女は涙を流しながら服従した」）。

彼は不幸な彼女を見ることを好んだ。うつむいた視線と震える唇の彼女は、「創造の苦しみの心地よい表現」だとダンヌンツィオは満足そうに語っている。ある同時代の批評家は彼女を「傷ついたピエロ」と表現したことがある。別の批評家によると、彼女は「情熱と苦悩の松明であり……彼女の容貌のすべて、彼女の人となりのすべてにおいて、メランコリーという言葉を表している」。彼女はつねに気分がすぐれなかった（結核に感染していた）。それは当然ダンヌンツィオの関心を惹いた。そうした肉体的な弱さに加えて、大スター、ディーヴァでありながら彼の足元にひれ伏すというわくわくさせる期待まで彼女はもたらしたのである。

彼らは離れて暮らすことが多かった。エレオノーラは毎年数カ月の公演旅行を行った。ダンヌンツィオは定期的にフランカヴィッラとマリア・グラヴィーナのもとに戻ったが、いまでは二人は疎遠になっていた。一八九七年の夏にマリアは男の子を産み、ガブリエーレ・ダンテと名づけた。ダンヌンツィオはこの子の認知を拒んだ。自分はその子の父親ではない、と彼は言った。彼の召使いが父親だ、と。マリアは異議を申し立てなかった。

ドゥーゼとともに旅をしていないときには、彼はローマにいることが多かった。いまや彼は自分の小説のフランス語版・ドイツ語版から莫大な収入を得ており（まったく貯蓄はしなかったが）、若いジャーナリストだった頃にはアウトサイダーとして覗き見るしかなかった場所にも、堂々と出入りできるほどの評価を獲得していた。排他的な狩猟クラブであるチルコロ・デッラ・カッチャへの入会をついに認められ、フォックスハウンドたちのあとを追ってカンパーニャ・ロマーナを馬で無鉄砲に走りまわった。ディナーやコンサート、ティーパーティーや舞踏会に招かれ、出かけていった。快楽を求めて遊び歩いていたこの時期は想像力への刺激を与えた、と彼は好んで主張した。「一日苦労して仕事をするのは、怠惰な一週間を過ごすのと同じぐらい、得るものは少ない」と彼は書いている。ロマン・ロランはちょうどこの時期に彼と出会った。ある晩、ロヴァテッリ伯爵夫人の家で、ある若者がダンヌンツィオの虚栄を痛烈に非難しているのをロランは耳にした——「彼は自分が半神半人だと思っている」。次の夜、当のダンヌンツィオが伯爵夫人の家にいた。先の尖った靴を履き、ダイヤモンドのボタンがついた白いベストを身につけ、ネクタイには「騎手の形の醜いピン」をつけていた彼はきわめて「スノッブ」に見えた。当初ロランは彼に反感を抱いた。「人々の視線を集め、口をぽかんと開けたスノッブたちをしたがえた、この見栄っ張りな男は……社会の下層にいるアドニスの臭いを発する男だ」。しかしすぐに二人は親しい友人になった。彼らは音楽への愛を共有していた。ローマで二人は来る日も来る日もコンサートに通った。

最初の愛の一夜を過ごしたとき、ダンヌンツィオはエレオノーラに自身初の戯曲『死の都市』を贈る約束をしたが、一年後それを書き上げると、彼はサラ・ベルナールにその作品を提供した（彼女の演技は「より詩的」で、ドゥーゼの演技は「より真面目」であると彼は見なした）。この裏切りは二人の関係をもう少しで終わらせるところだった。「涙を浮かべた大きな目を持つ気高い女性」が自分から去っていく、とダンヌンツィオは手帳に書いた。「いつも彼女の悲しげな足音には月桂樹の葉がこすれ合う音がする」。詩的な憂鬱という、この状況にふさわしい感情を抱きつつ、彼女を失ってしまったことをあきらめたように思える。その冬にはローマで二つの新しい恋愛に関わり、そのほかにも依然としてマリア・グラヴィーナと暮らすときもあった。彼はドゥーゼが「イトスギのあいだを、四本の足を綱で縛った子羊のように彼女の愛を腕に抱えて、遠ざかっていく」のを想像した。詩人と女優を、ヨーロッパ全体とはいかなくとも、イタリアでもっとも有名なカップルにするはずだったロマンスは、それが始まる前に――血の犠牲と女性の深い悲しみという（ダンヌンツィオには歓びを与える）象徴主義のイメージのなかで――しおれてしまうところだった。友人たちが仲を取り持った。プリーモリ伯爵（その漆塗りの壁の散らかったサロンをダンヌンツィオは一八八〇年代に賞賛した）は二人を自邸に招いて和解をもたらした。

エレオノーラは許した。十日後、ダンヌンツィオは和解の贈り物として新しい戯曲『春の曙の夢』を書き上げて、手書きの原稿をアンティークの錦織りに包み、緑のモアレの絹のリボンを巻いてドゥーゼに送った。その戯曲は――ダンヌンツィオの劇の多くと同じように――饒舌で動きが少なく、病的なエロティシズムが織り込まれている。裏切られた夫が妻の恋人を殺す。妻は血まみれの遺体を一晩中その腕に抱え、朝になると狂ったようにうわごとを言う。ダンヌンツィオは古典悲劇の役者たちの様式化した身ぶりについて読んだことがあった。彼のト書き（台詞と同じぐらい饒舌である）には、ほとんど実現不可能な舞台装置に関する細かな説明に加えて、そうした古典的な動きを真似る方法も提示されていた。

一八九七年の夏、エレオノーラはパリでこの作品を上演した。それは大成功とは言えなかった。その年の秋、ダンヌンツィオはついにマリア・グラヴィーナと別れ、ドゥーゼはフィレンツェ郊外の丘の町セッティニャーノの近くに家を手に入れた。この家は彼らが一緒に過ごした残りの期間、二人の自宅となった。

彼らの関係は、大衆を魅了し、二人のどちらにとっても実り多いものであった。たしかにその関係は恋愛であったが、仕事上のパートナーシップでもあった。エレオノーラはスターであるだけでなく、自分自身のマネージャーでもあり、共演する俳優を雇ったり首にしたり、ヨーロッパやアメリカの数千人の観客を前にして公演する骨の折れるツアーを準備することまでしていた。いまや劇作家として自らを売り出しはじめたダンヌンツィオにとって、彼女との親密な関係は有益以外の何物でもなかった。(彼の同時代人であるルイジ・ピランデッロは自分の戯曲が上演されるまで何年も待たねばならなかった。)対してエレオノーラは自分のレパートリーにうんざりしていた。自分のためだけに戯曲を書いてくれる、ヨーロッパ中にその名が通った作家を持つことを彼女は喜んでいた。だが職業および芸術面ではパートナーであっても、プライベートおよび感情面では彼らは主人とその卑屈な奴隷であった。『巌頭の乙女たち』のなかでダンヌンツィオは「奴隷になりたいという抑えがたい欲求」を持つ女性を描いている。マッシミッラ公爵夫人は告白する。「より高い、より強い存在に所有され、自分をその意志のなかに溶け込ませ、その無限の魂が放つ炎で生贄のように自分を燃やしてしまいたいという打ち消しがたい願望にすっかりわたしはとらわれてしまっている」。ダンヌンツィオはエレオノーラ・ドゥーゼのなかにそうした女性を現実に見いだしていた。「自分を壊してしまいたいの。何もかも何もかもすべて!」と女優は彼に言った。「わたしのすべてを与えて、消えてしまいたい」。

彼女はダンヌンツィオの戯曲を自分のレパートリーに加えて彼の収入を押し上げたが、自分の収入は大幅に減らしてしまった——『椿姫』、『アントニーとクレオパトラ』、ゴルドーニの『宿屋の女主人』、『第二のミセス・タンクレイ』といった彼女の主要な演目は売り上げの面でははるかに人気があった。トスカーナの丘で彼らの近くに住んでいた美術史家のバーナード・ベレンソンは、ダンヌンツィオのことを性的奉仕に対して支払いを受けているジゴロであると評した。この評価は正当ではない。ダンヌンツィオは女性たちを金づるにするには、あまりにも無能であり、彼なりに率直でもあった。しかし自分を利用することをドゥーゼが彼に許したことはたしかに真実である。彼らが一緒に暮らしはじめた頃、ドゥーゼはオルガ・オッサーニ(ダンヌンツィオの太陽神はまだジャーナリストとして仕事をしていた)のインタビューに応じて、自分自身の芸術ではなく、彼の芸術のために自分が持っているものすべてを喜んで投げ出すだろう、と断言した。「わたしはちょっとしたお金を稼いできましたし、これからも稼ぐでしょう……そのお金でわたしが何をすればいいとお思いですか？　パラッツォを買う？……ご覧になればおわかりでしょう。お仕着せを着た使用人に取り囲まれて、金持ちになった女喜劇役者のようにパーティーを主催する？　いいえ、そんなことはしません！　芸術はわたしに喜びと陶酔、そしてわずかばかりのお金を与えてくれました。芸術はその金を取り戻すでしょう」。ドゥーゼはまさにこう語った。彼女は「頭のいい女性ではない」とダンヌンツィオは別れたあと冷酷に言ってのけたが、彼女は絶望的なまでに真剣だった。「美しいものを、美の作品を作り上げることができれば、わたしは喜んで死ぬでしょう」。やがて美の議会の代表となるダンヌンツィオは計り知れないほどの恩恵をこうむっていたのである。

彼女はダンヌンツィオの数々の不貞を堪え忍んでいた。彼女の友人たちは悪名高い彼の女癖を持ち出して警告をしたが、あれほどの詩的な精神の持ち主を悪く言うことは彼女にとって「花々を踏みにじる……横たわって眠っている者の髪を引き抜く」ような行為に思われた。彼はモンスターだったが、彼女が養い慰めを与えることができる、崇敬に値するモンスターであった。別の女性と過ごした翌朝、彼がどんなふうに彼女のもとにやって来るかをドゥーゼはある友人に話したことがあった。彼は「疲れきって、ぼんやりとして、その夜にあったことへの嫌悪と女性たちへの軽蔑を吐き出した」。彼の小間使いという恥ずべき役割を彼女は果たしているように見えた。この時期に描かれたカリカチュアのひとつでは、痩せこけた脚のダンヌンツィオがボッティチェッリのヴィーナスのポーズで波間から裸で姿を現し、はるかに大柄なエレオノーラがお付きのふくよかなニンフ姿でタオルを差し出している。仕事をしているときには、書斎への彼女の立ち入りを彼は拒否していた。多くの人々から崇められていた大女優は、彼がドアを開く気になるまで廊下でおとなしく待っていたのである。

ドゥーゼの数多い崇拝者たちは、すぐにダンヌンツィオの彼女に対する態度に腹を立てた。しかし彼らの関係が疑う余地なく冷酷さ（彼女に対する彼の冷酷さ）に彩られていたとしても、彼女のマゾヒズムは彼のサディズムと同じぐらい強力に関係を形づくっていた。彼女が卑屈な態度をとることを彼は好んだ。ドアの外に彼女の衣擦れの音とため息が聞こえると、そこに立たせたままにしておくことに彼は歓びを見いだした。だが彼女もそれを好んでいたのである。彼女は自立をまったく望まなかった。たとえ自分のアイデンティティーのためであっても。まるで二人が一心同体であるかのように、彼女は電報に「ガブリギゾーラ」と署名した。大地が農夫の小麦の束を育てるために自らを投げ出すように、彼女は自分に残っているすべての力を彼に捧げたかった。「あなたのために働かないのなら、何のためにわたしは生きればいいのでしょう？」

彼はそれに対して、選ばれた相手であるという特権とセックスで報いた。エレオノーラにとって彼らの性的関係は恍惚とさせるものだった。「わたしの魂は自分の肉体の限界を超えたくてもう我慢できない……調和を見いだしたのだ」。しかし彼女が絶え間なく彼を求めても、彼女に対する彼の欲望ははっきりしなかった。一八九六年六月、二人の恋愛が始まって数カ月しか経ていない頃、ダンヌンツィオは構想中の小説に関するメモを書きとめた。「彼女の肉体的衰えに対して彼が抱く明確でありのままの見方。彼女の顔にはっきり見られるもの、小さく惨めな顎……彼女の家を去るとき、彼は曙のなかへ引き寄せられる。その姿はあまりに若くて力強く、真っさらな空気を深く吸い込む様はまるで解放された喜びを感じているようだ、と彼女は気づく。彼女の涙で押さえつけられていた息苦しい部屋をやっと出られたのである」。

ダンヌンツィオはマリア・グラヴィーナから解放されたが、結局また別の関係——感情的には彼に依存し、彼がもたらす苦痛によって熱狂するようになる年上の女との関係——に巻き込まれたのである。この繰り返されるパターンが示唆するのは、嘆願し、崇拝し、絶望する女性の存在が彼にとっての何らかの生きがいになっていたことである。そしてドゥーゼのなかの何かが彼女にその役割を受け入れさせていた。ダンヌンツィオがドゥーゼのために書いた戯曲では、彼女は盲目だったり（『死の都市』）、身体が不自由だったり（『ラ・ジョコンダ』）、狂気に追いやられたり（『春の曙の夢』）、殺されたり（『フランチェスカ・ダ・リミニ』）している。彼らの関係が最終的に終わるのは、生きながら焼き殺される（『イオリオの娘』）役を彼女に与えることを彼が拒否したときであった。彼に利用され傷つけられることに彼女は甘んじてしたがった。自分の非凡な天性に適合するように自ら定めた「法」にしたがって生きる、そうした絶対的な権利を彼は保持している、と彼女は明言した。

彼らの関係のなかで、欲望のはたらきは複雑であった。ダンヌンツィオは友人たちにドゥーゼの嫉妬と独占欲についてこぼしていたが、自分を神のように崇めると同時に子ども扱いすることを彼女に許して、それを甘受していた。彼女は彼女で、二人のあいだの年齢差を誇張することで彼にしたがった。彼に「小さな息子《フィリエット》」「ガブリエレット（小さなガブリエーレ）」「愛する人《ドルチェッツァ》」と呼びかけた。彼を叱り、仕事に戻るようにせかした――親とパトロンの二重の権威をかざして。「人生は素早く過ぎ去る」と彼女は彼に書き送った。「芸術においてそれを捕まえなさい」。彼らは母親と息子の役を演じていたが、だからといって二人の関係が熱烈でなくなったわけではない。その後数年のあいだにダンヌンツィオは、未亡人がはるかに年下の弟と性的関係を持つ内容の小説を書き、アテネの伝説の女王フェードラと中世イタリアのパリジーナ・デステ公爵夫人の悲劇を彼自身の解釈で書き直した。どちらのヒロインも義理の息子と情熱的な恋に落ちる。近親相姦の関係は、性的に成熟した女性と美しい若者のつながりと同様に彼を興奮させた。

ダンヌンツィオは次から次へと出す本を「神聖なるエレオノーラ・ドゥーゼ」に献呈した。彼は彼女を裏切り、辱め、泣かせたが、彼女の愛はピラウスタである彼が自らを取り戻す霊感の炎であった。彼は――まるで悔やむかのように告白するには――「彼女に夢中」であった。

二つのエピソード。ともに実際の出来事で、ダンヌンツィオの小説のなかに登場することになり、ともにドゥーゼの美しい手にダメージを与えることになった。一八九九年一月、ダンヌンツィオはエジプトへの彼女の公演に付き添っていた。カイロの劇場では女性の観客がいるボックス席には絹のヴェールがかかっており、舞台から見ると彼女は空っぽの劇場で演じているように見える、と彼は手帳に書いた。彼らはスフィンクスとピラミッドを訪れた。ある考古学者が彼らを案内して新たに開放された墓室に降りていった。そして壺のふたを持ち上げ、そのなかにつやつや輝く古代の蜂蜜が詰まっているのを見せた。彼らが驚いていると、一匹のミツバチが飛び込んできた。考古学者がミツバチをファラオの蜂蜜から遠ざけようとし、エレオノーラがそれを手伝った。「墓室の暗がりのなかで差し伸べられた美しい白い手は、その朝生まれたばかりの、そして二千年の歳月を生きたミツバチと飛行を競っているようだった」。そしてそれこそダンヌンツィオが記憶にとどめる理由となったのだが、ミツバチは結局彼女のエレガントで白い指の一本を刺した。

数日後ダンヌンツィオとエレオノーラはカディーブ〔オスマントルコ政府派遣のエジプト総督〕の王宮の庭園を訪ねた。そこには背の高いギンバイカの生け垣でできた迷路があった。二人はそのなかを散歩しているうちにはぐれてしまった。ダンヌンツィオは楽しんだが、エレオノーラはおびえた。「突然わたしは、密集した緑の壁に挟まれた小道で、たったひとりになってしまった」。出口が永遠に見つからないような気がした。「なんという静けさ、まるで墓のようだ」。ダンヌンツィオは、ヴェネトにあるパッラーディオが作ったヴィッラ・ピサーニの庭園に舞台を移して、この場面を『炎』で再現した。彼の記述では、小説上の彼の自我であるステリオ・エッフレーナはわざと愛人から姿を隠す。彼は彼女をあざけり、笑いながら呼びかける。「こっちだ、僕を見つけてごらん！」しかし彼女が狂ったように彼を呼ぶと黙ってしまう。彼は生け垣の下を四つん這いになって進む。彼は自分がフォーンだと想像する——山羊のような、野蛮な、冷酷な。哀れな恋人を助けることを無慈悲に拒絶する。この出来事は強烈で密やかな歓びを彼にもたらした。

エレオノーラ自身の記述によれば、カイロの庭園でパニックに襲われた彼女は、泣きながら密集したとげだらけの生け垣を爪でひっかいて破ろうとした。「ギンバイカを突き抜けようとして両手に負ったこの傷を見て！」

生け垣の反対側から黙ったまま見つめていたダンヌンツィオは、血を流し傷ついた美しい両手を目にした。

「わたしは苦痛のなかで叫びつづけた。《もう十分だわ！　もうたくさん！　これ以上我慢できない！　ダンヌンツィオ！》と」。

ダンヌンツィオは依然として黙ったまま手帳に書きとめていた。

# 生命

ダンヌンツィオはイタリアの議会をこんなふうに見ていた。「国家としての威信を踏みにじってきた下院」、「ごろつきと愚か者たちからなる不快な集団」、「偉大なる野獣の世話係たち」の集まりで彼らの「おしゃべりは卑しく、豆を食べすぎた百姓のげっぷのように吐き気を催させる」、「悪臭を放つ下水溝」。民主主義は馬鹿げたシステムだ、と彼は書いた。「ハンマーで叩かれるのを待つ一列の釘のように、人間を扱うことはできない」。しかし一八九七年に故郷のアブルッツォの選挙区で議席が欠員になると、ダンヌンツィオに立候補の打診があった。招待を絶対に断れなかった男は、この打診にも抵抗できなかった。選挙での敗北で屈辱的な思いをするおそれがないことを注意深く調査した上で、彼は承諾した。「わたしが何でもできることを世界が確信する必要がある」と彼はトレーヴェスに書き送った。

それはイタリア史における混乱期であった。その前年にイタリア軍部隊は、アドゥアでエチオピア皇帝メネリクの部隊に敗北を喫した。一日で六千人のイタリア兵が殺された。この大敗はフランチェスコ・クリスピの政府の崩壊をもたらした（クリスピの好戦的ナショナリズムはダンヌンツィオの好みに合致していた）。クリスピの信奉者たちはダンヌンツィオを新たな闘士、おそらくは新たな指導者として期待していた。しかし彼はいかなる特定のプログラムとも結びつけられることを拒絶した。彼が約束したのは「詩の政治《ポリティカ・デッラ・ポエジーア》」であり、この言葉の意味を曖昧なままにしておくことに満足していた。「わたしは善悪の彼岸にいるように、右翼と左翼の彼岸にいる」と彼は宣言した（この語句がニーチェに負っていることは認めながら）。彼は無所属として立ち、自分を「美の候補」と定義した。

こうした立候補宣言は、その響きほど浮き世離れしてもおらず、無害でもなかった。一八七一年、ヨーロッパ芸術のもっとも偉大な宝庫のひとつであるルーヴル宮殿がコミューン派によって燃やされ、その貴重な収蔵品のすべてが破壊されたという噂（実際に火災が起こったのはテュイルリー宮殿であった）をニーチェは聞いて「わが人生の最悪の日」と書いた。ニーチェは唯美主義者であり、それはたんに言葉の表面的で軽薄な意味においてではなかった。彼は正義や人間性よりも美をはるかに重要視した。一九〇二年にヴェネツィアのサン・マルコ広場の鐘塔が崩壊したとき、ダンヌンツィオも同じような考え方の反応を示した。彼は悲しみに打ちひしがれ、涙を流し、一日中部屋から部屋へと歩きまわって仕事が手につかなかった。「そして新聞記事で、人命が犠牲にならなかったことを誰かが喜んでいる！」彼にとって人間の苦痛や死は、調和のとれた建築の全体像が失われることにくらべれば、取るに足りないことであった。「数え切れないほどの人命が失われたとしても、これほどの喪失には釣り合わない」。

平等主義と美の礼賛が両立しないことは、十九世紀におけるすべての政治的陣営の思想家たちを悩ませた。ダンヌンツィオが生まれる十年前に、ユートピア的社会主義者でカール・マルクスの友人だったハインリヒ・ハイネは、（彼が共感を寄せる）共産主義者たちの「赤い拳」が「わたしの愛する芸術の世界の大理石でできた建物をすべて」打ち壊してしまう、と悲しげに予言した。美、才能、高度な文化は、どれひとつとっても社会的平等とは共存しない、とハイネは考えた。「商店主たちはわたしの『歌の本』を買い物袋にしたり、コーヒーを保存したり、いずれは年老いた妻たちが吸う嗅ぎタバコのために使うだろう」。ハイネを悲しませたことは、ダンヌンツィオを激怒させた。ダンヌンツィオは自分の小説の主人公のひとりに、苦い皮肉を込めて民主制のなかでの詩人の役割について考えさせている。大衆への嘆かわしい権力の移行をどうやれば詩にできるというのか、と彼は思いめぐらす。

『巌頭の乙女たち』を執筆しているあいだに、彼はしばしばマリア・グラヴィーナから逃れてローマで過ごし、友人デ・ボシスのはからいで、パラッツォ・ボルゲーゼの巨大な部屋に滞在した。それはかつてボルゲーゼ家の鞍を保管していた部屋で、ベッドとピアノ、そして石膏でできたベルヴェデーレのトルソの複製が置かれているだけだった。彼はこの部屋の「素晴らしい貧しさ」を愛した。ほとんど目が見えなくなったミケランジェロが、荒っぽい手つきでトルソの大理石の面を触っているのをイメージしながら、彼は暮らした。その像のそばで暮らすことで、彼は古典古代とルネサンスの両方の天才と接触していたのである。一八九四年から九五年の冬のあいだ彼は何週間もそこにいて、「崇高な空気を呼吸する喜び」を感じながら、新しい雑誌『コンヴィート（饗宴）』を創刊する準備を友人と進めていた。雑誌のタイトルはダンテの『コンヴィーヴィオ（饗宴）』とプラトンの『シンポジウム』の双方に言及したものである。（一八九二年にはパリで同じ名前の雑誌『ル・バンケ（饗宴）』が二十歳のマルセル・プルーストを含む同じような考え方のグループによって創刊された。）『コンヴィート』は挿絵が大量に入ったひどく高価な、エリートのための雑誌で、エリート主義を声高に主張していた。雑誌の創刊号でダンヌンツィオは「知識人」（彼が普及させた新語）たちに向かって、「蛮族たちに対抗して知性の大義のために」闘うために、持てるエネルギーを結集するように呼びかけた。

『コンヴィート』の執筆者たちは、かつては少数のまれなる精神の持ち主が集う「閉ざされた花園」であった芸術と文学の領域が、無教養な多くの人々の遊び場になりつつあることを嘆く点で一致していた。ダンヌンツィオは自分の本が多くの人々に売れることを喜んでいたが、そのことは棚に上げて、その主張に加わった。いまの時代はゴート族やヴァンダル族がイタリアを暴れまわった頃と同じように悲惨だが、そうした侵略者たちは「血に染まった憤怒」の豪壮さをともなった「雷鳴と稲妻の荒れ狂う嵐」であったのに対して、「新しい蛮族たち」は卑しく不潔である、と彼は書いた。リソルジメントはプルタルコスの『列伝』の輝ける英雄に引けを取らない英雄たちを生み出したが、彼らが創り出した「第三のローマ」もいまや「卑しい群衆がうごめき、駆け引きをする分厚い灰色の泥」に覆われてしまっている。

こうしたエリート主義的で厭世的な姿勢こそ、ダンヌンツィオが「美」の大義を支持した根底にあるのだが、彼の選挙区の有権者にとって、まず何よりも彼は有名になった地元の人間であった。「ダンヌンツィオ万歳！　アブルッツォの詩人万歳！」という叫び声で彼は迎えられた。

彼は精力的に選挙運動を展開した。「この企ては馬鹿げていてわたしの芸術とは無縁のように見えるかもしれない」と彼はトレーヴェスに言い訳がましく書き送った。しかし彼は、イタリアの暑い八月に、田舎道を何マイルも何マイルもガタガタ揺れる超満員の馬車に乗り、そうした旅につきものの砂埃や不快さを受け入れた。宴席にも顔を出した。彼のために演奏する（あれほど嫌っていた）楽隊にも行儀よく耳を傾けた。コリオレイナスのように、「人間が放つ刺激的な臭い」にたじろいだが、それでも町から町へ、村から村へと訪問し、凝りすぎた流暢な演説を群衆に聞かせた。聴衆は、古典に言及した難解なその演説を理解しなかったとしても、彼が実践しているパフォーマンスに対して相応の興奮で応えた。彼の演説を印刷したものが棒の上に掲げられ、通りを練り歩いた――それは聖画像《イコン》としての言葉であった。彼自身がプレス・キャンペーンを行った。地方紙に掲載するために、著述家の友人たちに彼を持ち上げる記事を寄稿するように要請し、そこに自らコメントを（匿名で）つけ足した。新たな政治的冒険によって生み出された評判は、彼の文学者としてのキャリアの役に立った。彼が演説を行うホールには、彼の小説や詩集を宣伝するポスターが貼られた。他の候補者たちが有権者に現金の賄賂を配っていたのに対して、ダンヌンツィオは署名を入れた著書を提供するだけで足りると考えた。本はトレーヴェスから無償で供給された。署名は、できる限りダンヌンツィオが書いたが、定かではなかった。（自著への署名は代理人に任せたい半端仕事だった――彼の長男は父の署名を偽造するのがとくに上手になる。）

パリの新聞『ジル・ブラ』は彼の選挙運動を追う通信員を派遣した。それは二十一歳のフィリッポ・トンマーゾ・マリネッティで、このときに初めて彼はダンヌンツィオと出会った。「貴重な夢を文章に刻む人」がこれほど粗野な人々に対して演説する光景には「辛辣な皮肉」がある、とマリネッティは考えた。「横柄で貴族的な吟遊詩人が、みすぼらしい群衆に恥を忍んで演説をしている」。会場のうしろから見ていたマリネッティには、ダンヌンツィオは遠い演壇上でほっそりした姿に見えた。「黒いスーツに身を包んだ姿はエレガントに細く、繊細で小さく、かよわそうに見えた」。マリネッティは彼の演説を「単調」だと述べているが、うっとりさせる点は認めている。ダンヌンツィオは「群衆の広い海」を渡るボートの漕ぎ手のように、人々の注意を「きらめくイメージの川」と「彼の声の柔らかな抑揚」で自分へと引きつけていた。演説が終わると、彼の支持者たちが拳を使って群衆のあいだに通り道を作らねばならなかった。それから彼は馬車まで案内され、トロットでその場を離れた。マリネッティは強い印象を受けた。ダンヌンツィオがやっていること――文学的名声を政治的影響力に変える、知名度を権力に変える――の「耳障りな近代性」（間もなく未来派となる人物からの大いなるほめ言葉）をマリネッティは認めた。

ダンヌンツィオは議席を獲得した。議席を得てしまうと、彼はそれに対する関心を失ってしまった。自らの地位が他者の投票に負うことは、彼にとっては屈辱的と思えた。そしてその地位は、主たる特権が今度は一票を投じることしかできない点で、彼の自尊心を傷つけた。議会の幹部たちから新しい法案への賛成票を求められたとき、彼は横柄に答えた。「わたしはたんなる数ではない、と首相に伝えてくれ」。彼は滅多に議場に顔を出さなかった（この点で彼は例外ではない。選出された議員の約半数しか出席していなかった）。そして選挙区を訪ねることもますますまれになっていった。ドゥーゼとともにエジプトとギリシアをまわり、自分の戯曲二作の上演を監督するのに一年間のほとんどを費やしたあと、彼はアブルッツォの親戚のひとりに手紙を書いた。「わたしの怠慢について選挙区民たちが不満を申し立てることができるのが理解できない」。地中海をあてもなく歩きまわり、考え、感じ、自分の芸術を追求することで、彼は自分が知る最良のやり方で国に奉仕していたのである。

ダンヌンツィオが下院に加わった翌年は、イタリア政界に嵐が吹き荒れた年であった。社会主義者と共和派の集団が、とくに工業の発展した北部において影響力を増大させていた。食糧の不足と価格上昇が生じ、五月五日に行われたゼネラル・ストライキに続いて、いくつかの都市で暴動が起こった。翌日、首相アントニオ・ルディニはミラノに非常事態を宣言した。社会党の指導者フィリッポ・トゥラーティは逮捕された。バーヴァ・ベッカリス将軍が率いる部隊がミラノに入り、デモ参加者に対して発砲した。百人以上、おそらく四百人ほどの死者が出た。

ダンヌンツィオは、美の代表という役割に忠実に、『ニューヨーク・ジャーナル』と『ロンドン・モーニング・ポスト』――ドゥーゼとのつながりは英語圏での彼の知名度を大きく上げた――に記事を書いた。彼はその記事に「血まみれの春《ブラディ・スプリング》」というタイトルを与えた。記事のなかで彼は、非武装の市民に対して軍の部隊が発砲したことではなく、フィレンツェのシニョリーア広場に立つチェッリーニ作のブロンズ像『ペルセウス』にデモ隊が投げた石が当たったことを嘆いた。彼にとっては、庶民が何人死んだかよりも、芸術作品に危害が加えられるほうがはるかに恐ろしいことだった。

議会のメンバーとしての彼の行動で唯一注目すべきなのは、下院を横断したことである。当初彼は議場の最右翼の王政派とナショナリストたちのあいだに席を占めていた。しかし民衆の不穏な状態が発生して、政府がより抑圧的な立法を導入しようとすると、保守主義者というより自由意志論者であるダンヌンツィオはこれを支持することを拒否した。ある日彼はその旨を述べると、社会党の議員たちが活気に満ちた議論を展開している部屋に入っていった。彼はそこで議論に加わり、温かい歓迎を受けた。「一方にわめき散らす多くの死者たちがおり、他方に少数の生者がいる。理知的な人間としてわたしは生命に向かって進む」と彼は手帳に書いた。

社会主義者たちはダイナミックに見えた。体制側は無気力に見えた。ダンヌンツィオは行動を決断した。議会が開かれているさなかに彼は自分の席を離れ、すべての人の目が自分に集まっていることをたしかめた上で、議場の反対側へと移動した。彼の秘書は、ある席から別の席へさっと移った彼の動きを「山羊のような機敏さ《アジリタ・ディ・ウナ・カーブラ》」だったと表現している。それまでの仲間だった右翼陣営はショックを受けたが、ダンヌンツィオは挑戦的だった。彼の小説の主人公たちは、みな大胆な行動で自分の意志を示す決意のある「アナキスト」である、と彼は語った。自分は右翼ではないし、どのようなものであれ固定した立場に立つ人間でもない。「わたしは生命の人間であって、決まり文句で動く人間ではない」。

「生命」――いかなる伝統的な政治的価値に対してもダンヌンツィオが置き換える言葉――は、「美」と同じように、十九世紀後半の唯美主義者たちには複雑な意味を持っていた。それには政治的および哲学的信条として謳い文句があった――「生気論《ヴィタリズム》」である。ニーチェは「ゾエ」、すなわちすべての生物に脈動する生命、を賛美した。ペイターは「あの自然の永遠のプロセス、動きとエネルギーと生命の炎に満ちた自然の……そのなかにこそ神聖な理性の本質がある」と書いた。生命は道徳とは無関係である。「生命の唯一の目的はそれ自体の増殖である」とダンヌンツィオは書いた。生命は暴力的であり、逆説的にそれは死に近接している。ダンヌンツィオは、ヘラクレイトスが弓《ビオス》について語った「その名は生命《ビオス》だが、そのはたらきは死である」という気の利いた格言を好んで引用した。

議会での陣営の乗り換えから数日後、ダンヌンツィオは論説を書いて、そのなかで「終わりなき闘争と終わりなき世界征服」を要求し、彼が社会主義をたたえる理由はその「生命力」だけでなくその破壊的な潜在能力にもある、と述べた。これは生気論と社会主義は両立しないという、彼独特のひねくれた言い方である。ペイターは、やはりヘラクレイトスをほのめかしながら、「少数」のみが生命の神聖なエネルギーに応え、導くことができ、反応の鈍い「多数」は「ワインを大量に飲む人々のように」無気力である、とはっきり述べている。「美」と同じように「生命」は偉大で漠然としており、たしかに反対しようがないもののように思えるが、ダンヌンツィオと彼の同調者たちにとっては特別な意味を持っていた。そしてその意味は、人間の同胞愛の確信とはほとんど一致するものがなかった。

「君は僕のことをほんとうに社会主義者だと思うのかね?」二年後にダンヌンツィオはある新聞記者にこう尋ねた。「しばらくのあいだはライオンの穴に入るのは楽しかったが、それは他の政党への嫌悪感からそこへ追いやられたのだよ。イタリアでは社会主義は不条理のひとつだ……わたしはいまもこれからも個人主義者だ、それも激烈で徹底した」。

選挙運動中もっともよく知られるようになった演説——よく知られたのは、彼がトレーヴェスを説得してそれをパンフレットにし、全国の新聞に掲載されるようにはたらきかけたからであった——のなかで、彼は財産の共同所有という考え方を、原始的な放牧生活を送る家畜飼育者にのみ適したものだとしてあざ笑った。社会主義の下では市民は退化する、と彼は断言した。「市民のエネルギーは減少し、その意志は弱体化し、その尊厳は失われる」。社会主義の下の市民は、スキタイ人たちに目をつぶされて鎖に一列につながれ、来る日も来る日も雌馬の乳が入った大桶をかきまわした奴隷のようになる。人間の状況におけるいかなる進歩も二つの欲求——財産を所有し守ろうとする欲求とそれにともなう「支配」欲——がそれを決定する、と彼は主張する。個人の野心、個人の財産、類いまれな精神の持ち主が台頭する「無限の段階」を持つ位階制などが、繁栄する国家には不可欠である。

こうした言葉は明白である。しかしダンヌンツィオは何とか社会主義者たちを説得して自分を彼らの隊列に受け入れさせ、次の選挙において彼らの支援を取りつけることに成功した。のちにダンヌンツィオの政敵になるフランチェスコ・ニッティは彼の演説を研究し、そこでの社会主義に対するまごうことなき攻撃は見落として、空虚な言葉の演習だと評した。「いかようにも解釈が可能であるが、それは何も言っていないからである」。演説の締めくくりで、ダンヌンツィオは農民の土地を区分する境界である生け垣を、財産を守ってプライドを擁護するものとしてたたえはじめた。聴衆のひとりはその場面を思い出して語る。生け垣は明らかに政治的なメタファーであったが「彼が話すと、それは現実の美しい、花咲き乱れる生け垣となった」。ダンヌンツィオの甘い誘惑的な話し方に含まれる何かに、聴衆や政治的同志たちは惑わされ彼の発言を誤解した、と思われる。

一九〇〇年六月に議会が解散され、彼は今度はフィレンツェの選挙区から再選を狙ったが、敗北した。彼の政治活動はまだ始まったばかりだったが、議会制民主主義への参加はここで終わってしまった。

## 演劇

ダンヌンツィオの次の小説『炎』はリヒアルト・ワーグナーの葬儀の場面で終わる。

ワーグナーは一八八三年、ヴェネツィアで死去した。ダンヌンツィオが自分の小説をこの年に設定したのは、主人公が偉人の棺の担ぎ手のひとりとして志願するためだった。捧げ物にはローマからはるばる運ばれた月桂樹の枝も含まれる。それは冬だった（ワーグナーは二月に死んだ）が、月桂樹の葉は「泉の青銅像のような緑色で、強烈な勝利の香りを放っていた」。ローマに戻ると、葬儀に使われた枝を切った木々には、「隠れた春のつぶやきに応えて」新しいつぼみが芽生えていた。蛮族たるワーグナーは死んだ。ダンヌンツィオが彼のローマ人の後継者となるだろう。

一八九七年の秋、議会の選挙から数週間経って選挙区の有権者が自分たちの利権を下院において守ってもらいたいと彼に期待していたであろうとき、ダンヌンツィオは鉄道でヴェネツィアとローマを往復しながら、彼とエレオノーラが考えている新しい偉大なプロジェクトを宣伝して後援者を集めていた。彼らはアルバーノ丘陵に円形劇場を作り、そこに「国立劇場《テアトロ・ナツィオナーレ》」（その当時としては新しいコンセプトだった）を創設する計画を練っていた。ワーグナーは自分のバイロイト祝祭劇場を持ち、そこで新旧ゲルマンの神話を扱った彼の作品が畏敬の雰囲気のなかで上演された。ニーベルンゲンとアーサー王の騎士たちの伝説をよみがえらせることで、ワーグナーはドイツ人に民族主義的神話を与えた。ワーグナーの作品は「ドイツの諸国家が帝国の英雄的偉大さへ向かう願望」を支援した、とダンヌンツィオは書いた。『ローエングリン』のなかで、十世紀のドイツを創建したハインリヒ・デア・フォーグラーは叫ぶ。「ドイツ全土の戦士たちよ立ち上がれ！」。この言葉に鼓舞されて、一八六〇年代と七〇年代にドイツの戦士たちはオーストリアとフランスに勝利したのである。「同じ勝利が鉄の努力と韻律の努力の双方を栄誉で飾った」。いまやダンヌンツィオはそれと似た、芸術的および拡張主義的勝利を熱望していた。

演劇は彼に自分の才能を披露する巨大な舞台を提供した。十九世紀末のヨーロッパでは、文学は教養のある階級だけのエンターテインメントであったが、演劇は大衆のものだった。ダンヌンツィオが生まれる前の半世紀のあいだに、イタリアでは六百以上の新しい劇場が建てられた。マリネッティはイタリア人の九十パーセントが劇場に足を運んでいた、と推測している（その一方で一八七〇年にはイタリア人のわずか二十五パーセントしか字を読めなかった）。

神聖にして無秩序であり、非道徳的で無慈悲な力に満ちた何か、という悲劇のコンセプトを、ダンヌンツィオはニーチェから得た。劇場は炉であり、そこで普通の人々という卑金属が溶かされ、結合されて、青銅のように硬く輝く「人民」に鋳造し直される。アイスキュロスの悲劇の数々が上演されたのち、高揚したアテネ人たちは劇場を離れ、神殿から神殿へとめぐり歩き、柱廊に吊られていた盾をどらのように叩きながら「祖国よ！　祖国よ！」と大声で叫んだ、ということをダンヌンツィオは読んだ。それこそ自分の演劇がもたらすと期待した効果であった。

ギリシアでダンヌンツィオは、数世紀も地中に埋まっていた古代の彫像が最近掘り出されて、新しいギリシア＝ラテン・ルネサンスの先駆けとして再び脚光を浴びるのを見た。『死の都市』のなかで、彼は近代考古学の大胆なプロジェクトと退廃的な情熱（兄妹の近親相姦、殺意を含む独占欲）を混ぜ合わせた。考古学者の主人公は崩壊した文明の痕跡を探して恐ろしいほどのエネルギーを発揮する。同じように、古代の悲劇をもとにしたまったく新しい戯曲を書きながら、ダンヌンツィオはディオニュソスの力を世界に解き放とうとする。彼が創り出そうとしていた演劇は、小びとと竜、不具の英雄が登場するワーグナーの暗い北方の文化ではなく、目もくらむ光のなかの古代ギリシアの悲劇的暴力に根ざす演劇であった。

ドゥーゼは夢中だった。現代生活のリアルな再現はもうたくさん！　軽いエンターテインメントもうんざり！「劇場は破壊されるべきであり、男優も女優もペストで死んでしまえばいい……連中が空気を汚染し、芸術を不可能にしているのだ」。新しい使命が、新しい構造が必要だった。「一等席にボックス席にイブニングドレス、そして夕食を消化するためにやって来る観客たちのせいで演劇は死ぬ……わたしはローマとコロッセオ、アクロポリスとアテネを欲する」。プロセニアム・アーチ〔舞台の前面を囲む額縁上の枠〕よさらば！　甘やかされた無知蒙昧な社交界の名士よさらば！「わたしは美を、そして生命の炎を欲する」。

プリーモリ伯爵が委員会を結成した。『ニューヨーク・

ヘラルド』紙の社主ゴードン・ベネットは熱狂的な支持を表明し、ダンヌンツィオの長いインタビュー記事を掲載した。資金集めのためのパーティーが何度も企画された。貴族の称号を持つ貴婦人たちが寄付をした。あるローマの侯爵は、知人である二人の貴婦人が「新しいダンヌンツィオの美のカルトへの入信者集団」に加わったと書いた上で、「あの貴婦人たちとその知的な従者たちは、湖の森陰で古代のニンフとフォーンのように交尾するのがおちだろう」と素っ気なく予言していた。新しい劇場のレパートリーは偉大な古典悲劇とダンヌンツィオが執筆する新作からなり、そのすべてがドゥーゼと彼女が結集する一座によって上演されることになっていた。こけら落としは、ダンヌンツィオ自身の『ペルセポネー』の予定だった。劇場は「ラテン精神」に満たされるはずだ。ニーチェがたたえた生命力は劇場の隅々までその鼓動を伝えるだろう。劇場は「純粋で静かな炎」のオイルランプではなく、「煙を出して赤い火花を飛び散らせる、樹脂の多い松明」のように燃えるだろう。

一八九七年の夏、プロヴァンスのオランジュにある古代ローマの円形劇場でソフォクレスの『アンティゴネー』が上演された。ダンヌンツィオはその場にいなかったが、不在という取るに足らない事実が、このイベントの目撃報告を書くのを思いとどまらせることはなかった。農民も労働者も黙って集中しながら聴いていた、と彼は書いた。「彼らの荒々しく無知な魂」は「たとえ理解できなくても、詩人の言葉に」かき乱され、「囚人たちが重い鎖から解き放たれる瞬間に感じるような」感動をおぼえた。奴隷階級の刺激的な体臭を放つ群衆でさえ、ダンヌンツィオの演劇によって最終的には喜ぶはずだった。

その動きは何ももたらさなかった。劇場は建てられなかった。『炎』のなかでステリオは『ペルセポネー』を書くが、現実にはダンヌンツィオはついにその戯曲を書かなかった。おそらく哀れなエレオノーラにとっては幸運だった。その悲劇は、ダンヌンツィオの戯曲がしばしばそうだったように、彼女に死者を悼む中年女性の役――ペルセポネーの嘆き悲しむ母親デーメーテル――を若い女優のかたわらで演じることを強いただろう。十五年後、パリでダンヌンツィオは劇場を作るというアイデアをもう一度もてあそぶ。それはフォルトゥニーのデザインによる、ガラスと錬鉄でできた折りたたみと運搬が可能な円形劇場で、五千人の観衆を収容できるものである。このアイデアからも何も生まれなかった。

## 生活の場面

一八九七年九月、心身を疲れさせた夏（ダンヌンツィオはアブルッツォでの選挙戦を闘い、ドゥーゼはパリで彼の『春の曙の夢』を演じた）のあと、合流した二人はアッシジへ行き、聖フランチェスコゆかりの聖なる場所を訪ねた。例によってダンヌンツィオは知的な流行に歩調を合わせていた。最近刊行されたポール・サバティエの聖フランチェスコの伝記が国際的なベストセラーになっていたのである。ダンヌンツィオの旅日記は、霧にかすむ青緑色の丘や柔らかな雨や淡い光を描いている。その場所が与えてくれる安らぎや、この町が聖人の傷ついた手に抱かれているような感覚を叙情的に書いている。手のフェティシストであるダンヌンツィオは当然のことながら、聖痕に魅せられていた。

聖フランチェスコは神聖な人間であるだけではなかった。彼はまたイタリア文学を開始した人でもあった。彼の『太陽の賛歌』（『あらゆる被造物の賛歌』としても知られる）は最初のイタリア語の詩と呼ばれてきた。アッシジ訪問の直後からダンヌンツィオは膨大な一連の詩を書きはじめ、その作品は彼を間違いなく文学の殿堂に位置づけることになった。彼はそれらの詩を『賛歌《ラウディ》』と呼び、自分を聖フランチェスコと結びつけた。

彼はドゥーゼとともにサンタ・マリア・デリ・アンジェリ教会を訪ねた。それは白いバロック様式の教会で素晴らしい丸屋根が、聖フランチェスコ自身が再建したと言われる五世紀のポルツィウンコラ礼拝堂の上に作られていた。ダンヌンツィオは小さな古い構造部分とそこが金銀のハート型の奉納物で覆われているのに魅了された。「それはまるで森のなかの礼拝堂のようだ」。火打ち石のように乾いた狭い扉に「苦しみあるいは歓喜によって心が破壊されるように」ひびが入っているのに彼は気づいた。小柄な彼でも、それを通過するにはナイフを持ち出して自分を小さく削らなければならないだろう、と思った。

ひとりの聖職者が彼らを薔薇園に案内した。そこは聖フランチェスコが肉体の欲望を抑えるために裸でとげの上を転がったと言われている場所で、薔薇の茂みにはいまでも血の赤い点がついた葉があることを彼らに示した。詩、薔薇、性的欲望と苦痛。これはダンヌンツィオを喜ばせる組み合わせであった。その後セッティニャーノにエレオノーラが借りた白漆喰のヴィッラに、彼は「ポルツィウンコラ」という名をつけた。翌年の春に彼女のあとを追ってそこへ行き、その向かいにある、より大きな十五世紀のヴィッラ、カッポンチーナを借りて、これがその後十二年間の彼の本拠となる。

ダンヌンツィオの『賛歌』のなかでもっとも愛された一冊『アルキオネー』は『休止《ラ・トレーグア》』という詩から始まる。この詩のなかで作者は群衆――「ひどい悪臭を発する／愚鈍ででっぷり肥ったキメラ／その悪臭は喉元まで届く」――との政治的な関わりから身を引く許しを乞うている。ダンヌンツィオがセッティニャーノで暮らしていた数年間、演説家およびプロパガンダ詩の作者として彼は政治活動に参加しつづけたが、不潔な臭いが漂う政治的闘技場からは距離を置いていた。彼は丘の中腹で「偉大なルネサンスの君主のように」犬や馬たち、そして召使いの一団とともに暮らしていた。ドゥーゼとのパートーナー関係は、それまで彼が得た額よりもはるかに多くの収入をもたらした。新たに落ち着いた生活を二年間続けたあと、彼はすべての債権者たちにほぼ借金を返し終えた。その生活は最良の作品の多くを生み出す創造的エネルギーを彼にもたらした。

彼は非常に目立つと同時に世間からきわめて離れて暮らした。彼が公的な場に現れるとちょっとした騒ぎになった――たとえばフィレンツェの町を歩くと、人々は振り向いて有名な作家を見つめた――が外出することは珍しかった。続けて何週間も、使用人の一団とベッドをともにする女性（あるいは女性たち）以外誰とも会わずに彼はひとりで机に向かった。一九一〇年にフランスに向かったときには、最良の作品のほぼすべてを書き終えていた。そして仕事をしているあいだに、彼の評価は高まった。その評価は彼の作品と同様に多様で複雑だった。彼は性的に奔放な恋人であり、完璧を求める唯美主義者であり、好戦的なナショナリストであり、イタリアの建築物の保存を呼びかける古物収集家であり、果敢にも最初期の飛行機に搭乗し、巨大でうるさく絶えず信頼できない自動車でトスカーナの泥道を（時速三十マイルという衝撃的なスピードで）突っ走る、近代性の推進者であった。

老年になってから、ダンヌンツィオは彼の最後の家を訪れた客に言った。「わたしは詩人あるいは小説家であるよ

りも、室内装飾家や装飾職人としてのほうが優れている」。彼は自分を卑下してそう言ったのではなく（彼には控えめな部分は皆無だった）、他の芸術における自分の優秀さをアピールしたかったのである。オスカー・ワイルドがチェルシーで実践した「ハウス・ビューティフル」のように、ダンヌンツィオはインテリア・デザインを非常に真剣にとらえていた。カッポンチーナで過ごした数年のあいだ、彼はようやく巨額の収入を得るようになった。そして金が入ると、彼はいつもそれをすぐに使った。一八九七年から彼の秘書となったトム・アントンジーニはこのように説明している。「彼の手元に五百リラがあれば、花を買う。千リラあれば、象牙製の象を買えると彼は思う。十万リラ持っていれば、彼はすぐにダマスク織り、金のシガレット・ケース、犬と馬を考える。百万リラになれば、家や土地を買うだろう。ダンヌンツィオは買わずにはいられないのだ！」

彼はカッポンチーナの賃借料として要求された額に二十パーセント増しの金額を支払う、と言い張った。金を使うことへの強い衝動があるため、安い買い物は彼を落ち込ませた。家は家具が備えつけられていたが、彼の好みではなかった。彼の財政問題を正常に保つ役目を帯びた人々にとって、もっとも腹立たしかった彼の習慣のひとつは、家具を揃えるために法外な金額を費やすことであった。新たに借りた家にあったあらゆるものをはぎ取って、調度を設え直すのにひと財産を費やしたのである（その家全体の価値をはるかに上まわる金額であった）。ほんのひと握りの人しか見ていない――ダンヌンツィオが人を招くのはきわめてまれだった――彼の家、カッポンチーナの装飾はきわめて豪華でルネサンスの君主にふさわしいものだった。彼の犬や馬たち、そして彼の以前の家の破滅から残った家具はすべてそこに運ばれ、この家はすぐに「大工や建具屋、石工、石切り工、ガラス職人、装飾職人、壁紙貼り職人、木彫職人たちでごった返すようになった」。彼の新しい執事、ベニーニョ・パルメリオ（採用理由はアブルッツォ出身であることと、ダンヌンツィオが彼の顔と名前を気に入った――「うん、お前は善良《ベニーニョ》に見える」――ためであった）は、ダンヌンツィオが何時間も職人たちと過ごし、大騒ぎのなかを悠然と歩きまわって、自分が考えている手の込んだ家を作るためのあれこれを「工房あるいは工場のマエストロのように」議論した、と書いている。

すべての感覚が重視された。香水、音楽、古い絹地の感触、完璧な果実からなる食事。ダンヌンツィオはどんなに細かな点についても注意を払った。ランプシェードのデザインについて大騒ぎをして、彼の大好きなピンクと黄桃色のものを要求して納入業者を悩ませた。申し分ないベッドのシーツを注文するまでに、複数のカタログをじっくりと検討した。家具のほとんどは注文で作られた。重厚な擬ルネサンス様式の家具が彼の綿密な仕様書通りに作られた。彼は家のなかを熱帯の温度に保った。それは多くの訪問者には耐えがたいほど暑かったが、彼にとっては適温であった。

昼も夜も彼は机に向かい、中断することなく何時間も書きつづけた。その合間に庭園のなかを散歩したり、座ったり、自分の犬や馬の様子を見たり、あるいは遠乗りをしたりしたが、それもたいていはひとり黙々と行った。「これほど整然と規律正しい生活を送った者はほかには誰もいない」とパルメリオは書いている。「わたしたちは彼が影のように歩きまわるのを見たものだ」。

その頃のエピソードを見てみよう。そこにはプライベートな人間、公的な人格、彼の心のはたらきが垣間見える。

一八九七年。ロマン・ロランは三十四歳のダンヌンツィオの描写を残している。彼はやや時代遅れのファッションの、一見すると大使のように見える男である。「小さくて楕円の頭部、先端の尖ったブロンドの顎髭。目は意欲的で注意深く、聡明で、きわめて冷静かつ意志強固に見える」。彼らは本について語り合い、二年前のジイドと同様に、ロランはダンヌンツィオがどれほど多くのフランスの新しい著作に通じているかを知って驚く。ダンヌンツィオはまことによく本を読んだが、読書のやり方を心得てもいた。彼は十分間ざっと目を通した本について一時間話すことができた、とトム・アントンジーニは書いている。ロランとの話題はラブレーに移った。ダンヌンツィオはラブレーの書簡一通と（さらには）レオナルドが描いた肖像画——誰にも見せない——を持っている、と主張する。彼の言うことを信じないロランの意見はこうだ。「こうした小さな自慢に驚きはしない。彼は大きな子どものようだ」。

優れたピアニストであるロランは、カッポンチーナでダンヌンツィオのために演奏し、フランスの作曲家たちの作品を紹介した。彼はすぐさまそうした作品を高く評価した。彼は中世・ルネサンス期の音楽について見識があり、クラウディオ・モンテヴェルディの作品の再評価に貢献することになる。彼は新しい音楽にも通じており、その後ドビュッシーと共同作業を行い、リヒアルト・シュトラウスを賛美する詩を書くことになる。二人の作曲家はどちらも、初演の際には保守的な聴衆から抗議の声を引き起こすほど前衛的であった。十年後に作曲家ピッツェッティは、ダンヌンツィオの戯曲『船』の舞台音楽について相談するために彼を訪ね、音楽の形式に関する彼の理解に驚かされ、強い感銘を受けた。「礼拝の聖歌や多声音楽について、わずかな人にしかできないような話を彼はできた」。

一八九八年一月。彼はサラ・ベルナールが出演する『死の都市』の初演のためにパリにいた。いまや彼はスターとして歓迎されるようになっていた。毎晩ホテルに戻ると、ロビーは彼を待つファンでごった返しており、彼らは花を差し出したり、サインを求めたり、あるいはただ一目見るために来ていた。その当時生きていたなかでもっとも偉大な二人の女優が、彼の作品を演じるために争っていた。そのうちのひとり、ドゥーゼは彼の恋人であった。おそらくもうひとりもそうだったと思われる。スカルフォーリョ——下品なゴシップが大好きだが、疑いなく事情に通じていた。なぜなら彼はダンヌンツィオとホテルのスイートを共有していた——によれば、ダンヌンツィオは少なくとも一夜をベルナールとともに過ごした。

時代はパリのベル・エポックである。ダンヌンツィオにはこれが最初のパリ訪問であった。パリの通りは彼の目に「好色な女の静脈のごとく、夜の熱がほてりはじめる」ように見えた。そして彼は（彼自身認めているが）「湯水のごとく金を」まき散らした。彼の日記には約束がぎっしり書き込まれている。公教育相主催で彼のために開かれるパーティー、ビベスコ侯爵夫人のような女主人による夕食会や音楽の夕べ、文学界の有名人たち（バレス、詩人エレディア、アナトール・フランスら）との個人的な会合などである。マリネッティは劇場のボックス席にいる彼を目にした。「彼の手は、ある著名なパリジェンヌの指輪をした手を握っていた」。夜はモンマルトルのナイトクラブで打ち上げにするのが彼の習慣となった。

エレルはホテルに彼を訪ねた。ダンヌンツィオは召使いをひとり連れてきていたが、それでも応接間は混乱状態だった。花束がいたるところにあった。テーブル、椅子、チェストの上には、推薦の辞を期待した著者たちから送られてきた本が山積みになっていた。「だが何よりも信じられない量の手紙があった。数百、おそらく数千通の手紙には、あらゆるスタイル、あらゆる形のものがあり、サテンのような滑らかな封筒もあれば、粗悪な紙の封筒もあった。香水をふりかけた便箋もあれば、学校の練習帳から何ページかを切り取ったものもあった」。何通かは「封筒から中味が半分出ており、誰でも読めるように」なっていた。それ以外の手紙は封が切られていなかった。「袖やコートの裾が手紙に触れることなく部屋を通り抜けることはできなかった」。すぐに床の上に手紙は散らばることになった。

ドゥーゼは惨めな気持ちだった。初演の夜、自分のものだと思っていた役をベルナールが演じているあいだ、彼女はローマのプリーモリ伯爵の家で、はじめは湯たんぽを抱えて寝椅子に横になっていたが、やがていっときも休むことなく話しながらイライラと部屋を歩きまわり、飾ってある花の花びらを引きちぎった。そして彼女は数十通の電報を送った。それらの電報はダンヌンツィオの読まれなかった手紙の吹きだまりに加わった。とうとう彼女はパリにやって来て、彼を引っさらうとニースへ向かった。ファンレターの巨大な山はホテルに放棄された。

ダンヌンツィオは神経症と言えるほど気むずかしかった。ホテルに滞在するときは、ベッドに入る前にベッドカバーを外してシーツをきちんと検査することを要求した。

彼のトランクにはつねに、深紅の絹のクッションのほかに、緑のダマスク織りの布が入っていた。この布はテーブルの上に広げられ、そこに彼の化粧道具入れの中味——どれも象牙製で金のモノグラムが入っていた——が仰々しく並べられた。

いま彼はカッポンチーナの化粧室にいる。それは「椿のように白く明るい」部屋だ、とパルメリオは言う。水を賛美するピンダロスの詩の一行が洗面台の上に金とエナメルで刻まれている。大きな鏡があり、香水とローションを入れたボヘミア・ガラス製の小瓶と壺、オリンピアの神々の姿が描かれたカポディモンテの磁器セット、革の肘掛け椅子、花柄のヴェネツィア・シルクのカーテンなどがある。それは綺麗な部屋で、いつまでも居たくなる部屋である。「もしほかにやるべきことがなければ、ダンヌンツィオは風呂に入って身づくろいをし、香水を自分にふりかけて朝から晩まで上機嫌だっただろう」とアントンジーニは言っている。毎日彼はコティのオーデコロンを一パイント使う。

ダンヌンツィオはこの部屋で一日五、六回シャツを着替える。ワードローブ（隣の部屋全体に磨き上げたクルミ材の戸棚が並んでいる）から新しいシャツを一枚選ぶ。彼が去ったあと、召使いが脱ぎ捨てられたシャツを拾って、それがまだ大して汚れていなければ、アイロンをかけてこっそりと引き出しのなかにしまう。

一八九八年十二月、ダンヌンツィオはアレクサンドリアに到着してドゥーゼと合流した。例によって海の旅に彼はひどく苦しんだ。弱々しくふらふらするように感じたが、興奮してもいた。これは彼にとってアフリカあるいはアラブ世界、もしくはヨーロッパ外への最初の訪問であった。彼に刺激を与えるのは旅行そのものではなく、歴史であり、このときはアレクサンドロスによって建造された都市にいることに狂喜していた。エレオノーラは彼を迎えるために通訳をひとり、まさに古典的な挨拶——「ようこそ《アヴェ》！」——を持たせて波止場までやった。ダンヌンツィオは、世界を征服したマケドニア人とは違って、軍隊も輸送隊も連れていないことを残念がったが、大量のトランクを持参していた。（子どもの頃から旅回りを続けてきたドゥーゼは荷物をまとめる術を心得ており、ダンヌンツィオが持ち歩く物の途方もない量を笑っていた。）

ホテルに着くと彼はグラス一杯のシャンペンを飲み、空っぽの胃にシャンペンを流し込んだときの強力な効果を書きとめた。それから軽いめまいをおぼえつつ、エレオノーラを腕にかき抱いた。前夜の彼女の舞台がどれほどの喝采を受けたか、彼はすでに耳にしていた。いま自分の腕のなかにある肉体は、彼女が大成功を収めた観衆が夢見るものであることを彼は感じていた。彼はイタリアであり、彼女の上に横たわっている。一方彼女はスミレの花束で彼の唇やまぶたに触れている（彼はしばしば花をセックスの際の道具に使う）。彼はいま、自分がエジプトの「野蛮で雑種の人々」を支配しているのだ、と示している。

一八九九年春、コルフ島。ダンヌンツィオとドゥーゼは借りたヴィッラで、エレオノーラの若い女友達――ダンヌンツィオはドナテッラと呼び、誘惑を試みた（おそらく成功した）――をめぐって喧嘩をしている。ドゥーゼは半狂乱である。「ぞっとするわ！……わたしは怪物を愛してしまったみたい……彼女とあなた、二人でわたしの心をむさぼり食っている」。

ダンヌンツィオは動じない。「いったいどうしたんだ？気でも狂ったのか？」彼は尋ねる。ダンヌンツィオは自分が引き起こす嫉妬の苦しみをたんに理解できないのだ、とトム・アントンジーニは考えている。「取り乱した患者を前にした歯医者のように平然と、彼は女性が身も世もなく悲嘆にくれる様を眺めることができる」。

ダンヌンツィオの心はエレオノーラには向かっていない。それは彼が目下書いている、政治的な怒りをかき立てる戯曲『栄光』に向けられていた。マティルデ・セラーオが指摘するように、そのドラマは彼が議会の場で一度も行わなかった演説の代わりになっている。『栄光』は「イタリアという悪臭を放つ沼地のカエルたちを奮起させる」だろう、と彼は豪語している。

前年に起きた暴動は、各方面から腐敗した財政政策を非難されていた政府を不安定な状態に追い込んだ。こうした危うい政治的空気のなかで、ダンヌンツィオが上演をもくろんでいた戯曲では、「過去の人々」が急進的な若者たち――その政治的理念は不分明だが、慎重で腐敗した古いエスタブリッシュメントに対する苛立ちを爆発させる――の挑戦を受ける。若き指導者ルッジェーロ・フランマは、その名前が暗に意味するように、「世界を燃やすことができる」〔フランマはラテン語で炎の意味〕。彼は年老いた政治家チェーザレ・ブロンテから権力を奪い取るが、その結果、怒り狂った群衆によって自らが退陣に追い込まれる。「この芝居は君の保守的な年老いた皮膚に戦慄の鳥肌を立たせるだろう」とダンヌンツィオはトレーヴェスに自慢げに書いている。

観客はブロンテにフランチェスコ・クリスピの隠された肖像を見たが、芝居の登場人物と現実の政治家の照応関係よりも重要なことは、暴力による政治というダンヌンツィオの意思表明である。フランマは断言する。希望の種子が蒔かれるために、大地は自らが打ち壊され、掘り起こされることを強く望む。変革は街頭で闘うことによって実現する。腐敗は血によって拭い去られるべきである。生き残るために陸と海で戦うことを通じて、国は浄化され、崇高なものとなる。「その眼《まなこ》に偉大な使命」を宿した「真実の男」だけがこうした変革を実現できるのであり、何であれ彼がなすことは正当化されるだろう。恋人によれば、フランマは民衆の愛を求めたために権力を失う。そうではなく彼は、古い政治秩序を破壊することによって解き放たれた「野蛮な情熱」に頼って、行動すべきだったのだ。「民衆の欲望を煽ることもくじくこともできる者は、自分の意志に沿ってどこへでもやみくもに民衆を駆り立てることができる」。

五年後、ダンヌンツィオに紹介されたひとりの若者は、『栄光』を具現化した人物と出会った畏敬の念を記している。ダンヌンツィオを崇拝する人々にとって、「澄みきった冷静さに熱狂と脅迫を底に湛えた声」で血による浄化を求めるカリスマ的デマゴーグ、フランマは、詩人自身であるように思えた。

カッポンチーナのダイニング・ルーム。背の高い窓にはまった黄色みがかった小さな円い窓ガラスが、薄暗い教会のような光を作り出している。そこかしこに言葉が書き込まれている。ダンヌンツィオのカフリンクス、彼の原稿用紙、椅子やベッドはすべて言葉で飾られている。女性たちに彼が贈る宝石にはしばしば警告の言葉が彫られている。「誰がわたしを鎖につなぐ?」聖歌隊席の木の背もたれにラテン語の言葉が金で刻まれている。「読め。読め。読め。そしてもう一度、読め」。「眠らぬように」という言葉はどこにでもあった——窓ガラスに、装飾のある小壁に、床のタイルに。それはこのところダンヌンツィオが好んでいた決まり文句だった。あるルネサンス期のパラッツォのファサードでそれを見かけて、自分の家にそれを採用したのだ。

部屋中に花があり、ムラーノのガラスやマヨルカ焼き、ブロンズなどの花瓶にいけられている。テーブルの端には玉座のような「ゲスト用の椅子」があって、それは金の刺繍を施した布で覆われている。これはドゥーゼがセッティニャーノにいるときには、彼女の席となる。その右側にダンヌンツィオが座る。彼は少食だが、デザートになると食欲が出た。甘い物が好きで、果物に目がなかった。食べ終わると、召使いが銀のボウルに水を注ぎ、ダンヌンツィオは指を洗う。「神聖な儀式を執り行っている者の真剣さで」とパルメリオは書いている。

一八九九年四月、ナポリ。ドゥーゼは公演旅行中で、ダンヌンツィオはそれに同行している。毎晩、自分自身が客寄せになるのを知っている彼は、観客に向かってお辞儀をするために幕間に舞台に登場する。非の打ち所がない白いネクタイと燕尾服、ボタンホールにはカーネーション、目には片眼鏡をかけて（近視はますます進行している）。ドゥーゼは彼の最新作、『ラ・ジョコンダ』と『栄光』を上演している。後者は散々な結果となる。観客はダンヌンツィオをあざけり、その貴族的な仮面を否定して、彼の父親の生まれたときの姓を叫ぶ。「ラパニェッタ！　くたばれラパニェッタ！」ダンヌンツィオは動じない。ドゥーゼが観客の注目と寛容を取り戻そうと苦労するあいだに、彼は舞台の袖に引き下がる。そのあとスカルフォーリョは、バックステージの暗い廊下から服のボタンをとめながら現れたダンヌンツィオと出くわす。彼はたったいま一座の女優のひとりと慌ただしいセックスを楽しんできたところだ、と旧友に語る。

カッポンチーナ。ダンヌンツィオは仕事をしている。ダイニング・ルームの巨大な教会の鐘は彼に食事を知らせるために鳴らされはしない。執筆中の彼は食べたいときにしか食べない。ときには一日何も食べず、コーヒーしか飲まないこともある。使用人たちは音をたてないようにつま先で歩く。「静粛」という言葉が書斎のドアの上に刻まれている。ペルージアのフランチェスコ会修道院から運ばれてきた仕事用の長いテーブルの上には、本や書類が山のように積まれている。鵞ペンの束（彼は一日に三十本使う）がブロンズの壺に挿してある。その横には高価な紙の束があり、その紙の一枚ごとに手書きで、彼の好きな格言がひとつ透かしで入っている。この紙は、十五世紀以来紙の生産が行われているミラーニ・ディ・ファブリアーノから届いたものである。

ダンヌンツィオは『炎』を執筆している。彼の心は秋とヴェネツィアのイメージ、そして年老いていく女優――小説のなかではフォスカリーナあるいはペルディータと呼ばれるが、ダンヌンツィオの抗議にもかかわらず、誰もがドゥーゼだと理解している――のイメージで占領されている。

彼は長々とムラーノのガラス吹き工の親方を描写する。大運河の空が金色に燃え上がる花火の様子を彼は語る。ジュデッカ島のヴィッラ・エデンの庭園を、貝殻で舗装されたその小道を、ドゥーゼとともにジギタリスとニワシロユリのあいだを歩いて怠惰な時間を過ごしたことを彼は思い出す。痴呆症の芸術家と虚栄のために自分の家で隠遁生活を送る貴婦人（自分のしわを見られることに耐えられない）について彼は書く。水中のガラスのオルガンという、象徴主義的で繊細な幻想のおとぎ話を創り出す。ひとり自分の部屋で過ごしたり、庭を散歩したりして、彼は幸せである。書いていると忘我の境に入り、そのなかで「中断されることなくひらめきが続く」経験をする。集中力が切れると、それまでの「神秘的で恐ろしい」心の状態――広大な墓地に閉じ込められ、壁の上にぼんやりと葬送用の彫像の白い頭部だけが見えるときに感じるような――から遠いところにいる、と感じる。

部屋のなかにあるものすべてが年代物のように見えるが、現代の珍奇な品もある。ランプのいくつかは電気でつくものである。ダンヌンツィオは最近自転車に乗りはじめた。彼は写真を楽しんでいる。書庫になっている隣の部屋には、一万四千冊の本と一緒に数百枚の写真が保管されている。ダンヌンツィオはローマでの最初の年以来、それらの写真をアリナーリから買っていた。写真は芸術作品の複製であり、彼の作品の原料である膨大な量の語彙にわかりやすいイメージを与えてくれるものである。

訪問客の目には、ダンヌンツィオの家は散らかっているように見えるかもしれない。しかしそれは乱雑なのではなく、きちんと配置されているのだ。暖炉の近くには紋章で飾られた櫃《ひつ》がある。そこにはつねに松やネズの丸太がいっぱいに入っており、丸太は同じ長さに切り揃えられている。徹夜で仕事をするときには、詩人自ら手袋でその小さな手を守って火を管理する。

ダンヌンツィオは聖書朗読台の前に立ったまま書いている。ドゥーゼはそのかたわらで、サンタ・マリア・ノヴェッラ教会から回収された聖歌隊席に座っている。一ページ書き終わるたびに、彼はそれを彼女に手渡して読ませる。

一八九九年九月。再びエレオノーラは公演旅行に出ており、このときもダンヌンツィオは彼女と一緒である。彼らはチューリヒのあるホテルに滞在しているが、そこにはたまたまロマン・ロランとその妻も泊まっていた。ロランはダンヌンツィオが「飾り気がなく真面目になっている――見せかけだけの栄光にうんざりしてしまっている」ことに気づく。その前の二年間に彼は急速に年老いたように見える。髪の毛はほとんどなくなり、顔もしわだらけになった。彼は無邪気なようにも腐敗しているようにも見える。「若々しい、ほとんど子どものような人間に、放蕩がその哀れな痕跡を残してしまった」。

ドゥーゼは自室にとどまり、そこから出るのは不満を言うときだけである。「彼女は永遠に後悔ばかりしている女性である」。彼女はロラン夫人に打ち明ける。ダンヌンツィオの暮らしは宿屋のようなものだ。「全世界がそこを通過するだけ」と彼女は言う。ある晩、ドゥーゼは劇場へ出かけるとき、ロランにダンヌンツィオと一緒にいてくれるように頼む。ダンヌンツィオは自殺すると脅していて、落ち着かせるには音楽が必要だ、と彼女は言う。ロランの目には、ダンヌンツィオは完璧に落ち着いているように見えるが、彼が話しはじめるまで、頼まれた通りピアノを弾く。彼は間欠的に襲ってくる暗い気分にとらわれている。

別の晩、ロラン夫妻はダンヌンツィオとドゥーゼが一緒に劇場へ出かけるのを見かける。ドゥーゼが大股で前を歩いていく。「小柄なダンヌンツィオは彼女のあとを遅れないように走っていた」。

一九〇〇年一月。ダンヌンツィオは、フィレンツェのオルサンミケーレ教会で新たに修復されたダンテの間のオープニングで話すように招かれた。彼はこの機会を「国民的な人物」との「厳粛な場」になると考え、例によって宣伝に心を砕いた。演説の草稿を、当日に全文が掲載されるのに間に合うように新聞社に配布しただけでなく、さらに広く宣伝が行き届くよう気をもんでいた。「『イル・ジョルノ』紙がこの催しを電信で配信するかどうかわからない」と彼は友人のテンネローニに書いている。テンネローニがその手配をした。

その日、オルサンミケーレ教会周辺の通りや広場は多くの人でごった返していた。千人を優に超える聴衆を前にダンヌンツィオは『神曲　地獄篇』の一篇とダンテをたたえる自作の詩を読み上げ、国民のなかで詩人が果たす役割について話した。「偉大な言葉を創り出す者」は「市民のなかの第一人者」でなくてはならない。ダンテは山脈であり、「黒い鷲と宝石のような思索の故郷」である、と彼はつけ加えた。ダンテは国土を作り上げている岩と同じく、イタリアの一部なのである。彼はイタリアをいまある形にしたのである。

暗黙のうちにダンヌンツィオは自分自身をイタリア文学の山脈に連なる新しい峰であると提示し、偉大なイタリアの再生《ルネサンス》を予言している。全体の幸福への鍵は強力な独裁的政府である、とダンテは書いた。互いに争うイタリアの諸党派を排除し、力によって秩序を課す、強力な皇帝というヴィジョンを彼は抱いた。「必要な英雄」を待ち望むダンヌンツィオも同じように考える。イタリアは再び偉大な存在になる、と彼は宣言する。彼は新しいイタリアの「詩聖」＝吟遊詩人あるいは予言者の役割を引き受けていた。

一八九八年から一九〇三年にかけて、ダンヌンツィオは驚くべきペースで詩作を続けていた。彼の『賛歌』（正しくは『空と海と陸と英雄たちの賛歌』）は、古典的過去への崇敬に、偉大で好戦的な未来への期待と、そしてホメロスの時代から現在までの特別に優れた人々への賞賛を混ぜ合わせたものである。全部で二万行にもおよぶ詩であるために、『賛歌』は必然的に寄せ集めの作品となるが、同時代のある批評家は次のように述べている。「言葉の泥の海から美しい花の咲く島が浮かび上がり、荒削りで悲劇的な壮大さを持つ岩が出現する」。

当初それらの詩は三冊の「本《リーブロ》」にまとめられた（のちにダンヌンツィオはさらに一冊をつけ足すことになる）。最後に書かれた『マイア』が第一巻に入れられた。第一巻には、ダンヌンツィオのギリシアの思い出と古典的神話を描いた『生命礼賛』（一種の現代の『オデュッセイア』）が収録された。第二巻『エレクトラ』は、よりはっきりとナショナリスト的であり、イタリアの複数の都市に関する二十六篇のソネット、イタリアの偉人たち（傭兵隊長・芸術家・思想家）をたたえる詩、イタリアの未来に関する好戦的な見通しを謳った詩を収めている。第三巻『アルキオネー』はすぐに広く読まれるようになり、現在でももっとも人気がある。その巻でダンヌンツィオは複雑な形式と古風なボキャブラリーを用いて明快な優雅さを持つ詩を創り出した。それらの詩はその後数十年にわたって愛され、暗誦され、アンソロジーに収録されることになる。そうした詩のなかでダンヌンツィオは自分の周囲にあるトスカーナの風景を描いた。ただしそれは目障りな近代建築や無教養な現代人たちを排除して、ニンフや神々、神話上の生き物たちが住む、想像力で金メッキを施した風景なのである。

彼は休むことなく書きつづけた。「仕事の陶酔に匹敵するものはない。それ以外のものはすべて泥や煙だ」。中断するのは毎日の乗馬のときだけだった。グレイハウンドたちを引き連れてイタリアの春の温かい雨のなかを（彼は雨が大好きだった）出かけると、まわりの木々の若葉が芽吹くように、次々と力強く、心のなかでアイデアと詩が形をとるのを感じた。

一九〇〇年三月。『炎』が刊行される。小説の主人公ステリオ・エッフレーナは劇作家で、『死の都市』を思わせる作品を書いている。ステリオは年上の女性、世界的に有名な女優フォスカリーナと恋愛関係にある。彼は若く聡明で、創造的なエネルギーに輝いている。フォスカリーナは美しいが哀れな女で、絶えず若さを失うことを嘆き、彼がより若くより自信に満ちた女たちに関心を示すことに涙を流している。

ダンヌンツィオは何週間もずっとドゥーゼが自分のかたわらに座り、彼が一ページ書き上げるごとにそれを読んでいた、と主張する。小説のヒロインが彼女に似ていることについては、ヒロインの描写は現実の女性の魂の偉大さに対する賛辞である、と彼は言う。「近代小説のなかで、精神の美しさの点でフォスカリーナに匹敵する登場人物をわたしは知らない」。他の人々はこれに同意しない。フォスカリーナは、その一部は文学的な原型である。彼女は「金の鉄床《かなとこ》の上で夢と情熱によって形づくられた夜の生き物」であるペイター評するところの『モナ・リザ』のように、その一部は文学的な原型である。彼女の口は「同時に蜂蜜と毒の味がする、宝石をはめ込んだゴブレットであり、ニガヨモギのカップである」。

ここまでの描写は漠然としている。しかし彼女はきわめて数多くの恋人を持っていた（とダンヌンツィオはほのめかす）疲れた女優でもある。「群衆のなかから何人の男たちが選ばれて、彼女を抱いたのだろうか？」彼女の嫉妬は煩わしく、彼女の息は「死人のような臭い」がする。ドゥーゼが読んだとき言葉を失うほど傷ついたに違いない一節のなかで、ステリオとフォスカリーナはセックスをする。彼女は彼の上に横たわっている。彼女は重い（エレオノーラはダンヌンツィオよりも背が高く、身体の幅も広い）。彼は窒息するように感じる。「彼女は上から彼にのしかかった……彼女が抱きしめる両腕は決して緩められなかった。まるで死後硬直した死体の両腕が生きている人間を抱きしめるように、ほどけなかった」。

ドゥーゼのファンたちは憤慨した。興行師ヨゼフ・シュールマンは彼女に『炎』の出版を禁じるように求めた。彼女は堂々と返事を書いた。「わたしはその小説を知っており、その出版を許可しました。わたしの苦しみなど、それがどんなものであれ、イタリア文学の傑作とくらべれば取るに足りません。その上、わたしは四十歳で、恋をしているのです!」ロマン・ロランによれば、『炎』を読んだとき彼女は自殺を考え、それがダンヌンツィオの評価に与えるダメージを考えて思いとどまった。

このとき以降、ドゥーゼを食い物にして彼女から経済的な利益を得ながら、くたびれきった老女という彼の見方を残酷な形で公にした男、としてダンヌンツィオは知られるようになる。だが彼女のファンたちが彼を許せなかったとしても、彼女には許すことができた。二人はさらに四年間をともに過ごすことになる。彼女は依然として彼を崇拝していた。そして彼のほうも、彼なりのやり方で、彼女を愛していたという証拠はたくさんある。『炎』の刊行から一カ月してダンヌンツィオはドゥーゼの公演旅行に加わった。手帳に彼は書いている。「心臓がどきどきする。一時間後にイーザに会える」(イーザは彼女につけた多くの名前のひとつである)。彼らは会い、その再会は明らかに両者にとって楽しいものであった。そののち彼は彼女に手紙を書いている。「四月十日を君の人生の絶頂として覚えておくように」。彼はトロイのヘレンに関する、人々の愛が彼女を消耗させるだけでなく彼女を神聖なものにするという、『生命礼賛』を書いているところだった。ダンヌンツィオがフォスカリーナ/ドゥーゼを多くの人々の欲望の対象となってきた存在として描くとき、彼には侮辱の意図はまったくない。また、彼女の老化に関する彼の率直な描写に激怒した大衆が考慮しなかったのは、彼がその老化にどれほど心を動かされていたかということである。「彼女の目尻からこめかみに走るかすかなしわ、彼女のまぶたをスミレのように見せる黒い静脈、秋の悲しみがもたらしたように思えるすべてのもの、彼女の情熱的な顔のすべての影」を彼は愛した。

一九〇〇年四月。ダンヌンツィオはウィーンにおり、そこでドゥーゼは皇帝と宮廷の全員を前に『ラ・ジョコンダ』を演じている。ダンヌンツィオは劇場にはいない。彼は稽古に立ち会わないことは滅多になかったものの、初日の舞台に顔を見せることは決してなかった。夕暮れには外出して通りを歩き、大柄なブロンド女性たちの「臀部」を賞賛しながらメモをとっていた。彼は気分がよかった。彼はシギを食べ――「素晴らしい色合いで……銀の皿に黒みがかった金色のソースがかかっている」――そして見事なグラスから金色を帯びたマルコ・ブルンナーのワインを飲んだ。ついいましがたのセックスの余韻が彼の静脈のなかに残っている。肉体がすべて健康であることが彼の心を元気にしている。「偉大なる知的高揚」。一軒の花屋のウィンドウ・ディスプレイをたたえるために立ち止まる。カーネーションの花束の深く暗い赤が目にとまる。「ボニファツィオ〔ヴェロネーゼ〕の絵にしか見られない色だ」。その花につけられた法外な価格に驚く。まわりのカフェやレストランは笑い声や大きな声で騒がしい。この近代的な大都市の繁栄と活気に彼ははっきりと気づく。「野蛮な力、取引と仕事がもたらす力」。彼はブルク劇場の前を行ったり来たりする。劇場のなかでは外国の大勢の観衆が、彼の恋人が彼が書いた言葉を発するのを聴いている。だが奇妙なことに誰も振り返って彼を見つめたりしない。いまやフィレンツェやローマで外に出ると必ず振り返られるのに。それは少しばかり彼を当惑させる。旅行をすることで、彼は有名人の「きらきら光る肌」を一時的に脱ぎ捨てる。

彼はドゥーゼについてドイツへ行き、強い印象を受ける。プロイセンの軍国主義と急成長する近代工業の「奇跡のような」組み合わせは彼を興奮させる。「執念深い酵母」であるナショナリズムはオーストリア＝ハンガリー帝国内で作用しており、帝国を分裂・解体させつつあった。だがドイツでは「支配の本能」が商業的成功によって強化されている。美しい古い建物の保存運動への参加をしばし忘れ、巨大な工場に姿を変えたドイツの都市を、「すすで黒くなった」ドイツの大聖堂を、ドイツの造船所や鉄道駅を彼は賛美する。

一九〇〇年に、並外れて鋭い洞察力で、「商業の戦い、富を求める戦い」が「燃え上がること」が確実にもたらす結末を彼は見ている。「工場の騒音に重なる、戦争の犬たちの吠える声が聞こえてくる」。その音は彼を警戒させるのではなく、興奮させているようだ。

ダンヌンツィオは再び自分の書斎で、一心不乱に集中している。遠い過去の文学を掘り下げ、詩の形式やモデルを探っているのだ。イタリアの中世のテキストをよみがえらせることは彼にとって政治的なプロジェクトである。彼はそうしたテキストから苦心して言葉を探し出す。なぜなら発展した文語は偉大な国民の道具であり、しるしでもあるからだ。近代ヨーロッパにおいて台頭する諸文化のなかで、詩を書くことは政治的行為なのである。「詩人とは彼の周辺の国民の創造者である」とヘルダーは書いた。ダンヌンツィオはこれに同意する。彼はいつも辞書を手に仕事をしている。ほとんどのイタリア人はせいぜい八百程度のボキャブラリーしか使っていない、と彼は厳しく指摘する。「わたしはこれまでに少なくとも一万五千の言葉を使ってきた。その多くはわたしがよみがえらせ、その多くに新しい意味を与えたのだ」。書斎にある数千冊の本のなかで、彼にとってもっとも重要な本はニッコロ・トンマセーオの七巻におよぶイタリア語の辞書である。

ダンヌンツィオのティーンエイジャーの息子ガブリエッリーノはカッポンチーナに滞在して、その家の静けさに少々うんざりしてしまっている。「まるでトラピスト修道院で暮らしているみたいだ」。昼食の時間で、ガブリエッリーノは空腹である。召使いのロッコ・ペーシェは、かつては修道院の回廊で祈禱の時間を知らせていたブロンズの鐘を鳴らす。ガブリエッリーノは素早くダイニング・ルームに向かうが、父親は現れない。そしてガブリエッリーノの懇願にもかかわらず、ペーシェはもう鐘を鳴らさず、書斎のドアをノックすることもない。主人が現れるまで彼は絶対に昼食を出さない。

ようやく現れたとき、ダンヌンツィオはまるで深い眠りから覚めたような様子である。「彼の顔にはヴェールがかかっているようで、視線も定まっていなかった」。しかし食事の席に着くと、彼にかかっていた雲は消え去る。彼はホメロスが描いた英雄たちについて書いていた。そしていまはそうした英雄のひとりになったかのように食べている。トロイの前面に広がる海の音を聞きながら、丸々と肥った子山羊の肉を食べるアイアスのごとき恐ろしい食欲で、彼は子牛のカツレツをむさぼり食う。

カッポンチーナの正面に広がる大きな中庭の向こうに、小さくて綺麗な赤煉瓦の家がある。その屋根の上に、片側には赤い字で「フィデーリタース（貞節）」、反対側には一匹のグレイハウンドの姿が描かれた緑の旗がひるがえる。夕闇が迫ると、最新流行の電灯のスイッチが入り、ステンドグラスが窓にはめ込まれた建物は宝石のように輝く。これがダンヌンツィオの犬小屋である。

ダンヌンツィオは、人間よりも動物のほうを愛すると告白している。カッポンチーナで彼は当初二頭の馬を保有していた。すぐにその数は八頭になり（すべてが見事なサラ

ブレッドである）、ほとんどがボルゾイかグレイハウンドの犬十四（最終的に二十二匹になる）も飼うようになった。彼はシャツ姿になり、犬小屋で膝のあいだに一匹のグレイハウンドを挟んで座り込むと、両手で犬の足や肋骨や背中に触り、その腿の筋肉組織や腱の優美さと力強さを誇らしさとともに感じとる。美しさの点では、自分の書くもののどれひとつとしてグレイハウンドの身体にはおよばない、といずれ彼は書くことになる。

外出から戻ると、彼はすべての犬たちを名前で呼び、犬たちは犬小屋から飛び出して彼のまわりを走りまわる。頭よりも高く跳びはね、低い声や高い声で吠えまくる。彼は喜び、微笑む。そしてたった一言で犬たちを静かにさせる（ダンヌンツィオの家の執事になる前には獣医だったベニーニョ・パルメリオは、彼の犬のしつけ方に大いに感心した）。犬たちは下がって、彼のまわりで落ち着きを取り戻す。彼は関心をスパニエル犬のテリテリに移す。そして犬の視線をとらえたまま長いスピーチをはじめる。テリテリは会話に加わっているかのようにクンクン鳴く。ダンヌンツィオがカッポンチーナを去るとき、女友達のひとりに「哲学者テリテリ」と書き込んだ写真と一緒にこのスパニエル犬を譲ることになる。

一九〇〇年七月、イタリア国王ウンベルト一世がアナキストによって射殺されると、ダンヌンツィオはその後継者への頌詩を書いた。それは若い国王に、託された使命にふさわしい存在となるように呼びかけ、万一その運命が求めるほど勇敢でたくましくあることに失敗すれば、「あなたは身近に反乱者たちを見るだろう／いまその者があなたに敬礼をしているとしても」という暗い見通しも伝えた。

かつて選挙運動のなかでダンヌンツィオは「詩の政治」を宣言した。そしていま、彼が書いているものはますます「政治の詩」になりつつあった。ほかにも愛国的なテーマに関する頌詩を書き、そのなかにはジュゼッペ・ヴェルディの死に関する一篇もあった。ダンヌンツィオはフィレンツェでその詩を朗読したが、その前に「イタリアの若者たちへ向けて」彼らの栄光ある過去にふさわしくあるように呼びかける熱烈な演説を行った。ガリバルディに捧げる長い詩を書き、朗読した。メノッティ・ガリバルディ（英雄の息子）の葬儀に馬に乗って現れた彼は、集まった群衆に対して演説をぶち、そのなかで血に輝く未来を予言した。「ラテンの海は覆われる／君たちの戦いの多くの死者によって……／おお、すべての血統の花よ！」

毎年夏になると、ダンヌンツィオとドゥーゼはトスカーナの海岸に家を借りた。山々を背にした松林と長い砂浜のあいだで過ごしたこれらの夏は、ダンヌンツィオの『アルキオネー』に収録された詩の持つ、美しい復興異教主義的幻想の背景となった。

ダンヌンツィオは落ち着いており、生産的であった。「この数日間、自分の船でわたしは海の空気と塩味の染み込んだ『賛歌』を数篇書いた」と彼はトレーヴェスに書き送った。彼は泳ぎ、馬に乗った。「柔らかい砂の上を激しいギャロップで走ると、砂の上には引き波が残した繊細な跡がある。それはわたしのグレイハウンドの口のなかにある縞模様のような繊細さである」。だがこうして海のそばに滞在しているあいだも、ダンヌンツィオは昼間のほとんどの時間と夜の多くの時間を室内での仕事に振り向けた。何物も、命を脅かすような事故でさえも、彼の気を長くそらすことはできなかった。

ある八月の朝、浜辺で馬を走らせているとき、馬がよろけた。彼は落馬した。片足があぶみに引っかかった。馬は驚いて急に駆けだして彼を引きずり、跳ね上げた。彼はもがいた。数秒間が果てしなく長く感じられた。やっと彼は足をあぶみから外すことに成功し、茫然として横たわった。頬は熱い砂に押しつけられ、馬のひずめの響きが次第に遠ざかるのを聞いていた。彼の五官は異常なほどに鋭くなっていた。海草の冷たいぬめり、石の硬さ、流木のかけらの角、砂地に生えるとげだらけの花の香り。あらゆるものが彼にとってあまりにもリアルに感じられた。血が滴り落ちる顔を洗おうと、水のところまでよろけながら歩いていくあいだに、ある詩のアイデアが浮かんだ。それは「ウンドゥルナ」という海のニンフをめぐるファンタジーで、『アルキオネー』のなかでもっとも美しい作品のひとつが彼の心になかに湧き出てきた。

一九〇一年の夏、トスカーナの海岸のヴェルシーリアに再びやって来たダンヌンツィオは、毎日自分の聖書朗読台に立って一日十四時間ぶっ続けで、悲劇『フランチェスカ・ダ・リミニ』の執筆に取り組んでいた。彼の意図としては、彼が望む好戦的で拡張主義的な大国というイタリアの未来にふさわしい前日譚を、自国に提供することだった。ワーグナーが未来を鼓舞するために過去に目を向け、ドイツ人に英雄的な伝統を与えるために『ニーベルンゲンの歌』の物語をよみがえらせたように、近代イタリアの吟遊詩人たるダンヌンツィオは、ダンテが描いた禁じられた恋の痛切な短い物語を、音と怒りに満ちた壮大な五幕の悲劇に拡大したのである。

皇帝党と教皇党のあいだでの十三世紀の戦いが舞台の上でも繰り広げられる。物語の核心はよく知られており、イタリアだけで十四作のオペラが作られている。加えて、ラファエル前派の数々の絵画やチャイコフスキーの交響詩、ロダンの有名な彫刻（『接吻』はもともとは『フランチェスカ・ダ・リミニ』というタイトルだった）にもインスピレーションを与えている。フランチェスカは王家同士の政略から、伝説的な戦士だが身体が不自由で醜いジャンチョット・マラテスタと結婚する。彼女は策略にかけられて婚礼をあげる。ジャンチョットの弟でハンサムなパオロが夫になるものと思ったのだ。彼女はパオロと恋に落ちる。ランスロットとグィネヴィアの物語を一緒に読んでいるあいだに、パオロとフランチェスカは自分たちの想いを抑えきれなくなる。彼らが一緒にいるのを見つけたジャンチョットは二人を殺す。

ダンヌンツィオは両肘を膝につけて手で頭を抱え、目をぎゅっと閉じて、残忍な片目の殺人者ジャンチョットの「まさにその骨と肉」が心の目に浮かんでくるまで集中した（と彼は語っている）。日が暮れるとダンヌンツィオは廊下に現れ、明かりをつけろと叫んだ（カッポンチーナには電気が来ていたが、海辺の家ではまだ召使いとランプが必要だった）。海辺を走る毎日のギャロップの際に、彼は馬のたてがみを燃やした。それは、彼の言うには、マラテスタ家の戦士たちが好んだ刺激的な臭いを嗅ぐためだった。

その芝居は壮観だった。シンプルな筋書きを、シェークスピア劇に出てくるような道化役や、民族舞踊を踊ったり女主人の恋愛に淫らなコメントを述べたりするお付きの女性たちのコーラスなどで飾り立てた。布地商人の場面では、中世の文献に関する知識を披露し、豪華な織物の乱舞で舞台を満たした。近親相姦の欲望に震える兄弟が登場する。この芝居のトーンはダンヌンツィオが若い頃に読んだキーツに多くを負っている――鮮やかな色に満たされた偽中世的な幻想や埋葬された人の頭部が養分を与えたバジルの鉢など――が、そこにダンヌンツィオ独自の暴力への傾倒が生気を吹き込んでいる。凶暴な気分のヒロインが「ギリシアの火」（ビザンティンで考案された原始的なナパームの一種）をもてあそび、自分を敵もろとも生贄にすると息巻く場面がある。「新しい傷口の唇」に関する淫らな台詞がある。舞台の陰に拷問室があり、そこからすさまじい呻き声が聞こえてくる。包囲攻撃用の兵器や石弓に関連した、騒々しくて技術的に手の込んだ仕掛けがたくさん登場する。血の滴る切断された頭が舞台に運ばれてくる場面もある。

ダンヌンツィオのト書きは、役者たちに法外な要求をしている。『栄光』では主演女優に「そのえも言われぬメロディーが、もっともかけ離れた存在の神秘のなかを長く伸びていくような」声で話すことを求めている。それに加えて、彼女の微笑みは「時間を止め、世界を破壊する」ものでなければならない。ドゥーゼほどの能力を持つ役者であっても、これは求めているものが大きかった。

舞台装置家たちにも同様に答えの出せない難題が課された。『フランチェスカ・ダ・リミニ』の舞台装置はいずれも、ダンヌンツィオのト書きによれば、複合的なものである。背景にはアーチがいくつもかかり、演じるための補助的なスペースを柱廊とアルコーブが提供し、窓は遠くの風景と沖合での海戦を示す、とされる。落とし戸、カーテンの掛かった戸口、階段がいくつもあって上がったところにテラスがある、というように複雑な配置が求められる。そしてこの複雑な構図のなかに物がひしめいている。壁には

武器が掛けられ、テーブルにはワインや果物を入れたボウルが散らばり、鉢に植えた薔薇、刺繍を施した掛け布などが空間を満たしていながら、武装した十人以上の男が集まったり、小間使いの一団が金色に輝く水仙の花輪と木彫りの鳥を振りながら「ツバメのダンス」を踊るのに十分なスペースを残さねばならない。

ダンヌンツィオはマリアーノ・フォルトゥニーを芸術監督に起用し、必要な衣装や小道具、照明、複雑な機械装置などに関する長い手紙を彼に書いた。この時期、ダンヌンツィオはイタリアの芸術的遺産の保全運動を展開しており、ピエロ・デッラ・フランチェスカのフレスコ画の保護をはたらきかけたり、レオナルドの『最後の晩餐』をたたえる詩を書いたりしている。いま民族の栄光を示すために舞台上にイタリアの過去を再現しようとしており、彼はそれが正しく見えることを望んでいた。

おそらく意外なことではなかったが、この仕事を実行不可能と判断したフォルトゥニーは降りて、芸術監督としてダンヌンツィオの旧友である挿絵画家デ・カロリスがその代わりになった。衣装は最終的にデザイナー、チャールズ・ワースが中世の模様で織られた生地を用いて作った。(写真はフランチェスカの衣装を着けたドゥーゼ。)制作費はイタリアの演劇史上かつてないほど高額なものとなった。

　ダンヌンツィオがリアルな戦闘場面を要求したために、初演の夜は大混乱に陥った。彼は本物の煙を要求した。その結果、観衆は半ば窒息状態になった。彼は本物の飛び道具を使うことを求め、石弓から放たれた大きな石が舞台の壁の片方を破壊してしまった。だが装置類がきちんと機能するようになると、この芝居は喝采を浴びた。ロマン・ロランはこれを「ルネサンス以来、もっとも偉大なイタリアの演劇作品」と呼んだ。

　ベル・エポックのパリでもっとも有名な高級娼婦のひとりだった、リアーヌ・ド・プジーがフィレンツェを訪問中であった。ダンヌンツィオは彼女をカッポンチーナに招き、彼女を迎えるために馬車を派遣し、その室内を薔薇で満たした。彼女が馬車から降りると、召使いたちがさらに薔薇の花を浴びせた。「わたしの目の前にぞっとする小びとがいた。目の縁は真っ赤で、睫毛も髪の毛もなく、緑がかった歯とひどい口臭の持ち主で、物腰はペテン師なのに、貴婦人の恋人という評判だけが轟いている」。彼女はダンヌンツィオの口説き文句を拒絶して去った。二日後、再び彼女のもとに迎えの馬車がやって来たが、このときは長い言い訳のメモを持たせて自分のメイド（「わたしの年老いた高慢なアデール」）を送った。

　ド・プジーは、ダンヌンツィオの醜さを証言する数多い人間のひとりであるが、写真が示しているのは、ほっそりとした、完璧な身だしなみの中年男である。彼はアドニスでもなければ、もちろんヘラクレスでもないが、決して「ぞっとする小びと」ではなかった。ある人々には、彼の魅力がその姿を神々しく変え、抵抗できない存在にしたが、魅力が通じない人々には、誘惑するという矯正不能な彼の衝動がたまらなく不快だったようだ。その計算高さをよく知られていた商売女であり、自分のサービスに大金が支払われることに慣れていたド・プジーは、「控えめに言っても、相手になる女性たちに感謝しない男」という彼の評判に気づいていた。偉大な男かもしれないが、負債に苦しむ詩人は、彼女の関心を惹くものは何ひとつ持っていなかったのである。

　一九〇二年。ダンヌンツィオはトリーノにいて『フランチェスカ・ダ・リミニ』の上演を監督しており、ローマから来た古い知人である作家デ・アミーチスと話をしている。ダンヌンツィオが延々と話すあいだ、召使いが絶えずやって来てはそのたびに名刺やカードを手渡す。その内容は、偉大な人物との面会を希望する、あるいは何かの集まりに出席を要請するものである。「二日間で彼は演説を八件依頼されていた」。毎回ダンヌンツィオは気分がすぐれないと返事をして、カードをテーブルの上に置くが、そこはすでにカードでいっぱいである。彼は言い逃れの達人である。こうした中断のせいで話の流れを失うことはまったくない。

会話が終わり、ダンヌンツィオは、一種の公的な謁見のために隣室で待っていた人々の入室を許す。またもや彼の振る舞いは完璧である。デ・アミーチスは書いている。「彼はまるで玉座につくために生まれたかのように、名声という王者の風格を備えたマントを身につけている」。

今度はミラノの、彼の出版者トレーヴェスの家にいる。ダンヌンツィオは新たに考案されたピンポン・ゲームに興じている。（セルロイドのボールとラバーを貼ったラケットは、その前年に初めてヨーロッパで販売された。）彼の体調はすこぶる良好である。彼は言う。自分は本を書くという英雄的な仕事に適した状態でなくてはならない。自宅にいるときにはほぼ毎日馬に乗って出かけ、数時間ののち、一種の陶酔状態で戻ってくる。自分がケンタウロスになった——野性的で完全には人間でない——ように感じる。彼はテニスとゴルフをプレーする。カッポンチーナには大きな板張りの部屋が二階にあり、彼はこの部屋をジムとして使っている。毎日そこでフェンシングの練習をし、バーベルやダンベルを持ち上げる。彼の顔は年老いた——この頃、彼の顔は蠟か象牙のようで、細かなしわに覆われていると言われた——が、身体は滑らかで筋肉質だった。彼はピンポンを好んだ。集中して口をきつく閉じ、目を輝かせながら何時間もプレーした。

一九〇二年。ドゥーゼはオーストリア支配下のヴェネツィア゠ジューリアとイストリア地方を巡演している。ダンヌンツィオは彼女と同行し、二人は熱狂的に歓迎されるが、それは彼らの演劇の才能よりも政治に関わっている。ダンヌンツィオにとって、そして彼と同じようなイタリアのナショナリストたちにとって、いまだにオーストリアの支配下にあるこれらの地域は、真のイタリアのイレデンティ（未回収）の土地である。

ゴリツィアでは（ダンヌンツィオも舞台に登場して）二十七回のカーテンコールが行われた。彼がイストリアを通るとき、花と彼の作品のタイトルを記載した色刷りの紙が雨のように窓から降り注ぐ。劇場ではひどく興奮した群衆が支持を表す叫び声を上げ、その声は街頭でも響きわたる。トリエステでは、ある代議士が二人の巡演を「聖なる巡礼」と表現する――それは天におわす神に由来する神聖さではなく、より偉大なイタリアの大義に由来する神聖さである。二人が行く先々でオーストリア警察の影がちらつく。

ダンヌンツィオはイストリアとダルマツィアに関する本を探してくれるように依頼する。彼はダンテの「イタリアの北端を閉ざして国境を洗う／ポーラとカルナーロ湾」という一節を思い起こす。(ポーラとカルナーロはこの当時オーストリア領土の奥深い位置にあった。) オーストリア軍によって処刑された、トレント出身のイタリア人パルチザンであるブロンゼッティ兄弟を未回収地回復の大義の「殉教者」としてたたえる詩を彼は書く。「樹皮の下に隠れて／白い樹液の波打つごとく」、未回収のトレントの住民たちは「沈黙のうちに英雄を」準備しなければならない、とダンヌンツィオは書いている。オーストリア当局は、反乱の教唆と(正しく)解釈して抗議し、その詩が掲載された『イル・ジョルノ』紙を押収する。

一九〇三年。カッポンチーナの寝室。壁は素晴らしい古い緑のダマスク織りで覆われている。天井は花の刺繍がある布が掛かった十六世紀の天蓋で隠されており、その布は金箔の花輪で中心部がとめられている。部屋にはいつものように貴重な品々がたくさん置かれている。金箔をかぶせたハープ、象牙と宝石がはめ込まれたアラブの銀の剣、円柱やテーブルの上は花瓶や小箱、古いモロッコ革で装幀された本などが山積みされている。ベッドの足のほうには、二体の『サモトラケのニケ』の青銅の複製が、緑の縞のある大理石の柱の上に立っている。ダンヌンツィオは『賛歌』を完成させ、エレオノーラ・ドゥーゼからのお祝いの品が配達される。彼女はすでに、ミケランジェロの『囚人像』のひとつを等身大の石膏像にしたものを、彼に贈っていた。今度は運搬人たちが『デルフィの御者像』のテラコッタの複製を寝室に運び込む。彼らはそれをベッドの足元に据える。

この部屋で、前の月にダンヌンツィオは四十回目の誕生日の朝に、いつものように枕元に短剣を置いて目覚めた。自らの若さが傭兵のように戦っている――その相手は彼の胸の上に膝をつき、死の一撃を加えようとしている――という感覚をおぼえながら。「したがってわたしは、若さの亡骸に防腐処置を施さねばならない。それに布を巻きつけ棺の四つの壁のなかに閉じ込めねばならない。その棺をあのドアから外へ出さねばならない。そこでは老年の亡霊がブラインドのあいだから姿を見せ、もう馴染みになった仕草でわたしに挨拶をする」。

一九〇四年。ダンヌンツィオがルツェルンのホテルでひとり食事をしていると、会食者のグループが『罪なき者』のプロットはすべて事実にもとづくものだと話しているのが聞こえてきた。ガブリエーレ・ダンヌンツィオは実際に赤ん坊を殺した、というのだ。彼はかつて自分の人生を芸術作品にしたいと願ったことがあった。いまでは他者――新聞記者、ファン、ゴシップ――が彼のためにそれをやってくれている。公的な人物としてのダンヌンツィオは想像上の産物となり、実際のダンヌンツィオはそれをコントロールするのに苦労していた。

名声は彼が巧みに利用する道具であった。それはまた重荷でもあった。有名人崇拝というのは移り気な感情で、このときのように悪行を見つけようと目を光らせたり、崇拝する人物の欠点にひねくれた喜びを感じたり、激しい嫉妬を抱いたりすることがあった。ダンヌンツィオを気に入らない人々が大勢いた。賞賛すること、彼の一部でも欲しがることで彼をくたくたに疲れさせる人々もいた。そういう連中は彼の内密な事情を引っかきまわし、「詩人自身と彼の生活は彼らの汚い手で醜いものにされる」のであった。

彼は根っからの社交界の名士と噂されたが、カッポンチーナの部屋の鴨居にある銘刻――「静粛」、「隔離」、「孤独」――は彼の日常生活の真の姿を伝えている。この年に彼を訪ねたロランは、彼とドゥーゼが送っている孤独な生活に衝撃を受けた。彼らは決して外出しないように見えた。「彼女には友人がひとりもいない。彼のほうも多くはない」。

一九〇四年、ミラノ。ダンヌンツィオは農村を舞台にした悲劇を書くために、アブルッツォの原点に戻った。その出来事から二十四年、ミケッティが同じタイトルの絵を描いてヴェネツィアで賞を得て九年が経過してから、ダンヌンツィオは自分たちが目にした光景――若い娘が酔った農民たちに追いかけられている――をついにドラマに転換した。彼はそれをイタリアの神話に変えた。いま『イオリオの娘』の舞台稽古が始まろうとしており、ダンヌンツィオは出演者たちに脚本を読んで聞かせている。朗読には四時間かかる。彼は完璧にはっきりと発音する。彼は歌う。主演女優は上演の際に正確に再現できるように、彼の抑揚のすべてを記憶にとどめようと努力する。「わたしは彼のリズムを《録音》した。わたしのミーラは彼のミーラだ」。

彼はこの戯曲を「わたしの頭のなかでその歌を繰り返し歌う、わが血統のダイモンにしたがいながら」十八日間で書いた、と主張する（実際には六週間ほどかかったようだ）。物語はある少女――怖がられるアウトサイダー、魔術師の娘――が彼女をレイプしようとする刈り取り人たちに追いかけられる、というものである。彼女は助かるが、彼女を救った家族にふとしたことから死と不名誉をもたらす。婚礼があり、殺人があり、恐ろしい刑罰（一匹の野犬とともに袋に詰められて溺れさせる／生き埋め）がある。台詞は古風だが素朴で、ダンテを思わせる伝統的な歌と聖書やカトリックの典礼からとった言いまわしなどが混ざり合う。台詞の多くが詩の形式で書かれている。フーガのように組み立てられた合唱がある（音楽に関するダンヌンツィオの知識は、劇作の際にもっとも役に立つ道具のひとつだった）。粗野な自然主義は、明らかにシンボリックな役割を果たす複数の人物――奇跡を起こす聖人、毒や薬を提供する聡明な老婆――の登場でかき乱される。

友人である民俗学者デ・ニーノにほぼ毎日手紙を書いて、衣装のスケッチや舞台装置のあれこれに対する意見を求め、より細かなディテールについて貪欲に問い合わせた。彼はミケッティを巻き込み、チェナーコロの仲間たちにアブルッツォを駆けまわって古い陶磁器や刺繍の施された衣装、昔の楽器などを探しまわらせた。友人である二人は、彫り細工のある腰掛けや山羊革の袋について真剣な手紙のやりとりをした。その結果出来上がった芝居は、貧しさと色彩が、生の素材と美しい職人の仕事が素晴らしい形で混じり合ったものとなった。

迫害される少女のなかにダンヌンツィオは輝かしいヒロインの姿を創り上げた。ドゥーゼは有頂天になる。彼ならできる、と彼女がつねに信じてきた演劇の傑作がここに生まれたのだ。だがこの劇のヒロイン、ミーラはまだ十代の無邪気な娘であり、ドゥーゼはもう四十五歳になる病気がちの女性で、その恋愛沙汰は四半世紀ものあいだ好色な大衆のゴシップの対象となってきていた。ダンヌンツィオが初演の権利を与えた劇団には、その役にふさわしい看板女優がいた。神経をすり減らす交渉が続いた。ゴシップ欄に

は噂が飛び交った。ドゥーゼは「自分とダンヌンツィオのあいだに芸術面での意見の相違があるという話に何らかの真実がある」ことを否定する声明を出さねばならないと感じた。

芝居の稽古が始まると彼女は再び体調を崩し、抑えられない咳のために身体が震えた。とうとう土壇場で彼女は主役を演じるという主張を誇り高く撤回した。芝居の制作は彼女抜きで進めねばならない。彼女はいつもの断片的な文体でダンヌンツィオに手紙を書いた。「ガブリ、愛する人、力強さ、希望、わたしの人生でたったひとりの、もっとも力強く、もっとも苦痛をもたらす人……わたしはあなたにそれ（『イオリオの娘』）をあげるわ。あなたに、あなたの美しい運命のために。そしてわたしの心が粉々に砕けてもいいわ、いいのよ！」彼女は自分のために作られた衣装――ダンヌンツィオが望んだように素晴らしく手の込んだ衣装――を自分の手でたたみ、彼女の役をつとめることになるイルマ・グランマティカに送った。

マティルデ・セラーオはジェノヴァのホテルにドゥーゼを訪ねた。彼女は病気で横になっており、咳がひどく喀血《かっけつ》もあった。ダンヌンツィオはドゥーゼを見舞っていなかった。キツネ狩りのためにローマに行き、数日間稽古に立ち会っていなかったにもかかわらず。ドゥーゼが疑っていたように、彼には新しい恋人がローマにいた。セラーオは彼女に芝居について尋ねた。「すると叫び声が、激しい叫び声が爆発した。《あれはわたしの役よ！　わたしの役だったのに、取り上げられてしまった！》」彼女は枕の下から台本を引っ張り出し、苦労して起き上がるとそれを読み上げはじめた。弱っていたにもかかわらず、「その声は力を増し、顔つきは変わった。まるで数千人の観客を前にして舞台の上にいるかのように彼女は台詞を唱い上げた」。また咳の発作が出るのではないかと恐れたセラーオは彼女を止めようとしたが、ドゥーゼは最後まで読んだ。

一週間後ミラノで公演が始まった。芝居の制作は猛スピードで進められたが、結果は素晴らしいものだった。ダンヌンツィオの戯曲は、残酷で女嫌いの社会を描き出す。その社会の人々は同輩からの非難と超自然的な復讐を恐れながら生きている。だが、初演を観た観客たちには、アイスキュロスのミュケーナイあるいはソフォクレスのテーバイを思わせる神話的な壮大さを感じさせたようだ。

第一幕が終わって幕が下りると、墓場のような静寂が訪れた。俳優たちは緊張しながら待っていた。すると、俳優たちのひとりによれば、「突然、遠くから海の大波のような、ものすごい喝采が響いてきた」。ダンヌンツィオは十回、十二回、十五回と舞台に呼び出され、お辞儀をして拍手に応えた。

財政的理由（あまりに多くの債権者がドアから入り込もうとする）とロマンティックな理由（あまりに多くの女性が客用寝室の独占権を主張する）の双方から、ダンヌンツィオはしばらく自宅を離れるほうがよいと判断した。彼は現在フィレンツェの近くで彫刻家クレメンテ・オリーゴと同居している。健康を強く意識し、病的なまでに清潔志向である詩人は非喫煙者であるが、オリーゴの桁外れなニコチン摂取（一日百二十本のトルコ・タバコを吸う）を面白がっている。

オリーゴは非常に背が高く、痩せている。ある日、友人同士でジャケットを交換してポーズをとり、写真を撮る。オリーゴはそびえ立っている。ダンヌンツィオのほっそりした小さな麻のブレザーに身体をねじ込もうとして、オリーゴの背中は丸くなっており、その骨張った前腕は袖口からはるかに突き出している。彼の隣で下のほうにダンヌンツィオが立っている。オリーゴのツイードのジャケットの広い肩は、半分は空っぽのままダンヌンツィオの身体に垂

れ下がっている。袖はぶらぶらし、裾は詩人の膝まで達している。彼はまるで大人の服を着てめかし込んだ子どものもののように微笑んでいる。

ダンヌンツィオはふざけることもできた。彼の家に居住し思い出を記した者は、彼のいたずらやからかいを回想しているし、何人かの友人たちも同じである。しかしながら、彼の作品や彼の公的な人格にはユーモアが完全に欠落している。現存するダンヌンツィオの数十枚の写真――ほとんどは入念にポーズをとっている――のうちで、彼が自分を笑いものにしたことを示唆する写真はこれひとつである。

ドゥーゼとの暮らしから、ダンヌンツィオ自身が述べているエピソードをひとつ取り上げてみよう。

彼らはカッポンチーナの外にいた。エレオノーラはバルコニーにいて、ツタに覆われた手すりにもたれかかっていた。下ではダンヌンツィオが自分の馬の腹帯をチェックしていた。彼は毎日数時間、オリーブやブドウの木のあいだを抜け、てっぺんには木々が茂り、芸術家や昔の戦争とつながる、フィレンツェ郊外の丘の道を馬で走った。彼の詩は自分の周囲の古いものと新しいものに対する感覚で満ちており、花の初々しさと勢いよく流れる小川、美しさの深い音色などはすでにしばしば詩のなかでたたえられていた。詩を書くとき、彼は目の前の風景をかつて描いた人々を意識していた――ダンテ、ミケランジェロ、ロレンツォ・イル・マニフィコらである。彼らこそダンヌンツィオが仲間としたい人々であった。

「どこへ行くの？」エレオノーラが尋ねる。

「そのとき次第さ」

「でも、どっちの方角？」

「聞かないでくれ」

彼の意見では、「貞節《フェデルタ》」という言葉には、偽物の鎖と同じような、まがい物で芝居じみた調子がある（彼の戯曲のヒロインたちはしばしば拘束されるため、鎖の鳴る音はダンヌンツィオにとって馴染みのものだった）。「愛のために貞節を守るカップルはいない……わたしは愛のために不貞なのだ」。おそらくこれはシニカルな自己正当化であろう。彼は自分の乱れた異性関係が引き起こす苦痛をほんとうに理解していないらしい。

彼は丘の麓を通る古い道をとってフィエーゾレに向かった。フィレンツェのドゥオーモと鐘塔が下方の霞に浮かんでいるように見える。綺麗に刈り揃えられた生け垣で囲まれたヴィッラの門で彼は馬を降りた（と彼は語っている）。そこには二人の姉妹が彼を待っていた。二人とも音楽家で、二人とも「倒錯したゲームのエキスパート」である（喜んで彼の相手をするこの娘たちはダンヌンツィオのエロティックな想像力が生み出したもののように思うかもしれないが、彼がこうした訪問を行った女性たちがいたことはたしかである）。三時間後、彼は自宅に戻った。

道を近づいてくるときから、彼は「わが唯一の伴侶」を呼びはじめる。馬の手綱を放し、砂利の上に飛び降りる。彼はなおも「ギゾーラ、ギゾラベッラ！」（ドゥーゼを呼ぶときの一番優しい名前）と叫んでいる。

彼女が現れる。驚き、少しばかりおびえてもいる。「どうしたの、あなた？」

家のなかに入ると、彼は服を脱ぎ、風呂に入る。彼女を求める欲望は切実で「つかの間の不貞がうっとりさせるような新しさを愛にもたらした」。しかしいつも通り潔癖な彼は、風呂を省くことはしない。バスタブから彼は絶えず呼びつづける。「ギゾーラ、君を愛している。君だけを永遠に愛する。待っておくれ。僕を待っていて」。ようやく綺麗になると、彼は客用寝室へ行く。それに続くのは、彼いわく、死せずして味わう死ぬほどの快楽であった。

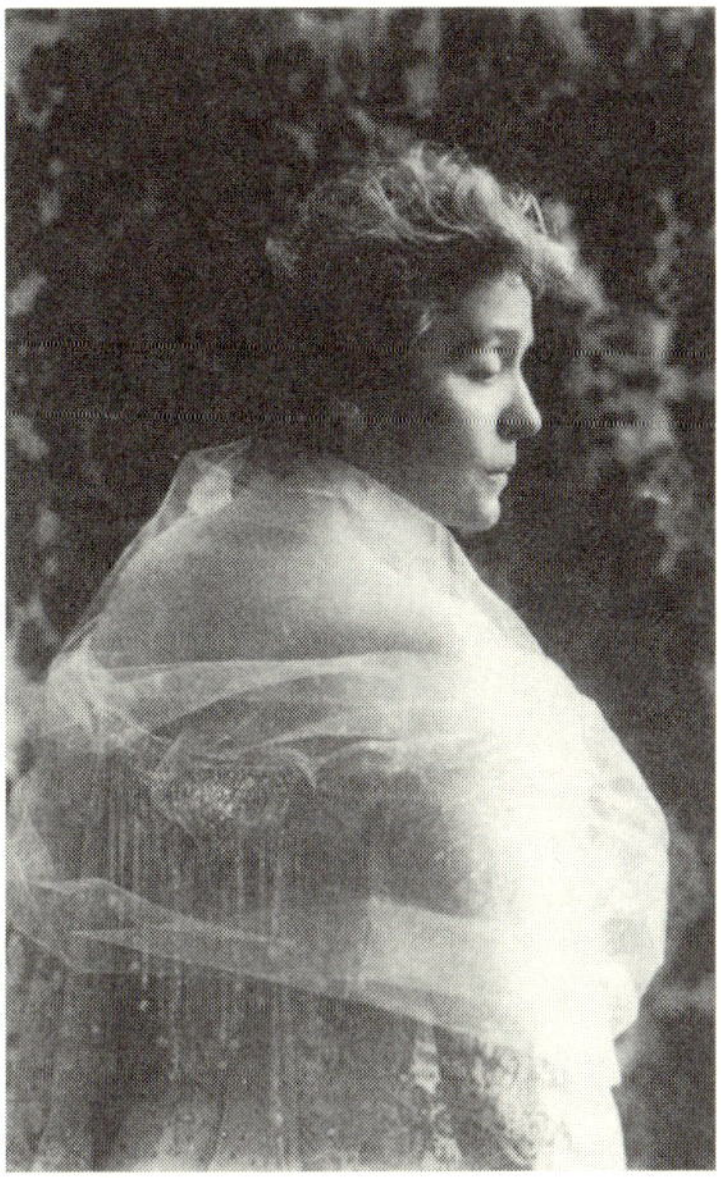

哀れなエレオノーラは貞節について違う考え方をしていた。執事のベニーニョ・パルメリオがその話を伝えている。ある日彼女はカッポンチーナで彼を呼んだ（ダンヌンツィオはリヴォルノにいて不在だった）。彼女は音楽室にいて、肘掛け椅子に「死んだ女もしくは霊媒のような様子で」座っていた。ドゥーゼが深い悲しみと怒りを演じるフィルムが残っている。そのなかで彼女は壁にもたれ、頭をのけぞらせ、口はわなわなと震え、目は半ば閉じて、その美しい青白い顔は滑らかであるが、奔流のように変化し、その喉を暗殺者のナイフに向けるようにさらしている。パルメリオが入ってきたときに見た彼女の姿がこれだった。

「自動人形のような」口調で彼女は言い渡した。「すぐこの家に火をつけなくてはいけません」。（舞台でもそれ以外でも、ドゥーゼはいつも芝居がかった話し方をした。）パルメリオは口ごもり何とかその場を取りつくろう。彼はプラクティカルな人間であり、現実世界の住人であった。その彼が世界でもっとも偉大な悲劇女優を相手にメロドラマの一場面を演じなければならないのである。それはどぎまぎする経験だった。ドゥーゼはぶつぶつ言いながら部屋のなかをまわりはじめた。「神殿は汚された。それを浄化できるのは火だけだ」。彼女はマッチを探していた。パルメリオは警告した。もしあなたが家に火をつけたら、わたしは消防団を呼びます、と。彼は懇願し、なだめた。彼女を家の外へ連れ出した。どうしたのですか、と彼は尋ねた。彼女はしっかり握っていた片手を開いて、二本のヘアピンを見せた――ブロンドの髪の持ち主がつけるような白っぽい色のピンだった――それを彼女は客用寝室で見つけたのだ。ヘアピンの持ち主が誰であるか、そしてダンヌンツィオが誰と会うためにリヴォルノへ行ったのか（別の女である）よく知っていたパルメリオは、おだてたりすかしたりしながら彼女を徐々に落ち着かせた。すると彼女の悲劇的な荘重さは崩れ、わっと泣きはじめた。

一九〇四年五月。ダンヌンツィオの女家主でセッティニャーノの隣人でもあるデッラ・ロッビア侯爵夫人は、興味深い儀式を目撃している。オリーブ林を抜けてカッポンチーナに通じる道に女性たちが薔薇の花びらをまき散らしていた。お仕着せを着た使用人たちが一列に並んでいた。白い絹のスーツに身を包んだダンヌンツィオが現れ、背の高いブロンドの、優雅な身なりの女性が彼の腕に寄り添っている。まるで祭壇に向かう新郎新婦のような荘厳さで、彼らは家に向かって歩いていく。ドゥーゼとのダンヌンツィオのロマンスは終わっていた。そして彼があれほどの仕事をこなした、比較的安定した時期も終わった。彼とともにいた貴婦人はアレッサンドラ・ディ・ルディニ侯爵夫人である。彼女は独立心の強い裕福な二十六歳の未亡人であり、二児の母（そのとき彼女はその子たちを捨てようとしていた）であり、前首相の娘であり、このあと三年間はダンヌンツィオの愛人として認められることになる。

## スピード

ダンヌンツィオが完成させた最後の長編小説『そうでもあり、そうでもなし』は、赤いオープンカーで北イタリアの平野をマントヴァに向けて突っ走るカップルの描写から始まる。彼女（気まぐれで魅力的な若い未亡人イザベッラ・インギラーミ）は彼（元気のいい探検家で飛行士のパオロ・タルシス）を小説のタイトルになっている言葉で焦《じ》らしている。イライラしたタルシスは車のスピードを上げる。車は轟音を上げて真っ直ぐなローマの街道を走り、エンジンの鼓動は戦いのために巨大な金属の太鼓を叩いているようだ。彼は彼女に言う。君の命は僕の手のなかにある、と。

「僕は一瞬のうちに車を砂埃のなかへ突っ込ませ、石と衝突させて君と僕を血の塊にすることができる」

「そうね」

彼らは二人とも熱に浮かされていた。

「目を閉じて、僕にキスしてくれ」

「だめ」

「じゃあ、死のう」

「いいわよ」

大きな丸太を何本も積んで、四頭の牛に牽かれた荷車が道をふさぎながら彼らのほうへ進んでくる。タルシスはアクセルを踏みつづける。イザベッラは自分の身体を、自分の両脚が「何千人もの信者たちの唇で磨かれた銀の十字架像と同じぐらい滑らか」であるのを強く意識する。一羽のツバメが彼らの目の前に現れ、ぶつかって落ちる。イザベッラはサイドミラーでタルシスをじっと見つめる。彼の顔――ブロンズ色で綺麗に髭を剃り、絹のスカーフの上に分厚い唇が見える――は凸レンズのせいで歪み、流線型の未来派の肖像に見える。

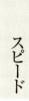

「やるかい？」

「ええ！」

彼らは真っ直ぐ荷車に向かっていく。最後の瞬間にタルシスはハンドルを切る。でこぼこの道の端で車は激しく揺れ、すんでのところで、道路に沿って流れている睡蓮でいっぱいの運河に飛び込むのを避ける。イザベッラは激しく笑いはじめる。それは彼女の狂気の始まりを匂わせるような、しゃくり上げるような大笑いであった。

スピード、危険、性的残虐性、自殺、狂気。これらのテーマは、ドゥーゼと別れてからフランスへ出発するまでの期間、ダンヌンツィオの作品に脈打つと同時に彼の生活に取り憑いたものである。彼の財政問題はますます絶望的になり、ライフスタイルは馬鹿げたほどに贅沢なものとなり、異性関係はさらに混迷を深めた。自分の年齢をますます気にするようになり、ひどく気分が落ち込んだ。しわや禿げ頭、変色した歯などすべてが美しさを損なう傷のように感じられた。文学面での生産力も低下した。詩想が血管のなかを流れる血のように湧き出ていた奇跡のような日々は過去のものとなった。彼の名声も、その目新しさが失われると、退屈なものとなった。自分の動静を追うジャーナリストたちを、彼は「欲深でちっぽけな三文文士たち」と呼んだ。彼は孤独を感じていた。人生で初めて、自分よりも若い女たちを求めるようになり、それは足早に消え去りつつある自分の若さを追いかけているのだと自覚していた。

彼はつねに危険を愛した。そうする必要がないときでも決闘を行った。（一九〇〇年にもう一度決闘を行ったが、それはフィレンツェでの選挙運動の際に、許しがたい人身攻撃と彼が見なした新聞記事をめぐるものだった。）彼は馬を激しく疾走させ、たびたび落馬したが、それは乗馬が下手だからではなく、ひどく向こう見ずな乗り手だったからである。キツネ狩りの際には、自分のサラブレッドに角砂糖をやりすぎて、制御できないほど馬が「酔って」しまうことがあった。あるときにはカンパーニャ・ロマーナで連続して四十四の壁を飛び越えて記録を作った。仲間の狩猟家たちは、彼の興奮しすぎた馬が猟犬たちを踏みつぶすのを防ぐことができず（あるいは防ごうとせず）、狩猟のエチケットを無視する彼のやり方を冗談にした。「詩人には地平線の向こうまで運ばねばならない緊急のメッセージがある！」

一九〇三年秋、ドゥーゼが彼の『フランチェスカ・ダ・リミニ』をドイツおよびイギリスで演じる公演旅行（彼女にとって相当な財政的損失をもたらした）を行っているあいだ、ローマの近郊で狩猟をしているときにダンヌンツィオはアレッサンドラ・ディ・ルディニに出会った。数週間

後、フィレンツェで彼女の弟の結婚式の場で再会し、その数日後には彼女を愛しているという手紙を書いていた。その冬、『イオリオの娘』の稽古が行われているあいだ、ダンヌンツィオは何度もそこから抜け出し、ドゥーゼが病に臥せっていたジェノヴァではなく、狩猟のために、そして新しい恋人に会うためにローマへ向かった。

アレッサンドラはダンヌンツィオよりも十五歳、ドゥーゼよりも二十歳若かった。彼女は背が高くて活発な、金髪のアマゾネスであり、ローマの社交界では恐れを知らない女騎手として知られていた。彼女は（ショッキングなことに）半ズボンを穿き、両脚を広げて馬にまたがった。「わたしは馬、犬、狩猟、そして必ずしもすべての女が捕食される動物ではないことを男たちに証明できる機会を与えてくれる、あらゆるものを愛している」と彼女は、彼の餌食になる直前に、ダンヌンツィオに語った。つねに両性具有的な女性に惹かれ、その精神の貴族的な自立性ゆえに彼女を愛したダンヌンツィオは、彼女をニケ（ヴィットリア）と呼んで自分のものにすることに取りかかった。彼女は有頂天になり、まわりが見えなくなった。「あなたの愛はいつまで続くの？　すさまじい苦痛が待ち受けているのが怖いわ。でもそれは問題じゃない……またあなたに会えると思うと震えてくる」。

ダンヌンツィオは法的には依然として既婚者であった。アレッサンドラの家族は、名声があるにしても、たんなるブルジョワにすぎない破産した詩人の愛人になることで、彼女が自らの品位を下げたことに仰天した。彼女の父親は娘に与える手当を打ち切った。彼女の死んだ夫の家族は、二人の幼い息子を彼女から取り上げた。彼女はくじけなかった。「つねに立ち向かうことを忘れるな」がダンヌンツィオのモットーのひとつだった。「眠らぬように」がもうひとつのモットーだった。ニケには眠たげな様子も臆病なところもまったくなかった。角砂糖を食べすぎて恍惚状態になったサラブレッドのように、彼女は興奮し、危険になった。

ドゥーゼがいた頃には当たり前だった「仕事にきわめて好都合な調和と平穏」がもはや存在しなくなった、とベニーニョ・パルメリオは書いている。女優として自分の評判に注意を払っていたドゥーゼは、カッポンチーナで数百回も夜を過ごしながら、そこではあくまでひとりの訪問客であった。慣習を無視するのに十分なほど尊大で自信家のニケは、カッポンチーナにやって来ると家計の拡大に手をつけた。使用人の数は六人から十五人に増え、やがて二十五人となった。「金は使われたのではなかった」とパルメリオは書いている。「それはポイと捨てられたのだ」。月に二回、馬の蹄鉄を変えるために蹄鉄工が助手をひとり連れてミラノからやって来た（トスカーナには蹄鉄工がいないかのように）。パリのドレスメーカーからニケの衣装代として巨額の請求書が届くようになった。アントンジーニは、馬が眠るために厩に敷かれたペルシア絨毯をその目で見た、と語っている。「ダンヌンツィオとその美しい伴侶は、まるでそれまでの質素と賢明さを示すすべてのものを一気に払拭したがっているように見えた」。だが彼らのとんでもない浪費癖にもかかわらず、間もなく二人を襲った災厄は彼ら自身がもたらしたものではなかった。

一九〇五年の春、ニケの卵巣に腫瘍が発見された。彼女は（その当時ではきわめて危険だった）全身麻酔の下で三回もの生命に関わる手術を受けた。ダンヌンツィオは彼女と一緒に病院に行き、数週間続けて病院にとどまり、熱心に看病をした。麻酔のためのクロロフォルムが処方されるとき、彼はそばに立っていた。三回目に彼は書いた。「わたしは彼女の魂が暗闇に沈んでいくあいだ、彼女の手を握っていた……死の苦悩に三回も立ち会ったように思う」。

ダンヌンツィオはアレッサンドラの病気を自らに与えられた試練と見なした。「苦しみは大きく、拷問はいつまでも続く」と彼はアントンジーニに電報を打った。「わたしの苦悩をどう伝えていいのかわからない」。ニケが生還したことは彼自身の英雄的な不屈の精神の証拠である。「医師たちはわたしの忍耐に驚嘆している。六週間もわたしは夜を徹して見守っていた」。彼女の手術は彼の「殉教」であった。「手術のたびに、わたしは脚を石のようにして直立不動で待ち、苦痛を祈りに変えた」。それでも彼のなかの作家は目を配りつづけた。死の可能性がある手術が行われているあいだ、彼は恋人の苦しい体験の過程についてメモをとっていた――輝くメスと鉗子《かんし》、キャスターのついた「拷問のベッド」、外科医の無言の動作、そして手術室の治療記録。彼が書く次の戯曲には同じような手術の細かな描写が含まれることになる。

ニケの病気に心を動かされ、奮い立ったダンヌンツィオは、彼女と結婚するためにそれまでの婚姻関係から解放されることをじっくり考えた。しかしイタリアで離婚が合法化されるのは一九七四年のことである。彼にとって結婚を終わらせる唯一の方法はスイスの市民権を取得することだったが、それはイタリア民族の声を自認する彼にしてみれば、考えられないことだった。いずれにせよ、時間は経過する。ニケが回復するにつれて、彼女に対する愛は衰えていった。

痛みを抑えるために彼女にはモルヒネが与えられていた。身体が回復する頃には、彼女は薬に依存するようになり、ダンヌンツィオに手紙を書いた。「ニケは自分の絶望に屈し、ガブリが自分から遠ざかる苦しみを一時間でも忘れるためにモルヒネを注射した」。ダンヌンツィオはかつて、大胆さゆえに彼女を愛した。いまや彼女は見るも無残な存在であり、彼は別の場所に慰めを求めた。ニケが摂取するモルヒネの量が増えれば増えるほど、恋人は彼女を疎んじるようになった。彼が離れていけばいくほど、彼女は惨めになり、モルヒネの量が増えた。二人の恋愛はその始まりにふさわしい形で終わった。ある晩、取り乱した彼女は、ダンヌンツィオのもっとも力強い馬に乗り、ギャロップで走りだした。そしてすぐに馬を制御できなくなった。ダンヌンツィオは彼女のあとを追いかけ、苦労しながら馬と乗り手を無事に連れ帰った。

翌日彼女は彼にメモを書いた。「わたしたちが一緒に暮らすことがあなたには重荷になってしまった」。「黙ったま

まの苛立ち（昨夜あなたがわたしの馬の手綱を取ったときのような）、そしてあなたの言葉（昨日のような）、あなたの退屈をあからさまに示す幻滅した気のない言葉」などから彼女はそれを感じとることができた。最後になって彼女は自尊心を取り戻し、ローマへ去った。パルメリオはダンヌンツィオが彼女を駅まで送り、その手にキスをして別れを告げるのを見ていたが、その無感動な様子はまるで「たった一日訪ねてきた客」と別れるようだった。ダンヌンツィオの感情は激しいが、終わってしまえば、跡形もなく消え去るのである。

彼の浪費はいまでは完全にコントロールできなくなっていた。『イオリオの娘』はスペイン語、英語、ノルウェー語、ドイツ語、ロシア語のほかに六カ国語に翻訳されたが、それでもダンヌンツィオの収入はその支出にはるかにおよばなかった。

彼の財政状態は不安定なままだった。私生活は同じように混乱状態だった。女性との関係がどんどん増えていった。より長く続く複数の恋愛が重なるようになり、つかの間の出会いはますます頻繁に発生するようになる。ヨーロッパ中の女性が彼に対して幻想を抱いていた。作家として

の彼には、その詩や小説で描かれたエロティックな陶酔を経験したいと願う崇拝者たちがいた。有名人としての彼には、その名前にまつわる退廃的な魅力を味わってみたいというファンたちがいた。会ったばかりの女性に、カッポンチーナへひとりで訪ねてくるように招くことができ、その女性はやって来た。若い娘にカフェで声をかけ、自分のホテルで「休む」ことを提案し、彼女は同意した。フォーマルなパーティーで賤《いや》しからぬ既婚女性と出会い、何もはたらきかけをしないうちに彼女が彼のドアに現れ、「身を任せる」気になっていたこともあった。誘惑は、彼がほとんど無意識に行っていることだった。バーナード・ベレンソンは、彼が男たちと一緒にいるときにはきわめて分別があるのに、声の届く範囲に女性がやって来るや、命令に応える「訓練された猿」のように、声と物腰が変わることに気づいた。

　彼と長く続く友人になった女性のひとりが、莫大な財産の相続人ルイザ・カサーティ侯爵夫人だった。十三歳で両親を失い、二十歳になる前にミラノの貴族と結婚してすぐに別れたカサーティは、型にはまらない美女だった。マリネッティは彼女を「檻の柵を食いちぎった豹のような、満足した雰囲気」を持っている、と評している。彼女のスタイルはけれん味たっぷりで風変わりだった。自分のまわりに生きているアクセサリー――アフガンハウンドやオセロット〔中南米に生息する黄色と黒の斑点の模様があるヤマネコ〕、オウム、クジャクなど――を侍らせてエキゾティシズムを表現した。パーティーの際には黒人の召使いにティエポロの絵からコピーした衣装を着せた。非常に背が高く痩せている彼女は、顔を死者のように白く塗り、大きな緑の目をコール墨〔アラブ人女性がアイシャドーに用いる硫化アンチモンの粉末〕か黒い紙を細く切って糊づけしたもので際立たせた。髪を真っ赤に染めて逆毛を立て、メデューサのように数インチ高く巻き毛をもつれさせた。ボルディーニ、オーガスタス・ジョン、ジャーコモ・バッラ、マン・レイといったさまざまな芸術家のモデルとしてポーズをとった。彼女はダンヌンツィオに珍しい黒いグレイハウンドを一匹贈り、謎めいた電報を送った。「ガラス吹き工はわたしに二つの大きな緑の目を、星のように美しい目を贈ってくれた。それを欲しい？」彼女は「わたしを驚愕させることができた唯一の女性だ」とダンヌンツィオは書いている。

　ダンヌンツィオは超人という役の別の型を試みていた。次の戯曲『愛よりも』のなかで彼はコッラード・ブランドというキャラクターを、がっしりとした肩の――ダンヌンツィオは明らかにそうではなかった――素晴らしい獣のような男、探検家で戦う男として創り上げた。ブランドはアフリカでの戦争を戦った経験があり、戦死した敵軍兵士の「黒い山」の上で捕虜となったとき、拷問を受けても笑って歌を歌った男である。

　一八八七年の痛ましいマッサウア侵略以来、アフリカはイタリア人たちが死に行く場所、あるいは自分たちの男らしさを証明する場所と見られていた。それに加えて、ダンヌンツィオはヘンリー・モートン・スタンリーのアフリカ探検記をすでに読んでいた。そしてやはり抜け目なく新聞を操作することを知っていたスタンリー――サー・リチャード・バートンによれば、彼は「ニグロを猿ででもあるかのように撃った」――は彼の気に入った。狭量な当局者がブランドに対して新たな遠征のための資金の提供を拒否すると、彼はある金貸し――この人物を腐ったパンにわいたウジ虫のように無用な存在と彼は見なす――から金を強奪した上で殺してしまう。ダンヌンツィオは『罪と罰』のプロットを繰り返しているが、ドストエフスキーのラスコーリニコフが絶望的かつ悲痛なキャラクターであるのに対して、ダンヌンツィオのコッラードは自然の暴力であって、どのような裁きや告発からも免れている。

『愛よりも』は激しい抗議を引き起こした。ラストシーンは「猛烈な反発の声が吹き荒れるなかで難破してしまった」と観客のひとりは回想している。幕は野次の「嵐のただなかで」降りた。観客たちがローマのコスタンツィ劇場から出てくると、そのなかの誰かが通りかかったカラビニエーリ〔治安担当軍〕の一団に叫んだ。「作者を逮捕しろ！」と。

ダンヌンツィオは猛然とこれに応じ、彼を批判する者たちを糞を食らう甲虫と表現して、論争を引き起こすあとがきを発表した。（古い語彙、あるいは少数の者しか知らない語彙に関する彼の研究は、糞便に関する悪口を駆使する恐ろしい力をもたらし、それはその後十年以上も彼の武器としてさらに力を増すことになる。）「われわれの素晴らしい苦悩の息子、そしてもっとも神聖な神話の息子として、自らを形づくる存在」について漠然と彼は語る。そうしたプロセスに対するあらゆる妨害は「酔った奴隷」の反乱である、として彼は退ける。ダンヌンツィオ本人として書きながら、自らが創り出した虚構の——がっしりとした肩の——超人と考え方は驚くほど共通しており、したがってそれに反対する者はウジ虫同然なのである。

狂気はダンヌンツィオの戯曲や小説のあちこちにつきまとっている。それは彼の想像の領域だけでなく、実際の生活でも同じだった。ダンヌンツィオ自身の精神にアブノーマルな面がいくつも見受けられる。度を越したハードワークとそれに匹敵する軽挙妄動の繰り返し、抑鬱症の発作、目もくらむほどの知性とプラクティカルな問題や他者の感情に対する極端な鈍さの組み合わせ、などがそうである。マリア・グラヴィーナは少なくとも断続的に正気を失い、ニケの狂乱は病的なものと考えられる。ダンヌンツィオの次の恋人は、二人の関係が終わる頃には、精神病院に収容されることになる。

その女性とはフィレンツェの伯爵夫人ジュゼッピーナ・マンチーニのことで、夫は豊かな地主でワイン生産者であり、当初は自分の家に招いた偉大な作家を歓迎していた。ダンヌンツィオは彼女をアマランタと呼んでその肌の青白さを愛し、それを白い薔薇あるいはデロスの神殿の大理石にたとえた。「神殿に仕える者たちはその大理石を薔薇の香油と少量の金を合成した秘密の薬剤で染め上げた」。彼は彼女を魔女や雌猫と呼んだ。手紙には「小さな女の子《ピッコラ》」、「悪い子《テイテイーヴァ》」と書いたが、彼女は実際には彼のファンタジーに登場するようないたずら好きな動物ではなかった。二人が最初に出会ってから性的な関係が始まるまでに数カ月かかっており、彼らの恋愛は、熱烈ではあったものの、陽気で気楽なものでは決してなかった。

一九〇七年二月十一日――この日を生涯ダンヌンツィオは記念日として祝うことになる――彼女は密かにカッポンチーナを訪れ、「大いなる贈り物」を彼に与えた。その日には停電があった。幸先のよい暗闇はダンヌンツィオにとって吉兆と思われた。彼はベッドに白い薔薇を敷き詰め、花びらのなかで彼女とセックスをした（彼が忘れずにとげを取り除いておいたと思いたい）。白檀とミルラの香りがする彼女の腋の下を彼は崇め、蜂蜜の滴るその舌を味わった（彼は『ソロモンの歌』を読んでいた）。彼女がそそるようなゆっくりとした動きで初めて明らかにした「薔薇」を彼は崇拝し、「限りなく貴重なもの」をさらすために彼女の絹の下着の襞を取り去った。自分たちの性交は「完璧」だった、と彼は彼女に言った。終わりなきメロディーのような快楽は彼女から彼へ、彼から彼女へと伝わった。「それは一種の神秘的な幸福である……なぜならすべての完璧なものは神聖だからである」。

しかしながらこうした密会は、人目をはばかる、慌ただしいものであった。ダンヌンツィオは、結婚している女性の恋人になることがどれほど惨めなものか、あらためて知ることになった。彼らのセックスはしばしば大急ぎで落ち着かないものであった。表向きは罪のない外出からの帰途、彼らは二時間ほどホテルに立ち寄り、そのあいだ召使いは下で待たせていた（その口の堅さは保証の限りではなかった）。ダンヌンツィオがマンチーニ家の田舎のヴィッラの客として滞在しているときには、彼らは真夜中に会って階段の踊り場でセックスをした。ダンヌンツィオは四十代になっており、世間で認められた名士であり、成人した複数の息子を持つ父親でもあった。しかし彼は茶番劇の恋人というみっともない役を演じることを余儀なくされた。家の外でぐずぐず時間をつぶしたり、寝室の窓まで無鉄砲によじのぼったりした。

アマランタの愛を彼は確信できなかった。大勢いるなかで互いに見つめ合うときも、彼女は控えめに冷静な態度をとり（とはいえ、ベートーヴェンを聴きながら手を握り合ったことも一度あった）、動揺した彼は帰宅しようとした。夫のもとを去るように彼女を説得したが、無駄に終わった。このときばかりは優位を保てなかった彼は、自分自身を彼女の「餌食」であり「所有物」、「哀れな奴隷」だと表現した。彼は（それほど真剣にではないだろうが）自殺を考えた。「今夜わたしは睡眠薬を飲まねばならぬ、あるいは毒薬を」。

彼はアルノ川に架かる橋の上で、屋根つきの馬車のなかで彼女を待っていた。彼女は黒いレースの服を身につけて現れた。ダンヌンツィオは二人が会うためにフィレンツェにアパートメントを借りていた。寝室には緑色のダマスク織りが掛かっていた。この部屋を彼は「緑の修道院」と呼んだ。彼はこの部屋に花瓶とキモノをふんだんに備えた——「情熱と快楽の二年のあいだ、われわれの日々には優雅さと美しさが欠けることはなかった」と彼は書いた——が、彼はここでたびたび惨めな思いをした。迷子の猫だけを相手に寂しい夜に恋人が会いに来るのを待ちつづけたり、ただひとり凍えて失望に苦しみながらベッドで目を覚ましたまま横たわっていた。敬虔なキリスト教徒であるアマランタは、罪の意識に悩み、ダンヌンツィオとの関係の発覚をひどく恐れていた。アパートメントは一階にあって庭園が見渡せ、キーキーと鳴る鉄の門が通りに通じていた。二人が一緒にいるとき、門の蝶番が耳障りな音をたてるたびに彼女はたじろいだ。

一九〇七年二月、ジョズエ・カルドゥッチが死去した。四日後『コッリエーレ・デッラ・セーラ』紙はダンヌンツィオの詩『ジョズエ・カルドゥッチの墓に寄せて』を掲載した。その詩の結びはこうだった。「燃える松明は彼からわたしに託された／わたしはそれを険しい頂で振りかざすだろう」。

ルイジ・ピランデッロはこの詩を自信過剰だと判断した。ダンヌンツィオだけがイタリアで生きている偉大な詩人ではなかった——ジョヴァンニ・パスコリもいた——が、彼はこのとき「死の床で葬儀の松明に火をともし」、もっとも高い峰に向かって自らの道を切り開いた。一カ月後、ミラノで開かれたカルドゥッチを記念するセレモニーで演説することによって、彼は自分の主張をさらに強化した。

劇場は人で埋まっていた。いまやダンヌンツィオは行く先々で興奮を引き起こすようになっていた。このときは、新作のオラトリオの開始から数分遅れて到着した彼は、自分が席に着くとささやく声やガサガサした動きが大きくなるのに気づいた。その音楽が自分の趣味ではないことがわかって途中で退席したので、「きっと物議をかもしたと思う」。ミラノからアマランタに手紙を書いた。「よきミラノ市民は誰もがわたしの断片でもいいからしゃぶりたがった。わたしには何本かのずきずき痛む骨しか残っていない」。だがカッポンチーナの庭のスミレや「わたしの犬たちの柔らかい耳」を楽しみながら家にいるほうがはるかに好ましい、という彼の主張にもかかわらず、「群衆の食べ物であるかのように」自分自身を提供する仕事が、二度にわたる熱狂的な瞬間によって輝いたことを、彼は認めざるを得なかった。

一度は彼がステージに足を踏み入れたときだった。「これほど深い人の海をわたしはそれまで見たことがなかった」。二度目は新たに近代化された『コッリエーレ・デッラ・セーラ』の印刷工場を訪ねたときだった。編集長ルイジ・アルベルティーニは第一面全体をダンヌンツィオの演説のテキストに振り向けた。イタリア全土に配布される三十万部の新聞に掲載されて自分の言葉が広がっていくのを見て、ダンヌンツィオは新聞が彼に与えてくれた権力と読者の数に有頂天になった。彼はアルベルティーニにとってもっとも価値のある寄稿者のひとりとなる。

演説で彼はカルドゥッチへの賛辞を語るものと思われていた。実際には、その演説は彼自身のマニフェストだった。献身とナショナリズムの言説を混ぜ合わせながら、彼は「民族の永遠の精神」について語った。ローマの執政官《コンスル》について、皇帝党の血なまぐさいが気高い戦いについて、メディチ家について、ミケランジェロについて、「達成困難な美しさと激しい運命」に満ちた歴史について彼は語った。イタリアの英雄たちの名前、イタリアの都市の名前を次々と挙げ、民族の構成要素を示すことで一つの国民を創り上げたいと考えているようだった。彼はラドヤード・キプリングを想起させる。この前年に刊行された『プークスヒルのパック』のなかで、キプリングは過去のブリトン人たちの亡霊を召喚し、同じような役割をイギリスに対して果たした。

彼の演説は武器を取るようにという呼びかけであった。半世紀前にイタリアの土には勇敢なイタリア人たちの「濃い血」が「大量に流された」が、リソルジメントの偉大な企ては次第に弱まって消えてしまった。そしていま、彼の前にクリスピがそうであったように、ダンヌンツィオは戦うための理由を探し求めていた。敵が何者なのかは明らかではなかった——内なる敵である「灰色の民主的な洪水」かもしれない。外の敵である強国かもしれない。それは問題ではない。『栄光』のなかで描いた独裁者に彼が与えた感情を繰り返しながら、汚染された土地は激しく掘り返されねばならない、とダンヌンツィオは断言した。イタリアに対して彼が求めたのは、工業化された国になること、近代兵器による武装を進めること、攻撃的な新しい「国民意識」を発展させることであった。彼はドイツを賞賛した。イタリアと同じ若い国でありながら、そこでは英雄たちの新しい世代の武勇は巨大な船や製造工場の形で具体化されていた。『フランチェスカ・ダ・リミニ』において舞台の上に創り出そうとした中世世界と同じように、危険でありながら壮大な、鉄と火でできた近代世界を彼は演説のなかで描き出した。

こうした大言壮語も彼の愛情生活には何の役にも立たなかった。「緑の修道院」でアマランタの身体の匂いのついたスミレ柄のローブを広げたり、素晴らしい襞の入ったフォルトゥニーのチュニック（濃い藍色でミュケーナイ風のモチーフがプリントされている――彼はこれをとても気に入っており、小説に登場する「運命の女《ファム・ファアタール》」二人に着せている）を引っ張り出したりした。香炉に火をつけたり、花びらや香りをつけたハンカチをベッドにまき散らしたりもした。アマランタの肉体を、彼女の乳首――彼は二つの乳首をそれぞれムリエッラ（クロフサスグリ）とフラゴレッタ（小さなイチゴ）と名づけていた――を嚙む機会を切望した。しかしいつでも何かが彼女の到来を邪魔することになった。

デスクに向かっているときのほうが幸せだった。彼はそれまでもっとも野心的な戯曲『船』を執筆していた。その主役は「民族の全員」である、と彼は書いている。中心的なイメージは一隻の戦艦の建造である。それは六世紀の船で、目下ドイツのバルト海に面した造船所で造られている、あるいはイタリアでも造られることを彼が望んでいる装甲艦に相当する。一九〇七年の秋のあいだずっと、彼は全力で書きつづけた。二十時間もぶっ続けで仕事をして、果物と生卵しか食べず、犬のようにではなく（犬には貴族的な怠惰さがあるゆえに彼は犬たちを愛した）、「道路工事の労働者のように」働いた。

西暦五五二年という設定で、この劇はビザンツから自由になろうとするヴェネツィア人たちの苦闘を禍々《まがまが》しく語る。ヴェネツィアの潟湖《ラグーナ》にある島の湿った土地に聖堂（それがサン・マルコ教会となることがわかる）が建てられている。その骨組みのなかにローマ時代の断片――柱、彫刻が施された大理石、金のモザイクなど――が組み込まれる。このなかで、「古代ローマ精神《ロマニタ》」が保存され、新国家としてよみがえることになる。そのほかに見えるものは、半ば完成した船（建造チームには船大工の親方も含まれる）と膨大な出演者たち（芝居のいくつかの場面では三組のコロスが同時に舞台に登場する）を十分に収容できる大きな遠景である。

ダンヌンツィオは作曲家（イルデブランド・ピッツェッティ）に「氾濫した川の流れと轟音」の音楽的表現を求めた。船乗りたちは勝利をたたえる歌をがなり立て、熱狂的キリスト教徒たちはラテン語の賛歌を歌う。異教徒たちはディオニュソスをたたえる歌でそれに挑戦する。兵士たちは凱旋する。捕虜たちは穴のなかに放り込まれ、処刑を執行する女によって弓矢でひとりずつ殺される。この女バジリオーラ・ファレードラは復讐の悪魔である。彼女の父親と兄弟たちは、去勢されたビザンツ皇帝と取引したために、裏切り者として全員が目をつぶされていた。いま彼女は一家の敵である二人の兄弟を破滅させることを狙って、ひとりずつ誘惑する。バレエとストリップを兼ねた淫らな踊りのなかで、致命的な武器のような肉体を——フォルトゥニーを思わせるゴージャスな絹の衣装を一枚ずつ脱ぎ捨てて——彼女は露わにする。

芝居のなかで使われている言葉は、一連の誘惑、宗教的熱狂の噴出、戦いの鬨《とき》の声、である。残酷さとセックスが舞台の上の動きにアクセントを与える。盲目にされたファレードラ家の五人が舞台の上で恐ろしさにすくむ。バジリオーラは「流れる血を見たいという切望に震える」。次なる矢を弓につがえるとき、彼女はそれを淫らになめる。すると穴のなかの捕虜たちは惑わされて自分を殺してくれと彼女に懇願する。「もっと矢を！」「わたしに！」「僕に！」最後に主人公の英雄が叫ぶ。お前は新しい船の船首像となり、その身体は生きたまま釘で打ちつけられるだろう、と。彼女は祭壇の前で燃えさかる大きなかがり火に身を投じ、彼の予言を妨げる。それはダンヌンツィオが序文の詩のなかで明らかにしていた計画のための生贄となる行為だった。計画とは、すべての海（なかでもとくにアドリア海）を「われらが海《マーレ・ノストロ》」とすることであった。

舞台稽古を監督するために、ダンヌンツィオはローマへ向かった。彼は陰鬱な気分の時期にあたっていた。かつては感動させる魅力を列挙したこともあるローマも、いまは「ぞっとする」ように彼には思えた。通りで出会う人々の顔は「弱々しさ、シニシズム、下品な羨望、無意味な愛」を示していた。俳優たちの声が頭痛を引き起こす、と彼は愚痴をこぼした。「トラーバ修道士役のトロンボーンのような声は、クロロフォルムなしで頭蓋骨に穴を開けている

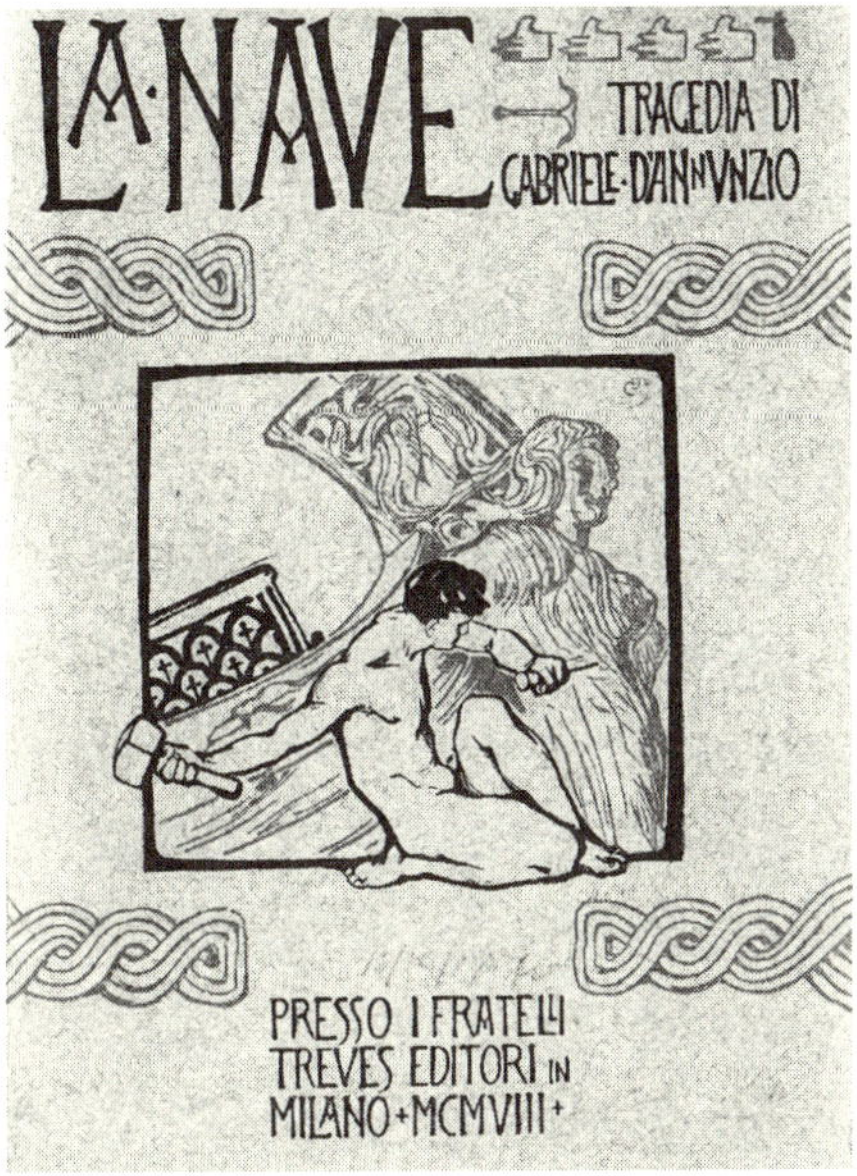


ようにわたしを身震いさせる」。舞台裏の雑然とした環境やうわべだけのマナーは彼にとって嫌悪を催させるものだった。「俳優たち全員が見ているなか、埃だらけのテーブルで昼食をとらねばならなかった！」

十年後に『船』を観たD・H・ロレンスは「愚作《ボッシュ》」だと評した。しかしながら、ダンヌンツィオのドラマを最初に観たイタリアの観客たちは熱狂した。彼の作品のなかでももっとも論議を呼んだこのドラマは、大喝采を引き起こして作者は大いにたたえられた。初演の夜には国王と王妃が出席し、終演後ダンヌンツィオを自分たちのボックス席に呼んで祝意を伝えた。そのあいだ、劇場から出てきた騒がしい群衆はローマ中心部の通りを練り歩き、芝居のなかのキャッチフレーズを唱和した――それはたちまち未回収地回復運動家たちのスローガンとなった。「武器を取って世界に向けて碇をあげよ！」

初日から数日後の夜にダンヌンツィオのために開かれた大宴会の席で、政府の大臣もひとり出席しているなか、ダンヌンツィオは「もっとも苦いアドリア海に」乾杯することを提案した。彼はこの言葉をある新聞記者に説明した。「アドリア海の苦さとは、われわれの病気の左肺と関連している」。彼が示唆していたのは、アドリア海の東海岸の土地で、かつてはヴェネツィアの支配下にあったヴェネツィア＝ジューリア、イストリア、クロアチア、ダルマツィアのことであり、それらは依然としてオーストリアの手中にあった。

芝居の興行は数週間続き、その後ヴェネツィアへ移った。ダンヌンツィオは手書きの原稿をヴェネツィア市に寄贈すると申し出た。『船』のなかで性的倒錯行為とキリスト教の典礼が混ぜ合わされていることが教会をうろたえさせるとして、市長が申し出を辞退したため、芝居の宣伝にもなる論争が起こった。最終的に市長の反対は退けられ、ダンヌンツィオはトップハットに燕尾服という正装で市庁舎にゴンドラに乗って現れた。原稿は深紅のリボンで結び、素晴らしい古い赤のビロードで包んであった（中世のヴェネツィア帝国の司法官が着用した制服の一部を使った、と彼は主張した）。原稿の贈呈式に続いて、百名以上の著名な未回収地回復運動家を集めた宴会がホテル・ダニエリで開かれた。テーブルには、「未回収」のイストリアの港町ポーラの、ローマ時代の円形劇場内部で摘んできた花が飾られた。演説者たちは、ダンヌンツィオが「われらの海に勝利の賛歌を響かせる」ことを望んだ。彼は「向こう岸」に「隠れたローマの火」を燃やしつづけた人々への賛辞を呈することでこれに応えた。

ヴェネツィアでの彼の演説は戦争を扇動するものであった。その数日後に首相ジョリッティがドイツ宰相フォン・ビューロウと会ったとき、ダンヌンツィオの言葉が両国間に「悪い雰囲気」を作り出した、と記録された。ドイツ外相はそれ以後、イタリアがどれほど危険になりうるかを思い出すために、つねに自分のデスクに『船』の台本を一部備えることにした。

興行収益は巨額にのぼった制作費を十分にカバーし、あれほど金を必要としていたダンヌンツィオに相当な金額をもたらした。こうして、機嫌がよくなった彼は、成功に浸った。

一九〇八年、『船』の初演の年、フィリッポ・トンマーゾ・マリネッティは、ミラノ近郊をドライブしている際に二人の自転車乗りを避けるために急ハンドルを切り、灌漑用水路のなかに車を横転させた。マリネッティはこの事故を、翌年公表された『未来派宣言』のプロローグとして取り上げ、滑らかな金属と力強い機械の新しい美学を紹介するスポークスマンとして自分自身を騒々しく売り込んだ。少なくとも一世代のあいだ目立っていた文化潮流をマリネッティは把握し、社会に広めていた。ユイスマンスの『さかしま』の主人公デ・ゼッサントは、「最近北方鉄道会社で使われはじめた二台の機関車のまばゆいばかりの美しさに勝る」人間など存在しうるだろうか、と問いかける。そしてダンヌンツィオも、保守主義者でイタリアの過去の栄光をたたえるにもかかわらず、新しくて速い、機能的なものすべてを長年にわたって賛美してきた。「鉄の線路の上を疾走する車両のなかで、川や海を切るように進む船のなかで、そして動いて富を生み出しているすべての機械のなかで、素晴らしい美しさが用意されている」。

彼はもっとも早い機会にカッポンチーナに電話を設置した。自動車が手に入るようになるとすぐに、九十馬力のエンジンを持ち、その当時でもっとも大きくもっとも速い車である真っ赤なフロレンティアを購入した。彼は自動車運転のマニュアルを買い込み、新しい種類のステアリング・ホイールの特許について議論した。(三人の息子のうちエンジニアになったヴェニエーロは、そのことで父親から一目置かれているように感じていた。)彼の運転があまりにも無鉄砲だったため、クレメンテ・オリーゴは海辺まで同乗することを承諾する前に遺書を書くと言い張った。ダンヌンツィオは女友達をドライブに連れて行くときには赤い薔薇で車内を満たした——薔薇が多すぎて座る余地がほとんどなかった、とある女性は述べている。すぐに彼は、その地方の狭い未舗装の道路を突っ走ることで、トスカーナの警察に知られるようになった。

恋人と同じように、アマランタもスピードの新しいテクノロジーに興奮した。ダンヌンツィオとアマランタの二人を知っていた同時代人たちは、『そうでもあり、そうでもなし』に登場する、死をものともしないヒロイン、イザベッラ・インギラーミは彼女を描いたものだと見ていた。ダンヌンツィオの生涯におけるこの大混乱の十年間に、女性のファッションはすっかり変化してしまった。たっぷりとしたスカートに骨の入ったコルセットがついた、レースで飾られたハイネックドレスは、ほっそりとしたラインとしなやかな生地に取って代わられた。ダンヌンツィオのヒロインの場合も、その脚の動きは幅の狭いサテンのスカートによって引き立ち、その顔は獲物を狙う鳥の翼のように滑らかで角張った帽子で隠されて、女性のエレガンスの現代的な変化を反映している。

アマランタとその夫とともに、ダンヌンツィオは一九〇七年にブレーシャで開かれたセンセーショナルなイベントである自動車ラリーに出席した。それ以前には夢にも思わなかったようなスピードを目のあたりにして、人々は熱狂した。ドライバーたちはきわめて大胆で、死にきわめて近い存在だった。刺激されたマリネッティは散文詩『死がハンドルを握る』を書いた。「わが神経のトランスミッション、ギアを惑星の軌道に入れよ！／正しい結果を見抜く本能、おおギア・ボックスよ！／おお、爆発を予期させるわが心よ！」

現代の機械類が発するヒュー、ブーンといった音に対するこうした熱狂のすべては、ダンヌンツィオの『そうでもあり、そうでもなし』のなかで英雄が登場するフィクションとして表現されるが、現実の生活のなかでは残酷きわまりない茶番劇に変わってしまう。ダンヌンツィオとアマランタの関係の終焉は惨めなもので、そこでは滑稽な光景が生まれた。あれほどの熱狂でマシン・エイジを歓迎した詩人が、道路際に立って動かない車の横で怒り狂う光景である。

アマランタはメタリックな車のマスコットにふさわしく、ほっそりとして光り輝く女性だったが、精神的な弱さを抱えていた。彼女は危険を切望しつつ、罪ある者として罰も望んでいた。彼女とダンヌンツィオの関係は、誰もが知っている秘密だった。彼女は夫と自分の父親の双方を恐れていた。ダンヌンツィオの熱烈さは認めていたものの、その不貞を疑っていた（彼女は正しかった）。彼女がダンヌンツィオを責めると、彼は冷酷に劣勢を覆して、自分たちの神聖な愛を否定したと彼女を非難した。彼女には決断ができなかった。自分に対して寄せられるすべての要求と折り合いをつけることができなかった。一九〇八年九月、彼女の心は壊れてしまった。

ある朝、夫への手紙を残して彼女は突然家を出た。その手紙で彼女は「かつてわたしの命であり、わたしの幸せだったすべてのもの」を捨てると宣言していた。だが同時に、彼女の心がダンヌンツィオ――「彼こそがこのすべての破滅の原因である」――に背くことも告げていた。彼女は列車に乗ったが、その決意は揺らいだ。セッティニャーノのダンヌンツィオの家からそう遠くないコンピオッビで彼女は列車から降り、彼に電話をした。彼は迎えに向かったが、そう早くは行けなかった。そのとき何が起こったかについては彼の断片的な記憶しか残っていない。「追い越し、途中でエンジンのオーバーヒート、屠畜人の荷馬車、埃のなかの疾走、駅の人だかり、狂った表情のアマランタはわななき、まくし立て、身を震わせている」。ダンヌンツィオを待っていた彼女は、あまりに動揺がひどかったために、ぽかんと口を開けて眺める村人たちの関心を一身に集めていた。じろじろ見られれば見られるほど、彼女はおびえ、その振る舞いもますます狂気を帯びた。このエピソードがどんなふうに終わったかについては正確にはわからないが、その後すぐに彼女は夫の家にひとりで戻った。夫婦のあいだの激しいやりとり——そのなかで夫は彼女を「売春婦《プッターナ》」と呼んだ——のあと、夫は彼女を残して田舎にあるヴィッラへ移った。彼女は「緑の修道院」でダンヌンツィオと会ったが、夜を過ごすことは拒否した。ダンヌンツィオは彼女を帰らせて、翌朝、「どこかへ行く必要」を感じてボローニャへ車を運転して向かった。そこから彼女に電報を立て続けに打ち、電話もかけたが、つながらなかった。

午後二時三十分、彼女からの電報を受け取った。「悲しみと愛で死にそう。来て、来て、来て、お願い」。彼はさらに三通の電報を彼女に打ったが、彼女のもとには行かなかった。またもや彼の車が動かなかったのだ（イグニションの故障だった）。翌朝、彼はもう一度電話した。彼女の受け答えは支離滅裂だった。彼がどこにいるかも知らず、自分が何をしていたのかもわからなかった。「狂気の息が顔にかかり、わたしを凍りつかせた」。今度は彼はすぐに出発したが、この旅は（ボローニャからフィレンツェまでは三時間あれば楽に着ける距離だが）長々とした茶番劇となった。車は何度も故障した。最終的にダンヌンツィオはヒッチハイクをして、たまたま通りかかった友人たちの車に乗せてもらった。彼らがフィレンツェの郊外に到着したときには、とっぷりと日が暮れていた。彼らは町のすぐ外で、油を燃料に使うヘッドランプをともすために、十分間車を止めた。この十分間が——ダンヌンツィオはその後自分を責めることになるが——アマランタの運命を決定した。彼がやっと「緑の修道院」にたどり着くほんの少し前に、彼女はそこに、警官と名乗り、ドアをやかましく叩く二人の見知らぬ男とともにいたのである。この二人は、ダンヌンツィオがその後知るところでは、実際によく知られた犯罪者であった。

警察は最終的にさまざまな断片をつなぎ合わせて事件の経緯を明らかにした。二人の見知らぬ男たちはアマランタが混乱し無防備な状態でいるのを、彼女の家から歩いて数分の広場で見つけた。彼らは何とか彼女を馬車に押し込んだ。当初彼女を売春婦だと思ったらしい。そして彼女がダンヌンツィオの隠れ家の住所を教えると、そこが売春宿だと考えた。建物に入り込むのに失敗し、実際の状況を理解しはじめると、男たちは彼女を恐喝するチャンスだと考えた。それがだいたい夜の九時頃だった。その夜のもっと遅くに男たちが彼女を連れてカフェにいるところを目撃されている。最終的に夜もかなり更けた頃、彼女は自分の家に戻された。その間彼女の身に何が起こったか、ダンヌンツィオはまったくわからなかった。

翌朝、医師が診察したときには、彼女はわめき散らしていた。階段の踊り場にある小さな部屋に隠れ、そこから頑として出てこなかった。自分は毒を盛られた、と言い張り、自分の「敵」について語った。医師が徐々に理解したところ、その敵とはダンヌンツィオのことであった。彼女はダンヌンツィオに会うことも、彼の話を聞くことも望まなかった。彼からもらった宝石類を投げ捨て、結婚指輪と夫からもらったブレスレット（ダンヌンツィオに言わせれば、何色もの宝石を使った、恐ろしく「趣味の悪い」）を再び身につけた。アマランタの父親が彼女をある精神病院に隔離する手配をしたとき、ダンヌンツィオは野生のシクラメンの花束を彼女がいると信じた病室の窓の外に残した。アマランタから自由を奪って彼と別れるようにし向けたのは、彼女の家族の陰謀ではないかと疑った。しかしもう二度と彼女とは会うまい、とダンヌンツィオはあきらめた。

ニケ、アマランタ、そしてさほど重要ではない女たちとの混乱をきわめた恋愛の連続は、ドラッグや狂気、乱費をともなう贅沢や命に関わる病気などによってさらに混迷したものとなったが、それと同時にダンヌンツィオの財政状況も深刻化の一途をたどった。彼はいつも報酬を求めていた――彼は欲得なしの芸術家ではなかった――が、ビジネスには不向きだった。彼のなかには商業的に実入りのいい役割を尻込みする何かがあったように思える。

ジャーコモ・プッチーニからの共同制作の申し入れがあった。プッチーニは、『マダム・バタフライ』（一九〇四年初演）の惨憺たる評価に落胆して、「イタリア随一の天才」から提供されるリブレットを使って、もっと良い作品を作りたいと望んだ。お世辞は成果を上げなかった。ダンヌンツィオがあまりにも法外な報酬を要求したため、このプランは潰えた。一九〇八年、プッチーニは海辺の隠遁所にいるダンヌンツィオを訪ねて、再び口説いた。ダンヌンツィオはパリジーナを題材とすることを提案した――四年後、このテーマで実際に彼はリブレットを書き、マスカーニが作曲を担当する――が、内心では「これほど悲劇的な題材を作品に仕上げる」創造力をプッチーニが持っているか、疑っていた。プッチーニは詩人にもっと簡潔に書くことを提案した。それは海に向かってもっと水を減らせと頼むようなものだった。ダンヌンツィオは人の言うことをまず信じないので、腹も立たなかった。「彼はとうとう最後に《数カ月で音楽をつけることができる軽いもの》が必要なのだ、と打ち明けた！　そんなことのために『フランチェスカ・ダ・リミニ』を書いた詩人のところにやって来たのだ！」

カッポンチーナは巡礼たちの目的地になった、とパルメリオは書いている。債権者たちが列をなして丘を上がってきたのだ。「礼儀正しく辛抱強い者もいれば、歯をむき出して嚙みつく者もいた」。ダンヌンツィオは無頓着なままだった。執事のパルメリオが状況を説明しようとすると、彼はそれをさえぎって花咲く木の美しさをたたえた。金が足りないことは彼もわかっていたが、だからといって支出を削減しようとはしなかった。最新の戯曲からの収入をまるまる一匹の猟犬を買うのに注ぎ込んだ。彼は宝くじを当てた――驚くべき幸運であった――が、その賞金もあっという間に消えてしまった。いまや事実上家を包囲している債権者たちを避けるために、数カ月間ぶっ続けで友人オリーゴの家に滞在した。一九〇九年には、ジェノヴァからカップ・マルタン、ローマへと次々に移動し、宿賃を払えもしないホテルに滞在しつづけた。

公的な場に現れるときの彼は上品な物腰で成功した者の輝きを身につけていた。だが「メランコリー」は彼の世界を見る目を曇らせた。落馬して肩を脱臼し、新聞はこの事故を自殺を図ったのだと報道した。セックスでさえも失望する結果に終わることがあり、疲労と自己嫌悪しかもたらさなかった。フィレンツェの彼のアパートメントは作業場の隣にあった。そこで女性とベッドにいるとき、隣から何かを作っているガシャン、ドスンという音が聞こえることがあり、彼は自らの「不毛な肉体労働」への衝動を恥ずかしく感じた。

死の直前にダンヌンツィオが書いたところによれば、アマランタとの恋愛は彼の「最後の幸福」であった。破局ののち、まわりの世界は下水道のように見え、愛は「酔っ払った道化師」のように思えた。彼女に宛てて彼は書いた。「僕の血のなかに欲望を沸き立たせる人は、君のほかにはいない……君以外には生涯の伴侶となる人はいない。別の喜びが僕には見えない」。だがそれは真実とは異なっていた。アマランタの精神が異常をきたす数カ月前、『船』の初演のためにローマにいた頃、ダンヌンツィオはパリから来たロシア人の訪問者ナタリー・ド・ゴルベフと出会った。彼女は外交官の妻だったが、つい最近その夫と円満に別れたばかりだった。ナタリーは才能のある歌手であり、ロダンのためにモデルをした経験もあった。彼女はダンヌンツィオと同じぐらい犬と馬を愛した。一枚の写真が彼女の中性的な素晴らしい魅力を示している。大きなフェルト帽に乗馬用の半ズボンを身につけ、柔らかい革のブーツは太腿の半ばまであり、ダンヌンツィオが賛美したその顔は骨格がしっかりしている。ローマで彼女はプリーモリ伯爵のお気に入りとなり、プリーモリは（再び仲介者の役割を演じて）彼女をダンヌンツィオに紹介した。数カ月間彼女は、夫や子どもたち、社会的立場などを考えて躊躇していたが、アマランタが精神病院に収容された数日後のある夜遅くに、ダンヌンツィオに電話をして、訪問してもよいかと大胆に持ちかけた。

　ダンヌンツィオは柄にもなく怖気づいた。十年前にフォスカリーナ（『炎』のヒロイン）の衰えと肌の張りが失われたことについて無慈悲に書いた彼であったが、いまでは自分がその頃のドゥーゼよりも五歳年上になっていた。鏡は彼をぞっとさせた。「わたしは自分のキスが恥ずかしい」。それでも彼はナタリーに来るように伝えた。「彼女は青ざめ、震え、自分自身を投げ出す決意で……ほかのものはすべて無視して、やって来た」。その香油が古くから苦痛の治療薬だったことから、彼はナタリーを「甘松《ナルド》」と呼んだ。「ひとつの情熱の火が消え、別の火が燃え上がる」と彼は書いた。

　再び性的な関係が、感情と創作の両面で彼をよみがえらせた。彼はナタリーをドナテッラあるいは「コーカサスの女神《ディアーナ・カウカーシカ》」と呼んで自分のものだと主張し、彼女に捧げる作品として戯曲『フェードラ』を書きはじめた。彼女は彼の「赤い薔薇」であり、「若き射手」であった。彼女の「聖セバスティアヌスの傷」（女性器のこと）に口づけたいとどれほど望んでいるか伝えたい、と彼は書いた。この関係は、ダンヌンツィオにとっていつにもまして、苦痛が情熱の刺激となるものであった。彼はナタリーが野蛮な征服者ティムールの末裔だと考えることを好んだ。ナタリーを「ふさふさした美しい髪を持つ、巨大な裸の蜂」（蜂が刺すことは相変わらず彼にはセクシュアルなものだった）と呼び、彼女の蜂蜜をなめたがった。この関

係はナタリーにとって不幸なことばかりだったが、断続的にその後も七年間続くことになる。

一九〇九年二月、ダンヌンツィオが『フェードラ』を執筆しているときに、パリでは『ル・フィガロ』紙が第一面全部を使ってマリネッティの『未来派宣言』を掲載した。それはマリネッティの文化的クーデタであり、彼が国際的な芸術運動兼イデオロギー運動の代弁者に変身した瞬間であった。その芸術（質においてはムラがある）とイデオロギー（一貫していない）はともに、その代表者の――マリネッティが好んだ言葉を使えば――真の熱意《エラン》によって騖らされた。

エジプトで生まれ、パリで教育を受けたマリネッティは、裕福でコスモポリタンかつ挑発的な人物であり、自らを「ヨーロッパのカフェイン」と評していた。彼はジャーナリストであり、興行主、パフォーマー、アジテーター、論争家であった。ダンヌンツィオと同様に、彼は宣伝を理解し利用した。（未来派の芸術家のひとりカルロ・カッラは、この運動を「宣伝機械」と呼ぶことになる。）そしてこれもダンヌンツィオと同じように、マリネッティは他人のアイデアを拝借して自分のものにしてしまう、カワカマ

スのような才能を持っていた。彼の『宣言』のなかで派手な装飾を施されて提示されている考え方の多くは、何年も前にダンヌンツィオによって表現されたものであった。

マリネッティは十年以上にもわたってダンヌンツィオについて書いてきていた。近代的でエネルギーにあふれたすべてのものの擁護者――「榴弾に乗って走るような、うなりを上げる自動車は、サモトラケのニケよりも美しい」――であるマリネッティは、寝室に『サモトラケのニケ』の複製を置いていたダンヌンツィオに対してしばらくのあいだは激しい反感を抱いていた。彼はダンヌンツィオの作品を文学のモンテカルロだと評した。「あのごてごてとしたまがい物の新鮮さ、無意味な豪勢さの下にある病的で悲しげな発想」。彼は年上のダンヌンツィオを「病的なノスタルジーという知的な毒」を売り歩くと非難し、「淫乱への執着と……古代の遺物マニア」であると断罪した。しかしながら、数年かかってようやく、古典芸術と中世のがらくたへの偏愛にもかかわらず、ダンヌンツィオは近代的なものを支持する仲間であり、戦艦や鋼鉄製品をたたえる詩人であり、美徳よりもエネルギーにより高い価値を置く人物であることをマリネッティは理解するようになった。

二十世紀の最初の数年を通じて、マリネッティは「未来主義の夕べ」を催していた。それは政治的デモンストレーション、風刺的キャバレー、派手な宣伝、そして（催しの最後はほぼ毎回）流血の大乱闘という騒がしいイベントであった。そのうちの一回はダンヌンツィオに敬意を表して開かれた。一九〇一年にドゥーゼの出演する『死の都市』が散々な評判だったとき、マリネッティはそれを擁護する役割を引き受けた。彼と「数百人の仲間」が劇場に入り込み、「保守的な観客たちの耳と腹に拳の一撃を見舞った」。それは観客に芝居を楽しませる有効な方法ではなかったが、大いに関心を引きつける方法ではあった。観客を引きつける手腕を真面目な目的のために利用することについて、ダンヌンツィオとマリネッティは高度な理解を共有していた。「傑出した誘惑者、カリオストロとカサノヴァの神聖な末裔」に対して「個人的な激しい共感」をマリネッティは感じていた。

一九〇九年の初め、数千部の「綱領」（箇条書きにすることでジャーナリスト用により手頃にした、『未来派宣言』の簡略版）が、メキシコからルーマニアにいたる、世界中の世論形成に影響を与える人々に送られた。たまたま『ル・フィガロ』紙の共同所有者だったマリネッティの父親の友人が、新聞の第一面を彼のために提供してくれた。マリネッティはミラノに戻ると、自分の新聞に『宣言』を掲載した。「未来主義」とひと言だけ書いた白い巨大なシーツを、ミラノの目抜き通りに面した彼の部屋のバルコニーから垂らした。そしてイタリア全土の諸都市の広告板に、燃えるような赤い字で『未来派宣言』を幅十フィート、高さ三フィートの大きさに拡大して印刷したものを貼った。

『未来派宣言』はエキセントリックな文書である——一部は激しい非難の演説、一部はファンタジーである。それはまるっきりダンヌンツィオ風な虚構のエピソードから始まる。ひとりの若者が、東洋の敷物や真鍮のランプが散らばる部屋のなかをぶらついている。彼の指にはビザンツの指輪がいくつも光っている。突然駆り立てられるように、彼は自動車に飛び乗り、町の通りを無鉄砲に突っ走り、車をクラッシュさせるが、平然と壊れた車から降りる。世紀末のけだるさとマシン・エイジの速さの並列は、マリネッティが言葉として表すよりもはるか以前に、ダンヌンツィオが生きた現実であった。『宣言』に続いて起こった論争は、ダンヌンツィオがすでに表現した感情に満たされている。ダンヌンツィオは、彼がエネルギーと名づけた十人目のミューズの存在を宣言し、「わたしは生命に向かって進む」と公言していた。いまマリネッティは――アンリ・ベルクソンに追随しながら――生の躍動《エラン・ヴィタル》を賛美していた。ダンヌンツィオはかつて新たな工業化された世界における荘厳な美しさについて書いたことがあった。「万能の機械は……知られざる詩を、思いがけない歓びを、聖なる解放をわれわれに告げる」。いまマリネッティは「暴力的な電気仕掛けの月」について、「太陽の光でナイフのように輝く、巨大な体操選手のように川をまたぐ橋」についてうっとりとした調子で書いた。ダンヌンツィオは二十年以上にもわたって超人の到来について書いてきた。いまマリネッティは「広い額と鋼鉄の顎を持つ男たちが、途方もない意志の力だけで、完璧な身ぶりの巨人たちを奇跡のように生み出すときは近い」と語る。

一九〇一年にダンヌンツィオはヨーロッパを浄化する戦争が迫っていることを予言した。いまマリネッティは「世界の唯一の健康法」として戦争を賛美する。慎重さと経済性に支配された生活の卑しさをダンヌンツィオは嘆き、ディオニュソスのごとく節度を無視することで自分自身の問題を処理し、自らのドラマを著述した。いまマリネッティは「分別という恐ろしい殻から出て、誇りを宿した果実のごとく、風の巨大で歪んだ口のなかへ飛び込もうではないか!」と書く。マリネッティは決して認めなかったが、彼はダンヌンツィオのもっとも騒々しく、もっとも輝かしい弟子であった。

一九〇九年夏、ダンヌンツィオは文字通り風のなかに飛び込もうと考えた。彼は飛びたかった。ローマにいて、(ナタリーを海岸に待たせたまま)ベアトリス・アルヴァレス・デ・トレド侯爵夫人と愉快に過ごしていた。彼女は一種の契約にサインしていた。「わたしは生死を問わず、現在もこれからも永遠に、身も心もガブリエーレ・ダンヌンツィオのものである」。その日彼はチェントチェッレ飛行場を訪問していた。そこではウィルバー・ライトが最初のイタリア人飛行士たちに飛行機械《フライング・マシン》の組み立て方と操縦法を教えていた。ダンヌンツィオはそれを描写している。格納庫、うなるエンジンとブンブン音をたてて回るプロペラの騒音、黙って集中している整備工たち。彼は飛行士たちも観察している。時代の先端を行く連中で、彼らだけの仲間うちの言葉を使って独特のスタイルを持ち、たっぷりとしたズボンと頭にぴったり密着する革のキャップを身につけ、ひっきりなしにタバコを吸っている。

いまでは当たり前の翼のついた筒型が、飛行機に最良のものとしてその当時はまだ確立していなかった。初期の飛行機械は多様な形で登場した。ダンヌンツィオはそれらを列挙する。「底の抜けた箱を積み重ねたような四角形の寄せ集め、（建築現場の）足場に乗っている軽くて薄い殻」。ほかのものは風車や天井扇風機、（バターを作る）攪乳機を思い起こさせた。そして風変わりな構造物のそれぞれにひとりずつ飛行士が蜘蛛の巣のなかの蜘蛛のように座っていて、たいていイライラしながら、自分の機械が飛び上がるのを期待しつつ必死でレバーを引いていた。数時間の準備作業ののち、プロペラが「空のなかの空の星」としか見えないほど回って、離陸に成功する者も出てきた。それぞれの飛行は、短くてぎこちないものではあったが、奇跡であった。

「われわれはまさに世紀の始まりにいる！」とマリネッティは『宣言』のなかで書いた。「何ゆえにうしろを振り返らねばならないのか？」だがマリネッティは、ダンヌンツィオがイメージを求めて古代の神話を探しまわったように、繰り返し過去を振り返っている。自動車を乗りまわす者はケンタウロスであり、飛行士は天使であった。ダンヌンツィオは人間を乗せた飛行を処女マリアの被昇天に繰り返しなぞらえている。彼は何度も何度もイカルスの神話について書いている。巨大な翼を持ち鳥の頭をした古代エジプトの神を引き合いに出している。同じ年にフランスで飛行の実演を「涙で満たされた目」を通して目撃したマルセル・プルーストは、同じように「過去を振り返る」必要を感じた。彼は感動して「半神半人を初めて見たギリシア人ならそう感じただろう」と書いた。

神のごとく見えたかもしれないが、飛行士たちは不死ではなかった。彼らが直面する危険はダンヌンツィオを魅了した。死はつねに彼の心にあった。彼は何度も降霊術の会に出席し、占い師たちの言葉に耳を傾けた。三人の予知能力者がそれぞれ彼が一九〇九年七月十七日に事故によって死ぬと予言した、とダンヌンツィオは友人たちに語った。彼は少なくとも部分的にはそれを信じた。彼はトレーヴェスに宛てて、目下執筆中の作品をリストアップし、それらを「遺作」として任せる手紙を書いた。彼の息子ガブリエッリーノは、死を予言されたその日、あたかも運命に挑戦するかのように、馬上および自動車のハンドルを握って「狂ったような行動をとる」父親を見ている。しかしその月に彼の身に降りかかった災厄は、死ではなく財政的破綻であった。

カッポンチーナのあらゆる家財には、銀行からの借入金の担保として抵当権が設定されていた。ダンヌンツィオに負債を支払う意志も能力もないことが明らかになったとき、かつては「夢と思索の穏やかな避難所」であった家のドアを債権取り立て人たちが打ち壊した。ダンヌンツィオは手放さずにすむのではないかという空しい期待のもとに、馬と犬たちを事前に海岸へ移していた。取り立て人たちはマリーナ・ディ・ピーサで借りていたヴィッラで彼を捕捉し、動物たちも捕らえた。「おそらく明日になれば、奴らはわたしの靴と余分なシャツを押収するだろう」と彼はふざけた調子で旧友のスカルフォーリョに書き送った。実際にそうなった。

この苦難にはほっとするようなこともあった。カッポンチーナとそのすべての家財――数百ものダマスク織りクッション、聖書朗読台と聖歌隊席、デスマスク、クリスタルの化粧瓶でいっぱいの棚など――は失われた。(ダンヌンツィオの蔵書は友人と崇拝者たちからなる集団が買い取って最終的に彼のもとに戻ったが、実際に使えるようになるまで数年かかった。)彼があれほどの金と創造的なエネルギーを注ぎ込んだ家は解体された。だが忠実な執事パルメリオは、主人が最後に家を離れるときに示した、まるで数日間滞在しただけのホテルを去るときのような素っ気なさに驚いた。「役にも立たない思い出が染み込んだ古いものと別れてもわたしは傷つかない」。彼は頭のなかに自分の財産を持ち運んでいたのだ。

彼を悩ませた唯一の点は、こうしたすべての騒ぎが現在執筆中の小説に集中するのを難しくしたことだった。窓の外を見て雌鳥たちが羽を広げて雨を受けているのを羨み、自分もその一羽だったらと願った。「そうであれば、わたしが卵を産むのを誰も邪魔しないだろう」。ダンヌンツィオは喜んで金を貸してくれる高利貸しを見つけ、彼の海辺のヴィッラの「改良」を開始した。間もなく立ち去ることになる家のために、決して返済しない金を浪費した。彼は一連の遠出もした――マントヴァやヴォルテッラなどへの旅行は新しい小説のための背景を提供することになるが、もっとも重要だったのは航空ショーのためのブレーシャ訪問だった。

航空ショーは新しいサーカスであり、二千年前にコロッセオで上演されたものと同じぐらい、死をもたらすものであった。もっとも有名なパイロットの二人がその夏に命を落とす。ブレーシャ郊外で開かれた航空ショーは大規模なイベントだった。金持ちでファッショナブルな人々が自分たちの自動車でやって来て、未舗装の道に深い轍《わだち》を作って通れなくしてしまった。ダンヌンツィオの義兄であるガッレーゼ公爵や人目を引くモノトーンの衣装に身を包んだルイザ・カサーティ侯爵夫人、そしてダンヌンツィオがトリエステへの長距離飛行の前にヴェネツィアで再会するモロシーニ伯爵夫人らを、スタンドで見上げていたカフカとブロートは見かけていた可能性がある。プッチーニもいたし、国王もいた。おそらく十万人の観客が集まっていた。ショーのあと、人々は渋滞で動きのとれなくなった道路を二十五キロメートル離れたブレーシャの町まで戻るのに十二時間を費やした。その混乱した場面を描写したダンヌンツィオの記述は、交通渋滞の最初の報告に違いない。

アメリカ人飛行士グレン・カーティスが大賞を獲得し、そしてダンヌンツィオを同乗者として自分の飛行機に乗せることに同意した。そのときの出来事を記した虚構の報告のなかでダンヌンツィオは、英雄的な飛行士たちがあまりに空高く飛んだために飛行機が小さな点にしか見えなくなったとか、地平線の向こうに消えるほど遠くまで飛んだなどと述べている。現実はそれほど壮大ではなく、滑稽なことのほうが多かった。『コッリエーレ・デッラ・セーラ』紙のためにショーを取材していたルイジ・バルツィーニはその様子を報告している。ダンヌンツィオは、頭にぴったり密着した自動車運転用帽子を赤ん坊の帽子のように顎でとめて、狭いベンチに腰掛け、華奢な足は竹製のポールに乗せて鋼鉄のコードでできた索具装置のなかに閉じ込められていた。カーティスの飛行機が「イタリア随一の天才」を乗せて前進しはじめると、群衆は大声を出したが、彼らが実際に見ることができたのは詩人の脚だけだった。

「飛行機は動きはじめ、車輪はでこぼこの地面の上をガタガタ揺れながら進み、飛行機の後尾部分は水面のボートのように上がったり下がったりした。そして数フィート地面から離れたが、またすぐに地表に戻って慎ましやかなギャロップを続けると、それで終わりだった」。飛行機はダンヌンツィオが期待していたような急上昇の軌道をたどることはなかったが、着陸した飛行機のまわりに押し寄せて感想を聞こうとする群衆に答える用意が彼にはあった。

「彼は熱狂に輝いていた」とバルツィーニは報告している。「神聖な経験だ」と彼は明言した。「次の飛行《フライト》のことしか考えられない」。イタリア人飛行士カルデラーラがまだ飛行場にいることを誰かが教えた。ダンヌンツィオは急いで彼に同乗を要請した。カルデラーラは同意し、今回は八分間ダンヌンツィオは空を飛んだ。着陸すると再びジャー

ナリストや崇拝者たちが彼を取り囲み、その経験を語るように頼んだ。「ダンヌンツィオは、飛行機に乗った人間がまさにどのようなことを考えるか、そうした感性の代表である」とバルツィーニは書いた。のちに、カーティスの整備工がオークションを行い、飛行士のうしろでダンヌンツィオが座ったベンチを、騒々しいファンたちのあいだでもっとも高い値をつけた者に売った。

空を飛んだことで、ダンヌンツィオは飛行機の小説を書いた。『そうでもあり、そうでもなし』は一九〇九年の秋に猛烈なスピードで書き上げられた。自宅には入れなかったために、海辺のヴィッラで昼も夜も書きつづけた。寝るのは朝の五時で、十時にはもう起きて仕事をした。その年の終わりまでに九百ページ以上も書き上げた。トレーヴェスはこの作品を二巻本にして刊行することを決めた。それはプロットのよりショッキングな面——兄妹の近親相姦、サディズム、売春——が明らかになる前に、前半部分が好意的に受け入れられることを願っていたからであろう。

この小説はダンヌンツィオが書いたもっとも印象的な散文詩のいくつかを含んでいる。ゴージャスな背景とゴシック的なプロットの道具立て——近親相姦、自殺の約束、鏡のなかにしか現れない謎の侵入者、廃墟となった修道院、精神病院、監獄、古い墓――が、『快楽』と同じように洗練された近代的な上流社会の場面や、心に浮かぶ象徴主義的な風景描写の一節とともに交互に描かれる。ヒロインのイザベッラ・インギラーミは不安定な性格で、ダンヌンツィオの最近の恋人たちの一種の集団的なポートレイトと言える。彼女のパフォーマンスの才能はエレオノーラ・ドゥーゼの特徴である。若い未亡人としての独立心と肉体的な大胆さはニケである。濃いアイ・メーキャップとフォルトゥニーのローブはルイザ・カサーティを思い起こさせる。狂気への痛ましい転落はアマランタのそれとまったく同じではないが、実質的にはアマランタである。この小説のどのページも、一語一語が自分たちの恋愛の悲惨な結末を書きとめたダンヌンツィオの日記から引き出したものである。

小説のなかの恋人たちはトスカーナの海岸の上空を小さな飛行機で飛ぶ。彼女は空の遠出にサンダルと麦わら帽でやって来て、飛行中に不自由なく会話をする。開放された飛行機で飛ぶことがどれほど寒くてやかましいかということを知っている人はわずかだった――ダンヌンツィオはまだそのなかに入っていなかった。海岸線が彼らの翼の下で傾いて見えた。ミケランジェロの大理石を切り出した石切り場やピサのカンポサントと斜塔、ルッカの城壁などを彼らは見下ろしたが、それらはすべて人間の目でかつて見られたことがないアングルからの景色だった。

現代イタリアがその過去に服従していることをマリネッティは激しく非難していた。イタリアは、新しいスピードやエネルギーの栄光が地歩を占めるには、古い美が多すぎる。「したがって黒い焦げ目がついた指を持つ陽気な放火魔たちを登場させよう……図書館の本棚に火をつけよ！……美術館の地下倉庫を水没させるために、運河の流れを変えよ！……ツルハシと斧、ハンマーを握って、由緒ある都市を容赦なく破壊せよ！」ダンヌンツィオの戦略はこれほど犯罪的ではなく、より巧妙だった。彼は過去の遺産は保護するが、それをナショナリズムの新しい大義のために利用することを求めた。

小説の主人公パオロ・タルシスは文字通りの超人である。「向こう見ずな意志を体現する骨格、勝利への熱に取り憑かれている痩せこけた顔、肉食動物の燃えるような目……頑丈な顎は、鋼鉄のやっとこが柔らかい果実をつかむように、唇という赤い肉を支えている」。彼とその友人カンビアーゾはともに軍用艦に勤務し、潜水艦で戦ったことがあった。規律に我慢できなくなった彼らは、一緒に海軍を辞めて世界をまわる。身軽な格好で朝鮮の雪やミンダナオの燃えるような熱帯の暑さのなかを進む。砂漠では何日も食べるものがないことも、大草原では一日に十八時間馬に乗ることも経験する。（ダンヌンツィオはイギリスの旅行家A・ヘンリー・サヴェイジ＝ランダーの本を読んでいて、タルシスとカンビアーゾにその冒険の多くを与えた。）彼らは最後にエジプトを訪れ、そこで翼を持ち鳥の頭をした神々の古い絵を見つめ、空の冒険を夢見る。そしてイタリアに戻ると、新たに誕生した空の貴族階級のメンバーになる。

ダンヌンツィオには大勢の友人がいたが、より厳密に言えばそうした友人のほとんどは彼の信奉者であり、彼はそれを利用していた。タルシスとカンビアーゾは真の同志であった。お互いに対する彼らの気持ちは「偉大で男らしい感情」であり、ダンヌンツィオが明確に書いているように、それは女性たちの愛をはるかに凌駕するものである。イザベッラ・インギラーミがタルシスの乳首をもてあそぶあいだ、彼はうわの空で無表情なままである。ブレーシャの飛行場で彼女が近づいてくるのを見たとき、彼が最初に感じた衝動は彼女をカンビアーゾに会わせないようにすることだった。それは性愛がおよぼす衰弱から友人を守るためである。航空ショーの際に飛行士たちにあこがれてまとわりつく、イザベッラやその他のファッショナブルな若い女性たちは、スフィンクスでありヒュドラであり、堕落をもたらす快楽の幻――スウィンバーンの『死のバラード』から盗用した可能性がある――であり、運命の女《ファム・ファタール》という世紀末の典型の未来主義バージョンなのである。

『そうでもあり、そうでもなし』を書きはじめる少し前に、ダンヌンツィオはあるインタビュアーに答えている。「女性に対する軽蔑は現代の男性の基本的条件である。それは男性を見下すことが現代のヒロインたちの明確な特徴であるのと同じである」。彼は型にはまった女嫌いではなかった。この小説に登場する二人の女性の性格は両者ともに、青銅のように頑なタルシスや神のごとく美しいけれど軟弱な彼女たちの思春期の弟よりも、かなり興味深い。しかしフェミニズムとその対極にある女性嫌悪は、公的な議論における支配的なテーマであり、ダンヌンツィオにはこの問題について言うべきことがあった。愛は現代のヒロイズム――第一次世界大戦が始まる五年前のこの時点では、現代において唯一それが発揮できるのはスポーツだと彼は考えていた――とは両立しない、と同じインタビュアーに彼は語っている。愛しい女性の肩は「ヒマラヤ級の高さを持つようになり、地平線を見るのを妨げる」。

公的には彼はそのように語ったが、私的にはナタリーにこう書いている。「昨日の比類ないあの時間を覚えているかい？……楽器屋での君の素敵な笑い声、コンサート、さえぎられた愛撫、白い薔薇……僕が決して忘れないあの声、涙、怒り、官能の歓び。あれは人間が経験する範囲を超えていたのではないか？」ダンヌンツィオは、寡黙で禁欲的で意志強固な男性という理想に触発されてはいたが、彼自身はそれを真似しようとはしなかった。

小説を書き終えると、ダンヌンツィオは北イタリアの諸都市を講演してまわった。講演のテーマは「空の支配権」である。空からの偵察と爆撃が武力衝突の性格をどれほど変えてしまうかを、軍事当局が気づくよりもはるか前に彼は予見した。イギリスの同時代人H・G・ウェルズも同じ予測をしている。「未来の戦争において兵員の数が大いに問題になるとは思えない」とウェルズはブレリオによる英仏海峡横断飛行のあと書いている。「巧みに逃げまわる、翼を持った空の騎士に対して、（普通の兵士が）いったい何ができるのか、わたしにはわからない」。それからわずか八年後に数百の戦闘機がヴェルダンへの攻撃に動員された。ダンヌンツィオはそうした急激な発展を予言していた。一八八〇年代に彼はイタリア政府に海軍の強化を訴えた。それから二十年後、今度は空軍の創設を要求していた。

講演旅行の主催者はかなりの報酬を彼に支払っていたが、自分の金銭的利害については例によってまったく疎いダンヌンツィオは主催者と諍いを起こした。聴衆の数が不足しているし、会場の広さも足りない、というのだ。予定されていたプログラムの半ばでダンヌンツィオはもう講演はやらないと宣言した。

別の興行主ジョヴァンニ・デル・グッツォが彼に声をかけた。ダンヌンツィオの人生においてデル・グッツォの出現は信じられぬほどの幸運をもたらした。南アメリカに移住して莫大な財産を築いたアブルッツォ人デル・グッツォは、スペインからの独立百周年の祝賀のために、ダンヌンツィオにアルゼンチンをまわって各都市で講演をすることを求めた。報酬の額はそれまでダンヌンツィオが得ていたものをはるかにしのぎ、すべての負債を支払うことができる、驚くほど気前の良いものだった。それはまさに思いがけない、神が与えてくれた助けだった。デル・グッツォのことを「しぶとい植民地人」と侮蔑を込めて呼んでいたダンヌンツィオでさえ、自分の幸運を認めた。彼は『そうでもあり、そうでもなし』を彼に一部贈り、そこに「切望され、ホサナ〔神をたたえる叫び〕とともに現れた救世主へ」と書き込んだ。

『そうでもあり、そうでもなし』で、タルシスは夜明けにたったひとりで飛行場へ行き誰にも気づかれずに、執筆の時点では不可能だった野望を実現する飛行へと飛び立つ。『アエネーイス』についてさまざまに言及しながら、彼はティレニア海を越えてサルデーニャに向かう針路をとる。テニスンの『砂州を越えて』の数行が何度も彼の心をよぎるが、神聖な「水先案内人《パイロット》」と出会いたいというイギリスの詩人の敬虔な期待を彼は拒絶する。それどころか「彼は自分自身のパイロットだった。彼の魂が彼の精神のガイドだった」。飛行機のエンジンが不調に陥ると、彼は自分の意志の力だけでそれを支える。彼は猛禽である。鉄の頭を持つ神ホルス〔太陽神オシリスとイシスの息子でハヤブサの頭を持つ人間として描かれる〕である。彼が飛び越える海はレテ川〔黄泉の国にある川で、その水を飲むと過去を忘れる〕のように記憶を抹消し、彼の過去にあったすべての愛の「汚れ」と感情的なごたごたをかき消してしまう。タルシスは自由である。

ダンヌンツィオの心のなかにフィクションの逃亡のイメージがまだ生々しいうちに、彼はデル・グッツォに別れを告げた。百万長者の救世主は講演旅行の手配をするために南アメリカへ向かった（講演を行うホールで販売するために一万二千個のダンヌンツィオの人形が作られることになった。詩人の名声は群衆を引きつけるのに効果的だが、商品を売りさばくのにも役立った）。デル・グッツォはダンヌンツィオの原稿十七篇と彼の赤い愛車――病院の敷地に隠されていたおかげで債権者の手に渡らなかった――を一緒に持っていった。ダンヌンツィオはときが来ればあとから大西洋を渡って行くことになっていた。

彼は行かなかった。おそらく、船乗りにまったく向いていない彼は、長い船旅を考えて躊躇したものと思われる。おそらく、「植民地の」（したがって彼の思うには、つまらない）人々に講演をすることは価値がない、と判断したのだろう。おそらく、たんにナタリーと一緒にいたかったのかもしれない。デル・グッツォが出航して二日後、ダンヌンツィオはすぐにフランスの歯医者に会いに行かねばならないと発表した。トランク三個、スーツケース三個、化粧道具入れ一個、ペトラルカの『カンツォニエーレ』一冊という彼にしてはわずかな荷物を持って、ダンヌンツィオはパリ行きの列車に乗った。それから五年間、彼はフランスに滞在することになる。

## 万華鏡

トム・アントンジーニはこう書いている。「わたしが思うに、ダンヌンツィオの長い波乱に満ちた生涯のなかでも、一九一〇年一月から七月まで彼がパリで過ごした時期ほど世俗的な面で変化に富んだ万華鏡のような、無益な日々はほかになかった」。若い弁護士で作家志望だったアントンジーニは、一八九七年に初めてフィレンツェのカッフェ・ドネイでアイスクリームを食べに来たダンヌンツィオと会った。ダンヌンツィオが少年の頃から文通していたミラノの裕福な唯美主義者チェーザレ・フォンターナの甥の息子にあたるアントンジーニは、ダンヌンツィオと強いつながりを持つようになった。それはかつてダンヌンツィオがフォンターナとつながりを持ちたかったのと同じである。ダンヌンツィオは彼に文学雑誌を創刊するように勧め、原稿を締め切りまでに書けなかったことで雑誌の廃刊に寄与した。アントンジーニはフランスへ移動し、ダンヌンツィオがそこにとどまった五年のあいだ、彼の右腕となって信頼を得た。そして一時期は、住み込みで秘書と雑用係をつとめた。ダンヌンツィオとの関係において（その回想録を三冊書いた）アントンジーニは、面白がると同時に腹を立て、懐疑論者でありながら熱狂的支持者でもあった。

　一九一〇年にパリに到着した彼のパトロンが「昼も夜も……センセーションが彼を呼ぶ場所へ、好色な冒険が待っている場所へ……ロスチャイルド家の昼食からオートゥイユの競馬場へ、二人だけの密会からオペラ座の初日へ、奇想天外な衣装の舞踏会からアカデミー・フランセーズでの新会員のパーティーへ」と歩きまわるのをアントンジーニはじっくり観察した。

　フランスにおけるダンヌンツィオは、イタリアにいたときとは異なり、さほど重要人物ではなかった。彼は財産とともに政治的名声もイタリアに置いてきてしまった。『コッリエーレ・デッラ・セーラ』に論争的な詩を送ることで、イタリアのナショナリスト的な信奉者たちに呼びかけつづけていた。彼はフランスのナショナリストの作家たちとも会った。軍事および外交の首脳たちともいくらかの接触を持った。しかしパリにおいて彼は未来主義的愛国者というよりも、世紀末のデカダン派と見なされることが多か

った。この時期にセムが描いた漫画で、彼はパスタの皿からのぼる湯気と踊っているが、その姿は小綺麗で軽やかかつ軽薄である。彼に関しては常軌を逸した話が流布していた。パリに到着して数日のうちに、彼がホテル・ムーリスのエレベーターのなかでセックスをしたというのだ。(彼は負債から逃れるためにイタリアを離れたはずだが、パリに着くなり途方もなく高いホテルにチェックインしたのである。)

フランスへの「亡命」の五年間、ナタリーはダンヌンツィオの生活の一部としてとどまったが、彼の大勢の愛人たちと闘わねばならなかった。その頃を回想した記録のなかでは、彼女が身につけていたとんでもなく大きな宝石についてと同じぐらい頻繁に、彼女が流した嫉妬の涙について言及されている。イタリア語を再生し拡大するという使命は一時中断して、ダンヌンツィオはフランス語で書き、近代フランス語だけでなく古いボキャブラリーや中世フランス詩の構造についても熟知していることで、フランス人読者に強い感銘を与えた。個人的で内省的な散文作品の材料として、彼は自分の記憶や手帳を掘り返した。彼がパリに来る前年に『失われた時を求めて』を書きはじめていたマルセル・プルーストと同じように、彼は視線を内に向け、一種の虚構化された自伝を試みた。そこでの著者の主たるテーマは自身の意識であり、明言された狙いは「わたし自身を明らかにする」ことであった。

彼がフランスで過ごした五年間は、多くの人との出会いと公的なイベントで毎日が満たされていたパリ、そして大西洋岸の松林と砂丘の地域であるランド、の二つの場所に分割される。再びダンヌンツィオは自分が子ども時代に過ごしていたのときわめてよく似た風景を見つけたのである。そこで彼はアルカションの近くの浜辺を見下ろす、風変わりな装飾が施された木造のシャレー風別荘を借りた。そしていつものようにがらくたをまき散らした部屋に落ち着き、彼の犬たちには特別に建てた犬小屋——柱のてっぺんには木で彫ったノウサギが載っていた——を用意した。

フランスに滞在した五年間は、ダンヌンツィオの生涯のなかの一種の休止期間である。表面的にはそれは華やかな時期だった——これほど社交生活に多忙だったことはそれまでなかった——が、作家としては古いアイデアに手を加えたり、のちになってやっと修得する形式を実験したりしている。新しい友人も何人かできたが、彼のライフ・ストーリー——のちの時代に（彼の視点から）振り返ればそれはイタリアの歴史と思える——から見れば周縁的な存在にとどまった。数多くの恋人がいたが、大恋愛はひとつもなかった。彼にとって、すべてのヨーロッパにとってと同じように、それは戦前の時代であり、いまだ予告されざるドラマの序曲の時代であった。その時代を生き抜いたほとんどの人々にとって、失われた美と楽観主義の輝かしい時期、あるいは非難に値する無責任の時期、誰もが近づきつつある暗闇に背を向けて愚かなゲームに興じていた時期のいずれかであった。

パリにやって来たときダンヌンツィオは四十七歳だったが、それよりも年寄りにも若くも見えた。肉体的には萎れて、精神的には元気にあふれていた。十二年ぶりに彼と会ったエレルは、彼の「年老いて醜い」風采にショックを受けた。顔色は青ざめ、肌は死人のようだった。何人かのフランス人は彼の大きな「ユダヤ風」の鼻についてコメントしている。（その当時フランスのスノビッシュな人々のあいだで軽い反ユダヤ主義が広まっており、ダンヌンツィオ自身もそれに影響された。それ以前の彼はこの問題についてはまったく関心を示していなかったが、外交官モーリス・パレオローグが「ダンヌンツィオは……ユダヤ人を憎んでいる」と報告している。）

数多い彼の崇拝者たち――彼の小説はフランスで非常に人気があった――がいまや初めて彼を実際に目にしていた。超人の見た目の女々しさに面食らう者もいた。マリネッティが、彼の「可愛らしい小さな姿」をじっくり観察して心に浮かべたのは、高級娼婦、ふんわりとしたレース、スミレの花束、グロワール・ド・ディジョン種の薔薇などであり、彼の「女っぽい仕草」からは危うさと狡猾さの匂いを嗅ぎつけた。ダンヌンツィオを邪悪な存在と見た男たちもいた。詩人アンリ・ド・レニエは、「彼は醜く、精力的だ。彼には、ピエロを殺したアルルカンのような、どこか狡猾で残酷なところがある」と書いている。

噂されていたダンヌンツィオの醜さは、彼の社交上の成功の障害にはならなかった。パリの人々がその俗物性を微調整して嗅ぎつけた、彼の出自がたんなるブルジョワだという事実も、やはり邪魔にはならなかった。ルネ・ボワレーヴは「初めて彼を見たとき、どこにでもいる小男で、ややもすれば滑稽にすら思えることもあった」と書いている。しかしひとたびダンヌンツィオが話しはじめると、たちまち魔法がかけられた。彼は礼儀正しく、見たところは控えめであった。彼は人々の集まりを、騒々しく自分を押しつけるのではなく、密やかに魅力によって支配した。まだティーンエイジにも達していなかった利発な少女――パリで共作をしていた作曲家ピエトロ・マスカーニの娘――が、彼の人を惹きつける親しげな物腰を次のように描いている。「シニョール・ダンヌンツィオが話すときは、いつもまるで秘密を教えているみたい。たとえそれが《おはよう》と言っているだけでも」。

二人の女性が彼をパリの社交界に紹介しようと待っていた。彼の愛人と妻である。ナタリーはペルシアの細密画からヒントを得た新しいガウンを作らせて、到着した彼を驚かせることができた。彼女はブーローニュの森の近くにある豪邸に住み、あるサークルに通っていた。そのサークルは（その一員である）詩人アンドレ・ジェルマンの説明では「偽物の侯爵、怪しげな侯爵夫人、成金、野心的な男色家、情報通のポン引きたち」からなっていたが、優れた音楽家や美術家も数多く含まれていた。こうした環境にダンヌンツィオは容易に受け入れられた。

マリア・アルドゥアン・ディ・ガッレーゼもまたパリにいた。彼女とダンヌンツィオが別れてから二十年近くが経過し、二人は友好的な関係にあった。彼女は彼のためにパーティーを開き、彼をロベール・ド・モンテスキュー＝フェザンサック伯爵に紹介した。当時五十五歳だったド・モンテスキューは貴族のダンディーで、作家でもあり、ウィスラーとボルディーニによって肖像画が描かれていた。彼はユイスマンスのデ・ゼッサントのモデルであった（間もなくプルーストのシャルリュス男爵のモデルにもなるように）。『さかしま』から多くを学んだダンヌンツィオは、そのとき、自身の小説のいくつかに間接的なヒントをもたらした人物に現実に初めて出会うという刺激的な経験を得た。

ド・モンテスキューはダンヌンツィオにのぼせ上がったようである。彼を「最愛のマエストロ」、「神聖なる友」、「ポルフィロジェニート（王家に生まれし者）」と呼んだ。自分の城に招いて、その到着に敬意を表するために、はね橋にペルシア絨毯を敷いた。彼は自ら進んで一種の契約関係を結ぶことを申し出た。それは「感情的な、ほとんど宗教的な絆を、一年のうちの一定期間」結ぶことで、あたかも君主に対して家臣が誓うように、ダンヌンツィオへの奉仕を約束したのである。彼はまたダンヌンツィオを非常に注意深く観察していた。このイタリア人は「愛着を寄せていい男」ではない、と彼は考えた。「愛着とは相互的なものでなければならず、彼はそれを望んでいるようには見えない」とド・モンテスキューは書いている。おそらく彼が言いたいのは、たんにダンヌンツィオがホモセクシュアルではないということだろうが、ダンヌンツィオが「人を喜ばせるのに精を出す」のは他者に対する愛情からではなく、「芸術に秀でているように、そうしたスキルにも秀でていることが快感だから」であることをド・モンテスキューは見抜いていた。

もうひとりの新しい友人はボニ・ド・カステラーヌ伯爵で、彼もまたプルーストの交際範囲に含まれていた（ド・カステラーヌはプルーストのロベール・サン・ルーのモデルのひとりである）。遊び人で贅沢なパーティーを催し、自宅に奇想天外な飾りつけを施すド・カステラーヌは、ダンヌンツィオと共通する部分を多く持っていた。「彼はわたしよりも浪費家だとあえて主張することさえあった」。ド・カステラーヌは当初「危険な男」というダンヌンツィオの評判を意外に思った――「頭に残ったわずかな赤っぽい髪の毛、青白い顔、緑の目。ひと言で言えば、彼は病人に見えた」――が、女性が次から次へと彼に服従するのを見た。ダンヌンツィオの魅力は「香水の魅力に似て、うっとりさせ、惹きつけ、屈服させる」ものだった。

ダンヌンツィオはすぐにフランス文学界の何人かと会った。アナトール・フランス、アンナ・ド・ノアイユ、モーリス・バレスらである。しかし彼はいつも作家仲間よりも美術家あるいは音楽家を求めていた。彼がパリにやって来たとき、ディアギレフのロシア・バレエ団の二年目のシーズンが始まっていた。ド・モンテスキューの勧めで、彼は『シェヘラザード』に出演しているイーダ・ルビンシュタインを観に行き、終演後、朝の四時まで劇場のバーで彼女の脚の「造形としての完璧さ」について長々と話しつづけた。『クレオパトラ』のルビンシュタインも観て――すでに述べたように――楽屋へ行き、つま先から股まで彼女の脚にキスをした。

ルビンシュタインはパントマイムの役しか演じず、踊りもできなければ話すのも強いロシア訛りだった。にもかかわらず誰に聞いても舞台の上では圧倒的な存在感があった。「彼女は信じられないような存在だ」とロシア・バレエ団の舞台装置家レオン・バクストは語っている。「わたしは彼女を崇拝している」。背が高くて棒のように細い身体、金色の大きな目、黒い髪に舞台映えする衣装のセンスを持つ彼女は、チューリップあるいは「紋章に登場する鳥」のようだ、とバクストは言う。繊細な骨格もそうだし、しなやかさと角張った長いラインの組み合わせも同じだ、と。マスカーニの娘は再び無邪気な率直さで、ルビンシュタインがどれほどセクシーであるかを伝えている。「彼女は金の刺繍をした黒いチュニックの下に何も着ていないような感じがした……彼女は話すときに蛇のような変な動きをした。両脚とヒップを使って身ぶりで示しているみたいだった」。ルビンシュタインのエキゾティシズムを、貴婦人のような物腰を、噂になっていたバイセクシュアリティをダンヌンツィオは愛した。彼女をパリの女優たちとくらべることは、ロシアのイコンを現代の宝石店のぴかぴか光る装身具とくらべるようなものである、と彼は断言した。

彼女はまた、ドゥーゼのように、自分で興行を請け負えるほど豊かであり、ダンヌンツィオはその事実にすぐ気づいたに違いない。彼女と会って間もなく、一九一〇年七月に彼はパリを去ってアルカションへ向かった。アントンジーニによれば、放蕩が彼を「衰弱させ、疲労させ、意気阻喪させ、不快にさせ、弱腰にさせた」が、ルビンシュタインに出会ったことが彼の創造的エネルギーの回復をもたらしたようだ。彼はすぐに『聖セバスティアヌスの殉教』を書きはじめた。

ここで挙げるのはダンヌンツィオのパリ到着から、四年あまりのちの一九一四年六月二十七日の夜(彼がトロカデロ劇場で目撃されたとき）までのエピソードである。その夜彼はコメディー・フランセーズの看板女優セシル・ソレルのボックス席に座っていた。ソレルと初めて会ったのは、イザドラ・ダンカンと一緒にジェスチャーゲームをしたときだった。そこで彼はソレルに対して彼なりの最大の賛辞――ビューティー・コンテストに出たらグレイハウンドといい勝負だろう――を贈った。彼らはイザドラ・ダンカンの一座が「ボッティチェッリ風」ダンスのプログラムを演じるのを観た。その翌日、オーストリア＝ハンガリー帝国の皇位継承予定者フランツ・フェルディナント大公がサラエヴォで射殺され、ダンヌンツィオが「軽薄な生活《ラ・ヴィータ・レッジェーラ》」と呼んでいたものが終わった。

一九一〇年にフランスに来たことで、ダンヌンツィオは飛行士たちの世界の中心にたどり着いた。パリのすぐ北にあるイシー＝レ＝ムリノーで、偉大なブレリオ――ダンヌンツィオにとって彼は、南ヨーロッパ全域をかつて支配したフランク王国の騎士たちの近代の化身であった――が、ますます増えつつある新米のパイロットとエンジニアの養成コースを指揮していた。彼らの偉業は知識人たちを魅了した。プルーストはお抱え運転手アルベールとともにそこに現れ、すぐに彼の虚構のナレーターをヒロインのアルベルティーヌと一緒に飛行場へ送り込んだ。ダンヌンツィオと同じように、飛行を見るために出かけた者たちには、モーリス・メーテルリンク、ピエール・ロティ、アナトール・フランスそしてアンリ・ベルクソンも含まれる。ダンヌンツィオはメーテルリンクを軽蔑するふりをした（「わざとらしくて単調である」）が、頻繁に彼の真似をした。アナトール・フランスは彼の友人になった。すぐにダンヌンツィオはイシーにほど近いダム・ローズ農場に家を借り、そこに犬たちとともにナタリーを住まわせた。

美術家たちも作家たちと同じように空を飛ぶことに興奮した。それは新しいパースペクティブをもたらした。飛行士たちはそれまでの誰よりも遠くから、そして前例のない角度から地表の活動を見た。キュビスムの先駆者、パブロ・ピカソとジョルジュ・ブラックは飛行機の模型を作り、飛行機の離陸を見るためにイシー＝レ＝ムリノーをしばしば訪れた。ダンヌンツィオは彼らのことは知らなかった。彼はルーヴルにある古典彫刻とルネサンス絵画、そして個人のコレクションのピサネッロのメダルについては熱烈な調子で書いたが、後期印象派やピカソについては何も書いていない。すさまじい芸術的革新の時期にパリにいながら、それは彼のそばを通り過ぎただけだった。

ブーローニュの森。ド・モンテスキューはル・プレ＝カトランでの夕食会を催した。新たに修復されたレストランは、シルクのカーテンとクリスタルのシャンデリアが垂れ下がり、立派な弓形の張り出し窓と控えめな個室が特徴だった。ダマスク織りと銀器は重厚で、料理は贅沢だった。セシル・ソレルがその場のホステス役をつとめた。デザートのあいだに別の女優が『炎』の一節を朗読した。ダンヌンツィオはソレルの隣に座り、彼女を魅了しはじめる。ナタリーはテーブルの反対側の端からそれを見つめ、わっと泣きだす。ソレルは困惑するが、ダンヌンツィオは平然とその場の人々に言い放つ。「彼女は泣いているときだけが美しいのです」。

夕食会の目的は、ダンヌンツィオをパリ文学界の大立物のひとりであるモーリス・バレスに紹介することだった。生まれたのが一年も違わないバレスとダンヌンツィオは、それぞれの国で同じような軌跡を描いてきた。バレスは唯美主義者、個人主義者そして「自我礼賛」の扇動者として登場した。一八九〇年代には彼の初期の長編小説群から、ダンヌンツィオはアイデアやイメージ、文章を丸ごと盗んでいる。バレスは『聖なる愛と苦痛』というダンヌンツィオ風のタイトルを持つヴェネツィアに関する本を書いていた。彼には議会のメンバーをつとめた経験があり、そのおかげで議会の欠点について不満を口にすることができた。この十年間は――諸個人は自らの種族、血、土壌を十全に意識することによってのみ生き抜くことができる、という確信をますます強め――神秘的なナショナリズムに満ちた小説を書きつづけてきた。バレスと（これほどよく似た意見を持つ）イタリア人は同盟者となるべきであり、ダンヌンツィオはお世辞を振りまくことで自分たちがすぐにそうなるように取りはからおうとした。しかしバレスのほうは、初めは用心深く、鋭い目と気の進まない様子でダンヌンツィオを観察していた。ダンヌンツィオは象徴主義者やオスカー・ワイルドの「衰えつつある伝統」に愛着を抱いている、とバレスは考えた。だが彼には感傷的なところはまったくなかった。「彼は厳しい顔をした小さなイタリア人である……投資家を探すビジネスマンである」。

毎週金曜日の午後、アメリカのウィスキー資本の女性相続人ナタリー・バーニーは、ジャコブ通りにある彼女の家の一室――ダンヌンツィオ風に赤いダマスク織りと格言が飾られている――で友人たちを受け入れていた。レースのカーテンに言葉が織り込まれていた。「引かれたカーテンがわたしたちを世界から隠してくれますように」。レズビアンであるバーニーは、かつてダンヌンツィオを「ぞっとする小びと」と思った美しい高級娼婦リアーヌ・ド・プジーと、恥知らずにも公然たる恋愛関係にあった。彼女は自分のサロンを「友愛の殿堂」と呼んでいた。イチゴのタルトを提供して、多種多様な人々を招いた。なかには作家――コクトー、リルケ、タゴール――もいたし、シルヴィア・ビーチによれば、「高い襟の服を着て片眼鏡をかけたご婦人がた」も大勢いた。とはいえバーニー自身は白いレースのロングドレスを着ていた。

ダンヌンツィオはレズビアンたちに魅了されていた。自信に満ちた同性愛の女性たちからなるバーニーのコスモポリタンなサークルに出入りすることを彼は許された。すぐに、またこれも多額の資産を相続するアメリカ人女性である画家ロメイン・ブルックスと出会った（彼女はバーニーの生涯の恋人になる）。

ブルックスは黒い髪を短く切り、ズボンを穿いていた。彼女の服やアパートメントの装飾はすべて、黒と白あるいは濃淡さまざまな灰色であった。ダンヌンツィオは彼女に「チネリーナ（小さな灰だらけの娘）」とあだ名をつけた。彼女は最初の個展を開いたばかりだった。ド・モンテスキューは『ル・フィガロ』紙上で彼女の荒涼とした単彩の肖像画に賛辞を寄せ、彼女を「魂を奪う者」と呼んだ。ダンヌンツィオは彼女の才能と美しさに強い印象を受け（彼女はエレオノーラ・ドゥーゼを思い出させた）、彼女がバイセクシュアルであることに刺激された。「アメリカ人であるにもかかわらず」と彼は言う――彼の意見では、新世界は全面的に野蛮人が住む場所である――「彼女は知的であり、真の芸術家でもある」。彼女はダンヌンツィオがナイフとフォークを「武器のように」扱うことに気づき、彼がゴシップを無視してその代わりにイギリスの詩について語ることから、彼を好きになる。彼らは一緒にブーローニュの森を馬で走る。彼はパピーという名の犬を彼女に贈り、その犬が彼女の顔に噛みつくという短編小説を書く。彼女は彼のなかに「超自然的な力」を感じる。七月に彼がパリを去って大西洋岸へ向かうとき、彼女も同行する。借家の家賃を払っているのはおそらく彼女である。

ダンヌンツィオは秘密のうちにパリを離れた。アントンジーニとド・モンテスキューは（悪ふざけを楽しみながら）計画の共犯者となり、彼の鞄類を夜のあいだにあるホ

テルから別のホテルに移し、そして駅へと運んだ（おそらく彼の債権者たちを避けるため、または彼のあとを追うナタリーや他の女性たちの裏をかくためであった）。しばらくのあいだ彼は姿をくらますことに成功した。彼とブルックスは一緒にドライブをした。彼は助手席で眠り、彼女は「革のヘルメットと大きな毛皮の襟に包まれた、あなたの愛しい顔」を見つめた。彼女は静かに仕事に励む共同生活をイメージして、彼の肖像画を描きはじめたが、二週間後に邪魔が入った。ダンヌンツィオが狩猟用の服――白の半ズボンに長い黒のブーツ、ピンクの上着――を着てポーズをとっていると、外から騒がしい声が聞こえてきた。ナタリー――ダンヌンツィオが「うんざりさせる女《スコッチャトリーチェ》」と呼ぶようになっていた――が彼らのあとを追いかけてやっと見つけ出し、ダンヌンツィオは留守だとブルックスの運転手から言われて、またしても泣きながら庭園の門をよじのぼろうとしていたのだ。

　ブルックスはダンヌンツィオとの恋愛を楽しみ、その終わりに取り乱さないだけの冷静さを持っていた数少ない女性のひとりである。恋人の取り合いで喧嘩をするには誇りが高すぎた彼女はパリに戻った。ダンヌンツィオは彼女に自己憐憫に満ちた別れの手紙を書いた。彼女はこれに痛烈な返事をよこす。あなたはまさに自分が望んだものを得たのだから悲しむ理由はない、と。「愛する詩人さん。天国にはあなたのために数千の女性の脚を持つ（そして頭のない）巨大なタコが用意されているでしょう」。彼らのあいだの友情は残った。

二人の関係が始まった頃、ダンヌンツィオはナタリーを連れてサン・ジミニャーノにあるベノッツォ・ゴッツォーリの聖セバスティアヌスの絵を観に行ったことがあった。彼はナタリーを聖セバスティアヌスと呼んだ。その長い脚と若々しい体型からナタリーは少年に見えた。彼らが交わした手紙には荒々しいセックスに関する謎めいたほのめかしが満ちている。「わたしの苦痛は肉体の魔法だ。おお、聖セバスティアヌスよ！」とダンヌンツィオは書いた。聖セバスティアヌスは激しい快楽とともに「彼の殉教」を再び経験する、とナタリーは返事を書いた。彼女／彼は「彼を愛する弓の射手に呼びかける――燃える寝わらの上に横たわる聖セバスティアヌスのもとへ来たれ」。一九一〇年の秋、ダンヌンツィオはそうした個人的な幻想をドラマティックなスペクタクルにしはじめる。

彼はあらゆる聖セバスティアヌスの絵画と彫刻の写真を注文した。アントンジーニをボルドーの図書館に派遣して、聖者に関する資料を集めた。夜には松林のなかを歩いた。それぞれの木の幹には、森番がつけた傷から出る松ヤニを集めるためにカップが縛りつけてあった。身体中に矢を受けて殉教した聖者のように、木々は血を流していると彼は考えた。

一階の書斎で仕事をする彼のまわりにはクルミの木でできた書棚があり、五千冊ほどの本が揃っていた。それらはすべて彼がフランスに来てから購入したもので、有名なパリの製本業者グリュエルによって、金の印字がある贅沢な装幀がされていた。彼はそれらの本を、ラテン語の表現を用いて、「ビブリオテクラ・ガリカ（ガリア図書館）」と呼んだ。その部屋のいたるところ、コーニス、暖炉の前面、壁などに格言が書かれた。それはお馴染みのラテン語やイタリア語のものに加えてフランス語でも安らぎと静けさを求めていた。「テ・トワ（静かに）」、「レセ・モワ・パンセ・ア・モネーズ（わたしを静かに考えさせてくれ）」。ダンヌンツィオは夕食もひとりでとって、朝の四時まで書斎にとどまり、その後寝室一号へ引き下がる。二階にある寝室二号は個人的な密会のために使われた。彼のセックスのパートナー以外は誰もその部屋を訪れず、使用人たちも特別な許可があるとき以外はなかに入れなかった。
イーダ・ルビンシュタインが彼のプロデューサーをつとめ、彼女がセバスティアヌスを演じることになっていた。彼女とダンヌンツィオは互いに「兄弟」と呼び合った。彼女は彼に催促した。「兄よ、わたしに火のような言葉を送ってくれ！」彼女とロメイン・ブルックスはこのとき性的な関係を持っていた。ダンヌンツィオとともに彼女たちは倒錯した両性具有的なトリオを、三人の近親相姦的「兄弟」を形成した。ルビンシュタインがアルカションにやって来た。ダンヌンツィオは六張りの大弓と矢を購入し、彼らは砂丘で弓の練習をした。

ダンヌンツィオは再び破産に直面した。薪や油、蠟燭への支出は途方もない額になった。彼は残っていた資金の半分を花に費やし、もう手元には借家料を支払うだけの金がなかった。彼はアントンジーニに自分の金の時計と鎖、金のペンそしていくつかの小さな金製の飾りを託した。彼の献身的な信奉者であるアントンジーニは、自分の指輪をそこに加えて、それらを質に入れるために町へ向かった。次に危機が訪れたとき、ダンヌンツィオは、虫除けの樟脳を入れてしまってあった自分の冬服のポケットをくまなく探り、五百フランを見つけた。自分の収入の範囲で生活することに関する彼の無能ぶりは、文字通り気違いじみていた。金銭をめぐるトラブルにあまりにもうんざりしてしまったので、「トラピスト修道院に引きこもることを真剣に考えている」と書き、そしてその同じ手紙で、ひと続きの雑誌に高価な緑のモロッコ革で装幀をするように注文している。

『聖セバスティアヌスの殉教』は「宗教劇」、「舞踊詩」あるいはほとんどオペラに近いもので、クロード・ドビュッシーの音楽がつけられた。ダンヌンツィオは現代のフランス絵画については何も知らなかったかもしれないが、音楽のことなら耳が肥えており事情にも通じていた。フランスで彼はフランクとラヴェルを聴いていた。レイナルド・アーンはダンヌンツィオの親しい友人となり――ここにもプルーストとのつながりがある。彼とアーンはいっとき恋仲だった――ある夜アーンは彼のために歌った。そのときアーンは口の端にタバコをくわえていたが、こうした無頓着さをダンヌンツィオは愛した。
ドビュッシーは気の合う共作者だった。同時代の批評家から「古いフランスの美」に「現代の衣装」を着せる作曲家として評価されていたドビュッシーは、古い表現形式を用いて現代的な作品を創り出そうというダンヌンツィオの狙いに全面的に共感していた。ダンヌンツィオは――彼と同じ月にパリにやって来たエズラ・パウンドと同様に――プロヴァンスの吟遊詩人たちを研究したことがあり、この頃には彼らの複雑な詩の形式と古風な言葉を（フランスの批評家たちでさえ感嘆するほど）巧みに用いるようになっていた。

イーダ・ルビンシュタインが資金を出して進められた『聖セバスティアヌスの殉教』の制作は、バクストが装置と衣装を担当して、目を見張るものになった。舞台には二百人を超える出演者が登場し、オーケストラ・ピットには百人の演奏者が入った。作品の雰囲気はビザンツ風かつサド＝マゾヒスティックであり、光り輝くイメージとエロティックな苦痛にあふれていた。それはフローベール（『聖アントニウスの誘惑』、『ヘロディア』、『サランボオ』）、オスカー・ワイルド（外国人作者によって書かれたもうひとつのフランス語劇である『サロメ』）、スウィンバーン（随所から）、そして誰よりもダンヌンツィオ自身の作品から深く影響を受けていた。犠牲者が射手たちに矢を放つように乞うとき、彼（もしくは彼女）は欲望に震え、舞台にはコロスが大勢登場する。彼らの歌が流れ、傷と血に淫らな注目が集まる。細かなト書きは、絹の旗と美しい武器類そして迫害された犠牲者たちの群れを要求しているが、それらはすべて『船』を想起させる。あのときも、セックスの言葉と宗教的恍惚の言葉が混ざり合っていた。違っているのは、『船』ではこうした贅沢な古い道具立てを現代の政治的な目標のために用いていたのに対して、この作品では、「祖国」から離れていたダンヌンツィオは自分自身の精神について書いていたことである。

ドビュッシーの音楽は広く賞賛され、照明は魔法のようで、合唱はあまりに感動的に歌われたため作曲者が涙を拭う姿が何度も目撃された。だがイーダ・ルビンシュタインはまったく女優らしくなかった。「そなたは青春の王子である」と皇帝はセバスティアヌスに言う。「力と喜びはそなたのものだ／そして夢を織り上げた驚異の布地は／そなたの男とも女とも見える身体を覆う」。ルビンシュタインの中性的な体型にはまずい点は何もなかった。金の鎧に包まれているときも、死を前にしてほぼ裸体になるときも、彼女は完璧に役にはまった。だが、フランス語を改善するために教授を雇ったにもかかわらず、彼女の台詞まわしはダンヌンツィオの入り組んだ台詞をドラマティックに表現

する役割を果たせなかった。彼女は奇跡によって生命を吹き込まれたものの、新たに見いだした声を自由にできないステンドグラスの人物のように見える、とジャン・コクトーは思った。

マルセル・プルーストは、コルク張りの自分の部屋から滅多にない外出をして、ド・モンテスキューの隣の席で——感動で自分の脈拍がいくつになるかを手首でたしかめながら——初演を観た。プルースト自身は心を動かされなかった。彼はダンヌンツィオの言葉を賞賛した——「あれほどの明晰さで書くことができるフランス人が何人いるだろうか?」——が、午前一時まで続いた芝居そのものは「非常に退屈だ」と言った。二人の作家は顔を合わさなかった。ダンヌンツィオは、初日の夜はいつもそうだが、劇場から離れていた。アントンジーニは午前一時をまわった頃に劇場の近くのカフェで眠りこけている彼を見つけた。

ダンヌンツィオは初期の宗教音楽——パレストリーナやモンテヴェルディ——を知り尽くしていた。パリではサン・セヴラン教会でひざまずき、かつてダンテがそこでひざまずいたことを思って感動した。彼はオルガニストのルイ・ヴィエルヌと友人になり、ヴィエルヌは彼を夜にノートル・ダム教会に招いて、彼のためにバッハの『トッカー

タとフーガ　ニ短調』を演奏した。そのあいだ巨大な建物のなかで、唯一光があたる場所に彼らは二人だけで座っていた。このときが「亡命」の時期でもっとも喜びに満ちた瞬間だった、と何年も経ってからダンヌンツィオは書いている。ある著名な説教師による四旬節の説経に彼は出席し、教会の儀式の陰で密かに行われているいちゃつき行為について、とくに二人の若い娘たちが身体を寄せ合っていることについてメモをとった。「片方の娘の髪は、《ファミーユ・ローズ〔ピンクを基調にした中国陶器の粉彩〕》の茶碗のなかで冷たくなった紅茶の色である。もうひとりの髪は、濃い青色のザクセンの茶碗のなかで香るコーヒーの色をしている」。「罪深い娘たち」のひとりが女友達の手にキスをするのを彼は凝視していた。「その熱烈に貪欲な様子は、礼拝堂のケルビムたちがそのぴかぴか光る紙のスカートを落として聖なる恐怖の叫びを上げながら飛び去るのではないか、と思うほどだった」。

したがってダンヌンツィオは教会に礼拝に行く人間（不敬虔な類いの）だったが、教会からは嫌われていた。かつてある聖職者はニケに対して、彼女が彼と暮らしていることを理由に、秘蹟を拒否したことがあった。いまやパリ大司教は、よきカトリック信者はすべからく『聖セバスティアヌスの殉教』から遠ざかるように、と警告を発した。殉教者が女性によって演じられるということ自体、十分にショッキングであったが、イーダ・ルビンシュタインがユダヤ人であることがさらにそれに拍車をかけ、彼女がその有名な脚をすべてさらして舞台に登場することも問題だった。ダンヌンツィオは、こうした議論が有益な宣伝となりうることを十分承知しており、ドビュッシーを説得して『ル・フィガロ』紙にこの作品が「深く宗教的」であるとする手紙を書かせて、論争をさらに激しいものにした。教会は同意しなかった。ダンヌンツィオはイエス・キリストを、アフロディーテに愛された美しい若者アドーニス（彼は死んでそののちに地上に戻る）と比較した。二つの神話の類似性は現在なら比較神話学の常識であるが、一九一一年には聖職者たちにとって衝撃的だった。ダンヌンツィオの作品のすべてがヴァティカンの禁書目録に収録された。

ダンヌンツィオはアルカションに戻った。ナタリーが彼と一緒に滞在し、ほかに家政婦として、彼の死にいたるまでそばにとどまることになるアメリ・マゾワを雇った（彼女をアエリスと名づけた）。彼女は普通の使用人ではなかった。ときおりダンヌンツィオのベッドの相手もつとめ、彼とナタリーがセックスのための寝室にこもるといつも激しい嫉妬に苦しんだ。アエリスの出自は労働者階級だったが、マナーには気品があった。ある訪問客は、肘まである白い手袋をはめてドアを開けた彼女を見て、スウェーデンの王女になぞらえた。ダンヌンツィオにはピサで雇った馬丁もおり――破産したはずなのに彼はいまだに複数の馬を飼っていた――魔女のような女の召使いもいた（彼女は箒ではなく自転車を活発に乗りまわした）。

アンリ・ド・レニエ――その詩をダンヌンツィオは初期の作品で模倣している――が彼を訪ねた。レニエの妻がダンヌンツィオが住む家の描写を残している。その多くは目新しいものではない――室内の暑さ、漂う強い香り、絹のカーテンとシェードのついたランプ、等身大の石膏像。しかしそこには二つの新しいディテールがあった。それは『デルフィの御者像』がその伸ばした片手に「強力な毒薬のように見える、一種の青い石」を握っていたことと、ダンヌンツィオのデスクの上に「まるで千もの薄くて青いピアノのキーのような、本物の電信用キーボードの列」が並んでいたことであった。

ダンヌンツィオは無線電信という新しいメディアを大いに楽しんだ。彼はまだ大量の手紙を書いていたが、電報はお気に入りのコミュニケーションの手段になっていった。彼は電報を短いイマジズム（俳句や短歌の影響下に、韻を踏まず、説明を省いてイメージをそのまま表現する手法）的な詩で表現することを好み、受け取ったほうが当惑することがよくあった。アルカションに着くと、彼はアントンジーニに四つの電報をそれぞれ四人の女性に送るように指示したが、どれも思わせぶりで曖昧なものであった。ある女性には「波のメロディーはわたしの後悔を引き起こす。あらゆるものが遠く、あらゆるものが近い」。別の女性には「わたしの影像のための、贅沢なブロンズとして君のことを考えている」。

ダンヌンツィオは自分自身について書いていた。自伝的な断片――それを彼は「ハンマーの閃光」と呼んでいた――を彼は『コッリエーレ・デッラ・セーラ』に送っていた。その材料は自分の手帳で、数十冊もある手帳を洒落た豚革のスーツケースに入れて、カッポンチーナから持ってきていた。その手帳を通じて彼は自分の過去を回想し、それまで発表してきたものよりも内密で直接的な散文に書き直していた。それらの文章はルネサンスのエッセイスト、ミシェル・ド・モンテーニュとサー・トーマス・ブラウン（ダンヌンツィオは両者を敬愛していた）になにがしかを負っていたが、しばしば彼がしてきたように、古くて新しい何かを創り出していた。彼が「閃光」を書きはじめたように、マルセル・プルースト、ジェイムズ・ジョイス、ヴァージニア・ウルフらはすべて、彼と同じように、自分自身および自らが生み出したキャラクターの心を探るために、新しい叙述の形式を試みていたのである。

一九一一年八月。『モナ・リザ』がルーヴルから盗まれ、犯人であるイタリア人ペルッジャが盗まれた絵とともにフィレンツェで発見されるまで、二年間行方不明となった。絵の盗難はパリでの話題になった。ギョーム・アポリネールとパブロ・ピカソはともに容疑者として逮捕された。アントンジーニによれば、犯人はアルカションのダンヌンツィオのもとに絵を持ち込み、それを隠してほしいと頼んだという。この話は信じがたいが、ダンヌンツィオはアルベルティーニへの手紙のなかでそれを認めており、『ル・タン』紙の記者に対して、自分は盗難についてあることを知っているが明らかにできない、と語っている。

『ラ・ジョコンダ』の作者であるダンヌンツィオは、レオナルドについてそれまでしばしば書いており、それとなく自分をルネサンスの偉大な博学家とくらべていた。おそらくペルッジャは助けを得られる人物として実際に彼に会ったのであろう。この有名な絵がフランスにあることは、エルギン卿がパルテノン神殿から大理石の彫刻を取り去った行為がギリシア人を苛立たせたのと同じくらい、イタリアのナショナリストたちを苛立たせていた。ペルッジャがとうとう逮捕されたとき、彼はナショナリストの集団のなかでは英雄になった。

ダンヌンツィオは、その傑作を真の所有者、すなわちイタリア国民に返還することをペルッジャに求めた、と主張した。この盗難事件は——政治的示威行為あるいは宣伝のためのパフォーマンスと見られ——ダンヌンツィオに刺激を与えた。彼はまた、ちょっとした金を稼ぐ機会にもなると考えた。『モナ・リザを盗んだ男』というタイトルの探偵小説を書くつもりである、と彼は発表した（が、まったく実現しなかった）。彼自身がその犯罪に巻き込まれたという主張が予告された作品の前宣伝となったが、それは遠い昔に落馬事故による自分の死をでっち上げたのと同じくらい不敵な行為だった。

一九一一年十月。のちにイタリア領リビアとなる領土をめぐって、イタリアは北アフリカにおいてオスマン帝国と戦争状態にあった。この行動はその後二十年間のイタリアのアフリカ進出を予兆するものだったが、それらの戦争を未来において扇動することになるベニート・ムッソリーニは、当時はまだ社会主義者で反帝国主義者であり、その行動に不賛成だった。「プロレタリアート大衆のなかから、たったひとつの叫びを上げようではないか……《戦争反対！》と」。彼は「英雄気取りの戦争屋たちの狂った行動」に抗議する暴動を起こした廉《かど》で五カ月間の禁固刑を受けた。それとは対照的に、まだムッソリーニの名前すら聞いたことがなかったであろうダンヌンツィオは、激しく興奮した。

戦いは凄惨なものだった。トルコ軍とアラブ軍は一回の戦闘で五百人以上のイタリア兵を殺し、死体の手足を切断した上で椰子の木に釘で打ちつけた。イタリア軍は数千人のアラブ人を虐殺し、さらに数千人を囚人を収容する島へ送り込むことで報復をした。ダンヌンツィオはこうした事態にひるまず、十篇の『海の向こうでの武勲をたたえる歌』を書きはじめた。ひとりの陸軍大佐がそのうちの一篇の原稿を入手し、それを即席の神殿に連隊旗とともに保管していた。ダンヌンツィオは賞賛の手紙がぎっしり詰まった小包をいくつも受け取ったが、なかには中隊の兵士全員がサインをした手紙があり、その多くは字が書けない兵士たちだったためしるしだけがついていた。

これらの新しい『歌』はトルコとその同盟国――とくにイタリアの「伝統的な敵」であるオーストリア＝ハンガリー帝国――に対する痛烈な批判であった。その詩のなかでダンヌンツィオは自分の反感をすべての国々に向けており、想像上の汚物をそうした国々になすりつけている。『ダーダネルスの歌』はあまりにも辛辣であったため、政府がその発表を禁じた。オーストリアは依然として公式にはイタリアの同盟国であったが、ダンヌンツィオはフランツ・ヨゼフ皇帝を死刑執行人、死の天使として描き、オーストリアを「未消化の遺体の肉をハゲワシのように吐き出す双頭の鷲」と描いた。(この吐き気を催させるイメージはダンヌンツィオに取り憑き、それ以降繰り返し用いられた。)

アルベルティーニは、『コッリエーレ・デッラ・セーラ』紙にその詩を掲載できないと伝えた。『歌』を本の形で出版するにあたってトレーヴェスは、不快感を与える数行を削除するようにダンヌンツィオに泣きついた。ダンヌンツィオは拒否した。原稿は検閲に付された。本が世に出ると数行が削除されており、その空白の部分にはダンヌンツィオが挿入した次のような言葉があるはずだった。「欺かれた祖国に関するこの歌は、イタリア政府首相である騎士勲章佩勲者《カヴァリエーレ》ジョリッティの命令で手足を切断された」。

慎重で実務的なジョリッティが、イタリア政界の支配的人物としてクリスピのあとを継いでいた。彼は現実主義者で可能性の技術の信奉者であり、トラスフォルミズモの実践において卓越していた。漸進的改革と貧困の軽減によって社会主義は懐柔される、とした。労働組合は許容されるべきである。国際問題は戦略と敵対国同士の敬意によって処理されるべきである。クリスピがイタリアに血の洗礼を施すことを望んだとすれば、ジョリッティは繁栄と外交の聖油によってそれをなだめることを模索した。敵対する人々は彼をあまりに「経験主義的」であると非難した。彼は反論した。「あなたがたが言う経験主義がわが国と国民の現実の状況を考慮することであるなら……深刻な危険に陥ることなく最良の結果を得ることなら」喜んで自分はそうだと認めよう。統治におけるそうしたアプローチは「もっとも安全かつ唯一の可能な方法である」。ジョリッティは妥協と用心深さの達人であった。ダンヌンツィオは彼を心底嫌っていた。

ダンヌンツィオの外国の崇拝者たちは、彼を国際的な芸術家仲間のひとりとして見ることに慣れており、『歌』の激しさに当惑した。熱烈な崇拝者のひとりだったフーゴ・フォン・ホーフマンスタールは、彼に宛てた公開書簡のなかでこう述べた。「あなたは詩人、優れた詩人だった……いまわたしには詩人あるいはイタリア人愛国者の姿は見えない。わたしに見えるのは幸運を使い果たしたカサノヴァだ。五十歳のカサノヴァ、ガウンを不格好にまとって、戦士を気取ったカサノヴァだ」。一八九〇年代にはナポリで友好的な関係にあった哲学者ベネデット・クローチェは、「戦争を楽しみ、虐殺さえ楽しむ」ように見えるダンヌンツィオの姿に不快な気持ちを抱いた。「美の政治」は血の政治という姿を現しつつあった。

自宅でダンヌンツィオはある出版者をもてなしていた。彼は終始上機嫌で愛想がよく、最新の契約について話し合う際には笑いながらいずれの点についても譲歩した。しかし話が報酬の金額におよぶと決まって話をそらした。それはまるで「この不快で辛い話し合いは双方の秘書たちに任せるようにお願いしたい」と言いたかったようだ、とアントンジーニは述べている。

二日後、アントンジーニがダンヌンツィオの代理人として彼の要求を出版者に伝えると、出版者は青くなってそわそわした。そして他の著名な作家たち——トルストイ、キプリング、ロスタン——はすべてもっと少ない金額で満足していると指摘した。ダンヌンツィオは動じなかった。取引は成立した。

一九一二年四月。日食があった。アルカションではほぼ完全に太陽が隠れるのが観測された。気味の悪い、物寂しい光はダンヌンツィオのムードにぴったりだった。ランド地方のイメージとして彼は手帳に書いている。ここには葉のない木がある。ここには歯のあいだに草の葉を挟んだ、ミイラ化した死体がある。彼は死を免れないことについて熟考する。二つの死——同郷の詩人ジョヴァンニ・パスコリと優しい人柄の八十代のフランス人家主の死——が彼を揺り動かした。新しい内省的な様式で、死という厭わしい肉体の事実に真っ直ぐ向き合いながら、彼は考察を書き上げた。

その前年、彼は浜辺に打ち上げられた漁師の溺死体を見た。「哀れな裸の物体。砕けた破片よりも悲惨で、海草の塊よりもわびしい」。青白く痩せ細った「女性のように弱々しい」腕を、青い指の爪を、「獣のような毛」の下の青い脚を、斑点が浮かんだ足を彼は思い出す。その記憶に彼は取り憑かれた。夜遅くまで仕事をしていると——薄暗い書斎の隅に死体が立っているのを想像して——恐怖に震えた。イカの墨が水を黒くするように、恐怖と不安が彼の心に広がっていった。

一九一一年から一二年の冬、彼は全部で五千行になる、オペラ『パリジーナ』のリブレットを書いた。これはテーマに必要な悲劇的な重厚さが、プッチーニの音楽で表現できるかを疑った作品である。中世の戦争を背景とした近親相姦の愛を語るこの物語は、バイロンの長詩とドニゼッティ作曲のオペラで扱われている。しかしダンヌンツィオは独自の解釈において、中世の叙情詩と十三世紀の年代記作者パンフィーロ・サッソから直接引用をしている。ダンヌンツィオは『トリスタンとイゾルデ』および自作『フランチェスカ・ダ・リミニ』への言及を作品のなかに織り込んだ。作曲家はマスカーニであった。ダンヌンツィオはかつて彼のことを「(ダンスバンドの)指揮者」と片づけたことがあったが、このときは友好的に仕事をした。作品のなかのクライマックス・シーンは、戦場から血みどろのまま大急ぎで戻ってきたヒーローがロレートの奇跡をもたらす教会の聖域で義母を抱きしめ、彼女の美しいローブを血で汚すところである。

一九一三年。ルイザ・カサーティ侯爵夫人がパリにいてリッツに滞在していた。彼女は自分の大型ヘビの餌として生きたウサギを、ボルゾイ犬たちには生の肉を用意するようにホテルのスタッフに要求した。初めて会ったときから七年が経過し、彼女とダンヌンツィオはそのときには恋人同士だった。ダンヌンツィオは彼女を（サドにちなんで）「聖なる侯爵夫人」と呼んだ。彼らはサン・ジェルマンのレストランの庭で夕食をとった。そこではバンドがタンゴを演奏していた。そのあとで彼は手帳に書いた。「首筋への刺すようなキス、狂おしいホテルへの帰り道、赤いキスマークがはっきり見えた」。

ルイザはダイヤモンドがちりばめられた長いシガレットホルダーでタバコを吸い、大きな真珠を連ねた首飾りを身につけ、重たい金の錦織りでできたペルシアのズボンの裾を宝石を飾ったアンクレットで絞っていた。彼女にはいくつか家があったが、いずれも奇抜なものだった。ローマの家はすべてが黒と白で装飾され、アラバスターの床は下から照らされていた。ヴェネツィアでは、いまではグッゲンハイム美術館となっている、大運河に面した平屋建てのパラッツォに住んでいた。大広間を薄い金箔で覆い、窓には金のレースを掛けた。彼女はウィーンでグスタフ・クリムトが描いている青白い誘惑者――宝石の色の布を巻きつけ、輝く金色の背景に立たせている――のひとりのように見えた。

冬が来ると、彼女はサン・モリッツに移動した（ウィンター・スポーツは次第にファッショナブルなものになりつつあった）。ダンヌンツィオに、頭蓋骨と薔薇の紋章が入った黒い羊皮紙――これとくらべればダンヌンツィオの透かしの入った便箋は地味だった――に金のインクで手紙を書いた。彼女は映画プロデューサー、ジョヴァンニ・パストローネに会うように彼に勧めた。

ダンヌンツィオは映画に興味があった。三十年近く前にすでに舞台でのパフォーマンスを保存する方法について夢想したことがあった。そして静止したイメージをカメラによって保存することができるように、いつの日にか動きも、そして音さえも同じように記録されるようになるかもしれないと推測した。いまやその予言は現実となりつつあり、「驚くべき」新しい芸術の出現を彼は予見していた。一九一一年に彼は自分の戯曲四作品の映画化権を売り、かつてプッチーニに提供したリブレットを映画の脚本に書き

換えた。だが映画製作においてもっとも成功した彼の取り組みは、パストローネの古代カルタゴを舞台にした長編映画『カビリア』への関与である。

ダンヌンツィオは映画製作そのものにはまったく関わらず、最終段階で字幕と「インタータイトル〔映像の途中に挿入される、文章を撮影したコマ〕」を書き直すだけだったが、その単純な仕事に対する莫大な報酬額が代理人をつとめるトム・アントンジーニに伝えられると、彼は文字通り自分の耳を信じられなかった。非常にわずかな仕事に対して巨額の報酬を得ている事実がありながら、ダンヌンツィオは――彼にはありがちなことだが――作業になかなか手をつけなかったため、パストローネは予定されていた公開日が迫ってくるとダンヌンツィオのアパートメントのホールに陣取り、サンドイッチを運ばせたりして、仕事が終わるまで詩人が外出しないように見張りをした。三日間で仕事は終わった。

『カビリア』は「ガブリエーレ・ダンヌンツィオによる映画」として売り込まれた。それはたしかに十分ダンヌンツィオ風の映画だった。この映画は古代カルタゴを舞台にローマの美徳を賛美する一方で、人間の生贄で観客を刺激した。スカルフォーリョはナポリでこの映画を観て、次のように要約した。「人々の破滅、文明の崩壊、恐るべき大火災の強烈な熱さのなかで情熱が引き起こす暴動……運命の力、そしてはかない美しさだけを武器に運命に逆らおうとする美しい巻き毛の娘」。『カビリア』は戦前のイタリア映画のなかでもっとも成功した作品で、パリでは六カ月間、ニューヨークでは一年間のロングランを果たした。

　ダンヌンツィオは報酬をポケットに収め、評価と賛辞を受け入れた。（「あなたの才能」が「傑作」を生み出した、とヴォードヴィル劇場の演出家は言った。）だが彼は決してその映画を観に行こうとはしなかった。それは「くず」であり、「愚かな群衆」にのみ通用するものだ、と彼はトレーヴェスに語った。一八九〇年代に選挙運動をやって以来、ダンヌンツィオは大衆に届くことを切望してきたが、映画館という限られた空間で大衆に加わることはまったく望まなかった。彼らの発する臭いが好きになれなかったのだ。

　ランド地方でダンヌンツィオはイノシシ狩りに行き、土地の名士たちおよびウェストミンスター公爵と知り合いになった。公爵は森に狩猟小屋を持っていた。あるとき狩りが朝の七時から翌日の未明まで続いたことがあった。ダンヌンツィオは夜の闇のなか、松林を馬を長く歩かせてやっと家に戻ると、ピサ出身の馬丁に強いマッサージをしてもらった。塗布剤の匂いが家を満たしたそのときのことを十五年経っても覚えている。また彼は土地の漁師たちを説得して船に乗せてもらい、荒れた海にも何度か挑んだ。

　その気候は結核に罹患した肺に効果があると考えられていた。海沿いには「避寒客」たちが大勢押し寄せ、町ではコンサートが開かれてダンヌンツィオも顔を出した。ヴィッラ・サン・ドミニークは適度に町から離れていたが、ダンヌンツィオがランタンを手に林のなかを抜けて恋人を訪ねることができないほど離れてはいなかった。その恋人とは別のヴィッラに住んでいたナタリーのこともあれば、別の女性のこともあった。

　たとえ数日でもセックスができないと、彼は惨めな気分になった。アルカションにひとりでいるとき、彼はアントンジーニに陰鬱な手紙を書いた。その数日後、はるかに幸せな手紙を書き、そのなかで近所の村に「きわめて魅力的な迷い猫」を見つけたことを報告している。アンドレ・ジェルマンは彼を訪ねて、「ほぼいつも馬に乗っていて、降りるのはダンヌンツィオの腕に身を委ねるときだけという、本物のランドのメナード〔バッカス神の巫女〕」に出会ったことに愉快な衝撃を受けた。ダンヌンツィオはその女性を森へ連れて行った。「前にいる自分のメナードを押すたびに……彼はまるでニンフを誘惑しようと突進する、フォーンのようないななきを発した」。

「家政婦」のアェリスはのちに、彼が日に三度のセックスを彼女に求めた、と主張している。やがて彼女は、彼のベッドの相手をしながら、土地の娘たちのなかでその気のある者を見つけてやる女衒《ぜげん》の役もつとめるようになる。


一九一三年二月。ダンヌンツィオは『ラ・ピサネルあるいは香り高き死』を書いた。ストーリーは、彼がプッチーニに以前提供したものだが——戸棚にしまってあるすべてのスクラップを彼は再利用する——十字軍の王たちの支配下にあった十二世紀のキプロスで展開する。二人の男（叔父と甥）はある神秘的な女性をともに愛する。彼女は結局は殺され、大量の薔薇の花びらの下に埋められる。望ましくない客たちを薔薇で窒息させたネロ帝を非難しているスエトニウス、あるいは『サテュリコン』からダンヌンツィオはアイデアを得たと思われる。あるいは画家アルマ＝タデマの『ヘリオガバルスの薔薇』の複製を見たのかもしれない。その絵のなかでは滑らかな肌の何人もの若い男女がチュニックを思わせぶりにすべらせてからみ合いながら、ピンクの花びらの波に圧倒されている。

同じ年の数カ月後に彼は『スイカズラ』を発表した。それは現代を舞台に、無慈悲な超人にして誘惑者と、彼がある神経衰弱の貴族一家に引き起こす大混乱を描いたものだった。ポール・ポワレが衣装を担当したが、特別に凝った衣装一式に対する規定外の経費の支払いをダンヌンツィオが拒み、喧嘩になった。ポワレは訴訟を起こした。

どちらの芝居も成功しなかった。


一九一三年八月。ダンヌンツィオは雑誌に発表するために中編小説『白鳥なきレダ』を書いた。設定は現代で、プロットは真珠のついた握りの拳銃を持ちホブルスカート〔裾のほうが狭いスカート〕——ダンヌンツィオは女性の脚が見える範囲が拡大することを高く評価していた——を穿いた、評判の悪い女性にまつわるものだった。名を与えられていないこの女性はファム・ファタールであり、その財産狙いの冒険は浅ましくて田舎くさい。そこに描かれるのは、生命保険の契約にモルヒネ、小さな町のカジノや温泉で見つけた男たちとの愛なき戯れの数々、といったエピソードである。それは乱交と売春が渾然としたような生活である。バルバラが堕ちていくことをダンヌンツィオが恐れた生活、そしてマリア・グラヴィーナがこの頃まさに送っていた生活だった。それはまた彼自身の生活ともいささか似たところがあった――その女性の抱えるすべての問題の淵源は負債であった。

「スリラー」を、「ミステリー」を、大衆的で魅惑的なものを意図する何かを、ダンヌンツィオは書いていたが、そこに憂鬱と人間不信という毒薬を注ぎ込んだ。彼は仲間の人間たちを好きではなかった。自分の生活を好まない、ある種のムードがそこには存在した。この本のなかで彼は語り手にデジデーリオ・モリアール（死の願望）という名を与えている。

一九一三年秋、ダンヌンツィオはパリに戻り、クレベール通りに面したアパートメントを借りた。債権者たちが再び彼を捕らえた。家賃の支払いが遅れがちになった。ヴィッラ・サン・ドミニークは監視下に置かれた。実際のところ負債を返済できる見込みはまったくなかったが、そこへ映画『カビリア』からの思いがけない収入があった。大きな都市に戻ったことを彼は最大限に利用した。彼はシャンティリーでの競馬に顔を出した。ナタリーはいまではパリの北にあるヴィラクブレーにほど近いダム・ローズ農場に落ち着き、自分の犬とダンヌンツィオの犬の世話をしていた。彼らは二人合わせると六十匹ほどのグレイハウンドを飼っていて、なかにはレースで優勝した犬も数匹いた。ほとんどの犬は、彼らのなかで交配して生まれていた。サン・クロードで開かれたグレイハウンドのレースにおいて、ダンヌンツィオの「ホワイト・ハヴァナ」という犬が優勝した。彼はボクシングの試合にも出かけた。学校に通っていた時代から彼は機敏なボクサーだった。いまはアパートメントの廊下にパンチング・ボールを設置して、訪問者がメデューサの出現にぎょっとするのを狙って、それに黒い巻き毛のカツラを載せていた。

さまざまなパフォーマンスにも顔を出した。ある晩、『女性のための未来派宣言』の著者であるヴァレンティーヌ・ド・サン＝ポワンが上演したタンゴの実演に招待され、観客としてオーギュスト・ロダンと一緒になったことがあった。ナタリー・バーニーによれば、その冬のダンヌンツィオは「ブームだった。彼と寝たことがない女性は笑いものになった」。

ダンヌンツィオはルンペルマイヤーのパティスリーでお茶を飲みケーキを食べている。人々は彼を見てささやき合

う。パリでは行く先々で、その禿げた頭と蠟のように滑らかで不思議な顔色が人目を引いた。見知らぬ紳士が彼に近づいて尋ねる。もしやマエストロはわたしの主人であるナポリ王妃と会うことに同意していただけるか、と。ダンヌンツィオは喜んで同意する。半世紀前にガリバルディによって王位を追われた王妃は、彼の作品に何度か登場していた。彼女は「バイエルンの子鷲」であり、ダンヌンツィオが嘆くデモクラシーの台頭によってヨーロッパ全体で時代遅れになってしまった、戦う王族の化身であった。老貴婦人に対して深々とお辞儀をし、彼はその手にキスをする。

ダンヌンツィオはクレベール通りに面した正面のドアから外に出て、毎日そうしているように、そこで物乞いをしているイタリア人テノール歌手に二十フランを与える。同伴者は、その男が美しい女性と洒落たカフェで飲んでいるところを見た、と抗議する。「彼が二十フランで何をすると思うかね？」とダンヌンツィオは尋ねる。「自動車を買うとでも？」彼は自分自身に甘いのと同じぐらい他人にも気前がよかった。

ダンヌンツィオに金をばらまく余裕などないことをよくわかっていたアントンジーニは、こうした浪費を不安と好感の入り交じった気持ちで見ていた。「彼は駅で切符に鋏を入れる男にチップをやる。列車のなかで切符を検札する男にチップをやる。友人の家を訪ねてドアを開ける召使いにチップをやる。美術館の職員にチップをやる。落としたハンカチを拾った小僧にチップをやる。その子の友達がこうした無駄遣いをせせら笑うと、その友達にもチップをやる」。

一九一四年二月。ダンヌンツィオはイギリスにいる。彼は四人の女性とともに旅行していた。ナタリー、アエリス（この旅の日記を書いていた）、そしてともに既婚者のブーランジェとウバン（二人は彼の仲のよい友人であるマルセル・ブーランジェの妻と愛人である）。彼ら全員を結びつけていたのは、犬と馬への情熱だった。

アエリスの日記によると、彼女とナタリーはサヴォイ・ホテルのダンヌンツィオのベッドを共有していた。一緒に寝るパートナーが人員過多だという問題があっても、彼はホテルの窓からの景色を大いに楽しみ、口笛を吹きたくなるような川の景色を言葉にして手帳に書きつけていた。「乳白色の空に赤い太陽。橋にはレースのヴェールがかかっている――灰色のシンフォニー」。彼らはナショナル・ギャラリーを訪れ、そしてランカシャーのアルトカーへ向かう。それはノウサギ狩りの最高のイベントであるウォータールー・カップのためであった。濡れそぼつ緑の風景、石炭を積んだ荷馬車を牽く巨大な馬たち、「一日の楽しみから戻ってきて、ワニスを塗ったように赤い顔をしている」イギリス人たち、湿った大地から養分を吸い取るヒルのように休むことなく草を食《は》む羊たち、などについてダンヌンツィオは書きとめている。

一九一四年春。花売りの露店にはスミレやドイツスズランの香りが漂っている。サント・シャペルで初期の聖歌のコンサートが開かれる。ダンヌンツィオは興奮していた。宝石のようなステンドグラスを持つ素晴らしいゴシックの建物のなかでそうした歌を聴くことは崇高な経験となる、と彼は断言していた。その場にはロシアの若い女性彫刻家カトリーヌ・バルヤンスキーもいた。「小柄でほっそりした、黄色い蠟で型を取ったような奇妙な顔の男を見た。頭には髪の毛が一本もなく、先端を尖らせた小さな顎髭によって細い顔はさらに鋭さを増している」。彼はド・ポリニャック公妃をエスコートしていた（公妃は旧姓ウィナレッタ・シンガーといい、アメリカのミシン・メーカーの女相続人だった。レズビアンで音楽のパトロン活動によって知られ、サティ、ストラヴィンスキーそしてプーランクに作品を依頼している）。彼はバルヤンスキーに自己紹介した。「彼は片方の肩をわずかに上げて奇妙なダンスのステップで近づいてきた……淡いグレーのスーツをエレガントに着こなし、信じられぬほど変わったネクタイには巨大なエメラルドのピンをとめ、シルクのシャツのカフにも同じ大きな宝石をあしらい、エナメルの靴を履いて黒い紐のついたた片眼鏡をつけていた」。

彼は意味ありげな様子で彼女の手を握る。彼女は彼の手にいくつもの指輪を感じる。彼は彼女の目を覗き込む。彼の眼差しは「妙に突き刺すようだった」。「またお目にかかりたい」と彼は言う。

数日後、バルヤンスキーは夕食への招待状を受け取った。彼女はそれに応じ、その夜の出来事を書きとめた。

「なかに入ると、強い香りが、香と琥珀の混じり合った匂いが襲ってきた」。彼女が着ていた服からは数カ月間その匂いが消えない。「たくさんの金と黒のビロードのクッションが置かれた銀色の錦織りのカウチに、とても美しいほっそりした女性が座っていた」。それはナタリーで、襟ぐりが深くあいたドレスと大きな宝石をたくさん身につけ、濃い青い目はいつものように涙を湛えていた。何人かの「パリ社交界の人々」もおり、けたたましい笑い声と膝まで届く真珠の首飾りをつけた女優兼高級娼婦も来ていた。刺繍を施したインドの布地を巻いたものが天井から垂れ下がっている。黒い枠のついた鏡が光っている。たくさんの蘭の花、コンサート用のグランドピアノ、おびただしい数の仏像、クジャクの羽根でいっぱいの花瓶、桃とブドウが山積みにされたクジャク石の皿。

音楽が流れている。バッハ、ベートーヴェン、グリュック。片眼鏡をつけたダンヌンツィオは座って「まるで石像になったように」じっと聴いている。その後、丸いテーブルに夕食が出る。背の高い金箔の日本風屏風がテーブルを取り囲んでいる。テーブルの上には白い薔薇でいっぱいの黒いボウルがあり、ムラーノで作られた小さな白と黒のガラスの馬がたくさん置かれている。

ダンヌンツィオは滔々と話しつづけ、とりわけ突飛な逸話を披露したところで、カトリーヌ・バルヤンスキーが「それってほんとうですか？」と尋ねる。

「まさか」とダンヌンツィオは答える。

名声は彼がもてあそぶものになった。パリを舞台として、彼は劇的場面を見事に演出した。彼とイーダ・ルビンシュタインは、どちらも全身白ずくめで（彼女は素晴らしいオコジョのコートを持っていた）、巨大な白い自動車でシャンゼリゼ通りを走っていた。その夕食の席で、彼はバルヤンスキーに言った。「わたしが世界一の嘘つきだと君は知らなかったのかね？」

　ダンヌンツィオがパリで気取ってみせているあいだに、イタリアでは彼の打ち出した理想が新たな支持者を見いだしていた。彼はのちに自分自身を、ジョリッティ支配下の用心深くリベラルに傾斜したイタリアという「卑屈さと妥協の沼地」から発する瘴気のなかで、ナショナリズムと英雄的な努力の明かりをともしつづけた唯一の声として描いている。しかし実際のところは、デモクラシーを公然と非難して暴力をたたえる点で、彼に賛同する声が加わりつつあったのだ。

　なかでも未来主義者たちはもっとも騒々しい人々であった。「われわれは攻撃的行動を賞賛する」とマリネッティは宣言した。「危険に満ちた跳躍、平手打ち、拳による一撃……われわれは戦争を、軍国主義を、愛国主義を、人を殺す美しい思想を賞賛したい」。マリネッティの暴力への熱意は、選挙で選ばれた政府に対する軽蔑と見合っていた。彼は民主主義者《デモクラーティチ》を「民主痴呆者《デモクレティーニ》」と呼んだ。同じように考え、イタリアの活力のルネサンスを求める人々がほかにもいた。彼らの代弁機関のひとつがフィレンツェで刊行されていた雑誌『ラ・ヴォーチェ』であった。一九〇七年に『ラ・ヴォーチェ』の編集者のひとりであるジュゼッペ・プレッツォリーニは、自分たちの世代の精神状態を次のように説明した。それは「不満と怒り」だった。彼は政治的なプログラムを打ち出したわけではなかったが、英雄的でない現実は受け入れられないことは明確にしていた。「われわれの反対は根源的で和解不能だ。懐柔されることのない非妥協性でもって、われわれは現在の状況に《ノー！》を言わねばならない」。

　ジョルジュ・ソレルの『暴力に関する考察』は一九〇九年にイタリアで刊行され、フランスでよりも多くの崇拝者を見いだした。暴力の象徴的な力と大衆ヒステリーおよび群衆の行動の創造的潜在力に関するソレルの理論は、ダンヌンツィオのように、十人目のミューズであるエネルギーを偶像視するイタリア人たちにアピールした。一九一三年に哲学者ジャーコモ・ドナートはスパルタコ（スパルタクス）というペンネームで次のように書いた。「若い世代は自分たちの人生を、激しく力強い人生を生きて生きることを望んでいる……生ーきーよー!!（戦え＋楽しめ）。真の自由と勇気、力、激情、スポーツ、欲望、肉欲、誇り、無分別、そして必要なら狂気を含む人生を」。長大に展開しながら統語論的には完璧な文章を綴る能力を持つ、美文家であるダヌンツィオなら別の表現をしただろうが、彼の言いたかったこともまた「生きよ、生ーきーよー!!」であった。（議会のメンバーであったときに彼は「生命に向かって進む」と言いはしなかったか?）

一九一四年三月、ダンヌンツィオはフランスの新聞の社交欄を通じて、イタリア大使邸の庭でホッケーをした際に負傷したため今後は招待を受けない旨を発表した。三月から五月まで彼は自宅にとどまり、その間はほとんどベッドで過ごした。彼をこうした状態に追い込んだのは、実は性病（おそらく梅毒）だった。「パリの焼きごての恥ずべきしるし」と彼は友人への手紙でそう呼んでおり、「不名誉な災難」と書いた。

彼は肉体的にも感情的にも疲れきっていた。「絶えず襲ってくる不安な思い」が書くことを妨げた。普通の生活は遠く感じられ、まわりの人々は実体のない幽霊のようだった。彼は激しい望郷の念に駆られた。「ここでどうやれば生きていけるか、この下劣で灰色の世界で毎朝どうやって目を開けばいいのか、わたしにはわからない」。彼の病気は不愉快であるのと同じぐらい不面目なものであった。病気について触れた言葉は弱々しく、自分を不潔と感じていた。それに加えて、まわりの世界は道徳的にも精神的にもそして政治的にも汚く腐敗しているように思えた。

四月、フランスの選挙は左派の地滑り的勝利という結果をもたらした。新しい、反軍国主義政権は兵役義務を軽減した。その一方で大衆の関心はカイヨー事件――財務大臣と『ル・フィガロ』の編集長を巻き込んだ、姦通、殺人、脅迫そして政治腐敗のからむ物語――に集中した。この当時のパリの雰囲気（と間接的に彼自身の心の状態）に関するダンヌンツィオの記憶は激しい嫌悪に満ちている。彼はこんな想像をしている。カイヨー事件の判事たちが茶色の縞の入った指の爪を殺された男の銃創に突っ込み、そしてその血まみれの爪で自分たちの鼻をほじり、粘液を隣の判事の袖になすりつけている。彼はウジ虫が這いまわり蠅がブンブン飛びまわる死体を思い、胸の悪くなるような乞食の手を思い、それらに触ったあと、自分の手を洗うには水だけでなく酸も用いなければと考える。

イタリアから届くニュースは不安を誘うものだった。社会主義者たちが呼びかけたゼネラル・ストライキは、一週間にわたる暴力的なデモのきっかけとなった。街頭での衝突で数百人の労働者が殺され、建物が燃やされ、電線が切断され、鉄道駅が占領された。ダンヌンツィオはぞっとした。「ラテンの精神は泥まみれになった」。自らの嫌悪にイメージを供するために学識を駆使し、ローマが衰退にあるとき神聖なガチョウがカンピドリオから降りてきて、都市の下水溝でガーガー鳴いたことを思い出した。一九一四年六月十六日、彼はフランスの駐露大使モーリス・パレオローグに語った。「忌まわしい時代に、大衆の支配と庶民の専制の下にわれわれは生きている」。パレオローグは不穏な国際状況について話していた。ダンヌンツィオは彼に言う。「あなたが恐れておられるような戦争を、わたしはわが魂の全力で招き寄せます」。

一九一四年六月二十七日。ダンヌンツィオはトロカデロ劇場でセシル・ソレルの隣の席に座っていた。イザドラ・ダンカンのダンサーたちは裸足で窮屈そうな「ギリシア風」チュニックを身につけていた。ホワイト・タイとエナメルの靴という見るからに完璧ないでたちのダンヌンツィオは、席に着くとあまり気分がよくなかった。座っているのがどうにも不快だった。突然発症した痔のせいでイライラしていたのである。

オーストリア大公フランツ・フェルディナントとその妻であるホーヘンベルク公妃ゾフィーは、ボスニアを旅していた。サラエヴォのあるカフェで、黒手組の指導者ダニロ・イリイッチは仲間に武器を配っていた。彼は銃をガヴリロ・プリンツィプに手渡した。

# 戦争の犬たち

一九一四年七月二十七日、サラエヴォでの暗殺事件から一カ月後、ダンヌンツィオは友人のマルセルとスザンヌのブーランジェ夫妻とともにシャンティリーの競馬に行った。その日フランス陸軍相は動員準備令を出した。演習から戻ったイギリス海軍の艦船には、散開せずに戦時の定位置にとどまるように指示が出された。セルビア政府はオーストリア=ハンガリーからの受け入れがたい最後通牒を検討していた。その日はどんよりと曇っていた。競走馬たちはいつも通り素晴らしかったが、集まったわずかな観客たちはみな「草のなかに魔法の香草を探しているかのごとく」目を伏せて歩いているように見えた。

レースのあと、ダンヌンツィオは夕食をとるために近くにあるブーランジェの家へ向かった。到着すると、グレイハウンドの騒々しい群れに迎えられた。犬たちの目は輝き、鼻先は上を向き、光沢のある皮膚は小さく波打ち、光のなかで玉虫色のシルクのようにさまざまに色を変えた。戦時に自分たちの犬の餌を確保できないことについて、ダンヌンツィオとマルセル・ブーランジェはすでに話し合っていた。これらの貴重な動物たちのほとんどは殺されることになるだろう。ダンヌンツィオの犬たちの多くについても同じだろう。「犠牲はペナテス〔古代ローマの家と家庭の守護神〕のなかで起こってしまった」。

ブーランジェは、若かりし頃兵士として着たことがある軍服と帽子を引っ張り出した。数十年のあいだ虫除けをして保存してあったため、それは樟脳の臭いがした。軍服に触れながらダンヌンツィオはそれが血に染まることを想像した。夜が訪れ、「その日が終わっただけではなかった。ひとつの世界が消滅した」。

翌朝、オーストリア=ハンガリーはセルビアに宣戦した。一週間後、ドイツはフランスに宣戦した。マルセル・ブーランジェは自分の愛するグレイハウンドたちを革紐でつなぎ、森へ連れて行った。犬たちはいつも通り彼のまわりを楽しげに跳ねまわった。森の奥深くで彼は犬たちを殺した。「彼は自らの手で気高い遺骸を森のなかの溝に並べた。そして同じ道を、うつむいたまま、空の首輪と革紐をぶら下げて戻ってきた」とダンヌンツィオは書いている。

その夏のもう少し前の時期、空気が汚れているようにダンヌンツィオには感じられた。雨は汗のようだった。まるで巨大なタコのおぞましい群棲地で凪のために船が足止めされ、船底の水垢が放つ悪臭を嗅ぎながら閉じ込められているような気がした。この吐き気を催す混乱をどうやれば一掃できるのか？ 大規模な暴力が唯一の対策であった。ついに汚れを洗い流す血の奔流がヨーロッパにあふれ出そうとしている。「今日が屈辱の最後の日だろうか？ いまが恥辱の最後のときであろうか？」

平時の生活の「不純な」複雑性から逃れることができる、というダンヌンツィオの安堵の気持ちは広く共有された。ドイツではトーマス・マンが『戦時随想』と題するエッセイを書き、芸術家たるもの「自分を飽き飽きさせた平和な世界が崩壊したことで」神をたたえずにいられようか、と問いかけた。ライナー・マリア・リルケは戦争を「致命的なほど活力をもたらすもの」と呼び、個人的な自由を喪失したこと、「戦いの神が突然われわれを捕らえた」ことに歓喜した。オーストリアではフォン・ホーフマンスタールが愛国的な詩を発表し、二十五歳のアドルフ・ヒトラーは「嵐のような熱狂に圧倒され」てひざまずき、「青年時代の苦しい感情」から解放してくれた大変動を神に感謝した。イギリスではルパート・ブルックが「いまや神に感謝すべきである／われわれを彼の時間に似合うものにしてくれたのだ」と書いた。

北方からドイツ軍が進撃してくると、パリは空っぽになった。フランスが戦争に突入した日の午後四時頃、パリの最高級ホテルのひとつに滞在していたルイザ・カサーティは、朝食（彼女は午前中から動きだす人間ではなかった）のためにベルを鳴らした。彼女に給仕をするスタッフはひとりもいなかった。カトリーヌ・バルヤンスキーは書いている。「カサーティ侯爵夫人がヒステリックに叫んでいるのをわたしは見つけた……彼女の赤い髪はくしゃくしゃだった。バクスト＝ポワレのドレスに身を包んだ彼女は悪魔か無力な復讐の女神に見えた」。こうした命に関わるときには、デカダンスを気取ることはもはや楽しみではなかった。「戦争は生活の根幹に影響をおよぼした」とバルヤンスキーは考えた。「芸術はもう必要ではなかった」。ダンヌンツィオの意見も同じだった。「わたしは何者か？」と彼は自らに問いかけた。「わたしはこれまで何をしてきたのか？」

国同士の衝突が始まると、イタリア政府は自国が、三国同盟の条項にしたがって中立にとどまると宣言した。戦争は偉大な未来が形成される坩堝《るつぼ》であるとダンヌンツィオは信じていたであろうが、ジョリッティ――このときは政権を離れていた――は戦争を「一国の名誉と大きな利害が求めるときに限って対応すべき不幸な出来事」と見ていた。戦争に賛成する党派の主張はすべて感情的なものであった。「誰もがある感情に自分の命をかけることは自由である」としても、ジョリッティの考え抜かれた意見によれば、そうした理由で国を危うくする権利は誰にもなかった。

ダンヌンツィオは自分自身が、そのドラマのなかでは何の役も演じていない国の、追放された市民であることに気づいた。彼は間違った時代に間違った場所におり、そして彼の意見では、祖国は間違った政策をとっていた。彼はアルベルティーニに手紙で問い合わせた。「何をすべきだろうか?……わたしの状況は厳しい」。彼にしては珍しいほどの自信喪失にとらわれていた。パリ市民たちが南に向かって集団で逃亡を開始しているいま、彼は自分が引き潮で水路の底に取り残された哀れながらくた――空瓶か溺死体の靴のように無用で不潔な存在――のように感じられた。それから六カ月間、散文と詩で一連の論争的文書を書きつづけたが、作家であることはもはや彼には天職であるとは思えなくなっていた。パリのフランス軍司令官ガリエニと会って、言った。「いまならあなたの行動のひとつと引き替えに、わたしが書いたすべての本を差し出すでしょう」。

新しい知的な流行は反知性主義であった。その年の早い時期にプレッツォリーニは『ラ・ヴォーチェ』に書いた。「学者あるいは白手袋をした人々とともに革命を起こすことはない。バリケードを築いたり、銀行の扉を打ち破るときには、大学教授よりもならず者のほうが頼りになる。いま必要なのが何かをぶち壊すことや暴力であるなら、そのために誰を呼び寄せるべきだろうか?」性病のあとの意気阻喪状態をまだ引きずっていた近眼の中年詩人は、明らかに頼りにはならなかった。

銀行は閉鎖された。旅行は制限された。ダム・ローズまで車で遠出をした際にダンヌンツィオは新しい飛行機の格納庫(「戦闘機の黒い巣」)の前を通った。それまでつねに孤独を大事にしてきた男が、戦争が始まってからの数週間、ひとりではいられない自分に気づいた。四六時中街頭に出ては、それまで決してしなかった徒歩でパリの探索をした。やがて完全に破壊されるかもしれないという不安を抱き、この町を「知る」(これは彼自身が強調している)

ことへの強い衝動に駆られたのである。

一八九七年、神が創造したすべての生き物を愛した聖フランチェスコの聖地アッシジを訪ねたとき、ダンヌンツィオの耳は遠くの屠畜場で鳴いている牛の声を鋭く聞きとった。動物たちは、戦時について書かれた回想録の大半で無視されているが、ダンヌンツィオの戦時の回想では随所に登場する。

馬たちは軍事的な目的のために徴用された。ブーローニュの森はそうした馬たちでいっぱいになり、ヴェルサイユの公園は「馬の町」となった。木のあいだに何本もロープが張り渡され、馬たちが何列もそこにつながれて前線へ連れて行かれるのを待っていた。大きな屋敷の敷地にある小道や並木道には藁《わら》や糞が散らばっていた。噴水は止まっており、馬たちは水盤に溜まった水に群がって浮きかすだらけの緑色の水を飲んでいた。

道路は牛たちであふれていた。ある日ダンヌンツィオは約三千頭の去勢牛に取り囲まれた――大量の動く食肉は路傍から川の土手まであふれ出していた。牛たちが北方の前線へ向かう部隊の「群れ」とごちゃ混ぜになることが周期的に起こった。ダンヌンツィオにとって若者たちは、紛れもなく死者の行進であり、その騒々しさにもかかわらず、去勢牛と同じ動きまわる肉であった。ひとりの兵士が赤毛の子どもを乗せた乳母車を押しているのを彼は見た。兵士と一緒にいた女性は黒い服を着ており、「まるですでに未亡人になってしまったかのようだった」とダンヌンツィオは書いた。トラックが何台も通過するのを彼は見つめた。トラックの平たい荷台は座っている兵士たちでいっぱいだった。彼らは青い上着と赤いズボンの軍服を着ていた。ぎゅうぎゅうに身を寄せ合った彼らの下半身は、赤い布で包まれていたために、ダンヌンツィオには彼らが腰まで血に浸かった状態で座っているように見えた。

来たるべき恐怖を幻覚のように予知させるそうした出来事も、イタリアが参戦すべきだというダンヌンツィオの決意を鈍らせることはまったくなかった。彼の『ラテンの復活への頌歌』は武器を取るようにという呼びかけだった。フランスはすでに「戦士の紫の衣を身につけて」「死の頂にいるヒバリのように」歌う用意ができている。イタリアはフランスの側につくべきである。

いまこそお前の日、お前の時間だ
イタリアよ……

ためらえば、災いが訪れるだろう
骰子《さいころ》を投げようとしなければ、災いが訪れるだろう

いまでは平和主義者となったロマン・ロランは、ダンヌンツィオがラドヤード・キプリングとともに「戦争の賛歌を書いている」と憂鬱そうに記した。

八月中は一貫してドイツ軍の進撃が続いた。ダンヌンツィオはパリの「驚くべき苦悶」に魅了されつつとどまっていた——「パリがこれほど美しかったことはない」。八月二十四日、ドイツ軍はシャルルロワでフランスの防衛線を突破し、ソンムへと進撃した。ダンヌンツィオが通りで涙を浮かべている姿を目撃されている。戦場から逃げ出したフランス軍兵士の二十五人に一人が銃殺されたと聞いて、処刑の数が少なすぎると彼は落胆した。その夜彼は夕食後に外へ散歩に出て、ドイツ軍の勝利の可能性を初めて考えてみた。「深い憂鬱、遠い恐怖に思いをめぐらして」。

フランスが敗北の瀬戸際に追い込まれたこの時点で、彼は自分の犬たちを心配した。何匹かはすでに殺処分されていた（「胸が張り裂けんばかりだった」）。出国許可を求める避難希望者たちが絶望的な気分で列をなすイタリア大使館で、彼は自分の犬たちを南へ輸送するために二台の有蓋馬車を手に入れようと、その後数日にわたってかなりの影響力を行使した（がうまくいかなかった）。

九月二日、フランス軍は依然として退却を続けており、彼が車でパリの外へ向かおうとすると道は脱出する市民でごった返していた（「みずみずしく美しい女性たちを車の窓から垣間見た」）。それでもナタリーをヴェルサイユへ昼食に連れて行ける時間にダム・ローズに到着した。そして平時の彼のペルソナと何ら変わることなく彼女の服装に異議を唱えた。彼女は鮮やかで美しいサマードレスを着ていた。それはレストランにはぴったりだったが、そのあとに予定していた戦傷者が収容されている病院の慰問には不向きだった（と彼は判断した）。彼らはオムレツとコールド・チキンを食べ、ダンヌンツィオがパリから持ってきた籠ひとつ分の野イチゴを食べた。レストランの主人は、一番よいワインは既に隠してありドイツ軍の将校に出せるようにしてある、と彼らに言ってダンヌンツィオを嫌な気分にさせた。

戦線はいまやきわめて近くなっていた。シャンティリーにあるブーランジェの家は荒らされた。ナタリーは犬と一緒でなければ決してダム・ローズを離れないと言い張っ

た。犬と別れるぐらいなら死んだほうがましだ、と。「コーカサスの女神」が「喉から声を振り絞りながら恐るべき犬の一団を解き放ち、赤い銃火のきらめくなかで奇妙な戦闘を指揮しつつ、侵略軍と戦う」光景をダンヌンツィオは夢想した。彼はグレイハウンドたちを、その筋肉美とともに、獰猛さの点でも愛していた。「グレイハウンドたちの殺すことへの衝動は恐ろしいほどに強い」と彼は書いた。「殺したいという願望で彼らは震える」。

九月の初めにフランス政府はボルドーに移り、八十万人以上のパリ市民が南へ脱出した。アルカションへ行っていれば、ダンヌンツィオは安全なはずだった。トム・アントンジーニによれば、コート・ダジュールに家を持っているあるご婦人から、避難所(およびアントンジーニが遠慮ちに言うには「そのほかのすべて」)を提供するとの申し出があった。だがダンヌンツィオはとどまった。買い物に行って、自分と二人の召使いに十分なだけのサーディン缶、コンデンスミルク、ジャムと、その年に購入した二十二羽のカナリアの餌を買い込んだ。『コッリエーレ・デッラ・セーラ』紙の著名な戦争特派員ルイジ・バルツィーニと夕食をとり、前線までの行動の自由を与えられている彼を羨んだが、アルベルティーニに宛てて、自分は通信員ではないことを認める手紙を残念そうに書いた。彼の主たるテーマは「感情と思想」であった。「いま現在、それがあなたの読者の興味を引けるだろうか?」

九月三日までにドイツ軍はパリから四十キロメートルの地点まで到達した。市内の木々は切り倒され、市の門には塹壕が掘られた。生活は簡素なものになった。小麦を載せた荷馬車が市の門に作られたバリケードを通過するのをダンヌンツィオは見た――贅沢が不適切なものとなった状況ではそれは基本的な食糧だった(もはや野イチゴはなかった)。毎夜彼は鉄道駅に行った。彼の目に駅は、パリから臆病者(安全を求めて逃げ出す人々)を取り除き勇気ある者を戦いに送り出す、巨大なポンプのように見えた。白い顔にけばけばしい化粧をした女たちが、スーツケースや箱の山と格闘しているのを彼は見た。ハイヒールを履いた女たち――彼の想像では、新たなドイツ人の客を迎える用意ができている娼婦たち――にも気づいた。それでも「タイトスカートのなかで膝や腿が動いているのがわかる」ことをありがたく思う彼らしさは十分残っていた。しかし彼が駅へ通っていた第一の目的は、前線から後送されてきた負傷者たちを見て、「血の華々しさ」に歓喜するためであった。

彼はもうひとつの記事を『コッリエーレ・デッラ・セーラ』に送った。そのなかでは民衆の憤慨──「すでに敵の軍馬がフランスのまさに中心を踏みにじっている」──と彼自身の心の状態に関する痛切な表現が奇妙にも交互に表れている。「わたしは自分の世界を失い、新しい世界を獲得できるかどうかわからない」。彼は夜をカフェ・ド・ラ・ペで過ごしていた。辻馬車を引く馬もいなければ、個人の自動車用の燃料も手に入らなかった。彼は初めて地下鉄を利用し、その便利さに驚いた。記事を仕上げるために一日中家にいることを強いられてイライラし、惨めな気持ちになったが、夕暮れになるとお気に入りのグレイハウンド犬フライとともに出かけてシャンゼリゼをぶらついた。ブーローニュの森で、足元に犬を座らせてベンチで物思いに耽っているところを目撃されることもあった。

夜になると、交差するサーチライトと月の光だけに照らされた灯火管制下の町は、彼に新しい美しさを教えてくれた。それまで彼は主としてパリ西部のグラン・ブールヴァール地区で暮らしてきた。いま、こうした夏の夜に、中世の地区やマレ、サン・ミシェル、シテ島とサン・ルイなどの、まだファッショナブルではない通りや細道を彼は歩きまわり、みすぼらしい店、乞食や娼婦たち、小さなランプの掛かった祠《ほこら》、すえた臭いの漂う居酒屋などの存在に気づいた。フランスの王たちに仕えたベンヴェヌート・チェッリーニの『自伝』を読み、彼はフランスの神聖な英雄たち──聖王ルイ、端麗王フィリップ、ナポレオン──を思い起こした。現実の都市の黒ずんだ石の上に、彼は幻想の都市を映し出していた。それは戦争の象徴性と、「フン族」や「ヴァンダル族」の脅威の下にあるフランス＝イタリアの「ラテン」文化の痕跡に満ちていた。結婚を通じてフランスの貴族階級あるいは王族の一員となったイタリアの貴婦人たちの物語について思いを馳せた。ある夜、デ・ザール橋からの眺めについて立ち止まってメモを書いていた彼に、二人の警官がスパイ行為の疑いを抱いて近づき、警察署へ連行した。彼はおとなしくしたがったが、バルッィーニによれば、警官たちにちょっと待つように頼んだ。「形容詞をひとつ加えるのを許していただけるでしょうか?」身元が確認されて、山ほどの謝罪とともに釈放された。フランスにおいてもっとも有名なイタリア人として、また自国が間もなくフランスの側につくと繰り返し強く約束している人物として、ダンヌンツィオは、フランス当局が決して機嫌を損ねたくない相手だった。

九月十二日までにフランス・イギリス軍部隊はドイツ軍の進撃をマルヌで食い止めた。ドイツ軍は後退した。両陣営は塹壕を掘って陣地を作った。現代の戦争を間近から見る機会を得たダンヌンツィオは、戦争について態度を決めかねていた。公的な場では、戦争が素晴らしいものだと断言していた。だが私的には、戦争が退屈で飽き飽きするものだとわかって驚いた。「二カ月というものわれわれは思索と感情のちっぽけな塊の周辺をぐるぐるまわってきた。つまるところ戦争は人間の活動のなかでもっとも単調なものである」。

ドイツ軍が後退したあと、数週間前まで彼らが占領していた地域を車で見てまわる許可をダンヌンツィオは得た。ある土砂降りの日に彼は三人の友人とともに前線へ向かった。三人のうちのひとりが彼の「奇怪な」いでたちを記録している。長い黄色の防水コート、ゴーグル、「耳まで隠れる蠟引きの布でできたヘルメットのようなもの」という格好であった。彼は意気軒昂だった。このとき、そしてその後も戦闘地域への出撃の際に、彼はまるで小旅行にでも行くかのように振る舞った。同行者は彼の陽気さと「熱意」をかなり「異常な」ものと感じた。

数日後、ダンヌンツィオは再び遠出をしたが、今回はアントンジーニを同行させた。あらゆる機会をとらえて彼は大量の注意深いメモをとった。彼らは破壊された村々や放棄された畑を車で通り抜けた。ダンヌンツィオの目は細かな点にまで注がれた——見捨てられた家のなかにあった汚れたおもちゃ、造花の花瓶、「歯抜けの」ピアノ。風にバタバタと揺れる鎧戸、黒く変色した小麦の刈束。痩せ細った雌牛とその搾られずに膨れ上がった乳房——それは破壊された暮らしの悲しい名残だった。「段ボール製の人形のように死後硬直を起こした」人間の死体を彼は見たが、より関心を払ったのは道路や畑のあちこちに散らばっている死んだ馬たちだった。馬たちはすべてが同じ不格好なポーズで横たわっており、その腹はガスのせいで膨らみ、うしろ足を持ち上げ、腐肉をあさるカラスや雲のような蠅の集団の餌食になっていた。彼のメモは冷静で観察眼は鋭く、真実を伝えていたが、発表された戦闘地域への彼の探査報告はそうではなかった。

二回目の遠征ではソワソンまで足を伸ばした。アントンジーニの報告によれば、ソワソンの町外れでひとりの兵士がダンヌンツィオの身分証明書を調べて、彼に言った。「町には砲撃が加えられる。行きたければ行けるが、おそらく殺されるだろう」。町の中央の広場で彼らは一頭の馬と馬方を見つけた。その両方が血を流して死んでいた。将校がひとり家から走り出て、彼らに対して隠れるか立ち去るように叫んだ。この将校はダンヌンツィオの作品の愛読者であることがわかり、態度を和らげて二時間の滞在とタバコ五十箱を兵士たちに配ることを彼に許可した。ダンヌンツィオは立ち去るときに戦闘はどこで行われているのかと尋ねた。そして自分がそのただ中にいると教えられるとおどけた調子で喜んだ。

起こったことに関するアントンジーニの簡潔すぎる報告はこのくらいにしておこう。続いて紹介するダンヌンツィオの報告は、詩的な感傷と嘘で全体が誇張されている。負傷者を積んだ荷馬車で混み合う道を進んで丘の上に着くと、彼は町のほうに向かって「愛の仕草」で両腕を広げた。大聖堂の二本の尖塔が見え、それはあたかも嘆く者が手を空に差し伸べているように思えた。ドイツ軍は道路を砲撃していた。彼は砲火にさらされ、それは彼のまわりの無力な負傷兵たちも同じだった。「あらゆるものがわたしには美しく見えた」。血に染まった包帯は白と赤の薔薇の茂みのようだった。大聖堂の二本の尖塔のあいだで天使がバランスを保っているのを見た気がした。

突然、目もくらむような閃光が走り、空気が揺れた。「あらゆる場所、あらゆるもの、人間も超人も静けさが支配した。罪なき者の首が死刑執行台から執行人の籠に転がり落ちる音を聞くために、広場に集まった群衆が沈黙するかのごとく。

二本の尖塔の片方が崩れ落ちた。この町は、一本の腕ともう片方の腕の付け根だけを天に掲げていた。

わたしは荷馬車に向かって叫んだ。いますべての負傷者は血のない石の代わりに血を流しているのだ」。

実際のところは、ダンヌンツィオはソワソン大聖堂の天に向かって伸びる二本の手のような尖塔を一度も見なかった。片方の尖塔が崩れ落ちるのも見ていない。それは彼の訪問の数日前にドイツ軍の砲撃ですでに破壊されていた。

ダンヌンツィオがソワソンに向かう前夜、もうひとつの大聖堂、ドイツ軍が占領していたランスのそれが燃えて、梁はすべてなくなり、黒くすすけた壁が屋根をなくした残骸となって残された。すでに触れたように、ダンヌンツィオが初めてランスを訪れて廃墟を見たのは、それから半年後の一九一五年三月のことだった。だがその事実は、この出来事の厳粛で美しい「目撃」報告を彼が書くことを妨げなかった。「わたしはまた、別の大聖堂が、もっとも荘厳で、偉大な聖なる儀式が行われる場所が炎に包まれるのを見た」。

ダンヌンツィオはそれまでフィクションの書き手だったが、いまでは宣伝者になっていた。真実を語ること、事実を正確に表現することは、彼が重んじていたことではなかった。感情を揺り動かし、考えを変えさせるために、戦争の混沌とした暴力を読者に理解させるために彼はそこにいた。片側にはラテン人たち（フランスの同盟軍であるイギリスやロシアについて彼は一度も触れていない）――中世の大聖堂建設者から古代ギリシア人にさかのぼる文明を受け継ぎ、守る者たち――がいた。反対側には破壊的で野蛮なゲルマン人たちがいた。「この戦争は人種間の闘いであり、和解不能の強国間の対立であり、血の試練であって、ラテン族の敵たちはもっとも古い鉄の掟にしたがって行動しているのだ」と彼は書いた。彼はフランス軍部隊（「輝かしい子どもたち」）を敵軍部隊（「悪臭を放つ獣たち」）とはっきり区別する。

パリ近郊のあらゆる土地は戦争遂行のために接収された。ダム・ローズにあったダンヌンツィオの大事な犬小屋は、ドイツの侵略者たちにではなく、フランス当局によって破壊され、文字通り悪臭を放つ獣たちに引き渡された。犬たちに運動をさせていた、壁で囲まれた牧場の綺麗に刈り揃えられた緑の草地は、彼に押しつけられた六百頭の牛たちに踏みにじられて泥地と化した。腹を空かせた動物たちは、胴体まで汚物に浸した状態で、立ったまま鳴きつづけた。ナタリーは牛飼いたちにおびえた。ダンヌンツィオは「詩人の隠れ家が腹を満たすために使われること、肉と肉屋が隠れ家を破壊することは、まったくアポロン的〔ニーチェの哲学で、静的・調和的・理性的な力を表す。激情的・破壊的芸術衝動を表すディオニュソス的に対立する概念〕ではない」と抗議をした。

牧場が失われたいまでは、彼とナタリーそして犬の世話人たちは、グレイハウンドたちを革紐につないで農場のまわりの森のなかを何時間もぶっ続けで歩かせた。森のなかの空き地をノウサギが駆け抜けると、犬たちは「ものすごい声で吠えはじめて、その声はあたりに響きわたった」。ある日、犬たちに引っ張られて転び、ダンヌンツィオは泥のなかを引きずられた。革紐が両手首に傷をつけた。ようやくふらつきながら立ち上がると、身体は傷だらけで血が滴り、口と鼻は泥でふさがれていた。塹壕と大量の墓のイメージで膨らんだ彼の想像力は、この無様な事故を、人間の肉体をむさぼる神としての大地への恐ろしい新たな信仰のきっかけとした。

戦士の血によって潤され肥沃化する大地のイメージは、古くはホメロス以来戦争を扱う詩の一部であった。しかし『イーリアス』の英雄たちがそれを嘆き悲しむのに対して、ダンヌンツィオは厳粛な喜びをもってその考えを突き詰める。その冬に彼が書いたものには、それと関連するイメージが満ちている。「全身泥だらけの」ジャンヌ・ダルク。あまりに泥で汚れているためにかろうじて目だけで人間だとわかる、塹壕から出てくる兵士たち。地中の深い割れ目のなかで戦って死ぬ兵士たちは大地の子どもたちであり、大地は彼らを取り戻すのである。大地は彼らがそのなかで分解される鋳物工場であり、そうすることで新しい人種が作り出されるのである。聖なる生贄として彼らの死を求めるのは神であった。大殺戮は再生のために必要な序曲である。「死者の肉体が腐敗するところに、崇高なる酵素が生まれる」。ダンヌンツィオ自身の不運な事故——犬の散歩中に転んで泥だらけになった——でさえ、一種の聖餐式へ、「聖なる」大地の「満たされることのない貪欲さ」の聖餐式へと変えられたのである。

低級な人々が多すぎて、彼らの上にいる人々を引きずり下ろしている、とニーチェは書いた。「あまりに多くの人が生きている」。人間の肉体を呑み込むことによって、大地は「神秘的な空間」を開くようにダンヌンツィオには思えた。木々を伐採することによって森のなかに光に満たされた空き地ができるように、大量の人々を殺すことで「崇高さ」への道が開けた。彼自身の戯曲でさえ、拷問と大量処刑を描いた『船』も、暴力の浄化の力をたたえる『栄光』も、いま彼が目撃している光景とくらべれば、取るに足りないものであった。パリで「生贄の肉体を満載した車両が、酔った歌声とともに北へ向かって走る」のを彼は見つめ、「運命は、偉大な悲劇詩人のように、さまざまな出来事を決定する」と考えた。

一九一四年九月の最後の週に、フランス海軍の艦隊はカッタ一ロ湾（現在のモンテネグロ、コトール湾）——ダンヌンツィオがイタリアの失われた「左肺」として領有を主張した東アドリア海の沿岸地域——でオーストリア＝ハンガリー艦隊に攻撃をかけた。これは彼の大義であった。これが彼の戦争、彼の国の戦争ではないことが、ダンヌンツィオには我慢できなかった。九月三十日、怒りと嫌悪に満ち、自分の力を誇示する長々とした弾劾文を彼は発表した。彼自身の過去の作品からもっとも激烈な部分を引用し、来たるべき戦争の日々に何度も繰り返し彼のレトリックに登場するテーマを提示した。戦争に関わろうとしない、慎重でプラグマティックなイタリア政府の「老衰」ぶり。国家のなかで平和的外交政策が生み出す「腐敗」。自国の偉大さを否定する者たちに対して、よき愛国者たちが持つべき「必然的な憎悪」。目的の如何を問わず、「行動」それ自体の偉大さ。彼の公的な発言のひとつひとつによって、彼の哲学の本質が次第に明らかになっていった。殺すことと殺されること、無数の若者たちの血を流すこと、それらをなすことによってのみ、ひとつの人種は尊敬される権利を証明することができる。ダンヌンツィオが言っていることにはぞっとさせるものがある。さらに悪いことに、この意見に異を唱える者はわずかしかいなかった。

彼は自分のトランペットを吹き鳴らした。その次に何をすべきかわからなかった。ダム・ローズでは犬たちを歩かせた。パリでは毎日フランス系イタリア人の病院に戦傷者たちを見舞い、その基金を集めるのを手伝った。ハースト系の新聞が戦争特派員として雇うことを彼に申し出たが、彼はトム・アントンジーニに指示して、巨額の手付金、プラス掲載される記事一本ごとの莫大な報酬、プラス彼自身と秘書および召使いの旅費とホテル代を支払うことを要求させた。それに加えて、彼には(戦う自由をも含む)完全な行動の自由が認められるものとする、とした。ハーストは難色を示した。

活動が低下すると、彼は周期的な憂鬱状態に落ち込んだ。友人たちに自分は「悲しみで死んでしまう」と愚痴を書き綴った。アルカションの家はもはや立ち入りできない場所になっていた。借家料の支払いが遅れており、債権者たちが彼を待ち受けていた。それでも彼は買い物をした。出費を記録した手帳は、花や香水、タクシー、新しいスーツ、クリーニングなどに浪費していたことを暴露している。ヴァトーの作かもしれない絵(そうでない可能性のほうが高かった)を買ったのは、この絶望的な冬のことだった。彼はその絵を安く、「ほんとうの戦利品」のような値段で、おそらくは避難者から手に入れたことを自慢した。

彼は新しい家を見つけた。そこはセーヌ川右岸のパリ市庁舎とマレのあいだの、当時はあまりファッショナブルではなかった地区にある古い家が立ち並ぶ通りで、軒を連ねる商店が、吠えるライオンと紋章の装飾を上に載せた素晴らしい造形の門で分断されているあたりだった。そのうしろには優雅なバロック風のオテル・ド・シャルロン=リュクサンブールが建っていた。ダンヌンツィオは説得のために家主のマダム・ウアールと美術家の夫を夕食に招き、その夜の終わりに二匹のグレイハウンドをプレゼントした。それぞれの犬にはダンヌンツィオがエルメスで作らせた、赤い縁飾りのある青いコートを着せた。取引は合意に達した。ダンヌンツィオは一階の、天井が高く木張りの部屋を五部屋借りることになった。

直ちに彼はその家の「改良」に取りかかった。家主ウアールの古い家具をすべて取り除き、アパートメントをクッションを山積みしたソファと長椅子で満たした。自分の東洋風のコレクションを飾った。マダム・ウアール――のちに家を取り戻したとき、その変貌ぶりに仰天した――が「黒い砦」と呼んだところに、大燭台に照らされた化粧室を設え、木張りの壁には巨大な鏡を掛けた。彼の借りた部屋は中庭と柱廊および彫像のある庭園のあいだにあった。庭園は夜は静かで、昼間は小鳥の声がうるさいほどだった。庭園にはクロウタドリがいた。家のなかではダンヌンツィオが漆や金箔を施した日本製の籠にカナリアを飼っていた。彼は平和な頃の楽しみに戻っていった。あるイタリア人訪問者は、彼が「この上なく素晴らしい家で」香水を調合したり、ガラス吹きを実験したりして「とても幸せ」だったと報告している。楽器作りへの関心を募らせ――客間にはクラヴィコードとスピネットがあった――木張りの客間に完璧な音響効果があることがわかって大喜びした。演奏家たちを雇って、そこでフレスコバルディやクープランの作品に耳を傾けた。「家の壁はツタに覆われている。静けさを破るのは教会や近隣の修道院の鐘の音だけである」と彼は書いた。戦争が始まって数週間、昼も夜も通りに出て、孤独に耐えられなかった男は、いまでは引きこもってしまった。「まるで遠い地方の小さな教会の町にいるようだ。出かけるときは、まるで地獄にでも行くように《パリに行く》のだ」。

一九一五年一月、中部イタリアで地震が起こった。ローマでイギリス大使はシャンデリアが揺れるのを見た。半島の反対側、アブルッツォでの地震の揺れは破壊的だった。二万九千人の死者が出た。アヴェッツァーノの町は完全に、ラークィラは部分的に破壊された。(ラークィラは一九二〇年代に再建されてファシスト建築と都市計画のもっとも完璧な事例となるが、二〇〇九年の地震によって再び破壊される。) 地震はダンヌンツィオのなかに、家族への心配も同郷のアブルッツォの人々への同情も呼び起こさなかった。その代わりに、彼は新たに創り上げた神話を支える寓話としてこの自然災害を利用した。大地はイタリアの参戦を待ちかねて、人の血と骨の饗宴を待ちかねて、「その予備的な生贄」を求めたのだ、と彼は示唆した。「大地はわれわれを引き戻し、われわれの肉と呼吸を求める……大地は貪欲な愛でわれわれの上にのしかかる」。

オーストリアとイタリアの交渉は続いていた。オーストリアには、イタリアが中立の立場を継続すれば、領土に関して大幅な譲歩をする用意があった。つねに分別のあるジョリッティは、どちらが勝つにしても、イタリアは中立を守ることによって戦うよりも有利な立場を得られると主張した（それは正しかった）。そうした考え方はダンヌンツィオにとって唾棄すべきものであった。彼は「有利な立場」に関心がなかった。彼は自作『愛よりも』から引用した。「その貨幣は墓から引っ張り出したものだ。それがあるべき場所は死体の歯のあいだだ」。

二月十二日、ダンヌンツィオは「ラテン文明の防衛」に関する会議に参加した。ソルボンヌの大きな半円形の階段教室において、三千人の聴衆の前で、ひとりの女優が彼の『ラテンの復活への頌歌』を朗読した。本来なら演壇の上で彼女の横にいるべきだったダンヌンツィオは、遅刻したために客席にそっと座った。（彼をいるべき場所にいるべき時間に送り届けることが仕事でもあったアントンジーニは、他人が作った時間割にしたがうことへのダンヌンツィオの反感に関して、滑稽な話をいくつも語っている。）とはいえ、その翌日、彼はちゃんと出席し、演壇に立つ順番が来るのを待った。彼の演説は例によって博識な言及（パラス・アテナ、デルフィ、凱旋門のフランソワ・リュードの彫刻）と自画自賛、武器を取ることへの呼びかけが混じり合ったものだった。彼は聴衆に対して、イタリアは間もなく戦いに加わるだろうと請け合った（希望的観測にのみ依拠した保証であった）。彼は「英雄的な春」を予言した。ソルボンヌでの彼の演説はフランスの新聞で広く報道された。イタリアでは、アルベルティーニがそれを掲載して、『コッリエーレ・デッラ・セーラ』の中立的な立場をあえて危険にさらした。ダンヌンツィオは、不在のまま、イタリアの参戦派の代弁者になりつつあった。王太后は彼にお祝いと励ましの手紙を書き、彼はそれを自慢げに見せびらかした。

彼のように考えるイタリア人が増えつつあった。文明が「肥沃」になるためには、「憎悪は愛と同じぐらい必要である」とルイジ・フェデルゾーニは書いた。フェデルゾーニは、シャルル・モーラスとアクション・フランセーズの思想から影響を受けたナショナリストのひとりであった。人口が増大しつつあるイタリアはドイツと同様に「若い国」であり、したがって世界のなかで自らの空間を拡大するために戦わねばならない、と彼は主張した。一九一〇年に第一回ナショナリスト大会で、エンリーコ・コッラディーニは「ナショナリズムが戦勝への意志をイタリアにおいて目覚めさせる」と述べた。その戦争の目的は重要ではなかった。ナショナリスト協会は当初イタリアが三国同盟の条項を遵守して中欧両国の側で参戦すべきだと扇動したが、一九一五年の初めまでには反対側での参戦を主張する点でダンヌンツィオと同じ立場をとるようになっていた。

　サンディカリストたちも同意していた。ジョルジュ・ソレルは次のような信念を抱いていた。「外国との大戦争」は怠惰なブルジョワジーに新たな活力を注入し、プロレタリアートの暴力――それは「真実」で「革命的」であり、したがって平和の単調さよりも望ましい――のきっかけとなる、あるいは「支配する意志を持つ人々」（中世イタリアを暴れまわった傭兵隊長《コンドッティエーリ》の性質と救世主《メシア》の性質を併せ持つ人々）による権力掌握への道を開く。『ラ・ヴォーチェ』誌の共同編集者であったジョヴァンニ・パピーニとジュゼッペ・プレッツォリーニは一九一四年に次のように書いた。「卑しい精神の民主派が残酷な死を否応なく迫るものとして戦争に反対するのに対して、われわれは戦争を衰えた者を大いに覚醒させるもの、短時間で英雄的に力と富に到達する道と考えている」。

　一九一四年十一月、参戦派は新兵を受け入れた。その年の八月、ベニート・ムッソリーニは、帝国主義戦争に声高に反対する良きインターナショナリストとして、イタリアの中立に賛成する主張を熱烈に展開していた。国旗は「糞の山に突き立てるべきぼろ切れ」であり、「祖国」は神のように「執念深く残酷で専制的な幽霊」である、と断言した。だが人は考えを変えることができる。十一月にムッソリーニは書いた。「勝利を得る者たちが歴史を作る……イタリアが戦いの場に不在であれば、死者の国、臆病者の国になる」。彼は直ちに社会党から追放され、その後フランスとイタリアの工業資本家たちから資金の提供を受けて新しい新聞『イル・ポーポロ・ディターリア』を創刊し、精力的な参戦キャンペーンを開始した。「ムッソリーニは未来主義者だ！」とマリネッティは満足げに書き、その根拠として「戦争の必要性と美徳を認める立場への電光石火の転向」を挙げた。

　そうした「必要性と美徳」を信じていたもうひとりの人

物は、ナショナリスト／参戦派の雑誌『レロイカ』の編集者エットレ・コッツァーニであった。一九一五年三月、コッツァーニはダンヌンツィオにお世辞に満ちた手紙を書き、「マエストロ」と呼んだ。彼はダンヌンツィオに雑誌の次号へ「イタリアのもっとも高貴で偉大なすべて」について寄稿してくれるように要請した。彼はまた自分の彫刻家の友人が制作中のガリバルディの記念碑が近くクァルトで除幕されることにも触れていた。ダンヌンツィオはその手紙に返事を書かず、片づけてしまった。

イタリアにおける彼の財政問題は、アルベルティーニの巧みな手腕と友人や善意の支持者たちの助けによって、最終的に解決を見た。帰国のときが来ていたが、例によって、最終的な決断を下すことが難しかった。戦争の最初の数週間に、ドイツ軍がパリに向かって進撃していた頃、彼の母親は戻ってくるように哀願する手紙を寄越した。彼はフランスが「悲劇」の状態にあるときに去ることはできない、と返事をした。

一九一四年十一月、ペスカーラ市当局は彼の名誉をたたえる式典のために招待状を送ってきた。彼とバルバラが夏をともに過ごした「隠れ家」に記念の額を設置するというのだ。これは英雄の帰還の理由としてはあまりにもささやかなものであった。彼は断った。「わたしが戻る前に何を待っているのかあなたがたはご存じです。わたしのすべての願いは、偉大な日を早めることです」。地震のあと、打ちひしがれた祖国に彼の存在が力を与える、と主張する友人たちにはこう答えた。「いまではない。戦争のためにわたしは戻るだろう」。二月、イルデブランド・ピッツェッティによるスカラ座でのオペラ版『フェードラ』の初演への出席を断った。「わたしの帰還は、もっと高度な目的のためにとっておくべきである」。祖国へ嵐のごとく帰還することを、崇高な戦いの先触れとして戻ることを彼は望んだ。「血にまみれたローマの投げ槍」だけが、自分を解放してくれる、と彼は語った。

彼は自分自身のレトリックにからめとられる危機にあった。しかしそこへ面倒見のいいコッツァーニからのもう一通の手紙が届いた。そこにはガリバルディの記念碑の写真が数枚同封されており、新たに愛国的大義のために戦うべくよみがえった英雄たちというダンヌンツィオ風の図像も付されていた。ダンヌンツィオはそれらの絵を気に入った。ガリバルディ大隊のイタリアへの帰還について、ダンヌンツィオはペッピーノ・ガリバルディと話し合っていた。そしてようやく、クァルトでのセレモニーで演説してほしいと依頼するコッツァーニの手紙を読んだ。それはどんより曇った朝だった。パリの空は灰色だったが、彼の二十二羽のカナリアは春を感じとって高らかにさえずっていた。彼はイタリアに戻ることにした。そのときから彼は「言葉ではなく、人間の生命によって創造する」ことにした。英雄としての生活が始まろうとしていた。

それに続く数日のあいだ、民間人としての生活の楽しみも最後だとばかりに湯水のように金を使い、ダンヌンツィオは途方もない数のネクタイとレンブラントだと（誤って）判断した絵を一枚買った。「十字架にかけられたフランスのイメージに関する」四篇のソネットを書いた。『ル・フィガロ』紙上で詩の横に載せられた問題のイメージは、ロメイン・ブルックスの作品で、赤十字の制服を着た看護婦を描いたものだった。モデルはイーダ・ルビンシュタインだった。芸術および複合的な性的欲求で結びついた三人の両性具有の「兄弟」――ブルックス、ルビンシュタイン、ダンヌンツィオ――は、このときには戦争をたたえることで結びついた。

聖木曜日、数週間びっこをひいて苦しんでいた犬のフライは立ち上がれないほど弱っていた。その夜ダンヌンツィオは彼女（フライ）を獣医のところへ連れて行き、そのままとどまった。その優美な頭を膝のあいだで抱えてやり、翌朝までそうしていた。一九一五年五月四日、彼はイタリアへ、戦争へ向かう列車に乗った。

第3部

# 戦争と平和

# 戦争

イタリアに戻ってから一年後、ダンヌンツィオはヴェネツィアの真っ暗にした部屋で、包帯を巻いた頭を足よりも低くして仰向けに横たわっていた。彼は目が見えなかった。

一九一六年一月十六日、彼の乗っていた飛行機が対空砲火の一撃を浴びた。ダンヌンツィオは激しく投げ出され、彼の前に搭載されていた機関銃に頭を強打した。片方の目は回復不能のダメージを受け、そちらの目では再び見ることができなくなった。もう片方の目が使えるようになるまで回復するには、数カ月間絶対安静にしていなければならない、と言い渡された。

彼は現実のものは何も見えなかったが、閉じたまぶたの裏側にちらつく幻覚——蜃気楼が輝く砂漠、岩壁に彫られた怪物——を見ていた。何週間も両肘を身体の脇に押しつけたまま横になっていた。あたかも暗闇は、彼を閉じ込めている棺に釘で打ちつけられた厚板のようだった。ルーヴルで感嘆した玄武岩を彫ったエジプトの書記像のように、彼はじっと動かなかった（目の見えない彼は、過去三十年間に見たものの記憶を視覚的イメージを導き出す縁《よすが》とした）。だが結局のところ——彼もまた書記であるため——彼は書いていたのである。

デスク代わりにする板を支えるために、膝はわずかに上がっていた。最小の動きとできる限りわずかな力で（頭は決して動かしてはならなかった）、細い紙切れに鉛筆で彼は書いた。一枚に一行ずつ、指で紙の端を感じとりながら書いた。アエリスが彼に付き添い、二十三歳になる彼の娘レナータも付き添い役をつとめた。娘が小さな「チッチュッツァ（おデブちゃん）」だった頃、彼は溺愛していたが、その後は何年も会わず、学費の支払いもきちんとしていなかった。彼女の教育費としてドゥーゼがまとまった金額を用立ててくれたとき、彼はそれを一頭の馬のために使ってしまい、レナータは自分の教育を修了するために小学校教師として働かねばならなかった。娘がヴェネツィアにやって来た当初、ダンヌンツィオは彼女をホテル・ダニエリに泊まらせるようにはからった。それは正当とは言いがたい浪費だったが、自分のエロティックな冒険を娘に邪魔されたくなかったのだ。だが彼が無力な状態に陥ったいまは、彼女は看護婦および口述筆記者として父親とともに暮らしていた。彼女は暗闇のなかを手探りで歩き、紙切れを集めて隣の部屋に持っていき、順に揃えて書き直した。こうして作られたテキストはダンヌンツィオの戦後の回想録『夜想曲』の核心部分となり、彼の散文のなかでももっとも感情的に直截かつ形式的にオリジナルな作品となった。この作品ゆえにアーネスト・ヘミングウェイは彼をたたえた――彼の人となりについては、ヘミングウェイ自身が「下司野郎《ジャーク》」と評価していたにもかかわらず。

彼は大運河に面した小さなパラッツォ、カゼッタ・ロッサに住んでいた。この家は一九一五年十月に名ばかりのわずかな賃貸料で友人のフリッツ・フォン・ホーエンローエから借りたものだった。オーストリアはダンヌンツィオにとって人肉を吐き出すハゲワシに見えたかもしれないが、オーストリアの王族からの好意を受けることに罪の意識は感じなかった。フォン・ホーエンローエの使用人たちも、戯れにダンテと名づけたゴンドラ漕ぎも含めて、そのまま引き継いだ。彼は（自分の紋章である）ザクロの木を庭に植えたが、驚くべきことに、家の装飾には手を触れなかった。フォン・ホーエンローエと彼の愛人は十八世紀のフランスの家具と装飾の収集家だった。戦争の残りの期間、ダンヌンツィオの拠点となった彼らの家では、真珠のように白いシルクや花模様が描かれたパネルが壁に掛かっていた。マントルピースとサイドテーブルには磁器製の小さな人形と金銀エナメルの小箱がたくさん置かれていた。十八世紀の財布――刺繡されたもの、ビーズ製、金銀の留め金のあるもの――のコレクションが壁に掛かっていた。その反対側の壁には虹色の水の風景を描いたグァルディの小さな絵が掛けられていた。ダイニング・ルームには、ロココ様式の枠に入った鏡がいくつもあって、外の運河の風景を映していた。玄関には三角帽子、深紅のマント、そして頭巾つきの外套が掛かっていて、まるでピエトロ・ロンギの版画（この家には数点あった）から十八世紀の仮面舞踏会参加者が飛び出して、誘いに来たようだった。ダンヌンツィオが取り替えたものがたったひとつだけあった。ホーエンローエの金箔で飾り立てたスピネットを自分のちゃんとしたピアノを置くために取り去った。いつでも、そして目が見えなかったときにはとくに、ダンヌンツィオは音楽を聴きたがった。

何度も何度も、ダンヌンツィオはこの「人形の家《カーサ・デッレ・バンボレ》」（彼はそう呼んだ）から戦場へ向かった。戦争で視力を失う危機に直面し、片目を使えるまでに回復すると、またそれを失うリスクを警告する医師たちの言葉を無視して、再び戦場へ出た。彼は戦争の英雄だったが、同時に依然として唯美主義者であり、享楽的な人間だった。彼の公的活動は私的活動と共存していた。その両者にほとんど関連がないように思えるのは、モザイクの断片をあまりに近くから見ると全体の構図が見えないのと同じである。イゾンツォ川での死闘に参加した直後に、彼はパリのアントンジーニに手紙を書き、金襴のハイヒールの部屋履きを買って送るように頼んでいる（女性たちには寝室でハイヒールを履くことを求めた）。繰り返し彼は飛行機で出撃し、敵の対空砲火のなかを事前に計画していたよりも遠くまで飛んでは、ヴェネツィアに戻ってきた。それは、出版者への彼の説明によれば、「風呂に入るため」であり、ヴェネツィアの立派なパラッツォのひとつで食事をとるためであった。

戦時の彼の活動を構成していた断片――テーマとエピソード――をいくつかここで紹介してみよう。

一九一五年五月の最後の数日間、勤務する部署に関する指示をローマで待っているあいだ、ダンヌンツィオは友人のグリエルモ・マルコーニとともにチェントチェッレ飛行場の無線基地を見学するために遠出をした。その二年前にパリで、彼はマルコーニと一緒に招待客としてホテル・ムーリスに滞在したことがあった。そのときに電気の故障が起こった。何も困らなかったよ、とダンヌンツィオは皮肉を言った――何しろ彼は世界的に有名な発明家に部屋の電球の不具合を直してもらったのである。いま、戦時のイタリアで、彼の友人はもはや冗談の対象にするような人物ではなく、全世界の無線電信網を作り上げた「空間の魔術師」になっていた。いまや彼とマルコーニはイタリアの軍服に身を包み、彼らの創造物――ダンヌンツィオの詩、マルコーニの無線――は、戦争の道具として間もなく利用されようとしていた。

彼らは二人の未来の男にふさわしく自動車で移動していたが、過去の英雄らしく、ともにサーベルを身につけていた。車は古代の墓が点在する風景を抜け、見事な新しい機械類でいっぱいの飛行場へ向かった。古代遺跡に囲まれながら、彼らはこれからもたらされるべき未来の道具について話し合った。たとえばテレビジョン――マルコーニはすでに画像の伝送実験に着手していた。レーダー――彼はまた水中を「見る」ために電波を用いる方法を探求していた。飛行場に着くと、フランス、イタリア、ロシア、アメリカ、そして非常に驚くべきことに、敵国オーストリアからのメッセージを伝える電信のカタカタいう音に耳を傾けた。マルコーニは、まるで魔法使いが呪文をかけた動物に軽く触るがごとく、電信機の金属でできた外殻を撫でた。二人ともサーベルが床を引きずらないように不格好に抱えていた。古い／新しい、新奇さ／古めかしさ、というダンヌンツィオの思考のいつものテーマがこの戦争のなかで全面的に表れた。この戦争で人間たちは虐殺されたが、その大部分は効率的な近代の工業的手段によるものだった。しかし山がちのイタリア戦線では、兵士たちは敵の隊列に向かって岩を転がり落とした――ネアンデルタール人たちが用いたに違いない方法で、自分たちと同じ人間を殺していた。

それは風の吹きすさぶ日だった、とダンヌンツィオはのちに回想している。そして「つむじ風は墓場の灰を巻き上げ、未来の種のようにそれをまき散らした」。

一九一五年七月、ヴェネツィアに到着して三十六時間後にダンヌンツィオは、水雷艇艦隊の旗艦であるインパヴィド（恐れ知らず）に搭乗していた。艦隊は闇に紛れて出発し、オーストリアが保持するイストリアの港ポーラに向かった。ヴェネツィアが拠点のこの艦隊を指揮していたのは極地探検家のウンベルト・カーニ（凍傷にかかった指を自分で切断した経験があった）で、その偉業をダンヌンツィオは『賛歌』の一篇でたたえたことがあった。難破した素人のヨット乗りとして軍艦に救助されて、初めてヴェネツィアに来て以来、ダンヌンツィオはイタリア海軍の友人であり、擁護者でありつづけた。いま彼は海軍将校たちに歓迎され、作戦への同行を許された。八月十二日、彼は潜水艦に乗って、水面下十三メートルの海底に潜った。八月十八日、のちに人生でもっとも美しい夜のひとつと述懐する日に、彼は再びインパヴィドに搭乗していた。この日インパヴィドは、トリエステの東にあるモンファルコーネの敵の拠点を六十発の魚雷で攻撃する、六隻の水雷艇の一隻であった。

ダンヌンツィオはオブザーバーであり、イギリスがフランスの戦場に送り込んだ戦争画家と同等の役割を文学面で担っていた。彼が書き残したメモはその注意力のすごさを示している。爆薬の製造に使われる、毒々しい黄色の硫黄の塊を積んだはしけがヴェネツィアの造船所へ向かうのを彼は見た。いま彼は、新月が一握りの硫黄のように空で黄色く燃えていること、そして海図を読む将校が懐中電灯を手で囲っているのが硫黄を持っているように見えることを書きとめる。

船が沈んだときに脱ぎやすいように彼は軽い靴を履いている。水兵たちの救命胴衣がすでに膨らませてあることに彼は気づく。航海士はビスケットと乾燥肉を救命ボートに積んでおくように命じる。「死はそこに存在する……それは生と同じぐらい美しく、うっとりさせ、未来を約束し、さまざまな変化をもたらす」。ひとりの将校が仲間たちにシャンペンを振る舞う。「これが最後の乾杯になるかもしれない」とダンヌンツィオは考える。

彼らは東へと進む。船は狭苦しかった。「船首から船尾へ行くためには横になった水兵をまたぎ、魚雷のカバーに向こう脛をぶつけ、燃えるように熱い煙突に身体を押しつけねばならない」。誰もが押し黙っている。すべての明かりとタバコは消されていた。標的（と敵の砲火）に近づくにつれて、一分が一時間にも感じられるようになる。白い剣のようにいくつものサーチライトが空で交錯している。「われわれはいつ発見されてもおかしくなかった。海岸までは一マイルもなかった。煙突がつねにわれわれの心配の種だった。煙突から出る煙と火花が多すぎたからだ」。ようやく魚雷発射の命令が届く。巨大な魚雷は発射管のなかにすっと入っていく。直ちに艦隊は反転する。安堵が広がる。熱いコーヒーがたまらなく美味しい。タバコに火をつける。そこへ無線の通信が届く。彼らの帰途の近くに敵の潜水艦二隻が潜んでいる、という内容だった。「そして再びわれわれは危険と死を、夜明けの寒さのなかで、肺いっぱいに吸い込む」。

ダンヌンツィオの戦時の手帳には物質に関わる細々《こまごま》とした点が数多く記載されている。それは祈るためにひざまずいた兵士のブーツの底で光る一本の釘や、負傷者を載せる粗末な台に使われた木材の木目――動物の毛皮の斑点のように多様である――に関する記述などである。しかし発表するための散文作品のなかにこうしたメモを盛り込むときには、そうした特定の鮮明な記述を過去の栄光の輝かしい雰囲気で包み込んだ。致命的な兵器は現代のものであっても、それを操作する人間は時間を超えた伝統から生まれている。ある水兵は「ユリシーズの真の仲間」であった。ある将校は、偉大なルネサンスの提督が話したのと同じトスカーナのアクセントで、命令を与えた。別の男、あるシチリア人は、十三世紀の皇帝フリードリヒ二世のパレルモの宮廷から来たアラブ人かもしれなかった。ダンヌンツィオはいつも歴史的なアナロジーを探し求めたが、こうした戦時の著述にはたんなる様式的な癖以上のものがある。これらの若い兵士たちを神話上の英雄あるいはイタリアの黄金時代の偉人たちになぞらえることで、彼は戦争に新しい意味を付与していたのである。

戦争期間中、ダンヌンツィオはしばしばパラッツォ・コンタリーニ・ダル・ザッフォの庭園を訪れた。ヴェネツィア本島の北、いまでも荒廃した背の高いパラッツォと袋小路の多い人目につかない地区にあるその庭園は、二つの側面を水で区切られ、潟湖《ラグーナ》を見渡す位置にあった。そこは彼が崇拝者たちに煩わされずにひとりになれる場所だった。この頃には彼は有名人であるだけでなく、英雄でもあり、道を歩くだけで群衆が押し寄せてくるようになっていた。「ああ、見つかってしまった……」という記述が彼の日記にたびたび出てくる。彼は自分の公的な人格を、まるで無色のマントのように脱ぎ捨ててたたんでしまえたらと夢見た。そのマントを壁の釘に引っかけておけたらと思い直した。

庭園の構成は整然としており、時間と潮風によって摩滅した煉瓦の壁がまわりを取り囲んでいた。古い柱にパーゴラが作られ、藤がそこから垂れ下がっていた。階段があり、ラグーナに面しては精巧な作りの鉄の格子窓があり、中心には見晴らし台があった。通り道は赤と白で舗装され、花輪のように低く見事に刈り込まれた生け垣で縁取られていた。「われわれは庭のなかの植物ごとに区分された場所――ツゲの木、シデの木、ギンバイカ、月桂樹、スイカズラなど――を次々と通り過ぎた」。彼はパイロットであり最愛の友人であるミラーリアを、いくつかのもっとも危険なフライトのあと、ここに連れてきては、瞑想に耽ったり、アドレナリンを落ち着かせたりしたものだった。

ミラーリアはダンヌンツィオが戦争のあいだに友人となり、理想化し、最後には追悼することになった、最初の若い戦友だった。ダンヌンツィオとこれらの若者たちは感情面で強烈に結びついていた。彼自身、こうした若者たちに対する感情を表現するのに「愛」という言葉を素直に使っている。ダンヌンツィオは彼らの美しさを認め、彼らの勇気を崇め、彼らに賞賛されることを楽しんだ。彼らは現実の息子たちよりも満足を与えてくれる息子であり、友情を受け入れることで彼に若さを取り戻してくれる戦友であり、戦火のなかに彼が投げ込むことができる肉体を持つ生贄でもあった。

パラッツォ・コンタリーニの庭園北端の階段を降りると、精巧な作りの鉄の格子窓を通してラグーナと墓場のあるサン・ミケーレ島が見える。そこにダンヌンツィオとミラーリアは一緒に座り、ミラーリアは紫煙をくゆらせた。あるとき、彼らとともにいたひとりの女性（ミラーリアの恋人かダンヌンツィオの恋人のひとり）が、自分と大理石の水盤のなかの睡蓮とではどちらが美しいかと恥ずかしそうに尋ねた。また別のときには、ダンヌンツィオから「極東の詩」の魅力を学び、繰り返しブロンズの仏陀あるいは坊主（仏教の僧侶）に似ていると言われたミラーリアは、錆びだらけの格子窓にとまった白い蝶々を見て俳句のようなものを作った。「その羽根はまだ動いている／もうとまっているのに」。数カ月後、ミラーリアがサン・ミケーレ島に埋葬されたとき、ダンヌンツィオはその言葉が彼の墓碑銘にふさわしいと考えたが、彼のかすかな微笑みの記憶は「運命の厳しさ」によって曇ってしまったと考えた。庭園と蝶々、日本の詩とかすかな微笑みは、いずれも個人的な楽しみとしてはきわめて貴重なものだった。しかし戦争の継続、厳格さと激烈さなどがダンヌンツィオの公的な発言のキーワードになっていった。

ヴェネツィアは危機にあった。ある晩、ダンヌンツィオは、この素晴らしい都市を守るために空襲監視人を志願してつとめていた芸術家や知識人たちが通う、小さなみすぼらしい下宿屋へ行った。そこでは作曲家ジャン・フランチェスコ・マリピエーロが、ダンヌンツィオの戯曲『秋の落日の夢』に自らつけた音楽を演奏していた。その場の聴衆のひとりは「その部屋はひどく汚かったし、ピアノはそれ以上にひどく、音楽家の演奏を台無しにしていた」と語っている。しかしダンヌンツィオは温かい対応を示し、マリピエーロを終生の友人、中世・ルネサンス期の音楽全般ととくにモンテヴェルディの熱狂的な支持者として自らの仲間とした。

一九一〇年にイタリアを去る以前に、ダンヌンツィオは空軍の創設を政府に求めていた。イタリア政府はゆっくりとその事業を進めた。一九一一年にはリビアで飛行機が使われた。当初は偵察のために、そして実際の戦闘にも使われるようになった。現地にいたマリネッティは、パイロットのひとりについて書いた。「太陽よりも高く、美しく、ピアッツァ大尉は舞い上がる。彼の大胆な、風に研ぎ澄まされた顔、無謀なほどの意志に満ちた小さな口髭」。リビアでは最初の空からの爆弾投下がトルコ軍部隊に対して行われた。翼が太陽の光輪を「容赦なく切り裂き」、パイロットが歌いながら敵部隊の「逆巻く海」に砲火を浴びせるのをマリネッティは熱狂的な調子で描写した。ダンヌンツィオは戦争を扱った『海の向こうでの武勲をたたえる歌』の一篇で、ピアッツァをほめたたえた。

一九一四年以降、全ヨーロッパの人々は近代の機械化された戦争の恐怖に狼狽したが、恐ろしい戦いのなかで勇敢さの余地が残された唯一の側面の証拠として、パイロットたちの偉業に注意を向けた。ロンドン上空のツェッペリンを見たD・H・ロレンスは「一瞬のうちに大地を焼き尽くす光」という黙示録的な幻覚を見た。それは恐るべき光景であったが、西部戦線のような泥の荒野と腐敗する四肢、破壊された町などとは異なり、輝かしく壮大なものであった。高い高度では「卑しいもの、臆病なものは生き残ることができない」とダンヌンツィオは書いた。高い空の上は英雄たちの生きる場所であり、魅惑的なショーが演じられる場所であった。ミラーリアは、そのショーのなかでダンヌンツィオが主役を演じるのを助けることで、心からの熱望を叶えさせてくれたのである。

二人の一九一五年八月七日のトリエステまでの飛行については すでに見た。同じ月の二十五日、彼らはグラードへ飛び、モンファルコーネの近くの海上を低空で通過して、潜水艦ヤレーアが沈没し数十人の溺死者の巨大な鉄の棺となった地点に花束を投下した。八月二十八日、彼らは再びトリエステへ飛んだ。九月二十日、このときは別のパイロットとともにダンヌンツィオはアジアーゴから飛び立ち、アルプスの山裾の小さな丘にあるオーストリアの飛び地トレント(イタリア人たちが「回収する」ことをもっとも切望した地域)に宣伝冊子を投下した。十月、彼はゴリツィア上空にいた。そこは現在のスロヴェニアとの国境地帯で戦争期間中は戦場となった。これらの飛行は爆撃を目的としていたが、偵察も重要な意味を持った。開戦当初、軍司令官たちはオーストリア軍の山上の位置を知ろうとする無益な企てのために観測員を教会の塔に登らせた。ダンヌンツィオと飛行士たちははるかに役立つ情報を持ち帰った。

毎回の飛行でダンヌンツィオは下に見える風景についてメモを残した。「海岸線は大きく反った鞍のように切れ込んでいる」。彼が詩的な直喩を書きとめているあいだも、その足下には爆弾があった。何度も対空砲火をかいくぐった。あるときには、損害を受けた飛行機は、パイロットが機体を制御できるようになるまでに千八百メートルも高度を落とした。生命を危険にさらすことで、彼は生きていることを強く感じた。「敵軍の砲手に向ける馬鹿にした仕草、半ば凍りついた右手の痛みに対する無関心、歌いたいという狂ったような欲望」。彼にはわが身を守ろうという願望はまったくなかった。「生命の価値は、投げられる槍の価値と同じだ」。大事なことは次の出撃計画であり、それが「すべて」だった。

地上に戻ると、彼は頻繁にモンティンの店で食事をとった。たいていは作家や芸術家やジャーナリスト（その多くがいまでは軍服姿だった）と一緒だった。彼はシェフの作るザバイオーネ〔卵黄・砂糖・マルサーラワインを泡立てて作るデザート〕をとくに好んでいた。

「下剤や歯磨き粉のようには、思想は宣伝されない」と最後のオーストリア＝ハンガリー帝国皇帝カールは語った──それは彼自身の失脚と（さまざまな形で）千年を生き延びた帝国の解体につながった原因のひとつでもある、間違った意見だった。ダンヌンツィオはもっとよくわかっていた。

宣伝は二十世紀初頭の世界で急速に発展しつつある文化現象であり、もっとも鋭敏な芸術家たちはすでにその手法を用いており、その戦略を問題としていた。パリでは、ブラックとピカソが広告を自分たちのコラージュに組み込んでいた。トリエステでは、戦争が始まったとき、ジェイムズ・ジョイスという名の語学教師が、ダンヌンツィオの『マイア』と同様に、ホメロスの叙事詩をもとにした大長編小説に取り組んでいたが、その主人公は小さな広告会社のセールスマンである。心に関することは──詩であろうと、政治的プログラムであろうと──世俗的な商品の場合と同じぐらい精力的に、すべて売り込む必要があることをダンヌンツィオはよく承知しており、目的のためにあらゆる宣伝のトリックを用いることに何のやましさも持っていなかった。彼は自分の詩を宣伝するために朗読会を利用した。政治的演説を、本を売り込む機会に変えた。彼の『コーラ・ディ・リエンツォの生涯』がトム・アントンジーニの雑誌に掲載されたとき、ダンヌンツィオは雑誌の売れ行きを気にかけ、宣伝にもっと注意を払うようにアントンジーニに求めた。「なぜ君の雑誌をもっと売り込まないのだ？」と彼は尋ねた。「TOTを模範にしたほうがいい」（TOTは消化不良の治療薬だった）。

広告会社は「キャンペーン」という軍事用語を用いる。ダンヌンツィオの戦闘経験は現実のもので死の危険をはらんでいたが、それはまた広告会社が使う意味での「キャンペーン」でもあった。空を飛びながら、彼は宣伝をまき散らしていた。「戦争の舞台」という紋切り型のフレーズを文字通りに解釈できるだけの知的センスを彼は備えていた。トリエステへの飛行は、そうした一連の功績――一部はパフォーマンスであり、一部は勇敢な行為でもあった――の最初であり、それによってダンヌンツィオは（ショーの上演において）演じる《アクティング》ことと（暴力において）行動する《アクション》ことがどれほど密接であるかを示した。共感を得ることが要塞を奪取するのと同じぐらい重要であること、小規模なテロ行為が大規模な攻撃よりも大きな効果を持ちうること、そして軍隊は食べるものだけでなく信念にもとづいて戦うことを彼は知っていた。

　トリエステにパンフレットを投下することで、彼は脅威と甘言という二重の戦略を適用し、それをその後も繰り返し用いることになった。パンフレットに書かれたテキストは説得の試みであった。それを投下する（そうやってその都市を爆撃するのがどれほど容易であるかを示す）ことは脅迫であった。パイロットのミラーリアが飛行機を片側に傾けて旋回したとき、ダンヌンツィオは海辺の広場のまわりに建つ白い石でできた立派な建物群を見下ろし、「あの建物には危害を加えない」（彼は依然として文化財保護論者だった）と心のなかで誓った。しかし彼の「行動」が暗黙のうちに意味していたのは、まさにそうした危害を加えるのも可能だということであった。

　トレントへの飛行の前日にあたる、一九一五年九月十九日の明け方、ダンヌンツィオは飛行機の墜落事故に巻き込まれた夢を見た。夢のなかで尻から膝まで太腿が切り裂かれ、筋肉、静脈、腱が露わになった。

　持参する必要があるもののリストを彼は作っていた。飛行士が通常履く毛皮で裏打ちされた革のブーツに加えて、ウールのガウン、ウールのパジャマ、ウールの下着と靴下――ダンヌンツィオはいわば火蜥蜴《サラマンダー》のような人間であり、これから適切な暖房が期待できない山岳地帯の軍事基地で夜を過ごすことになっていた。石鹸などの身づくろいの道具入れ、衣服用のブラシ、顎髭用のブラシ（頭髪用のブラシはもう必要なかった）、靴磨きセット、白粉《おしろい》を入れた瓶。多くの人の目につねにさらされるようになったいまでは、外見は重要であり、彼は念入りに手入れをしていた。ウーゴ・オイエッティは、彼が部隊に演説をするときに「白粉と香水をつけていた」ことを確認している。借入金の担保だったドゥーゼの巨大な二つのエメラルドをロンドンの銀行から取り戻し、指輪にしていつも右手にはめるよ

うになった。飛行機によじのぼるときに、彼の磨き上げたハイヒールのブーツがどれほどきらきら輝くかに気づいて、同僚の将校は面白がった。彼の敵たちは身づくろいに向ける関心を男らしくないと批判した。戦争中のオーストリアの風刺画は、化粧品が並んだ鏡台の前で、薄いネグリジェを着て鼻に白粉をはたいているやつれた女性として彼を描いた。

息子のガブリエッリーノと（いまでは親友となった）インパヴィドの艦長が、ヴェネツィアの本土側の港であるメストレまでモーターボートで彼に同行した。メストレには彼の車と運転手が待っていた。ブレンタ運河に沿って車を走らせ、かつてドゥーゼとともに見てまわり、『炎』のなかで描いた庭園やヴィッラを通過したとき、平和な時代の暮らしの豊かさが無性に懐かしく感じられた。ヴィチェンツァで買い物のために車を止めた。（何かリストに足りないものがあったのか？）彼に気がついた者がいて、彼が歩きだすと人々が群がって歓声を送った。

山岳地帯へ登っていく道は曲がりくねり、車体の長い車は険しい崖の上のカーブを苦労しながら進んだ。アジアーゴでダンヌンツィオは将校たちに迎えられ、アルプスの牧場に造られた飛行場へ案内された。そこで彼は用意された飛行機の試乗をした。小さくていまにも壊れそうなフレームを鋼鉄のコードで縛りつけ、キャンバス地で覆っただけの飛行機は彼を喜ばせた。彼が乗る席の前には機関銃しかなかった。何回か機関銃の試し撃ちも行った。小さな砂袋と赤・白・緑の飾りリボンをくくりつけたパンフレットを彼は持参していた。新しいパイロットのベルトラーモと、リボンがプロペラあるいは鋼鉄製の飛行機の支柱にからまるのを避ける方法について真剣に話し合った。びっしり生えている草のあいだに小さな藤色の花が咲いているのに彼は気づいた。

その夜、将校用食堂で夕食をとっていたとき、ダンヌンツィオは居合わせた将校たちに乾杯を提案し、自分を演説家ではなく現役勤務につく兵士として受け入れてくれるように頼んだ。それにもかかわらず、長々と、そしてその滑らかな口調に紛れもない喜びを感じながら、演説をした。

翌日の午後、天候の回復を数時間待ったのち、彼は飛行機に乗り込んだ。たくさんのカメラがその姿を撮影した。あらゆるダンヌンツィオの行動は、プロパガンダには有益なイメージを、新聞にはスリリングな物語を提供した。こうした作戦に、カメラマンはパイロットや整備工と同じぐらい不可欠だった。彼とベルトラーモは雲を抜けて舞い上がり、向かい風に突っ込んだ。下に見える山々の頂には、原始的な神殿の柱かニーベルンゲンの城のような岩が屹立していた。うしろにいるパイロットに手帳を肩越しに渡しながら、ダンヌンツィオはいつになくめまいをおぼえ、簡単に手帳が、ということはつまり飛行機とその乗員が深淵のなかに落ちていきかねない、と感じた。

トレントに到達してパンフレットを投下したあと、無事に地上に戻ったダンヌンツィオは、飛行場の将校たちに再び演説を行った。多くの言葉に、さらに言葉がつけ足された。その翌日、今度は塹壕を掘る工兵たちに話をした。三日後、千人以上の戦死者を出した戦闘の生き残りを前に彼は大演説をぶった。十月、彼は再び演説をしたが、このときは王族のアオスタ公も出席するミサの場であった。彼の主要な演説は入念に準備され、その後『コッリエーレ・デッラ・セーラ』に掲載されてイタリア全土に伝えられた。それ以外の、同僚の将校たちへの乾杯の際の演説や、車を取り囲んだ群衆に向けた演説は、即興で行われた。

テーマはいつも同じだった。戦う者は英雄である——聴衆によってそれは工兵の場合も整備工の場合もある。彼らは殉教者である。彼らは、古典的神話の英雄たちや古代ローマのレギオン兵士のように、気高く誠実である。彼らは決して撤退したり降伏したりしない。彼らの血は係争の地を浸すであろう。彼らは「より偉大なイタリア」が解放されるまで戦いつづける義務を、死せる戦友たちに対して負っている。もし彼らがそれにふさわしくなければ、死者たちが彼らを永遠に苦しめるだろう。彼らは死ぬまで戦い、それは自分も同じである。「われわれはそのことを誓い、実践するだろう。われわれの死者たちの聖なる精神のために」。

彼はほめ言葉を連ねた。恥じ入らせては、鼓舞した。彼の演説はうっとりさせ、聞く者の知性にではなく感情にはたらきかけるように工夫されていた。「イタリアの兵士たちよ、偉大な運命の砲手たちよ、君たちの英雄的なシンフォニーが、勝利と栄光の壮大なシンフォニーが今日始まる」。戦争がシンフォニーであるなら、彼の演説もまた名人芸を披露し強烈なリフレインに満ちた楽曲であった。ライトモチーフとなる言葉――血、死者、栄光、愛、苦痛、聖なる、勝利、イタリア、炎――が演説のなかで繰り返された。血、死者、イタリア、血、死者、血、というように。催眠術のように言葉はゆっくりと積み上げられていき、レトリックの波が次々と押し寄せ、熱烈な呼びかけがうねるように続いて、最後は波が砕けるがごとく大喝采のクライマックスに到達する――それは聴衆が備えているはずの「ヒロイズム」に対するダンヌンツィオの喝采であり、英雄としてのダンヌンツィオの存在に対する聴衆の喝采でもあった。

イタリアの敵国は、隣国であり「長年の宿敵」であるオーストリア＝ハンガリー帝国であった。この国にはイタリア半島の多くの地域を支配してきたという記憶が当時なお残っていた。(ドイツに対するイタリアの宣戦布告は一九一六年八月までなされない。) イタリア人の大半にとって第一次世界大戦は、何よりもまずイタリア解放の戦争であった。

ハプスブルク軍の兵員は帝国支配下の諸民族から動員されていた。イタリア軍が直接対峙した部隊の多くは、スロヴェニア人、クロアチア人、セルビア人、ボスニア人からなっており、これらの諸民族は戦争が終わるとユーゴスラヴィア国家を作ることになる。戦線はスイス国境からトリエステの西のアドリア海まで六百キロメートルにおよんでいた。内陸部ではイタリア軍はアルプスの南側の山岳地帯――オーストリア側はティロルと呼び、イタリア側はトレ

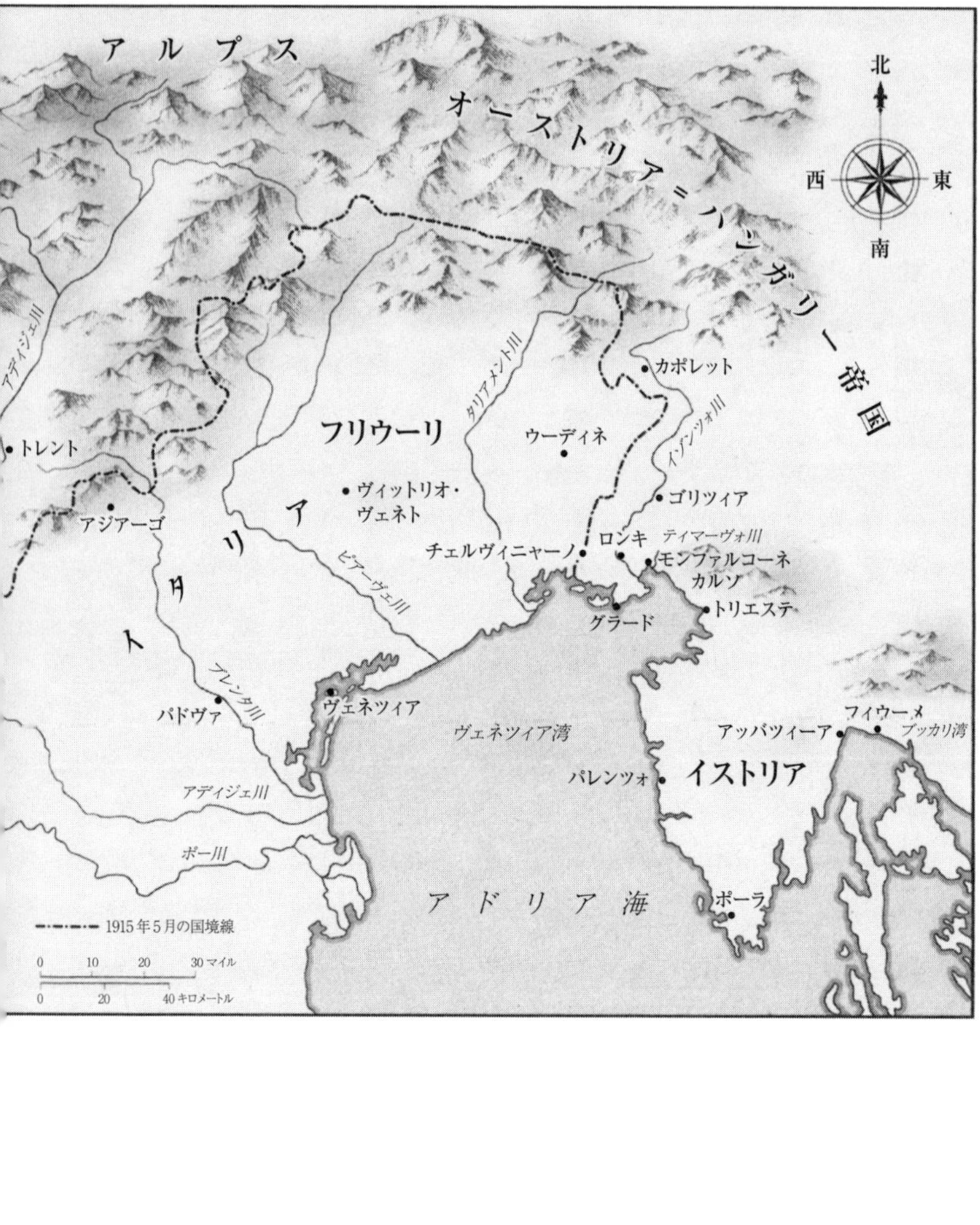

アルプス
オーストリア＝ハンガリー帝国
北
西
東
南
アディジェ川
トレント
アジアーゴ
イタリア
フリウーリ
ヴィットリオ・ヴェネト
タリアメント川
ウーディネ
カポレット
イゾンツォ川
ゴリツィア
ティマーヴォ川
ロンキ
モンファルコーネ
カルソ
チェルヴィニャーノ
グラード
トリエステ
ピアーヴェ川
ブレンタ川
パドヴァ
ヴェネツィア
ヴェネツィア湾
アディジェ川
ポー川
アドリア海
フィウーメ
アッバツィーア
ブッカリ湾
パレンツォ
イストリア
ポーラ
1915年5月の国境線
0 10 20 30マイル
0 20 40キロメートル

ントあるいはアディジェ川上流地域《アルト・アディジェ》と呼んだ——で戦った。山岳地帯の山頂では八月でも雪が積もっていた。兵士たちに与えられたブーツはこの環境にふさわしくなかった。最初に支給されたものは上部が厚紙で、靴底は木でできていた。凍傷はほぼ避けられなかった。兵士たちは敵の銃火にさらされる以前に足を失った。戦線の南端にはフリウーリの海岸に近い平野部を含む係争地域があり、そこは冬には氾濫を起こす複数の川で区切られており、両軍にとって有効な防衛線になることもあれば越えがたい障害となることもあった。

　主たる戦場はカルソ（現在はカルスト）地方で、そこはトリエステの内陸部に広がる石灰岩の台地であり、東はスロヴェニア、北はアルプスにつながっていた。浸食が進み、深い裂け目や洞窟が複雑な地形を形づくっていた。地表には穴が多く開いており、下層は角張った岩と深い穴が組み合わされ、全体として石化したスポンジのようだった。染み込んだ水は集まって地下河川となり、ダンヌンツィオはこれを何度もレトリックとして用いている。カルソは「血に飢えている」とダンヌンツィオは語った。

　台地では水を安定して供給できないが、洞窟を泥水で満たしてしまう洪水がしばしば起こる。この土地は、夏には焼けた鉄板となり兵士たちは岩に反射する太陽の光で目をやられ、湧き水がないために干上がってしまう。冬には雪の吹きだまりと裂け目《クレバス》と赤い泥でできた、足場の悪い三次元の迷路となった。ボーラという固有の名前を持つほど激しい風が吹きつけるカルソは、いかなる目的にも適さない土地であり、塹壕戦にはまさに地獄のような土地であった。土を掘ることができないため、兵士たちは岩にうがたれた浅い溝にうずくまるか、あるいは石を積み重ねただけの脆い壁——しばしば膝までの高さしかなかった——の陰に隠れるしかなかった。砲弾が爆発すると、岩のかけらが飛び散った。

　戦線のすべてで、ほとんどの場合イタリア軍は攻勢に出ていたが、斜面を登っていくのは適切な装備を施された山岳兵だけが可能な作戦であった。四十度にも達する傾斜を、三十キログラムもある背嚢を担いでよじのぼりながら進んだが、絶望的なまでに険しい斜面を二、三十メートルも滑り落ちることもあった。この戦争は原始的な状況と近代性の双方の面で恐ろしいものであった。ダンヌンツィオは『フランチェスカ・ダ・リミニ』のなかで、中世の戦争に用いられた恐ろしい道具について楽しそうに長々と語った。いま兵士たちは、同じように残酷で同じぐらいグロテスクな道具で、殺し、殺されつつあった。かつてのそれは鉄の輪に据えた刃、大釘を打ちつけた棍棒、松ヤニとビチューメン〔天然の炭化水素混合物。アスファルトなど〕でできた火球だった。新しいテクノロジーがそうした恐怖に加わった。孤立した峰々は地雷で粉々に吹き飛ばされた。毒ガスは穴に避難していた中隊の全員に死をもたらした。イタリア兵たちはよじのぼって手榴弾の嵐のなかに突進していった。

その光景は地獄だった。そこで戦われた戦争は、人間の愚かさによっていっそう耐えがたいものとなった。ドイツ軍が西部戦線で塹壕に立てこもったとき、キッチナー卿は困惑していることを告白した。従来の軍事理論には彼の助けになるものはひとつもなかった。「これは戦争ではない」と彼は語った。イタリア軍総司令官カドルナ将軍はそれ以上に厄介な問題に直面していた。彼の相手となったオーストリア軍もまた防衛的な戦略をとり、山の峰と尾根に陣地を作った。カドルナは単純に問題を無視し、鉄条網を張りめぐらして山頂で塹壕に立てこもる敵に対して攻撃に次ぐ攻撃を命じた。軍規は厳しかった。凍てつく夜、軽い軍規違反を犯した者は縛り上げられて野外に放置された。自分たちが置かれた状況について不満を漏らしたことで六カ月間の禁固刑を食らった徴集兵は、「普通の兵士は獣よりも悪い待遇を受けている」と書いた。開戦後の数カ月間、将校たちは役に立たない剣を振りまわしつつ先頭に立って指揮をとった。一九一六年一月になってようやく、オーストリア軍の将校たちがしているように、兵士をうしろから指揮する――拳銃を手に脱走者をいつでも撃てるようにして――ことを許す命令が届いた。密集隊形で前進する兵士たちちは、オーストリア軍の機関銃に格好の的を提供した。そうした進撃について、あるオーストリア軍将校は、「まるで集団自殺の企てのように見える」と述べた。

ダンヌンツィオは何日も続けて前線で過ごすようになると、前進基地が必要になり、守備隊駐屯地のチェルヴィニャーノに部屋を借りた。大家は鳥類学者で、多くの部屋に剝製にされた水鳥があちこちに置いてあった。トム・アントンジーニによれば、ダンヌンツィオはこれを嫌って高さ六フィート以上もあるついたてを十八枚買った。「配置をうまく工夫することで、鳥たちは彼の視界から消えた。しかしそのためにベッドにたどり着くまで迷路のような曲がりくねった通路を通らねばならなかった」。この一風変わった民家で彼は快適に過ごした。四十個のダマスク織りのクッションと一体のテラコッタ製のメルポメネー（悲劇をつかさどるミューズ）の像を持ち込んだ。毎朝彼は「わがホストからマエストロへの貢ぎ物」とミラーリアに説明したもの――乳牛から搾ったばかりのミルク、濃いクリーム、ジャム、マジパン、そしてサヴォイアルディとして知られる指の形をした小さなケーキからなるたっぷりとした朝食――を楽しんだ。

戦争は彼の浪費癖を矯正しなかった。依然としてダム・ローズのナタリーに、彼女と犬たち（少なくとも二十四匹がまだ生き残っていた）のために金を送っており、さしたる理由もなしに、アルカションの借家をカゼッタ・ロッサとチェルヴィニャーノの部屋と同じように維持していた。アルベルティーニは彼が書くものなら何でも気前よく原稿料を支払ったが、彼は汚らしい金のためではなく、心が動けば「歌う」のであった。「歌うことで毎日のパンを稼がねばならないのなら、わたしはパンをあきらめる」。

ダンヌンツィオが経験した戦争については、彼が詳細にわたる記録を残している日々がある。そのおかげで、一時間ごとに彼が何をしていたかだけでなく、彼の気分の変化や思考の流れも知ることができる。そうした日のひとつが一九一五年十月十七日日曜日、イゾンツォ川でのイタリア軍の総攻撃開始の前日である。

チェルヴィニャーノの近くに野営している旅団のために聖職者がひとりやって来てミサを行った。そしてダンヌンツィオはそれに出席するために車で向かった。彼の車は途中の道路にいた部隊の長い隊列のあいだを、まるで船首が水面を切るように進んでいった。兵士たちは公式の隊列を組んで銃剣をつけたまま十月の傾いた陽差しのなかで並んでいた。粗末な祭壇――寝る際に使用したと思われる、穴が開いたウールの毛布をテーブルに掛けただけ――が、黄色に変わりつつあるポプラの並木の下に設置されていた。ポプラの葉は絶えず揺れていた。

ひとりの将軍が命令を叫ぶと、兵士たちはひざまずいて小銃にもたれる姿勢をとった。木の上でカラスたちが鳴き、虫がブンブン飛びまわっていた。ダンヌンツィオの隣にひざまずいていた若い将校が「失礼」とささやくと、彼の首を刺そうとしていたハチを捕まえ、微笑みながらそれを見せた。ダンヌンツィオは優しい気持ちで兵士たちを見つめた。何人かの兵士は古典彫刻のように美しかった。ひざまずいている彼らはブーツの底を見せていた。それは恋人たちの身体で彼が愛した、鼠径部の温かく湿った割れ目や腋の下、膝などと同じように、通常は隠されている内密な部分だった。礼拝が終わって彼らが立ち上がると、その膝は土で汚れていた。しかし彼らの肉体的な特徴を意識しながらも、ダンヌンツィオは彼らをまず何よりも犠牲となるべき存在として評価していた。解散して牧場をそれぞれ去っていく彼らを見ながらダンヌンツィオは思った。「屠《ほふ》られる運命にある肉体の奔流だ」。

その場にはアオスタ公がいた。背が高くハンサムで、従兄にあたる王よりもはるかに印象的な風采の彼は熱烈なナショナリストであり、有能な指揮官でもあった。ダンヌンツィオは彼を尊敬していた。礼拝のあと、彼らは飛行機についてしばらく語り合った。そのあとダンヌンツィオは近くの尾根にあるアオスタ公の監視所へ連れて行かれた。敵の飛行機が一機、上空で対空砲火を浴びながら旋回していた。空から地上がどのように見えるかを知る者はわずかだったが、それを知っていたダンヌンツィオは、ひとりの将校にガラス窓に覆いをつけるべきだと言った。ガラスの輝きは空からよく見えるのだ。彼は小さな砦に招き入れられた。その場にそぐわないシュールさで、掩蔽壕《えんぺいごう》の木の壁には花輪が描かれていた。ダンヌンツィオの作品の愛読者だった画家は、そのデザインを完成させる格言をいくつか教えてほしいと彼に頼んだ。

チェルヴィニャーノに戻ると、ダンヌンツィオは旧友のウーゴ・オイエッティ（間もなく軍司令部の報道担当の責任者となる）とともに昼食をとった。彼らは新鮮なハタを食べた。そして彼は自分の馬――未回収地のひとつからドベルドと名づけた――を引き出し、開けた土地を探しに出かけた。道路から離れ、トラックや部隊や救急車が出す煙や埃、騒音から離れて、小川に沿って柳が並ぶ土手を彼は進んだ。枯れつつある葉に降り注ぐ十月の午後の太陽は、幾重にも金色が重なっていた。キーツがしたように、ダンヌンツィオは秋を擬人化してイメージした。彼にとってそれはパルマ・イル・ヴェッキオの描いた「どこか女性的で素直な」肖像画だった。ポプラの並木で囲まれた人目につかない牧場に着くと、彼は馬をギャロップで走らせた。

彼は憂鬱だったが、落ち着いていた。自分が次の日に死ぬかもしれないと思ったが、それで動じることはなかった。「死ぬときが来たのだ。テンプス・モリエンディ」。この（伝道の書からとった）ラテン語の決まり文句は、彼が自分の作品で何度も使っているものだった。

彼は自分の部屋に戻り、ナタリーからの手紙を多少苛立ちながら読み、そして風呂に入った。これは入念な儀式であった。男の召使いが馬巣織りの手袋で彼の身体をこすり、背中を硬いブラシで磨き上げた。パイロットのベルトラーモが窓を叩いたとき、彼はまだ「浴槽《タブ》」（彼が用いた英語）のなかにいた。「おそらく彼は英雄的な死をわたしにもたらすために来た」とダンヌンツィオは考えた。

彼は身なりを整え、もう一度香水をふりかけて、ドアの外のベンチで待っていたパイロットと合流した。ベルトラーモは、赤十字の看護婦と「恐ろしいほどの快楽」の一時間を過ごしたところだ、と語った。「二十七歳に戻れるのであれば、どんな犠牲でも払うだろう！」とダンヌンツィオはいつものように思った。そして真面目な問題に戻って、二人は飛行計画について話し合った。攻勢は次の日の朝に開始されることになっていた。二日後、彼らは敵の前線上空を飛び、偵察をするとともに地上の部隊を守るために可能なことを実践する予定だった。「彼はまるで花でも贈るように、わたしに危険を差し出す」。彼らはウィーンまでの飛行という夢――ダンヌンツィオがそれを達成するのはほぼ三年後のことになる――とベルトラーモの恋人についてもう少し話をした。そのあいだずっとダンヌンツィオは仲間の外見を評価し――白い歯、黒い巻き毛、しなやかさといったプラス面だけでなく、きつすぎる手袋（「彼には真のエレガンスがない」）も見てとった――そして一日か二日後には二人とも黒焦げの肉になってしまう可能性を考えていた。

ベルトラーモは去り、ダンヌンツィオはすることがなくなった。もう夜になっていたが、将校用食堂で夕食をとる気になれなかった。ずんぐりした娘が浴槽の湯を庭に捨てているのを見ながら、「女中をレイプすることもできそうだ」と彼は思った。ベルトラーモの自慢話が彼を性的に刺激したに違いなかったが、それはただちらっと思っただけのことだった。（ダンヌンツィオの個人的な記述のなかに、労働者階級の女性を強姦するという考えを彼が好んでいたことをさりげなく示す箇所がいくつかあるが、これもそのひとつである。）その代わりに彼は散歩に出かけたが、道沿いに流れる川もほとんど見えないくらい暗くなっていた。すれ違った人々がいた。ひとりずつ馬を引きながら歩いている一列の騎兵たち、青いゼラチンフィルターで暗くしたヘッドライトをつけたトラック、馬に乗った槍騎兵に道端を護送されているぼろぼろの軍服姿のひとりの捕虜。最後に前線に向かう歩兵の一団が歌いながら通り過ぎた。ダンヌンツィオは、暗闇のなかで気づかれずに、彼らの隊列に紛れ込んで一緒に歩いた。肘でつつかれ、小銃の台座が尻にぶつかり、頰には激しい息を感じることができた。彼はつかの間、これらの兵士たちの物理的実在性を強く意識した。「まるでわたしが彼らを運んでいるように、わたしが彼らをその死に向けて連れて行くように、彼らの重みがわたしにのしかかった」。

翌日、千三百門を超えるイタリア軍の大砲が、五十キロメートルの戦線にわたって口火を切り、遠くザグレブまで地面を揺るがした。それに続いて絶え間ない雨のなか山岳地帯で展開された戦闘は激しかったが、決着はつかなかった。塹壕は「汚物だらけの沼地」となった。ある旅団では兵員の三分の二が戦死した。十七日後に雪が降って戦闘が停止するまで、六万七千人のイタリア人兵士が、幅百メートルほどの土地を獲得するために命を落とした。

攻勢の初日、ダンヌンツィオはイゾンツォ川河口にあるモロシーナ島にいた。そこでは乗り組んでいた船を沈められた水兵たちの一団が砲台に配置されていた。彼は泥に敷かれた厚板の上を進んで、木でできた「パゴダのような」監視塔に登った。かつての「怠惰な時代」に「悦楽の日々」を過ごした、ドゥイーノにある城の風景に見とれた。（城の所有者であるマリー・フォン・トゥルン・ウント・タクシス公爵夫人はライナー・マリア・リルケの後援者であり、ダンヌンツィオの家主の妹であった。）明け方に到着したとき、彼はヒバリの鳴く声を聞いた。そしてアオスタ公の命令がメガフォンを通して大声で戦線に伝えられ、大砲の砲声が始まった。「少しずつ空気までもが金属になった」。

ダンヌンツィオはその日は終日島にとどまったが、そのあいだ彼のまわりでは人々が負傷したり死んだりした。彼が移動して数秒後に砲弾が爆発した。彼は英雄的行為の実例を集め、それをほめたたえる言葉を手帳に書きとめていた。応急救護所へ運ばれる負傷者についていった。海辺の板敷きの遊歩道には血が飛び散っていた。腹部に重傷を負ったアブルッツォ人を彼は発見した。その男は裂けたシャツのほかには何も着ていなかった。彼のむき出しの生殖器はあまりにも無防備で、ダンヌンツィオを動揺させた。ダンヌンツィオはかたわらの泥の上にひざまずいた。その男が苦痛のあまり裸の足を引きつらせ、その足がダンヌンツィオの腿を突いたことが、何年も経ったあとでも思い出された。榴弾によってほとんど原形をとどめないほど切り刻まれた将校は、自分の砲兵部隊の砲撃する音が聞こえないためにうろたえていた。「彼は原隊への復帰を懇願し、辛苦のあまり涙を流し、回復すると請け合っていた。そして自分が崇高であることを知らなかった」。

いつものように献身的な病室の看護師として、ダンヌンツィオは負傷者たちに付き添って彼らを落ち着かせ、君たちは英雄であると話しかけた。その日の夜、チェルヴィニャーノへ車で戻るあいだも、彼の手の爪には彼らの血が残っていた。道路に並ぶポプラの木は「大聖堂のアーチのように」静かな厳粛さを感じさせた。彼はティツィアーノを、母親を、天使たちを思った。わずか数秒の差で死を免れた事実は、彼を震え上がらせはしなかった。「神聖な戦争の比類なき音楽」が彼の心のなかで鳴り響いていた。

それから二週間のあいだ、ダンヌンツィオは繰り返し前線に出た。大量の大砲が据えられた山々が、まるで火山のように火を吐いたり、あるいは噴火の余波のように煙に包まれたりするのを彼は見た。監視所になっている教会の塔に立って、近くの壁に弾丸が当たるビシッという音を聞いた。双眼鏡を丘に向けて兵士たちが駆け上がるのを見ていると、彼らの銃剣が水のように光り、敵の機関銃が彼らをミシンのような効率で蜂の巣にした。

彼とベルトラーモは戦闘地域の上空を三回飛行した。彼はオーストリア軍部隊に向かって機銃掃射を行ったが、それによって敵を殺したという記述は手帳にはない。とはいえ、双眼鏡越しに敵を見下ろして、捨てられたぼろ切れのように無力な兵士たちがよろめき、砲弾の爆発で吹き飛ばされるのを見たことはたしかに回想している。むしろ彼は光の素晴らしい効果について長々と記述している。

繰り返し彼は部隊と接触した。彼は大規模な葬儀の場で演説をした。まる一日戦い、次の日も戦わねばならない兵士たちに長い演説をぶった。イタリア全土に風でたなびく国旗について、死体で埋め尽くされた川について、血に飢えた大地について話した。彼は兵士たちに理解できない言葉で彼らを持ち上げたが、にもかかわらず彼らを燃え上がらせた。ダンテでさえかくのごとき責め苦を想像しなかった。カルソはあらゆる地獄を超えた地獄である。「君たちは毒を食み、炎を噛みしめ、黒い血を涙として流した」。リソルジメントの扇動家にして雄弁家であったマッツィーニは、ある誓いの言葉を考案し、それによって青年イタリアに加盟する者はすべて「神聖なるイタリアの大義への殉教者の名において」忠誠を誓わねばならないとした。いま、それと同種の感情的なプレッシャーを適用することによって、生きている者は最後まで戦う義務を死者に対して負っている、とダンヌンツィオは断言する。死者は地中から叫んでいる、とダンヌンツィオは主張する。「前へ進め！　前へ！」と。大イタリアのすべての未回収地が取り戻されるまで、死者たちは安らかに眠ることは決してない、と彼は言う。

彼の手帳のなかには、つねに恐ろしい記述と牧歌的な記述が混在していた。草に降り注ぐ太陽の光。鳥の歌。「枯葉が優美に舞い落ちる。ラブレターが愛しい人の足元にそっと落ちるように」。彼以外の目撃者たちは前線のひどい悪臭を記録していた。多くの人は吐き気を催すような環境のなかではほとんど食べることができないと気づいた。埋葬されずに横たわる遺体。多くの部隊は便所を作ることを怠り、作ったとしても、訓練されておらず敵の狙撃兵を恐れる徴集兵たちはそれを使えなかったため、比較的安全と感じる場所ならどこでも排便をした。あるトリエステからの志願兵が記したことによれば、すぐに丘の斜面は人間の糞便で覆われてしまった。ダンヌンツィオはこうしたことにまったく触れていない。その代わりに、彼はこう記録する――沈む太陽の光がカルソの窪みに作られた前進基地を紫色の光輪で満たし、木箱のなかの砲弾を輝かせて、割れた瓶のかけらをエメラルドに変える。

一九二一年、戦争が無事に終わってから、ガラスがあれほど美しく輝いた岩だらけの谷間で実際に起こったことをダンヌンツィオは描いた。前進する歩兵たちのうしろから砲撃を行っていたイタリア軍砲兵隊は着弾範囲を誤った。敵の砲撃からは遮蔽されていたにもかかわらず、窪みにいた兵士たちは友軍の大砲によって攻撃されたのである。ずたずたにされた遺体はすぐに窪みの片側に積み上げられた。その反対側で大尉は生き残った者たちに話をした。大砲はまだ砲撃を続けていた。ひとりの中尉はむせび泣いていた。生き残った者たちと同じぐらい危険な状況下にいたダンヌンツィオは、いつも通り熱心に観察していた。洗濯紐に掛かった兵士の靴下やシャツ、ブリキの容器と使い古した鍋が散乱した様子、大尉の震える声と彼がつけている指輪があまりにも多いこと。しかし今回は大量の死者を冷静に受け入れるいつもの態度とは違い、死者が内臓を引きずりながら自分のほうにずるずると這ってくる姿を彼は想像していた。「わたしはその音を聞いた。一個中隊が岩と茂みのあいだを匍匐《ほふく》前進してくるような音を」。大尉はいきり立ち、罵っていたが、突然倒れるとヒステリックに痙攣しながら窪みの底へ転がり落ちた。

ダンヌンツィオは戦時中の読者たちにこのような光景を伝えることを選択しなかった。戦争が実際にはどれほど混乱して不快なものであるかを自ら目にしたが、戦争の持つ浄化する力に対する信念を説きつづけ、君たちは超人であると兵士たちに言いつづけたのである。「彼らが、鋼鉄のきらめきと祖国の眼差しだけを頼りに、山の頂によじのぼるのを見た……彼らはさながら怒れる岩の歯だ。永遠をかじり取るのだ」。

戦争の最後の年にイタリア軍救急隊に志願して働いたアーネスト・ヘミングウェイは、のちになって『武器よさらば』のなかで書いている。「俺にはいつも困惑してしまう言葉があった。たとえば、神聖とか栄光とか、犠牲とかいった何の役にも立たない言葉だ……神聖なものなんか何も見たことがないし、栄光あるものには栄光なんかちっともなかったし、犠牲なんて、その肉を埋葬するかしないかの違いだけで、シカゴの屠畜場と同じことだ。その種の聞くに堪えない言葉ばかり横行していた」。ヘミングウェイの小説の語り手はこういった言葉を「怒鳴り声のほかは何も聞こえない土砂降りの雨のなかに立っている」ときに聞いた。ダンヌンツィオはまさにそうやって怒鳴っていた人々の最前列にいたのである。

十一月六日までに戦闘は終わり、ダンヌンツィオはヴェネツィアに戻った。彼はタオン・ディ・レヴェル提督を訪ね、ダルマツィア海岸のザーラ（現在のザダル）への飛行計画について話し合った——それは八百キロメートルを一日で往復するもので、当時の飛行機としては並外れた距離であった。タオン・ディ・レヴェルは乗り気になって、支援のために水雷艇をその海域に派遣することを約束した。

翌日ダンヌンツィオは、感冒性胃炎で四日間入院したのち回復に向かっていたミラーリアを訪ねた。友人同士の二人は、カゼッタ・ロッサに歩いて戻り、タバコを吸った（ダンヌンツィオは、友軍兵士の臭いよりもタバコの臭いのほうがましだと、前線でタバコを吸いはじめた）。彼らは地図とザーラの写真を見て、空中戦を想像し、「戦士の純潔」と「女性に対する軽蔑」——ダンヌンツィオはときおりミラーリアを「女嫌い《イル・ミソジーノ》」と呼んでいた——について話し合った。

ダンヌンツィオは買い物に出ようと提案した。彼らは美術作品の写真複製を売るアリナーリへ行き、チェルヴィニャーノの彼の部屋にあるついたてに貼る写真を選んだ。それは戦士たち——カルパッチョの聖ジョルジョ、ドナテッロ作の傭兵隊長ガッタメラータの大きな青銅像——と、ライオン（ヴェネツィアのシンボル）の彫刻の写真だった。ミラーリアのためにはマルチアーナ・レーダの写真を買った（そのレリーフの石膏の複製を彼はのちにヴィットリアーレの自分の寝室に置くことになる）。彼らは骨董品店に移動して、そこでダンヌンツィオはガラス製品に気をそそられたが、最終的に「赤いモロッコ革で装幀された小さな本に魅了されて」しまった。それはルネサンス期のポルノグラフィー作家アレティーノの『淫らなソネットと愛の疑惑』の十八世紀の版であった。ダンヌンツィオは喜んだ。「それは害毒を垂れ流すリブレットであり、身震いを催させるほど猥褻な本だ。そしてこのモロッコ革のなんと美しいことか！」彼はそれを買い、慎重に隠して持ち出した。

ミラーリアは去った――わざわざボンボンの箱を買ったということは女と会うのだな、とダンヌンツィオは踏んだ（したがって「戦士の純潔」に対する賞賛は、彼自身の純潔と同じく、偽善的なものであった）。ダンヌンツィオは自宅に戻り、息子ガブリエッリーノとトム・アントンジーニとともに夕食をとった。食事は友人集団が現れたことで邪魔された。この集団とダンヌンツィオはここ最近「滑稽なカサノヴァ風の冒険」を共有していた。「小さな友達」メリッタと彼が呼ぶ女性が隣に座り、こっそりと自分の脚を彼の脚にぶつけてきた（彼女の嫉妬深い夫がその場にいたにもかかわらず）。そのあと彼はメリッタと二人のご婦人を狭い通りの奥まで送った。彼女は猫のように身体を彼にこすりつけ、翌日夫が監視の勤務についているあいだに戻ってくるとささやいた。「新しい危険なアバンチュールが始まろうとしているのを恐れとともに感じた」と彼はのちに書いている。有名人となったために、いまではエロティックなアバンチュールにおいて彼はハンターであるよりも獲物になることのほうが多くなった。

その夜の眠りは切れ切れだった。彼の心はあれこれと揺れ動いた。その後すぐに『コッリエーレ・デッラ・セーラ』に掲載された『セルビア国民への頌歌』は、「叙情の高まり」のなかで構想された。手に入れたばかりのアレティーノを読んだことで、「淫らな幻覚」に悩まされた。

翌日、彼は目覚めてがっかりした。彼の朝は「永遠のトラブルの源である卑しむべき金」に関連するうんざりする仕事で過ぎていった。ある画商がやって来て、ヴァトーのものだというチョーク画を売り込んだ。（浪費家として知られていたダンヌンツィオは、ヴェネツィアの商人たちの標的になっていた。）彼はイライラし、退屈していた。砲弾や榴散弾が懐かしかった。

午後には何通も手紙を書き、そしてメリッタの来訪に備えた。白い薔薇、吊り香炉のなかで炷《た》いたお香、クッションの下に忍ばせた、香水を染み込ませた綺麗な麻のハンカチ。彼女の陰毛について、髪の毛よりももっと赤いのではないか、と思いをめぐらせた。入浴、マッサージ、上等の絹のシャツ。だがメリッタが、巨大な茶色のビロードの蛾のように見える毛皮のコートを着て現れると、こうした準備すべてが時間の無駄だったことが明らかになった。彼女は勘違いをしていた。夫はその日が勤務ではなく、妻の帰りを待っていた。彼女はしきりに謝った。

ダンヌンツィオは腹を立てたが、氷のように冷淡でもあった。自分が彼女をまったく気にかけていないことを彼は悟った。無意味な舞台設定にそれほどまでに骨を折ったことに苛ついているだけだった。あれこれ悩むほどの価値のない九分間の現象というミラーリアのセックス観が彼の心をよぎった。メリッタは狭くて暗い道を歩いて戻るのを送ってほしいと頼んだ。ダンヌンツィオは同意したが、冷え冷えとした態度だった。一緒に歩いているうちに、彼女に対して抱いていたイメージは、実際の二十五歳の優美な女性から、蜘蛛の巣をまとった長いかぎ爪の老婆へと変わった。その老婆に手を取られ、人目につかない小さな広場の真ん中にある井戸まで導かれると、彼はそのなかに虚無を見ることになる。彼のよそよそしさを感じとってメリッタは哀れっぽく訴えはじめた。

「もうわたしと会いたくないのね？」

「おことわりだね」

「結婚してる女とつき合ったことがないの？　結婚してるってことが何を意味するのかわからないの？」

彼女は苛立っていたが、それでもエレガントで、その赤い髪はバーベナの香りがした。彼は突然彼女をその場で自分のものにしたくなり、細い道の湿った壁にもたれかかった。だがランタンを持った人が彼らに近づいてきて、メリッタはそそくさとその場を去った。ダンヌンツィオは歩いて家に戻った。新しい頌歌のサディスティックな行が頭のなかをよぎった。

夕食には三人の男友達を呼んだ。彼らは飛行機と爆弾、新しい武器について語り合った。ダンヌンツィオは疲れきっており（ミラーリアのウイルスをもらったか？）、議論にはわずかしか加われなかった。彼は肘掛け椅子に座り込み、暖炉の火が脚を焦がしかけるまで動かそうとしないほど無気力だった。友人たちが去るとベッドに入ったが、屋上の望楼からの叫び声が繰り返し彼を目覚めさせた。真夜中に彼は再び起き出して書きはじめた。

彼の不機嫌な気分は激しい論争詩に置き換えられた。一週間後、彼は『コッリエーレ・デッラ・セーラ』に一篇の頌歌を送ったが、そのなかには皇帝フランツ・ヨゼフに対する悪意に満ちた個人攻撃が含まれていた。腐敗し、口からよだれを垂らし、鼻孔をウジ虫が這い、むかつくような粘液が額から滴り落ちる、そうした人物として皇帝を描いた。兵士たちに演説する際には、彼は死のあからさまな肉体的現実を決して口に出さなかったが、前線で見たものはその毒舌のなかにしっかり入り込んでいたのである。検閲官は五十行を削除した。

十二月二十一日、冬至の日にジュゼッペ・ミラーリアが死んだ。そのときダンヌンツィオはロメイン・ブルックスのためにポーズをとっていた。ブルックスは彼を追ってヴェネツィアに来て、彼の肖像画——このときは軍事的英雄として軍服を着て断固たる表情で、はっきり男根を思わせる指揮棒を持った姿——を描いていた。その前日ダンヌンツィオは、スーツケースと投下するための宣伝チラシが入った鞄を持って、サンタンドレアの空軍基地に行った。かねてより計画していたザーラへの空からの出撃を、ミラーリアとともに翌朝決行するつもりだった。しかし天候が大荒れだったため、遠征は二日後に延期された。ダンヌンツィオはとどまり、将校用食堂で昼食をとった。ミラーリアは彼にお守りを見せ、幸運のためにそれを飛行機のなかに持ち込むつもりだと言った。二人の会話はまわりにも広がり、集まっていた将校全員が魔除けとお守りについてそれぞれ話をした（彼らの暮らしはほぼ毎日が運任せだった——それが彼らにとっての重大な関心事であったことは驚きではない）。彼らは爆発物について話し合った。何人かはエンジニアだった。彼らは中国人と日本人の「プシケ」（流行の言葉だった）について議論した。これらの若者たち——ダンヌンツィオのナショナリズムと危険への嗜好を共有する、教養のあるエリート——との同席は彼を喜ばせた。彼らが話しているとき、ダンヌンツィオは一匹の黒猫が長椅子の下でボウルから何か食べているのをじっと見つめた。その尾は「恋をしているときに猫の尻尾が動くように」喜びで揺れ動いていた。昼食後、彼はミラーリアとの別れ際に、次の日の夕食に招いた。

その日の夜、彼は娘レナータを二人の若い将校とともに外食に連れて行った。食事を終えて娘をダニエリまで送ったあと、自宅まで戻る途中でサンタ・マリア・デル・ジーリオ教会の前を通った。教会の十七世紀のファサードにはダルマツィアにあったヴェネツィアの植民地を描いたレリーフがいくつかあり、いつもしているように（彼の験担ぎの儀式のひとつだった）、城壁に囲まれた都市の滑稽な小さいレリーフに触った。それは彼の目的地、ザーラであった。彼は夜のあいだずっと眠らず、夜が明けてから眠った。そして二十一日の正午近くに起きてくると、父親に負けず劣らず花を買いまくるレナータが、夕食会を華やかにするために赤い薔薇やスミレ、カーネーション、水仙を飾っていた。彼は朝食をとるとザッテレにあるブルックスのアトリエへ行った。レナータが恐ろしい知らせを彼に伝えたのは、そのアトリエでのことだった。ミラーリアはテスト飛行に飛び立ち、監視員たちは飛行機が海に墜落するのを目撃した。

それから三日間にわたって、ダンヌンツィオは友人の遺体を見守りつづけた。自宅に帰るのは短い睡眠をとるためだけで、再びもとの場所に戻るのだった。この寝ずの番は彼を肉体的にも精神的にも消耗させた。彼は悲しみにわれを忘れていた。だが若くして死ぬことを「美しい運命」と呼ぶダンヌンツィオのような人間にとって、死のなかに満足すべき終わりを見いだした者を愛することは、至極当然のことだった。

このときの苦しい体験を彼は三たび文章にしている。心の奥の記憶を語るダンヌンツィオの文体は明確で、その感情の表現は簡潔である。薄暗い霊安室の肌寒さを彼は書いている。遺体のかたわらに花を添えたときに、ミラーリアの冷たく硬い脚に触れたという逸脱した愛情表現にも言及している。四人の兵士が遺体を棺に納めたとき、自分の歯がガチガチ鳴ったことも描いている。鉛の棺が溶接されるときに感じた、いや増す絶対的な喪失感を記している。訪れた高官たちや大量の花々——彼の意見では、レナータが贈った白い薔薇と彼自身の巨大な花輪（あまりに大きいために、運搬には二人の大柄な水兵が必要だった）だけが卑俗さを免れていた——だけでなく、タイル敷きの床からモップで血を拭っている男のことまで書いている。曖昧で大げさな言葉遣いへの偏愛は失われていない。「水平線を包囲する棺のなかの男は、宇宙の輪である」。しかし彼は死がもたらすものについてきわめて明晰に述べてもいる。二日、三日と経過するにしたがって、遺体の染みが広がり、臭いを発するようになったことを彼は冷酷なまでの正確さで記録している。

数日後、ダンヌンツィオは別のパイロットに自分とともにザーラへの飛行を引き受けてもらえるか尋ねた。その男は答えた。「単発機で、信頼性の低い新型飛行機を使って、約九時間の飛行を行う。確実に落ちて、海上に不時着するでしょう。水雷艇に救助してもらうことはあてにできません」。そしてこう結論づけた。成功するチャンスはまずない、と確信している。だが、その飛行の企てを命令されれば、良き兵士としてしたがう、と。ダンヌンツィオは失望した。ミラーリアが死んでしまったいまでは、「自分と同じように宿命を愛するパートナーを見いだすことは二度とないと感じる」と彼は書いた。ザーラへの遠征計画はさしあたり放棄された。

　戦時中だったその年の冬のさなか、ヴェネツィアはかつてないほど憂鬱で、死せる歓楽者たちの亡霊に悩まされていた。カゼッタ・ロッサの正面にある小さな庭から、ダンヌンツィオは大運河の向こうに女友達ルイザ・カサーティの鎧戸が下ろされた家を見ていた。その家ではかつて多くの贅沢なパーティーが開かれたが、いまではおとぎ話に登場する見捨てられた宮殿のように静まり返っていた。庭園には鳴き声を上げる白いクジャクの姿もなく、「大きな白くしなやかな両手が、真珠を飾ったヴェールを何度も整えるように」、カモメが飛び交うだけだった。

　ミラーリアの死から間もない頃、ある霧の深い夜に、真っ暗な細い道を彼はレナータをダニエリまで送っていった。「われわれは霧を噛んでいた」と彼は書いている。すれ違う人々は実体がないように思えた。橋は階段を縁取る白い石のへりによって、かろうじて識別できた。「夢の都市、別世界の都市、レテ川あるいはアヴェルノ湖〔ナポリの西にある火口湖で地獄への入り口とされた〕の水に浸された都市」。サン・マルコ広場は、満水のプールのように、乳白色の霧で満たされていた。ひとり家に戻る途中でダンヌンツィオは、日常の物事についてふだんと変わらぬ調子で話す家族の会話が突然聞こえてきて、驚いた。彼らは通り過ぎ、影に変わった。ぞっとするような静けさが戻ってきた。

　死んだミラーリアの下宿に通じる狭い道に入り、そしてカゼッタ・ロッサに向かいながら、彼は誰かが自分の横を歩いていることに気づいた。その男はまるで裸足で歩いているように音もたてず、「まるで声も呼吸もないかのごとく」静けさがさらに深まった。ダンヌンツィオは幽霊の存在を信じなかったが、それを見ることを恐れていた。彼は歩調を緩めた。全身灰色にしか見えない別の男は前に出た。背丈、体型、足取りはすべてミラーリアのものだった。ダンヌンツィオの心臓は早鐘のように打った。霧の糸がぐるぐると彼を取り巻いていた。ダンヌンツィオは追いつこうとして足を速めた。「夜になるといつもピアノを弾いている家の下、骨董品店があった家の下で、彼は突然姿を消した」。狭い道は袋小路で、飛び込む運河も、隠れる戸口もなかった。静寂。そしてしばらくすると、遠くで酔っ払いたちの大声が聞こえた。

一九一五年十二月二十七日、ダンヌンツィオは、考古学者でいまは兵站部《へいたん》で働いている人物の訪問を受けた。この人物はトレントに近いアルプス地方で任務についていて、事実上隠れ場のない兵士たちに白い冬用の軍服を配布していた。その年の冬は記録に残るなかでもっとも寒い冬のひとつだった。十二月の前半に五メートルもの雪が降った。カルソでは状況はさらに悪化している、と彼は報告した。兵士たちは膝まである汚水のなかで何日も耐えねばならなかった。「頑強な男でも三日もあれば気力がなくなる、と彼は言った」。

こうしたおぞましい事実に関する考察から、会話は別の話題に移った。訪問者はダンヌンツィオに、共通の友人であるミラーリアにまつわる物語を語った。それはミラーリアが単独で夜明けに飛行していたとき、腕を組んだまま飛行機が滑空するに任せて歌を歌っていた、ということだった。言葉と音楽は自然に彼のなかから湧き出ていた。戦争は恐怖と喜びをともにもたらし、片方がもう一方を可能にするのだ。ミラーリアの夜明けの歌はダンヌンツィオに聖フランチェスコの聖歌を、彼の偉大な『あらゆる被造物の賛歌』を思い起こさせた。

戦争中のもう少しあとの時期に、W・B・イェイツはアイルランド人飛行士に関する有名な詩を書いた。飛行士は愛国的義務感からではまったくなく、「孤独な愉しみの衝動」から志願したのだ。

あらゆることを、心の秤にかけてみた
来たるべき未来は息をするのも無駄に思える
過ぎ去った日々も無駄な息をするばかりだった
この生と死を秤にかけてみれば

死がつねに差し迫っていることが「生」に輝きを与えるのだ、と考えたのはダンヌンツィオだけではなかった——夜明けに歌う孤独な飛行士の、宗教的とも言える陶酔。

ダンヌンツィオはまだ赤毛のメリッタ、彼の「熱狂的で小さな女友達」と会っていた。一月初めの霧の夜、彼は気乗りせぬままにゴンドラで彼女を待つことに同意した。水位は低く、ヴェネツィアは腐った水の臭いがした。彼はキプリングを読んでいて、カサーティ家の建築途上のパラッツォは、このときにはジャングルのなかの崩れた寺院を連想させた。彼はゴンドラの小さな船室を好まなかった。クッション、敷物そして香水があれば魅力的にできたかもしれないが、いまのままでは三等の棺桶にすぎなかった。

メリッタが現れた。彼女は「パンタロンは穿かずに」来る、と事前に約束していた。そしてその約束を守った。毛皮のコートの下にはストッキングと男物のウールのシャツ(それはすぐに脱いだ)しか着ておらず、髪を裸の身体の上に垂らすままにしていた。彼女は求めに応じてダンヌンツィオ自身が作ったアクア・ヌンティアの香りを身につけていた。キスをしたり、噛みついたり。「痛くして！ 傷つけて！」ゴンドラは揺れた。ダンヌンツィオの両膝が痛んだ。メリッタは二度達し、可愛い歯を食いしばった。ダンヌンツィオは「自分がしていることから心が離れてしまっていた。快楽ではなく怒りを感じた。暴力を振るうのをやっとのことで我慢した」。彼らを取り巻く水は悪臭を放っていた。小さな船室は息が詰まった。すぐにメリッタは帰らねばならなかった。

戦争が勃発したとき、ルパート・ブルックは、それが自分のような人間に「愛のつまらない空虚さの一切」からの逃げ道を提供してくれる、と書いた。その夜、歪んだ影がひしめき足音が響きわたる細い道を自宅へと歩いて帰るダンヌンツィオは、「つまらない空虚さ」によって惨めな気持ちになっていた。彼はミラーリアを恋しく思った。「なぜ君は僕を慰めてくれないのか？ なぜ僕を連れ去ってくれないのか？」こんなアバンチュールにはわくわくすることもロマンティックなこともまったくなかった。大して好きでもない、自分の半分の年齢の女性に、性的なおもちゃとして自分自身を使わせることを許しているのだ。彼のまわりのあらゆるものが、ねばねばと悪臭を放っているように思えた。彼はミラーリアの棺に入れた白い薔薇を思い、あの花と友の肉体はもう腐敗してしまっただろうか、と考えた。彼は前線に戻るか、もしくは死にたかった。

一九一六年一月十五日、ダンヌンツィオは新しい飛行機のテスト飛行にルイジ・ボローニャとともに飛び立った。ボローニャは悲しみに震えながら、彼のかたわらに立ってミラーリアの遺体に付き添っていた飛行士である。その飛行機は性能が低かった。ボローニャは対空砲火から安全な距離がとれるほどの高度を得ることができなかった。それでも次の日には、計画されていたグラードへの空襲に向かった。その途中、彼らは二機のオーストリアの飛行機に追跡され、地上からの砲撃も受けた。飛行機は損害を受けた。ボローニャは何とか着水させることに成功したが、海面下の浅瀬に気がつかなかった。ダンヌンツィオは衝撃の力で前に投げ出され、次いで引き戻された。その結果、頭に受けた一撃が彼を失明させることになる。

彼の視力はすぐに変調をきたしたが、その事実を彼は誰にも言わなかった。オイエッティは「彼の年齢で、非常に若い同僚のそばにいるため、疲れただの痛いだのと口にすることを恥じていた」と推測している。彼らは無事に帰投したが、再び離陸して計画された指令を遂行することを彼は強く主張した。その日の夕方、沈む太陽をめざし西へ向かった帰りの飛行は「神聖な」ものだった、と彼は書いた。翌日、彼はもう一度飛行機の乗員となった。

彼はミラノまで移動し、スカラ座——収容人数二千人を超すオペラの大劇場——で演説をした。彼は前年秋の攻勢時にモロシーナ島で見たことを、日記に書いた簡潔で直接的な表現とは明らかに対照的な、大げさでもったいぶった文章で描いた。この演説は『コッリエーレ・デッラ・セーラ』に掲載された。二日後、彼はヴェネツィアに戻り、サン・ミケーレ島の墓場でミラーリアのトリジェージモ（死後三十日目に行われるミサ）のために演説をして、友人を第二のイカルスとして悼んだ。彼の個人的な神話は戦時の状況にぴったりと適合することを示しつつあった。

彼が最終的に助けを求めたのは、事故から一カ月以上が経過してからのことだった。二月二十一日、ライバッハ（現在のリュブリアナ）への三人乗り飛行機での遠征に彼は参加する予定だったが、飛行場への到着が遅れてしまった。別の将校が彼の代わりに乗り組んだところ、飛行機が敵の砲火を受けて、パイロットとともに戦死した。三人目の乗員が損傷を受けた飛行機を何とか基地まで飛ばして戻ることに成功した（だがそのパイロットも二年後に戦死する）。ライバッハへの空襲に備えて、彼はそれまで自分の目の不調を秘密にしてきた。ここへいたってようやく彼は自分に起きていることを直視した。彼の右目は紫色の雲しか見えず、左目は非常にわずかな視力しかなかった。鏡を見ても、見えるのは額のごく一部だけだった。彼は医師に申し出て、すぐさま目の負傷者のための野戦病院に収容された。

そこでは誰もが盲目であった。彼が担架の上に横になっていると、包帯やガーゼを頭に巻いた兵士たちがまわりに集まってきて、おそるおそるささやき合った。英雄の到来は病院に波紋を引き起こした。盲目の男たちのひとりは、包帯を巻いた頭を揺らしながら、尊敬と驚嘆の気持ちを込めて静かに言った。「これがあの人だ！《クエスト・エ・クエローモ》」彼らはダンヌンツィオを悩ませることはしなかった。ダンヌンツィオは彼らを気の毒に思った。彼らがダンヌンツィオを気の毒に思ったのと同じように。お気に入りの格言のひとつ「我、譲りしものを有する《イオ・オ・クエル・ケ・オ・ドナート》」が彼の頭のなかで響いた。それはまた彼にとって別の意味も持っていた。彼はその言葉をキスを説明するのに用いたことがあった。与える快楽が大きいほど、受ける快楽も大きくなる、と。しかしいま彼は同じ言葉を敬虔な意味で使っていた――彼は自分の損失の偉大さを喜んでいた。戦闘中に失明した兵士たちは通例特別な尊敬に値する。彼らは戦傷者のなかの貴族階級であった。

　ダンヌンツィオを診察した医師は、右の目が回復不能なまでに損傷を受けていると彼に言い渡した。左目を救うために、絶対安静を長く、おそらく数カ月間続けなければならない、とも宣告した。ダンヌンツィオは、あらゆる勧告を無視してヴェネツィアに戻ると言い張り、そこで娘に世話をしてもらいながら自分のベッドで安静を保つことにした。彼が暗闇に横たわって細い紙に書いているあいだ、カゼッタ・ロッサの入り口は贈り物を置いていくためにやって来る崇拝者たちで混み合った。首相サランドラ、総司令官カドルナ、アオスタ公からの電報が届いた。ヴェネツィア市長自ら見舞いに訪れ、この地域の陸海軍高官たちも現れた。重要性では劣る崇拝者たちは数千もの手紙や贈り物を送ってきた。前線にいるひとりの兵士は彼にこう伝えている。ほかの者ならいなくても済むが、彼だけはいかなる犠牲を払ってでも守らなくてはならない。「なぜなら、あなたが戦死したら、あなたがなさっていることをほかの誰がするでしょうか？」

　病床にじっと横たわっているあいだ、ダンヌンツィオは何度も自分が埋葬されていると想像した。汗をかき、からからになった口はヨードと鋼鉄の味がした。そして損傷した目からは絶えず涙が流れ落ち、彼は閉所恐怖症と闘った。暗闇が石棺の壁のように自分を押しつぶす気がした。

　自分がもう一度見ることができるかどうか彼にはわからなかった。『死の都市』の盲目の女性、『フランチェスカ・ダ・リミニ』の片目のマラテスティーノ、『船』の盲目の兄弟の一家。身震いするような興奮をおぼえながら、彼はこうした想像上の人物に、自分がいま現実に苦悩している宿命を負わせたのだ。自分が正気でいるのかどうかも彼にはわからなかった。投与されていた薬は強力で感覚を失わせる効果があった。ほぼ継続的に幻覚を見ていた。狂気もまた彼のフィクションにしばしば登場した。『巌頭の乙女たち』のうわごとを口走る母親とその息子たちは、忍び寄る痴呆の餌食となった。『罪なき者』に登場する作家は神経の病に倒れ、その後遺症によって身体は麻痺し、よだれを垂らすようになり、最悪なことに失語症となってしまう。こうした狂気のイメージが暗闇に横たわるダンヌンツィオに戻ってきた。彼は理性を失った友人の彫刻家のことを思い出し、その友人が岩だらけの急な斜面を苦労して登り、悪魔のような山羊たちに取り囲まれている姿を見たような気がした。

彼は死の賛歌を創作した。死者は傷ついた鷲のごとく翼を打ち、光を血で染める。ミラーリアではなく彼が死んでいたら、そうなっていたであろう自身の最期を想像した。「英雄的な飛行士は、犠牲となった詩人の血の気の失せた遺体を祖国に連れ帰る……イタリアの海岸線すべてが、彼が掲げる旗の縁のように、震える」。

白昼夢が次々と彼の頭をよぎる。彼は車を運転して前線近くの放棄された村に入る。家々はすべて破壊されている。なぎ倒された並木の向こうに見える山はサファイアのような青い色をしている。ひとりの若い兵士が現れ、ひと切れのパンにかじりつく。ダンヌンツィオはバルビエーリ大佐（彼の代わりにライバッハ上空で戦死した人物）に会いたいと頼み込む。兵士はその場を離れ、血に染まった丸めた革のジャケットを持って戻る。

別の夢。彼は飛び立つべき飛行場にいて、損害を受けた飛行機を検査している。飛行機は血で覆われ、その血はまだ液状で滴り落ちている。それは数多くのイタリアの教会に聖遺物として保存されている聖者の血と同じような、奇跡の液状化現象である。ダンヌンツィオは飛行機に乗り込む。彼の手は聖痕を受けているかのように血まみれである。標的を狙うときに首を置く場所を彼は見る。それは死刑執行人の斬首台のようである。

眼球のなかに蝶々が閉じ込められたように感じ、それがひらひら飛ぶことが彼を苦しめる。シダの葉のようなものが見えて、視界を妨げる。その葉は次第に目の上にうずくまる黒い蜘蛛に変わるが、世界を閉め出していることに変わりはない。

レナータは彼の顔を拭き、優しい言葉をささやく。娘は母親の役を演じている。彼は自分がピエタの死せるキリストになったように感じる。

目の見えないダンヌンツィオは、ふだんにも増して音と匂いに敏感になる。雨だれのぽとぽと落ちる音に気が狂いそうになる。ヒアシンスの香りは彼を圧倒する。音楽は慰めだった。ベートーヴェンの三重奏曲を聴いて、この作曲家を「フランドル人」だと記述している。いまはドイツの作曲家に対する賞賛を語るべきときではない。音楽は彼を感動させ、涙をもたらす。

こうしたリサイタルは頻繁に開かれた。ダンヌンツィオは彼が「戦時五重奏団《クインテット・デイ・グエッラ》」と呼ぶものを持っていた。平時に音楽家だった兵士たちが、リド島の砲兵隊に配備されていた。司令官は彼らが勤務時間外に傷ついた英雄を慰めることを寛大にも許可した。とくに団員のひとりであるチェロ奏者と、貴重な楽器の製造について話し合うことをダンヌンツィオは好んだ。ひとりの人間が、一日の半分は破壊の道具である重い大砲を扱い、もう半分は美を創り出すためにだけ設計された、同じように扱いにくく、しかし壊れやすい道具を扱うことが痛快だった。暗闇に彼が横になっているあいだ、音楽家たちは隣の部屋で演奏をした。たったひとりの聴き手——ほかにはレナータとたまたま居合わせた運のよい訪問客たち——は彼らには見えず、彼らもダンヌンツィオからは見えなかった。

ピアニストのジョルジョ・レーヴィもやって来て、彼のためにフレスコバルディを演奏した。ダンヌンツィオは、つねづねそうであったように、ルネサンスとバロック期の音楽を愛した。しかしパリに滞在したとき以来、彼は現代の実験的な音楽にも関心を持つようになった。彼はドビュッシーとスクリャービンの作品を聴いた。

スクリャービンと同じように、そしてそれ以前にはボードレールと同じように、ダンヌンツィオは異なる知覚の楽しみを調和させることに関心を持っていた。カッポンチーナでは、彼は聴く音楽にふさわしい香りを部屋にふりまいていた。スクリャービンは特定の音符とそれにふさわしいと彼が考える色との対応表を作り上げた。ダンヌンツィオが目の見えないまま音楽を聴くと、彼の視界の色合いは周期的に変化した。閉じたまぶたの裏側で彼が見ている世界はスミレと紫でいっぱいである。彼はアメジストの木々からなる森を見ていた。小鳥たちの群れが木のあいだを飛びまわり、その枝にとまった。すると今度は、あらゆるものが黄色になり、すべての小鳥が突然カナリアになった。

昼間のヴェネツィアは静かで、アンコールワットのように活動が止まっている、とダンヌンツィオは思った。しかし夜になると、サイレンと対空砲火の轟音が響きわたった。

春が来ると、カルソの大量の戦死者が出た戦場で兵士たちは花を摘み、それをドライフラワーにしてダンヌンツィオに送った。農婦たちがアブルッツォから薬草の包みと軟膏の入った壺を送ってきた。魔法の力を持つ品々——ある聖職者から送られた神聖なお守りや魔術師からの護符など——が啓蒙時代にさかのぼる装飾を施された彼の優美な家に積み上げられた。

果物や菓子、その他の美味しい食べ物が大量に届き、ダンヌンツィオは余ったものを軍事病院と戦傷者に配るように手配した。彼の気前のよさが知られると—それはたちまち知れわたった——さらに多くの贈り物が届いた。

四月二日、ダンヌンツィオが寝たきりの生活を始めて五週間が経過したとき、二人の飛行士の友人が彼のもとを訪れた。その翌日に彼らのうちのひとり、ルイジ・ブレシャーニが設計した飛行機をテスト飛行させることになっていた。それはその時点で使われているどの飛行機よりも長い距離を飛べるはずだった。彼らは、どこに向かうべきか、オーストリアのどの基地を爆撃すべきか、興奮しながらダンヌンツィオと話し合った。ブレシャーニは青白くほっそりしていて、長いもみ上げと薄い唇の持ち主だった。ダンヌンツィオは彼のことを「ホレーショ・ネルソンの時代の小さなイギリス軍将校のように」見えると思った。小柄で片目の、勇敢なネルソンは、ダンヌンツィオが好んで考える人物だった。

ブレシャーニの飛行機は失敗し、海に墜落した。二人の飛行士はともに死んだ。ブレシャーニの遺体はヴェネツィアに戻された。もうひとり、ロバート・プルナスは海に沈み、遺体は回収できなかった。のちにダンヌンツィオはまどろんで夢を見たとき、ミラーリアとブレシャーニの棺が自分の両側にぴったりと置かれ、自分を閉じ込めているように感じた。満潮時にダンヌンツィオは窓の下の運河で数隻のボートが衝突したり、石段にドシンとぶつかったりする音を聞いた。今度は執拗に続くその鈍い衝突音がプルナスの遺体に変わり、入れてくれと彼の部屋の壁を叩いているように思えた。

彼は一篇の詩を書いた。それはお気に入りのイカルスをテーマにした詩のバリエーションであった。翼を持つ五十人の若者たちが石切り場に閉じ込められている。ダンヌンツィオが用いている言葉は古めかしく、古代シラクサの悪名高い石切り場を思い起こさせる。トゥキディデスによれば、ペロポネソス戦争のあいだに捕らえられた捕虜たちは、あまりにも狭いところに閉じ込められたため、死者でさえ生者のあいだで立ったままだった。ダンヌンツィオが想像する少年たちは飛ぶことができず、彼らの翼は（イカルスの翼のように蠟でできているのではなく、本物で感覚を持ったものだ）痛ましくつぶされている――彼らが翼を広げる空間もない。空が暗くなり、巨大な斧を巧みに操りながら「敵」が現れる。彼は斧を振りまわしはじめ、震える美しい翼をいくつも叩き切る。血が飛び散る。羽は血糊で汚され、少年たちは血を流して死ぬ。彼らが倒れることで空間が広がる。少年たちのひとりが、仲間たちの切断された身体の上に乗り、翼を広げると舞い上がる。「そしてわれらの目はすべて空へ向かう／切られた羽の上に仰向けになって／そしてわが種族は、敗れることなく、飛び立った」。

　大量虐殺は、超人が舞い上がることを可能にする空間をもたらす。ダンヌンツィオは飛行士たちを、友人たちを悼んだが、彼らの死を悔いることはなかった。

　夜になると、男たちの歌声が聞こえてくる。モーターボートが引っ張る三隻のはしけが大運河を通っていく。はしけは前線へ向かう新兵たちを満載している。ダンヌンツィオは感動する。リアルトの市場に到着する果実を積んだ船は美しいが、この「祖国の積荷」――生贄となる肉体――はそれ以上に美しい。

　ダンヌンツィオは回復しつつあった。よく眠れるようになり、夢も前より楽しいものに変わった。彼の潜在意識（あっという間に広く使われるようになった用語）は、彼の目覚めている意識と同じぐらい、文学的である。彼は自分がスコットランドに、より正確に言えばウォルター・スコットの国にいる夢を見る――夢で見るスコットランドの城には、おそらく現実の城よりも、はるかに美しい室内装飾が施されている。「それはエメラルドグリーン、麦わら色、深紅、カラスの濡れ羽色、そして金をちりばめた深い緑のビロードである」。ダンヌンツィオはソファ（これほど快適な家具はイタリアではまずお目にかかれない）と薔薇色の頬をした貴婦人たち、そしてゲインズバラやレイノルズが描いたものと同じぐらい可愛い小さなスパニエル犬

にもてなされる。彼は目覚めて現実に戻り、がっかりする。
包帯を短時間外すことを彼は許される。初めて立ち上がり、部屋を歩く。頭を引き上げ、できるだけしっかり保つ。えぐり出した目を皿に載せて運んでいる姿で通常は描かれる、聖ルチアの殉教の絵を彼は思い出す。
復活祭がまたやって来る。一年前の聖金曜日に、ダンヌンツィオは自分の犬を埋葬した。いま彼は、自分自身の「受難」を語るとき、キリスト教の犠牲と追悼の儀式を引き合いに出す。傷ついた目を覆っている紫色の霧は、御受難の聖週間のあいだ祭壇を覆う紫色の布のようである。ベッドに閉じ込められたことは、まるで十字架に釘づけにされていたようである、と。
とうとう外出が許される。彼は自分の軍服を着ると言い張り、困惑とともに気づく。以前は完璧にフィットしていたズボンが、細くなった膝のまわりで、みっともなくしわになっている。昼間の光に対する防御のために、彼は黒い絹の包帯を巻いている。ゆっくり、ゆっくりと階段を降りる。庭に出る。幻覚のアメジストとスミレの代わりに、(注意深く遮蔽された片方の目を通して)本物の藤の青みがかった薄紫色を見る。パラッツォ・ダーリオからサンタ・マリア・デッラ・サルーテ教会まで、大運河を見渡すこともできる。再び彼は見えるようになる。傲慢や冒瀆をためらうような人間ではない彼は、はっきりと自分をこうなぞらえる。「いまは復活祭だ」。（実際にはその一週間後だった。）「これぞ復活だ」。

ダンヌンツィオが想像上の墓のなかに横たわっているあいだも、イタリア戦線での大量虐殺は続き、戦線がほとんど動かないまま数万単位の兵士たちが死んでいった。

ダンヌンツィオの復活祭での再起は時期尚早だった。一九一六年の初夏を通じて、彼はまだ回復期にあったが、いまでは仕事をすることができるようになり、六月の終わりまでに自伝的な作品『賜暇《リチエンツア》』を書きはじめた。その執筆中に、カドルナ将軍は彼から総司令官職を取り上げようとするサランドラ首相の企てを見事にはね返した。ローマにいるよりもウーディネにあるカドルナの総司令部にいる時間のほうが長い国王と、新聞の支援を受けて、カドルナは権力を握りつづけ、サランドラはそれを失った。それまでも決して強力ではなかったイタリアの議会制民主主義は、戦争によって危機的なまでに弱体化した。人々はカドルナの総司令部を「第二の政府《セコンド・ゴヴェルノ》」と呼びはじめた。ガリバルディによって再生され広められた古代ローマの称号を用いて、カドルナの支持者たちは彼を「イル・ドゥーチェ」と呼んだ。この言葉は指揮官と同様に指導者を意味し、深い尊敬の念を伝えるものだった。

八月、カドルナは一連の攻撃作戦を開始してオーストリア軍をゴリッツィアの先まで後退させ、イゾンツォ川右岸とカルソ西部地域を支配下に置いた。十一日間で十五万人以上の戦死者（三分の二はイタリア側）が出た。幅四キロメートルから六キロメートルの帯状の土地は支配者が代わった。イタリア軍部隊はやっとのことでサン・ミケーレ山に到達した。そこは一年間にわたって両軍が戦い、黒焦げのブーツと使用済みの薬莢、空っぽの背嚢が散乱するなかで茫然とさまよいつづけた丘であった。ある将校はウジ虫に対する嫌悪を記している。ウジ虫は埋葬されない死体にたかるだけでなく、大地から生まれてくるように思われ、あまりにも数が多く不快だった。その場にいた人々にとって勝利は月並みなもので、そのための犠牲はグロテスクなものに感じられた。だが、依然として優美な、花模様の隠れ家にいたダンヌンツィオは歓声を上げた。彼は「ゴリッツィアの聖なる日々」を詩でほめたたえた。

跡も残さぬ翼のように
最初の叫び声はもう頂を奪取した

ダンヌンツィオはその功績によって再び銀功章を与えられた。その贈呈式はサン・マルコ広場に集まった群衆の前で、海軍総司令官によって行われた。事故以来初めて公の席に登場したダンヌンツィオは、厚い包帯を巻いていたが、感動的な演説ができるくらいには回復していた。

一時的に活動できない状態にあっても、彼は自分のイメージを用いることはできた。彼がミラーリアの死を知らされたときにポーズをとっていた肖像画をロメイン・ブルックスは完成させた。回復期にあった彼は、エルコレ・シベッラートによるもうひとつの肖像画のためにポーズをとった。この肖像画は、頭を垂れて片目に包帯をした彼を傷ついた闘士として描いている。ダンヌンツィオはシベッラートの絵のリトグラフを作らせ、数百枚の版画を配布した。「わたしはマスコットの役割を演じている」と彼はアントンジーニに書き送った。

彼は新たに考案された「戦時パン」〔小麦粉などの材料を節約して作ったパン〕を推奨するように求められた。本来のパンは事実上入手不可能になっていた。いまダンヌンツィオは、ほとんど食べられない代用品を「祖国のすべての人間が全質変化して生きる、聖餐式のパン」である、と宣言する。彼のボキャブラリーと統語法はますます宗教儀式に関連したものになる。アメリカがついに参戦したとき、全米に配信された記事を書いて新しい同盟国を歓迎する役割を果たしたのはダンヌンツィオであった。「あなたがたは富と力を持つ巨大で鈍重な大衆であった。そしていまや、あなたがたが熱烈で行動的な精神にいかに変身したかを見よ」。（「鈍重な大衆《マッサ・オットウーザ》」の構成員たちは寛大にもそう評されることを許した。ダンヌンツィオはハースト系の新聞で人気のある寄稿者だった。彼の書く記事はパリに電信で送られ、そこでまずまずの英語を書けるアントンジーニが翻訳し、そしてアメリカに送られていた。）

彼は訪問客を受け入れつづけた。オイェッティがやって来て、ダンヌンツィオは「まるで王のように」接見した。フランスの友人たち、スザンヌ・ブーランジェとマダム・ヒュービンは五月に来た。（それと入れ替わりにアエリスが去った。）ダンヌンツィオは彼女たちをエスコートして、ヴェネツィアのお気に入りの場所をまわった。モーリス・バレスが来た。ダンヌンツィオは彼を「フランス風の音楽の夕べ」でもてなし、自分の四重奏団にフランク、ラ

ヴェル、スクリャービンを演奏させた。「彼は自分の本質に忠実であり、貴重で珍しいものの雰囲気のなかに自分自身を沈潜させている」とバレスはのちに書いている。

一九一六年九月十三日、医師たちの勧告に逆らって、ダンヌンツィオは再び空を飛んだ。ボローニャがパイロットをつとめた。彼らの飛行機はパレンツォへの空爆を行った飛行隊の一機だった。まだ頭に厚い包帯を巻いていたダンヌンツィオは、四発の爆弾をコックピットの自分の脚のそばに押し込んでいた。医師たちは、高い高度の変動する気圧が永遠かつ完全に彼の視力を奪う可能性がある、と警告していた。飛行機が上昇するのに応じて、彼は視界を左右交互にチェックし、煙の信号を出した。そして飛行隊がばらけないように考案された、彼とボローニャのあいだでやりとりされた手帳（ここではダンヌンツィオの分はゴシックにしてある）が残っている。

二三〇〇？
**見える。**
二六〇〇？
**見えるぞ、見える。**

三〇〇〇?

**まだ見える——もっと上昇しろ。**

三四〇〇?

**見える。上昇しろ。**

一六〇〇まで降下する。

**広場の上空へ。四発とも準備完了。**


彼らは砲兵隊の真上に来ていた。ボローニャは対空砲の砲弾をかわしながら、縫うように進んだ。ダンヌンツィオは爆弾のピンを抜いて機体の横から投げ落とした。

基地に戻ると、ダンヌンツィオは若い飛行士たちの集団にコックピットから出るのを助けられ、彼の「再生」を祝う彼らの肩に担がれて運ばれた。


ダンヌンツィオはパンフレットを投下したが、爆弾も投下した。彼の片目の視力を奪った機関銃も装備されており、それを使えば人々を殺すこともできた。そのことについて、公的な演説あるいは私的な文書のなかで彼は一度も言及していないが、多くの死について間違いなく彼には責任があった。

一九〇九年にブレーシャで飛行機が飛ぶのを見たカフカは、そののちに心に浮かんだ不安を誘う思いを書いた。すなわち、空を飛ぶパイロットたちの目には、自分もその一部であった膨大な群衆の姿は平野のなかに溶け込んでしまうに違いない。そうなれば、パイロットにとって人々はもはや道標や標柱と同じで人間とは思えなくなる。カフカはそれ以上このアイデアを追求しなかったが、それが含んでいた心理的な意味は明確である。パイロット——文字通り「超人《ユーバーメンシュ》」、つまり「上にいる者」——の目から見れば、都市は幾何学上の配置と同じものとなり、人間はたんなる泥となる。

地上で戦う者たちは、自分たちに向けてなされる敵の攻撃から逃れることができず、より想像力がある者は、逆に敵に対して何ができるかを相手に知らしめる工夫をしなければならない。飛行士たちにとって事情はまったく異なる。彼らが直面する肉体的な危険は極端なものだが、互いに殺し合う恐怖で多くの兵士が狂うように、狂気に陥ることはない。戦闘の光景や臭いを免れるのに十分なほど離れているため、彼らはどれほど多くの人々が殺されたか、四肢を失ったか、どれほど多くの家々が破壊されたかを決して知る必要がない。高空の澄んだ空気のなかで彼らは、ミラーリアのように、憐れみも良心の呵責もおぼえることとなく太陽の光を受けて歌いながら飛ぶのである。

唯美主義者の夜の外出。ダンヌンツィオは、ヴェネツィアの北端にある囲まれた港サッカ・デッラ・ミゼリコルディアで聞こえると噂される、有名な反響を試してみたかった。彼の「戦時五重奏団」と名の知れたソプラノ歌手ひとりをともない、ダンヌンツィオはその場所をゴンドラに乗って訪れた。小さな船は混み合っていた。チェロ奏者は立ったままで、チェロも彼のかたわらに立てていた。彼は楽器に自分のマントをかぶせ、てっぺんには面白半分で帽子を載せていた。黄昏の薄明かりのなかでそれは人間のようにもしくは幽霊のように見えた。

彼らがサッカをまわるあいだ、歌手は咳払いをしてから、アリアを歌った。ゴンドラ漕ぎたちは漕ぐのをやめた。そして静寂のうちに漂うなか、歌手は単一の音を、はじめは高く次いで低く発声し、そのつど反響を聞くために間《ま》をあけた。何も聞こえない。一瞬の反響。もう一度試すが、何も聞こえない。それは星も見えないまったく無風の夜だった。不格好なザッテレ（木製の浮き埠頭）が、難船者あるいは隔離された疫病患者を満載した救命筏をダンヌンツィオに連想させた。

彼らがその場を去ろうとしたとき、突然遠くから陰気なうなり声が聞こえてきた。ダンヌンツィオは片手をあげ（青白い形しか見えなかった）、漕ぎ手たちに静止を命じた。ほぼ完全な暗闇のなかで同行者たちはみな灰色だった。真ん中に立つ不気味なチェロ男同様、全員が幽霊のようだった。誰かが言った。「あれはイゾンツォの大砲の音だ」。

ダンヌンツィオには新しい恋人（オルガ・ブリュンナー・レーヴィ）ができた。彼女は三十代の才能のある歌手かつピアニストであり、その夫はイタリアで最良の音楽関係の蔵書を持つひとりだった。夫婦はカゼッタ・ロッサから歩いてすぐのところにある、十六世紀に建てられた素晴らしいパラッツォ・ヴィダルに住んでいた。ダンヌンツィオはしばしばその家をひとりで、あるいは夕食をともにした仲間たちとともに、家族の親密な友人という気安さで訪れた。オルガの夫は愛想のよい人物だった。（何によらず主人の恋愛関係には精通していたアエリスは、この夫婦の結婚は完遂されていないと信じていた。）すぐにダンヌンツィオはオルガに新しい名前をいくつか与えた。たとえば（シバの女王の伝説に由来する）バルキス、（彼女の家から）ヴィダリタ、（彼女の目を思わせる、金色をちりばめた茶色のムラーノ・ガラスから）ヴェントゥリーナ、というように。そして千通を超えることになる彼女への最初の手紙を書いた。

オルガはトリエステの出身だった。父親と親族たちは「未回収の」都市に暮らしていた。彼女はトリエステをイタリアに併合するというダンヌンツィオの決意を共有していた。彼らは政治と音楽への愛を共有した。彼は彼女を「小さな狂女《ピッコラ・フオッレ》」と呼び、舌足らずのSの発音を愛したが、手紙のなかでは彼女を対等な友人として扱った。彼の手紙はなぞなぞと暗号化されたジョークでいっぱいだった。存分に自分の考えや感情を吐露し、卑猥な、あるいは皮肉な二行連句を面白がって挟んだり、俳句もどきの語句や駄洒落を含む格言を作ったりした。それができたのも、オルガが彼の書くラテン語やスペイン語の言葉の氾濫を理解でき、彼のユーモアの価値を認め、彼の仄めかしの意味をつかみ、戦争やイタリアの未来に関する彼の深刻な思索に共感してくれると明らかに信頼していたからであった。

彼女が長い黒のストッキングを脱ぐのを見つめて彼は楽しんだ。それを楽しむあまり、なかなか最後まで脱ぐのを許さなかった。ストッキング――スカート丈が足首から数インチのところまで上がってきて、新たに見えるようになった――は彼の心の多くを占めるようになった。この時期の彼の手帳にはストッキングに関する記述が数多い。ストッキングが肌を隠しつつも露わにすること、ストッキングの編み目からうぶ毛が出ていること、オルガの脚からストッキングを脱がすのが剣を鞘から抜くようであること、などである。ガルダ湖の上を飛行しながら、シルミオーネの岬は女性が裏返すために腕を突っ込んだ茶色い絹のストッキングのようだと彼は思った。このイメージは、地形よりも彼の関心事について教えてくれる。危険な飛行を行う際にポケットに入れておく魔法の品々のコレクションに、彼はオルガのストッキングを加えた。

オルガは彼に多くの快楽を与えた。「土曜日の昼食の前の、四回のオルガスムス（彼自身が強調している）のときほど、ペンテッラが柔らかく熱く滑らかだったことはない」。ゴンドラのなかで人目を気にしながら、痛む膝でまごつくようなことはもう必要なかった。オルガはダンヌンツィオの家にやって来て、彼が彼女の身体のあらゆる部分を（とくに暗い陰になった窪みは念入りに）嗅いだりなめたりするあいだ、寝椅子に横たわっていた。彼女に宛てた手紙には性的な歓びが満ちている。「昨夜は君の味と匂いが僕を狂わせた。僕がいつも同じことを言うと君は微笑む。だけどいつも君は僕をもっと歓ばせてくれる」。オルガは彼に子猫を贈った。子猫のいたずらと小さなピンクの鼻は、彼の「茶色い、尻尾のない、トリエステの少女《トリエスティーナ》」と同じぐらい、彼を歓ばせた。

彼女に宛てて、ダンヌンツィオは自分の軍事行動の報告を長々と書いたが、彼女からの手紙はもっぱら「オルデッラ、ムリエッラそしてペンテッラ（彼女の両乳首とヴァギナにつけたあだ名）」に関するものであることを求めた。これはダンヌンツィオの生涯における大恋愛のひとつではなかった。しかし両者の書簡が伝える様子は、彼がオルガと気楽で幸せな情事を楽しんだこと、それは困難な問題もなく始まって憎しみもなく終わったことを教えてくれる。オルガは彼の戦いの「ごほうび」であり、彼の戦争の「薔薇」であると、ダンヌンツィオは彼女に告げた。

自分がまだ飛べることを示したあと、数カ月間彼は地上にとどまった。包帯のせいでヘルメットとゴーグルをつけるのが難しかったからである。戦線の上を飛ぶ代わりに、彼は歩いて戦線を視察した。一九一六年の十月と十一月、彼は戦場を何度も訪れた。部隊の活動が始まる前に観測所に着くために、夜明けのはるか前に起きて、死体が邪魔をする板敷きの道を進み、負傷者たちのすすり泣きや母を求める叫びを聞き、死者が放つ臭いを吸い込んだ。

ヴェリキ山とファイーティ山の戦いの際には、彼も現場にいた。彼は片目になり平衡感覚が狂っているため、距離を判断する能力が低下していた。カルソの穴だらけの土地ではよくつまずいた。塹壕やトンネルのなかでは鋲を打った重いブーツで直立姿勢を保つのに苦労した。ファイーティ山で転んで脚にひどい怪我を負ったため、応急救護所に送られたが、兵士に手を引かせて前線に戻ると言い張った。まだ見えるほうの目を使ってさえ、彼の視界は歪んでいた。昼間はあらゆるものに不快な黄色いヴェールがかかっていた。夜になると、彼が見るものはすべて光の輪で飾られていた。彼はその煩わしいものを栄光のシンボルに変えた。同志たちには後光が差している、と彼は好んでそう語った。

前線ではつねに危険と直面し、通常であれば我慢できないようなひどい状況のなかで何日も過ごした。塹壕では「赤痢の色をした汚物」に膝まで浸かって立っていた。腐臭のする洞窟で、灰緑色の軍服のマントだけをかぶって、ネズミがひっかく音と負傷者の呻き声を聞きながら、眠れぬ夜を過ごした。狭い待避壕と岩だらけの窪みで彼は絶えず不潔な兵士たちと接触した。よりひどいことに、彼自身も不潔だった。「不可能なことに自分自身慣れてしまった。五日のあいだ服を着替えず、顔も洗わなかった」。飢えと渇き、恐ろしい寒さに彼は耐えた。彼は砲撃の轟音のなかで暮らし、幸せだった。

　彼の横に立っていた工兵隊将校が敵の弾丸を食らった。ダンヌンツィオはその男の脚に包帯を巻くのを手伝った。ダンヌンツィオは、重傷を負った男が隠れていた穴に、四つん這いになって降りていった。男は、自分は彼の「弟子」だ、とささやいた。ダンヌンツィオは尊厳を失うこと以外は何も怖くなかった。口のなかにものを詰め込んだ状態で死ぬこと、つまり自分の身体という「悲しい袋」に栄養を与えるという「獣のような行為」のさなかに死ぬことは恐ろしい、と彼は思った。それ以外には恐れを知らなかった。

　彼は前線から墓場へ、野戦病院から基地へと、自分の新しい自動車、グレーのフィアット３Ｔｅｒトルペード――「小さな魚雷《トルペード》のように細く尖った」車――で移動し、彼が言っていることはほとんど理解しないが、英雄＝詩人の到来に媚びへつらう人々に対して演説をしてまわった。

　兵士たちはイタリア全土から来ていた。ダンヌンツィオは手帳に彼らの出身地を明記している。彼らはサルデーニャ人だったり、プーリア人、トスカーナ人あるいはシチリア人だったりした。あらゆる地方からの支流が、カルソの険しい岩の上に注がれる犠牲の血の大いなる奔流に流れ込んでいたのである。その軍隊のなかで、イタリアはついにひとつになったように見えた。あらゆる歩兵の顔はダンヌンツィオに英雄的な過去のエピソードを思い出させた。疲れきったティーンエイジの農民ひとりひとりが、大胆なヴェネツィアの船乗りに、ローマ軍団の兵士に、中世の騎士に、イタリア・ルネサンスの巨匠によって再現された勇敢な聖者にたとえることができた。イタリアの栄光に満ちた過去に対する彼のヴィジョンは、恐ろしい現代の戦いを覆い隠した。それは劇場の紗幕のように、排泄物や轟音、少年たちの死体の山に輝かしい魅力を付与したのである。

　将校たちはダンヌンツィオが捕虜になることを恐れていた。それは敵にとって素晴らしいプロパガンダになるはずだったが、彼は心配する将校たちを安心させた。自分は決して生きたまま捕らえられることはない、と。彼は小さなエナメル製の小瓶に入れた毒をつねに持ち歩いていた。どこへ行っても、人々は彼を見つけた。戦闘命令は次のような通知で締めくくられた。「新しいイタリアの偉大な詩人がわれわれとともにいる」。

彼の手帳には自身の平静さと高揚が記録されている。一夜を明かした洞窟から外へ出ると、彼は月光の下にいる自分を見いだし、そのときの「素晴らしい気分」を書きとめた。汚い泥と砲火に引き裂かれた木々からなる荒廃した風景のなかに彼は美を探し求めていた――観測所で緑のキツツキが飛び去ること、死体のあいだを歩兵隊が匍匐前進する丘に青と銀のトンボが輝きを放っていることなどに気づいたように。彼にとって砲弾は、巨大な青銅のシンバルを打つような音で爆発するため、ダンスの合図のように思えた。

まわりの山々を見上げると、岩の尖塔は何千人ものキリストに似た殉教者たち――部隊の兵士たち――を待つ十字架のように思えた。彼のまわりの若者たちは――哀れな徴集兵も未熟な若い将校も等しく――美しかった。彼らを彼は愛した。彼らは、彼によって、彼のような人々によってここに連れてこられたのだ、それゆえに全員が死ぬかもしれないのだと考えて、彼は歓喜に震えた。

一九一六年の終わりに、ダンヌンツィオは二度目の銀功章を受けた。彼はその種のことを気にかけた。一年前にアルベルティーニにそれとなく示唆したことがあった。勲章の青いリボンがイタリアの吟遊詩人への非常に気の利いたクリスマスプレゼントになるとカドルナ将軍にはたらきかけてはどうか、と。いまだにパリにいるアントンジーニに、自分に戦功十字章をもたらすためにできることを考えるように、うるさく言って悩ませた。アントンジーニに対しては、サヴォイア軍事功労章の表彰理由を翻訳することも依頼した。それは彼に勲章を与えることを望むかもしれない（あるいは与えるように説得されるべき）他の国々に伝えるためであり、『ル・フィガロ』と『ル・タン』に掲載するためであった。彼の勲章あさりの動機はたんなる虚栄ではなかった――こうした名誉のいくつかに対しては年金が付随していたのである。

一九一七年一月、ダンヌンツィオはヴェネツィアに戻っており、母親の死を伝えるメッセージを総司令官カドルナ自身から受け取ったとき、発熱のために臥せっていた。

ダンヌンツィオが一九一五年にペスカーラを訪れたおりに、母ルイザと最後に会った際の印象は悲惨なものだった。フランスに滞在していたそれ以前の五年間、母に会っていなかった彼は、彼女を見分けられなかった。見ることも聞くことも話すこともできない「哀れな、腰の曲がった、不格好なもの」になっていた。母の世話をしている農婦が、ガブリエーレが来ていることを繰り返し伝えると、母は両手を持ち上げて、ひざまずいた彼の頭の上に置いた。その手は死人のように重かった。その後、彼女の様子にたじろいだことは認めつつも、力強く美しい、彼を見守る母親の姿を前線で何度も思い浮かべた、と彼は述べている。砲撃を受ける数秒前に、ある砲台から移動したとき、母親が自分の手を引っ張って危機から救ってくれた、とのちに彼は主張している。いまや彼は、名前も知らない彼の崇拝者たちや強大な権力を持つ国家の大臣たちから哀悼の意を伝える電報や手紙を山のように受け取った。

　彼は病床から起き上がり、ペスカーラに戻って母の葬儀に立ち会った（父のときにはそうしなかった）。

　一九一七年五月、彼はまた飛びはじめた。そして同じ月にカドルナ将軍に宛てて長い詳細にわたる手紙を書き、自分の空軍戦略を披瀝した。百機単位のイタリアの飛行部隊がドイツにある軍需工場を爆撃すべきである、と彼は書いた。こうした提案を支える技術的知識を彼は持っていた。提案は爆弾や燃料搭載量、武器そして翼の構造といった細かな部分にまでおよんでいた。イタリアの航空産業は一九一一年に最初の飛行機を生み出したが、すさまじい勢いで拡大を続けており、終戦時までには十万人の雇用を生み出すようになる。ダンヌンツィオは、一九一一年に最初のイタリア製飛行機を生産した工場の所有者、ジャンニ・カプローニを友人かつ協力者とした。カプローニは急速に増大しつつあったイタリア空軍だけでなく、イギリスとフランスの空軍にも、やがて爆撃機を供給することになる。ダンヌンツィオの息子、ヴェニエーロはエンジニアおよびテスト・パイロットとしてカプローニのために働いており、カゼッタ・ロッサにも定期的に顔を見せていた。いまではロココ調の鏡のあるダイニング・ルームでの話題は、詩と同じぐらい飛行機の機体や燃料タンクが取り上げられることが多くなった。

　カドルナはこの手紙に感銘を受けた。ダンヌンツィオにはカプローニ爆撃機部隊の指揮が委ねられた。いまや彼はたんなるマスコットではなく、大きな責任を有する将校であった。一九一七年八月にポーラを爆撃したとき、彼は三十六機の先頭に立って部隊を指揮した。彼は自分の飛行部隊を「セレニッシマ〔「晴朗この上なし」の意味で、かつてのヴェネツィア共和国の異名〕」と名づけ、他の飛行機と区別するために、その機体に入れるマークと銘をデザインした。爆撃機部隊のリーダーとしてダンヌンツィオは、あれほど賞賛した傭兵隊長のように、魅力的で恐ろしい存在となった。パリへの空襲を観察しながらマルセル・プルーストは飛行士の勇敢さに魅了され、飛行士たちを「人間の流星」あるいはワーグナーのヴァルキューレだと思った。高い空での任務において何度も死の危険を冒すことで、ダンヌンツィオはそうした超人的存在のひとりになったのである。

同僚の飛行士たちは、ひとりまたひとりと死んでいった。ルイジ・ボローニャは、ミラーリアが死んだ場所からそう遠くないラグーナに墜落して死んだ。ダンヌンツィオは大規模な攻撃作戦中は一日二回の飛行任務をこなし、他のメンバーと同じ危険にさらされたが、お守りによって守られた。（彼はいまではポケットサイズの古代ローマのテラコッタ製ファルス〔生殖力の象徴とされる男根像〕とドゥーゼのエメラルドを幸運の護符として携帯していた。）ポーラ上空を飛行していたとき、「モグラが空気をかき分けて進んでくる」ように砲弾が彼の飛行機のそばをシュッと通り抜けるのを見た。グラッパ山では砲弾が彼の飛行機の前後左右で炸裂した。あるときには、十六カ所も機体に損傷を受けて帰還した。また別のときには二十七カ所も弾丸の穴を開けられたが、そのなかには彼の手首に当たった一発も含まれている。

ある日の夕方、まだサーチライトが点灯される前に偵察飛行から戻ってきて、彼のパイロットが下降の計算を間違え、飛行機が滑走路に激突した。しかし二人とも無傷で脱出した。また別のときには、離陸の際にパイロットが機体を制御できなくなったこともあった。飛行機は舞い上がらずに滑走路を横切り、砲座のまわりの土塁に激突した。飛行機には爆弾が搭載されていた。離陸時にはいつもそうしているように、工兵たちが鬨の声とともに飛行士たちを見送ろうと待機していた。ところが彼らは泣きだし、避けられぬ破局を見たくなくて、背を向けて手で頭を覆うのをダンヌンツィオは見た。だが驚くべきことに爆弾は破裂せず、飛行機は燃えなかった。ダンヌンツィオと彼の同僚は大破した機体から平然と降りて、頬や服についた泥を払った。その飛行士はその後間もなくして戦死したが、ダンヌンツィオは死ななかった。

戦争は彼に平和をもたらした。彼にとって危険な任務に出かけることは、偉大な神秘主義者しか知らない類いの

「陶酔」を得ることであった。飛行機の先端から身を乗り出すとき、空にこぼれ出し、空を埋め尽くすかのような喜びを彼は感じた。

飛行と地上での行動を彼は交互に実践していた。一九一七年五月、ティマーヴォ川の河口での戦闘に彼は参加した。この川はトリエステの西の海に注いでおり、水源からの距離は短いが水深が深く、当初は片方の陣営にとって、ついで反対側の陣営にとって重要な防衛線を形成した。ダンヌンツィオは「トスカーナの狼たち《ルーピ・デイ・トスカーナ》」とロマンティックな名をつけられた旅団の連絡将校として配属された。ダンヌンツィオの詩の愛読者でナショナリスト的熱意も共有していた、その指揮官ジョヴァンニ・ランダッチョ少佐とは、前年秋の戦闘の際に知り合っていた。そのおりランダッチョは、その日の命令を伝達するとき、自分の部隊に「君たちは全員が英雄である！」と語りかけた。ダンヌンツィオは同意した。ランダッチョは神のごとき若者たちからなるダンヌンツィオの万神殿《パンテオン》に加わった。彼はランダッチョを「兵士のなかの兵士」と呼び、「彼とともに戦争をすることはこの上ない陶酔をもたらす」と書いた。

その二人がいま、戦争の乱雑な光景――黄色い花が咲く牧場に不格好な鉄の残骸が広がり、湿地には打ち捨てられた鉄兜や死体が散らばっている――のなかで再会した。二昼夜にわたって「狼たち」は川までの進路を切り開こうと戦った。三日目に作戦中止の命令が届いた。ダンヌンツィオは憤慨していた。彼は旗をいくつも携えてやって来たが、そのなかにはオルガが彼のために作った巨大な三色旗があった。その旗には「ティマーヴォ川を越えて」とオルガの手で刺繍されていた。彼は車で司令部まで行き、アオスタ公との面会を要求し、説得して命令を取り消させた。そして、身体を洗うため（「至上の歓び」）、チェルヴィニャーノのアパートメントに立ち寄る時間をひねり出し、戦線に戻った。

真夜中に兵士たちは狭い浮き橋を使って川――幅三十メートルで水深もあり、水量も多い――を渡り、オーストリア軍の砲兵隊が陣地を作っている二八高地として知られる丘まで前進する計画だった。高地を奪取したあと、ドゥイーノに向かってさらに進撃する。川の両岸および渡河中は、敵の砲火の射程範囲に入ることになる。ランダッチョは懸念していた。ダンヌンツィオは彼を「励ました」。この向こう見ずな計画を誰が最初に持ち出したのかは明らかではないが、ダンヌンツィオがそれを実行すべきと考えたのは確実である。

橋は幅四十センチメートルの厚板をつないでできていて、石油缶の上に浮かせているために上下左右に揺れ動いた。兵士たちはその上を暗闇のなか一列で渡らなければならなかった。板はぐらついたり、傾いたりした。板が沈むと腰まで水に浸かり、どこに足を置くべきかわからなくなる。川の向こう岸は二キロメートルにわたって湿地が広がっており、木の茂る丘に据えられたオーストリア軍の大砲から身を守る遮蔽物はなかった。最初に渡河した兵士たちは気づかれずに何とか湿地を通り抜け、二八高地に到達して短時間そこを占領した。しかしそのあいだにオーストリア軍の砲手たちは橋と両岸に集まっていた兵士たちに砲撃を加えはじめた。将校たちはこのときまで、三十六時間にわたって何も食べず、綺麗な水も飲んでいなかった、とダンヌンツィオは記録している。兵士たちも同じであった。いまや、自分たちに求められていることが明らかになって、川の向こう側にいた部隊の四十人は、もう十分戦ったと判断した。将校たちがピストルを持って兵士たちに叫んだり脅したりして、その場にとどめようとしたとき、彼らは将校たちに向かって発砲して叫んだ。「もう二度とぶち殺されにやられるのはご免だ」。白いハンカチを振り、シャツや下着を切り裂いて作った布きれを銃剣にくくりつけて彼らは降伏し、自ら捕虜になった。

二八高地を占領したイタリア軍部隊はそこから押し戻され、追ってきたオーストリア軍部隊によって橋は封鎖された。向こう岸に取り残されたイタリア兵のうち、降伏をしなかった者たちの何人かは何とか川を泳いで戻ろうとした。(川を渡らなかった)ダンヌンツィオは彼らを岸に引き上げるのを手伝った。ランダッチョが弾丸を受けた。ダンヌンツィオは彼のかたわらにいて、無用になった旗を枕代わりに使った。ランダッチョは脚の感覚を失った。腰から下が麻痺してしまった。次第に彼の身体は冷たくなっていった。ダンヌンツィオは応急救護所まで彼に付き添った。瀕死の状態で、彼はダンヌンツィオに繰り返し問いかけた。「われわれは二八高地を確保したか?」そしてダンヌンツィオは、丘はわれわれのものだ、と繰り返し嘘をついた。なぜなら、「英雄は勝者として死なねばならない」からである、と彼はあとになって説明している。

彼は生きていた頃のランダッチョを愛していた。自分たち二人を「カップル」と呼び、オルガにランダッチョは自分の「仲間」だと話していた——それは誰であれ彼が他人に与える最大級の評価だった。しかし死の床にあるときの恋人がいかに美しいか、としばしば夢想したように、今度は死んだランダッチョを崇拝の対象にするようになる。「彼はきわめて美しかった。それはまるで彼の肉体を作った、同じ民族の芸術家が、今度は大理石で彼を彫像にしたかのようだった」。彼の葬式でダンヌンツィオは演説をした。ダンヌンツィオの言葉は敵の砲撃の轟音と張り合い、ドゥイーノに打ち立てるはずだった旗でランダッチョの遺体を包んだ。この死んだ将校はダンヌンツィオの戦争の神話において、英雄、殉教者そして生贄として、重要な人物となる。彼をたたえたダンヌンツィオの頌徳文はパンフレットとして印刷され、第三軍全体に配布された。彼の頭を横たえ棺を覆った旗は、ダンヌンツィオの政治的舞台においてもっともよく用いられる小道具のひとつとなった——それは死せる聖者の聖遺物であると同時に未来の栄光を約束するものであった。

ティマーヴォ川の畔での戦闘の終わりに、ランダッチョの部隊の最後の兵士が川を渡って退却すると、ダンヌンツィオは向こう岸に残ってオーストリア軍の捕虜となった兵士たちに砲撃を加えるよう砲兵隊に命令した。カドルナ将軍は捕虜となった兵士を脱走者と見なし、「脱走兵」は機関銃あるいは必要なら大砲を使って射殺すべし、と将校たちに命令を出していた。兵士たちから降伏する気持ちを失わせるために、イタリア政府は（交戦国諸政府のなかで唯一）外国の捕虜となった兵士に援助物資を送ることを拒絶していた。その結果、捕虜六人につき一人が寒さや飢え、あるいは疫病で死ぬことになった。降伏したイタリア兵たち——「祖国に対する罪を犯した者たち」——を標的として砲撃を命じることで、ダンヌンツィオは司令官の指導にしたがっていたのである。だが彼があえてそうする必要はなかった。この事件があったために、歴史家マーク・トムスンはダンヌンツィオを「冷酷」と評している。この夜の話を何度も繰り返し語るなかで、ダンヌンツィオはこれには触れないことが多かった。

ダンヌンツィオはヴェネツィアに、カゼッタ・ロッサにいる。音楽室のついたてのうしろにサンカノゴイ〔サギ科の鳥〕のエヴァンドロがいる。二人の兵士がティマーヴォ川の河口で罠を使って鳥を捕まえ、戦闘の思い出としてダンヌンツィオに贈ったのだ。エヴァンドロはいまでは家のなかを走りまわったり、ダンヌンツィオの秘書によれば、まるで大統領に似合いそうな「近寄りがたい自尊心と他者に対する分別のある礼儀正しさ」をもって悠然と歩いたりしている。作曲家ジャン・フランチェスコ・マリピエーロが訪れる。ダンヌンツィオがその作品のひとつを演奏させるために招いたのだ。彼はピアノの前に座る。最初の数音を奏でたところで、エヴァンドロがついたてのうしろから現れ、ドアを抜けて出て行く（鳥は音楽を我慢できない）。「なんと優雅なのでしょう！」とマリピエーロは言う。「彼は忍び足で歩いていますよ」。

さらに多くの飛行。さらに多くの演説。ダンヌンツィオは疲れを知らぬがごとく戦闘地域を縦横に動きまわり、殺し殺される準備をしている部隊に演説というドラッグを運んでいた。彼は集団埋葬式で話し、そして戦闘前夜に演説をした。彼の演説はそれを聞く者たちの感情を操り、彼らの精神を作り変えて彼の愛国的熱情に一致させ、戦闘に向かう怒りをかき立て、ある人間の共同体と他の共同体を結びつける慈悲深い約束ごとを捨て去るようにはたらきかけた。軍の指揮官たちは好意的だった。「もし、あらゆる戦闘の前にダンヌンツィオが兵士たちに演説することができれば、四分の三の戦闘は勝利を得られるだろう」とディアツ将軍は書いている。

何としても兵士たちの士気を高めることが必要だった。第一次世界大戦で戦った五百五十万のイタリア兵のうち、ほぼ八千人が志願兵であり、残りは徴集された兵士たちだった。部隊を戦線へ運ぶ列車のなかで兵士たちは憲兵に向かって発砲し、数万人が脱走したり、徴兵を忌避して隠れたりした。戦争という血にまみれた厄介ごとの何もかもが嫌になったのは、ランダッチョが戦死した夜に降伏した部隊だけではなかった。戦線のいくつかの地域においては、兵士たちを敵の砲火に向かって駆り立てるために、より多くの砲火を兵士たちのうしろに用意する必要があった。塹壕の後方にいる憲兵は、前進を嫌がっているように見える兵士に銃撃を浴びせた。ある戦闘のあと、敵に撃たれた兵士八十人に加えて、憲兵によって尻を撃たれた兵士二十五人を治療したことを軍医が記録している。

兵士の大半は教育を受けておらず、故郷を遠く離れ、非常に若かった。彼らの多くはこの戦争が何のためなのかを理解できないと不満を漏らしていた。未回収地回復の理想について何らかの理解を持ち、それに忠実だった兵士でさえも、フリウーリの住民が彼らを迎える態度に当惑した。民族的に混じり合った住民たちは、自分たちを「回収」するためにやって来たイタリア兵たちを歓迎するどころか、住居を兵舎にされ畑を戦場にされたため、鎧戸のうしろに引きこもって戦争の帰趨《きすう》を不機嫌な窮乏のなかで見守っていた。彼らの多くにとって（成立してやっと二世代にしかならない）統一イタリアは、その地域を数世紀にわたって支配してきた帝国よりも小さな意味しか持たなかった。ある新聞記者の報告によれば、北イタリアの農民たちには侵略を歓迎する用意があり、オーストリア兵たちは「戦争を望んだお偉方の首を切って、貧乏人を助けてくれる」と信じていた。

最高司令部付きの公式の歴史家アンジェロ・ガッティ大佐は、ある歩兵隊指揮官から、攻撃命令を受けた際に自分の部下たちはそれにしたがったと告げられた。塹壕から押し出されることは受け入れた。「彼らは攻撃に出たが、それは泣きながらだった」。彼らには泣くだけの理由があった。この恐るべき夏のあいだに、いくつかの大隊では七十パーセントの兵士が戦死したのである。

すべての兵士が抵抗することなく死へ向かったわけではない。一九一七年七月、より長い休暇とより死の可能性の少ない地点への配置を期待していたある旅団の兵士たちが、ほんの数日間の休息ののちカルソへ戻るべしという命令を受けた。兵舎のなかで不満が渦巻き、兵士たちは武装して反乱を起こした。叛徒たちは三人の将校と四人の憲兵を殺したのちに、騎兵隊と装甲車、砲兵隊によって鎮圧された。彼らは戦争に対して、戦争を引き起こした非合理的な精神《エトス》に対して反乱を起こしたのであり、彼らの特定の標的はそうしたエトスの声となり権化となった男であった。彼らのうちの一集団は、ダンヌンツィオがそこにいると勘違いして、「戦争はご免だ！　俺たちは平和を求める！　ダンヌンツィオに死を！」と叫びながら、土地の貴族の家に押し入った。

実際にはダンヌンツィオは近くの飛行場にいた。そして翌日、問題を起こした駐屯地に向かった。三十八人が銃殺されることになり、そのうちの数人は反乱を扇動した者として特定されたが、そのほかはくじで選ばれて死を宣告された。ダンヌンツィオは、有罪宣告を受けた兵士たちの自分に向ける敵意を十分意識しながら、処刑に立ち会うことを選んだ。

その日の彼の手帳の記述は、厳密に事実だけを伝えている。「モルタルのなかに小石が見える灰色の壁……蒸し暑さ。ヒバリの鳴き声。死体はうつぶせに並べられている……青白い耳……深い溝を掘る鍬と鋤の音……悲劇の壁に生えるイラクサ」。彼がフィクションのなかで人間の感情の複雑さを描き出すのに用いた才能は、戦時にも衰えることはなかった。彼は兵士たちを励まして戦闘させることが完璧にできたが、その一方で戦わざるを得ない兵士たちに同情もしていた。有罪を宣告された人々は「あまりにも多くの戦闘で血を流して蒼白になった」農民たちである、と彼は認めていた。処刑は残酷だった。銃殺隊が発砲の命令を待っているあいだ、彼らの視線が自分に向けられていることをダンヌンツィオはわかっており、自分が青くなっていると感じた。にもかかわらず、彼らの死を必要な犠牲としてダンヌンツィオは歓迎した。ある個人的な手紙のなかで彼は、叛徒のうちで指揮官が処刑した者が少なすぎる、と失望を表明した。「十人に一人にもならない!」

兵士たちがまさにその怒りを向けるべきだった総司令官カドルナは、依然として密集隊形のまま部隊を山腹へと送りつづけ、敵の砲撃の格好の的にしていた。そしてカドルナは、どれほど到達が困難で戦略的に重要でなくとも、あらゆる峰や尾根で攻勢に出ること、獲得した地点はいかなる犠牲を払ってでも確保しつづけることを依然として主張していた。その結果、損害は膨大なものとなった。総司令官の戦略に対して批判的な考え方だったある将校は、次のような計算をしている。標高三千メートルの頂に百人の守備隊を維持するためには、九百人の物資運搬担当者が交替で働く必要がある。また、あるとき十数人のオーストリア兵士を岩の頂から排除する過程で、死者一人あたり四トンの鋼を発射したことになる。こうしたすべての高い費用は、人間の生命によって支払われた。

一九一七年八月、またもやイゾンツォ川に沿って大規模な攻勢がかけられ、当初は成功と思われた。イギリス大使ロッドはロイド・ジョージに「オーストリア軍の完璧な粉砕」が期待されると電報を打ち、前線を訪れていたアルトゥーロ・トスカニーニは、新たに征服されたサント山の頂上まで軍楽隊を率いて「オーストリア軍の目の前で」愛国的な歌をいくつも演奏した。だが間もなく、進軍はまたしてもストップした。オーストリア軍は岩のなかの深い洞窟に大砲と陣地を据えていた。イタリア軍による砲撃は効果がなかった。ある山は、頂をあまりに激しく砲撃されたため標高が十メートル低くなった。しかしそれだけ砲撃したにもかかわらず、そしておびただしい数の若者たちが死んだにもかかわらず、砲弾と砕けた岩が飛び交ったにもかかわらず(一カ月も経たないうちに四万人のイタリア兵が戦死した)、多くを得ることはできなかった。「自分のなかで何かが壊れてゆく気がする」とガッティ大佐は書いている。「わたしはこの戦争を生き延びることはできないだろう。われわれのうちの誰も生き残れないだろう……この戦争はあまりにも巨大になり……われわれ全員を押しつぶすだろう」。

大運河に沿ってカゼッタ・ロッサの少し西側に素晴らしいバロック建築のパラッツォ・ピサーニがあり、そこには音楽学校があった。ある日の午後、自宅で仕事をしていたダンヌンツィオは、遠くから流れてくるフレスコバルディのカンツォーネの最初の数小節を聞きとった。彼はパラッツォへ急ぎ、大きなサロンにそっと入り込んだ。そこはがらんとしていたが、ただひとり有名なオルガニストのゴッフレード・ジャルダがいた。当時ジャルダは志願して乗り組んだモーターボートがラグーナで難破し、療養中だった。

ジャルダは演奏をやめずに振り向いた。ダンヌンツィオは低い声で尋ねた。「お邪魔ですか?」ジャルダは首を振り、演奏を続けた。一曲を弾き終わると、ダンヌンツィオは自己紹介をし、二人はバッハがどれほど多くのことをイタリア人のマエストロに負っているかについて活気に満ちた会話を交わした。それ以来ダンヌンツィオはしばしばパラッツォ・ピサーニに演奏を聴きに行った。ひとりで行くこともあれば、女性の友人たちと行くことも、そして夜に二人の兵士を連れて行くこともあった。兵士たちの役目は、停電があったときに、音楽が中断されないように発電機を回すことだった。

ある晩、ダンヌンツィオが白いドレスを着たイギリス人女性を連れて行ったとき、空襲を知らせるサイレンが鳴り響いた。明かりが消えた。女性はおびえて、部屋の隅で身体を丸めて悲しげな声を出した。見えるものは建物の屋上に設置された砲台から放たれる対空砲火の閃光だけであった。彼女を落ち着かせるために、ダンヌンツィオは警報が解除されるまで同じ曲（フレスコバルディのトッカータ）を繰り返し演奏してくれるようジャルダに頼んだ。ジャルダはそれを二十四回演奏した。爆弾がカゼッタ・ロッサの運河越しに落ちた。ダンヌンツィオは言った。「あれはわたしを狙ったのだ」（それは可能性としては十分にありうる――オーストリア軍総司令部は彼を排除したがっていた）。

一九一七年九月、ダンヌンツィオはカゼッタ・ロッサでカッターロ攻撃に向かう準備をしていた。これは彼のもっとも野心的な空襲作戦となるはずだった。二つの飛行部隊が航程を分けて南へプーリアの基地まで飛び、そこからアドリア海を越え、同じ夜のうちに戻る、という計画だった。ダンヌンツィオは何カ月もヴェニエーロや他のエンジニアたちと、飛行計画を実行できるように飛行機を強化すべく検討を重ねてきた。しかし出発前夜の彼の心は別のところにあった。

彼はオルガと喧嘩をしていた。彼女は焼きもちを焼き――それにはほぼ確実に根拠があった。歴史家ダメリーニはその当時ヴェネツィアに暮らしていたが、少なくともほかに六人の女性とのゴシップを報告している――二人の関係は悪化していた。ダンヌンツィオは庭で、胸像を作っている彫刻家のためにポーズをとったが、あまりに意気消沈していたため、そのプロセスをまったく楽しめなかった。彼のシャツをたたみながら泣いて、目の赤くなったアエリスに手伝わせ、彼は荷物をまとめた。無事戻ってこないのではないか、という予感が彼女と同様に彼の心にもあった。捕らえられたときのための毒薬の新しい小瓶を主治医が持ってきた。レナータとその夫（彼女はつい最近、彼の部下である将校のひとりと結婚した）がゴンドラで駅まで同行した。そのあいだずっと彼は娘の手を握っていた。むっとする寝台車のコンパートメントで彼は旅行用鞄を開き、パジャマにピンでとめられた花とアエリスの胸を打つメモを見つけた。

ローマでダンヌンツィオは陸軍省を訪れ、幹部将校と空軍力の拡大について話し合ったが、そのあいだもずっと恋愛のトラブルのことを考えつづけていた。「わたしは悲しみで死にそうだ。生きる意志がわたしから失われていく。死体から温もりが消えていくように」。ローマから彼は南へ飛び、滑走路で待っていた人々は自分がコックピットから素早く降り立つのを見て驚いたに違いないと思い喜んだ。

装備と補給物資の到着を待ってイライラした数日を過ごしたあと、彼と彼の部隊はようやく出発の準備が整い、それまでの落ち込んだ気分もたちまち消えてしまった。彼はオルガに、ワーグナーの『トリスタン』を引用しながら、別れの手紙を書いた（彼が死んだ場合に読まれるものとして）。「出発する前に女性にキスしたいという強烈な欲求」を感じて、彼は基地で会ったばかりの足首の細い女性に抱きついた。そして部下たちに「聖フランチェスコ風の連禱〔先唱者の唱える祈りに会衆が唱和する形式〕」を指導した。

兄弟なる風がわれらに背かぬことを、エイア、エイア、エイア！　アララ！
兄弟なる炎がわれらを燃やさぬことを、エイア、エイア、エイア！　アララ！
姉妹なる水がわれらを溺れさせぬことを、エイア、エイア、エイア！　アララ！

そしてついに彼らは離陸し、ダンヌンツィオが先頭に立ってアララ！と叫ぶと、飛行士たちは叫び返し、急上昇しながら大きく手を振った。彼の片目は驚くほどよく見えているようだった。この「冒険」は彼の最新の創造物であり、戦争は彼の新しい詩であった。彼は一種の陶酔状態に入り込んだ。残りの人生のあいだ、彼はこの経験を驚嘆の念をもって思い出すことになる。生と死を超えた、存在の超自然的な「第三の道」を彼は見いだした。

飛行は長く危険なものだったが、空襲は成功した。作戦に加わった十四の飛行機はすべてが無事に帰投した（そのうち三機はカッターロに着く前に引き返さねばならなかったが）。勝ち誇ったダンヌンツィオは飛行部隊に「イテールム・ルーディト・レオ（ライオンは再び吠える）」という銘を与えた。ヴェネツィアのシンボルである野獣、ライオンは再び吠えた。

ダンヌンツィオのカッターロ空襲から約二週間後、イゾンツォ川の谷間を見下ろす山腹に位置していたイタリア軍部隊は、オーストリア軍の縦隊が二列になって谷間をカポレット（現在はスロヴェニアのコバリード）の町に向かって進んでいるのを確認した。イタリア軍はこの縦隊が戦線の背後で捕虜を護送しているものと判断した。それは間違いだった。これより一世紀前にナポレオン・ボナパルトは、取るに足りない町カポレットが山々の切れ目にあってそこを通れば大軍がフリウーリの平野部に進出できることに気づいていた。それよりも西に防衛線を敷くとすれば、ヴェネツィアからわずか三十キロメートルしか離れていないピアーヴェ川になる、とナポレオンは判断した。このあとの破滅的な二週間で、イタリア軍はナポレオンが正しかったと思い知ることになる。

オーストリア軍はイタリア戦線で初めてドイツ軍部隊の増援を受けていた。一九一七年十月二十四日、オーストリア゠ドイツ軍は攻撃を開始した。三十キロメートルにおよぶ戦線への激しい砲撃から始まり、次いで毒ガス弾が打ち込まれた。その後の進撃があまりに速かったため、イタリア軍部隊は次々に包囲されていった。カドルナが自軍兵士を苦労して登らせた山の上の陣地を、ドイツ軍は単純に迂回して進撃し、岩山の要塞を孤立させて無用なものにした。イタリア軍部隊は大挙して投降した。

カポレットの敗北はあっという間に壊滅的な大敗走へと変わっていった。十月二十五日午後、カドルナは息子に宛てて書き送った。「兵士たちは戦っていない……大惨事が迫っている……わたしはどこか遠くへ行って生きるつもりだ。そして誰に対しても何も求めはしない」。彼はあきらめた。そして彼の部下たちもほぼ全員が同じだった。防衛線が破られると、イタリア軍の兵士たちはきびすを返して後方へと向かい、逃げながら小銃を投げ捨てて大声で繰り返した。「戦争は終わった！　家に帰ろう！」その一方で将校たちは、泣くか怒るかしながら、そうした様子をなす術もなく見つめた。あるいは彼らも同じように振る舞った。ある将校は降伏を拒否し、部下の兵士たちに射殺された。何日ものあいだ、山岳地帯を縫う狭い道は疲れきった兵士たちで埋め尽くされた。兵士たちは装備を投げ捨て、補給物資を燃やし、渡り終えた橋を破壊し、ひたすら故郷をめざした。そうした兵士たちのひとりは次のように回想している。「彼らはひと言もしゃべらず、歩きつづけた。その頭のなかにあったのはただひとつ、低地までたどり着くこと、悪夢から逃れること、であった」。平野までたどり着くと、彼らは泥だらけの土地で散開し、部隊は解体した。将校と兵士は互いを見失った。

カドルナはタリアメント川の右岸で防衛線を再構築しようとしたが、オーストリア＝ドイツ軍はその背後にあまりにも迫っていた。十一月四日、カドルナはピアーヴェ川までの総退却を命じた。四日後、イタリア軍はピアーヴェ川右岸に陣地を構築し、敗走はようやく停止した。ピアーヴェ川に架かる橋はすべて破壊され、フリウーリの平野部の全域が敵の支配下に入った。イタリアのためにイゾンツォ川で戦ってきた約百万人の兵士のうち、この二週間で約四万人が戦死もしくは負傷し、三十万人が捕虜となり、四十万人が消えてしまった。そのほとんどは家に戻るための長い徒歩旅行を開始していた。

それは軍事的大災厄であり、おそらくそれ以上のものであった。クルツィオ・マラパルテは暴れまわる兵士たち――現代のアナキストの部分もあり、古代のバッカイ〔酒の神バッカスの侍女たち〕の部分もある――の姿を描いている。「彼らはしばしば、歓声を上げながら、肩の上に娼婦たちと肥った太鼓腹の先任将校――バッカスとアリアドネ――を担ぎ上げた。銃を持たぬ兵士たちの狂宴は、乱闘と暴動、肉欲の叫びと淫らな歌へと変わっていった」。ロシアにおけるボリシェヴィキによる権力掌握の日々と同じことが起こり、多くの同時代の観察者たちはカポレットを革命の始まりと見た。

ダンヌンツィオは公の場では災厄を否定することで、それに対応した。のちに彼は「脱走兵たちの浅ましい群れ」について、「ラバの糞と小便を全身に塗りたくった」「卑劣な」臆病者たちについて書くことになる。しかしそのときにはまだ、彼は失敗から栄光を手品のように取り出す仕事に没頭していた。彼はカポレットを「勝利」だと繰り返し語っていたのである。

いまでは彼のチェルヴィニャーノのアパートメントは戦線の向こう側になってしまった（それを自分のものにしたオーストリア軍将校は、二年後に四十個のダマスク織りクッションをすべて彼に返却すると丁重に申し出た）。彼は、ヴェネツィア以外の拠点として、パドヴァの親切な伯爵夫人の賓客となり、そこからピアーヴェ川の陣地に兵士たちを繰り返し訪ねては国民的再起と新たな勝利を約束する演説を行った。自分の家に向かって先を争って逃げ出し、ひとつの州全体を譲り渡したばかりの軍隊に対して、軍は不屈の英雄たちからなり、指の爪の幅ほども敵に屈することはない、と断言した。もっとも新しい徴集兵の一団（その全員が十七歳だった）を前にして彼は、何度打ちのめされても破壊されても辛抱強くよみがえる存在としてイタリアをたとえる演説をした。「すべての打ち砕かれた偶像の灰のなかから、その精神の気高さが再び立ち上がってきた」。この月に彼が行った複数の演説は印刷され、『奪回《ラ・リスコッサ》』という希望に満ちたタイトルのパンフレットにして兵士たちに配られた。

いまでは前線はヴェネツィアからわずか三十キロメートルまで迫っていた。芸術作品や公文書、政府のオフィスは大急ぎで町の外に移された。市民の多くも同じように町を出た。一九一七年十二月、ヴェネツィアにいたダンヌンツィオは、ヴェッロッキオの手になる『バルトロメオ・コッレオーニの騎馬像』がサン・ザニポロ（サンティ・ジョヴァンニ・エ・パオロ）教会のそばの台座から下ろされるのを見に行った。コッレオーニはルネサンス期の傭兵隊長のひとりで、イタリアの歴史のなかでもっとも大胆でもっとも勇敢な人物であるとダンヌンツィオは考えていた。ヴェッロッキオの素晴らしいブロンズ像は、その当時の技術的な驚異であり、世界でもっとも偉大なモニュメントのひとつとして残っている。脚を高く上げた大きな馬にまたがった、戦士の厳しい顔と鎧をつけた身体は、断固たる決意と肉体的な力を伝えている。彫像を見る者は下から見上げるしかないため、自分が小びとになったような気がする。それは未来主義芸術やのちのファシスト芸術がめざしたあらゆるもの――力強さ、頑強さ、金属的かつ美しく支配的な強烈なイメージ――を備えている。ダンヌンツィオはこの彫像を限りなく崇拝していた。

それがいま、台座から下ろされ、安全な場所へ移されようとしていた。地上に下ろされた彫像を間近から見ることはそれ以前にはできなかった。鋳造の際の傷をごまかすための普通なら見えない工夫や、兜を固定するための木製のくさびなどにダンヌンツィオは気づいた。細かな部分をあえて無視する点――たとえば戦士の厳しい表情が三本の鋭い線でできていること――に彼は強い印象を受けた。広場には騒がしくブリキの輪を転がしている幼い少年たちの一団がいた。ダヌンツィオは例のごとく、子どもたちの手がいかにも小さいこと、そしてブロンズの騎馬武者の巨大な手には「堂々とした力強さ」があることに気づいた。片目の彼は、彫像の目が、瞳孔は二つの「恐ろしい穴」であり、片方が深くなっているのにも気づいた。

丸石の上に置かれたブロンズ像をじっと見つめるダンヌンツィオは、応用芸術の職人であり目利きでもあった。自宅の書斎に戻って次の演説の草案を練りながら、過去の英雄たちを自分の現在の計画に利用することで、彼は再び壮大な演説家になった。現実に彼が見たのは倒れた戦士、敗北のイメージだったが、彼が書いたのは、イタリアの価値を体現するコッレオーニが再び鞍にまたがり、もう一度戦いに向かうことだった。

ヴェネツィアは空っぽになりつつあった。残った人々にとってダンヌンツィオは「抵抗の精神を象徴する存在」であった、とダメリーニ――彼も残った者のひとりだった――は書いた。ほとんど人影のない通りを歩くとき、ダンヌンツィオは「親愛と尊敬の爆発」によって何度も足止めされた。彼が広場を横切ると、拍手喝采と「万歳！」という叫び声に出会った。

彼とオルガは喧嘩をやめて仲直りをした。ダンヌンツィオは彼女にメモを送って、時間があいたので数分で会える、と伝えたりもした。偶然ではあるが、二人の家を隔てていたのは細道と小さな橋が数本だけだった。そして何であれ心に残ることは書きとめるダンヌンツィオにとって、そうやって会うことが彼女への手紙をやめさせることにはならず、ときには日に数通書くこともあった。彼は彼女に言う。「君があの口にできない言葉をわたしの耳にささやいたとき……わたしが君の身体の奥深くに入っていたとき、樹脂の多い枝の束のように、骨という骨がすべて燃えるようだった」。彼はまたネリッサと呼んでいた若い女性とも会っていた。彼女は赤十字の看護婦で、その尼僧のような物腰と明らかに彼に心酔している様子が、彼の虚栄心をたまらなくくすぐった。「彼女がわたしの声を激しい愛撫のように歓んでいることを知っている」。それにもかかわらず、彼はジュゼッピーナ・マンチーニに、ともに過ごした最初の夜の記念日に懐かしげに手紙を書いた。「わたしは孤独だ……再び誰かに愛されることはもうない」。

　地上戦は膠着状態に陥っていた。オーストリア軍はフリウーリを占領したが、彼らの補給線は延びすぎて、飢えていた。兵士たちは現地で必要な食糧などを調達するように命じられたが、二カ月後には盗むものすらなくなってしまった。パンとポレンタ〔トウモロコシの粥〕にはおがくずや砂が混ぜられた。兵士たちは雑草を茹でて食べた。馬は餓死し、兵士たちは自分の武器をひと切れの肉と交換した。守る側のイタリア軍以上に、オーストリア軍は攻撃に適した状態ではなかった。

　地上での戦闘がない以上、ダンヌンツィオは次の冒険を海と空に求めた。イタリア海軍の技術者たちは小さくて軽い攻撃艇MAS——スヴァン型武装モーターボート《モトスカーフィ・アルマーティ・スヴァン》〔スヴァンは船を造っていたヴェネツィアの企業名〕——の艦隊を開発していた。ダンヌンツィオは大いに関心を寄せた。おそらく、小さな飛行機と同じように、それはひとりの英雄と彼の大胆不敵な仲間たちにぴったりの乗物だと思ったのだろう。いつも女性を自分のものにするときのように、彼はこの艦隊に名前をつけて自分のものだと主張した。水兵たちはすでにMASをモトスカーフィ・アンティ・ソンメルジービリ（対潜モーターボート）と呼んでいた。ダンヌンツィオはその上手を行った。このイニシャルはメメント・アウデレ・センパー（つねに大胆であれ）と読むべし、と主張した。海軍司令部の彼の友人たちは、三隻のMASを使ってブッカリ（現在のバカル）湾のオーストリア海軍基地を襲撃する計画があることを伝えた。ブッカリ湾はフィウーメの南東にあって、クロアチアの山がちの海岸にフィヨルドのように五キロ近くも内陸へ深く切れ込んでおり、湾口は狭くて厳重に防衛されていた。ダンヌンツィオは遠征に加わる許可を得た。
　ボートにはヴェネツィアからブッカリまで行くだけの燃料を積めなかった。したがって、オーストリア軍が警戒する海域を、百キロメートル以上も駆逐艦に曳航され、海岸に近づいてから自力で航行することになっていた。そして夜陰に乗じて、浅瀬のあいだを縫って海峡を抜け、たくさんの監視所が設置されている山々に見下ろされながら、入江を通って港まで行く計画であった。到着後彼らは敵の艦艇に魚雷を放ち（そこで彼らの存在が明らかになる）、来たときと同じ危険なルートを、つねに敵の大砲の射程のなか戻ることになっていた。ダンヌンツィオはこの計画を喜んだ。もっとも強烈な経験は「表が生で、裏が死というコインでしか買えない」と彼は信じていた。彼自身がオーストリア軍に対する挑戦的なメッセージをしたためた。仲間たちが魚雷を発射しているあいだに、彼はそれぞれに自分のテキストを入れて封をし三色のリボンで飾った瓶を舷越しに投げ落とすつもりだった。
　これは彼の人生のなかでも偉大な冒険のひとつになる。彼はそれを「ブッカリの悪ふざけ《ベッファ・ディ・ブッカリ》」と呼んだ。トリエステへの最初の飛行と同じように、それは無分別な挑発であり、敵を馬鹿にする行為であった。それが偉大な歴史を作るだろうと彼は考えた。作戦に先立つ数日間、彼は細かな日記を書き、のちにそれを『コッリエーレ・デッラ・セーラ』紙にほぼそのまま発表した。そこに記録された内密なことにまでおよぶ詳細――オルガとのちょっとした諍い、そのなまめかしい和解、ジュゼッピーナとの初夜の記念日を懐かしむ気持ち――は、大衆にとって偉業をさらに刺激的なものにするだろう、という彼の（正しい）判断があった。かき立てるようなリズムと感動的なリフレインのバラッドを彼は書き、市民のあいだでも兵士のあいだでも広く歌われるようになった。

われらは三十人、ひとつの運命に身を委ね
死を合わせれば、三十一人！
エイア！　それが最後のひとり！
アララ！

いたずら者たちは、晴天を待って、焦《じ》り焦りしながら数日間を過ごした。外海を航行するように作られていない小さなボートで、たとえ曳航されていても、アドリア海を無

事に往復するには、少なくとも二十時間の安定した天候が必要だった。そして一九一八年二月十日、ついに遠征隊は出発した。

われらのすべてが戻るか、誰も戻らぬか
エイア！　カルナーロの深みへ！　アララ！

彼らは無事にブッカリに到着した。その途中、アエリスが用意した美味しい弁当（アスピック〔肉汁などで作るゼリー〕に包んだチキン、ケーキとマーマレード、ビスケット、マンダリンオレンジ、リキュール）まで食べた。その後の人生のあいだ、ダンヌンツィオは何度もこの夜の思い出を語ることになる。暗闇、「多数の敵に立ち向かうことへの誇りと陶酔」、小さな脆い船に乗ってオーストリア帝国の巨大な技術力にともに挑みながら感じた、わずかな数の戦友との仲間意識。

ダンヌンツィオは用意してきた自分の瓶を海に投げ落とした。魚雷は発射された。魚雷の多くは港の防護ネットに捕らえられた。三隻のMASは引き返して外海へとモーター音高く戻り、護衛艦隊と無事に合流した。その間オーストリア軍の砲手たちは、自分たちが見ているものを信じられず、彼らを無傷のまま通過させた。

敵の軍艦で損傷を受けたものはなかった（損害を受けたのは民間のフェリーボート一隻だけだった）が、宣伝工作としてはこの「悪ふざけ」は大成功であった。カポレット以降士気の低下していたイタリア軍にとって、そしてオーストリア軍にとって、戦争が終わっていないことを示す証拠となった。（カッターロ空襲が実際にそうだったのに対し）この攻撃計画はダンヌンツィオが考えたものではなかった。だが、彼は自分の手柄にしてしまった。瓶に収めたメッセージのなかで、彼は自分自身を「この上ない敵《ネミチッシモ》」と呼び、オーストリア軍が彼の首にかけた懸賞金をあざ笑いに来たと宣言した。彼は油布製防水服とサウウェスター（後部が首まであり、耳覆いのついた防水帽）を身につけて、まるでつやつや光る小さな水の妖精のような格好で、自分の背丈の二倍はあろうかというたくましい水夫と並んで写真のポーズをとった。

カポレットの敗走のあと、国王は総司令部にカドルナを訪ね、彼を更迭することを通告した。二人のやりとりは二時間も続いた。獲得した陣地の放棄を断固拒否することで数万人の部下の死を引き起こした男カドルナは、自らの頑迷さそのままに、最後まで身を引くことを拒否していた。解任の通知を受け取り、後任者がすでにその職についた翌日になってようやく、彼は総司令官の職を去った。

後任はアルマンド・ディアッツ将軍であった。ダンヌンツィオが戦闘の前に兵士たちに演説をすれば、四分の三はもう勝ったも同然と信じた男である。カドルナが兵士たちに生きるにしろ死ぬにしろ盲目的な服従を要求していたのに対して、ディアッツは彼らの士気を心配していた。兵士たちが何よりもブーツや食糧を必要としていることをディアッツは知っていたが、「前向きで力を与える言葉」の効果も信じていた。プロパガンダを優先的なものとし、その調整を行うために新たに「P部局」を設置した。ポスターやパンフレット、講演、演劇、映画、兵士向けに兵士自身によって編集された「塹壕新聞」などのすべてが、軍隊を生き返らせる彼の努力においてそれぞれの役割を果たした。植民地相マルティーニは自分の日記にダンヌンツィオの「悪ふざけ」は「常識外れ」の冒険だと苦々しく書いたが、新しい司令官はその大仰な身ぶりの価値を、戦争という舞台での派手なパフォーマンスを理解していた。ディアッツの勧めで、ピアーヴェ川に沿って布陣していた兵士たちに話をするため、ダンヌンツィオは繰り返し呼ばれることになった。

新しい兵器に関する技術者や製造業者との協議がさらに行われた。戦争の最後の年には六千五百機の飛行機が造られ（一九一五年には四百機以下だった）、ダンヌンツィオは大臣や製造業者たちからの相談を受けた。彼はカプローニだけでなく、フィアットの創設者で社長でもあるジョヴァンニ・アニェッリともコンタクトをとっていた。フィアットは戦争期間中に六倍の規模まで拡大し、数万台のトラックを生産してイタリア最初の戦車も製造した。「可愛い君はきっと驚くだろう」と彼はオルガに手紙を書いた。「わたしが真剣な顔をして、エンジンについて熱心に議論しているのを見て。まるで鋼鉄のピストンこそ世界でもっとも重要なものであるかのように」。

空と海からの、より大胆な遠征が行われた。四月、ダンヌンツィオはポーラを砲撃する海軍の遠征に参加した。六月、彼はピアーヴェ川上空を飛び、オーストリア軍の砲兵隊に爆弾を投下した。七月、彼は再びポーラを爆撃した。来る日も来る日も彼は飛び、ときには一日に二回あるいは三回飛ぶこともあった。「行動はわたしを若返らせる」と彼はアルベルティーニに語った。「ほとんど寝る暇もないくらいだ」。空襲の合間に彼はテスト飛行に参加していたが、それは彼の、かつてないほど最高の悪ふざけに備えてのものだった。

一年以上にわたってダンヌンツィオはウィーン空襲の許可を総司令部に求めつづけていた。そのたびに拒否された。ヴェネツィアからの往復飛行は、山々を縫いながら越えることでほぼ千キロメートルの距離となり、しかも前例のない高さを飛ぶことになる。十時間も空を飛びつづける飛行機に給油の機会はなかった。そのような飛行はそれまで誰も試みたことがなかった。

一九一八年の夏、イタリアとオーストリアの軍隊がピアーヴェ川を挟んで対峙しているあいだ、ダンヌンツィオはカプローニとずっと話し合っていた。そのテーマは、燃料搭載量を増やす方法、アルプスを越えるときに予想されるバフェッティング〔機体が生み出す乱気流による飛行機の振動〕に耐えられるほど機体を強化する方法、であった。そしてついに、十時間をかけてイタリアの山岳地帯上空を千キロメートル飛んで、計画が実行可能であることをダンヌンツィオは示した。ディアツ将軍は許可を与えた。八月八日の夜、ダンヌンツィオは音楽学校で開かれたバロック音楽のリサイタルをひとりで聴いて過ごした。八月九日、十一機の単葉機がトレヴィーゾを離陸し、ダンヌンツィオはそのうちの一機、特別に

乗客をひとり乗せるように作られた飛行機に乗り組んだ。うち三機はほぼすぐに戻ってきた。四機目はオーストリア領に墜落した。だが残りの七機は帝国の首都の上空に無事到着した。

一九〇八年、H・G・ウェルズは小説『空の戦争』を書いた。そのなかでウェルズは、ある都市への空爆を想像している。「安全な場所はない……爆弾は夜に落とされる。おとなしい住民たちは朝になって外へ出て、飛行部隊が頭の上を通過するのを見る――大量に死をまき散らしながら、死を落としながら！」出版された当時、この物語はあり得ない幻想だと受け取られた。ところが、それからわずか十年後のいま、ウィーンの住民たちは自分たちの都市でそれが現実に起こる可能性に直面していた。オーストリアの爆撃機はヴェネツィアを標的にしたことがあったが、ウィーンに住む者の誰ひとりとして、国境から遠く離れた自分たちの首都がそのような脅威にさらされるとは予想もしなかった。頭上に現れたイタリア軍の飛行機は恐ろしかった。

この出来事でダンヌンツィオがまき散らしたのは死ではなく、言葉であった。彼と彼の飛行部隊は、ダンヌンツィオが書いて赤・白・緑の紙に印刷したテキストを五万枚投下した。自分の住所を「ウィーン上空」として、ダンヌンツィオは宣言する。「自由の川から生じる勝利の風に乗って、われわれはただ大胆な行為の喜びを味わうためにやって来た……ウィーン市民たちよ！　われわれは君たちに爆弾を浴びせることもできた！　その代わりに挨拶だけをわれわれは落とす」。ウィーンの住民たちは自国の政府を拒絶して、平和を嘆願するように求められた。「君たちが戦争を続けたいのなら、続ければよい！　それは君たちにとって自殺行為だ」。さらにウーゴ・オイエッティが作成した、かなりぶしつけで、よりあからさまなドイツ語のメッセージが十万枚投下された。それはウィーン市民に、自分たちの命と都市を救うために降伏を呼びかけていた。

　帰りの飛行中にダンヌンツィオが乗った飛行機のエンジンが三回停止した。そのつど彼は毒の入った金銀の象眼細工が施された小箱に手を伸ばした。そのたびに飛行士ナターレ・パッリは何とかエンジンを再起動させた。ヴェネツィア近くの飛行場に無事に戻ると、ダンヌンツィオは熱狂的に迎えられた。彼の功績はイタリアだけでなく、すべての連合国でも同じようにたたえられた。ロンドンの『ザ・タイムズ』は――明らかに当時のイギリスのジャーナリストたちは現在よりもヨーロッパの文学に通じていた――彼を「新しいルッジェーロ」と呼び、アリオストの叙事詩の英雄とそのヒッポグリフ〔馬の身体にグリフィンの頭と翼を持った怪物〕にまたがっての勇敢な飛行を示唆した。フランス軍は彼に戦功十字章を授与した。敵も同様に強い印象を受けた。「では、われわれのダンヌンツィオは、いったいどこにいるのか？」とウィーンの『アルバイター・ツァイトゥング』紙の論説委員は問いかけた。

　一九一八年九月のあいだ、イタリア政府はディアツ将軍に攻撃に出るように圧力をかけた。カポレットの脱走によって弱体化した軍隊は、十七歳の新規徴集兵によって強化された。イギリスとフランスの師団が援軍として到着した。しかしそれでも、ディアツは軍はまだ準備が整っていない、と主張した。

　十月十九日、オーストリアがすべてのイタリア領から撤退することに同意し、和平を求めようとしている、という情報が伝わった。これ以上生命の犠牲を払わずしてイタリアが望んでいたものを得られる展望は、首相オルランドには耐えがたいことのように思えた。一八六六年、オーストリアがイタリアの中立と引き替えにヴェネトを返還すると申し出たとき、ニーノ・ビクシオ――ガリバルディの副官で、その剣をかつてダンヌンツィオはカンピドリオで振りまわしたことがある――は、戦うことなしに受け取るよりヴェネツィアのために十万人のイタリア人が死ぬことを望むと議会で発言し、取引に激しく反対した。非合理的かつ自滅的で人命をとんでもなく軽視する、そうした考え方がまだ生き残っていた。戦争の最初の数カ月にダンヌンツィオは、平和のうちに獲得された領土はイタリアの真の一部には決してならない、と書いた。「われわれ自身の血の洗礼を」受けない限り、そうした土地は外国の手足でありつづけ、やがては壊疽《えそ》を発症するだろう、というのだ。首相オルランドも同じような考えを持っていた。彼はディアッに電報を打った。「無為と敗北のうち、わたしなら敗北を選ぶ。攻撃に出よ！」

カポレットの一周年にあたる十月二十四日、「勝利の乙女はその翼を揺り動かして秋の霜を振り落とし」（あるいは、そうダンヌンツィオは語り）「そしてむき出しの足を血に育まれた川岸の草の上で曲げ、ピアーヴェ川の右岸でその素晴らしい翼を広げて舞い上がった」。言い換えれば、イタリア軍の反撃が始まった。ゴードン・ハイランダーズ〔スコットランド高地連隊〕の一個大隊がヴェネツィアのゴンドラ漕ぎたちの助けでピアーヴェ川を渡った（この最後の戦闘でイタリア軍が連合軍の支援を受けたという事実には、ダンヌンツィオは一度も公的に言及していない）。この頃には兵士の平均体重が五十一キログラムまで減少するほど飢えに苦しんでいたオーストリア軍は、追撃するイタリア軍が追いつけないほどの速度で退却していった。「感情を引き裂く、神聖な」十日間、ダンヌンツィオと彼の飛行部隊は進撃するイタリア軍部隊の上を飛んだ――ダンヌンツィオは不安定な飛行機内で、すべてのパイロットを見るため、そして彼らから見られるために立ち上がった。彼らは退却するオーストリア軍部隊に七十発の爆弾を落とし、家に帰ることだけを望んでいた兵士たちを無意味に殺傷した。ダンヌンツィオはまたもや、爆弾を搭載した飛行機が離陸直後にクラッシュして、もう少しで死ぬところだった（爆弾は爆発せず、彼は無傷だった）。

十月三十一日までにイタリア軍はヴィットリオ（現在のヴィットリオ・ヴェネト）の町に到達した。そのぴったりした町の名前〔ヴィットリオは勝利を意味する〕によって、イタリアの勝利は知られることになる。十一月一日、トリエステのオーストリア人総督は大急ぎで列車に乗って去った。その二日後、イタリアの戦艦がトリエステの港に入り、新しいイタリア人総督を運んできた。総督は「われわれの死者たちはもは

「私はまだ死んではいない」と宣言した。十一月四日、カポレットで失った領域のほぼすべてを取り戻し、オーストリアとイタリアのあいだの休戦協定が発効した。

十月の初めにダンヌンツィオはマルセル・ブーランジェに「わたしは戦争が大好きだ」と語り、別の友人には「僕や君、そして僕らのような人間にとって、いま平和が到来すれば不幸なことだ」と書いた。ディアツが自軍に進撃を命じた日、ダンヌンツィオの『セルナーリアの祈り』が『コッリエーレ・デッラ・セーラ』に掲載された。それはイタリアの同盟諸国に対する侮蔑――ウッドロウ・ウィルソン米大統領は、名前こそ挙がっていないが、辛辣な悪口とともに登場する――とイタリアの敵に対する怒りに満ちた呪文である。オーストリアは依然として嘔吐するハゲワシであり、イタリアの家々を排泄物で汚し、イタリアの泉を汚染し、イタリアの老人たちを鞭打ち、イタリアの女性たちを凌辱し、イタリアの若者たちを不具にしている。だが真の敵は平和である。深く悲しむ人々のもとに平和は「清らかな鳩のようにではなく、気味の悪い蛇のように」訪れる。

戦争がダンヌンツィオにもたらしたものは、冒険、目的、勇敢な若い同志たちとの一体感（彼は女性を愛する以上の愛で彼らを愛した）、新しい、より男らしい名声、つねに死の危険を生きることがもたらす陶酔などであった。同時代のオーストリア人小説家、ロベルト・ムジルはトレントの近くの山岳地帯の反対側で戦ったが、死の危険に直面したときに感じた目もくらむような喜びについて書いている。それはあたかも「挽き臼のように人間の上に絶えず存在する」死の恐怖が、死そのものが迫っている事実によって後退し、「説明できない心の奥の自由が前面に現れてくる」かのようである、と。ダンヌンツィオはそうした自由を感じていた。民間人の生活は悪臭を放つ監獄のように思えたが、そうした生活に彼は無理やり戻されようとしていた。ヨーロッパ全土で数百万の人々が、ようやく馬鹿げた殺し合いが終わると期待した一方で、ダンヌンツィオは「平和の悪臭が漂っている」と書いた。

## 平和

一九一七年十二月、カポレットの敗走によって傷ついた国民にベニート・ムッソリーニは新体制を呼びかけた。「明日の音楽は新しいリズムを持つだろう……塹壕における容赦ない血にまみれた厳しい経験は何らかの意味を持つだろう」。それから一年後の一九一九年一月一日、ムッソリーニはダンヌンツィオに手紙を書き、二人が手を組めば彼らが共有している大義にとって有益なのではないか、と提案した。しかし平和が戻ってからの数週間、ダンヌンツィオには、自分の演説を掲載していた複数の新聞のひとつの編集者と知り合いになるよりも、心にかかっていることがいろいろとあった。この二人が顔を合わせるまで、さらに六カ月が経過することになる。

　ムッソリーニは戦争に当初は兵卒として、のちに伍長として勤務した。彼は前線で九カ月以上過ごし、アジアーゴ――アルプスの高原で、その滑走路に咲く藤色の小さな花をダンヌンツィオがたたえた――での戦闘に参加した。一九一七年、塹壕のなかで迫撃砲弾が爆発してムッソリーニは負傷し、身体のなかに四十個の金属片を残したまま傷病兵として兵役を免除された。

　ムッソリーニに霊感を与えたものはダンヌンツィオと同じだった。若者時代、彼は故郷の町の通りをダンテの詩を朗誦しながら歩いたものだった。ニーチェは彼を「霊的エロティシズム」で満たした。彼はソレルから学んだ。彼は自分を「暴力の使徒」と呼んだ。『イル・ポーポロ・ディターリア』紙の編集長に戻ると、戦争が生み出す「道徳的力」をたたえ、未来は戦闘で鍛えられた兵役経験者の新しいエリート「塹壕階級《トリンチェロクラツィーア》」のものになるだろう、と予言した。

　戦争がイタリアの政治構造を変えたことは事実だった。カドルナ将軍は、彼の戦略を転換させようとする、あるいは彼を更迭しようとする、選挙で選ばれたローマ政府の圧力に繰り返し抵抗した。国王の暗黙の同意によって政府を抑えつけることで、カドルナは議会制民主主義と軍隊のあいだに亀裂を作り出し、それが政府を弱体化させるとともに、兵士たちに文民の支配者に対する不満と不信を抱くように仕向けた。一九一七年の夏、ミラノでの複数のデモにおいて、人々はカドルナに独裁者になることを求めた。

気乗りしない政府を戦争に追いやった参戦派の人々は、文民政府を決して全面的には信頼しなかった。一九一五年には百人以上の国会議員がジョリッティに忠誠を保っていた。ジョリッティと同様に、彼らは戦争を無駄で不必要なものだと見ていた。戦争によって消耗する数年が経過し、イタリアの経済的資源の浪費に数十万人の若者たちの戦死と、さらに数十万人の負傷者あるいは捕虜が出る事態が加わって、この国を実質的に動かしていた暴力の使徒たちから文民政府はますます離れていった。一方軍隊側は、食糧や装備の供給を切り詰めるしみったれの官僚たちにつねに不満を漏らし、自らの命を犠牲にして戦う勇敢な若者たちを支えられない、と攻撃した。腰抜けの行政によって軍が「裏切られた」といった言説が流布した。

そこにカポレットの敗走という不面目が起こった。壊滅的な敗走は国民全体に衝撃と屈辱を与えたが、社会主義革命を恐れる人々にとっては、ロシアにおいてボリシェヴィキが権力を掌握したのと同じ月に、大規模な脱走と反乱の光景が展開したことは戦慄をもたらした。人々は非難すべき他者を探し求めた。軍事当局は「敗北主義者たち」――最初は戦争への熱狂に欠け、その後は戦争の有効性とその結果を疑問視しつづけた人々――を非難した。指導的な社会主義者たちを暗殺する、あるいはヴァティカンを破壊すると誓うメンバーからなる秘密結社が存在した（教皇ベネディクトゥス十五世――ムッソリーニから「ピラトゥス教皇」とあだ名された――は戦争を正しいものと認めるのを拒否したのだ）。「抵抗委員会」や「国防ファッシ」（ファッショという言葉は政界ではますます流行のものとなっていった）などが作られた。その役割のなかには「内なる敵」――中立派、社会主義者、ジョリッティ派――を攻撃することが含まれていた。

カドルナ将軍は総司令官の職を追われた。一年のあいだイタリア人たちは敗北を意識しながら生きた。最終的に勝利が訪れたとき、それは国民の士気をよみがえらせるには遅すぎた。消耗しきった兵士たちは戦争の最後の数週間での反撃によって名誉を取り戻した。しかし、その奮闘が無駄だったことが次第に明白になっていった。ヴィットリオ・ヴェネトへの勝利の進撃は、和平協定においてそれに見合う輝かしい条項に転換されることはまったくなかったのである。

一九一八年十月、イタリア軍が楽々とフリウーリを進撃し、飢えたオーストリア兵たちが武器を放棄して祖国へ逃げ戻っていたとき、いまイタリア軍が進出している土地は、永遠にイタリア領土となると考えてダンヌンツィオは歓喜していた。「対空砲火のなか、トリエステ上空を飛んだわれわれは、トリエステの領有権を得た。ポーラの地獄に挑んだ者は、その港をイタリアのものとする……わたしはそのうちのひとりだ」。だがそれは近代において領土紛争が解決されるやり方ではない。進撃が始まったとき、連合諸国と瀕死のオーストリア゠ハンガリー帝国の交渉はすでに進行していた。十一月の初めには、イストリアへの道あるいはカルソを越えてスロヴェニアへ向かう道は無防備な状態だった。ダンヌンツィオは、すぐにでもこれらの道を進み、南下してダルマツィアへ入り、未回収の地域へイタリア軍部隊を送り込んで最終的にアドリア海をイタリアの海にすべきだと考えたイタリア軍将校のひとりだった。だが一九一八年十一月に休戦協定が調印されたとき、イタリア軍の進撃は停止した。

カポレットでは軍が文民を見捨てた（と文民は思った）。一年後、文民政府は「休戦ライン」に同意することで、軍を見捨てた（と軍は思った）。それは衝撃的な敗北であった。不具にされた勝利であった。両者のあいだには怒りと不信で引き裂かれた国民が残った。

ダンヌンツィオは周期的に訪れる鬱状態に落ち込んだ。ほとんど理解できない大義のために殺される、途方に暮れた十代の若者を何百人も目にしてきた。彼らの死がほぼ完全に無意味だったことを彼はあまりにも明確に理解した。だが戦争の経験は暴力への飽くなき欲求を残した。戦争は音楽だった。戦争は宗教だった。彼はそれなしでは耐えられなかった。

一九一八年十一月三日、休戦の前夜、『船』がミラノのスカラ座で上演された。音楽は新たにイタロ・モンテメッツィが作曲したが、著者はその場に出席していなかった。ダンヌンツィオはアントンジーニに、アルカションの家を結局手放したことを後悔していると伝えた。「大衆が救いがたい」イタリアにはもはや住みたくなかった。戦争での功績に対して金功章を受けたが、喜びはまったく感じなかった。彼は修道院に入ることを考えていた。彼はロメイン・ブルックスに手紙を書いた。「ヒロイズムでさえ使い尽くされ、血もかつてわれわれを刺激したような輝きを持たない……わたしは苦い水を飲みたい……自分のなかに多くの悲しみを感じる」。戦死すればよかったと彼は繰り返し語り、生き残ったことは不名誉であり、毒入りの小瓶はいまも持ち歩いていてそれを使いたい誘惑に駆られる、とも述べている。彼は新しいスローガンを採用した。自身の憂鬱をラテン語の重々しさで表現し、自分が歓喜のなかの悲しみ《イン・ヒラリターテ・トリスティス》にある、として、すべての手紙のエピグラフにこの言いまわしを使った。

　彼はオルガに手紙を送って、二人の関係を終わらせると伝えた。過去の快楽について、薔薇から萼《がく》を引きはがすようにストッキングを脱がすときの彼女の脚の白さについて、官能的に長々と綴ったあと、「わたしたちは二人ともこの先永遠に不幸せだろう」と伝えた。（オルガは彼がすでに新しい愛人を見つけたのではないかと疑った。）彼は病気になり、高熱で数日間寝込んだ。慰めになったのはスヴァという名前（モーターボートからとった）の子犬だけだった。彼は残りの人生をどのように過ごすべきか迷っていた。正規軍への任命を申し込もうか、「あるいはボリシェヴィキとして死のうか（相当な騒ぎを引き起こさずにはおかないだろうが）、あるいは日曜日にスペイン風邪で死ぬかもしれない」と軽薄に書いている。デスクにしがみつく著述家の生活は耐えがたいほど退屈に思えた。「このわたしがおとぎ話を語ったり、詩の韻律を工夫したりする生活に戻らねばならないのか？」

　休戦直後に、「ブッカリの悪ふざけ」で海軍の指揮官だったコスタンツォ・チァーノがカゼッタ・ロッサを訪れ昼食をともにした。二人は「絶品のタリアテッレ」と「美味なピンクの鱒」を食べながら、戦争が終わったことによる自分たちの不幸な状態について話し合い、「もう一度始める、漠然とした期待について、大胆な計画について」意見を交わした。チァーノの息子はその後ムッソリーニの娘と結婚することになるが、ムッソリーニ自身は一九一八年十二月の時点ではこれほど素晴らしい昼食に招かれるにはほど遠かった。だが彼も同じようなことを考えていた。ダンヌンツィオとチァーノが「われわれを支配している小物たちへの軽蔑」を論じているあいだ、ムッソリーニは兵士たちに「おんぼろの制度の足かせを打ち壊し」て「われわれの国民生活の根底からの革新」を実現する用意がある「政治的前衛」になるように呼びかけていた。

　イギリスとフランスは、ダルマツィア沿岸地域にかなりの領土を与える約束をして、イタリアを戦争に誘い込んだ。一九一五年にはその領域はまだオーストリア＝ハンガリー帝国の一部であり、連合諸国は敵の領土を与える約束をしても、まったくやましさを感じていなかった。しかしながら、一九一八年に休戦が成立する頃までには、ヨーロッパの地図と連合諸国の戦争目的は大きく変化していた。帝国は崩壊しつつあった。アメリカ合衆国はロンドン協定に加わっていなかった。米大統領ウッドロウ・ウィルソンはその種の秘密の合意に対する不賛成の意思を繰り返し表明していた。そのアメリカが参戦し、和平の主たる調停者としてその存在を確立した。アドリア海の東にある未回収の領土には、セルビア人、クロアチア人、スロヴェニア人たちの新しい王国（のちのユーゴスラヴィア）が生まれつつあり、イストリアから南へダルマツィアの海岸地帯までの領有を主張していた。その地域はダンヌンツィオが大イタリアの一部として長く要求してきた土地であり、その多くはロンドン協定でイタリアに約束されていた領域であった。

和平の話し合いのためにパリに到着する前に、ウッドロウ・ウィルソンは「すべての民族が自ら決定する権利を持つ」ことを宣言した。彼はユーゴスラヴィアの主張を好意的に見る傾向があった。イギリスとフランスにはそれぞれ、新国家を潜在的な友好国と見る理由があった。両国にとってクロアチア人、スロヴェニア人、セルビア人たちは、敗北したオーストリア＝ハンガリー帝国からついに解放された民族であり、彼らが新たに獲得した独立こそ、戦争が必要であったこと、その結果が望ましいものであったことの証拠であった。クロアチア人、スロヴェニア人の兵士を数多く抱え、（戦争の最後の年には）クロアチア人の将軍によって指揮されていたオーストリア＝ハンガリー軍に対する、長く血なまぐさい戦争を苦労して戦ったイタリア人は、英仏とは異なり、この南スラヴの諸民族を自分たちが打ち破った敵と見ていた。

ウィルソンは自らの「十四カ条」を、それにしたがって和平の取り決めが決定されるべき原則として打ち出した。そのうちのひとつは、「イタリア国境の再編成は明確に認識可能な民族性の線に沿って行われるべきである」というものであった。そのような線は存在しなかった。アドリア海の東岸に沿って点在するポーラ、ザーラ、スパラート、フィウーメなどの港湾都市には、影響力のある、かなり大きなイタリア人コミュニティーが存在し（都市人口の過半数を占めるケースもあった）、内陸部のクロアチア人に取り囲まれていた。パリの調停者たちは、彼らが見たこともない土地、何の知識もない民族集団をめぐる対立に公平な解決策を見いだそうと苦闘していた。彼らにとってそれらの孤立した民族コミュニティーが要求する権利は、ひとつの大義というよりも嫌がらせの種のように見えた。ジョリッティが予見したように、イタリアは参戦によってほとんど何も得られなかったのである。

「われわれの勝利よ、汝は手足を切断されてはならない！」とダンヌンツィオは一九一八年十月に（勝利が実際に得られる前に）書いた。この一行は彼のスローガンのひとつとなった。寝室に置いた頭と腕のない『サモトラケのニケ』の石膏像とともに何年も眠り、愛人のひとりをニケと名づけていた彼にとって、このスローガンには隠されたエロティックな意味もあった。彼の言葉に耳を傾ける大衆にとって、それはさらなる戦いの合図となる呼びかけであった。休戦の三日後、ポーラの港に停泊するオーストリア艦艇に対するイタリア軍の所有権を認めない連合諸国の決定に、ダンヌンツィオは激怒した。「もうすでに彼らはわれわれを欺している！」新しい戦線について、ベルリンを爆撃することについて、彼は激しく訴えた。彼は自分自身が最高司令部の役に立つ、そして驚くほど従順な奉仕者であることをすでに証明していた。最後に授与された勲章につけられた感状は次のように明言している。「彼は自らの気高い知性と不屈の意志を、義務と犠牲の純粋な尊さをもって、祖国の神聖な理想のために一心に捧げた」。いまや彼は「義務の純粋な尊さ」を政治的対立の騒乱に換えようとする合図を繰り返し示しはじめていた。

一九一五年五月にジェノヴァにおいて、彼はダルマツィア出身のイタリア人たちの集会で演説し、彼らの故郷は「神から授かった権利および人間の権利として」イタリアの一部であると約束した。そしてその月に行ったすべての演説で、ダンヌンツィオは自分にとっての戦争目的には（政府の目的がどのようなものであれ）、アドリア海東部の「失われた」都市の奪還が含まれていることを明らかにした。戦闘が続いていた最後の数週間、それらの都市がイタリアに返還される見込みがないことが次第に明らかになると、兵士たちの葬儀でダンヌンツィオは一連の火を吹くような激しい演説を行い、戦闘のなかで死んだ者たちに対して「不具にされた勝利」を受け入れて彼らの名誉を汚すことはしない、と約束した。彼はこれらの演説を「祈り《プレギエーレ》」と呼んだ。彼は戦没者の血に飢えた精神を奉じる宗教の高僧であった。「日々われらに弾薬を与えたまえ」と神に祈ったガリバルディに倣って、彼は新しい主の祈りを書き上げた。「天とともに地にましまます死者たちよ……あらゆる恥ずべき誘惑をわれらから遠ざけよ。あらゆる卑劣な疑惑からわれらを解放せよ……聖なる憎しみをわれらのなかに燃え立たせよ」。文明とは絶え間ない争いによってのみ生み出される輝きであると主張して、戦死者たちに彼は誓う。「われらの血の最後の一滴のみならず、われらの灰の最後のひと粒まで、汝らとともに戦う……アーメン」。

イタリアは戦勝国であった。イタリア軍が粘り強く耐え抜いたことがハプスブルク帝国を決定的に弱体化させた。「年来の宿敵」は崩壊した。イタリア国民はその成功を祝うことができたはずだった。だがイタリアは不名誉な敗北を喫しかねないと感じながら一年を過ごし、その後ようやく勝利が訪れた。イタリアの戦後の雰囲気は、まるで敗戦国のような、腹立たしい復讐心に満ちたものだった。そして戦争の終わりがイタリアにとっての屈辱であり、イタリアを欺すものだったという物語を描いた人々のなかでも、ダンヌンツィオは飛び抜けた存在だった。それは長く持続し、破滅的な結果をもたらす物語であった。敗北によって傷ついた国々と同じぐらい病的な方向へ、この国は政治的に展開していくことになる。

ダンヌンツィオは『コッリエーレ・デッラ・セーラ』のために激しい非難の演説を書いた。アルベルティーニはその掲載を拒否した。「君は戦利品の量で功績を計ることができると信じている連中と同じ言葉で語っている……こうした暴力的な考え方を君が一掃することをわたしは心から期待している」。両者にとって残念なことに、これが二人の協力関係の終焉だった。

一九一八年十月三十一日、戦争がまだ終結していない時点で、戦勝「四大国」――イギリス、フランス、アメリカ、イタリア――の代表者たちは、ロンドン協定で約束されていたアドリア海東岸の地域をイタリア軍が占領することで合意した。この占領は厳密には一時的・暫定的なものであり、その地域の未来は和平交渉で下される決定にかかっており、占領はイタリアによってではなく連合軍最高司令部によってなされるものとされた。

イタリア軍兵士たちを乗せた軍艦がポーラ、ザーラ、カッターロに接岸した。あるイタリア人提督が「ダルマツィア総督」という肩書きを名乗った。本来の権利によって自分たちの領土であると熱狂的に主張するイタリア軍兵士たちはすぐに、当初は(戦時の同盟者だった)セルビア人たちから、次いで十二月四日に発足した新国家ユーゴスラヴィアの民兵たちから、自分たちが敵対視されていることに気づいた。あるイギリス人将校は「イタリア人はイタリアへの忠誠を誓う宣言に署名した者にだけ食糧を配布した」

と記している。ユーゴスラヴィア人たちが抗議すると、イタリアの存在を弱めるために他の連合軍部隊が派遣された。が、イタリア人のディアッツ将軍がこの地域の先任指揮官であったため、それらの部隊も彼の指揮下に入った。ユーゴスラヴィアのクロアチア人、スロヴェニア人、セルビア人にとっては失望となり、多くのイタリア人には喜びとなったが、この措置は連合諸国による平和維持活動ではなく、イタリアによる侵略と感じられた。

ダンヌンツィオはこの幻想を現実にすることを決意していた。イタリアは、一夜のうちに「暴力的な壮麗さで」開くエキゾティックな花のひとつのようである、と彼は語った。この国の先の勝利は、突如巨大な花を開かせた。イタリアの未来の運命は、そしてとくにそれが拡大すべき地域は、その新しい偉大さにふさわしいものでなければならない。

一九一九年一月、ウッドロウ・ウィルソン大統領はロンドン協定が無効であると宣言した。二日後、ダンヌンツィオは「ダルマツィア人たちへの手紙」を発表し、ダルマツィアのイタリア系住民たちに間もなく彼らが祖国と統合されると約束した。この手紙は『コッリエーレ・デッラ・セーラ』に掲載を拒否され、ムッソリーニの『イル・ポーポロ・ディターリア』に掲載された。そのなかでダンヌンツィオは連合諸国の指導者たち――ウッドロウ・ウィルソン、クレマンソー、ロイド・ジョージ――を辛辣な言葉で攻撃した。彼らはイタリアの四肢を切断しようとするやぶ医者たち、あるいは本来の権利としてイタリアのものである領土をむさぼり食おうとして大きく口を開けた野獣たちである、と。イタリアのダルマツィアという大義のために、手に爆弾を持ち口にナイフをくわえて、戦いつづけることを彼は誓った。「わたしはあなたがたと最後まで（彼自身が強調している）ともにいる」。

一九一九年のイタリアは政治的に不安定で、経済的に窮乏していた。戦争のコストによって経済は混乱していた。戦費は税金ではなく無軌道な借り入れで賄われた。国の負債は一九一六年から一九一九年のあいだに八倍に増大した。リラの価値は戦前とくらべて二十五パーセント低下した。

兵士たちの圧倒的多数は農民であった。働き手の若い男たちを失った農場は荒廃し、女たちは――死んだ息子や恋人の喪に服しながら――無意味な戦争の責任があると考えた地主たちに対して激怒していた。兵士たちは貧しくなった村に戻るのを渋った。都市には失業した男たちが群がった。軍服姿の将軍たちが通りで靴磨きをしているという話が伝わっていた。古代ローマの習慣を復活させ、復員兵が望めばそれぞれに一定の土地が約束されたが、土地の分与はまったく実現しなかった。

民間のイタリア人たちは戻ってくる軍隊を不安とともに迎えた。「ヴィットリオ・ヴェネトの勝利者たち」は英雄として歓迎されることを期待していたが、その代わりに故郷での素知らぬ顔と閉じられたドアに迎えられた。仕事も収入もなく、暴力の訓練だけは受けた男たちが国中にあふれていた。さらに悪いことに、彼らは二つの互いに敵対する集団のなかへ流れ込んでいった。戻ってきた兵士たちのパレードは、反軍国主義者の抗議によって妨害された。軍服を着た兵士たちは襲撃を受けた。五年後にならず者たちの首領となってジャーコモ・マッテオッティを殺すことになるアメリーゴ・ドゥミーニは、フィレンツェのドゥオーモの外で社会主義者の暴徒たちに襲われたあと、ファシズムに転向したと主張している。自分たちにあまりにもわずかな配慮しか示さない政府に対する兵士たちの怒りは大きくなっていった。「多くの階級の復員兵たちのあいだに不満が浸透しはじめた」と彼らのひとりは回想している。

戦争のあいだ、「徴兵忌避者《インボスカート》」という言葉（森《ボスコ》のなかへ逃げる者の意味）は塹壕階級によって、戦わない者——脱走兵あるいは合法的に兵役を免除された者——に対して誰にでも乱用されるようになった。戦争が長引いて徴兵年齢が下がっていくと、より多くの家族が少年たちを匿い、より多くの兵士たちが脱走するようになる。カポレット以前の時点ですでに、農村地域は徴集を避けるために憲兵から逃れて盗みをはたらいたり残飯をあさったりして暮らす男たちであふれる状態になっていた。カポレットの敗走後には、四十万人以上の兵士が行方不明になった。戦場にとどまって戦い、故郷に戻っても満足のいく報酬を得られなかった男たちにとって、徴兵忌避者たちは憎むべき存在であった。

帰還した兵士たちは「戦闘ファッシ」——戦闘員グループ——を結成した。彼らの目的は漠然としており、その雰囲気は暴力的だった。一九一九年二月末までに二十ほどのそうした集団が誕生していた。彼らは戦いたくてうずうずしており、彼らの当然の敵は社会主義者たちだった。カポレットの直後にムッソリーニは、社会主義者こそオーストリアがかつてそうだったよりも危険な敵であると、認めていた。

「戦争から戻ったとき、多くの人々と同様に、わたしは政治と政治家たちを憎んでいた」と飛行士にして指導的ファシストのイタロ・バルボは一九二二年に書いた。「あらゆる理想を売り物として差し出すジョリッティの国」に戻ることは我慢ならなかった。「すべてをゼロから再建するためには、あらゆるものを否定し、あらゆるものを破壊するほうがよい」。バルボと彼のような数十万人の男たちは、暴力とラディカルな変革を渇望したが、その方向性についてはほとんど無頓着だった。「ムッソリーニがいなければ、塹壕から戻ったイタリアの若者たちの四分の三はボリシェヴィキになっていただろう」。バルボの意見では、ファシズムはイタリアを社会主義革命から救った。それは社会主義者たちをぶちのめすことによってではなく――ファシストたちはそうした行動も数多くとったが――戦争があとに残した怒りに別の出口を提供することによってであった。

都市では食糧の不足が暴動の引き金となった。店舗や倉庫が略奪された。農村では農民たちが地主の家に向かって行進し、地主たちは彼らを脅すか力ずくで押さえつけるためにならず者たちを雇った。「いまや外敵に対する戦争は終わった」と休戦の一カ月後に未来主義者マンナレーゼは書いた。「再び階級闘争が、より暴力的で残忍な形で燃え上がった」。動員解除された兵士や脱走兵たちも同じように腹を立て、空腹だった。地主たちは自分たちの財産を守るために腕っぷしの強い連中を探していた。社会主義者たちは革命が発展することを期待していた。ナショナリストたちは「祖国」から社会主義を取り除くことに躍気になった。こうしたすべての勢力が、巨大で有害な、不満を抱いた動員可能な人間たちから力を引き出すことができた。

休戦が宣言された日、ムッソリーニは歓喜する群衆に対して、特別攻撃隊員《アルディーティ》を配置した装甲車の上から演説をすることにした。アルディーティはイタリア軍のエリート兵たちであった。ドイツの「突撃歩兵《シュトルムトルッペン》」をモデルにした彼らは、一般の兵士よりも高い給与と良質の食糧を与えられていたが、もっとも危険な襲撃作戦に起用され死傷率も高かった。彼らは小銃を持たず、手榴弾と短剣を携行した。その任務は、背嚢という邪魔物がないため、敵の陣地に突進して、正規の装備を持つ兵士たちが追いつくまで肉弾戦を展開することだった。彼らには恐ろしい評判があった。その黒い制服は際立って格好良く、炎の刺繍が入っていた。旗は黒く、髑髏《どくろ》とぶっ違いの骨が描かれていた。彼らは一目でそれとわかる髪型を好んだ。前髪を伸ばし、なかには馬の尻尾のように長くする者もいた。ある同時代の観察者は彼らを「マフィオージ（マフィア構成員）」と呼んで、威張って歩く者、「侮辱を許さない、勇敢で自信に満ちた男」というもともとの意味でその言葉を用いた。彼らは戦争の無慈悲なダンディーたちであった。

アルディーティのひとりだった未来主義者マリオ・カルリは誇らしげに書いている。彼らは「伝説的な戦士であり、慣習的な掟を免除されていた……血に飢えた暗殺者であり、短剣をくわえ、挑発的で、ならず者で、オランウータンのように残忍だった」。彼らは十分訓練され、自信を持っていた。政治的には気まぐれな彼らは、最小限の「公的規律しか認めず、官僚主義は拒否し、ヒエラルキーに対してもきわめて柔軟」だった。かつて、あるいはその時点でも未来主義者だった者もいた。アナキストあるいはアナルコ・サンディカリストもいた。全員が暴力を好み、権威を嫌った。彼らの精神を明らかにするために、カルリは「アルディーティ主義」という言葉を造語し、次のようなイメージで説明している。「深い黒を背景にして、曲芸師の筋肉組織が輝く……バラエティー・ショーの歌を口笛で吹きながら手榴弾を投げる二十歳の若者の陽気なパワー」。

戦闘が続いているあいだはアルディーティの暴力は報いられていたし、その反社会的傾向は黙認されていた。しかし戦争が終わると、人々はもはや彼らと関わりたがらなくなった。彼らのひとりが苦々しく書いているように、祖国のために自分の命を危険にさらしたあと、彼らは「望まない客のように祖国に扱われて」いる。彼らは「野蛮で獰猛な獣だと思われていた」。彼らは「仕事を拒まれ……新聞に中傷された。警察に迫害された。国民の総じて不公平で恩知らずの態度に苛立った」。ある同時代の観察者は、彼らがミラノのバーからバーへとさまよって、恐ろしげな風貌だが目的を持たず、「大酒が沈黙をもたらすまで大声で怒鳴り合う」様子を描いている。彼らはいまだに黒シャツを着て、自分たちの賛歌『ジョヴィネッツァ（青春）』を歌い、声を合わせて「ア・ノイ（われらのもの）！」と叫んで、何か（イタリア、あるいは未来、あるいは世界）が自分たちのものだとしていた。だが彼らのひとりは書いている。「われわれはもはやどこへ向かえばいいのかわからない……戦争はわれわれの第二の天性になってしまった……わたしはどこへ行くのか？　わたしは何をすればいいのか？」

一九一九年二月に陸軍相となったカヴィーリア将軍は、

現在のような不安定な状況においてこのような戦闘者集団は役に立つ、「なぜなら彼らはその迅速かつ暴力的な行動傾向によって非常に恐れられているから」である、と判断した。逆にその集団を解体してしまえば、「彼らは革命諸党派を強化することになるだろう」。そうした状況を恐れたカヴィーリアの判断は正しかった。アルディーティは左右両派の活動家たちから、新たな加盟者となる可能性があると見られていた。ムッソリーニは「おんぼろの制度の足かせを打ち壊し」、彼ら自身を政治的「前衛」とすべし、として彼らを持ち上げ、懐柔した。

ダンヌンツィオはアルディーティを大いに尊敬し、アルディーティはお返しに彼を崇拝した。いつ彼が演説を行動へと移そうとも、彼らは支援者としてあてにすることができた。彼らと同様に、ダンヌンツィオは交渉による決着だの民主的議論だのといったおしゃべりには我慢ならなかった。彼らがそうだったとカルリが書いているように、彼は「真のイタリア、若いイタリア、前衛として行進し、素晴らしい短剣の一撃によって外交の迷路を切り開くイタリア」を代表していた。

一九一九年一月、大臣レオニーダ・ビッソラーティはスカラ座での集会で演説を行った。ビッソラーティは妥協案を提示していた。それはイタリアがダルマツィアのなかでクロアチア人が支配的な地域についての領有権の主張を放棄し、イタリア人が多数を占めるザーラとフィウーメの両都市のみを要求する、という内容だった。ビッソラーティの提案にはディアツ将軍の支持があった。ディアツは、前任者のカドルナと同様に、それ以外のダルマツィア沿岸にイタリアの拠点があっても、「軍事的に無用であり、危険でもある」と考えていた。しかしそうした非の打ち所がないほど愛国的かつ軍国主義的な人物の支持があったにもかかわらず、スカラ座に集まった人々を喜ばせるにはこのプランは慎ましすぎた。マリネッティと彼の未来派の取り巻きたちはボックス席から猛烈な野次を飛ばした。「恐ろしい騒ぎが巻き起こった……叫び声、金切り声、口笛、ブーイング……ときおり愛国的な叫びが聞きとれるようになり、不明瞭な大音響に荒々しい行進のリズムを与えるようになった」。観客席の別の場所にいた「青白くシャベルのように幅の広い顔」のベニート・ムッソリーニは、「間違えようのない、気を滅入らせる重い声で、カスタネットを叩くような断固たる調子」で大騒ぎに加わった。

ムッソリーニはまだダンヌンツィオの関心を引くのに十

分なほどの影響力を持っていなかったが、その権力基盤は拡大しつつあった。一九一九年三月二十三日、彼は戦闘ファッシのリーダーたち、自分に似た考え方のナショナリスト、未来主義者、そしてアルディーティたちをミラノのサン・セポルクロ広場を見渡す貸しホールで催した集会に招いた。その後二十年以上にもわたって、ファシズムの起源の神話のなかで、この集まりはファシズム誕生の重要性を持つものとして光を放ちつづけることになる。しかしながら、その当時それは数百人の広く雑多な不満分子が集まっただけのものであった。

その場にいた全員がかつての参戦派で、そろって戦争が栄光に満ちたものと熱烈に信じていた。そのために戦った者たちは、自分たちに当然与えられるべき名誉が否定されたと感じていた。そうした見解を共有している以外に、彼らに共通点はほとんどなかった。マリネッティがいた。「市民的アルディーティ主義」と呼ぶ運動のリーダーであるフェッルッチョ・ヴェッキもいた。カリスマ的な独裁者の強力なリーダシップを要求する、共和派、王政派、無政府主義派、権威主義派など政治的領域のほぼあらゆる潮流の代表者が出席していた。激しい議論の大半において、彼らの違いは未解決のまま残った。最初にやらねばならぬことは、新しい支配階級の創出であった。そののちに、「行政、法律、学校、植民地など」について考えるときが来るだろう。ムッソリーニは言った。「われわれは民主主義者であると同時に貴族政治主義者であること、革命家であると同時に反動派であること、非合法活動をしながら合法性を守ることの贅沢を享受する」。内的一貫性を欠いているこのような運動は、指導者を、ドゥーチェを必要とした。サン・セポルクロ集会にはもっとよく知られた人々もいたが、ムッソリーニはすでに自分自身をその役割を果たす者と考えていた。

三週間後、マリネッティとフェッルッチョ・ヴェッキはミラノのガッレリーア――都心にあるガラスと錬鉄でできた素晴らしいショッピング・モール――のなかにある人気のケーキ屋で落ち合い、彼らの信奉者の一団とともに社会党の機関紙『アヴァンティ！』の事務所を襲撃して機械や家具を破壊した。ムッソリーニはその場にいなかったが、盗まれた『アヴァンティ！』の看板がトロフィーのように彼のオフィスに持ち込まれた。その二日後、ムッソリーニは彼の新聞紙上で「このエピソードの道義的責任をすべて受け入れる」と宣言し、彼が実際にはまったく関わらなかった功績（あるいは蛮行）を巧みに自慢した。

る。明らかに暴力を黙認しているケースもあった。『アヴァンティ！』襲撃後に国防大臣は、社会主義者たちに警告を発して、襲撃者たちをたたえさえしている。「諸君は、四年のあいだ毎日、日に千回も自分の命を危険にさらしてきた男たちを相手にしているのだ」。政府は、恐れている社会主義革命を何としても防ごうとして、法の威信低下を是認していた。それは致命的に危険な戦略であった。間もなくファッシは社会主義者たちと事実上の戦争状態になり、その争いを公権力はまったく止めることができなかった。

一九一九年の復活祭の日曜日、イギリス首相デイヴィッド・ロイド・ジョージの秘書で恋人のフランセス・スティーヴンスンは、アメリカ大統領ウッドロウ・ウィルソンのパリのアパートメントの窓を見つめていた。アパートメントのなかでは、イタリアの諸要求に関する合意に達するための最終的な試みとして、戦勝四カ国の代表からなる緊急会議が開かれていた。スティーヴンスンは会議が予定通りの時間に終わって、ロイド・ジョージが彼女に約束したピクニックに間に合うことを期待していた。「突然（イタリア首相）ヴィットリオ・オルランドが窓のところに現れ、窓の横棒にもたれると両手で頭を抱えた。まるで泣いているように見えたが、彼がハンカチを取り出して目や頬を拭うのを見るまで、そんなことが起こるとは信じられなかった」。やはり彼女の横で見ていたロイド・ジョージの付き人は尋ねた。「哀れな老紳士に彼らはいったい何をしているんだ？」

彼らがしていたのは、オルランドの要求をはっきりと拒否することであった。すなわち、フィウーメも含めてロンドン協定で約束したすべての領土割譲を拒否したのである。オルランドと外相ソンニーノは、ダンヌンツィオと同じぐらい熱心にイタリアの領土拡大を求めていたが、自分たちの主張を正当なものと説得するのに失敗した。オルランドは、イタリアのためにダルマツィアを獲得できずにパリから戻れば、ナショナリストの秘密結社が自分の暗殺を誓うと確信していた。有権者たちが受け入れるような条件を持ち帰ることができなければ、イタリアは内戦に陥るだろう、とオルランドは他の代表たちに警告した（彼は誇張していたわけではなかった）。次第に大げさになりながら、フィウーメの割譲を拒否すれば世界の平和にとって致命的な結果をもたらすだろう、と断言した。彼は要求を変更しようとはしなかった。こうして妥協しなかったことがもたらした結果に彼は「死にいたるまで」直面することになる。彼は両手を握りしめ、涙を流した。クレマンソーとロイド・ジョージは石のように無反応だった。（会議の書記をつとめていたサー・モーリス・ハンキーはのちに、自分の息子があれほど男らしくない振る舞いを見せたとすれば、ひっぱたいていただろう、と語っている。）ウッドロウ・ウィルソンはオルランドの肩に手をまわして慰めたが、譲歩はしなかった。

　オルランドは弁護士であり、難しい戦争の時期とさらに困難な休戦後の数カ月のあいだ国をまとめてきた熟練した政治家だったが、パリではまったく相手にされなかった。ロイド・ジョージは彼を「魅力的で愛想のいい」人物と恩着せがましく評しているが、イギリスの若い外交官ハロルド・ニコルスンは彼のことを「青白く、弱々しい、気力に欠ける男」と考えていた。ウィルソンの補佐官エドワード・ハウスが「鷹のように獰猛」と描写しているソンニーノは、気力はあったかもしれないが、彼の頑固さもオルランドの甘言と同じぐらい役に立たなかった。イタリアの新たな領土獲得の問題を、和平交渉が十分に進展するまで棚上げにすることを、オルランドとソンニーノは許してしまっていた。最終的にその問題が討議される頃になると、イタリアの要求をかなえるのに同盟諸国がいかに気乗り薄であるかに気づいて、二人はうろたえた。

　彼らは他の調停参加者たちのイタリアに対する低い評価を考慮していなかった。パリ駐在イギリス大使は、各国代表団のイタリアに対する全体的な態度は「侮蔑的だった」と報告した。イギリスとフランスはロンドン協定で行った譲歩によってイタリアの支援を買い取った——この取引で彼らは大いに恩恵を受けた——が、両国の代表たちはそうやって自分を売った国を軽蔑したのである。彼らの嫌悪は素朴で非合理的な偏見によっても強められていた。クレマンソーがオルランドを「きわめてイタリア的」と評するとき、彼は人種差別的侮辱を込めていた。ロイド・ジョージはイタリアを「もっとも軽蔑に値する国民」と呼んで、これに同意していた。イギリス外務省事務次官サー・チャールズ・ハーディングは、イタリアの外交官たちを「哀れっぽく泣いたり、凶暴になったりする」ことでよく知られている「ヨーロッパの乞食《ベガーズ・オブ・ユーロップ》」だと言っている。イギリス海軍軍令部長は、イタリアの船乗りは役に立たない「手回しオルガン奏者《オーガン・グラインダーズ》」である、と語った。アメリカの態度もそれより肯定的とはほとんど言えないものだった。膨大な数のイタリア人移民を、嫌気を募らせながら受け入れている国民の先入観を抱いて、ウィルソンはヴェルサイユにやって来た。階級と人種の区分が、ヨーロッパのように直角に交差しているのとは違って、平行している多言語社会であるアメリカでは、イタリア人は下層階級の最下層と見られていた。まったくの犯罪者でなくとも、信頼できない人々と見られていたのである。

イタリアが参戦する理由として、ダンヌンツィオがもっとも頻繁に繰り返し論じたことのひとつは、戦うことによって国がその武勇を証明し、他の国の尊敬を得ることができる、ということだった。彼にとって、そして彼の仲間であるすべての愛国者にとって、恐ろしい戦いを通じてイタリアの兵士たちが示した不屈の精神と最終的な勝利は、イタリアが他のどんな国にも劣らぬ勇敢で男らしい英雄たちの国であることを示したかに思えた。だが世界はそうは見ていなかった。ひとつの帝国の敗北とイタリア戦線で戦死した数十万人の兵士たちは、パリに集まった代表たちに自らの偏見の再検討を促すのに十分ではなかったのである。

感情的になった復活祭の朝から四日後、オルランドと外相ソンニーノは和平交渉の席から立ち去った。ダンヌンツィオは彼らの妥協しない姿勢を絶賛した。「すべての国、すべてのものに対して孤立することをイタリアは恐れない……それゆえわたしは言いたい。今日現在、イタリアだけが偉大であり、イタリアだけが純粋である、と」。外交はイタリアの失われた左肺を取り戻すのに失敗した。パリの調停者たちが与えることを拒否したものをイタリア人は実力でつかみ取るべきだと主張する、何人かの重要な軍事専門家（高位の将軍をひとりならず含む）がいた。ダンヌンツィオも同意見だった。

その年の四月、四年前に行ったものと同じぐらい好戦的で激しい、一連の演説を彼は開始した。ヴェネツィアではサン・マルコ広場で演説をした。ヴェネツィア人たちは自分たちのものをいまだに否定されている、と彼は断言した。イタリアは戦争に勝利した。にもかかわらず、その恥ずべき代表たちは報賞を詐取されるのを許している。偉大なヴェネツィアの中世帝国を再生させるために、戦う準備をするよう彼は人々にはたらきかけた。

ローマへ移動すると、メッセージを聴衆に合うように手直しをして、ローマ帝国の復活を彼は求めた。カンピドリオで演説するにあたって、影響を受けやすい群衆に対して、カエサルの切り裂かれ血に濡れた服をそこで示したマルクス・アントニウスの役を彼は演じた。四年前にニーノ・ビクシオの剣をうやうやしく掲げた同じ場所で、今回ダンヌンツィオはランダッチョの棺を覆っていた（彼の血に染まった）旗を広げた。生き残った者たち全員が戦争の「栄光ある殉教者たち」に対して負っている責務について、彼は熱烈に論じた。演説のあいだ彼は汚れて引き裂かれた旗に何度も口づけては、いまだに回収されていない領土に対する服喪のしるしとして、いまや黒い縁取りがされているその旗から手を離した。まるで新しい宗派の信条を唱えているかのごとく、その「回収」を求めているすべての都市や地方の名前を、ひとつずつゆっくり朗々と彼は謳い上げた。聴衆は感動に震え、涙を流した。

五月、オルランドとソンニーノはパリに戻った。アメリカ代表団のひとりによれば、オルランドは「非常に青白く、疲れていて……元気がなさそうで……以前より十歳は老け込んだ」ように見えた。ダンヌンツィオは繰り返し演説を行い、そのレトリックはますます扇動的になっていった。選挙で選ばれた政治家たち――イタリアの勝利を汚しかねない「弱さ、無能、無為、エゴイズム」を持つ「寄生虫」――に武器を取って立ち向かうことは罪ではない、と彼は説いた。イタリアの参戦記念日である五月二十六日には、アウグステーオ劇場で演説をすることになっていたが、それを禁じられた。その代わりに数日後、するはずだった演説が新聞に掲載された。それは、湯気を立てるほど熱い血がイタリアの約束された未来の偉大さのためにどれほど生贄として捧げられたか、勇気と犠牲、切望と炎によって戦場の空がどれほど燃え上がったかを語る、大げさな散文の連続であった。

ダンヌンツィオはいまでは宗教的なレトリックをますます利用するようになり、宗教儀式の催眠作用があるリズムを用いた。それは若者時代に自身が目撃したように、農民たちを狂乱状態にする効果を持っていた。彼は幻を見たと主張した。それは八万人の死んだ兵士たちがローマの上空を飛び、自分たちが命を落とした山を運んでいる光景だと彼は聴衆に語った。「わたしには見える。諸君にも見えるだろう？」彼は「われわれの戦いのキリスト」を見た。キリストはイタリア人たちに「立ち上がれ、恐れるな」と呼びかけている、と彼は言う。彼は聴衆を導いて唱和させるが、そのなかでは何度も「血」という言葉が鐘のように打ち鳴らされる――すでに流された血、交渉による平和という汚らわしい恥辱をイタリアから洗い流すためにこれから流されるはずの血。彼は冒瀆的で道理を無視し、聞く者を興奮させた。

軍当局は彼にローマから退去しヴェネツィアに戻ることを命じた。ひとりの将校として彼は命令に従わねばならなかった。彼は将校を辞任した。もう誰からも命令を受けるつもりはなかった。

戦争の英雄と帰還した軍隊の結合は、あらゆる市民国家にとって危険なものである。もっとも鋭敏なダンヌンツィオの伝記作者のひとりが指摘しているように、「イタリアにおいてルビコン川が真に忘れられたことは一度もなかった」。イタリア政府はダンヌンツィオを厳しい監視下に置いた。監視人たちには関心を寄せるものがたくさんあった。

彼のスローガンのひとつは「情熱を燃やせ《アルディーレ》、陰謀をめぐらすな《ノン・オルディーレ》」であったが、彼自身が陰謀をめぐらせた。彼には新しい友人が何人もできた。そのひとりがジョヴァンニ・ジュリアーティで、戦争で二度負傷して二度勲章を受けた、未回収地回復運動の重要なリーダーであった。ジュリアーティは大イタリアの創出にダンヌンツィオと同じぐらい情熱的に関わっており、イタリア政府の慎重な姿勢には我慢できなかった。彼の力の基盤はトレント＝トリエステ国民協会であった。精力的な行政官であり、狡猾な外交官でもあるジュリアーティは、ダンヌンツィオのカリスマを利用できると考えていた。そして彼自身は表に立つことを望まず、ダンヌンツィオの華々しいドラマにおいて控えめな黒幕の役割に満足していた。

六月、講和会議はイタリアの領土要求問題が未解決のまま終了した。二度目にパリから戻ったオルランドは六月二十三日に首相の座を追われ、フランチェスコ・ニッティが後任となった。ニッティは戦士でも超人でもなく、経済学の教授であった。ニッティはダンヌンツィオがもっとも嫌悪する人物、痛烈なユーモアの標的、きわめて辛辣な言葉による罵倒の対象となる。抜け目のない政治家であるニッティは、急進派として議会に加わり、ジョリッティとオルランドの政権で大臣職をつとめた。ジュリアーティは彼を「反戦争、反勝利であり、当然のことながらわれわれの敵」であると説明している。彼は戦争よりも交渉を選ぶプラグマティストであり、イタリア経済の再建のほうがイタリアの名誉を守ることよりも有益であると考えていた。ダンヌンツィオが盛んに宣伝していた新しい政治秩序にはまったく共感していなかった。ニッティはファシズム体制に勇敢に反対したのち、一九二四年にイタリアを離れることになる。

休戦から七カ月が経過したあとでも、維持費がかさみ、危険なほど反抗的な軍隊は、依然として百五十万人を超える兵員を抱えていた。その大半は北部の国境地帯に配備されていたが、ダンヌンツィオと同様に、最高司令部はその地域で戦闘がじき再開されると考えていた。残りの兵力は公的秩序を維持するために全国に駐屯していた。ニッティは戦時体制にある兵士の数を戦前のレベルまで減らすことを何より優先させた。イタリア陸軍は頭でっかちの構成だった。戦争終結の時点で千人以上の将軍がおり、その全員が退役を強制されることに強く反発していた。文民政府を不安定にする陰謀を企てる者たち、あるいは取り戻せなかった領土への非公認の侵入を企てる者たちは、軍のヒエラルキーのうちで、かなりの割合の共感をあてにすることができた。

カポレットの破局についての査問は、ニッティが脱走兵に対する全面的恩赦を発表することで終了した。破局に関わった人間の多さを考えれば、それが実現可能な唯一の結果であった。ニッティは脱走兵たちを狩り立てることに関心がなかった。彼が望んでいたのは、脱走兵たちが家に戻り、仕事をして家族を養い、税金を払うことだった。塹壕階級は激怒した。臆病者や裏切り者たちが、勇敢に死の危険と戦った者たちと同じように扱われていいのか？　のちにダンヌンツィオは反乱の決意が何に由来するか回想したとき、この恩赦がそれにあたると語っている。法が「脱走者の群れ」を保護するのであれば、その法を破ることに彼は罪の意識をまったく持つ必要がなかった。

いまやダンヌンツィオの信奉者は、一八九〇年代にヴェネツィアで彼のテーブルを囲んでいた真面目な若い学者たちとはかなり様変わりしていた。一九一九年のある晩カフェ・グレコで、ダンヌンツィオの崇拝者である若い詩人が、大声で議論しているグループに出会った。そのなかにはモジャモジャの顎髭と黒い長髪をなびかせるアルディーティたちがいた。彼らは自分たちが「ダンヌンツィオ派」だと語った。ゴシック風の小物、ムラーノのガラスや中国茶を好むダンヌンツィオの生活の部分とアルディーティたちはそぐわないように見えるが、グレイハウンドを愛したように、ダンヌンツィオは彼らを――その肉体的輝きと殺すことへの欲求ゆえに――愛したのである。ダンヌンツィオは新しい神話を創り出す役割を与えることで、彼らを喜ばせた。カルソが地獄なら彼らはその悪霊であり、戦場の上空が天国なら彼らはその天使である、とダンヌンツィオは公言した。彼はアルディーレ（思い切ってする）、アルドーレ（熱情）、アルデレ（燃やす）などの語から数え切れないほどの言葉遊びを作った。ダンヌンツィオはアルディーティたちに混じって食事をし、「君たちのなかにいるのは燃えさかるかまどに入ることだ」と彼らに語った。両手に手榴弾を持って炎に包まれているひとりのアルディーティの姿を描いたメダルを、彼は賞賛した。ダンヌンツィオは彼らに語った。自分が戦争でのすべての作戦に携行していた短剣は、アルディーティのひとりから戦場でもらったもので、そのときにはまだオーストリア兵の血が滴っていた、と。

ニッティが首相となった日の翌日、ダンヌンツィオは「指揮権は民衆に移る」と題した文章を発表した。いまや彼は、選挙で選ばれた政府を拒否するように、公然とイタリア人たちを扇動していた。

一九一九年の春から夏にかけて、警察の資料のなかにはダンヌンツィオがさまざまな同盟者――陸軍の上級将校たち、アオスタ公、ペッピーノ・ガリバルディと雑多なナショナリストたち、未来主義者、未回収地回復運動家たち、アナキスト、アルディーティ、そしてムッソリーニとその配下のファシストたち――との一連の陰謀に関わったという報告が含まれている。

六月のある夜、ムッソリーニからの面会の要望をダンヌンツィオが無視してから半年後、両者は初めて顔を合わせた。二人はローマのグランド・ホテルで長時間にわたり、いかにしてイタリア国家を再建すべきかという問題をめぐって話し合った。同じ月にムッソリーニに関する警察の報告がニッティのもとに届いた。その報告によれば、彼は他者の長所と短所を素早く見抜く能力を備えたきわめて知的な人間であると同時に、聴衆を惹きつけることができる演説家でもあった。

ダンヌンツィオはファシストたちを自分の粗雑な模倣者と見ていた。彼らは潜在的には役に立つ支持者であるが、その方法において嘆かわしいほど野蛮で、考え方も荒削りであった。ムッソリーニは「信条においても猛烈さにおいても仲間」であるが、この数カ月間の陰謀への関わりにおいても、従属的なパートナーであった。そうした陰謀の狙いはさまざまで、スパラートおよび（あるいは）ダルマツィア全域の掌握、未回収地回復に十分積極的ではないローマ政府に対するクーデタ、ダンヌンツィオを指導者とする革命的な組織の結成、などであった。

おそらく一九一九年の夏はダンヌンツィオの政治的な絶頂期であった。あらゆる陰謀や策略は彼の名前を利用しており、計画されたすべてのクーデタは彼を独裁者に擁立することをめざしていた。パリでオルランドがロイド・ジョージに、議会の反乱あるいは民衆の暴動によって自分は失脚するだろうと告げたとき、ロイド・ジョージは誰が権力を握ると考えているのかと尋ねた。「おそらくダンヌンツィオだろう」とオルランドは答えた。

イタリアの民主政治を不安定にさせようとしている大勢の人々がいた。それから三年余りあとに、誰によってそれが達成されるかを推測できた者はごくわずかしかいなかった。「イタリアの民衆は貴金属の集まりである。それは溶かして汚れを取り除き、加工をする必要がある。芸術作品を作ることはまだ可能である。だがそれにはひとつの政府が、ひとりの男が必要だ。その男は、状況に応じて、芸術家の繊細なタッチと戦士の重い拳を併せ持つ……民衆を知り、民衆を愛し、民衆を指揮し――必要なら暴力を使ってでも――民衆を変えることができる男である」。これを書いたのはムッソリーニであるが、一九一九年に奇跡的なカリスマと膨大な民衆の信奉者をもって体制の変革を可能にできた人物は、彼ではなくガブリエーレ・ダンヌンツィオであった。

ダンヌンツィオは相変わらず派手な生活を続けていた。時間を作ってカプリ島にルイザ・カサーティを訪ねたときには、彼女の庭のすべての茂みにムラーノのガラスでできた花を飾った。だがヴェネツィアがいまでも彼の拠点だった。どこへ行っても彼は歓迎された。『コッレオーニの騎馬像』が元の位置に戻ったときにはその場にいて、考え抜いた謙虚さで拍手喝采をやり過ごし、集まったファンたちに伝説の戦士と彼自身を比較させるように振る舞った。しばらく留守にしたあとヴェネツィアに戻ったときには、鉄道駅に彼の崇拝者たちが群がった。復員兵、学生、市長と役人たちの全員が彼を取り囲み、空には飛行機が飛び交った。ダンヌンツィオの飛行部隊のパイロットたちが、彼に敬意を表するために空に輪を描いていた。

ローマで、国王に会いたくなったダンヌンツィオは、電話一本でその日の午後の謁見を取りつけた。詩人と君主――二人の小柄な男たちは金属でできた小物への愛を共有していた（国王は古代の貨幣に対して、ダンヌンツィオがルネサンスのメダルに対するのと同じぐらい熱中していた）――は、ダンヌンツィオが話すあいだ四十五分間にわたってヴィッラ・サヴォィイアの庭の小道を歩いた。国王の口数は少なかった――あるイギリス大使は国王について「彼はさまざまなアイデアを持っていると考えられているが、誰にもそれを開陳したことがない」と述べている――が、おそらくこの会話を楽しんでいただろう。一冊も本を読んだことがないと自慢していた父や祖父と違って、彼は詩を好んでいた。別れるとき彼はダンヌンツィオの手を優しく握り、どれほど憲法が彼の自由を束縛しているかについて何やら述べた。その言葉をダンヌンツィオとその信奉者たちはこう解釈した。ヴィットリオ・エマヌエーレ王は、その権限を持ってさえいれば、ダンヌンツィオを首相に任命するだろう、と。

若いベルギーの詩人レオン・コホニッキーはこの年の七月、ローマで開かれたパーティーでダンヌンツィオと初めて会い、静かでうやうやしい崇拝者たちに囲まれた彼が部屋の真ん中の肘掛け椅子に座り、シェリーについて、ラスプーチンについて、ルネサンス絵画について、ローマでの夜の散歩のお好みのルートについて、途切れることなく話しつづけている様子を生き生きと描いている。ダンヌンツィオは――母親の友人たちの中心に置かれた小さな腰掛けに座っている幼い子どものように見えた――その場にいる人々の注目の的だった。彼の声は音楽的だった。小さな手の動きと微笑みで聴いている者たちを魅了し、滔々と話してはアイスクリームを――まずイチゴ味を、そしてバナナ、それからまたイチゴというように――上品に食べるあいだ、老人も若者も、無名の者も非常に権力のある者も、全員が黙って耳を傾けていた。

千里眼と自称するアメリカ生まれの公爵夫人がその場にいた。彼女がダンヌンツィオのためにカードで運勢を占おうと申し出た。彼はそれを受け入れた。カードは大いなる吉兆を示した。「それでは」ダンヌンツィオは軽い調子で言った。「わたしはフィウーメに進撃することにしよう」。

ダンヌンツィオの人生のドラマにおけるクライマックスの場になろうとしていたフィウーメ(現在はリエカと呼ばれる)は、断続的な歴史と雑多な住民を抱える都市であった。フィウーメはアドリア海北端の劇的な場所に位置し、イストリア半島がダルマツィアの海岸と出会う湾曲部にあって、山々を背景にして前方には小さな島が点在するカルナーロ湾を見下ろしていた。その後の戦争で大きな被害を受けたために、フィウーメの中心部にはいまでも廃墟が残っているが、一九一九年にダンヌンツィオが占領した直後にそこを訪れたアメリカ人アレクサンダー・パウエルは、この町を「堂々とした並木が二重に列をなして木陰を作り、驚くほど豊かな商品が売られている店が数多くあり、木々や家々の屋根を越えて天国を差す指のように、見事な古い教会の優美な鐘塔がそこかしこにそびえている」と書いている。

フィウーメは、それ以前の二世紀にわたってオーストリア＝ハンガリー帝国がアドリア海に有していた二つの重要な港のひとつであり、トリエステがウィーンの海への出口であったように、フィウーメはブダペストの海への出口であった。道路と鉄道がブダペスト、プラハ、ベオグラード、ザグレブからフィウーメに集まっていた。そのそばを、そこから都市の名前をとった川が谷間を勢いよく流れ落ちて水車を動かし、それがこの町の繁栄の源のひとつとなっていた。十九世紀半ば、フィウーメの工業生産高は全クロアチアの半分を占めていた。一九一四年には、石油精製所、イギリスが所有する魚雷工場、鋳物工場、化学プラント、皮なめし工場、貯木場、石鹸・蠟燭・パスタ・帆布などの製造工場を誇っていた。なかでももっとも重要だったのはドックと造船所だった。パウエルの報告では「何マイルも続くコンクリートの突堤と波止場には、きわめて近代的な港湾施設が備わっており、その横には、ブルックリンのブッシュ・ターミナルのような広々とした倉庫が並んでいた」。

繁栄すればするほど、フィウーメはより魅力的な獲物となり、その政治的立場はますます物議をかもすようになった。十八世紀、マリア・テレジア女帝はフィウーメに分離体制を与え、ほぼ自立した自由都市とした。それ以後、フィウーメはハンガリー、ナポレオン体制下のフランス、オーストリア、再びハンガリーの順に支配者が変わり、一八四八年からはクロアチアが、そして一八六七年にハンガリー王政が再び支配権を握った。そのとき以降フィウーメはハンガリーの植民地となり、三百キロメートルほど離れた首都ブダペストから送り込まれたハンガリー人の総督によって直接支配されることになる。

陸地側はすべてクロアチアに取り囲まれたフィウーメは、帝国内での憲法上の独立を一定程度認められていた。十九世紀の最後の三十年間、フィウーメが攻撃されやすいことを懸念していたハンガリー当局は、イタリア人商人たちに対してこの町への居住を推奨した。その狙いの一部はアドリア海貿易の推進であり、一部は反抗的なクロアチア住民との釣り合いをとるためであった。一九一五年までにイタリア人はフィウーメ中心部では多数派を形成するようになった。

それまでの二十年間でフィウーメの町の人口は二倍になり、港を通過する物資の量は六倍になった。銀行がいくつも開設された。フィウーメは繁栄していた。かつてヴェネツィア共和国が建設した狭い路地の古い町の周囲に、いまでは新古典様式のヴィッラと薔薇の咲き乱れる庭園が並んだ大通りが造られていた。しかしイタリア系フィウーメ市民はクロアチア人より従順とは決して言えなかった。彼らは町の中流階級の圧倒的多数を占めていた。経済的に繁栄し成功していたが、ハンガリー人の行政と警察によって支配されていた。やがて彼らも、スラヴ人コミュニティーに劣らぬほど不満を抱くようになった。一八九二年、彼らは皇帝フランツ・ヨゼフの彫像を引き倒した。

フィウーメはそれ自身の運命に取り憑かれた都市であり、人々が一日中座って議論している混雑するカフェで知られ、多様な新聞が発行されていることでも有名だった。戦争期間中、フィウーメで発行されていた新聞・雑誌は三百四十六にものぼった。ある訪問者はこの町を次のように描いている。「町の公的な活動は中心部の広場に集中している。広場に面して数多くのホテルやレストラン、コーヒーハウスがあって、午前中の半ばから真夜中までイタリア系住民のかなりの部分が、ブラックコーヒー《カッフェ・ネーロ》や明るい色の甘いシロップを混ぜて作った飲み物を飲んだり、新聞を読んだり、政治状況やパリでの和平交渉の成り行きについて大声で身ぶりも交えて議論をしたりして過ごしている。唯一バルセロナを除いて、フィウーメにはわたしが知っているどんな都市よりも激しやすく短気な人々が住んでいる」。

一九一八年の秋、敗北とオーストリア＝ハンガリー帝国の解体が避けられなくなると、フィウーメの住民たちは新生国家ユーゴスラヴィアによる吸収合併の動きに直面した。フィウーメのなかにはそうした動きを歓迎する人々（そのほとんどがクロアチア人、あるいは人数としては少ないが主張する声は大きいセルビア人コミュニティーに属する人々）もいたが、それに反対する自主独立派（社会主義者が主体で、いずれの民族集団のメンバーも含まれる）や、分離体制の復活を望む人々、大イタリアの一部となることを望むイタリア系および親イタリア派の「併合論者」もいた。

狭い地域だがそのサイズには不釣り合いなほど戦略的な重要性を持ち、高度に政治化され、人種的に混じり合った住民がいるフィウーメは、パリの講和会議の交渉人たちに問題をもたらした。それはロンドン協定でイタリアに約束された領土ではなかった。その将来は前もって決定されていなかった。

一九一八年十月二十八日、イタリア軍部隊がヴィットリオ・ヴェネトを越えてオーストリア軍を追撃していたとき、フィウーメの最後のハンガリー人総督は市長に対してマジャール〔ハンガリーの主要民族〕の支配が終わったこと、自分は町を離れることを伝えた。それから三日のあいだ、対抗する諸集団が町の支配権をめぐって争った。親ユーゴスラヴィアの人民委員会は、ハプスブルク政府から支給された機関銃で武装したクロアチア兵部隊に支援され、権力は自分たちに移行したと主張した。彼らは総督官邸を占拠し、クロアチアの旗を掲げた。それと同時にフィウーメのイタリア人たちは民族評議会を結成し、七十代のアントニオ・グロッシヒ博士を議長に選んだ上で、自分たちが町の事実上の政府であると宣言した。三番目の支配勢力として労働者評議会が二者に対抗した。乱暴なデモとそれに対抗するデモがいくつも起こった。敵対する集団同士が街頭で戦った。

十月三十日、民族評議会は住民投票を行い、その結果、町の住民の圧倒的多数がイタリアへの併合に賛成している、と彼らは主張した。親ユーゴスラヴィア派の資料は住民投票が行われたことを否定している。行われたとしても、おそらくそれは秩序だった民主的プロセスのなかでの投票ではなく、騒々しい集会のなかで叫び声によって得られた結論である、と主張している。しかしフィウーメのイタリア人たち、そしてイタリア本土の彼らの支持者たちにとって、それは彼らの歴史の重要な瞬間となった。

戦争が終わるとフィウーメは連合軍の部隊によって占領された。その大半はイタリア兵たちで、彼らはフィウーメが現在も未来も永久にイタリアのものであるべきとするダンヌンツィオの主張に心から同意していた。十一月四日にはイタリアの軍艦が一隻フィウーメの港に現れた。それを指揮していた提督は総督官邸にひるがえっていたクロアチアの旗を下ろすように命令した。その後間もなく、フランスとセルビアの部隊からなる連合軍東部方面軍（中東でトルコと戦ってきた）が到着して、事態は複雑化していった。十一月十五日、彼らはフィウーメから川を越えたスザクの郊外へ移動した。セルビア兵たち（二年前にダンヌンツィオが「将来の敵」と説明した同盟者）はフィウーメのイタリア人たちからは歓迎されなかった。それはフランスの派遣軍も同じで、その大半はヴェトナム人あるいは北アフリカ人たちだった。ユーゴスラヴィアを支持するように思われたフランスに対する疑惑と同時に、「シナ人」と「ニグロ」に対する素朴な人種的反感が重なったのである。

フィウーメの雰囲気が一触即発となったため、セルビア人部隊は素早く撤退した。彼らが去って一時間後、さらなるイタリア人兵士が、船から上陸したり内陸の国境を越えて市内になだれ込んできた。クロアチアとセルビアの旗は引き裂かれ、イタリアの三色旗が掲げられた。クロアチア語の店の看板が汚され、すべてのスラヴ系新聞の販売が禁止された。ある種の中立的暫定政府を押しつけようという遅ればせの試みとして、イギリスとアメリカの艦艇が港に到着したが、フィウーメが事実上イタリアの飛び領土になりつつあるという現実を取り消すことはできなかった。

それは緊張に満ちた、しかし刺激的な時期だった。フィウーメを占領していた連合軍部隊のイタリア人兵士のなかに若い詩人ジョヴァンニ・コミッソがいた。彼はこの町をすぐに好きになった。「アメリカ、イギリス、フランスの兵士たちが通りに群がっていた。戦勝の祝典が毎日行われているような気がした」。何カ月も戦場で過ごしたあとだけに、彼にとってフィウーメは地上の喜びに満ちた庭園のように思えた。美しい娘たち、香水でいっぱいの店、素晴らしいケーキ、慇懃なウェイターたちがいるカフェ、挿絵入りの雑誌、クリームを添えたコーヒー、それはそれは美味しいザバイオーネ(トリエステで食べたことがあるカスタード・タルトについて回想録のまる一ページを充てたことがあるコミッソは、ダンヌンツィオに劣らぬほど甘い物に目がなかった)。何よりも素晴らしかったのは、イタリア人兵士たちに対するフィウーメのイタリア人の歓迎ぶりだった。将校たちは毎晩、現地の家でのパーティーに招かれ、朝まで食べ、飲み、ダンスに興じた。

その後数カ月にわたってフィウーメのイタリア系住民たちは、イタリア政府に対してますますやかましく保護を求める呼びかけを行った。一方ユーゴスラヴィア人たちは連合国の指導者たちに対して、フィウーメを自分たちに帰属させるように訴えた。地理的に考えれば、フィウーメが彼らの新しい国の一部となることは当然と思えた。フランスは同情的だった。強力な新国家はドイツを抑え、東地中海の支配からイタリア——信頼できない同盟国だとクレマンソーは見ていた——を遠ざける上で役に立つと思えた。

フィウーメのイタリア人たちはダンヌンツィオに訴えた。一九一八年十一月の休戦から一週間後、ダンヌンツィオは民族評議会議長からの手紙を受け取った。それは偉大な祖国によって「解放される」日が近づいていることへのフィウーメのイタリア人たちの「燃えるような信頼」を伝え、その喜びの日を急がせるために彼の助力を求める内容の手紙だった。ダンヌンツィオは当初曖昧な態度をとったが、一九一九年一月十四日に「ダルマツィア人たちへの手紙」を発表し、そのなかで「この上なくイタリア的《イタリアニッシマ》」な都市の大義を公的かつ熱烈に支持することを表明した。

「なぜ人口五万人の、イタリア人はそのうちの半分しかいない町を彼らがそれほど欲しがるのか、わたしには謎だ」とウッドロウ・ウィルソンの補佐官エドワード・ハウスは書いている。しかしイタリアのナショナリストが待ち望む良いニュースがパリから届かぬまま何カ月も経過すると、フィウーメはイタリアが熱望しているすべてのもの、拒まれているすべてのもののシンボルになった。オルランドはイタリア議会に対して「あのもっともイタリア的な都市、カルナーロ湾の宝石」を重んじることを約束した。ダンヌンツィオはこの問題を取り上げた。それまで彼にとってフィウーメは回収を求めている数多くの都市のひとつにすぎなかった。それがいまでは、演説のクライマックスで聴衆への呼びかけとそれへの応答が交わされるなかで、彼は新しいスローガンをそこに含めるようになった。それは「フィウーメか死か！」というものだった。

一九一九年の春、フィウーメ出身のアルディーティ将校、ニーノ・ホスト＝ヴェントゥーリ大尉（その後の二年間ダンヌンツィオにとってもっとも重要な仲間となる）は戦闘部隊を結集した。彼は当初それを「体操クラブ」と呼んでいたが、すぐに公然と「フィウーメ軍団」と名乗るようになった。男も女も赤・白・緑のロゼッタ〔薔薇形に結んだリボン〕を身につけはじめた。通りには新しいイタリア風の名称がつけられた。町の雰囲気について、当時フィウーメに住んでいたイエズス会の聖職者、J・N・マクドナルド神父が書き残している。その後の二年間フィウーメで起こった出来事について記述を残した外国からの訪問者たちの大多数とは異なり、マクドナルド神父はクロアチア語を話し、スラヴ系の人々に同情していた。「郵便ポスト、街灯の柱、家のドア……などに赤・白・緑のペンキがたっぷりと塗られた。どこを見ても《イタリア》という言葉が目につくようになり、夜になっても電灯で目立つようにされていた」。ホスト＝ヴェントゥーリのフィウーメ軍団は拡大を続けていた（ローマへの一回の募兵の旅で四百人の志願者が得られた)。

四月、オルランドとソンニーノが講和会議の席から離れたとき、フィウーメのイタリア人たちは叫んだ。「くたばれウィルソン！ くたばれ北米先住民《アッバッソ・イ・ペッレロッサ》！」その一方で、ローマに戻ったオルランドは「フィウーメ万歳！」という叫びで迎えられ、トリーノでは学生たちがウィルソン通りの町名表示を引きはがして、フィウーメ通りという新しい表示に付け替えてしまった。ムッソリーニはフィウーメにやって来て、怒りを煽るような演説を行った。新たに結成された青年フィウーメ協会は宣言を出した。「市民たちよ、準備を整えよ！ われわれの権利、われわれの死者たちを守るため、あらゆること、あらゆる者に対する戦いはいまや始まろうとしている。われわれの旗にそれを血でしたためるのだ」。

あらゆる者に対する戦いは人種差別の弱い者いじめの形をとった。マクドナルド神父が書いていることだが、夜になると二十人ほどの集団が歩きまわり、非イタリア人を脅迫してぶちのめした。彼らはカフェに乗り込んで、バンドにイタリア国歌の演奏を命令し、そのあいだ客たちには起立を強制した。五月のある夜、フィウーメ軍団員たちは大挙して外に出て、非イタリア系の店の看板をタールで汚し、スラヴ系住民の家のドアに髑髏《どくろ》とぶっ違いの骨、あるいは黒い十字をペンキで描いた。六月、民族評議会は軍隊を召集する意図を明らかにし、フィウーメとイタリアとの「政治的統合」を疑問視することは大逆罪にあたると布告した。

フィウーメのイタリア人たちのために奉仕することを望む、数多くの高位のイタリア人将校がいた。ジュリアーティは未回収地回復をめざすトレント＝トリエステ国民協会の資金をフィウーメのために振り向け、「国民フィウーメ軍」のためのイタリア中をまわる募兵旅行を企画した。しかしウィルソンと他の講和会議の交渉人たちには、以前の支配者に対して立ち上がったコミュニティーの独立を承認する傾向はあったが、侵略してきた兵力によって強制された体制を認める可能性は小さかった。フィウーメの人々は自力でクーデタを組織しなければならなかった。それを実行する勇気を奮い起こす前に、彼らはカリスマ的なリーダーを必要としていた。著名なナショナリストたちのなかからそうした人物を彼らは探した。ペッピーノ・ガリバルディ、アオスタ公、未来派の詩人セム・ベネッリなどが、ホスト＝ヴェントゥーリと仲間たちが考慮した名前である。だが彼らが選んだのはダンヌンツィオであった。五月二十九日、ダンヌンツィオはフィウーメの民族評議会の指導者のひとりから電報を受け取った。「われわれはただひとりの断固として大胆なイタリア民族のドゥーチェを求めている。われわれを指揮してほしい。われわれにはその用意がある」。

ついに傭兵隊長の役を演じるチャンスがダンヌンツィオに訪れた。彼は持ち前の尊大さを込めてフィウーメの解放者の役目を引き受ける電報を送った。「信頼と規律を保ちながらわたしを待て。わたしは君たちも運命も裏切ることはないだろう。イタリアのフィウーメよ永遠なれ！」六月八日、聖霊降臨祭の日曜日、彼は「イタリアの聖霊降臨祭」と題した、論争を呼ぶ文章を発表した。そのなかでフィウーメを「唯一の生きている都市、唯一の燃えさかる都市、唯一の精神の都市、風と炎に包まれている……この数世紀のあいだで差し出された、もっとも美しい生贄」と呼んだ。二日後、一夜のうちにフィウーメのあらゆる公的な場所にポスターが貼られた。それは「ガブリエーレ・ダンヌンツィオ、諸君の権利の熱烈な擁護者は、いまではイタリアの心と魂の象徴である」そして「信じる者たちに伝えよ。信頼は報いられるであろうと」と宣言していた。

彼らの信頼は早速厳しい試練に直面した。ダンヌンツィオは自分の時間を、音楽と多くの女たちとの関係で忙しいヴェネツィアと、それ以外の役割を求められているローマとで二分していた。ニッティは仕事を提供して彼を中立化することを望んでいた。ダンヌンツィオは航空関係の機関の代表職就任を打診された。彼がこれに返答をした様子はない。航程を分けて東京まで飛行するという計画を彼のところに持ち込んだ者がいた。こちらのほうが魅力的だった。ダンヌンツィオは飛行士のグループに呼びかけ、「汚染されて」いると同時に「不毛な」西洋に背を向けて自分とともに飛び立つことを求めた。フィウーメのイタリア人たちが「信頼と規律」を保ちながら待っているあいだ、ダンヌンツィオは明らかに彼らを忘れて、飛行計画の複雑な兵站業務について主要なスタッフと議論を交わす集まりに忙しく過ごしていた。

いったい誰が真剣にこの飛行計画の実現を望んでいたかは明確ではない。ダンヌンツィオを世界の反対側で忙しくさせておくことで無害化しようとして、政府が提供した擬似餌であった可能性がある。ダンヌンツィオが（その頃絶えず監視されていた）警察の密偵を欺そうとして、関心を持つふりをしていただけ、という可能性もある。もっとありうるのは、提示された二つの役割のうちでどちらを選ぶかたんに決めかねていた、ということである。再び彼は優柔不断になっていた。またもや彼は吉兆を求めた。千里眼の公爵夫人が行動を起こすよう彼に示唆するまで、数週間が経過することになった。

一九一九年七月、フィウーメは緊張状態から死を含む暴力の状態へと移行した。フィウーメは依然として連合軍の指揮下にイタリアとフランスの守備隊が配置されていた。多民族からなるフランス軍部隊は夕方になると、挑発的にユーゴスラヴィア国旗の色のロゼッタをつけて、スザクから川を渡ってフィウーメのなかを行進した。フィウーメのイタリア人の娘たちは赤・白・緑のロゼッタを配った。そして夕方の、誰もが散歩のために海岸通りに集まってくる時間に乱闘が起こった。ひとりのフランス人兵士が娘のドレスのイタリア色のロゼッタを引きちぎったと言われているが、そこからお決まりの小競り合いと罵り合いが始まり、殺人へと発展した。十三人のヴェトナム系フランス兵が殺された——刺されたり、波止場から海に放り込まれて溺死したりした。そのほかに五十人ほどが負傷した。海辺のエウロ一パ・ホテルに滞在していたアメリカの石油業者は、その一部始終を自分の部屋の窓から目撃し、同僚のひとりにこう話した。「ねえ君、あれは地獄のような場面だったよ……奴らはあの哀れなシナ人たちを文字通りばらばらに切り刻んだのだから」。クロアチア・クラブはイタリア人のナショナリストたちに破壊された。イタリア人兵士たちは暴動に加わり、(実際に手を下さなかったとしても)殺人を黙認していたことを目撃されている。

これはやりすぎだった。虐殺の報告がパリに届くと、連合軍の四人の将軍がフィウーメに派遣され、査問委員会を構成した。この時期にフィウーメを訪れたジュリアーティは、町が「言葉で表せないほどの高揚状態にある」ことに気づいた。自分たちの問題がアウトサイダーたちの委員会によって決定されるという見通しが市民を激高させていた。激しいやりとりがあり、鐘が鳴らされ、愛国歌が歌われた。「誰も自分の仕事を気にかけなかった。予定表はもはや存在しなかった。真偽を問わずニュースがあっという間に広まった」。噂が流れるたびに人々は通りに飛び出した。「カフェ・コンメルチオの椅子やテーブルに飛び乗った演説者が発するあらゆる言葉に、熱狂の波や怒りの爆発が応えた」。ジュリアーティは軍団のホスト＝ヴェントゥーリや民族評議会議長グロッシヒ、そして他のフィウーメのイタリア人の著名な人々と面会した。彼らの全員がイタリアとの併合のためにあらゆる危険を冒す用意がある、とジュリアーティは報告した。

フィウーメの問題に対するイタリア政府の姿勢は曖昧なものであった。ダンヌンツィオの激しい非難のやかましさは困惑の種ではあったが、ヨーロッパ全体に広く伝えられていた彼の演説は、ダルマツィアにおける実質的な譲歩なしでは国内を平静に保つのが難しくなることの証拠として、パリで交渉にあたっていたイタリアの代表にとって役に立った。フィウーメあるいはいかなる場所でもクーデタが起こることを、オルランドは公然と承認はしなかったものの、暗黙のうちに歓迎していたことはありうる。しかしながらニッティが首相になったことで状況は一変した。フィウーメ周辺に配置された第三軍の指揮をとっていたアオスタ公は解任され、戦争の最後の年にディアッの副官をつとめたバドーリョ将軍がその後任となった。

バドーリョはダンヌンツィオに大いに共感していた。三カ月前に彼はダンヌンツィオに次のように書き送った。「大イタリア人としてのあなたの構想は、軍隊と国民全体にとって、信頼と勇敢さと犠牲の永遠の輝かしい模範となるでしょう」。悪意あるプロパガンダと囮《おとり》を使い、イタリアの兵士たちに「現地の影響されやすい女性たち」を誘惑することを奨励し、セルビア人、クロアチア人、スロヴェニア人のあいだに争いを引き起こして、ユーゴスラヴィア国家の出発を曇らせる計画をバドーリョは作り上げた。彼は未回収地回復運動家たちの当然の同盟者のように思われた。七月末にジュリアーティが、少なくとも「慎重な共謀関係」を期待して、彼に接近した。しかしバドーリョはそれでもなお忠実な兵士だった。フィウーメ軍団のような私兵軍の創設を彼は許そうとしなかった。自分の部隊のなかでの反乱行為を彼は絶対に認めなかった。「わが軍の兵士たちの多くがそうであるように、ほとんど教育を受けていない素朴な心の持ち主には、規律という概念はたった一言で表される。《服従する》という言葉だ」。七月三十一日、バドーリョはフィウーメに入る道路を監視下に置き、「政府の命令に反する行動」を企てる者は――たとえ「有名な人物」でも(ダンヌンツィオを意味していた)――誰ひとり通過を許さないという命令を出した。

イタリア軍の最高司令部が計画の承認を拒否したことで、フィウーメのイタリア人たちは公然たる反乱を準備しはじめた。八月十九日、軍団司令官ホスト＝ヴェントゥーリは次のように宣言した。「もはやわたしはイタリア軍将校としてではなく、イタリア市民としてでもなく、今日からは革命家として君たちに演説する」。

八月、フィウーメに関する連合国委員会は以下のような命令を下した。イタリア人が支配的なフィウーメの民族評議会は、市の郊外に住むクロアチア住民をより代表する政府形態に置き換え、連合国の管理下に置く。フィウーメ軍団は解体する。連合軍守備隊の一部になっているイタリア軍部隊（サルデーニャ擲弾《てきだん》兵連隊）は市の外へ配置換えし、イギリスおよびアメリカ軍部隊に交替させる。これらの命令は猛烈な反発を引き起こした。イタリア人将校たちは町のあらゆる場所ですさまじい拍手喝采で迎えられ、教会の鐘は一日中鳴りつづけた。イタリア人将校と彼らに好意的なフィウーメのイタリア娘のあいだで、さらに多くのパーティーが開かれ、さらに多くのロマンスが生まれ、さらに多くの笑い声とキスが、そして（コミッソによれば）さらに多くの「極上のケーキ」が提供された。

サルデーニャ旅団は前年十一月にフィウーメに入った最初のイタリア軍部隊であった。彼らは、町の解放者で守護者と見られており、彼ら自身もそう考えていた。連合軍司令部は、デモを避けようと、夜明け前に町から出るように彼らに命じた。しかしフィウーメのイタリア人たちはいずれにせよデモは起こると考えていた。市庁舎の鐘は午前三時に鳴らされた。少年たちが叫びながらハンドベルを鳴らして町中を駆けまわった。人々は、その多くがイタリアの旗を振り、あるいは旗を身にまとって、松明が輝く通りにあふれ出てきた。

トランペットの音が鳴り響いた。民族評議会議長が去りゆく兵士たちに向かって演説をした。「われらの兄弟に、われわれが何世紀も前からイタリア人であることを伝えてもらいたい……母親から引き離されていても、われわれはその母の忠実な息子なのである」。サルデーニャ兵たちは、ひざまずいてとどまるように懇願する女性たちと、彼らの膝をつかみ上着の裾にしがみつく子どもたちによって通りがふさがれていることに気づいた。彼らは去りがたかった。たいていの軍人がそうであるように、彼らは信念を持った未回収地回復主義者だった。彼らは心地よい数カ月をフィウーメで過ごしてきた。自分たちを英雄的な保護者として賞賛し、酒を振る舞いダンスの相手をし、セックスの相手までしてくれたイタリア系市民が好きになっていた。旅団指揮官の決意だけが――町に残ることを部下に許せば、軍事法廷に引き出されただろう――彼らを動かした。彼らはついに町を去った。「イタリアのフィウーメよ、永遠なれ！」と花を浴びせる群衆と声を合わせて叫びながら。

サルデーニャ兵たちはイストリア半島を横断してロンキの軍事基地まで撤退したが、彼らのうちでもっとも大胆な連中は、帰還してフィウーメをイタリアに併合することを訴える計画を直ちに立てはじめた。そして彼らの前にフィウーメのイタリア人たちがしたように、ダンヌンツィオと接触した。その後「ロンキの七人」という大げさな呼び方をされることになる七人の将校が、ダンヌンツィオへの手紙に署名した。「イタリアの統一のために死んだすべての人々の記憶にわれわれは誓った。フィウーメか死か！ そしてあなたはフィウーメのために何もしないのか？ イタリアのすべてをその手に握っているあなたが？」署名者のひとりが手紙をヴェネツィアへ持参した。

それでもダンヌンツィオはためらっていた。アッティリオ・プローダムというもうひとりの密使が、自分の美しい娘を同伴して、ダンヌンツィオを連れてでなければ生きてフィウーメには帰らないと誓いつつ、フィウーメからヴェネツィアへ、カゼッタ・ロッサへ向かった。

プローダムはダンヌンツィオを毎日訪ね、そのたびに四時間から五時間彼のもとで粘った。説得は失敗した。エロティックで愛国的な仕掛けであれば、成功するだろうか？ ディアツ将軍がヴェネツィアを訪れ、きわめて華麗な式典とともに名誉の剣を贈られた。プローダムは自分の娘が将軍に花束を贈るように手はずを整えた。「フィウーメか死か」という言葉が刺繍されたリボンを身につけて、彼女は「わたしの町の情熱の花」をディアツに贈る許可を求める演説をした。翌九月六日、プローダムは再びダンヌンツィオを訪ねた。娘（まだリボンをつけていた）も一緒だった。ついにこのとき、ダンヌンツィオは行くことに同意した。

それでもまだ何日も経過した。ダンヌンツィオは、彼にとってとくに吉兆である十一日まで待つことを望んだ。十一日は彼がジュゼッピーナ・マンチーニと初めてセックスをした日であり、ブッカリの悪ふざけをしでかしたのも十一日だった。それに加えて、彼には夕食の約束がいくつかあった。イーダ・ルビンシュタインがヴェネツィアにいて、ダンヌンツィオの息子ガブリエッリーノが監督をする映画版『船』の準備を進めていた。九月九日にルビンシュタインは、ダンヌンツィオと彼の画家の友人二人を賓客とするパーティーをホテル・ダニエリで催した。フローラン・シュミット作曲の音楽でルビンシュタイン自身が踊り、才能ある若きピアニスト、ルイザ・バッカラがピアノを弾いた。バッカラはダンヌンツィオの求めに応じて（彼はいまでも自分の恋人が着る服には関心を持っていた）、銀のドレスに黒と白のショールを身につけていた。

ダンヌンツィオはオルガの家（いまでも彼はたびたび訪れていた）でルイザに出会い、彼女の演奏と美しい声に、ほっそりとした褐色の顔と早くも銀色のメッシュが入った豊かな髪に衝撃を受けた。九月十日、彼はルイザをカゼッタ・ロッサに再び招き、このときに彼女はダンヌンツィオとロンキのサルデーニャ旅団から来た密使たちのために、「異邦人たちよ去れ《ヴァ・フォーリ・ストラニエーリ》」というひどく外国人嫌いのリフレインを含むガリバルディ賛歌を歌った。ダンヌンツィオよりも三十歳近く年下のルイザは、その夜にとどまった。（のちに彼は書いた。「君は覚えているかい。過剰なほどのなまめかしさを、恐ろしい鏡を、そしてわたしが自分の手で君に飲み物を作った最後の瞬間を？」）彼女はその後ダンヌンツィオの死にいたるまで二十年近く、彼の愛人となり、彼のハーレムの管理人となった。

ついに九月十一日、ダンヌンツィオは朝早く起きて、高熱であったにもかかわらず、本土までボートに乗り、彼の新しい自動車、真っ赤なフィアット501（そのシーズンに発表されたスポーティー・モデル）に乗って「最後から二番目の冒険」と自ら呼ぶようになる行動に向けて出発した。

## 全燔祭の町

戦争の前、フランスでダンヌンツィオは森の火事を目撃したことがあった。アルカションの彼の家は、海に沿って何マイルも続いている松林を海側に抜けたところにあった。夏の終わりに松の木々が突然燃えはじめた。ダンヌンツィオは馬に乗ってそれを見に行った。広がる炎のラインのうしろには、葉や小枝をすべて失ってむき出しになった黒い木の骨格が、火刑柱の「敗れざる殉教者」のように真っ直ぐ立っていた。強い風が人の背丈まで灰を巻き上げ、向きを変え、燃え落ちた木々のあいだをまるで幽霊のように小さくなって消えていった。

ダンヌンツィオの作品に炎はつきものである。『船』と『イオリオの娘』の双方でヒロインは積み上げた薪の炎のなかに自ら飛び込んでいく。彼が好んだ言葉のひとつが「全燔祭《オロカウスト》」で、生贄が火に包まれる宗教儀式を意味した。彼はこの言葉が『サランボオ』のなかで味わい豊かに使われているのを見つけた。この作品でフローベールはモロク〔子どもを生贄にして祭るセム族の神〕に捧げられる数十人の子どもの殺害を描いている。ダンヌンツィオはこの言葉を戦時のレトリックの一部に用いた。戦いとは火であり、その火で平和な時代の汚れや腐敗を徹底的に破壊し、焼灼され浄化された世界をあとに残す。枯れた木は燃やさねばならず、その結果新しい木が生えてくる。数百万人の死は変革の炎を創り出し、そこから人類の新しい形が生まれる。「黒い炎《フィアンメ・ネーレ》」として知られていたアルディーティの前衛とともにフィウーメに到着したダンヌンツィオは、彼らを見守る世界の目を焦がすような大火災と自らの個性を合致させたのであった。

一九一九年九月十一日の朝、ダンヌンツィオはフィウーメに向かうことを知らせる手紙をムッソリーニに書いた。九年後、ムッソリーニはこの手紙の一部を公開し、「わたしもまたこのドラマを生きていた——日に日にダンヌンツィオとわたしは互いに近づきつつあった」と明言して、それは二人のあいだで交わされた「兄弟のような手紙」の一通であると主張する。ムッソリーニは嘘をついていた。これは兄弟のあいだの手紙ではなく、世界的に有名な著述家が自分にしたがう編集者に対して、感謝や依頼の言葉もなしに一連の指示を伝えている手紙であった。ムッソリーニが公開しなかった部分にはこうある。「『ガッゼッタ・デル・ポーポロ』紙が掲載することになっている記事を要約せよ。最後の部分は全文載せるように。そしてわれわれの大義を精力的に支援せよ」。ダンヌンツィオは最重要な宣伝活動の手はずを整えてから、毛布に身を包んで、偉大な冒険に乗り出したのである。

フィウーメ進軍は真夜中のロンキの墓場から開始される予定になっていた。「ロンキの七人」は百八十六人を彼らの大義のために集めた。基地に着いたダンヌンツィオはまだ熱があり、その夜の前半を四つの小さなテーブルを並べた上に横になって居心地悪く過ごした（ダマスク織りのクッションはそこにはなかった）。彼はどれほど喉が渇いていたか、年老いた農婦が彼のかたわらの椅子に置いたブドウの房に手を伸ばすのにも苦労するほど、熱のせいでどれほど弱っていたかを、何年ものちに思い出している。

出発の時間は来たが、兵員を輸送するトラックが来なかった。ロンキはフィウーメから百キロメートル以上離れている。グイド・ケラーという飛行士――荒っぽいことで知られた男で、ダンヌンツィオのフィウーメで重要な役割を果たすことになる――が、事に当たった。ケラーは一九一七年八月にポーラを空襲したダンヌンツィオの飛行部隊のメンバーだった。彼は鷲を一羽飼っていて、野宿をするのが習慣だった。反乱部隊のひとりによれば、ケラーは自動車に飛び乗ると兵站部に向かって「猛スピードで突っ走った」。兵站部で彼はピストルを手に、監視任務についている大尉と相対した。大尉はアルディーティであり、黒シャツを着た殺人者のエリートのひとりだった。しかしこのときの彼は、どう見ても及び腰だったか、あるいは共謀していたとも考えられる。「暴力に対して譲歩した」ことを言明した上で、彼はケラーとハイジャックの仲間たちに二十六台のトラックを運び去ることを許した。当初の予定よりも数時間遅れて、部隊は出発準備が整った。自分の赤い車で横になり、ダメージを受けた目を黒眼鏡で守って、ダンヌンツィオはついにフィウーメに向けて出発した。

連合軍の一員としてイストリアを占領しているイタリア軍が前方に配置されていた。夜明けが空を信奉者のひとりが「ガリバルディの赤」と呼んだ色に変えた頃、ダンヌンツィオは車から降りて三十人の将校たちに話しかけ、彼ら全員がいまから「自分の指揮下に入る」と告げた。信仰の指導者のように彼は将校たちに個々の身分を捨て去ることを要求した。ダンヌンツィオは死人のように青ざめていた。小さなブロンドの口髭と顎には埃がこびりついていた。諸君は道路を封鎖している正規軍の大砲に立ち向かおうとしている、と彼は言った。自分は決して戻らないし、君たちも同じである。自分は君たちに死を差し出している。話しはじめたときの彼の声は弱々しかったが、次第に「鋼鉄の刃のように鋭く、よく通り、響きわたるように」なった。

フィウーメの連合軍守備隊はイタリアの将軍ピッタルーガが指揮していた。ピッタルーガはわずか十日前に指揮を引き継いだばかりだった。彼はニッティに対して、これほど政治的にデリケートなポストに自分はふさわしくないと申し出た。ニッティは彼に、行政の方針はきわめて明確で難しい事態に直面することはない、と請け合った。これはたわごとだった。ピッタルーガの力ではどうしようもない状態であった。部下たちの忠誠心は二分されており、フィウーメの住民たちは「好戦的で非寛容である」と感じた。彼はダンヌンツィオの一隊と会うために車で町の外に出向いた。

アルディーティの一団が前衛に位置していた。ピッタルーガは一団を指揮していた将校に対して、そのまま振り向いてダンヌンツィオを撃つように命令した。将校はきっぱりと拒否した。ピッタルーガはダンヌンツィオその人がいるところまでさらに車で進んだ。彼はダンヌンツィオに「イタリアのために」引き返すように懇願した。ダンヌンツィオは、この英雄的な瞬間に子ども時代の英雄の記憶に戻って、オーバーのボタンを外し胸に並んだ勲章を見せながら言った。「あなたがすべきことは兵士たちにわたしを撃つように命令することです、将軍」。それはまさしくナポレオンがやったことだった。エルバ島の流刑から戻り、コートの前を開いてフランスの兵士たちに、そうしたければ自分を撃つように促したのだ。ダンヌンツィオは、ナポレオンと同様に、自分の名声という鎧を身につけていた。一九一九年にイタリアの兵士が「皆殺しの詩人」を殺すことは、一八一五年にフランスの兵士が彼の皇帝を殺すのと同じように、不可能であった。

ピッタルーガはあきらめた。「わたしは血を流したくないし、兄弟を殺す戦争を引き起こすこともしない！」と明言した。『イル・ポーポロ・ディターリア』紙（ムッソリーニは忠実にこの行動の大義を支持していた）に掲載された報告によれば、将軍はダンヌンツィオの手を取って言った。「偉大なる詩人よ、あなたに会えたことを名誉に思う。あなたの夢が叶えられることを、あなたとともに《イタリアのフィウーメ、万歳!》と叫ぶことができるようになることを、わたしは期待する」。そしてピッタルーガは方向を転じると彼が守るべしとされた都市に向かい、侵入者たちの一行におとなしく付きしたがった。

その日の朝、ダンヌンツィオの周囲にいた数千人の武装した兵士たちは全員、彼がフィウーメに到達することをあらゆる手段で阻むよう命令されていたが、誰ひとりとして発砲する者はいなかった。ダンヌンツィオの小さな集団は人を引きつけ、新たに加わる者が増えれば増えるほど、その磁力はさらに強くなった。ダンヌンツィオ自身が五日後の『コッリエーレ・デッラ・セーラ』でのインタビューでそのことを語っている。「複数の装甲車がわれわれを阻止しようと待機していた。わたしはそこに着き、通過し、装甲車はわたしの指揮下に入ってついてきた。幹部将校がわたしを止めようとした。わたしは彼に隊列の最後尾につくように命じ、彼はそれにしたがった……それはまことに奇妙なことだった」。ダンヌンツィオがフィウーメの町に着いたとき、彼にしたがう者は二千人を超えていた。

最初の装甲車がフィウーメの町の周囲に築かれたバリケードを突破した。一台また一台と、機関銃を構えた動きの重い車輌が、フィウーメのイタリア人たちが月桂樹の枝を敷き詰めた通りを抜けて町の中心へ入っていった。これより二十年前にダンヌンツィオは書いている。「道を曲がり、あるいは山の頂に登り、約束された町が見えてくるとき、冒険者の目に浮かぶ野望の輝きを思い浮かべよ」。そのとき彼は中世イタリアの傭兵隊長のことを考えていた。いまや彼は自分自身の町を手にしたのである。

ダンヌンツィオが近づきつつあるとき、フィウーメは大騒ぎであった。擲弾兵たちのロンキへの配置換えは町の混乱を終わらせはしなかった。独立派のメンバーたちは街頭で殴られた。反イギリスのデモが行われ、ひとりの将校が抗議者たちにルイス軽機関銃を向けてようやく鎮圧された。ロンキからの進軍計画は秘密でも何でもなかった。フィウーメの守備隊に勤務していたジョヴァンニ・コミッソは、サルデーニャ旅団にいるボーイフレンドが戻ってくることについて興奮しておしゃべりをしている娘たちの話を耳にした。マクドナルド神父によれば、九月十一日はずっと「不安がもたらす奇妙な雰囲気が町中に広がっていた……長いあいだ鬱積した興奮とシニョール・ダンヌンツィオの到着への期待があふれ出た」。

ダンヌンツィオは夜明けに着くものと思われていた。港に停泊していたイタリアの軍艦の一隻ダンテ・アリギエーリは、曙光とともに出航する命令を受けていたが、乗組員全員が乗船を命じるサイレンを無視して上陸していた。ある史料によれば、別種のサイレン（セイレン）の役割を演じた「青年フィウーメ」の女性メンバーたちが「彼らの耳をキスの蠟でふさいで」引き止めた。フィウーメでのあるパーティーの際に、ひとりの若者がコミッソのところにやって来て、翌朝に革命があるという話を聞いたのでピストルを借りたいと頼んだ。

午後十一時、ホスト＝ヴェントゥーリ大尉はダンヌンツィオがこちらに向かっているとフィウーメ軍団の将校たちに伝え、いかなる犠牲を払ってでもイタリアのフィウーメを防衛するという誓いの言葉を彼らに朗誦させた。午前三時、フィウーメ軍団のグループが、名目上は身体的訓練の一環として、実際には近づきつつあるダンヌンツィオの隊列を出迎えるために町の外へ行進していった。他の軍団員たちは連合軍の司令所を押さえるべく待機していた。日が昇ると、町のなかにあるすべての鐘が鳴らされ、フィウーメのイタリア人たちは通りに飛び出した。ベッドにいた者はわずかしかいなかった。

何台かのトラックが道に迷ったせいで到着が遅れ、ダンヌンツィオはまだ町から遠いところにいた。フィウーメにいた人々の誰ひとりとして、彼がどこにいるのか、あるいは彼が来るのかどうかわからなかった。午前中がのろのろと過ぎていった。ホスト＝ヴェントゥーリは期待を捨て、集まった群衆を解散させようとしたが、誰も家に帰りたがらなかった。

そしてついに「必要とされる英雄」「来たるべき人物」が到着した。進軍してきた者たちを出迎えるために町の外へ飛び出した群衆は、賛歌や愛国歌を歌いながらアルディーティたちを乗せた装甲車をうしろにしたがえて一斉に町に戻りはじめた。ダンヌンツィオは映画撮影のチームが追いつくまで自分が町に入るのを遅らせた。これは世界の観客のために彼が演じるショーであった。

彼は装甲車の上に立ち上がって町に入っていった。その年すでに軍務を離れいったん捨てた軍服を着て、その胸には勲章を光らせていた。アルディーティを満載したトラックがそれに続いた。全員が立ち上がって「フィウーメか死か！」と叫んでいた。愛国的熱意にあふれた、睡眠不足のフィウーメのイタリア人たちによって彼らは熱狂的に迎えられた。女性と子どもたちは月桂樹の枝を振りまわしていた。ダンヌンツィオの部下たちはその様子を「終わりなき熱烈な歓迎」「われわれを救国者として歓喜する数千人」と述べている。

隊列は連合軍の兵舎の前を通過した。窓に設置された機関銃は沈黙を保った。副官のひとりによれば、ダンヌンツィオは「花と月桂樹が雨のように降るなかで、ほとんど見えなくなった。彼の自動車は動くピラミッドになった。兵士たち、市民たちがあらゆる方向からよじのぼったからだ。彼らは傭兵隊長のまわりで叫び、泣き、押し合った。ダンヌンツィオは顔や手に千人から口づけをされた」。彼はこの経験を「聖なる入城《サークラ・エントラータ》」と呼ぶことになる。

進軍の成功があまりにもめざましいものであったため、同時代の観察者たちも、のちの歴史家たちも、それを文字通りには信じられないと考えた。新生国家ユーゴスラヴィアの支配者たちは、イタリア政府が秘密裏にクーデタを認めていたに違いない、と考えた。アメリカとイギリスの外交官たちも似たような結論に達した。マクドナルド神父はそのことを確信していた。

実際には正規軍がダンヌンツィオを阻止できなかったのは、陰謀の結果ではなく、混乱の結果であったように思える。反乱が全軍に広がることを恐れて将軍たちはためらった。ニッティ首相への手紙のなかで語っているが、ダンヌンツィオの一隊が自分の部隊に向かってきたとき、イタリア軍第三軍の指揮をとっていたディ・ロビラント将軍は、「《イタリア万歳、陸軍万歳、イタリアのフィウーメ万歳》と叫ぶ同僚兵士に向かって、自分の部隊の兵士たちを発砲させられるか、わたしには確信がなかった」。非常に高い階級の将校たちでさえ、自分たちが何を期待されているか確信が持てなかった。さまざまな状況――クーデタの数日前にダンヌンツィオを尾行する政府の密偵が引き上げてしまっていたこと、「親フィウーメ化」した擲弾兵たちが地域から遠ざけられず、危険なほどに近いロンキに駐屯していたこと――が「わたしには想像もできず、邪魔することも望まない目的のために、政府によって何事かが組織されているのではないか、という疑念をわたしのなかに生んだ」とのちになってディ・ロビラントは書いている。第三軍司令官が動かないことが、今度はダンヌンツィオに高い地位の保護者がいるという証拠に映り、したがって阻止しようという試みもなしに通過を許すことになった。

それはダンヌンツィオに対抗して動くはずだった人々の場合も同じで、他の連中がそうしないのを見て引き下がったのである。そうするあいだにダンヌンツィオはフィウーメを自分のものにした。

聖なる入城が達成され、テーブルを並べた上で短い夜を過ごしたあと発熱も感じて、ダンヌンツィオは市内で最高のホテルに直行し、新たに解放された都市をどのように治めるかは他の人々の決定に任せたまま午後はずっと寝て過ごした。

ダンヌンツィオが眠っているあいだ、部下たちはホスト＝ヴェントゥーリの軍団と合流し、フィウーメを侵略して総督官邸と電話交換所を占領した。こうして公的な建物に無理やり入り込んでいるあいだも、連合軍指揮下のイタリア軍部隊は傍観するだけで、彼らのしたいようにさせていた。イタリアの国旗を除いて、すべての連合国の国旗は引き下ろされた。政府の事務局にある浮き彫りを施された家具から、ハンガリー王室のしるしが外された。黒と銀の制服を身につけ、戦いで鍛えられた表情と撫でつけた長い前髪のアルディーティたちがすべての十字路と広場に立って監視している様子は、ある観察者には「超人のように美しい」と映った。フィウーメにいたイタリア人兵士の多くが脱走し、ダンヌンツィオの部隊に加わった。一方グイド・ケラーはダンヌンツィオの代理として、イタリア人が結成したフィウーメの民族評議会の議長グロッシヒと話し合い、説得の結果、たやすく新体制を受け入れさせた。ダンヌンツィオには、フィウーメの町の「司令官《コマンダンテ》」の役割を引き受けるように要請することが決定された。民族評議会は存続して町の日常的な行政に責任を持つが、ダンヌンツィオにしたがうものとされた。そしてダンヌンツィオも「司令部」として知られる自前の行政組織と大臣たちからなる内閣を持つことになった。

夕方になって目覚め、自分が町を支配することになったと聞かされると、ダンヌンツィオは「何だって《コメ》？　わたしが支配者だと《イオ・ゴヴェルナトーレ》？」と叫んだと言われる。それはまるで芝居のようであった。しかし彼がフィウーメを奪取したあとで、その後に続く権力をどうするかまったく考えていなかったことは想像できる。聖なる入城のドラマはまさに彼の好みにぴったりであった。興奮した群衆、投げられる花で満たされた空気、戦士たちの意気揚々たる様子、ダンス、パーティー用の装いで武装した女性たち。彼が見据えていたのはこうしたディオニュソス風の解放の瞬間であった。彼が口にしたのは陶酔と大火の言葉であり、五カ年計画ではなかった。

フィウーメの総督官邸——ダンヌンツィオはそれをすぐに自分の司令部にした——は緩い傾斜のある半円形の広場の上部にあり、この広場は完璧な観客席となった。ハンガリーの権力のシンボルとして建てられた官邸は十九世紀の新ルネサンス様式の建物で、奥行きが二十フィートもある大きなバルコニーを備えており、このバルコニーはそれから十五カ月のあいだダンヌンツィオの説経壇、指揮台、舞台となった。

　昼寝から目覚めたダンヌンツィオは官邸に車で乗りつけた。車は旗と花で覆われ、車の踏み板、トランク、ボンネットにアルディーティたちが乗っていた。広場は民衆でぎっしり埋まっていた。屋根の上やまわりの家の窓にはもっと多くの人々が集まっていた。どのバルコニーにも旗が掛かっていた。アルディーティたちは官邸のファサードに沿って作られた出っ張りに危なっかしげに腰掛けていた。ダンヌンツィオは依然として熱のせいで震えており、明らかに疲れきった様子だったが、民衆に向かって話しはじめると、そのよく通る声は周囲の壁に反響するように思えた。「フィウーメのイタリア人たちよ」と彼は呼びかけた。「わたしはここにいる」。何度も彼は繰り返した。「わたしはここにいる……この人を見よ《エッケ・ホモ》」。彼は新たな救世主、新しい信仰の神であり、これが彼の公現祭であった。

　生きている限りフィウーメにとどまることをダンヌンツィオは誓った。彼はティマーヴォ川に持っていった旗を引き出した。それはランダッチョの棺を覆った旗であり、その年の夏にカンピドリオで広げた旗である。彼は前年の十月に行われた、イタリアの一部となることをフィウーメの住民たちが決めた住民投票の結果を確認するよう群衆に呼びかけた。詠唱するような調子で問いかけるダンヌンツィオの言葉に、群衆は次第に高まるヒステリックな大声で答えた。「そうだ！」「そうだ！」フィウーメが永遠に母なるイタリアと再び結びついた、と宣言することで彼はその場の高揚を最大限にまで盛り上げた。「群衆は完全に夢中になっていた」とコミッソは書いている。

　その夜、起こっている事態に立ち会おうとしてトリエステからフィウーメに車で向かっていたジョヴァンニ・ジュリアーティは、満月の光のなかを同じ方向に行進する兵士たちを追い越しつづけた。彼は車を止めてひとりの将校に尋ねた。「君たちはフィウーメに行ってダンヌンツィオと戦えという命令を受けているのか？」すると将校は答えた——いいや、命令なんか関係ない。彼が見た兵士たちは全員がフィウーメを解放するダンヌンツィオに加わるために行進していた。全員が歌っていた。「彼らはまるでエルサレムを前にした十字軍兵士のようだった」。

フィウーメではカフェやレストランは人であふれていた。旗はたなびき、演説者たちは叫んでいた——彼らの声は群衆のどよめきに呑み込まれた。将校たちは肩車され、帽子やハンカチが投げ上げられ、女性たちは憑かれたように踊っていた。真夜中過ぎに到着したジュリアーティは、中心の広場が火山の噴火口のようだと思った。「音と動きの大騒ぎ、つむじ風、喉を絞められたような叫び声」。サイレンが響き、鐘が鳴らされた。「群衆は恐ろしいほどだった——自然の力、解き放たれたサイクロンだった」。歓喜の声があり、暴力もあった。売春宿に逃げ込んでいたフランス軍兵士数人が引きずり出されて殺され、彼らを匿っていた娼婦も殺された。

翌日の正午には、ダンヌンツィオとの一対一での長い話し合いのあと、ピッタルーガ将軍はフィウーメの統治権を譲り渡した。フィウーメにいた他の連合軍指揮官たちに対してピッタルーガは、「自分よりも上位にある力にしたがった」と伝えた。そして彼は車に乗り、急いで町を離れた。部下たちのうちの何人かは命令にしたがって彼のあとに続いたが、若い兵士たちのかなりの数が原隊を離れてフィウーメに残留した。港に停泊していたイタリア海軍艦艇指揮官のうちひとりは命令にしたがって出航したが、残りの二人はダンヌンツィオの指揮下に入った。その日の午後、その地域のイタリア軍司令部(フィウーメからわずか数マイルしかないアッバツィーア——現在のオパティヤ——に配置されていた)は、イギリス軍とフランス軍の派遣部隊にフィウーメからの撤退を要請した。その理由は、町の封鎖あるいは爆撃が必要になった場合、部隊の存在が障害になる、というものであった。この奇怪な状況はイタリアの国内問題として処理するのが最善と判断して、イギリスとフランスの部隊は要請に応じた。こうしてダンヌンツィオは、彼の小さな都市国家を誰はばかることなく所有することになった。

次に何が起こるか、誰にもわからなかった。ダンヌンツィオはジュリアーティを首席大臣に任命した。フィウーメ軍団のリーダーであるホスト=ヴェントゥーリは、軍事責任者となった。グイド・ケラーは「作戦長官」となった。イタリア政府は表面上は彼らの正当性を否定するだろうが、密かに彼らの行動に感謝してこっそり支援する方法を見いだすだろう、とジュリアーティは信じていた。ダンヌンツィオは対立を予想していた。だが何が起ころうとも、彼らをフィウーメから追い出そうとするあらゆる企てに対して、「血の最後の一滴まで」抵抗することを明言した。彼は司令部に対して、予想される数千人の義勇兵を受け入れる準備をするように命じた。

ローマの議会の席でこのニュースを伝える電報を手渡された首相ニッティは、怒りのあまりわれを忘れ、テーブルを拳で叩いた。軍隊には「高い規律意識」があり、いかなる命令であっても「完璧な従順さでそれにしたがう」だろう、とディアツ将軍がほんの数日前に請け合っていたからである。軍隊がダンヌンツィオを阻止できなかったことは、国家の安定に対する真の脅威となる不服従の程度を示していた。ニッティの権力基盤は、自ら認めたように、掘り崩されていたのである。彼はこの問題の処理をバドーリョ将軍に任せた。

バドーリョはダンヌンツィオ自身の戦術を真似て、飛行機をフィウーメ上空に飛ばし、二十四時間以内に原隊に復帰しない兵士は裏切り者と見なすとするチラシをまいた。ダンヌンツィオはこれを歯牙にもかけなかった。再び彼はバルコニーに出て、信奉者たちに彼らは脱走者ではないと断言した。脱走者はフィウーメの側に立てなかった連中である。「イタリアの真の軍隊はここにいる」。彼らは忠誠を大声で叫んだ。「わたしは勝利した」とアルベルティーニに宛てて彼は勝ち誇って書いた。「わたしはあらゆるものを自分の支配下に置いている。兵士たちはわたしだけにしたがっている。町は安定している。わたしに逆らってやれることは何もない」。

フィウーメの波止場は大きく、港の水深は深いが、町の中心は三十分も歩けば端から端まで行けてしまう。ダンヌンツィオは、地球儀の上でヴェネツィアがやっと鷹の目ほどのサイズしかないのを見せられて激怒した元首《ドージェ》の話を好んでした。小さなフィウーメも、ヴェネツィアのように、世界史的運命を持ちうることを彼はほのめかしていたのである。だが当面のあいだフィウーメは狭苦しく、包囲された場所であった。依然として川の向こうのスザクには連合軍の部隊が駐屯しており、アッバツィーアにはそれよりも多くの部隊がいた。アッバツィーアはベル・エポックを通じてハンガリー貴族の海のリゾートであり、その宮殿のようなパステルカラーのホテル群が湾の向こうに見えていた。ダンヌンツィオ陣営の将校のひとりがスザクとアッバツィーアのあいだの電話線を傍受し、両基地の指揮をとる将軍たちの会話を盗み聞いた。ダンヌンツィオは「狂って」おり、彼の軍団は「犯罪者」の集まりだということで二人の意見は一致していた。だが馬鹿にする人々によって包囲されていたとしても、ダンヌンツィオのフィウーメは人を引きつけることを示しつつあった。

数千人のイタリア軍兵士が――大隊丸ごとということもあった――それぞれの任地から脱走し、まとまってフィウーメをめざした。列車に無賃乗車したり、小さなMASのボートで海岸沿いに進んだり、歩いてカルソを越えたりしてダンヌンツィオのもとに加わった。水兵たちは反乱を起こし、艦艇の舵をフィウーメに向けた。戦闘機のパイロットたちは自分の飛行機に乗ってやって来た。聖なる入城の数日後にフィウーメに到着したレオン・コホニッキーは、列車のなかで見た光景を語っている。休戦ラインを通過するとき列車のなかにはひとりも兵士がいなかったが、目的地が近づくと「列車の乗客たちは変装を脱ぎ捨て、スーツケースから軍服を取り出し、すすで真っ黒な若者たちが炭水車から飛び出した」。列車が駅に入っていくと、無賃乗車の連中は、ダンヌンツィオ自身が彼らに教えた鬨の声を上げた。「エイア、エイア、エイア、アララ！」若い兵士たちとともに、多くの国から大勢の芸術家、知識人、革命家やロマン主義者が（まるで戦後ヨーロッパのわびしさのなかで輝く光であるかのごとく）フィウーメに引き寄せられた。

その後の数週間にフィウーメに流れ込んだ数千人のうち、そこで何をするかを明確に言えた者はごくわずかしかおらず、それを言えた者でもその動機はさまざまであった。民族評議会を牛耳っていたフィウーメのイタリア人商人および工業家たちは、イタリアへの併合を望んでいた。なぜなら、大イタリアの一部であることによって、港をめぐる高収益の貿易を奪おうとするユーゴスラヴィアの企てに抵抗することが可能になり、フィウーメの繁栄を取り戻すことができる、と信じていたからである。彼らの多くは愛国的なイタリア人だったが、その一義的な関心はローカルでプラクティカルなものであった。戦後ヨーロッパの不安定のなかで、彼らは安全とともにビジネスの方策も模索していたのである。

流入者のほとんどはそれよりもはるかに大きな目的を持っていた。ジュリアーティのような未回収地回復運動家たちにとって、フィウーメはたんなる第一のステップにすぎなかった。華々しい「ロンキの進軍」に鼓舞されて、本国のイタリア人たちはより拡張主義的な政策を大声で求めるようになり、ダルマツィアのイタリア人たちは立ち上がって自分たちのイタリア人としてのアイデンティティーを主張するようになるだろう。ニッティの政権は倒れるだろう。慎重さと倹約は打ち捨てられるだろう。外交交渉は暴力に道を譲るだろう。イタリアは再び偉大になり、フィウーメ領有の声を上げた者たちは、この栄光ある革命を英雄的に扇動した人々として賞賛されるであろう。

　最初のプログラムはシンプルなもので、現実的かつ達成可能な目標を持っていた。二番目のプログラムはひどく野心的で、破壊的なものとなった。だがさらに大胆な複数のプログラムも登場することになる。フィウーメに新たにやって来た人々のなかには、独立したフィウーメではなく、あるいは大イタリアでもなく、新しい世界秩序を求めている者もいた。その他の連中はたんに興奮を求めていた。コホニッキーは自分の心の状態を述べて、多くの人々の気持ちを代弁している。「世界中どこへ行っても、金《きん》と鉄、血以外のものはない。天国の光さえ金次第だ（*The very light of heaven is venal.* と彼自身が英語で書いている）」。退屈と幻滅のムードが広がるなかで、ダンヌンツィオの行動はスリリングであった。「見よ、アドリア海の端に灯台の火がともされた」。

　町を占領して数日後に、ダンヌンツィオは町の封鎖を余儀なくされた。食糧を供給できる以上の義勇兵を抱えていたからである。九月二十三日、イタリア正規軍兵士たちに本来の配置にとどまるように要請する宣言をダンヌンツィオは出した。すでに自分の陣営に加わった者たちは驚くべきことを成し遂げた、と彼は断言した。「死者たちの神聖な微笑み」が彼らの上に輝いた。しかし残りの兵士たちは正規軍とともにとどまり、ユーゴスラヴィアに対する休戦ラインを防衛しなければならない――それもまた全燔祭の町の大義に奉仕することになる。

　天候は、九月がいつもそうであるように、素晴らしかった。海は暖かく、町の背後に広がる丘陵はブドウ畑で覆われ、店には――少なくとも初めのうちは――贅沢品があふれ、カフェでは（封鎖にもかかわらず）クリームを添えたコーヒーがまだ飲めた。フィウーメは海に面している。そのピンクと白い石、ゴシック風の窓につけられた扇形の模様やオジーアーチ〔両側がS字形の曲線を描き、頂点が尖ったアーチ〕、歩行者しか通れない狭い通りと舗装された広場など、すべてがヴェネツィアの痕跡をとどめている。雄大な山々が背後にそびえる。小さな島が点在する、光り輝く湾が前に広がっている。「町は素晴らしかった」とコミッソは書いた。「わたしの青春はその頂点にあった。海に沈む太陽の輝きとともに、夏はゆっくりと終わろうとしていた」。

新たに九千人ほどの志願者が加わった軍団員は、伊達男たちの雑多な集まりだった。あまりに多くの将校がいたため、部下がいない者が大部分を占めていた。夜はカード遊びに興じ、昼間は太陽の下、美しいヴェネツィア風の時計塔がある、敷石で舗装されたコルソ通りを散策したり、カフェで政治談義をしたりして過ごした。こういった多すぎる将校たちは勲章を数多く身につけていた。フィウーメに着いたダンヌンツィオが最初にやったことのひとつは、自分についてきた者たち全員に勲章を与えることだった。歴史家デイヴィッド・キャナダインが「オーナメンタリズム」と呼ぶものの潜在的な力をはっきり認識していたダンヌンツィオは、自分の信奉者たちの功績をたたえる名誉や称号、賛歌や儀式によって、彼らをつなぎとめていたのである。彼の将校たちの軍服には金のモールが下がり、胸はリボンの虹で飾られていた。

兵士たちもそれに劣らずカラフルだった。すべての軍団員が奇抜さを磨いた。「足どり、叫び声、歌、短剣、髪型、すべてが普通ではなかった」。彼らは放棄されたヴェトナム＝フランス軍部隊の兵站部を略奪して、フェズ帽と銀の星で自分たちを飾り立てた。その様は芝居に登場する海賊の一味のように派手で過剰なまでに男らしかった。「歩兵たちは上着のボタンを外し、カラーを開いて、海風に灼けた首と胸をさらした……誰もがベルトに短剣を差していた」。

軍律などほとんど存在しなかった。ピッタルーガにしたがってフィウーメを離れた兵士たちは、より年長で命令に服従するように訓練されていた。残った兵士たちは若く、その多くがまだティーンエイジャーだった。アルディーティの行進歌は若さを自慢する少年たちだった。アルディーティの行進歌は若さを持ち上げるものだった。「若さよ、若さよ、美しさの春よ」。（間もなくフィウーメにやって来る）未来主義者マリオ・カルリは書いた。青春は素晴らしいものだ、なぜなら若者は過去を持たず、したがって若くはない者たちが経験の知恵と見なすものをまったく持たない。だがそんなものは未来主義者にとってはたんに「精神的退廃」でしかなかった。『未来派宣言』を書いたときマリネッティはすでに三十歳を過ぎていたが、若い（あるいはどちらかといえば若い）ことに得意になっており、十年後には自分および自分と同世代の人々が、あとから来る世代によって追い詰められ、「現在のわれわれの本を燃やして得られるちっぽけな炎で手を温めながら、振動する飛行機のそばにうずくまり」、そして虐殺されてしまうだろう、と陽気に予測した。「不法かつ強力でまともな意志が彼らの目のなかで光り輝きながら現れる」。一九六〇年代のカウンターカルチャーのスローガン「トラスト・ノー・ワン・オーバー・サーティー（三十歳以上の人間は誰も信じるな）」は、これとくらべれば寛大に見える。

「運命は老境にさしかかったわたしを青春の王子によみがえらせた」とダンヌンツィオはフィウーメで公言した。彼は自分の信奉者たちを、彼らの白い歯（彼の黒ずんで黄ばんだ歯とは大いに異なる）や「無慈悲な陽気さ」、「素晴らしい純粋さ」や老人たちの汚らしい妥協に対する彼らの軽蔑を繰り返しほめたたえることを通じて、持ち上げた。ダンヌンツィオの崇拝者たちは、彼が自分たちのひとりであるというお世辞を返した。「なんと素早い足どり、身のこなしの敏捷さ、その視線のなんと若々しいことか！　彼は兵士たちと同じ歳だ。彼は再び二十歳になった！」とコホニッキーは書いた。（もちろん最後の点は、それがほんとうだとすれば、わざわざ言及する必要はなかっただろう。）

イタリア人にとってフィウーメは性的にいかがわしい評判を持つ町であった。その場所と同じぐらい変則的な町の法制度は、依然としてハンガリーのものであった。その法制度の下では離婚が許されていた（イタリアでは一九七四年まで認められなかった）。ある疑い深い観察者によれば、この町は裏切られた夫と不満を抱く妻たちであふれており、唯一繁盛しているビジネスは結婚を終わらせる仕事であった。多くの港と同様にフィウーメも売春宿で有名であり、ちゃんとした家の娘たちでさえも、いくつかの報告によれば、非常に身持ちが悪かった。ある若い義勇兵は、驚きのあまりついうっかり、婚約者に次のように書いてしまった。「ここでは誰もが楽しんでいる……そしてフィウーメの娘たちと寝ている。彼女たちは美しさと気むずかしくないことで知られている」。別の義勇兵は「兵士それぞれに恋人がおり、一緒に暮らしている」と書いた。

ダンヌンツィオ自身は「フランチェスコ会修道士の純潔」を保ちながら暮らしていると主張し、（彼の性に関する評判を十分承知していた）将校たちをその乱脈な性関係ゆえに叱責して面白がらせていた。君たちは少なくとも人目につく売春宿に行くのは避けられる、と彼はそれとなく伝えた。彼自身はルイザ・バッカラに熱烈な手紙を書いていた。ルイザはやがて、彼と一緒になるためにコンサート・ピアニストとしての有望なキャリアを投げ出すことになる。そのあいだも、海岸通りのバーのひとつで歌手をしていたリリー・ド・モントレゾールは、夜になると彼と寝るために秘密のドアから総督官邸に入り、朝になると出て行った。

密偵や大使たちは、ダンヌンツィオがイタリアの支配者になることを狙っているに違いないと考えていた。聖なる入城から一週間後、彼はフィウーメの独立派のリーダーであるリッカルド・ザネッラと私的な話し合いを行った。ザネッラによれば、そのときにダンヌンツィオは基本計画を披露した。それはフィウーメのイタリアへの併合に続いて、イタリア全土での蜂起、ローマ占領、議会の解体、ヴィットリオ・エマヌエーレ王の廃位、そして軍事独裁者として彼自身が頂点に立つ新体制の樹立、というものであった。「わたしが望めば、三十万人の兵士とともにローマに進軍できる」と彼は明言した。それはおそらく真実だった。彼を英雄と見ていた帰還兵士組織だけでも、それぐらいの数の志願者を動員できただろうし、ある先任の将軍の意見では、ダンヌンツィオがイストリアにいる「忠実な」兵士たちにローマ進軍を呼びかければ、彼らは任務を離れて彼にしたがうだろうということだった。「イタリア半島のそれ以外の地域でも、そうした呼びかけに対する抵抗は兵士たちのあいだでは大きなものにはならないだろう」。九月の後半、連合軍占領部隊のイギリス人提督は、イタリアでの革命が切迫しているという噂が広がっていることを報告し、ローマ駐在のアメリカの高等弁務官は、イタリア政府が「もはやこれ以上軍隊を掌握できなくなる」ことを警告した。バドーリョ将軍は彼の上司にあたる政治家たちに、表面上は依然として忠実な自分の部隊の兵士たちですらダンヌンツィオに「夢中だ」と書き送った。バドーリョはニッティにフィウーメの併合を宣言するように求め、そうしない場合には内戦が起こる可能性がある、と警告した。

ダンヌンツィオが行政権をほんとうに望んでいたのなら、ムッソリーニが三年後にしたように、ローマへ行きさえすればそれを得ることができただろう。しかしイタリア全土の信奉者たちが彼の決定的な動きを待っているあいだ、彼のほうもまた、自分の「全燔祭」の火花によって世界が燃え上がるのを待っていた。トリエステとヴェネツィアの人々に、そして海員組合と全イタリア人に対して演説を行い、それを出版した。そこで彼は武装蜂起の焼き尽くす炎で国民を燃え上がらせることを求めた。しかし将軍たちの懸念にもかかわらず、いかなる蜂起も起こらなかった。

ダンヌンツィオはムッソリーニへの手紙のなかで失望を表明した。ムッソリーニのファッシは、彼が請け合ったように、イタリア全土でダンヌンツィオ支援のために立ち上がらなかったからである。ムッソリーニの新聞で発表された、この手紙の大幅に編集された版は、最後の「アララ！」にいたるまですべて英雄的な自慢ばかりである。「わたしはすべてを危険にさらした、わたしはすべてを与えた……わたしはフィウーメの支配者である……わたしが生きている限り、フィウーメを保持しつづける……」。その当時もその後のファシズム時代も、ムッソリーニは自分の信奉者たちに、あたかもダンヌンツィオがムッソリーニを栄光ある仲間と認めていたかのように、フィウーメのドゥーチェは未来のドゥーチェとその勝利を分け合おうとしていた、と信じさせようとした。削除された部分はそれとは非常に異なる関係を語っている。ダンヌンツィオは自分を失望させたすべてのイタリア人を厳しく叱責し、ムッソリーニをそうした連中のなかでももっとも怠惰でもっとも臆病であると攻撃していた。「わたしは君に驚いた……君は恐怖で震えている！……われわれが戦っているあいだ、君はそこにいておしゃべりをしている……君の約束はどうなったのか？　少なくとも君にのしかかっている腹に穴を開けて、へこましたらどうかね」。ファッシの代表者は巨大な空気袋であり、彼が立ち上がり損ねた相手、「豚のような」首相とほとんど同じぐらい卑劣である、とダンヌンツィオは書いた。

フランチェスコ・ニッティはダンヌンツィオを四半世紀前から知っていた。一八九〇年代の初め、ナポリで両者ともスカルフォーリョとセラーオの新聞の寄稿者だった。五歳年下のニッティは、仕事に対するダンヌンツィオの計り知れない能力を賞賛していた。そしてまた、「ダンヌンツィオがどれほど几帳面かつ周到に宣伝を行うか」ということにも気づいていた。「彼が言うこと、することにはどれも、何か見せかけの部分がある」とニッティは考えていた。

古い知人の派手な行動が自分の政府を妨害していることに気づいたニッティは、その行動の価値を引き下げようとした。ダンヌンツィオが大いに自慢している愛国心を彼は嘲笑した。「イタリアは、彼が楽しんできた数多くの女性の最新のひとりにすぎない」。ニッティはダンヌンツィオが「政治的プログラムも、真の情熱も、道義的責任のいかなる分別も、持っていない」と世界中に宣伝した。称号を新たに作ったりするダンヌンツィオの行動を「小さな王様」と揶揄した。ニッティは自分の犬にフィウーメという名前をつけた。のちになって書いた自伝のなかで、フィウーメの「いわゆる軍団員」には数多くの政府のスパイがいて、ローマ進軍に関する会話はすぐさま彼のところに報告されていた、とニッティは主張した。「その問題はわたしをそれほど心配させなかった……わたしはダンヌンツィオの脅威を真剣に受け取ったことは一度もなかった」。フィウーメはただの喜劇でダンヌンツィオは興行師だった、と彼は書いている。

ダンヌンツィオの興行師としての手腕に関するニッティの指摘は正しかったが、それを馬鹿にしたのは間違っていた。フィウーメで、ダンヌンツィオは新しい、危険なほどに強力なスペクタクルの政治を展開し、そこから他の人々が学ぶことになるのである。ムッソリーニが三年後にローマに「進軍」したとき、彼のクーデタもただの喜劇であった。武装革命を装った政府の交替であり、列車で目的地に向かうほうが快適と判断した指導者を先頭とした進軍であった。だがダンヌンツィオがはるか以前から知っていて繰り返し示してきたように、劇的に表現することが重大な結果を生み出す。彼のフィウーメ統治は、ニッティの首相在任期間を半年も上まわったのである。

ダンヌンツィオはすべての長編小説を頭のなかで組み立てて、それを書き記すのに苦労しない、そういう人間だった。高貴な概念や大げさな身ぶりが彼を興奮させた。それにくらべて政府の日常的な業務は彼の性分にはあまり合わなかった。夢は国立劇場だというのに、彼には自分の家計よりも大きなものを運営した経験はなかった。そして自身の財政運営において見事なまでの無能力——不誠実とさえ言える——を露呈した男に、誰も一国の経済を託そうとは思わなかっただろう。バドーリョ将軍は彼の愛国心を「この上なく気高い」と思ったが、組織運営能力は最低だと判断した。「彼はたんにエネルギーを奮い立たせる人間であり、大衆の興奮を生み出す点で卓越している」。フィウーメを運営するのには誰か別の人間が必要だった。

九月二十日、盛大な儀式とともにグロッシヒは民族評議会の権力をダンヌンツィオに正式に譲り渡し、彼を「神聖なるリーダー」と呼んだ。ダンヌンツィオはそれに応えて、評議会にその存続と、政府の日常的な業務を引き続き請け負うことを丁重に求めた。ただし条件として、法と秩序あるいは政治に関する問題はすべてダンヌンツィオとその司令部に報告されるべきものとした。

民族評議会はジョヴァンニ・ジュリアーティの監督下で、税金の徴収、排水溝の清掃、法の執行を継続して行った。ジュリアーティは首席大臣としてダンヌンツィオに忠実に仕え、彼に代わって効率的にフィウーメを管理したが、彼の実践的な能力に対しては高い評価を与えなかった。ダンヌンツィオは予算に煩わされることを嫌った上に、法についても同じぐらい無関心だった。のちにジュリアーティは書いている。「わたしは法的な問題について彼から果てることなく質問を受けたが、そこにはつねに軽い皮肉が込められていた……彼はこの問題を神が彼に与えた崇高な役割にふさわしくないと考えていた」。結局のところ彼は、いかなる人間の法廷も裁けない超人なのであった。

共通点のないさまざまな支持者たちをすべて味方につけておくのに必要な如才なさも、ダンヌンツィオにはなかった。ダンヌンツィオの到着から四日後にマリネッティが、未来派の同志ひとりを連れてフィウーメにやって来た。その月の終わり、二人はフィウーメを退去したが、それは彼らの共和主義的なレトリックが支持者のなかの王政派を刺激しないようにと考えたダンヌンツィオの命令があったからである。つねに大喜びでトラブルを引き起こすマリネッティは、「われわれがただフィウーメにいるだけで、臆病者や愚か者を神経衰弱に陥らせることができる」と自慢した。ダンヌンツィオに政治的な常識が欠如していることをマリネッティは述べている。「ダンヌンツィオはきわめて狡猾で、自分の力を確信しているとはいえ、術策には疎く、スパイや無関心派、裏切り者たちを排除することを忘れてしまう」。

ナショナリストの代表団が、ダンヌンツィオにローマへ進軍してイタリアの独裁者となることを説得しようと、フィウーメにやって来た。ジュリアーティは彼らを思いとどまらせた。それは彼が原則としてそうしたクーデタに反対していたからではない。革命を引き起こすほどのカリスマ的な指導者を持つだけでは十分でなく、「新しい体制を機能させることができる独裁者を持つ必要もある」と判断したからであった。ダンヌンツィオはお粗末な行政官であり、財政問題についてはまったく能力がない、とジュリアーティは語った。ダンヌンツィオは右顧左眄《うこさべん》した。彼の決定は衝動的になされ、遅きに失することもたびたびあり、理性よりも迷信によって促されることのほうが多かった。要するに彼にはその仕事をこなす能力がなかった。おそらく、もっと有能なリーダーが現れるまで待つほうがよいのでは？　三年後、ジュリアーティはムッソリーニの最初の内閣で大臣となった。

　アメリカのトリエステ副領事は、フィウーメが「どこもかしこも旗で飾られている」と報告した。光が一晩中輝きつづけた。町の中心の広場を囲むすべての家の二階からダンヌンツィオの肖像画が吊り下げられた。「イタリアか死か」と書いてある横断幕がすべての通りに張り渡された。舞台は飾り立てられた。スターはそこにいた。ダンヌンツィオはあらゆる場所に現れた。演説をし、兵士たちを視察し、ドックの駆逐艦のそばでポーズをとり、昼も夜も通りを埋める群衆に疲れを知らぬがごとく自らの姿をさらしつづけた。そして二組の映画撮影クルーが彼のあらゆる動静を追いつづけた。

　もうひとりのアメリカ人の観察者が彼について描写している。「彼の見事な仕立ての服は完璧にウエストとヒップにフィットしているので、どうやらコルセットを使っているようだが、中年太りを部分的にカモフラージュしている。彼の頭は産みたての卵にニスを塗ったようだ。先端を尖らせた顎髭は、ナポリにあるブロンズのサテュロスを思わせるようにカットされている。片眼鏡が見えないほうの目を隠している。歩き方は（女のように）気取って小股で歩くのと、ふんぞり返って歩くのが組み合わさっている。彼の動きはスポットライトが自分に当たっているのを知っている役者の動きである」。このアメリカ人はダンヌンツィオを「感銘を与えない外見」と考えたが、マリネッティには、白い手袋をした手を挨拶のためにほとんどいつも上げている彼は「この上なくエレガント」に見えた。

　毎日彼は官邸の下の広場に集まった数百人の人々――その多くは軍団員もしくは土地の女性たちだった――に演説をするためにバルコニーに姿を現した。彼はその人々をまるで指揮者が合唱団に対するように、あるいは聖職者が会衆に対するように、扱った。彼が合図をすると、人々はそれに応えた。彼の演説は繰り返しが多かった――わざとそうしていたのだ。彼は扇動的でレトリックに満ちた質問をよく投げかけた。「勝利は誰のものか？」すると聴衆は期

待される答えを叫ぶのだった。「われわれのものだ《ア・ノイ》！」彼はホメロスのように長大な名前のリストを朗誦することもあった――彼の支持者たちの名前、輝かしい死を遂げた人々の名前、イタリアの戦勝の名前、彼が「解放」を提起する都市の名前などである。こうしたリストは聴衆の興奮をゆっくりと高めていくための手段であった。

こうして姿を現す前に、バルコニーに面した大きなサロンで彼は半時間集中して過ごした。「人々はわたしの名を呼びながら大声で叫んでいた」。単語と言いまわしが心に浮かんだ。胸が締めつけられる気分になった。彼が呼吸する空気が燐光を発するように思えた。「わたしが一声叫ぶと、将校たちが駆けつけ、バルコニーに通じる扉を開く。扉は翼のように両側に開く。石弓から放たれた大矢のように激しく、わたしはバルコニーの手すりまで進む」。

彼は自分の演説でわれを忘れることがあった。自分のなかと周囲に感じとった「メールストローム〔ノルウェー北西岸沖に発生する大渦巻き〕」を彼は描写している。それは彼がしゃべっているあいだに目の前に現れた、血のように赤い旗と戦いの幻覚であった。ときおり彼はロンキの誓い、すなわちフィウーメがイタリアであるために「あらゆる者、あらゆること」と戦うという誓いを唱えはじめる。問いかけと答えの連続は、彼の「アララ！」という鬨の声で区切られ、数千人の声が彼に叫び返した。「エイア、エイア、エイア！　アララ！」

ダンヌンツィオはこうした「対話」を、彼の「野外での議会」であり、「古代ギリシャ以来……民衆とその支配者のあいだの……直接のコミュニケーションの最初の例」であると述べた。だがこれは政治的議論ではなかった。それは集団ヒステリーを引き起こすべく入念に準備された刺激であった。フィウーメでダンヌンツィオは、行進する兵士、喝采を送る群衆、浴びせられる大量の花、かがり火、心をかき立てる音楽などを材料とした芸術作品を創り出すことで、新しい手段の実験を行っていた――それはその後の二十年以上にもわたってローマ、モスクワ、ベルリンにおいてさらに発展し、磨き上げられていく。

ニッティはフィウーメへの電力の供給停止を命じ、町の封鎖を開始した。第三軍はフィウーメの陸地側を包囲し、イタリア海軍の艦艇はフィウーメ港への艦船の入港を阻んだ。しかし数日後にニッティは、イタリアの詩聖、国民的詩人であり英雄であるダンヌンツィオに対して公然と攻撃姿勢をとることが、政治的に危険であると理解した。封鎖は緩められた。のちに赤十字の理事は、ニッティの密かな支援によってフィウーメへの食糧と医薬品の供給が人道的かつ効率的に維持されたことに賛辞を呈した。「彼（ニッティ）は自分がしたことを明らかにするのを一貫してわたしに禁じてきた」。ダンヌンツィオのフィウーメ滞在が始まって数カ月のあいだ、もっとも禁欲的な従者のひとりは、彼が砂糖漬けの薔薇の花びらを食べていたことを驚きをもって思い出している。

ダンヌンツィオの財政は相変わらずの浪費ぶりで運営されていた。「あなたのスタッフ全員がおびただしい量の食べ物を注文している」と司令部の財務を管理するという割に合わない任務を課せられた役人は抗議した。「明らかにあなたがたには消費できないほどの量である」。飾りけのない官邸のなかで、ダンヌンツィオは自分の個人的なアパートメントとして二部屋を占有し、その部屋を絨毯や香炉、いくつもの旗、フィレンツェから持ってきた聖人の石膏像二体（等身大より大きい）などで満たした。彼のベッドは、マクドナルド神父によれば、死せる英雄の棺台のように、大量の花で囲まれていた。花は一日三回取り替えられた――朝には白い花、正午にはピンク、夕方には赤い花という具合に。

外国人ジャーナリストたちはダンヌンツィオの偉大な象徴的ドラマを、よくある乱痴気騒ぎというように、ありきたりの視点から見がちだった。フィウーメからあるロンドンの新聞に送られた典型的な記事には「コーラスガールたちとシャンペン」という見出しがつけられた。また別のイギリスの新聞は「香の煙のなかで展開される、悪魔への献酒に刺激された名状しがたいどんちゃん騒ぎ」と述べている。反感を抱くイタリアの社会主義者に言わせれば、フィウーメは「売春宿、事実上《上流社会》の犯罪者や売春婦たちの避難所」へと変容した。あるイギリスの諜報員は「よく知られていること」として「ガブリエーレ・ダンヌンツィオはほとんどの夜をレストラン・オルニトリンコで愛人とともに過ごし、そこで大量のシャンペンを飲み、朝も遅い時間になるまで戻ってくることは滅多にない」と報告している。ダンヌンツィオは飲みすぎることは決してなかったが、好んで遅くまで起きていた。この報告をファイルした外務省の役人は「ダンヌンツィオはフィウーメで人生の絶頂期を過ごしているようだ」とメモしている。それはたしかに事実であった。

急速に膨れ上がりつつある義勇兵の大群をどうやって食べさせるかという問題について、ダンヌンツィオには何のプランもなかった。「卑しむべき金がわずかしかないとき、彼は自分を明らかな不正の犠牲者と見なした……フィウーメでの収入源は、世界のすべての国家のように税金と借入金ではなく、実力を用いた奇襲であった」とジュリアーティは書いている。フィウーメは海賊行為によって食糧を確保していた。

ダンヌンツィオはグイド・ケラーが指揮する略奪部隊を、十六世紀にアドリア海で活動した海賊にちなんで「ウズコッキ」と名づけた。彼らはモーターボートに乗ってフィウーメの港から出撃し、湾を横切って連合軍の兵站部を襲い、食糧、武器、馬、そしてときには人質まで持ち帰った。彼らはアッバツィーアの軍事基地までトラックを運転し、長靴を盗んで積み上げた。武器を使う必要が生じることは滅多になかった。封鎖部隊の兵士の多くは彼らの運動に共感しており、喜んで見て見ぬふりをしたからである。

さらに遠く離れて、彼らは貨物船に密かに潜り込むこともあった。平服を着たアルディーティたちが小さなグループに分かれて町を離れ、ある港で再び集まり、こっそりと船に乗り込む。時間が来ると、彼らは目立たない上着を脱ぎ捨てて勲章をちりばめた黒シャツを見せ、頭を隠していた帽子を取って恐ろしげな前髪をさっと振った。ほとんどの場合、乗組員は船長や航海士たちがされるがままになるのを許し、進路の変更にも異議を唱えず、補給物資を積んだ船はフィウーメの港に持ち込まれた。

かつてダンヌンツィオは、面白味のない商業主義がより偉大で血なまぐさい時代の「素晴らしい犯罪」に取って代わった暮らしの退屈さについて、不満を述べたことがあった。戦争のあいだアルディーティはダンヌンツィオのモットー「俺の知ったことではない《メ・ネ・フレーゴ》」を採用したが、それをムッソリーニはのちにファシスト的な「理想の暮らしの新しいスタイル」を要約したものとして使うことになる。このときダンヌンツィオはその言葉を刺繍した旗を自分のベッドに掛けていた。彼は無法者国家の無関心な支配者となったのである。

ダンヌンツィオはニッティに「カゴイア」というあだ名をつけた。これは造語の悪口で、「糞まみれ」とでも訳せばよいだろうか。イタリアの政治システムを呑み込んでいた不潔さを見たとき、彼は強く嘆いたが、いまやそうした下品な言葉が彼のレトリックからほとばしり出はじめた。犠牲と祖国をたたえる言葉と並んで、もうひとつの傾向である、スカトロジーの乱用が現れた。彼は言葉を用いる風刺漫画家になり、ニッティの身体をかつての自分の父親の身体と同じように嫌悪を催すものとして、下品にからかいながら描いた。彼の罵りには、排泄物や脂肪でぶくぶく肥った肉、げっぷやおならがたっぷり詰め込まれた。

ニッティは、ダンヌンツィオが己が冒険を制御できなくなったという噂を広めて報復した。彼はダンヌンツィオが「狂った連中に圧倒されてしまった」と、ある記者に話した。ダンヌンツィオはもはや自分の行動に責任が持てない。彼は耄碌《もうろく》している（あるいは子どもじみている）。まわりの将校たちの言いなりになっている。フィウーメからヨットで逃げ出そうとしている。莫大な賄賂を受け取って、いまにも降伏しようとしている。こうした噂のすべては、表面的には同情しながら、ダンヌンツィオの立場を切り崩そうとするものであった。詩人の人気はあまりに高く、彼に対する言葉での直接攻撃は、それをする者に反発をもたらすだけだったのである。

ダンヌンツィオにはそうした制約がなかった。何度も何度も彼は首相をその臆病さの点で批判した。敵に降伏する際に銃剣に引き裂いた服の切れ端をくりつけていた、ティマーヴォ川での「臆病者たち」の記憶に立ち戻り、染みのついたパンツを白旗に使っているニッティのグロテスクなイメージを彼は作り上げた。「食べることと酒をがぶ飲みすること」にしか関心を持たないとして、ニッティをこてんぱんにやっつけた。ダンヌンツィオは拒食症ではなかった――彼はウズラのローストやイチゴやアイスクリームの美味しさについて書くことができた――が、このときは食べることを堕落と同等のものと見なした。彼は獰猛だった。自分の信奉者たちにニッティをさらし者にすることを求めた。彼は不敬でもあった。つばを吐きかけることでニッティに「洗礼を施す」ことも求めた。彼はお世辞も言った。聴衆に対して、ニッティの政府に忠実な「奴隷たち」とは違って、君たちは自由であると語った。

　九月二十五日、ダンヌンツィオの聖なる入城から二週間後、ローマで国王は内密の会議を開いた。ダンヌンツィオによるフィウーメの併合は受け入れられないことで合意が得られた。これに力を得たニッティは議会を解散し、十一月十六日に選挙が行われることになった。ダンヌンツィオのフィウーメ占領は、おそらくそれほど悪いことではなかった。その年の春にオルランドがヴェルサイユで説得しようとしたことを、それは鮮明に示していたからである――イタリア政府は、国民の要求によって、ダルマツィアでの譲歩を求めざるを得なくなった。ダンヌンツィオを制圧できないニッティ――そのプラグマティズムをダンヌンツィオはきわめて恥ずべきものと見なした――は、賢明にダンヌンツィオを利用した。

　つねに騒がしいフィウーメは、いまでは武装した若者たちで混雑していた。四つの楽隊が昼も夜も演奏しながら通りを練り歩き、そのうしろには行進したり踊ったりする人々の列ができた。ダンヌンツィオ自ら、帽子に花を飾った彼の部隊の先頭に立って毎日町を歩き、彼らの行進にはトランペットの伴奏がついていた。毎朝彼は海岸通りでアルディーティたちで構成された警護団を閲兵した。あるルネサンス期のメディチ家の君主に仕えた「黒帯隊《バンダ・ネーラ》」をモデルにして、彼らは身体にぴったりした黒いチュニックをまとい、ほとんどのフィウーメの部隊がしていないような訓練を受けた。彼らは空に向けて真っ直ぐに片腕を伸ばす、派手な新スタイルの敬礼を行った。「隊列はきわめて厳粛に彼の前を通過する。彼が手を叩くと、二百本の短剣が伸ばした腕の先に差し上げられる」。ランダッチョの旗が表敬のために下げられ「運命を予告する叫び声が二百人の胸から海に向かって響きわたる。ア・ノイ！」

町の周辺の農村地域を軍団は毎日行進した。海沿いの松林のなかを走ったり、レスリングをしたり、ガリバルディ賛歌やアルディーティの戦いの歌を歌いながら、町の背後の丘の果樹園やオリーブ園を行進したりした。葉の茂った枝を切ることもあった。日が暮れると、緑の葉で作った輪で自分たちを飾り、まだ歌いながら町へ戻った。海岸通りで大きなかがり火を焚いて羊をローストにした。黒焦げの羊肉をたらふく食べる彼らの奇抜ないでたちは、炎の光に輝き、古代の感動的な光景を作り出した。ダンヌンツィオが認めたように、それはまるでアキレウスと彼が率いるミュルミドーン人たちがトロイの前でもう一度野営するために戻ってきたかのようであった。

レオン・コホニッキーは十六歳のときに『炎』を読んで以来、ダンヌンツィオを崇拝してきた。「陶酔！　魅惑！　われわれの生をさらに美しくすることを運命づけられている宝物を発見する、苦しいほどの喜び！」戦前に彼はダンヌンツィオをパリのオペラ座で見かけたことがあった。そのときの糊のきいたネクタイと真珠のように白いカフス、片眼鏡が輝く姿は非の打ち所がなかった。一九一九年の夏、このときにはすでにコホニッキー自身が本を出版した詩人になっていた。彼はローマへ行き、そこでようやく彼にとって大きな意味を持つ吟遊詩人との面会にこぎつけた。本物のファンである彼は、ダンヌンツィオの手袋をひとつ盗み、それを「お守り」として持っていた。

コホニッキーは一九一九年十月の終わり頃にフィウーメにやって来た。ダンヌンツィオは面会の約束を与えるまで二日間彼を待たせたが、会ったときには愛想よく振る舞った。もちろん彼はローマでの出会いを、彼らが遊んだカードゲームや、その部屋で匂っていた花、その夜のあらゆることを覚えていた。コホニッキーはその名誉にものも言えないほど驚いた。のちになってようやく、ダンヌンツィオはどんな知人に対しても親友を歓迎するように振る舞うのだと理解した。「だが実際には彼は何も気にかけてなどいなかったのだ」。

コホニッキーは師を崇める弟子だった。「ガブリエーレ・ダンヌンツィオが放つ光のなかで、わたしは呼吸をしていた。その光のなかでわたしは生きていた」。自分を嘲笑しながらも率直に、英雄を崇める数千の軍団員が共有した自己放棄的な感情を彼は書きとめている。「わたしは意志を持たない器械であり、ただ素晴らしい職人のみを見たり感じたりする道具である」。こうした心酔によって自分の価値が下がったと彼は感じない。むしろ逆に「わたしは神に感謝する。神が創造したなかでももっとも完璧な者と日々直接に触れ合う立場にわたしを置いてくれたことに対して」。

ロシア系ユダヤ人を出自とするベルギー人のコホニッキーにとって、イタリアの未回収地回復運動はほとんど関心を持てないものだった。「われわれはどこへ向かっているのか？　誰にもそれはわからない……われわれの戦争の目的は何か？　それを定義するのは困難だ……ならば、あるがままにまかせよ！……われわれの上にはガブリエーレ・ダヌンツィオがいて、導いてくれる。ガブリエーレ・ダンヌンツィオの彼方には、彼を動かす未知なるものと運命がある」。

ダンヌンツィオはコホニッキーと、もうひとりの血気盛んな若い詩人であるアメリカ人のヘンリー・ファーストを、自分に関する外国紙の記事をチェックする仕事につけた。ファーストはダンヌンツィオを、その詩と彼が偉大な「異教徒」であることから、崇敬していた。異教信仰はペイター以来英語を使用する詩人たちのあいだで流行しており、イギリスの戦争賛成派の美しき死せる偶像であるルパート・ブルックは「復興異教主義派」の中心的存在だった。ダンヌンツィオはこうした評価を喜んで受け入れた。数カ国語を操る、文学に通じた若者たちは彼にとって役に立った。コホニッキーとファーストはプレス・リリースの草案を書いた。ダンヌンツィオがそれらの草案の構文を訂正し言葉を変更して戻すことがあまりに頻繁だったため、彼らは傷ついた。

ダンヌンツィオは人々に話さないときには、書いて人々に知らせた。彼はフィウーメのイタリア語新聞『ラ・ヴェデッタ（見張り番）』を支配し、これを自分の拡声器にした。『ラ・ヴェデッタ』は彼の演説をすべて一字一句そのまま掲載して毎日刊行された。ダンヌンツィオは自分の決意を全住民に伝えるのに、町中の家々の郵便受けに布告を入れ、通りでビラを手渡し、低空を飛ぶ飛行機からばらまいた。危機的な時期には、彼の変化する心を反映して、新しいポスターが一日に四回、六回、あるいは八回も公的な場に貼り出された。ダンヌンツィオにとってフィウーメはステージとページの両方の意味を持ち、ポーズをとる演台であり、自分自身の素晴らしいストーリーを刻みつける石の表面であった。

そのストーリーは、フィウーメの国境を越えて同じように広められねばならなかった。全燔祭の町は世界中から見える灯台となるべきだった。ダンヌンツィオの宣伝部門は徹底して近代的効率とともに組織された。彼の演説はすぐに政府の印刷部門に送られて数時間以内に刊行され、イタリア全土の新聞社に配布された。ウズコッキの大胆な襲撃には必ず新聞記者がひとり同行し、彼らの功績を報じた。ダンヌンツィオのパイロットたちはトレントやザーラなど領有をめぐって議論になっていた都市の上空を飛び、ビラをばらまいた。彼はフィウーメの市民たちに外に出て海岸通りの広いスペースに集まるように命じた。そしてそこで「イタリアか死か」という人文字を作り、空から撮った写真を流布させた。

十月七日、ダンヌンツィオの二人の飛行士が偵察飛行中のエンジン故障で死んだ。フィウーメの最初の「殉教者たち」の死を、ダンヌンツィオは荘厳な儀式の機会として利用した。町中の花屋と公園からすべての花が集められた。葬列は町のなかを何時間も練り歩き、葬儀の音楽を奏でる楽隊の音以外には、厳かで感動的な沈黙が支配した。孤児院の小さな子どもたちの一隊が列を先導した。そのあとには軍団員たち――負傷した復員兵とぞっとさせるような黒ずくめの若い戦士――が続いた。フィウーメのイタリア人のほぼ全員がそのあとを歩いていた。日が落ちると、二つの棺は町の中心の広場に置かれた。死んだ二人の同僚であるパイロットたちによってランダッチョの旗が棺にかぶせられ、満月が空に昇る頃、ダンヌンツィオが演説をした。「翼のついた機械の影が作る十字のしるし」について彼は語り、死んだ男たちを「焼かれながらも信仰を守った者」として描いた。ある軍団員はこの演説を思い出して書いている。「詩人の言葉は大きな広場に高く明瞭に響きわたった……それに耳を傾ける数千人は息をしていないように、生きていないように思えた。死者を悼む影の群れのように思えた」。

その創設の夜からダンヌンツィオの司令部には「情報局」と呼ばれる諜報部門が含まれていた。「情報局を担当する将校は、一週間のうちにきわめて信頼できる密告者のネットワークを作り上げた」とジュリアーティは記録している。これらの諜報員たちには「ユーゴスラヴィアの陰謀」を見張ることと、すべての市民、とくに非イタリア人の行動を報告すること、という指示が与えられた。『ラ・ヴェデッタ』は「外国人」すなわちイタリア系ではないフィウーメ生まれの人々の追放を要求した。「もう十分なほど長くわれわれは彼らを許容してきた……彼らはここでは何もすることがない」。フィウーメのイタリア人たちは、自分たちを防衛するために来た「兄弟たち」だけを受け入れて、閉じこもることを望んでいた。「この上なくイタリア的《イタリアニッシマ》」な都市の現在の人種的多様性は、彼らの「回収」という単純で栄光に満ちた物語を複雑化させている、と考えていた。

ダンヌンツィオ支持者たちのフィウーメ滞在記には、この町の非イタリア系住民はほとんど登場しない。イタリア人たちは彼らを無視するか、内なる敵として恐れた。えこひいきのより少ない他の観察者たちは、ある民族集団に対する他の民族集団による嫌がらせを証言しており、マクドナルド神父はその夏のあいだそうした行為がずっと続いていたのを目にしていた。ダンヌンツィオの支配した期間、交易が衰えてうまく動かなくなったため、食糧が不足する事態が起こった。スケープゴートを求めて、フィウーメのイタリア人たちのなかにはスラヴ系の隣人たちを非難しはじめる者が現れた。スザクに住むクロアチア人の屠畜人たちがクロアチア語を話す者あるいはユーゴスラヴィアに忠誠を誓う者にだけ肉を売っている、と言われた。フィウーメの町では、流入するイタリア人に譲るために、クロアチア人は自分の家から追い出された。火のように輝く都市には、その発端から、暗渠《あんきょ》が存在したのである。

ダンヌンツィオがヴェネツィアを離れる直前に出会った若きピアニスト、ルイザ・バッカラはすぐに彼を訪ねてフィウーメに定期的にやって来るようになった。

素朴で、くっきりしていて、近寄りがたく、古典的である——これらはダンヌンツィオがルイザの美しさを描き出すのに用いた形容詞である。力強く弧を描く眉毛、がっちりした肩と首は死の歌を歌う白鳥を彼にイメージさせた。彼女は他の人々にも鳥を連想させた。ダンヌンツィオに対する彼女の影響力に嫉妬していたグイド・ケラーは、あるとき彼女にオウムを贈った。それは彼女のかぎ鼻に対する当てこすりのつもりだった。

ルイザは恋人よりも三十歳年下だった。ダンヌンツィオは彼女をシレネッタ〔小さなセイレン〕と呼んだが、これは自分の娘にも与えた名前だった。だがそれまでの彼の恋人の多くがそうであったように、彼女も意志の強い才能ある女性だった。エレオノーラ・ドゥーゼのようなスターではなかったが、賞賛される芸術家であり、満員の劇場で堂々と演奏するピアニストであった。ダンヌンツィオは彼女がピアノ

を演奏するところを、エネルギーの波が彼女のうつむいたうなじからペダルに載せた足まで伝わるのを見るのが好きだった。まるで音楽がピアノからではなく彼女の身体から流れ出るように感じられた。セックスを通じて知るようになった彼女の身体は、弦楽器職人のマエストロの手になるヴァイオリンのように、見事な造形と素晴らしい反応を持っていた。ダンヌンツィオは彼女を自分の「黒い薔薇」であり、「オリーブの肌をした憂鬱《メランコリー》」、「金色の毒ブドウ」と呼んだ。メタリックな刺繍や銀色のラメなど彼女の趣味をダンヌンツィオは賞賛した。彼の手紙からわかるのは、彼女が従順であっただけでなく、性的に多くを要求する女性だったことである。自信にあふれ落ち着いた彼女は、ダンヌンツィオを独占ではないものの、生涯自分のものにした。

　フィウーメで彼女は将校たちや来訪したお偉方のためにリサイタルを開いた。『ロンキの歌』の演奏でリサイタルを終えたが、その演奏のあいだ「アカイア人のように髪を伸ばしたアルディーティたちはリフレインのたびに短剣を振りまわし、彼女を復讐の女王にした」とダンヌンツィオは書いている。

ダンヌンツィオの司令部と民族評議会の関係がぎこちなくなった。十月半ば、ダンヌンツィオは評議会を解散し、新たな選挙を求めて自ら候補者たちを推薦した。投票の日に彼は劇場で演説し、聴衆に語った。「君たちは自分の魂のために投票することを求められている。愛と情熱の行動のために投票することを求められている」。四日後、再構成された民族評議会はダンヌンツィオの絶対的権力を再確認した。

マクドナルド神父はあざ笑っていた。「詩人の役者が自分の旅回りの一座にうまいこと加えた、身持ちの悪い女たちと放蕩な軍人たちのステージコーラスは、命令通り投票させるのに役に立った」。ダンヌンツィオのフィウーメにおける政治活動において、女性たちが大きな役割を演じたことは事実である。ダンヌンツィオがやって来る少し前に彼女たちに選挙権が与えられたことは、何人かの同時代の観察者が考えたように、彼にとって大きな助けになった。ダンヌンツィオを中傷する人々に言わせれば、彼は閨房から政治活動という現実の厳しい男の世界に踏み込んだというよりも、救いがたいほど退廃的かつ官能的なやり方で政治的闘技場をもうひとつの閨房に変えてしまったのである。騒々しい都市に対する支配を確立する上での彼の驚くべき成功は、結局のところ、もうひとつの誘惑行為だったのである。

ダンヌンツィオが支配したフィウーメでは、ドラッグはセックスと同じぐらいたやすく手に入った。ある美術家はフィウーメにおいてサイケデリック・アートを売ることで生計を立てようとして、「《モルヒネ風》の幻想的効果」を宣伝文句にしていた。客として作品の購入を考える人々が、それがどのようなものであるかを知っていることを明らかに期待していたのである。

ダンヌンツィオは憤激の極みにあるときに、「陳腐な決まり文句とドラッグを詰め込んだくだらぬ連中」にはうんざりだ、と書いたことがあった。彼にはその両方の点で彼の信奉者たちと同じぐらいやましいところがあった。目の負傷が回復に向かっていた時期に彼は鎮痛剤と睡眠薬を服用し、その後もつねにアヘン剤を身近にストックしていた。フィウーメを去って間もなく、彼がひどいコカイン中毒に陥ったことがわかっている。おそらくフィウーメにいるあいだにコカインの常習者になっていたのだ。

第一次世界大戦前の時期、コカインは元気づけと忍耐力の増強に役立つと考えられていた。シャクルトンとスコットはともに極地探検の際にコカインを携行した。戦争中には大勢のパイロットが、イタリアでも他のどこでも、鋭敏な状態を保つためにコカインを使用した。そして多くが戦後もその習慣を持ちつづけた。他の人々は彼らの真似をした。フロイトが考えたように、ドラッグが健康によくないことは、あまりにも明確になりつつあったにもかかわらず。マルセル・プルーストは、コカインを老年へ向かう特急列車のひとつと呼んでいた（上手なヘアカットは青年時代に戻る同じぐらい速い列車だ、と彼は考えていた）。

フィウーメでひとりの薬剤師がコカインを売った廉で逮捕された。ダンヌンツィオは彼の釈放を求めた（おそらくダンヌンツィオ自身がその男からコカインを入手していた）。その後フィウーメを訪問したオズバート・シットウェルは、ダンヌンツィオの「蛇のような目」の「ガラスのような輝き」を彼が「ドラッグに狂っている」証拠だとしたイギリスの通信員をあざ笑った。あの三文記者は司令官の片方の目が本物のガラスだと知らなかったのか？　実際にはそうではなく、三文記者の主張が正しいことは十分にあり得た。

イタリアは不満があふれていた。復員兵あるいは戦死者の遺族たちは、自分たちの苦労や失った家族の補償を求めていた。復員兵組織は彼らを結集していた。太鼓を打ち、旗をなびかせて、彼らは耕作されていない土地に行進し、自分たち自身で耕しはじめた。地主たちはうろたえ、その多くは自分の所有権を主張することがかなわず、あるいは恐れて口にできず、土地を売らざるを得なかった。社会主義者たちはますます戦闘的になった。社会党系の労働組合は加盟者の数を二年間で四倍にまで増やし、その二年のあいだに百万人以上の人々（ダンヌンツィオがあれほど多くの夜を過ごした、カフェ・フローリアンのウェイターを含む）がストライキに参加した。一九一九年秋に開かれた全国大会で社会党は、「暴力による権力獲得」をめざす新しい指導部を選出した。

イタリア政府はもはや自分たちの軍隊を信頼できなかった。十月、陸軍の最上位にある将軍二人がフィウーメに到着し、ダンヌンツィオの指揮下に入ることを申し出た。そのうちのひとりはカリスマ的な影響力を持つチェッケリーニ将軍だった。一九一六年に前線でチェッケリーニと初めて会ったダンヌンツィオは、彼を「有名なフェンシング選手、ヘラクレスのような体型、がっちりした肩……灰色の口髭の下には形のよい唇。まるで鎧を脱いだ戦士のように、革で身を包んでいるように見える」と描写した。いまやそのチェッケリーニが「フィウーメ第一軍」の指揮官となった。

フィウーメでは毎日パレードがあった。そして毎晩松明をかざした行進と花火があった。二人の飛行士の葬式。チェッケリーニ将軍への指揮権付与の儀式。再選挙によって成立した民族評議会の荘厳な開会式。訪れたアオスタ公妃への表敬のための閲兵式。アッバツィーアのレストランを訪れたあと、正規軍兵士に殺されたひとりの軍団員の追悼式。行進の通過。飛行機の通過。叫び声を上げる群衆。旗、鐘、ダンス。だがそれでもイタリア革命は起こらなかった。ニッティは依然として権力を握っていた。

長期の滞在になることを覚悟して、ダンヌンツィオは冬用の自分の衣類を送らせた。ブーツや靴、ネクタイ、さまざまな軍服とアストラカンで裏打ちされたオーバーなどがカゼッタ・ロッサから送られ、そのほかに好物のチョコレート十箱やストリキニーネ五百グレーン〔約三十二グラム〕も一緒に送られた。彼は再び戦争に直面し、自殺のための手段が再び必要になった。

フィウーメの経済は崩壊しつつあった。繁栄する港と製造業を有していた町は、原料供給と市場の両方から切り離されてしまった。港は閉鎖されてドックは沈黙し、工場は見捨てられた。製粉する米は届かなくなった。油にするために圧搾する種も来なくなった。フィウーメの労働者階級の失業者数はますます増えていった。

通貨は不安定で混乱していた。フィウーメが現在いかなる政治的実体に属しているのか、誰もわからなかった。したがってこの町で流通しているいくつかの通貨（ハンガリー、イタリア、ユーゴスラヴィア）のうちで、どれが価値を持つのか、誰にもわからなかった。司令部は独自の紙幣を発行したが、その偽造があまりに容易だったため、商店主たちはすぐにその受け取りを拒否するようになった。税金はある通貨で支払われ、物を買うときには別の通貨で支払われた。通貨の為替相場は大きく変動した。ある皮肉な新聞記事はその状況をまとめている。「両替商は七・一〇で、カフェは六・五〇、帽子屋は六、文房具屋は五、ピザ屋は四、という具合だ。こうしたことはすべて、フィウーメの若者たちが学校へ行かなくても数学を学ぶことを可能にするという、崇高な意図で行われている」。

商人たちは絶望していた。パンの価格は固定されていたが、パン屋は価格引き上げの権利を要求し、認められなければストライキを行うと脅した。ジュリアーティはパン焼き窯を稼働させるために軍団員たちを配置した。パン屋たちは押し戻されて仕事に戻ったが、二種類のグレードのパンを作りはじめた。それは高価な白いパンと、砂の入った灰色の「お徳用《エコノミコ》」パンである。ジュリアーティは「お徳用」パンをむしゃむしゃ食べるところを宣伝のために写真に撮らせたが、わざわざそれを選んで食べる者はひとりもいなかった。

ムッソリーニはダンヌンツィオの冒険と距離を置きつづけた。九月に彼はダンヌンツィオに手紙を書き、忠実な(すなわち反乱)部隊によって王政を転覆する五段階の計画を披露し、ダンヌンツィオのフィウーメのために募金活動を行うと伝えた。(巨額の資金が集まったが、ムッソリーニがその金を引き渡したという記録はひとつもない。)

十月七日、ムッソリーニはようやくフィウーメに飛行機で向かい、ダンヌンツィオと二時間の密談を行ったが、二日後(飛行士の服装のまま)フィレンツェで開かれたファッシの第一回全国大会に出席している。三月に始まって以来、彼の運動は百五十の支部と四万人のメンバーを持つまで規模を拡大していた。ムッソリーニは公的にはフィウーメ軍団とファシストの連帯を表明していたが、彼の関心はアドリア海にはなかった。心は間近に迫った選挙に向いていた。

一九一九年十一月十六日、イタリアでの選挙が行われた。あたかもフィウーメがイタリア議会の一員たる資格を有する選挙区であるかのように、挑戦的にダンヌンツィオは投票を組織した。ブッカリの悪ふざけの夜にダンヌンツィオと行動をともにした金功章を持つ戦争の英雄、ルイジ・リッツォが「フィウーメを代表する議員」として選ばれた。祝賀の行進とダンスが街頭で繰り広げられた。議席につくためにリッツォがローマに向かうことはなかった。

全国の選挙結果は、ダンヌンツィオとその仲間たちにはショックなものであった。ムッソリーニとマリネッティはニッティ政権に反対するために力を合わせた。ムッソリーニは精力的に選挙活動をして、繰り返された集会で『ジョヴィネッツァ』を声高に歌ったが、何の役にも立たなかった。ファシストと未来主義者の同盟は、取るに足りないほどの票しか集められなかった。ひとりの候補者も当選できなかった。社会主義者たちはムッソリーニの名前を書いた棺を掲げてミラノ中をパレードした。誕生して八カ月のファシスト運動は死に、終わったように見えた。選挙結果が公表されたとき、ローマとミラノの街頭で衝突が起こった。警察はムッソリーニの下宿を捜索し、不法な武器の貯蔵所を発見した。ムッソリーニとマリネッティの両者とも一時的に拘留された。

ニッティは議席を増やした多数派とともに、その権力を承認された。イタリア国民はきっぱりとファシズムを拒否し、ついでに言えば、ダンヌンツィオに背を向けてフィウーメという灯台も見る気がないように思えた。それは痛烈な一撃だった。

選挙後、はるかに多くの選挙民の信任を得て安心したニッティは、ダンヌンツィオに条件を提示した。「暫定協定《モーダス・ヴィヴェンディ》」として知られる彼の提案は、フィウーメがイタリアに併合されることを明確に約束せず、フィウーメの住民に自分たちの運命を決定する権利を保証するものだった。フィウーメの町はイタリアの保護下で分離体制となるものとされた。イタリア軍部隊はユーゴスラヴィアによる実力での町の奪還には抵抗し、「フィウーメを祖国から切り離すようないかなる解決策も受け入れない」と政府は保証した。

フィウーメのほとんどのイタリア人にとって、この提案は全面的に満足のいくものであった。民族評議会は受け入れる用意があった。ジュリアーティも、「ロンキの七人」の最重要人物であるレイナ少佐も同じだった。フィウーメの仮定上の国会議員であるリッツォも受け入れ賛成であった。ダンヌンツィオは違った。彼にとってこの条件を受け入れることは敗北を意味した。フィウーメ軍団は直ちに解体され、彼自身はフィウーメを去ってイタリア正規軍の守備隊に町を引き渡さなければならない。彼の神秘的な全燔祭の町はほどほどに重要な工業港に戻り、彼自身は町全体の劇場と世界中に広がる聴衆、そして主役の立場を失うことになる。「ひとつの美しいものが終わろうとしている。光が消えかけている」と彼は書いた。

この取引を拒否する方策を見つけようとダンヌンツィオは苦労した。彼は非現実的な対案を作った。フィウーメがイタリアの一部にならない限り、自分は決してそこを去ることはない、と繰り返し宣言をした。彼は大臣のひとりに語った。「アドリア海での新たなクーデタを含めて、わたしにはあらゆることをする用意がある」。彼が派遣した密使たちはバドーリョの総司令部やローマとのあいだを行き来した。さらなる譲歩を取りつけることはできなかった。

フィウーメの空気は次第に緊迫したものになっていっ

た。何カ月も軍団員たちはダンヌンツィオに教えられて「イタリアか死か！」と叫びつづけてきた。彼らは冒険を奪い去られ、平時の失業者としての退屈な日々に戻ることを望まなかった。一方フィウーメ人たちは和睦を切望していた。両者は互いに臆病者だの愚か者だのといろいろ非難し合うようになった。包囲された過密状態の町のなかで大声での口論や乱闘が起こり、ほとんど暴動に近い状態となった。ジュリアーティは「民衆のサイクロン」がすぐにも始まると予想した。

十二月十二日、ダンヌンツィオはニッティの代理人に、フィウーメの民族評議会が賛成すれば暫定協定を受け入れると伝えた。十二月十五日、評議員たちは協議のために集まった。彼らが話し合っているあいだ、(舞台上にいるときが何よりも幸せな）ダンヌンツィオは町の中心の劇場で行われている興行を中断させて舞台に現れた。大股でフットライトのなかに登場した彼は、自分とフィウーメ軍団は町からの退去をいままさに命じられようとしている、と発表して聴衆にショックを与えた。彼の支持者たちは街頭に飛び出してそのニュースを広めた。ダンヌンツィオは評議会を恫喝するために、人々を暴動に導こうとしていた。「まるで人命があらゆる価値を失ったかのように、人々は殺人について話をしていた」とジュリアーティは書いている。

評議会は外の騒ぎを頑なに無視して、四十八対六で暫定協定を受け入れることに賛成した。評議会の決定を公表する頃までに、総督官邸の外の広場には五千人ほどの群衆が集まり、ダンヌンツィオに出てくるように求めた。彼は合意文書を持ってバルコニーに現れた。彼はそれを読み上げ、それぞれの項目のあとに芝居じみた様子で問いかけた。「君たちはこれを望むのか？」——それは「ノー！」という答えを期待した質問であり、群衆は「ノー！」という叫び声で応えた。再びランダッチョの旗が広げられた。評議会の決定は住民投票で検証されるべきである、とダンヌンツィオは宣言した。民衆が決定を下すべきである。一九一五年のローマのときと同じように、再び彼は法制度上の権威を無視して、大衆に直接訴えたのである。

アルディーティたちは戦闘歌を歌いはじめた。その夜と翌日の午前中ずっと、広場とその周囲の通りは、叫び、歌い、争う人々でいっぱいになった。評議会議長はアルディーティの一団に通りで呼び止められ、殴られた。暴徒が総督官邸に乱入した。翌日ダンヌンツィオは宣言を発した。「わたしが自ら進んで、この町および信頼で固く結ばれた兄弟を見捨てることは決してない」。その日の遅い時間になると彼は軟化し――この危機のなかで彼は頑なであると同時に動揺もしていた――一連の新たな掲示物によって、全燔祭の町と結びつけている誓いから自分と軍団員たちを「解放する」ことを、フィウーメの人々に許可するに吝《やぶさ》かでない、と表明した。「われわれはフィウーメの大義に仕えるために来た。同じ大義に仕えるためにわれわれは去るだろう……われわれが待っているのは君たちの言葉である」。

住民投票は十二月十八日に行われた。投票前の二日間、ダンヌンツィオのより冷静で現実的な仲間たちは、敗北を受け入れるように彼を説得した。一方軍団員たちは、印刷所を襲撃し、暫定協定を受け入れるように主張するポスターやパンフレットを破棄した。暫定協定賛成をあえて公言する市民たちは街頭で痛めつけられたり、自宅を囲まれたりした。当日に投票所の責任者となった役人たちは脅されて追い出され、コホニッキーが「もうひとつの黙示録の黒い熾《し》天使」と呼んだ、黒シャツの戦士であるアルディーティたちが、威嚇するように投票所の任務についた。

フィウーメの人々が投票所へ行っていたとき、ダンヌンツィオはオルニトリンコ〔イタリア語でカモノハシの意味〕というレストランにいた。そこで彼はお気に入りの将校たちとザリガニを食べ、「血」と彼が呼んだチェリー・ブランデーのカクテルを飲んでいた。そのレストランの名は、グイド・ケラーが自然史博物館からカモノハシの剝製を盗んで司令官のテーブルに貢ぎ物として置いたことから来ていた。（直言御免の道化師という役割を持つ）ケラーの言うには、カモノハシの突き出たクチバシはダンヌンツィオの象牙色の頭と同じぐらいすべすべしているので献上したのだとか。

投票日の夜、甘党の若き詩人コミッソは、初めて司令官のテーブルに同席する特権者の仲間入りをすることができた。ダンヌンツィオのむき出しの頭は赤いシェードのランプからこぼれるほの暗い明かりにぼうっと光っていた。顔は蠟人形のように生気が欠けて見えた。彼は氷のように冷たい手でコミッソの手を取り、自分の隣に座るように誘った。おそらく彼の支配は終わろうとしており、部屋は部下の将校たちでいっぱいだった。彼らは不安げに大騒ぎをしながら、その神経は爆発寸前にまで高ぶっていた。しかしダンヌンツィオは穏やかにおしゃべりをしていた。彼はコミッソがつけていた工兵隊の記章に気づくと、工兵全体をほめたたえ、敵の「殺人的な」砲火の下でも着実に仕事をして電話線を設置した工兵隊の英雄的行為の思い出に耽りながら、コミッソにお世辞を言った。

将校がひとりニュースを持ってやって来た。いくつかの投票所で暴力沙汰が起こった。投票結果を発表する役人は怒った軍団員たちに野次り倒された。投票箱が破壊されたり、奪われたりした。しかしフィウーメの住民たちがほぼ四対一の割合で暫定協定を支持したこと、したがってダンヌンツィオの追放に賛成したことは隠しようがなかった。オルニトリンコのなかでは大きな声で憤慨した議論が交わされたが、ダンヌンツィオはそれには加わらなかった。投票に付された提案の文言が曖昧だ、と何人かは腹を立てながら言った。ある将校は、すぐ駆逐艦に乗船して「恩知らずな」町を離れよう、と提案した。もっと多くのアルディーティを派遣して投票所を閉鎖させることに賛成する者たちもいた。

ダンヌンツィオは静かに聞いていた。メッセンジャーたちがさらに到着し、敗北の知らせを確認した。とうとう彼は立ち上がって微笑みながら愉快そうに言った。アカデミー・フランセーズへの入会が認められるかどうかの知らせを待つフランスの文人のような気分だ、と。そして彼はその場を去り、古い町の細い道を抜けてひとり官邸へと歩いて戻った。歩きながら彼は手帳に書きつけた。「二階の部屋で歌っている将校たち」「泣いている女たち……町のなかの悲劇の感じ……残虐な歌」。

「票決という愚かな獣」はダンヌンツィオを拒絶したが、それまで一度も票決を尊重したことがない彼は、その決定にうろたえることはなかった。翌朝、再びバルコニーに立った彼は宣言した。「われわれは勝利するためにここに来て、勝利することを誓った。この合意文書に署名がされたなら、われわれは真の勝利を得ることなく去らねばならない」。彼は祈った。彼は嘆いた。「われわれは別れねばならないのか？　われわれは互いに暇乞いをせねばならないのか？　運命の木の幹に斧を打ち込んだままで去らねばならないのか？」自分自身が提起した問いに対する彼の答えは「ノー！」であった。

彼は住民投票を求めた。そしていま、それを無視することを選択した。投票は無意味で無効である、と彼は宣言した。フィウーメの未来は彼ひとりによって決定されるべきである。彼は決してこの町を見捨てない（彼がそうすべきだという住民の意思がこれほど明瞭に示されていたにもかかわらず）。彼はキリストよりも不屈だった。「この杯をわたしから遠ざけよ、とわたしは言わない」。彼はためらうことなくそれを飲むだろう（そしてフィウーメ全体に対して一緒に飲むことを強いるだろう）、最後の一滴まで。

## 五番目の季節

一九二〇年一月第一週にダンヌンツィオは、カゼッタ・ロッサの彼のゴンドラ漕ぎ兼雑用係のダンテに手紙を書き、お気に入りのフィアット・チョコレートと指の爪に塗るローションの瓶を送るように頼んだ。彼はそのままフィウーメにとどまるつもりだった。

ニューイヤー・イブに彼は新しい季節の始まりを宣言した。それは人類の歴史のなかでそれまで知られていない「フィウーメの五番目の季節」であるとした。時間の外にあるこの期間であれば、あらゆることが可能である。真のイタリアは、クロアチアにある包囲された小さな町であることが明らかになるかもしれない。中年の終わりにさしかかった片目の男が、青春の王子となるかもしれない。

五番目の季節はカンポ・ディ・マルテ（練兵場）での夜間の祭で祝われた。大きなかがり火が燃えさかり、ダンヌンツィオは群衆に熱弁をふるった。彼の声は砕ける波の音と機関銃の発射音と競い合った。彼の言葉は人々をうっとりさせ、彼が語るイメージは聖書から取られていた。「新しい年が始まるにあたって、雄鶏が時を告げる前に、われわれは飛び上がって叫ぼうではないか、《わたしは信じる《クレード》！》と」。彼は軍団員たちに、ともに新しい都市を築き上げようと呼びかけた。数十万人の戦死者の血と汗がその都市を聖なるものとするだろう。太陽がその都市を輝かせ、死者たちに蜜のような甘い光を投げかけるだろう。彼らは新しい生活を生き、兄弟は永遠に歌いながら勇気をもって団結する。彼はおとぎの国を創り出そうとしていた。それは原因と結果の連続から離れた、規制されない空間であり、そこでは迷子の少年たちが分別に縛られずに危険な冒険を楽しむことができるのである。

ダンヌンツィオはそのときのことを記録に残した。「青黒い風がわたしの声を奪い去った……永遠の星に向かって拳が炎を掲げ、機関銃が波騒ぐ海に向かって一斉に放たれた」。

ジュリアーティは暫定協定を受け入れるようダンヌンツィオを説得するのに失敗したときに嘆いた。住民投票の翌朝、彼は首席大臣を辞任してフィウーメを離れた。ダンヌンツィオに偉大な冒険を始めさせたと言えるレイナ少佐も、ジュリアーティのあとを追って一月の初めに町を去った。いまやダンヌンツィオは住民の明確に示された意思に反してフィウーメを支配しており、レイナは彼のそうした行動を拒否した大勢のうちのひとりであった。レイナは全軍を不服従に導くことを一度も望まなかったが、いまではダンヌンツィオがそれを望んでいたと確信していた。彼にはウズコッキたちの「愚かなクーデタ」が我慢できなかった。ローマでのクーデタについての乱暴な議論を彼はひどく嫌い、「五番目の季節」をめぐるたわごとに関わることを望まなかった。筋の通った条件を提示してきた自国政府をもはや拒否するつもりがない多くの将校たちも、フィウーメを離れ、そのなかにはルイジ・リッツォもいた。軍団員の多く（約一万人）も彼らとともに去ったため、前年九月にはやむなく志願者を追い払ったダンヌンツィオは、再び募兵を始めることを余儀なくされた。

ダンヌンツィオの司令部の性格は変わりつつあり、町の雰囲気もその点では同じだった。新たにやって来たのは、町を去った人々よりも荒っぽい連中だった。この地域の司令官をバドーリョから引き継いでいたカヴィーリア将軍は、（フィウーメは）「自国の警察とのトラブルを抱えた、外国人のいかさま師、扇動者、うさん臭い人々の避難所」になってしまった、と報告している。ダンヌンツィオは自分の手帳に書いた。「自分たちが世界の中心で活動しているという感覚。よそよそしさ、不安、敵対的な国々」。

かつては解放者として迎えられた軍団員たちは抑圧者に変わった。いまでは支配される者の同意なしで支配することで、ダンヌンツィオは彼の都市国家を恫喝によって統治するようになった。マクドナルド神父によれば「監獄は囚人を収容しきれないほどになった。カラビニエーリたちは最優秀のスパイ、秘密捜査員であることを証明し、夜になるとアルディーティたちによって《矯正措置》が取られた」。

ダンヌンツィオは曖昧な言葉を使って、誰であれ「フィウーメの大義に敵対的な感情を公言する」者に死刑の脅しをかけているように思える内容の布告を出した。現地の社会主義系新聞がダンヌンツィオの司令部を批判する記事を掲載しつづけたにもかかわらず、死刑が執行されたという記録は残っていない。しかし検閲は厳しくなり、批判的な外国人記者は町から追放された。一九二〇年一月末の時点で、ダンヌンツィオは二百人以上の社会主義者を追放した。いまでも残る言い伝えによれば、強力な下剤であるヒマシ油を懲罰目的で最初に使ったのは、フィウーメにいたダンヌンツィオのアルディーティたちであった。のちに指導的なファシストが「吐き気を催す黄金のネクタル（神々が飲む不老長寿の酒）」と呼んだヒマシ油は、ひどい下痢と脱水症状を引き起こした。それを飲むことを強制され、どうしようもなく自分の身体を汚すことで、犠牲者たちは苦しみと強い恥辱を味わった。それはファシストのスクァードラがその後の数年のあいだに多用した手法であった。

かつて下院の議場で山羊のように機敏に社会党（「生活の党」）の席へと移動したように、いま王政派と軍隊から見捨てられたダンヌンツィオは、過激派と革命派の支持を求めた。彼の限定された政治的目標（ニッティの更迭、フィウーメのイタリアへの併合）は当面のところ達成できそうになかった。彼は企ての視野を拡大することで状況に対応した。彼はもはやイタリアの領土をわずかばかり取り戻すためにフィウーメにいるわけではなかった。彼はユートピアを建設していた。ユートピアの構築を助けるべく、ジュリアーティの後任として首席大臣に彼が招いた人物は、革命的サンディカリストでイタリア労働組合連合の書記をつとめるアルチェステ・デ・アンブリスであった。

サンディカリズムは、資本主義と社会主義のあいだの平和的な第三の道とされるものを代表していた。サンディカリストの世界においては、労働者と雇用主との果てしない争いの代わりに、連合と合意が強調されていた。雇用主と被雇用者は、すべての者の繁栄のために機能する「協同体《コルポラツィオーネ》」に所属するとされ、全員の利害が公平に提示されるものとされた。この理論は左翼と右翼の双方にとって魅力的であった。ムッソリーニの下で、そうした形で作り上げられた国家の強力な抑圧機能が明確になるのは、わずか数年後のことであった。「協同体国家《スタート・コルポラティーヴォ》」は必然的に全体主義的なものであった――全員がそこに含まれるべきものとなれば、脱退する権利は誰にも許されなくなる。デ・アンブリスは社会主義者と見なされていた。だがムッソリーニと同様に、彼は参戦を強力に支持した。そして彼はジョルジュ・ソレルの信奉者であり、ソレルの思想はすぐに極右派から高く評価されるようになった。

暴力的闘争、ゼネラルストライキ、そしてテロリズムによって生み出される、純粋で変化をもたらす力にすべてのイデオロギーは服従する、とソレルは明言した。工業社会は腐敗しており、デモクラシーは失敗に終わった。それに代わるべきものは、英雄的な個人の自由な連合である。

（「君たちは全員が英雄である！」とランダッチョは部下たちに語りかけ、ダンヌンツィオはフィウーメの人々に同じことを語った。）ソレルはロジックからすると行き着くはずのアナキズムにはいたらなかった。なるほど民衆は高貴な存在であるが、彼らはリーダーを、不適切なモラルや時代遅れの因習に縛られない偉人たちを必要としていた。それは傭兵隊長の威厳と救世主のカリスマを持つリーダー、ダンヌンツィオの作品『栄光』に登場する架空の独裁者コッラード・ブランドのような人々であった。

ダンヌンツィオがデ・アンブリスを招いたのは、都市の運営を手伝わせるだけでなく、新しい憲法の起草で自分を補助してもらうためでもあった。ダンヌンツィオのあらゆる点を嫌っていたマクドナルド神父が、ダンヌンツィオとデ・アンブリスの二人は草案のなかで「昔ながらの方法から離れ、現代美術のキュビズムあるいは未来主義と同種のもの作り出す」ことを狙っていたように思えた、と書いているのは、不賛成を表明したいがためであった。だが彼の観察は的確だった。ダンヌンツィオがそのとき取り組んでいた「憲章」は、実践的な思考ではなく、芸術的想像力が生み出したものだった。遠い昔にダンヌンツィオは「詩の政治」を約束したことがあった。いま彼とデ・アンブリスはそうしたマニフェストを作ろうとしていた。

一九二〇年一月二十日。ダンヌンツィオの偏愛する聖セバスティアヌスの祝日。アルディーティの聖職者が主宰する荘厳な儀式がフィウーメのサン・ヴィート大聖堂で行われた。女性の一団が彼女たちの司令官に金銀で飾られた銃剣を贈呈するために側廊を進んだ。その武器を受け取ると、ダンヌンツィオは演説を行い、そのなかで武器と性的苦痛のイメージが恍惚を誘うように重ね合わされた。ダンヌンツィオの主張によれば、拷問を受けた聖人は矢の雨を浴びながら「まだ足りない！　まだまだだ！　もっと！」と叫んだ。同じようにフィウーメはより多くの苦痛を求めて叫んでいる。「わが姉妹たちよ。進呈されたこの銃剣が最初の矢と最後の矢の鋼鉄でできていると信じたい」。刃は女性たちの代理として聖職者から贈られたが、そこには明確に非キリスト教的な願望が込められていた。「この剣であなたは《勝利》という言葉を、われわれの敵の生きている肉のなかに刻みつけるだろう」。独立派の指導者リッカルド・ザネッラは、その武器が自分を殺すために用意されたと信じてフィウーメを離れ、彼の新聞の事務所をトリエステへ移した。

儀式のあと、ダンヌンツィオは分列行進をする彼の軍団を閲兵した。深く感動したフィウーメ市長は叫んだ。「彼は聖者だ！」コホニッキーは書いている。「古い町の貧しい家で女性たちは聖なる画像を引きはがした。小さなランプがガブリエーレ・ダンヌンツィオの肖像の前にともされた」。

聖セバスティアヌスの日に儀式を主宰した聖職者はその後ヴァティカンから叱責を受け、フィウーメを去ることを命じられた。

イタリア本土ではファシストと社会党員が——多くの場合、死にいたるまで——互いに戦っていたが、ダンヌンツィオは持ち前の変身による順応力によって、両方の党派との友好関係を依然として保っていた。

彼がフィウーメに到着してちょうど一カ月にあたる一九一九年十月十日、思いがけない援助を受け取った。白系ロシア軍に供給する約十三トンの武器と弾薬を運んでいたイタリアの貨物船ペルシアの乗組員は、「兄弟」であるボリシェヴィキの敵に対する支援を拒否した。メッシーナ海峡で反乱を起こした彼らは、船の針路をフィウーメに変更し、ダンヌンツィオにその破壊的な積荷を引き渡すとともに彼の指揮下に入った。彼らと、とくにリーダーで海員組合のトップでもあったジュゼッペ・ジュリエッティに対して、フィウーメ人たちは然るべき歓迎の儀式を行った。ダンヌンツィオは大喜びだった。乗組員のほとんどはとどまり——彼らの存在はフィウーメの政治的性格を左翼へと変えた——ダンヌンツィオはジュリエッティに、彼らが合流することで「生肉をむさぼり食う連中に対する蜂起」を刺激するだろう、と語った。

一九二〇年一月初め、イタリアに戻っていたジュリエッティは、もうひとつのクーデタ計画についてダンヌンツィオに手紙で知らせた。これは前年夏にダンヌンツィオが巻き込まれた王政派と軍国主義者たちの陰謀とはまったく異なる政治的色彩を帯びたものであった。それはイタリアの社会主義者たちの決起であり、指導者のなかには古参のアナキストであるエッリーコ・マラテスタがおり、兵隊はジュリエッティの海員組合とフィウーメ軍団から集めることを想定していた。ダンヌンツィオはぐずぐずと決断をためらった。彼はその企てに関心を抱かなかった。計画された蜂起の政治的な性質が自分に合わないと感じたのかもしれないが、彼が言ったのはフィウーメを去りたくない、ということだった。「ここでは新しい生活の形態が構想されるだけでなく、実践されている」。

「支配のコツは、支配しないことにある」と信じていたダンヌンツィオは、そうした新しい形態が花開く空間を創り出しつつあった。そしてそこではまったくありそうもない同盟が試みられた。一九二〇年のフィウーメは精神のバザールであった。

あちこちのカフェで、海岸通りで、美しいヴェネツィア風の鐘楼を持つ石畳のコルソ通りで、やかましく議論を交わす集団が昼も夜も新しい世界の秩序を考えながら過ごした。共産主義者は世界革命を説いた。未来主義者はプラカードを掲げてカソェのテーブルに飛び乗ったり、馬車の荷台から通行人に説経をしたりして、「すべての祭壇と台座を粉々に打ち砕き」、「銀行、顎髭、偏見」を破壊し、「優しさと白熱した狂気の雰囲気のなかですべてが可能な」都市においてあらゆる選択肢を追求せよと訴えた。ボリシェヴィキは兵士ソヴィエトを作った。アナキストとサンディカリスト、そしてアナルコ・サンディカリストは、プルードンが処方箋を書いた、生産者のネットワークのさまざまなバージョンを作った。ダンヌンツィオが一八九〇年代以来支持してきた、エリート主義的な主張を激しく展開するグループもいた。「われわれは退屈で機能しない議会制を告発する……われわれは美と優雅さ、礼儀正しさと上品さを尊ぶ……われわれは奇跡的で奇想天外な人々を指導者として持つことを求める」。マリネッティは「人生がパンと労働という単純な問題ではなく、怠惰な生活でもなく、芸術作品となる」時代を心に描いた。一九二〇年春、もうひとりの未来主義者でアルディーティのマリオ・カルリは、そのときが来たと宣言した。フィウーメでは「いまや詩が支配している……生活と夢という古くさいアンチテーゼはついに克服された」。

ダンヌンツィオは世界を支配する新しいヴィジョンを抱いていた。彼は数十年ものあいだ古代ローマとヴェネツィアの帝国の偉大さを激賞してきた。イタリアのリビア侵略を彼は熱狂的にたたえた。しかしながら、それ以外のイタリアのものではない帝国には、彼は不賛成であった。

フィウーメの全燔祭の火花から――西洋の植民地主義者全体、とくにイギリスに対抗して――「世界を覆す願望」に火をつけるときが来た、と彼は宣言した。「アイルランドの不屈のシン・フェイン党」や「三日月と十字が結びついたエジプトの緑色の旗」に対する支持を明らかにした。

自分の使命は「アイルランドからエジプトまで、ロシアからアメリカ合衆国まで、ルーマニアからインドまで」世界のすべての邪悪なものに対して向けられている。それはユニバーサリスト〔万人救済論を唱えるキリスト教の一教派〕の主張だった。「それは白色人種と有色人種を集め、福音とコーランを和解させる」。かつての帝国の再現という退行的な目標を持ったナショナリストのプロジェクトとして始まったフィウーメの冒険は、社会主義インターナショナルに似たものへと変容したのである。

一九二〇年一月、詩人でダンヌンツィオの報道部のコピーライターだったレオン・コホニッキーは外務大臣に、彼の同僚の詩人ヘンリー・ファーストはその補佐官に任命された。ダンヌンツィオは資本主義・帝国主義列強に抑圧されたすべての人々の連合である、フィウーメ連盟を提案した。この連盟は、一月十六日にパリで最初の集会が開かれた国際連盟に対抗するものとして設立される、とした。共産党のシンパであったコホニッキーは、このアイデアを熱狂的に受け入れた。オペラ座でダンヌンツィオの輝くワイシャツの胸を見つめたときのように、いまだに彼に魅せられていたコホニッキーは、このアイデアが「ただひとりガブリエーレ・ダンヌンツィオの手にのみふさわしい輝く手袋」である、と断言した。

三月までに、ダルマツィアのさまざまな民族集団とアドリア海の島々に住む人々だけでなく、エジプト、インド、アイルランドの人々からも支援の約束を取りつけた、とコホニッキーは報告することができた。彼はまたトルコ人やフランドル人からも有望な反応を得ていた。カタロニア人たちへの打診も行った。カリフォルニアの中国人労働者とも接触を持った。これらのグループからの密使たちがフィウーメに出入りしたり、イタリア本土の秘密集会に出席したりした。

イギリスのスパイと外交官たちは、この問題に関する外務省の大量のメモが示すように、世界的な反英民族運動とのつながりを持つフィウーメ連盟に厳しい監視の目を注いだ。イタリアの内務省もその点では同じだった。威勢のいい話し合いがあり、協力と連帯の熱い約束が数多く交わされたが、連盟の方針を高揚した雰囲気から武器や兵士に変えるだけの力をダンヌンツィオは決して持てなかった。

ダンヌンツィオの補佐官としてフィウーメの知的サーカスの進行役をつとめたのは、彼の作戦長官グイド・ケラーであった。戦後数カ月してヴェネツィアでダンヌンツィオ

を知るようになった彼は、芸術家であると同時に飛行士であり、風景画を描くのと同じような無頓着さで死を無視すると言われていた。「すべての真の英雄たちと同様に、彼は自慢を嫌った……すべての偉大な喜劇役者と同様に、彼は滅多に笑わなかった」とジュリアーティは書いている。ケラーは身軽に旅をして、浜辺を裸で歩くことを好んだ。戦前に彼は何度か公然猥褻罪で逮捕されている。戦時の功績に対して三回の銀功章を授与されている（これは最大である）が、それらを身につけたことは一度もなかった。彼は目立つ外見をしていた。鋭い黒い目にもじゃもじゃの黒い顎髭、そしてふさふさとした髪がアルディーティ風に頭頂部から顔の前にかけて馬の尻尾のように垂れていた。

ケラーは、ダンヌンツィオのフィウーメのしかつめらしさのなかにブラック・ユーモアを持ち込んだ。戦争中チューリヒではダダイストたちが、愚かな大虐殺に帰結した世界秩序を破壊する方法として、反芸術的でちんぷんかんぷんな詩を書きはじめた。ケラーはダダイストたちの平和主義には明らかに賛成していなかったが、彼らの横柄さと、卑猥さや不条理ないたずらなどへの偏愛を共有していた。かつて彼がセルビア上空で偵察飛行をしているときエンジンが止まり、飛行機を修道院の敷地に不時着させたことがあった。そこで彼は小さなロバに出会い、それがいたく気に入った。修道士たちが僧房の戸口から彼に向かって怒鳴っているあいだ、彼は悠然と飛行機を修理し、そして哀れな獣を飛行機の支柱に縛りつけて一緒に離陸すると、無事に着陸した。彼はそのロバをダンヌンツィオに贈呈した。

二十数台のトラックを盗んでくることで「聖なる入城」を可能にしたのはケラーだった。機略に富んだ泥棒のような方法で、ダンヌンツィオのウズコッキたちを募兵して指揮したのもケラーだった。五番目の季節において、ウズコッキたちの行動は海賊からテロリズムへと徐々に変化していった。一九二〇年一月二十六日、彼らの一団が休戦ラインを越え、トリエステへ向かう道でイタリア軍の将軍を待ち伏せて捕虜にし、フィウーメに連れ帰った。将軍はフィウーメの官邸に一カ月間軟禁され、慇懃無礼な態度で遇されるとともに、(ダンヌンツィオが支配するフィウーメに対して、その敵意が十分に検証されたにもかかわらず)「大義の神聖さに対する信頼と脅かされた都市の防衛者たちへの尊敬」を宣言するように迫られた。

フィウーメはディオニュソスの支配に苦しむ都市のようになり、ダンヌンツィオがその神となった。「《ダンヌンツィオ》という言葉が劇場や他の公的な場で叫ばれると、聴衆全体が立ち上がって熱狂的に《万歳》と金切り声を上げる」とマクドナルド神父は不機嫌な調子で書いている。ダンヌンツィオが彼の軍団員と行進すると、女性たちは花を浴びせた。部下たちは彼に近づき、彼に触り、彼のサインをもらい、ほんの数秒でも彼と話す機会を得ようと張り合った。

ほとんどの夕方、ダンヌンツィオは将校用食堂で夕食をとったが、ときに普通の兵士たちのあいだに座って食事をするパフォーマンスを行った。「騒音と叫び声が、熱狂した崇拝が、狂気が支配する夜」。彼は自分の好意を公平に振り分けることに注意を払う必要があった。ある師団を彼が頻繁に訪れたあと、別の師団の軍団員たちが嫉妬に狂い、好意を示された師団の兵舎を機関銃を振りまわしながら襲撃する事件が起こった。

約十年ほど前にパリでダンヌンツィオは、彼の禿げ頭を憐れむという不作法を示したフランス人女性に対して、自分は「超人のような頭蓋骨」を誇りにしているとしてこう言った。「マダム、未来において美は禿げを意味するようになるでしょう」。そうなる可能性はないように思えたが、彼の予言は実現した。フィウーメでは彼の熱烈な信奉者たちは、フィウーメ司教が「司令官のカリカチュアがあまりにも多く生まれた」と書いたように、自分たちの頭を剃り上げた（スキンヘッドのファッションを創始した）。彼らは先の尖った小さな顎髭を生やした。白い手袋と片眼鏡をつけ、ダンヌンツィオがしていたように、強烈な香水の匂いをさせて動きまわった。ある報告によれば、「将校たちはキャンディーを食べ……女性の魅力を追い求めた」。それらはすべて崇拝する師の模倣であった。

弟子たちが師匠のまわりくどい表現を頑張って真似るにつれて、フィウーメでの会話が大仰で饒舌なものに変わったことにコホニッキーは気づいた。二カ月を表現するのに「情熱の六十日と苦悩の六十夜」といった言葉が使われた。ダンヌンツィオの言葉の癖は、彼の思考法と同じように感染しやすかった。司教は書いている。「偉大さの感染はフィウーメに住む誰にとっても最大の危険であった。真の感染性の狂気にあらゆる者がとらわれた」。

未来主義者でアルディーティの、そしてアルディーティ主義の代弁者であるマリオ・カルリにとって、フィウーメは「千ものかび臭い伝統」を「堂々と蹴飛ばす」ための格好の基地であると思えた。フィウーメにやって来て行った最初の演説でダンヌンツィオは、羽根飾りのついた帽子を脱いで輝く頭をさらした。彼は言った。軍隊の神は自分に敵よりも硬い頭を与えてくれた。そして彼は聴衆に語りかけた。「君たちは全員が鉄の頭だ！」鉄の頭《テスタ・ディ・フェッロ》はフィウーメ人のキャッチフレーズとなり、ダンヌンツィオが崇拝者たちから猛烈な喝采を得るために用いる言葉のひとつになった。カルリはこれをフィウーメで創刊した新聞のタイトルに使い、一九二〇年二月一日にその第一号が出た。

カルリによれば、二つの「世界革命の中心」が存在した――それはモスクワとフィウーメである。彼はフィウーメの政治的エトスを「われわれのボルシェヴィズム」と表現し、ロシアの多様な運動とのつながりを確立しようと努力した。コホニッキーも同じで、フィウーメ連盟に対するソヴィエト連邦の支援を得ることが必須だと考えていた。共産主義ロシアは「われわれの時代の精神的に活発な要素」のひとつである、としていた。

レーニンとその仲間たちは、彼らの広大な領土を統制しようと苦闘しており、ダンヌンツィオの小さな冒険に関わることにはまったく関心を持たなかったが、それを好意的には見ていた。イタリア共産党の代表者のひとりは「ダンヌンツィオの運動は完璧かつ深奥な意味で革命的なものである」と断言し、「レーニンもモスクワの大会でそう語った」と述べた。しかしダンヌンツィオがソヴィエト連邦に打診をして、コホニッキーとソヴィエト連邦共和国の「公的なメッセンジャー」である技師ヴォドヴォゾフとの会談を一九二〇年三月に設定しようとしたとき、ヴォドヴォゾフは申し入れを断った。

ダンヌンツィオの政治的な立場をはっきりさせることは次第に難しくなっていった。世界的な共産主義革命が不可避であると主張する、コホニッキーとファーストの意見をダンヌンツィオが礼儀正しく聞いているのを見て、コミッソは面白がった。「ダンヌンツィオは彼らの意見に注意深く耳を傾け、そしてその場を離れると、何であれあらかじめ決めていたことをするのだった」。

「すべての古い信仰は背かれ、すべての古い綱領は廃棄される」と『テスタ・ディ・フェッロ』紙の論説は主張した。「われわれは自分たちの信仰を打ち出し、ただひとりの素晴らしい指導者ガブリエーレ・ダンヌンツィオにのみしたがう」。彼の崇拝者（この言葉はあながち大げさではない）は大義にではなく、人間に仕えていたのである。

ダンヌンツィオにとってひとりで外出するのは困難だった。総督官邸から一歩でも足を踏み出すと、一分もしないうちに叫び声が上がり、群衆が集まってきた。名声によって閉じ込められてしまった彼は、自分のアパートメントに巣穴を作り上げた。彼の寝室には国旗と軍旗が飾られていた。香水の入ったフラスコでテーブルの上はいっぱいだった。クッションを山積みにしたカウチがあり、その上で彼は自分の想像力をはたらかせたり、ルイザ・バッカラと「究極の官能」を楽しんだりした。彼らのセックスは、自分たちにも見えるような位置に鏡が置かれているなかで行われた。彼が大臣たちと、兵站や外交あるいは兵士たちを丘陵で速歩行進させる（「今日われわれはほとんど走っていた」と彼は書いている）ことなどについて協議しているとき、しばしば彼の心はそうしたきわめて内密な部屋での出来事に向かった（もしくはルイザにそう語った）。

ワインと砂糖漬けの薔薇の花びらの日々は終わりが近づいていた。燃料の不足が発生した。食糧の配給も、兵士と同様に将校についても、足りなくなりつつあった。一九二〇年三月、もうフィウーメに花はない、花瓶はすべて空のままだ、とダンヌンツィオはルイザに伝えなくてはならなかった。

ダンヌンツィオの昔からの浪費癖は変わらずに残ってい

た。そして彼の同僚たちはそれを真似た。ダンヌンツィオの家計の財務管理と雇い人たちが腐敗していたとすれば、フィウーメのそれは全体としてぎょっとするほどの欠陥を抱えていた。ダンヌンツィオの司令部は軍団員たちの給料と食糧を賄い、自治体の支出は評議会の責任とされた。この二つの別々の予算をどのようにバランスをとるかについて絶えず議論があった。デ・アンブリスは司令官と同じぐらい経済問題について無関心だった。一九二〇年二月、経済状況はきちんと管理されている、と彼は明言した。一カ月後、冬のあいだフィウーメを維持した食糧と燃料はすべてツケで購入していたこと、供給者たちは現在その支払いを求めていること、そして倉庫は「実質的に空っぽで、今後補給される可能性はゼロである」ことをデ・アンブリスは認めざるを得なかった。

一九二〇年二月、ダンヌンツィオは、彼が人間の命を材料として作った芸術作品のなかでも、もっとも感情に訴えかけ、かつ冷淡なまでに無責任なものを作り上げた。ニッティによる残酷な封鎖の結果、フィウーメはもはや子どもたちに食べ物を与えられないと宣言し、愛国的なイタリア人たちに数百人のフィウーメの乳児を受け入れるように(さもないと命が危ないと)呼びかけたのだ。「戦闘ファッシ」を代表するミラノの婦人グループが、巨大な旗を持参して然るべきときにフィウーメに到着し、イタリア本土で養育するために二百五十人の乳児を連れて行った。ニッティは——宣伝の巨匠に対して自らが駆け出しであることをここで露呈し——当初は子どもたちのイタリアへの受け入れを拒否した。しかし強い抗議の声が広がったために、子どもたちは入国を認められ、養い親のもとに届けられた。自分の子どもたちを捨て去った男であるダンヌンツィオは、数百人の子どもの慈父であるかのごとく自分を見せることに成功し、腹を空かせた罪なき子どもたちへの救いを拒否した者という役まわりをニッティに押しつけたのである。

ルイザ・バッカラのライバルたち。一九二〇年二月二十一日、ダンヌンツィオはバルバレッラと彼が名づけた(とまたしても述べている)女性と「深い官能、ディープ・キス、忘我の境地」そして「激しいセックス」を楽しんでいた。その翌日には三人の女性——「小さなビアンカ」、「褐色で柔らかい」名前のない女性、そして「メラーノの小さな女性教師」——の訪問を受けた。彼らは四人でパートナーを交換しながら性的なゲームを楽しんだが、相手の数が増えると歓びはふだんよりも強くなる、とダンヌンツィオは書いている。

　約二万人の戦闘員によって住民数が増大したフィウーメは軍の野営地さながらとなり、軍隊のやり方で統治された。しかし軍団員たちは、そのほとんどが命令に反してフィウーメにやって来ており、おとなしく規律にしたがうような連中ではなかった。素行不良の若者たちはグイド・ケラーのまわりに集まった。ケラーは「もっとも異常な」若者たちに惹きつけられた。というのも、彼らこそもっとも大胆な人間だとケラーが考えていたからである。イタリアの支援者たちから司令部に送金された巨額の金を着服して「赤い海賊《ピラータ・ロッサ》」と呼ばれた男がいた。彼はケラーによって逮捕されたが、有望な「行動隊員」になるとして直ちに釈放された。ケラーが従卒として使っていた軍団員は、ある晩、銃を持ち出すと窓から外に向かってでたらめに発砲しはじめた。ケラーがある日出会った三人の若いアナキストは、大麻を吸いすぎて「けばけばしい宿屋」の床の上で気を失った。

　使われていないドックで浮浪生活をしている人々がいた――脱走兵、犯罪者、未成年の家出人あるいはその他の逃亡者たちで、身分証明書を持たずにフィウーメにやって来た人々だった。ニッティの諜報員たちの報告によれば、「怪しげな連中」が巨大な倉庫に住んでいて、そこには並んで装甲車が駐車している。彼らは車のキーを持っており、慢性的な燃料不足であるにもかかわらず昼も夜もエンジンをかけっ放しにしている。査察のために訪れたケラーは、そこが半裸の男たちと重機類、好戦的な歌で満たされた巨大な遊び場になっているのを発見した。言うなればそれは、ヘルズ・エンジェルスたちからなるヴォーティシズム〔一九一三年にウィンダム・ルイスらが始めたイギリスの前衛芸術運動〕の地下世界だった。煙と絶えることのないエンジン音のなかで、放棄された船の舳先から港に飛び込む者もいれば、フィウーメとブダペストをつなぐ鉄道路線の動かない蒸気機関車を動かそうとする者、埠頭に並ぶ巨大なクレーンによじのぼる者もおり、全員が「美しく、誇り高く、狂っていて楽しげ」であった。ケラーは彼らが役に立つと考えた。ケラーは彼らを「死の百人隊」あるいは「ラ・ディスペラータ（絶望部隊）」などさまざまな名で知られる非正規兵部隊に組織し、ダンヌンツィオに紹介したところ、ダンヌンツィオは彼らを自分の護衛に採用した。彼らはフィウーメの公的活動においてきわめて目立つ存在となった。ハンサムで騒々しく、暴力的な彼らは、上半身裸でフィウーメの通りを行進した。彼らは夜になると本物の手榴弾を使って戦争ごっこをした。それで死者が出ることもあった。

　ダンヌンツィオとケラーは互いにからかっては相手を苛立たせていた。二人の関係は怒らせ合うと同時にふざけ合うものだった。ダンヌンツィオは公的な場では尊大なほど真面目に振る舞ったが、私的な場面ではふざけることが多く、彼の愛する若者たちの一番新しい存在であるケラーといるとリラックスできた。ケラーは司令部には顔を出さず、海が見えるホテルの一室に陣取っていた。そこで彼は、二月の寒さにもかかわらず、バルコニーに出て裸で日光浴をした。一緒にいた彼の鷲は、彼の豊かな黒い髪にくちばしを突っ込んで毛づくろいするのが好きだった。ケラーがどうやって時間を過ごしているかを教えられたダンヌンツィオは、ケラーが風呂に入るのを待って鷲を拉致してくるように指示を与えて軍団員をひとり派遣した。命令は遂行された。取り乱したケラーはタオル姿のまま通りに走り出た。（頻繁に行われていた）ある種の集会がそのときも進行していた。行進していたアルディーティたちの隊列の全員が半裸の作戦長官の姿を認めると、彼に敬礼をした――腕を伸ばし、手には短剣を持って。

　ケラーは、わざわざ自分をこれほど怒らせる人物はフィウーメにはひとりしかいないと推察して、室内に戻ると挑戦状を書いた。必ずや決闘が行われる。誰であれ盗んだ者は自分と対決するであろう。書状は彼の介添人たちによって官邸に運ばれた。ダンヌンツィオは機嫌よく自分の罪を認め、鷲を返却した。鷲の首にはイタリア国旗の三色のリボンが巻かれ、その鳥が未来の帝国の知らせを運ぶとラテン語で告げるラベルがつけられた。決闘は回避された。司令官は、ケラーの二人の友人と返却した鷲に自分の車を使わせた。混み合った通りを抜けて彼らが戻るとき、アルディーティたちは日々そうしているように、よく知られた自動車のまわりに集まり、鳥に向かって敬礼をした。

　ユーゴスラヴィアが持続すると予想する者はひとりもいなかった。それはひとつの民族ではなく、モンスターであり、ダンテが想像したマレボルジェ〔『神曲　地獄篇』第八歌で登場する邪悪のたまり場〕の地上版である、とダンヌンツィオは語った。その一部はビザンツであり、一部はローマである。「そこではベオグラードが指揮し、サラエヴォは陰謀をめぐらし、ザグレブは脅しをかけ、リュブリアナは泡を立てる。カトリックと正教徒、そしてムスリムは互いを引き裂こうとする」。

一九二〇年の時点で事情に通じていた論者のうち、互いに敵意を持つ住民と血なまぐさい歴史を持つ継ぎはぎだらけの新国家が、七十年近く存続すると予想した者はほとんどいなかった。

イタリア政府は、ユーゴスラヴィアを構成する各地域間での抗争を引き起こす方法を模索していた。それはフィウーメのならず者部隊も同じだった。一九一九年の秋、ジュリアーティはダンヌンツィオに対して、フィウーメを取り囲んでいるスラヴ人たちを、一様に敵とは見ずに支援者となりうる集団と見るように勧めた。司令部はモンテネグロ人やクロアチア人たちと接触を保ち、ジュリアーティは、ユーゴスラヴィアの諸民族のなかで過剰に支配的なセルビア人に対する敵意を醸成するように、背後でたゆみなく工作を続けた。ジュリアーティが去ったあと、一九二〇年の初めにダンヌンツィオは通信員のひとりに次のように告げた。「クロアチア人たちですら、セルビアの軛《くびき》を外すことを望んで、わたしのもとに来る」。春のあいだずっと彼は、ある蜂起を引き起こす工作を続けた。それが起きれば、ユーゴスラヴィアを構成する民族集団はばらばらになり、イタリアが望む領土をつかむ道が開けるだろう。間もなく革命が「爆発する」と彼は言った。「わたしは運動を指導できる。わたしはザグレブに解放者として入ることができる。すべての準備は整っている」。

ルイザ・バッカラはダンヌンツィオ周辺の若者たちのあいだでは人気がなかった。フィウーメは少年たちの冒険の場であり、大人同士の性的な結びつきの場ではなかった。海岸線での危険な遠征が議論されたとき、ルイザは恋人が行くことを望まなかった。連合国の艦艇と出くわしたらどうするのか？　魚雷攻撃を受けたら？　ダンヌンツィオを崇拝する仲間だったグイド・ケラーとコミッソは、まったく筋が通らない話だが、彼女はローマ政府の諜報員に違いないという結論に達した。二人は彼女を排除しようと決意した。

謝肉祭の時期が近づくと、ケラーは祭を開催することを提案し、コミッソは「愛の城」という古いゲームを復活させてはどうかと言いだした。中世のトレヴィーゾでは、木製の城が作られて町で評判の美女たちがそのなかに閉じこもり、食べ物や花を投げる求婚者たちに「包囲」された。ケラーは浜辺でのパーティー兼模擬戦闘を計画し、そのあいだルイザ・バッカラを先頭にしたフィウーメの女性たちの部隊が「城」（実際には海水浴用の施設）に同じように閉じ込められる。フィウーメのそれぞれの民族にボートをひとつずつ用意する。ハンガリー人、スラヴ人、イタリア人たちが海戦で競い合い、浜辺での「勝ち抜き試合」で自分たちが領有を主張する女性たちを救い出す者を決める。

興味深いことに、ダンヌンツィオはこのアイデアを「あまりにもダンヌンツィオ的である」という理由で承認することを拒否した。彼はいまでは司令官であり、古物収集家の詩人ではなかった。そしてどのようにこの物語が演じられるかをいつものように鋭く感じとって、擬似中世的でエロティックな戯れに関わることを望まなかった。

彼が許可しなかったのは正解だった。ケラーとその仲間の過激派たちは、「公安委員会」と名乗る組織を作っていた。その名の不気味な歴史的響きは十分に意識されていた。ダダイストのロベスピエールであるケラーは、「愛の城」を粛清する——この言葉のスターリン的な意味はまだ広がっていなかった——ことを意図していた。ダンスの熱狂のなかで、ケラーが「過去の人々」と認める者たちは「身柄を拘束され、船に乗せて連れ去られ」、ルイザは「雌鳥のように檻に入れられ」湾のなかの無人島に置き去りにされることになっていた。

ダンヌンツィオの軍団員たちは潮が引くように減っていった。一週間で七百五十人が去った。『ラ・ヴェデッタ』紙で彼は、かつての軍団員たちがどれほど勇敢にフィウーメにやって来たか、素晴らしい都市に入ってくるとき、どのように「君たち全員が突然ひとつの炎に変わったか」を回想した。だがいまは——おお、なんという変わりようだ！　彼は叱責の言葉を積み上げた。醜聞、偽証、冒瀆、任務放棄。離反者たちはキリストを三度まで否定した聖ペテロのようである。去るなら去れ。真の弟子たちがキリストを共有したように、残った者は彼の死と栄光を分け合うだろう。

彼が自分のスローガンのひとつを繰り返すたびにそれは特別な響きと特別な権威を持つようになり、軍団員たちは彼にその言葉を大声で返すようになった。それはちょうどロック・ファンたちが愛唱歌のリフレインを一緒に歌うのと同じであった。

ダンヌンツィオとデ・アンブリスは彼らの憲法、「カルナーロ憲章」を作っていた。一九二〇年三月までにそのアウトラインが完成した。

憲章が描く政治制度は、古代アテネの民会、中世イタリアのコムーネの諸政府、ヴェネツィア共和国の諸制度などをモデルにしていた。アナルコ・サンディカリズムの理念に忠実に、権力を分散させ、「性や人種、言語、階級、宗教に関係なく」すべての市民に「集団的主権」を認めていた。いずれも普通選挙によって選ばれる、議会にあたる二つの集まりが作られるとされていたが、一年に一回もしくは二回しか会議は開かれない。わずかな回数しか下院に出席しなかったダンヌンツィオだが、その長たらしさを思い出して、その集まりが「短く簡潔な」ものになることを求めた。偉大な演説家は他人の演説を聞きたくなかったのである。

政府の実務は九つの「協同体」によってなされ、それぞれの協同体はそれが担う労働で定義されるコミュニティーのセクションを代表する——海員の協同体、職人の協同体、「人民の知的精華（教師・学生・芸術家）」の協同体などである。すべての市民はいずれかの協同体に所属しなければならなかった。

建設労働者の団体が（古代ローマのように）「町の美観」と数多く行われる儀式に責任を持つとされた。創造性は公的な義務となる。それぞれの協同体は「その記章と紋章、音楽を作り……儀式や典礼を定めなければならない。記念の祝祭や陸海双方で行われる競技の際には、可能な限り盛大に参加しなければならない。その死者に敬意を払い、指導者をたたえ、英雄を祝わねばならない」。

巨大な建築物が、かつてダンヌンツィオとドゥーゼがアルバーノ丘陵に計画したものに似た巨大な劇場が建てられることになっていた。そこでは同時に一万人が「教父たちが神の恩寵を説くときのように、完全に無償で」コンサートを聴くことができる。このユートピアでは、宗教ではなく音楽が大衆のアヘンとなる。

憲章の形で表現された憲法には、司令官に関する記述はどこにもなかった。しかしながら、政治構造のなかにはダンヌンツィオが占めるべきもうひとつの空白が存在した。それは「十番目の協同体であり……市民の聖域において赤く燃えるランプによって代表され」、その性格と機能は、この憲法の独自の言葉によってのみ表現された無意味な呪文で覆い隠されている。「それは人民の神秘的な力のために取りおかれている。それは未知の天才に、新しい人の登場に、仕事と日常の理想的な変貌に、精神の十分な解放に捧げる供物の形をとる」。未知の天才はニーチェの超人のようにも思えるが、その理想を体現する存在として考えられるのは、当然ダンヌンツィオ自身であった。

ダンヌンツィオの同時代人の多くは、憲章が明らかに不相応なほど外見や儀式を強調していることを、ダンヌンツィオが軽薄な老役者以外の何者でもない証拠だとして馬鹿にした。しかしムッソリーニや当時フィウーメにいた多くの未来のファシストのように、ダンヌンツィオが精通していた芸術の重要性を、コミュニティーの集団的感情を操作することの重要性を理解した人々もいた。政治的教義は、それを推進する芸術がなければ、無力なのであった。

四月にはウズコッキたちは馬泥棒になった。彼らの一団は、つい最近解体されたイタリア正規軍の一個連隊に所属する四十六頭のよく肥った馬を捕まえて、フィウーメに連れ帰った。ダンヌンツィオは彼らを熱烈に歓迎した。「わが若き海賊たちよ！」捕らえた群れを夜更けにフィウーメに連れ帰った彼らは「最遠のオリエントの洞窟から太陽の馬を連れて戻ったかのように、暗い朝に輝いていた」。

ダンヌンツィオにとって彼らの襲撃は新たなタッソ〔十六世紀のイタリアの叙事詩人〕によって祝われる価値がある功績だった。この地域のイタリア軍指揮官だったフェッラーリオ将軍にとって、それはダンヌンツィオがフィウーメにかくも長くとどまることを許されている暗黙の合意を破る行為であった。フェッラーリオは馬の返却を求め、三日以内に戻さなければ、それまでのおざなりな封鎖が厳しいものになるだろうと通告した。列車はフィウーメに到着しなくなり、小麦粉やその他の食糧は休戦ラインを越えることが許されなくなるだろう。歴史家にとってこの脅迫の興味深い点は、それまで取られていたいわゆる封鎖措置がどれほど寛大なものだったかを明らかにしていることである。しかしダンヌンツィオにとって、その脅迫は「野蛮な」ものであり、「殉教」の町の「苦しめられ飢えた身体」に加えられた「もっとも残酷な仕打ち」であった。「病院にはもう薬がなく、ぐったりした子どもたちはもう飲む牛乳がない」。彼はニッティに強い怒りをぶつけ、イタリア正規軍の兵士たちに嘆願や叱責の言葉を浴びせた。彼はこのエピソードを、「陽気な略奪者たち」の意気軒昂たるいたずらに対する、獣のような抑圧者たちの過剰反応の物語として提示したのである。

このエピソードはもうひとつの悪ふざけで終わった。ダンヌンツィオは四十六頭の馬をフェッラーリオの司令部に届けた――元のつやつや輝く馬ではなく、フィウーメの手持ちの馬のなかから痩せこけた馬を選んで。それは将軍をからかうと同時にフィウーメの絶望的な苦境――赤ん坊のミルクだけでなく、老いぼれ馬の飼料さえない——をダンヌンツィオが訴える手段でもあった。彼は声明文を出した。それは人をあざ笑い、神秘主義的で、ナンセンスで、気取っていて、挑戦的であった。

われわれは四十六頭の四足獣を盗んだ。
われわれはただ飢え、拘束され、処刑されるのに値する。
われわれは甘んじてしたがおう。
だがわたしは告白せねばならぬ
昨夜黙示録の馬を盗んだことを……
神への畏れを抱きながら。

春の到来とともにフィウーメ軍団の行進は、より祝祭の傾向を帯びるようになった。軍団員たちはスミレが満開の牧場を越えていった。彼らはアーモンドの枝や桃の花を切り取り、それを旗のようにかざした。重いブーツで拍子を取りながら、彼らは大声で歌い、一行のなかでもっとも小柄で年老いたダンヌンツィオは、つねに自分の「老醜に満ちた顔」を意識しながら、歓喜とともに唱和した。

ダンヌンツィオの政治は詩の政治であり、彼の詩は官能の詩であった。フィウーメにおいて彼が主宰する政治的集会はスムーズに街頭のパーティーへと移り、そのあとはラブ゠インへと変わっていった。若く情熱的であることは、愛国者としての義務であった。「それは狂気と宴の日々であった」と参加者のひとりは書いている。「武器の音と、より控えめな、セックスの音が響く日々であった」。町にひしめいている独身の若い男に行き渡るだけの女性がフィウーメにはいなかった。同性愛が大目に見られていた。ある日ダンヌンツィオは窓から外を見ていて、アルディーティのカップルたちが手を握りながら町の裏側にある丘に向かうのを眺め、愛情を込めて言った。「わたしの兵士たちを見てみろ。ペリクレスの時代のように、二人ずつ連れ立って出かけていく」。マクドナルド神父はイタリア人将校たちが「街娼のように口紅を塗り、白粉をつけている」のにショックを受けた。あるイタリア人軍医は、他の症状を訴える十五人の患者に対して、その十倍の百五十人の性病患者がいた、と報告している。ダンヌンツィオ自身が梅毒に感染している（あるいは彼がパリの「烙印」として持ち込んだ）という噂が広まっていた。

フィウーメの「五番目の季節」の春が終わり夏が来ると、アルディーティたちは裸になって川で水浴びをし、短

い半ズボンで通りを闊歩した。「恋愛沙汰は枚挙にいとまがなかった」とコミッソは言っている。夜になると町の裏側にある丘の墓地はセックスをするカップルでいっぱいになった。

食糧の配給はますます逼迫《ひっぱく》した。一九二〇年三月にはケーキやビスケット、チョコレート、キャラメルの販売が禁止された。美味しいお菓子はもうなかった。基本的な食べ物は配給の対象となり、店で食料品を買える場合でも労働者にはそれを買う金がなかった。腹を空かせた兵士たちとの連帯を示すために、ダンヌンツィオは慎ましい伍長の軍服を身につけ、糧食を待つ行列に並んで写真を撮らせた。

四月、フィウーメの諸組合は最低賃金制を要求してゼネラル・ストライキを呼びかけた。ダンヌンツィオは雇用者連盟との交渉で調停役をつとめた。彼の同情は労働者側に向けられた（彼は労使関係についてジュリエッティとまだ連絡を保っていた）が、この問題全体にうんざりしていた。憎しみのこもったやりとりが交わされるなかで座っていると、外に出てスミレを摘んでいるはずの時間に、むっとする会議室に閉じ込められていることに苛立った。彼は生活費について話し合うためにフィウーメに来たのではなかった（それは彼がいつも無視してきた問題だった）。労働者に適正な賃金を保障することに、彼は関心がなかった。彼らを宝石のような激しい炎で燃やしてしまいたかった。

メンバーのほとんどが工業家あるいは事業家である民族評議会とダンヌンツィオはますます疎遠になっていった。評議会側はダンヌンツィオが労働者の主張を支持したことに困惑した。彼のほうは逆に、自分に相談することなく評議会がいわゆるトラブルメーカーたち（ほとんどは組合幹部）を町から追放したやり方に激怒した。五百人の労働者が逮捕された。ロッコ・ヴァダラ大尉が指揮する地元警察は主要な組合のひとつの、複数ある事務所を破壊した上で閉鎖したが、すべてダンヌンツィオの同意なしで行われた行為だった。一九二〇年四月、市長と民族評議会の他のメンバーたちはローマへ赴いてニッティと面会し、ダンヌンツィオがフィウーメに持ち込んだ「無秩序、腐敗、狂気」に激怒していると伝えた。

五月、ウズコッキたちの一団がトリエステから出港したハンガリーの穀物輸送船に潜り込んでいた。彼らは船の石炭貯蔵庫の石炭のなかに隠れ、数日後に全身真っ黒の姿で現れ、乗組員に反乱を説得し、フィウーメに針路を変えさせた。「われわれは八カ月分のパンを確保した！」とダンヌンツィオは狂喜した。それは（キリストが行った）パンと魚の奇跡の再現であった。それは新たな聖餐であった。「暗い悲しみの昨日、われわれは血で聖餐式を行った。今日、雄々しい晴朗さとともに、神がわれわれに送りたもうたパンで聖餐式を行う」。それは小康状態をもたらしたが、離反者を食い止めるのに十分ではなかった。

一九二〇年五月、ヴァダラ大尉は七百五十人の兵士を率いてフィウーメを去った。ダンヌンツィオは彼らの離反を粛清と書き換えた。「われわれはもはや悪しき道義心の悪臭に苦しむ必要はなくなった」。ダンヌンツィオが拒否されていたのではなく、彼が裏切り者たちを拒絶しているのだ。その道徳的堕落によって裏切り者たちは、ねばねばと腐敗した、歩く死体のごとくおぞましいものになった。

彼の憎しみがこもったレトリックは信奉者たちのあいだに暴力をかき立てた。去っていく兵士たちが休戦ラインに近づくと、アルディーティたちが襲いかかった。三人が殺され、何人かが負傷した。『ラ・ヴェデッタ』の一面全体が、アルディーティたちが「己の荒ぶる血」を気高く流しながら、「裏切り者たち」をどのように罰したかという報告で占められた。

イタリア国内では、ダンヌンツィオの挑戦的な態度が継続することによって政府の権威が深刻に傷つけられるなか、イタリア人たちは互いに争っていた。社会主義者たちは一九二〇年五月までの一年間に、百四十五人の自分たちの支持者が警察によって殺されたと主張していた。

ファシスト運動は選挙での敗北によって大打撃を受けていったん終息し、より激烈な形に変化して復活した。その再生はイタリアの北東部の隅、トリエステとその周辺――ダンヌンツィオのフィウーメからイストリア半島を抜けた地域――で始まった。トリエステは休戦後にようやく再びイタリアの領土となり、その人口構成はフィウーメと同じように諸民族が入り混じっていた。「国境のファシスト」と呼ばれた集団は、イデオロギーと同じぐらい人種に関心を持っていた。彼らは社会主義を痛烈に非難したが、彼らの第一の敵は自分たちのあいだで暮らしているスラヴ系の人々であった。ダンヌンツィオの「五番目の季節」の最後の数カ月間で、トリエステ周辺のファシストの暴力はますます頻繁に、ますます醜悪なものになっていった。新聞社のオフィスが破壊された。スロヴェニア人とクロアチア人は嫌がらせを受け、脅された。社会主義者の集会は妨害された。労働組合事務所には火がつけられた。社会主義者たちが射殺された。

それ以外の地域でファシズムに新たに加わった人々は、もともとの塹壕階級とは異なる精神の持ち主であった。規律やヒエラルキーを重んじる軍隊のエトスは、アウトローの気質に取って代わられた。戦争直後には犠牲や献身に関する言説が広く展開された。新しいファシストたちは、刑罰を受けることなく犯す暴力への陶酔に、より強く動機づけられていた。

経済は民衆の雰囲気と同じぐらい不安定であった。生活費は戦前の四倍にまで高騰していた。五月にはトリーノで激しいデモが起こった。「労働評議会」が工場を占拠した。穏健派は民族主義右派と同じぐらい警戒を強めた。これらの労働評議会はロシアのソヴィエトのイタリア版と見られていた。ニッティは軍隊を動員し、五万人の兵士をトリーノに送り込んだ。赤色革命の予測される脅威に対して暴力で応えたのはファシストのスクァードラだけではなかった。

イタリア本国では政治がますます両極化しつつあったのに対して、フィウーメのダンヌンツィオは彼の空想を刺激するあらゆるアイデアを受け入れていた。「どんなものが登場しても驚いてはならない。明日になれば、彼がイスラムの苦行僧の儀式を執り行ったり、エジプトのもっとも教養あるアラブ人たちと風変わりなダンスを踊ることもありうる」とカルリは書いた。「千もの形にこうして変化するのは天才の特権である。そして彼が変わらずに奇跡のごとく彼自身でありつづけることが彼の秘密である」。

天才の特権を彼ほどには持たない他の人々は、不安になった。カルナーロ憲章は九月まで発表されなかったが、それに関する噂は広まった。それは衝撃的なほど平等主義的であるとか、独立共和国を想定しているとか、ダンヌンツィオがもはやフィウーメをイタリアに帰属させるのではなく自分のものにしようとしている、といった噂である。数多い内通者の目と耳を通じてアッバツィーアから見守っていたカヴィーリア将軍は、ダンヌンツィオの「もっとも優秀な将校たち」の多くが、「司令官の革命的な態度に嫌気が差して」、彼のもとを去ったことを聞いた。

フィウーメの知的活動は以前にも増して活発かつ奔放なものになっていった。「完璧をめざす自由精神連合」はイチジクの木の下に集まり、監獄に代わる手段と「町の装飾」について討議した。より純粋なイタリア性を求めるナショナリストたちがいた。地球上のもっとも遠い地域から教義を借用してくるインターナショナリストたちもいた。半世紀後のカリフォルニアで登場するよく似た連中と同様に、フィウーメのカウンターカルチャーの思索家たちは悟りをインドに求めた。「行動への情熱……才能と神秘的な怒り」に動機づけられた団体であるYOGAは、ヒンドゥー教に強い興味を持っていたあるヴェネツィア出身の将校が創り出した(一八八〇年代に『バガヴァッド・ギータ』を読んでいたダンヌンツィオもその興味を共有していた)。YOGAのメンバーにとって、超人と奴隷のあいだのニーチェ風の区分はヒンドゥー教のモデルに沿って定式化できた。彼らは、人間はそれぞれの「精神的な能力」によるステータスごとに区分されるとする、カースト制の採用を提案した。ヒッピーの原型であるブラウン・ロータスたちがいた。彼らは資本主義、金銭、近代工業と都市を嫌い、東洋の神秘主義をたたえ、自然に戻ることを志向して地球のリズムにしたがって素朴な生活をめざした。また性愛によって形を変えた新世界の到来を宣言する、近代のディオニュソス派であるレッド・ロータスたちもいた。はっきりと同性愛的なマニフェストのなかで、「神聖な愛」におけるメンバーの一致と「聖者や狂人のようにそれを浪費する」義務を宣言するグループもいた。

フィウーメに広がっていたニーチェ風の精神と調和したパーティーを開く術を心得ていたグイド・ケラーは、フェスタ・ヨガを企画した。招待状がこう約束していた。「深い海の淵でのダンス。アフリカの森でのダンス。善悪の彼岸でのダンス。集まれ！　自由な精神よ」。

一九二〇年六月、ニッティは権力の座から転落した。ダンヌンツィオは模擬葬式と復讐の神への賛歌でその失脚を祝い、「カゴイア」に向けて彼が放ったすべての侮辱の言葉——「われわれの死者たちをカブの肥料に使った」「腐ってパンクした空気袋」——を繰り返した。だがニッティがその職を失ったことは、ダンヌンツィオにとっては災厄であった。

ダンヌンツィオが一九一五年に裏切り者として告発したことがあるジョリッティが、隠退生活（彼はこのとき七十八歳になっていた）から呼び戻されて首相の座についた。パリでは、連合諸国が最終的にフィウーメについては何も決めず、イタリアとユーゴスラヴィアのあいだでの交渉に任せる、という結論に達した。ニッティよりも腹の据わった政治家であるジョリッティは、ダンヌンツィオを無視して、ユーゴスラヴィアとの交渉に入った。

フィウーメではカーニバルの雰囲気は次第に暗鬱なものへと変わりつつあった。「これほどまでに長いあいだ、何の危険にも直面せずに、崇高でありつづけるのは不可能である」とコホニッキーは書いた。夏の暑い夜に、公園や海岸通りで上がる「エイア、エイア、エイア！　アララ！」という叫び声は、歓喜の声であると同時に脅迫の声にもなった。フィウーメには暴力の空気が立ちこめていた。マクドナルド神父がそれについて書いている。「《フィウーメか死か》の叫び声、恐怖、街頭での手榴弾の投擲、ダンヌンツィオの支持者ではないという疑惑以外には理由のない、尊敬すべき人々の投獄——これらがフィウーメを統治するための手段であった。この不愉快な喜劇はいつまで続くのか？」

犠牲者となった人々のほとんどは非イタリア人であった。憲章のなかで、ダンヌンツィオとデ・アンブリスはクロアチア系市民の存在を、彼らの架空の国家に完全に統合されているものとして認めていたが、クロアチア人たちのコミュニティーの創設——もし彼らがそれを望むなら——をイタリア人のコミュニティーと同じ権利と自由を持つものとして許していた。しかしながら、実際にはダンヌンツィオはユーゴスラヴィアに対して激怒しており――「バルカンの豚小屋」あるいは瀕死のオーストリアのハゲワシの吐瀉物から生まれた「野獣」――新国家を形成する民族集団にその怒りをぶちまけていた。セルビア人たちは「獰猛」であり、「女たちの乳房を切り取り、赤ん坊をゆりかごのなかで殺している」。クロアチアの隣人たちを侮蔑するように「クロアターリア」と呼び、スラヴ人全般を「豚飼い」とあざ笑った。

クロアチア系もしくはセルビア系の市民は路上で逮捕され、劇場に監禁されたあとスザクへ追放された。こうして無理やり空き家になった彼らの家はイタリア人に割り当てられた。失業と飢餓が民族間の緊張をさらに高めた。スラヴ人労働者とイタリア人雇用主との労働争議が人種間の争いと重なった。軍団員たちは川を渡ってスザクに入り込み、通りをふんぞり返って歩きまわり、クロアチア系の市民を怖がらせた。偽物の身分証明書を示して秘密警察のメンバーだと称し、人々の家に乱入しては金目のものを「没収」した。トリエステから事態を見ていたザネッラは、フィウーメが「中世のような不合理で馬鹿げた支配の軛の下で苦しんでいる。市民はもはや自分の家にいても安全ではない……農民たちは家畜を寝室に入れて守らねばならない」と書いた。

スパラート（スプリト）で、ひとりのイタリア人将校とその運転手がセルビア人兵士たちの襲撃を受けて殺され、フィウーメでの激しい抗議のデモを引き起こした。そしてディオクレティアヌス帝の宮殿のホールを汚すセルビアの汚物に対する、ダンヌンツィオの激しい非難をもたらした〔ダルマツィア最大の都市であるスパラートは、三世紀末から四世紀初頭にかけてディオクレティアヌスが建造した宮殿が都市の起源である〕。またひとつの儀式が行われた。死者たちはスパラートで埋葬されたが、そのことはフィウーメでの葬儀をダンヌンツィオが命じる妨げにはならなかった。

暴力の準備万端で、崇拝する「ボス」から隣人たちは敵だとしつこく教えられた軍団員たちは、暴れまわってクロアチア人たちの店や家を破壊し、火をつけた。ダンヌンツィオは彼らに兵舎に戻るよう命じたが、司令部は「政治的に疑わしい人々」に対する「特別な監視」を実施していることを公表した――それが指しているのは、ほとんどどの場合でもスラヴ系の人々であった。

フィウーメの戦前からある工業のほとんどが停止状態であったとしても、あるものの生産だけはいまでも活発に行われていた。それは手榴弾の製造であった。軍事演習は実弾で行われ、本物の負傷者も出た。軍団員たちは火炎放射器で対決し、血まみれでやけどを負って演習から戻った。ダンヌンツィオのフィウーメの十カ月目は、大規模な軍事演習で祝われた。山のなかや海岸沿いに位置した砲兵隊は、海に向かって砲撃を行った。ダンヌンツィオは何時間もかけて全軍団を閲兵し、隊列をめぐり歩き、ひとりひとりに目をとめ、彼らに語りかけた――君たちは素晴らしい獣のように美しく凶暴かつ敏捷であり、炎の壁のように何者の侵入も許さない存在である、と。

さらに多くの記念日が祝われた。そうした際には集会が開かれ、叫び声が上がり、軍団員たちは小銃に月桂樹の小枝を挿して行進を行い、ダンヌンツィオはバルコニーから英雄崇拝と戦いへの情熱を熱っぽく語った。さらに多くのファンファーレが演奏された。さらに多くの旗が登場した。赤・白・緑のイタリア国旗。スミレ色・黄色・深紅のフィウーメの旗。表彰式。駅での歓迎のパーティーでは、新たに到着した志願者の襟の折り返しに女性たちがロゼッタをピンでとめた。

六月、フィウーメの守護聖人である聖ヴィートの祭日のために、通りにはまばゆい照明が施され、港は花を飾りランタンをともした小舟で混み合った。「彼らはどこででもダンスをした。広場で、通りで、波止場で。昼も夜も彼らは踊り、歌った」とコホニッキーは書いている。ファンファーレが演奏され、花火が打ち上げられた。「どこに目をとめても、ダンス、ランタン、火花、星が見えた」。それは狂宴《オルジア》――ダンヌンツィオが満足げにたびたび使った言葉――であった。コホニッキーは「兵士、水夫、女性、市民たちが自由奔放に抱き合うのを見た」。それは「死の舞踏」であった。「腹を減らし、破局のなかで、苦痛を抱えながら、おそらくは死の淵にあって、炎と手榴弾の雨のなかで、フィウーメは松明を振りまわしながら海を前にして踊っていた」。

ダンヌンツィオは決定的な動きを準備していた。「忍耐はもはやその口を開くことはない。昨夜わたしはそれを黙らせた……勇気が語るときが来た」。

八月三十日、フィウーメの市民を前にして、そして翌日には軍団将校たちを前にして、彼は新しい憲法、カルナーロ憲章を大声で読み上げた。この演説が行われたのは、いつもの彼のバルコニーではなく、フィウーメのフェニーチェ劇場であった。収容能力いっぱいまで聴衆が詰めかけた劇場はうだるような暑さだった。その苦難をたとえて、ダンヌンツィオは劇場を新しい秩序が精錬される炉と表現した。彼は聴衆たちに語りかけた。「このページは君たちのものだ……君たちの精神が、君たちの短剣の刃で切り取り尖らせた、鷲の羽根によって書かせたものだ」。

彼の大臣たちの何人かは憲章の第九条――私有権は絶対的なものではないことを示唆していた――は削除されるべきであり、さもなければフィウーメへの外部からの投資はまったく期待できなくなる、と抗議した。「協同体」には労働組合のような不安な響きがあり、「町を労働者たちの手に委ねる」ような印象を与える、とも主張した。ダンヌンツィオは抗議を気にかけなかった。塹壕が目につく風景のなかで彼は軍団員たちに語った。「われわれは命ある都市の基礎を据えたのだ」。

彼は市民に対する演説を「遅かれ早かれ、イタリアへの併合は確実である。エイア、エイア、エイア、アララ!」という叫び声で締めくくった。歓喜の大声が批判をかき消すあいだ、フィウーメがイタリアの一部になるのであれば別個の憲法がなぜ必要なのか、といぶかる者たちもいた。デ・アンブリスの最初の憲章草案では、フィウーメは「共和国」と表現されていた。支持者のなかの王政派をなだめるためにダンヌンツィオはその言葉を「執政府《レッジェンツァ》」に置き換えたが、彼が自分の町に望んだ国家からますます離れつつあった。「イタリアらしく」考えることは、さもしく、回りくどく、意気地なく考えることを意味する、といまでは彼も認めていた。

ダンヌンツィオの周囲には反乱を彼に勧める人々がいた。『テスタ・ディ・フェッロ』紙でカルリは、フィウーメが「驚異の島」であり、その住民は「未来に向かうすべての民族の前衛であって……わずかな数の神秘的創造者たちが世界中にわれわれの力の種子を蒔くことになるだろう」と書いた。

その力は比喩的なものでもあり得たし、現実的なものでもあり得た。デ・アンブリスにとって、五番目の季節にダンヌンツィオとともにとどまった人々の多くにとってと同じく、フィウーメの政治的変容はより大きな革命のための実験であった。フィウーメが「イタリアを併合」すべきであり、彼らの思弁的な憲章に沿って組織された新しい社会をイタリアに確立すべきである、とデ・アンブリスはダンヌンツィオに語った。「イタリアでは救世主が求められ、待望されており、もっとも開明的な人々はガブリエーレ・ダンヌンツィオこそ救世主だと考えている」。ダンヌンツィオだけがプロレタリアートとブルジョワジーと軍人を結びつけることができる。グイド・ケラーはこの意見に同意した。彼はフィウーメ自体にはほとんど関心を持たなかった。ケラーにとってそれはイタリア革命に向けての、そして「イタリアののち、世界の」革命に向けての最初のステップでしかなかった。

ダンヌンツィオは数十年のあいだ独裁制というヴィジョンをもてあそんできた。全能の哲人王に統治される共和国を主張したプラトンを彼は賞賛した。小部隊と暴徒を巧みに操る、大理石像のようなガリバルディの姿を彼は詩の形で再創造した。彼の戯曲『栄光』の主人公フランマは「重大な緊急事態に対応できる真の男、自由な人間精神を豊かに持つ男」であった。その後『栄光』は奇跡的な予見性のゆえにファシストたちから大いに賞賛されるが、ダンヌンツィオはそれを書いていたとき、ムッソリーニの到来を予言していたのではなかった。彼はその役を自分自身のために創り上げていたのである。戦前にフランスでダンヌンツィオはひとりの女魔術師を訪ねたが、彼女は彼が「王のなかの王」になると語った（もしくは、そう彼は主張している）。

支持者たちから求められても、彼にはルビコン川を渡る覚悟がなかった。デ・アンブリスはイタリアにおいて同時に蜂起する協定をムッソリーニと結ぶことを提案した——そこではダンヌンツィオが「精神」を、ムッソリーニがマンパワーを提供する。しかしムッソリーニは、いまや自分の権威により自信を抱いていたので誰かのために反乱を起こすことに関心を示さず、ダンヌンツィオは、例によって決心できなかった。

フィウーメの民族評議会はカルナーロ憲章を喜ばなかった。ダンヌンツィオおよび彼の軍団と直接対決することには不安があり、評議会メンバーは合法的な時間稼ぎの手段に訴えた。九月八日、評議会は解散して「指導委員会」に改組し、カルナーロ憲章を「検討」する「立憲会議」のメンバーを選ぶ選挙を六週間以内に実施すると発表した。ダンヌンツィオはこうした煮え切らない態度を拒否した。彼は『ラ・ヴェデッタ』紙に宣言を載せ、フィウーメのすべての住民にその日の夜、彼のバルコニーの下に集まるよう求めた。「今日、君たちは町の運命を決めるのだ！」警報が響き、鐘が鳴らされ、ランダッチョの旗が広げられた。広場は人で埋まった。ダンヌンツィオは、いまこそフィウーメの未来にとって「決定的なとき」である、と大声で叫んだ。そのときその場で、彼の独断で、「カルナーロ＝イタリア執政府」の開始を宣言した。彼が求めてきた「命ある行動」はクーデタとなって現れた。

民族評議会を代表するグロッシヒは抗議を行った。ダンヌンツィオは挑戦的に彼に答えた。

奴隷の党派はわれわれに異論を唱え、反対する。けっこうである。

最後の戦いが始まる。

われわれは戦うだろう。

評議会はダンヌンツィオの軍団に反対することができず、不本意ながらしたがった。しかし憲章は言葉から行動へ移行することはなかった。このときからダンヌンツィオは自分の政府を執政府と呼んだが、それ以外に具体化したものは何もなく、協同体も巨大なコンサート・ホールも、「胸が震えるような事実」も生まれなかった。

九月十二日。「聖なる入城」の一周年記念日。ダンヌンツィオは新しい旗を掲げた。その旗は紫の地に金の星がちりばめられ、自分の尻尾をくわえた蛇がぐるりとその星を囲んでいた。そしてフィウーメの郵便切手を新たに発行することが発表された。

九月二十日。イタリア統一の五十周年記念日。通りは花で飾られ、舗石には月桂樹の枝が敷き詰められた。

九月二十二日。グリエルモ・マルコーニの来訪を祝うために、全市を挙げてのデモンストレーション兼街頭でのパーティーが行われた。ダンヌンツィオは旧友のために厳かな公的歓迎行事を繰り広げ、彼を「宇宙のエネルギーの支配者」と呼んで、イタリアの才能を星の光の速度で宇宙に広げたとしてほめたたえた。マルコーニが訪れたのは電波塔を建てるためで、それによってフィウーメの声をラジオで世界中に届けることができるようになった。ダンヌンツィオはマルコーニの船エレクトラ号に乗船し、船内の小さなスタジオから、彼にとっては最初の世界に向けた放送を行った。

コホニッキーのダンヌンツィオへの崇拝は冷めてしまった。ダンヌンツィオはもはや彼のフィウーメ連盟に関心を持たず、彼は首脳部内での立場を失いつつあった（賓客として遇されていたオズバート・シットウェルは彼のことを「フィウーメで唯一の退屈な人物」と呼んだ）。コホニッキーは、ダンヌンツィオと最初に会ったときに盗んだ手袋をまだ持っていたが、怒りのはけ口として、ときおりそれを汗拭きとして使いたくなることがあった。

あるとき、コホニッキーの補佐官であり友人であるヘンリー・ファーストが、ダンヌンツィオの子分のひとりを批判し、司令官――まだ壮健で、ボクサーでもあった――が彼に一撃を食らわすかのように両方の拳を構えたことがあった。また別の日には、コホニッキーに別れを告げるとき、ダンヌンツィオは短い握手のあと、すぐ回れ右をして背中を向けた。それが何を意味しているのかは誰の目にも明らかだった。ダンヌンツィオの好意は失われてしまった。外務部は閉鎖された。

コホニッキーとファーストが自分たちのファイルを荷造りしているとき、上の階にあるダンヌンツィオのアパートメントでルイザ・バッカラがバッハのフーガの一曲を演奏しているのが聞こえてきた。すると、最後の侮辱として、ダンヌンツィオの浴槽の水が彼らのオフィスの天井から落ちてきた。彼らの頭の上で、彼らのかつての偶像が、愛人に気をとられて蛇口を開きっぱなしにしたのだ。コホニッキーは真っ直ぐ鉄道の駅へ行き、一刻も早くその場を離れたかったので、発車したばかりの列車を追って線路を走った。そして休戦ラインで停車した列車に飛び乗った。

一九二〇年九月、小規模な内戦が起こった。軍団内で張り合う将校たちが、新兵の獲得を競って、部下の兵士たちに互いに戦うように命じたのだ。将校たちは酔っ払った略奪者のように振る舞っている、とダンヌンツィオの大臣のひとりは司令官に伝えた。ダンヌンツィオはその指摘を心にとめたが、彼が始めた改革は軍律の強化にはほとんど寄与しなかった。

その夏のあいだ、イチジクの木の下でYOGA集団が討議した議題のひとつは、若さと炎の都市フィウーメにおいては軍隊のヒエラルキーは不合理であり、軍の規律は抑圧的である、という考え方であった。YOGAのメンバーは「公然かつ暴力的に上級将校を攻撃する」ことを誓った。ケラーは決議案を起草した。軍服はデザインし直し、堅苦しい立ち襟と将校たちがまだ身につけている無用の剣は廃止する。単独で行動する英雄的な人間であるアルディーティが、すべての兵士の模範とされるべきである。ケラーは反抗的な個々の戦士からなる戦闘部隊を心に描いていた。それは中世の戦場を乱闘の場にした、武装した騎士たちの一団のようなものであった。

ダンヌンツィオは同意した。十月二十七日、彼は自分の軍隊に対するプランを発表した。彼にとって理想の部隊とは、数は少なくてもひとりひとりが魚雷のように敵にとって致命的な作戦能力を有するものだった。軍団員は走り、跳び、泳ぎ、馬に乗り、重いものを持ち上げ、石を投げ、木に登ることができなければならない。ドアを体当たりで壊す、あるいは断崖から飛び込む覚悟がなければならない。歌い、踊り、口笛を吹き、「人や獣の声を真似する」ことができなければならない。殺人者であると同時にパフォーマーでもある軍団員たちは、ダンヌンツィオが理想とする戦争の劇場における花形役者であり、ソレルが心に描いた英雄たちのように、個人として、暴力的で気高く堂々と振る舞うのである。

そこにはもはや将校は必要なかった。司令官と兵士のあいだのあらゆる中間的な階級は廃止される。全軍は直接かつもっぱらダンヌンツィオに応答する。「司令官だけに熟慮する権限がある……彼だけが宣戦を布告する権利を有する」。ダンヌンツィオは兵士たちを自由にした。それぞれが軍隊評議会のなかで一票を持ち、そこでは新入隊者も最古参の将校と同じ発言権を与えられる。しかし同時に彼らを自分に強く結びつけることもしていた。「司令官に対しては無制限の服従と全面的な忠誠が課せられる」。

軍隊の改革は、カルナーロ憲章と同様に、実行されないままに終わった。にもかかわらず、新しい軍隊の規約が公開されると、フィウーメに残留していた将校の多くは逃亡した。

兵士たちはフィウーメを離れていき、その代わりを少年たちがつとめた。オズバート・シットウェルがフィウーメに来るときに列車で乗り合わせた、ダンヌンツィオの詩集でポケットを膨らませていた二人の十六歳の少年たちは、列車から降ろされたら歩いてでも山を越えてフィウーメに行くと彼に語った。彼らの頭は硬い鉄でできてはおらず、詩と思春期の不満であふれていた。彼らは典型的な軍団の新兵だった――熱烈で献身的だが、おそらく大して役には立たなかった。

ダンヌンツィオの見えないほうの目は、終生痛みつづけた。完全に見えないよりも悪いことに、チカチカする光とぼんやりした幻覚がかえって彼を当惑させ、気を散らせた。

ケラーとその無鉄砲な仲間たちはますます不穏な行動を繰り返した。彼らはダンヌンツィオを、オデュッセウスをとりこにして何年も無為に過ごさせたニンフにちなんで、「カリプソ」と呼んだ。十一月四日、休戦の二周年記念日にケラーは、ダンヌンツィオに相談することなく、一機の飛行機でローマへ（途中で何回か給油しながら）向かった。ケラーは首都の上空で旋回し、議会が置かれていた建物に向けて、嘲りのメッセージとニンジンを詰めた溲瓶《しびん》を投げ落とした。ヴァティカンには聖フランチェスコへの一輪の白い薔薇を落とした。王宮に対してケラーは王妃とイタリア国民のための赤い薔薇の花束を落とした。こうした象徴的な贈り物のなかでももっとも辛辣だったのは、休戦を記念する式典が行われることになっていたカンピドリオに落とした、使い古した歩兵の長靴だった。だが式典は暴力沙汰を恐れて中止された。イタリアはますます不安定になっていた。

低空を飛ぶ飛行機からまかれるメッセージ、花、聖フランチェスコの祈りの文章、長靴、輝く冗談に転換された脅迫――これはダンヌンツィオ風の行動だった。だがそれをしでかしたのはダンヌンツィオではなかった。定期的にやって来る鬱状態に陥った彼は、人々の視線から身を隠していた。

同時代の記録を見ていると、ダンヌンツィオの振る舞いのなかに、間違った舞台に迷い込んでしまった役者が、オーディションを受けてもいない芝居において即興で演じることを余儀なくされたような不安が感じられる。彼がフィウーメを占領して数日後、マリネッティは彼について書いた。「彼は自分がしていることの革命的で決定的な偉大さをわかっていない」――それはたんに、ダンヌンツィオが自分の行動をマリネッティが理解していたのとは異なる形で見ていたというだけかもしれないが、洞察力に富む指摘でもあった。ダンヌンツィオは依然として議会の会議に出席する煩わしさを我慢できない人物であり、彼にとって大衆は列車の窓から見える景色と同じぐらい興味のないものだった。彼は紳士たちの集まるクラブを避けた。なぜなら、そこでの男たちの話題――ビジネス、政治、外交、金――が自分には不得手なものだったからである。彼が待ち望んだ戦争が始まったとき、戦争の単調さを嘆く手紙をアルベルティーニに書いたことがあった。フィウーメでもまた、彼はときおり自分の偉大な冒険が退屈だと感じた。

彼は孤独だった。あまりにも未熟で規律を守らない若者たちからなる軍団は、彼の輝かしい幻想の素晴らしいアクセサリーであったが、厄介な連中でもあった。ルイザは歓びを与えてくれたが、自分のスケジュールにしたがって行き来していた。公演のためにフィウーメ訪問をキャンセルすることに対して、ダンヌンツィオは何度も彼女を責めた。「愉しみのない闘いにおいて、君がわたしの唯一の歓びであることを知っているはずだ。それでも君はコンサートのほうがわたしの精神よりも重要だと考えている！　わたしは理解しないし、理解できない」。彼女がいないとダンヌンツィオは絶望的な気分になった。彼はオズバート・シットウェルに愚痴をこぼした。「本を、絵を、音楽を愛する人間が、何カ月ものあいだ農民と兵士に取り囲まれているのはどんな気分か」。この特別な小国家の支配者、十以上もの異なるイデオロギーが実際に試されている政治的実験室の支配者は、退屈していた。

　フィウーメの困った事態を終わらせるべく、ジョリッティは着実に手を打っていた。「裏切りは間近だ」とダンヌンツィオは公言した。彼は自分が作った有名な言葉「不具にされた勝利」をさらに発展させた。イタリアの勝利はいまや苦悶のさなかにあった。付け根しか残っていない翼では、イタリアは飛べなかった。切り落とされた足では、イタリアは行進できなかった。無力な生贄であるイタリアは、グロテスクな衣装と化粧で飾られて、恥辱の祭壇に運ばれた。

　一九二〇年十一月十二日、イタリアとユーゴスラヴィアの両政府はラパッロ条約に調印した。この条約の下でフィウーメは独立の都市国家となり、イタリアとは細い帯状の土地でつながった。イタリアはジューリエ・アルプスとカルソ、ザーラ、イストリアのほぼ全域とアドリア海の島のいくつかを獲得した。ダルマツィアの残りの地域に住むイタリア人たちにはイタリア市民権が与えられた。

　何年もダンヌンツィオが要求してきたことのほとんどがかなえられたが、それは彼の背後で彼の知らぬうちになされた。新たに獲得された領土にはイタリア人の血は流されず、血で聖別されなかった。これは勝利ではなく、取引であった。そしてさらに悪いことに、ラパッロ条約によって彼はフィウーメの政府を引き渡し、去らねばならなくなる。彼は一年前にいた場所に、「暫定協定」が提示された時点に戻ることになったが、彼はその当時と寸分違わず非妥協的であった。

　再び彼の支持者たちは、状況を受け入れるように彼を説得した。フィウーメはユーゴスラヴィアから独立することになった。それ以上の何を彼が正当に要求できるのか？　ムッソリーニは条約を認めるようにダンヌンツィオに忠告した。チェッケリーニ将軍も同じことを彼に嘆願した。だがダンヌンツィオは実現不可能なことに固執し、フィウーメのイタリアへの併合を求めつづけた。ますます激烈で一貫性を欠く彼の宣言から、その理由を読みとるのは難しい。権力を手放したくないというのは、たしかに理由のひとつだった。「わたしは自分の特権を保持しなくてはならない」と彼は将校のひとりに語った。「この退屈さのなかでそれだけが唯一の楽しみなのだ」。そのほかに、あまりに多くのものが提示されたという事実が、かえって彼を苦しめたようだ。ダンヌンツィオと彼の軍団には「銀の通路と金の橋」が提供されたが、彼は買収されるのを拒絶した。いまや殉教と血による浄化という自分のレトリックに酔って、自らの「犠牲」を最後まで見届けることを主張した。

彼は自分の部屋に十五時間ぶっ通しで閉じこもり、そのあいだ一緒にいたのは、ケラーがルイザ・バッカラに与えたオウムとグレイハウンドたちだけだった。この犬については、その年彼を訪ねていたマルセル・ブーランジェが、ダンヌンツィオが「彼の官邸のもっとも奥まった秘密の場所に、まさにスルタンが愛妾をテントに隠すように」飼っているのを見て驚いている。ダンヌンツィオはひとりのお気に入りの将校を通じてのみ役人たちと連絡をとっていた。彼はかつての支持者たち(ムッソリーニも含む)からの手紙を燃やし、返事も書かなかった。彼がフィウーメから飛行機で脱出を図ったとか、司令部を総督官邸からエンジンをかけたままの港の船に移したなどと言われていた。(こうした噂はおそらく彼が出て行くことを望んでいた人々の期待から発生したものであろう。)彼は孤独を深く悲しんだ。「われわれはあらゆるものに対して再び孤立している……勇気だけを頼りにわれわれだけで……巨大な陰謀に対抗している」。彼の声明はますますわかりにくいものになり、その政治的立場はさらに不安定なものとなった。自分は「大義」のために死ぬ覚悟がある。イタリア人のような恩知らずな国民のために一滴の血も流すつもりはない。交渉する準備はできている。自分は決して妥協はしない。

ダンヌンツィオの分別のなさに落胆して、ヘラクレスのようなチェッケリーニ将軍――軍人たちにフィウーメの大義が正当なものであると納得させる上で、その存在が不可欠だった――は、ダンヌンツィオが繰り返し嘆願したにもかかわらず、町を去った。

最後の行動の機会は向こうからやって来た。依然として未回収地回復のために動いていたジュリアーティは、ダンヌンツィオの軍団員たちをフィウーメからザーラに移動させるべきだと提案してきた。ザーラのイタリア人総督であるミッロ提督——ダンヌンツィオと同じぐらいラパッロ条約に不満を抱いていた——が蜂起を支援するというのである。ミッロの準備は整っている。その多くが行動を熱望していた軍団員たちは歌っていた。「裏切り者の政府よ、それはお前だ、お前だ、お前だ／ダルマツィアを売り渡したのは／俺たちはお前を信じていたのに」。

ダンヌンツィオはまたもや躊躇し、そのあいだに時間が過ぎ去った。ジュリアーティはフィウーメにやって来たが、ダンヌンツィオは彼を待たせつづけた。そしてようやく面会に応じると、自分は蜂起を段取りするには忙しすぎると明言した。彼は自分の砲兵部隊に新しい旗を与えることを祝う式典を計画していたのである。ジュリアーティは、その式典をザーラに向かう船の上で行えるのではないか、と提案した。ダンヌンツィオはそうは考えなかった。ジュリアーティは彼に期待することをあきらめ、ヴェネツィアに去った。

協力をしようとする人々を落胆させ、ダンヌンツィオは自分の軍団員たちをダルマツィア沿岸の二つの島、ヴェーリアとアルベを占領するために派遣した。どちらもラパッロ条約ではユーゴスラヴィアの領土とされていた。軍団員たちは巨大なブロンズの鐘を持ち帰った。人の背丈よりも大きなその鐘は、ダンヌンツィオがしばしば演説のなかで触れていたものだった。彼はその鐘を自分の個人的な書斎に置いて、トーテム崇拝物のコレクションに加えた。「神秘的な黄金色に輝くブロンズの巨鐘よ！」

カヴィーリア将軍はフィウーメを取り囲むイタリア軍部隊を増強し、二つの島から軍団員を追い払った。そしてフィウーメの海上封鎖を強化するために、さらに多くの艦船をカルナーロ湾に投入した。ダンヌンツィオが「唇によだれを垂らした死刑執行人」とあだ名をつけたジョリッティは、ダンヌンツィオの首の縄を締めつけつつあった。

ダンヌンツィオは隔離された場所《クラウズーラ》から姿を現し、何度も何度も演説をした。信奉者たちに彼は語った。「われわれの苦しみはまだ十分ではない」。封鎖をしている艦艇が見えるバルコニーから、彼は杯を遠ざけるように神に嘆願したキリストに自分は勝るとも劣らないと語った。自分は決してたじろがない、決して屈しない。自らの大義を放棄するくらいなら、自分は死ぬだろう（と繰り返し口にした）。

彼は自分自身とその小さな軍隊に死を覚悟して戦う用意をさせていたが、彼のレトリックは誤った前提にもとづいていた。「兄弟の血は流されるべきではない」と彼は主張していたが、それは彼の軍団とイタリアのあいだの戦いは考えられないことを意味していた。不潔なスラヴ人や「クロアターリア」、汚いセルビアの豚飼いたちについて、彼は何度もわめき散らした。だがそれらの敵は一度も現れなかった。町を封鎖している艦艇も、それに搭載されている大砲も、休戦ラインに沿って配置されている兵士も、すべてはイタリア、「祖国」に仕えていた。国民的英雄のダンヌンツィオは、イタリア国家の敵になっていたのである。だが彼はその事実を理解できていなかったようである。

グイド・ケラーはダンヌンツィオに、フィウーメを包囲しているイタリア軍部隊の封鎖線を突破してまずトリエステへ、そしてローマへ進軍することをしきりに提案した。しかしケラーの提案がダンヌンツィオ周辺の将校たちによって議論されると、さほど重要ではないものの王室のメンバーであるそのうちのひとりが、自分は絶対にイタリアで「匪賊のような振る舞い」はしないと宣言した。ダンヌンツィオも同じ考えのように思えた。軍団はフィウーメにとどまった。ケラーはダンヌンツィオを骨抜きにしたことでルイザ・バッカラを非難した。総督官邸の階段で彼女と出会ったケラーは、彼女の両足のあいだにナイフを投げておびえさせた。

もう寒くなっていた。しかし冷たい雨のなかでも、あるいは夜遅くになっても、広場には人が集まっていた。危機の雰囲気のなかで、軍団に残っていたわずかな規律すらも崩壊しつつあった。十二月一日、デ・アンブリスは軍団員たちが傲慢な態度と強奪行為によって市民たちから嫌われているという報告をダンヌンツィオに書き送った。将校たちは彼らを統制する方策を講じず、盗みを犯した者たちを警察に引き渡すことを拒否した。

一九二〇年十二月四日。聖バルバラの祝日。バルバラはキリスト教信仰を否定することを拒否して、自分の父親に首を切られたという伝説がある。ダンヌンツィオは彼女の物語を自分のプロパガンダに利用した。彼のフィウーメは乙女の殉教者であり、ジョリッティのローマは冷酷な親である。封鎖は次第に悲惨なものになりつつあった。軍団員たちは腹を空かせていた。ダンヌンツィオは彼らにいかなる慰めも与えられなかった――興奮を除いては。彼らは火をつけられるのを待っている積み上げられた薪のようだ、とダンヌンツィオは語った。

十二月五日。ラパッロ条約にしたがって、イタリア兵を乗せた最初の船がザーラを出港した。一方ザーラのイタリア系市民は、彼らの乗船を阻もうと暴動を起こした。フィウーメでは軍団員たちの戦うムードが高まった。ダンヌンツィオは彼らに対して、自分がもたれている手すりがいまでは檻の鉄柵のように厭わしい、と語った。自分がやりたいのは、この手すりを打ち壊し、その石材を飛び道具として使うことだ。誰かが叫び返した。港にはそうした目的で使える錆びた鉄がごまんとある、と。ダンヌンツィオは言い返した。「君たちは古い鉄から自由になる前に、古い人々から解放されなければならない」。（ロシアの革命家たちが「過去の人々」という言葉を使ったように、ダンヌンツィオは「古い人々《ヴェッキ・ウォーミニ》」という言葉を用いた。）聴衆はその意味を理解した。「裏切り者たちに死を！」ダンヌンツィオは、人命と感情というお好みの材料を使って、私刑を行おうとする群衆を創り出していた。「われらは司令官とともにいる。われらは彼に忠誠を保つ……いずこなりとも、彼とともに！ 死にいたるまで！」

十二月六日。封鎖艦隊の二隻で乗組員が反乱を起こし、駆逐艦と魚雷艇を一隻ずつフィウーメの港に持ち込んだ。ダンヌンツィオは新たに加わった者たちを厳粛に迎え入れた。「同志諸君、日は傾いた。じきに夜が訪れるだろう」。諸君はわたしとともに死ぬために来た、と彼は告げた。

イタリアでのダンヌンツィオの威信は次第に低下しつつあった。ジョリッティはあらゆる理性的な手段を用いてラパッロでイタリアにとって有利な条件を取りつけた。そして彼はダンヌンツィオの宣伝と毒舌という道具をどう利用するかを心得ていた。イタリア共産党の創設者のひとりであるアントニオ・グラムシは、フィウーメに関するジョリッティのプロパガンダが「きわめて乱暴な」ものだと考えていた。グラムシはそれを次のように要約している。「軍団員たちは、人間の獣性に対する基本的な情熱を満足させることだけを求めている匪賊の一団である、と説明されている」。ダンヌンツィオは「祖国の敵である狂人、役者」と描かれている。このキャンペーン全体は著しい成功を収めている、とグラムシは思った。ありふれた主張――「兄弟の血が冷酷に流され、個人の権利と自由がアルコールと貪欲に狂った兵士たちの集団によって脅かされ、少女たちはたがの外れた欲望によって汚されている」――を展開することで、ジョリッティは世論をうまく転換させたのである。

一九一九年秋には、上級将校たちは部下の兵士たちをダンヌンツィオに立ち向かわせるのは不可能と判断した。一年後、事態はもはや同じではなかった。ダンヌンツィオの崇拝者たちですら困惑するか、苛立っていた。同情的だった下院の八十人の署名が入った、ラパッロ条約を受け入れるように促す信書をダンヌンツィオは受け取った。その同じ日に、彼は自分の軍団に対して次のような宣言を発した。

つねに武器を手に持て。
自らを叛徒と呼ぶことに誇りを持ち
臆病者たちの顔につばを吐きかけよ……
死者に栄光あれ。

ジョリッティはデッドラインを設定した。彼はダンヌンツィオにその軍団とともに十二月二十四日午後六時までにフィウーメを退去することを命じ、期限までに退去した者全員の恩赦を約束した。ダンヌンツィオは抵抗を準備した。彼は「つねに堅固であれ」という自らのモットーを実践した。彼はフィウーメを自分の火葬用の薪の山にすると話した。自分が殺されたり捕虜になった場合、燃料庫に火をつけるように命じたという噂が流れた。そうなれば全燔祭の町はその名に恥じぬものとなり、彼の背後で完全に焼き尽くされるだろう。

十二月二十一日、ダンヌンツィオはすべての将校を集めた会議を開いた。彼らは官邸の大広間を埋め尽くし、ダンヌンツィオが長いテーブルの中央に座ると「エイア、エイア、エイア、アララ！」の叫びを上げた。コミッソは次のように書いている。「その数日間の彼はまことに素晴らしかった……彼の活動を終わらせようとする政府の部隊に包囲されながら……もっとも苦しい瞬間にさえ、深遠で詩的な言葉を見いだす方法を知っていた」。彼はフィウーメが戦争状態にあると宣言した。その日は二回、バルコニーから群衆に向かって演説をした。彼の大義のために死ぬことを望まぬ者はすべて、立ち去って、「恩赦を受けた脱走者」の陣営に加わるよう、嘲りながら彼は促した。自分とともに残る者に対しては、虐殺が待っている、と彼は話した。「兄弟殺しの命令が下った」。

軍団は防衛を準備した。フィウーメにつながる道に漁網がかけられ、町の通りには鉄条網が張られた。荷車を引きずって集め、バリケードが作られた。アッバツィーアへの道路は時代物のオーストリアの大砲で封鎖された。フィウーメは世界から立てこもった。

十二月二十四日、クリスマス・イブにジョリッティの部隊はフィウーメの境界に沿って陣地を構え、イタリアの戦艦が港に入った。正規軍兵士の数二万人に対して、軍団兵は六千人ほどであった。ダンヌンツィオは兵士たちに一軒一軒の家に立てこもる戦いに備えるよう指示した。彼の飛行機の一機が「兄弟を包囲している兄弟」に上空からビラをまいた。それは彼らの母とクリスマスの名において武器を置くように呼びかけていた。その日の合い言葉は「恩知らずの《イングラータ》――イタリア」であった。

ジョリッティが定めたダンヌンツィオの撤退の時刻がやって来て、過ぎ去った。正規軍は境界を越え、線路に沿ってフィウーメの町へ進んでいった。ダンヌンツィオは部下の兵士たちに町への後退を命じた。これは彼が決して望まなかった、おそらく起こりうるとは考えてもみなかった戦いであった。かつてのオーストリアの「ハゲワシの吐瀉物」との戦いでもなければ、スラヴの「豚飼い」との戦いでもなく、彼が愛する「祖国」の軍隊との戦いであった。

その日の夜、ジョヴァンニ・コミッソは何人かの同僚の将校たちと食事をしているときに出会った女性に言われた。「あなたがたは撃ってはいけません。彼らはわたしたちと同じイタリア人です」。コミッソは苛立った。その理由のひとつは、司令官と同様に、彼は敵の本質は見ないようにしており、彼らが同国人で同じ兵士であることは聞きたくなかったからである（「奴らはたんなる警官だ」）。またもうひとつの理由は、彼が書いているように、真剣な男同士の会話に女性が口を挟むことに我慢ならなかったからでもあった。彼は鋭い口調で言い返した。彼女は泣いた。彼は花を一輪彼女に与えた。彼と男たちは迫りくる戦闘にいかに興奮しているかを再び話しはじめた。爆発音がレストランを揺さぶった。ダンヌンツィオがスザクに通じる橋を破壊させたのだ。料理や花、あるいは女性（とくに真実を口にする女性）のことなどそれ以上考えられなくなった彼らは、急いで通りへ出た。コミッソは自分の隊がアッバツィーアの方向に備えているのに気づいた。彼は道路を見下ろすテラスに自分の機関銃手たちを配置し、近くの家でひとりの女性がアルディーティの歌を歌っているのを聞きながら、腰を落ち着けて待った。その夜、戦闘が始まった。

戦闘は三日間続いた。その三日間をダンヌンツィオは「人類の歴史のなかでもっとも栄光ある」日々、「血のクリスマス」と呼んだ。彼は繰り返し自分の兵士たちに演説を行い、殺されることを喜ばないのなら、去るように命じた。イタリア人の兄弟を打ち破って「死体の上を歩いてくる」正規軍の兵士たちに、恥を知れと彼は叫んだ。彼は軍団員たちの大声の連禱をリードした。

勝利は誰のものか？
われわれのものだ！
勝利は誰のものか？
英雄たちのものだ！

ダンヌンツィオは陶酔していた。われを忘れていた。フィウーメの銀行の頭取によれば、「彼は戦闘の近くには決して行かなかった。戦線へ駆けつけてそこで死にたいと半時間に一度は叫んだが、将校たちがそのつど何とか彼を官邸に押しとどめた」。だが彼には殉教の覚悟があった。彼は決して降伏するつもりはなかった。

ルイザは比較的安全な市長の家に滞在していた。ダンヌンツィオは状況を書いたメモを一時間ごとに彼女に送った。クリスマスの朝早くに彼は書いた。「殺人者たち（正規軍兵士を彼はそう呼んだ）は六時三十分に攻撃を始めるだろう。われわれは抵抗する」。そう長くは続かないだろう。昼食は一緒にとれるだろう。

彼の楽観論には根拠がなかった。クリスマスの日の朝、正規軍の騎兵隊がフィウーメ後方の丘から攻撃をかけ、馬に乗ったアルディーティたちの抵抗を打ち破った。複数の魚雷艇が港に現れ、その機関銃は波止場に向けられた。町の外周部ではアルディーティたちが家屋から、低い壁の向こう側にうずくまっている兵士たちに発砲した。弾薬庫に砲弾が命中し、すさまじい爆発を引き起こした。黒い煙の雲が海を覆い隠した。午後になってダンヌンツィオは軍団員の死者や負傷者に対して涙を流し、ルイザに「悲しみは愛を研ぎ澄まし、よみがえらせる」ため、こののち彼女をさらに強く愛すると書き送った。だが砲撃やその音の激しさにもかかわらず、それは熱の入らない戦闘だった。両陣営の将校たちは、敵に対してわざわざ警告を発して前進しないように頼むことで、奇襲の有利さを自ら放棄した――彼らは部下に撃てと命じたくなかったのである。コミッソは自分の拳銃を友人に譲った。目が悪くてその距離では使えないし、「近くに寄れば、敵を抱きしめてしまうだろうから」と言って。三日間の戦闘で、合わせて三十三名の戦死者が出た。

十二月二十六日の夕方、ダンヌンツィオの記述によれば、太陽が海に沈み、空が血の赤に染まった頃、戦艦アンドレア・ドーリアが総督官邸に向けて砲撃を行った。砲弾がダンヌンツィオの司令部の窓を突き破り、彼がいた階の下の部屋で爆発した。窓は吹き飛び、天井から漆喰が崩れ落ちた。テーブルに着いていたダンヌンツィオは前に投げ出され、しばらくのあいだ気を失った。ある目撃者によれば、彼はパニックに駆られて泣き叫んだ。「助けてくれ!」二人の将校が瓦礫の上をつまずきながら彼に駆け寄って、その身体をつかんだ。彼らはダンヌンツィオを急いで部屋から外へ連れ出し、階段を降りた。中庭は短剣や小銃や手榴弾を振りまわしながら右往左往するアルディーティたちで混み合っていた。ダンヌンツィオの補佐官たちは、混雑のなかを押しのけて、彼を半ば持ち上げ、半ば引きずりながら、海からは安全にさえぎられている一軒の家に連れて行った。

のちにダンヌンツィオは砲弾が官邸に命中したときのことを書いている。司令官が危険な状況にあることに取り乱した女性たちが、自分たちの家のバルコニーに出て赤ん坊を差し上げながら叫んだ。「この子がイタリアだ! 命を奪うなら、この子を奪え! だが彼の命を奪うな!」もうひとつの、より真実味のある話では、こうなっている。女性たちはフィウーメ市長の家のドアを叩き、降伏することで彼女たちの子どもを救うようにダンヌンツィオを説得してほしいと哀願した。

砲弾は、次に何が起こるかという警告だった。イタリア軍指揮官は最後通告を送った。ダンヌンツィオがフィウーメを去るか、さらなる砲撃を命令するか、どちらかを選択せよ。市長、司教そして民族評議会のメンバーが、敗北を認めることでフィウーメとその住民を救うようにダンヌンツィオに懇願するためにやって来た。彼はためらった。アントンジーニによれば、決めかねたダンヌンツィオはコインをトスした。彼はほんとうに決められなかったのだろう。おそらく彼は屈辱的な決定の責任のうち、なにがしかを行き当たりばったりの運命に委ねたかったのだろう。

彼はそれまで何百回も、集まった群衆に「フィウーメか死か!」「イタリアか死か!」と声を合わせて叫ばせてきた。死ぬまで戦う準備をしてきた。のちにフィウーメに入ったイタリア軍部隊は、軍団が数週間は抵抗できるだけの弾薬を見つけた。彼があれほど頻繁に語ってきた英雄的な死が間近に迫っていた。殉教者の王冠はまさに彼の頭にかぶせられようとしていた。だがアンドレア・ドーリアの大砲が再び砲撃を開始しようとしたとき、ダンヌンツィオの投げ上げたコインは降伏を示した。フィウーメの住民は、彼がかくも長いあいだ彼らに提示してきた、恐ろしい壮麗さを逃れることになった。死と栄光の使徒は恥辱と生命を選んだ。ダンヌンツィオは立ち去ることに同意した。

当然のことながらすぐに、勇ましい演説をしていたにもかかわらず、ダンヌンツィオを翻意させ逃げ出させるのにはたった一発の砲弾で十分だったという、嘲りの声が澎湃《ほうはい》として湧き起こった。だが彼は決して臆病者ではなかった。「わたしは戦時において、数百回も自分の命を微笑みながら危険にさらした」と彼は言い、それは事実だった。わたしは喜んで死んだだろう、と彼は言った。だが「クリスマスの乱痴気騒ぎに耽る」イタリア国民にはそのような犠牲を払うだけの価値はない。

彼は、イタリア人が自分に向かって発砲するとは決して思わなかった。それが実際に起こったとき、聖なる入城の日に敵対する部隊のなかを無傷で通過することを可能にした、魔法のような不死身の力を彼は一瞬にして失い、自己欺瞞の能力も失ってしまった。投票を通じてフィウーメの住民が、ダンヌンツィオのために自らを犠牲にしたくないと示してからほぼ正確に一年後、アンドレア・ドーリアの砲弾はフィウーメ人たちが自分についてくるというダンヌンツィオの夢想を最終的に打ち砕いた。彼は自分がいるところがイタリアである、と宣言した。それどころか自分がイタリアの敵であることを彼にはっきり理解させたのは、イタリアの砲弾であった。

ダンヌンツィオと同じぐらい情報を操作する方法を心得ていたジョリッティは、攻撃のタイミングに注意を払っていた。三日間のクリスマスの戦闘のあいだ新聞は発行されなかった。だが、宣伝者としていまだ並ぶ者のいないダンヌンツィオは、マルコーニが彼のためにフィウーメに設置したラジオ局によって、一時間ごとに軍団の勇敢な抵抗ぶりについて世界に発信しつづけていた。いまや彼は威厳ある敗北のスペクタクルを準備していた。

軍団員たちは嫌々ながら、ゆっくりと武器を置いた。彼らは自国の人々が自分たちを「裏切った」として激怒していた。なぜ本国のイタリア人たちは、攻撃に抗議して立ち上がらなかったのか？　なぜ自分たちは虐殺されるままに放置されたのか？　彼らは軍服につけていたイタリアの勲章をすべて引きちぎり、フィウーメの郵便切手をそこに貼った。

ダンヌンツィオは彼ら全員を中心の広場に集めた。天気は寒々としていた。総督官邸は海辺の広場を見下ろす丘の上にあり、長い階段が広場まで続いていた。非常にゆっくりとダンヌンツィオはその石の階段を降りていった。しわだらけの象牙色の顔はかつてないほど青白く、軍服の上に黄色いレインコートを羽織っていた。彼自身が与えたラ・ディスペラータ（絶望部隊）の旗を見つけると、立ち止まって待機を命じた。ひとりの声がそれに答えた。「われわれはまだ何もしていません、司令官！」それは戦意に満ちた言葉だったが、もう終わりだった。

一月二日、ダンヌンツィオは町を見下ろす丘にある墓地まで数千人の葬列を率いて行進した。「血のクリスマス」のあいだに戦死した三十三人の棺は月桂樹で飾られ、ランダッチョの旗が棺の上に掛けられた。ダンヌンツィオは優雅な礼儀正しさ――それを用いてかつて彼はあれほど多くの女性を誘惑し、あれほど多くの男性を征服した――とともに厳粛に演説を行った。死者たちのなかには「忠実な」兵士と「反乱を起こした」兵士の両方がいた。ダンヌンツィオは、耳障りな声ではなく、追悼の落ち着いた声で、彼の信じるところを語った。もし彼らが再びよみがえったとしたら、彼らは「涙を流し、互いを許し合い、互いに抱き合うだろう」。彼はひざまずいた。膨大な数の群衆も彼とともにひざまずいた。嗚咽する声しか聞こえない沈黙のなかで、最後に彼はフィウーメのイタリア人たちを連れて町に戻った。

彼はイタリア国家に対して武器を取ったが、それでもイタリアでは依然として彼は政府よりも多くの支持者を得ていた。彼は罰せられることなく解放された。彼の法に対する挑戦は常軌を逸したものだった。ジョリッティはそれを見逃すことにした。裁判もなければ処罰もなかった。

軍団員たちは列車に乗って去っていった。将校たちのグループがダンヌンツィオに別れを告げるためにやって来た。ダンヌンツィオは彼らのひとりひとりに記念品を与えた。将校たちの多くは泣いていたが、彼と同じように孤独を感じていた者はおそらくわずかだった。将校たちが階段を降りながら振り返ると、窓のところにダンヌンツィオが、ガラスの向こうに彼の青白い顔が見え、彼らが見えなくなるまで手を振っていた。

ダンヌンツィオは一月十八日にフィウーメを去った。敗北しても彼はまだ偶像だった。フィウーメの住民たちの大多数は彼を追い払ってほっとしたかもしれないが、それでも数千人が彼が去るのを見るために集まった。そしてトリエステのファッショのリーダーは、彼が通るときに、どうかこの道端にひざまずき、あなたの手に口づけすることをお許しください、と懇願した。

　たった一日のあいだに、彼は神のごとき司令官から疲れた老人へと落ちぶれてしまった。霧が立ちこめて厳しい寒さだったその日の夕方、彼はヴェネツィアに着いた。すでに見たように、アントンジーニが彼を出迎えた。大きくて薄暗い、彼のあちこちの家から回収した物が散乱している自分のアパートメントに着くと、彼は真っ直ぐ自分の部屋へ向かった。彼は何も言わなかった。

## 隔離された場所

一九二〇年九月、ダンヌンツィオがフィウーメで新しい憲法の公布を祝っていた頃、イタリアの労働者たちは立ち上がった。約五十万人の労働者がストライキを起こし、工場や造船所を占領して赤旗（社会主義者）あるいは黒旗（アナキスト）を掲げ、労働者による管理を要求した。一カ月近くのあいだ、イタリア人たちは革命が近づいていると感じながら暮らした。二年後の第四回コミンテルン大会でレオン・トロツキーが次のように述べたとき、そこには若干の誇張があるだけだった。「事実上、イタリアの労働者階級は国家と社会および工場を支配下に置いた」。

だがその運動の指導は分裂していた。それぞれの工場は孤立した要塞だった。ストライキ参加者たちの最終目標については合意がなかった。主としてジョリッティの巧みな調停のおかげで、結局は有利な条件――賃金引き上げ、労働時間短縮、労働条件改善――を受け入れる人々が大勢を占めた。労働は再開されたが、膨大な量の武器と爆薬が工場内で発見された。不安になった資本家たちは、工場占拠がより大規模で暴力的な蜂起の起点になり得た、と（正しく）結論づけた。そのような脅威を前にした場合、当局にはあらゆる攻撃手段――どんなにいかがわしかろうと――を使用する用意があった。軍の高官たちに送られた回状は、「体制の転覆を狙う反国家的な勢力に対抗するには」ファシストの集団を利用できる、と示唆していた。

十一月、ダンヌンツィオがラパッロ条約を拒否する口実を探していたとき、イタリア全土で地方選挙が行われた。社会党はかなりの成果を上げ、敵対する諸勢力をさらに警戒させた。ボローニャは、社会党が市議会を支配するようになったいくつかの都市のひとつであった。十一月二十一日、社会党の新しい自治体執行部が就任した。敵対勢力はすぐさま反撃に出た。三百人の武装したファシストが市庁舎に進撃した。手榴弾が投げられた。十一人の死者が出た。

そうした攻撃がさらに続いた。いまではファシストたちはスクァードラを組み、ダンヌンツィオから学んだスタイルを発展させつつあった。ダンヌンツィオとデ・アンブリスが提案した「協同体」のように、スクァードリスタたちは独自の旗とスローガン、儀式を持っていた。彼らは黒ずくめの服装で、襲撃の前にはチェリー・ブランデーを飲んだ。彼らはスクァードラに名前――死んだ英雄の名あるいは自らの武勇をたたえる言葉――をつけた。フィウーメでのケラーの一団を意識して、「ラ・ディスペラータ（絶望）」と名乗ったスクァードラもあった。スクァードリスタの多くがフィウーメでの活動経験を持っていた。

社会党は隆盛に見えた。ファシズムはそれとくらべれば弱体であった。だが、「百万頭の羊はつねに一頭のライオンの吠える声で散り散りになってしまう」とムッソリーニは豪語していた。つまりつねに力が物を言う、という主張だった。トラックに乗ったファシストのスクァードラは襲撃すべき社会党員を探して、農村を走りまわった。ムッソリーニは新聞紙上で彼らを支援した。「社会党はイタリアで野営しているロシアの軍隊である。この外国軍に対してファシストたちはゲリラ戦を開始した。そして彼らはその戦いを容赦なく遂行するであろう」。

共産党の指導者アントニオ・グラムシは、ファシストたちを「歴史ではなくニュースを作り出す」だけの「猿に等しい連中」だとあざ笑った。だが多くのイタリア人は、次のように書いたフェラーラの新聞の記者に同意していた。「新しい、若い、勇気ある力が求められている……それはファシストたちである。彼らだけがイタリアを破壊しつつある狂気の波を止めることができる」。死者を生んだボローニャでの騒ぎから五カ月間で、ファシスト党の党員数は十倍になった。

戦争中およびフィウーメで、ダンヌンツィオは自分のそれ以前の人生を不審と軽蔑を込めて「たんなる詩人」としての人生であった、と繰り返し語った。まるで文学は、過去において彼がもてあそび打ち捨ててしまった何かであるように。彼は戦士であり、司令官だった。彼は軍団員たちに、自分のなかには彼らの行進曲以外のメロディーは流れていない、と語った。しかしながら、フィウーメから戻ると、彼は突如として急いで仕事に戻った。五年前の盲目状態の時期に着手した『夜想曲』に手を加えて増補し、一気に仕上げたかった。当然のことながら、彼には金が必要だったが、自分の文学の才能を発揮する際に得られる恍惚とした喜びも必要だった。彼はデ・アンブリスに書いている。「あれほどの騒がしさのあとでは静けさを、あれほどの戦いのあとでは平和を、わたしは心から求めている」。

敗北してヴェネツィアに戻った翌朝、六人の協力者に対してすぐに新しい家を見つけるように命じたときのこと、ダンヌンツィオは書類や小物をいじりながら混乱したアパートメントのなかをイライラと歩きまわっていたが、ふと足を止めるとトム・アントンジーニを近くに呼んだ。六人の探索者たちはそれぞれ北イタリアの別々の地域に派遣されることになっていた。ダンヌンツィオはアントンジーニにガルダ湖を割り当てた。というのも、お得意の秘密を打ち明ける調子で彼に言うには、「わたしの運命がそこに住むように駆り立てているように感じる」からであった。

ガルダは国境の地域であった。オーストリアとの国境は湖から北へ数マイルの山脈を走っていた。イタリアのナショナリストたちは、この地方のもっとも重要な町が「デゼンツァーノ・アム・ゼー」として知られていること、そこがドイツ人旅行者とドイツ語を話す居住者に占領されていることに不満を漏らしていた。そこを選ぶことによってダンヌンツィオは、自分にとってはいまだ未解決である係争地の近くに身を置くことになる。しかしその地域に住みたい理由はほかにもあった。そこは山々と湖が素晴らしい自然の美を展開する場所であり、ヨーロッパの裕福なコスモポリタンたちの保養地でもあった。他の探索者たちが知っているのはフィウーメの「司令官」だけなのに対して、アントンジーニはガブリエーレ・ダンヌンツィオ自身を、「わたしの好みやわたしの悪徳も、美徳も」知っている、と彼はその旧友にささやいた。

アントンジーニは彼のために、険しい丘の上にある人里離れた十八世紀の農家、ヴィッラ・カルニャッコを見つけてきた。イトスギとブナの木に囲まれていたが、湖とその対岸にある山々の素晴らしい展望が広がっていた。下方には保養地の町ガルドーネ・リヴィエーラがあって、バルコニーと漆喰細工で飾られた立派なホテルやレストラン、マグノリアとジャスミンが咲き乱れる庭園、プレジャー・ボートのためのホテルの突堤などがあった。だがダンヌンツィオの唯一の隣人は、中世の村落ガルドーネ・ディ・ソプラ（上のガルドーネ）の住民たちであり、彼はセッティニャーノで愛したような景色――乾いた岩と階段状のオリーブ畑――に囲まれることになった。

家屋は質素なものだったが、環境、周囲のおびただしい数の薔薇、その家の来歴は素晴らしかった。以前の所有者であるドイツの美術史家ヘンリー・トーデは、リストの孫娘でワーグナーの義理の娘でもあるダニエラ・センタ・フォン・ビューロウと結婚していた。一九一八年にイタリア政府によって没収された家には、トーデの六千冊の蔵書とダニエラおよび彼女の母親コジマ・ワーグナーが演奏したスタインウェイのグランドピアノを含む、立ち退かされた所有者のものがあふれていた。ダンヌンツィオは喜んだ。彼はこの移転を愛国的な行動——ドイツ人が所有していた財産を「イタリア化する」ことで、彼は自分の国に奉仕している——と考えた。

　彼は聖ヴァレンティヌスの日に移ってきた。生涯の残された十七年の多くを費やして、彼はこの家を原形をとどめぬほどに改造することになる。それは彼の最後の芸術作品であり、死後も残る彼の記念館、彼の神殿とする目的を持っていた。当初彼はこの家を、聖フランチェスコの隠遁所とドゥーゼのセッティニャーノの家にちなんで、ポルツィウンコラと呼んだ。のちにその機能が隠れ家から記念碑へと変わると、彼はヴィットリアーレ（勝利の館）と新たに名づけた。その言葉は古風なものだった。聖歌隊の歌を聴いているときに聖なる霊感を得た、とダンヌンツィオは主張している。実際には、ある軍事辞典のなかでこの言葉を見つけ、下線を引いていた。出所が何であれ、その意味ははっきりしていた——勝利の、勝利をもたらす、勝利にまつわるもの。

　家に関する作業は決して終わることがなかった。ダンヌンツィオお気に入りの建築家ジャン・カルロ・マローニは、彼の常雇いの用人となった。石工、ガラス工、彫刻家、左官職人、画家、金細工職人、鍛冶屋、木工職人たちは何年ものあいだ、詩人の非現実的なまでに細かくて奇怪な幻想を作り上げ、磨き上げるために忙しく立ち働いた。彼が遺したまま保存されたヴィットリアーレは、ダンヌンツィオという特異な個性を外へ向けて視覚化したものとなった。そこでは彼の素晴らしい才能と倒錯ぶりのすべてが具体的な形を与えられている。

　すべての部屋には名前がついている。「癩病患者《レップローゾ》の部屋」、「ダルマツィアの祈禱室」、「十字架への道の廊下」といった具合に。どの部屋も暗く、おびただしい装飾が施され、そのどれもが意味の詰まったインスタレーション・アートの一部となっている。「百合の部屋」はダンヌンツィオの並外れて多才な精神を表現している。そこには、細心の注意を払って並べられた三千冊以上の本、ハルモニウム〔オルガンに似た小型の鍵盤楽器〕、そして彼が「瞑想の場所《ペンサトーイ》」と呼んだ小さな暗い壁龕《ニッチ》があった。「片手の書斎」は階段の上に隠されており、彼の精神のより不安定な側面を表している。それはもうひとつの書斎で、黒い本棚に並んだ本で壁面は覆われているが、天井は切断された手のモチーフで飾られている。
　ヴィットリアーレのあらゆるものは、何か別のものの上に置かれている。ロザリオは小さな彫像に掛けられており、その彫像は刺繍を施したビロードの上にあり、ビロードはマヨルカ焼きの箱を覆い、箱は彫り細工のテーブルの上にあり、テーブルは東洋の絨毯の上に置かれている。すべての窓にはステンドグラスがはめ込まれ、重厚な生地のカーテンが掛かっている。壁と天井の空いた部分はすべて飾り板やモットーで埋め尽くされている。エルギン・マーブル〔古代ギリシア・アテネのパルテノン神殿を飾った諸彫刻〕の塑型がある。複数の仏像と聖母像がある。聖遺物箱や剣、ブロンズ製の動物や教会の調度品がある。花瓶、ショール、タペストリー、果物鉢の形をした数多くのガラス製のランプシェードがある。そしてこうした凝りすぎた物が散らかるなかに現代の遺物がある――モーターボートのステアリング・ホイール、絵具箱、錆びた釘。ダンヌンツィオが生涯を終える月にヴィットリアーレを訪ねたマックス・ビアボームは次のように書いている。「もしアラジンがよみがえって、この家とその敷地に入ることを許されたら、彼は悲しそうにひとりごつだろう。《わたしの宮殿などこれとくらべれば退屈なものだ。わたしの宮殿はひどく素朴だ》。」

　一九二二年十月二十八日、ムッソリーニはイタリア国家の統制権を握った。まさにその日、彼はダンヌンツィオに手紙を書いた。「われわれの隊列に加わることをあなたに求めはしません、それがわれわれにとって大いに役立とうとも。しかし、あなたとわれわれのイタリアのために戦っている、この素晴らしい若者たちにあなたが反対することはない、とわたしは確信しています」。他者の陣営に加わることを決してしなかったダンヌンツィオは、ちぐはぐな言説に逃げ込んだ。彼は返信のなかで、そのニュースに対して感じた「悲しさと精神的当惑」について言及しつつも、自らの「断固たる協力」を約束している。彼はさらに（まるで犯罪者に向かって書いているように）「何も見ないし、何も聞かない」ことを約束している。あとのほうの約束を彼は守った。トム・アントンジーニは書いている。「ファシズムの到来とともに、ガブリエーレ・ダンヌンツィオの政治活動は終わりを告げた……戦争を布告した者、空と海の英雄、カルソの戦場の英雄、フィウーメの奇跡を引き起こした英雄は、伝説の王国に入ってしまった」。残りの生涯を通じてダンヌンツィオは自宅にとどまり、庭園とコレクション、家、個人的博物館、文学の評価、ワードローブを拡充し、ますます異常になる性的嗜好、進行する麻薬中毒そして自己礼賛を強めていく。

彼は仕事をした。フィウーメから戻ったあとは、まったく新しいものはわずかしか書いていない。しかし自分の過去の作品を入念に修正し、編纂し、発展させた。ルイザ・バッカラがそこにいた。彼女は彼の死にいたるまで付き添い、一九一二年にフランスで雇い入れた家政婦兼内縁の妻アエリスも同じ行動をとった。彼の妻はときおり訪れ、敷地内の別の家で暮らした。彼は相変わらずスピードの出る機械で楽しんだ。湖ではモーターボートのレースに出た。明るい黄色の大きな車を手に入れた。

彼は数多くの訪問客を受け入れたが、迷宮の秘密の部屋に住んで人目を忍んでいたミノタウロスのように、彼に会うのは難しかった。崇拝者、弟子、旧友たちはいずれも、ダンヌンツィオが謁見を許すまで、何時間も何日も、ときには何週間もヴィットリアーレの客室あるいは近くのホテルで待たされた。あまりおぼえがめでたくない者はまったく会えずに去ることもあった。だが有名人が会えずに失望して、世に知られていない人物が歓迎されることもあった。ミノタウロスと同じように、ダンヌンツィオは若い生贄を定期的に必要とした。若い女性たちが途切れることなく次々と彼のベッドを通り過ぎていった。その多くは娼婦で、なかには土地の娘や、詩人にして英雄に自らを捧げるためにヨーロッパ中からやって来た熱狂的な崇拝者も含まれていた。彼はつねに自分の性的活力を誇りにしていたが、この頃になると彼の手帳は「狂宴《オルジア》」という自賛の記述で満たされるようになった。夜になると、ドラッグによって力を得た彼は何時間もぶっ通しで性交をした。

彼の性格上の欠点が漆喰や石で具体化されるにつれて、彼の所有地はますます奇怪なものになっていった。人生もまだ半ばの頃にドゥーゼとともに望んだような、円形劇場を彼は計画した。舗石を敷いた広場を造り、そのまわりに弓形の柱廊と大理石のベンチを置き、中心には悲劇的な仮面で飾った旗竿を立てた。その場所で彼は、半ば儀式で半ば芝居であるようなコンサートやパフォーマンスを行った。庭園は視覚と同じように嗅覚も楽しませるように設計された。ダンヌンツィオは何年もかけて一万本の薔薇を植えた、とアントンジーニは推定している。慎ましい規模だった付属の建物を、家を見下ろすような陳列室や神殿に変え、自分の偉業をたたえるトロフィーでそこを満たした。

家それ自体は、閉所恐怖症患者の悪夢のような性格を帯びるようになった。それはもともと広々とした家ではなかった。ダンヌンツィオによる改造は、その家を詰め込みすぎの小さな部屋が入り組んだ迷路に変えてしまった。「羽目板の裏側には秘密の通路が、タペストリーのうしろにはアルコーブがあると想像できる。イスラム教国の後宮のように、あらゆるものに詰め物がされ、幾重にもくるまれてばらまかれている」と初期の訪問者は書いた。どこであれスペースが少しでもあれば、ダンヌンツィオはそこに大きすぎる彫像もしくは大理石の仕切りを持ち込んだ。玄関ホールでさえ大理石の柱でほとんどふさがれていた。家全体が暑すぎるほど暖房されて強い香りが漂い、真昼でも夕方の薄暗さに包まれていた。唯一の明るい部屋はダンヌンツィオの書斎だったが、そこですら多少の開放感は（小柄な主人でも通る際に身を屈めねばならぬほど）ひどく低い戸口によって打ち消されていた。

ダンヌンツィオが自分のまわりに驚くべき繭を紡いでいるあいだ、ムッソリーニはダンヌンツィオの活動および面会相手について密偵たちの報告を入念に吟味していた。ダンヌンツィオが新体制を全面的に支持している、とイタリア国民が信じるほうがムッソリーニにとって都合がよかったが、実際には独裁者と詩人は互いに不信を抱きつづけた。ときおりダンヌンツィオは、ムッソリーニとその支持者たちがどれほど多くを自分に負っているかを（正しく）指摘して、父親のような態度をとった。ムッソリーニは喜んでそれに同意した。だがそれでもダンヌンツィオは公然たる支持を示すことはなかった。ダンヌンツィオは信用できないし、危険なほどの影響力を持っていたので、味方につけておく必要があった。ムッソリーニはダンヌンツィオが求めるあらゆる便宜を――たったひとつの例外を除いて――認めた。自分のヴィッラの近くに個人的な飛行場を造ることは認可されなかった。ダンヌンツィオは、逃げ道を除けば、望むものは何でも得るようになる。

ダンヌンツィオの隠遁生活に関しては奇妙な話がいくつも広まっていた。ある訪問者の報告によれば、彼は好んで噴水の下に全裸で座り、その目的のために特別にゴムのシートに印刷したダンテを読んでいた。もうひとつの話は、自分でフェラチオができるように、彼は自分の肋骨を二本取り去った、というものであった。こういった話のうち、いくつかは信じられるものもあるが、その他のものは想像力に富んだ報告者がでっち上げたか、あるいはダンヌンツィオ自身が自分の奇矯さが話題になることを好んで創ったものであった。かつて戦前のこと、あるディナーパーティーの席で彼は、人間の子どもの肉は晩冬か早春に生まれた子羊の肉に非常によく似た味がする、と感慨深げに述べて、同席した客たちをぞっとさせたことがあった。彼は他人をからかう趣味を失っていなかった。あるロシアの密使が彼をヴィットリアーレに訪ねたときの話である。ダンヌンツィオは二人きりの素晴らしい夕食で彼をもてなした。彼らがテーブルに着くと、恐ろしげな軍服を着た二人のアルディーティが金銀の象眼細工を施した三日月刀を持って部屋に入ってきた。彼らは刀をダンヌンツィオに渡すとダイニング・ルームを出て、ドアに鍵を掛けた。ダンヌンツィオは、まことに遺憾ながら、あなたの首を刎《は》ねることに決めた、と訪問者に伝えた。数分が経過して、ダンヌンツィオはその気がなくなったと表明した。

彼の健康は悪化しつつあった。ヴィットリアーレに来たとき彼は五十七歳で、片目を失明し、その驚くべきエネルギーも五年間の心身をすり減らす活動によって衰えていた。ほぼ間違いなく彼は梅毒に罹患していた。彼がフィウーメにいた時期にマクドナルド神父は次のように書いている。「休みなく続く詩人の乱痴気騒ぎと、彼が感染していると広く伝えられている病気は、彼の脳に影響を与え、その言葉も行動も等しく無責任なものにしている」。ダンヌンツィオにとってはノーマルな振る舞いも、聖職者には病的なものに見えたのかもしれないが、おそらくマクドナルドの指摘は正しかった。ヴィットリアーレで過ごした年月のあいだに、ダンヌンツィオの手紙はますます支離滅裂なものになっていった。何かが彼の精神をめちゃくちゃにしつつあった。ドラッグは助けにならなかった。目の痛みを抑えるため、そして眠りを誘うために彼はさまざまな鎮静剤を服用した。そして一九二〇年代の半ばには確実に（おそらくもっと前から）多量のコカインを摂取するようになっていた。

いずれ自分の壮大な墓ともなる自作の隠れ家に潜みながら、彼は外部の者たちからは、おとぎ話の野獣のように悪意に満ちた孤独な存在として見られた。「哀れな老いぼれの吟遊詩人！　わたしは彼を憐れむ」とウォルター・スターキーは書いた。だが実際は、彼はこの晩年においても幸せに思うことがしばしばあった。手帳には、快楽への絶えざる欲求の証拠があふれている。子羊のカツレツについて、夜明けの山々のこの上なく素晴らしい色合いの変化について、性的な実験について、彼は楽しげに書いている。彼は新しい軍団――戦士たちではなく、芸術家と職人からなる――のパトロンとしての役割を熱狂的に開始した。彼の手紙は冗談好きで愉快な人柄を示している。高い壁によって世界から隠れ、詩聖および司令官という偉大な役割を放棄して、彼はその刊行された作品がほのめかすことすらない（と彼自身が認めている）ユーモアの感覚に耽った。

来たるべき人間は、それまで以上にはっきりと「老いぼれの吟遊詩人」を手本にしつつあった。一九二二年十月、ムッソリーニが権力を握った月にファシストの雑誌『ジェラルキーア（ヒエラルキー）』のある記事は、ファシズム体制下における国民生活の明確な特徴を次のように描いた。「風にたなびく多くの旗、黒シャツ、ヘルメット、歌、《エイア、エイア、エイア、アララ！》の叫び声、ローマ式敬礼、死者たちの名前を声に出して唱えること、公的な祝祭、式典での荘厳な誓いの言葉、軍隊式の行進」。それはダンヌンツィオのフィウーメの説明としても当てはまる。『ジェラルキーア』の編集者でムッソリーニの愛人でもあったマルゲリータ・サルファッティは、「ファシズムの下でひとつの芸術形態および生活様式となり……陽気であると同時に厳格で、楽しいと同時に宗教的かつ道徳的意味をはらんだ儀式」の創始者としてダンヌンツィオに賛辞を呈した。

ダンヌンツィオはしばしば剽窃を非難されてきた。それがいまでは逆転してしまった。イタリア共産党の創設者のひとりアンジェロ・タスカは、「どれほどフィウーメの占領が……ファシズムに、その非正規軍、制服、行動部隊の名称、鬨の声、儀式のモデルを供給しているか。ムッソリーニはダンヌンツィオから、群衆とのやりとりを含めて舞台装置全体を奪い取った」と観察している。ムッソリーニは詩人のものの考え方の多くも、同じように盗んだ。ダンヌンツィオはファシズム体制下で「これまでで最大の剽窃行為の犠牲者」となった、とタスカは結論づけている。

ダンヌンツィオは没落し、ムッソリーニは台頭した。彼らの二つの軌道の段階をいくつか見てみよう。

一九二一年一月から五月。ダンヌンツィオがフィウーメを去ってから五カ月のあいだに、ファシストのスクァードラと社会主義者たちの衝突で二百人以上が殺され、約千人が負傷した。聖なる入城の前夜のケラーのように、ファシストたちはトラックを——合法的あるいは非合法に——分捕った。彼らは農村部を荒らしまわり、すべての社会主義者（もしくは彼らがそう判断した人々）を震え上がらせた。彼らは罰せられることなくそうした行為を行った。

「カラビニエーリはファシストのトラックに同乗し……彼らの歌を歌い、彼らとともに飲み食いしている」とある聖職者は書いた。ファシストのトラックの多くは軍隊から提供された。というのも、上級将校の多くがスクァードラに対して友好的だったからである。まさに内戦勃発という状況のなかで、両陣営で多くの死者が出た。司法は偏った裁定を下した。殺人の罪で告発されたファシストの多くは無罪放免され、社会党員たちは求刑の上限の有罪判決を受けた。農村部のあちこちに生まれた反権威主義的なスクァードラは、独立したグループのゆるやかな結社であり、それぞれの地域のカーポもしくはラス（後者はエチオピアの部族長から借用した名称）にのみ服従していた。ムッソリーニは暴力の波を創り出してはいないが、その波に乗るのは巧みであった。

一九二一年二月一日。新居への引っ越しを待っていたダンヌンツィオはデ・アンブリスに手紙を書き、イタリアの政治状況を嘆いた。「すべてが腐っている。すべてが混迷に陥っている」。

デ・アンブリスはフィウーメ軍団員たちの全国連盟の設立に尽力していた。フィウーメには「帰還兵ファッシ」があった。ダンヌンツィオはそれに加盟したが、その集会には参加せずに距離を置いた。ファシズムは彼の運動ではなかった。それと関わりを持つことをダンヌンツィオは望まなかった。彼の軍団員たちの連盟が、あらゆる他の組織から汚染されないことを期待する、とダンヌンツィオは書いた。「現在のイタリアには、誠実な政治運動はひとつも存在しない」。

一九二一年三月。フィレンツェでファシストたちが社会党の新聞『ラ・ディフェーザ』の事務所に乱入し、手当たり次第に破壊した。一月から五月までのあいだに七百二十六の建物——書店、印刷所、就業斡旋所、社会党本部——がファシストのスクァードラによって襲撃され、破壊された。そうした施設を利用していた人々は殴られ、殺された。

一九二一年四月五日。ムッソリーニはダンヌンツィオを訪問した。選挙が間近に迫っていた。ムッソリーニはダンヌンツィオにザーラの選挙区からの立候補と、ファシストが選挙キャンペーンに使えるような何か——宣言あるいは綱領——を書くことを提案した。ダンヌンツィオはどちらの提案も丁重に断った。彼は議会を軽蔑していたし、他者の「隊列に加わる」ことはまったく望まなかった。

一九二一年四月。ローマのある新聞に掲載され、その後『ニューヨーク・タイムズ』にも転載された記事は、ダンヌンツィオがフィウーメで自由な離婚を認める新しい法律を制定し、それによって最初の結婚から解放されてルイザ・バッカラを妻とすることを伝えた。これは事実ではなかったが、ルイザは愛人、女主人、住み込みの演奏家、司書、売春宿の女将そして変装ごっこの仲間として彼とともに暮らしていた。彼女が着る服はますます奇抜なものになっていった。背が高く痩せている彼女は、床に届くほど長い裾と先の尖った袖を持つ、薄い銀の生地とビロードでできた中世風のガウンをまとい、「ロマネスク風」の刺繍とモールで飾ったベルトを巻いていた。ダンヌンツィオは彼女を「女教皇《パペッサ》」と呼んだ。

一九二一年四月二十四日。フィウーメでの選挙。リッカルド・ザネッラの独立派が投票の過半数を獲得した。ザネッラの対立候補の支持者たち——ファシスト、ナショナリストおよびダンヌンツィオの信奉者たち——は政府の建物に押し入り、投票箱を壊して実力で権力を握った。ダンヌンツィオは暴徒たちを祝福する電報を直ちに送り、前年サン・ヴィート大聖堂で彼に贈られた金銀で飾られた銃剣を市長リッカルド・ジガンテに送った——それはザネッラが自分を殺すために使われると主張した銃剣だった。しかしながら、彼の軍団員たちの多くが求めたにもかかわらず、ダンヌンツィオはフィウーメには行かなかった。「このところ悲しく気分の晴れない日が続いている」と彼は友人に書き送った。（残念なことに、銃剣は二度と彼の手に戻らなかった。）

一九二一年五月十五日。イタリアの総選挙が行われた。ジョリッティはいかにも彼らしく、「トラスフォルミズモ」のプロセスを通じてファシストを組み込んで統御しようともくろみ、自身の「ナショナル・ブロック」に加わるようファシストにはたらきかけた。「ファシストの候補者たちは花火のようなものだろう」とジョリッティは内輪では語っていた。「奴らは散々うるさく騒ぐだろうが、あとに残るのは煙だけだ」。それは彼が犯した最大の失敗だった。

選挙の結果はムッソリーニにとって上々であった。彼は当選した三十六人のファシストの下院議員のひとりとなった。彼らは直ちにジョリッティとの取り決めを破棄し、反政府側にまわった。ムッソリーニはまったくリベラルではなかった。自分はブルジョワジーに対して「鉛の弾丸と炎」をいつでも使えるように準備していると宣言し、議会のほとんどの仕事は「無用のおしゃべり」にすぎないと言い放った。

いまや合法的な権力に手が届くところまで来たムッソリーニは、「内戦」が終わりボルシェヴィズムは敗北したと主張して、表向きはスクァードラの暴力を統制しようとつとめた。しかしファシストのリーダーであるロベルト・ファリナッチが、ある共産党下院議員を殴ったときには、その行為の正当性を否定しなかった。

一九二一年六月。ダンヌンツィオは自分に関するドキュメンタリー映画の製作に協力した。彼はデスクでポーズをとった。彼はいまでは作家であり、「司令官」ではなかった。

六十三歳になっていたエレオノーラ・ドゥーゼは、再び公演旅行を行っていた。ダンヌンツィオはいつもの流麗な文体で彼女に手紙を書き、その舞台を観に行くように自分を奮い立たせることができるかもしれない、そして「歳月に痛めつけられた」自分の姿を彼女の目にさらす勇気を持てるかもしれない、と伝えた。しかし実際にはその勇気を見いだせなかった。彼は群衆に立ち向かうことができなかった。

六月十九日、ローマで大会を開いていたアルディーティたちに彼はメッセージを送った。そのなかで彼は繰り返し、いかなる既存の政治的党派――それははっきりとファシズムを意味していた――からも距離を置くべきであると忠告している。

一九二一年八月。ダンヌンツィオは友人のブーランジェに、いつか自分は人々にこう言われる人間になりたい、と語った。「こうなったら、彼しかいない！」ただしその日が来ても、彼はその機会をみすみす見逃してしまう。

いまでは敵対勢力を脅しつけるよりも自らの権力を拡大することに関心を抱いていたムッソリーニは、社会党系の労働組合との「平和協定」を提案した。彼よりも戦闘的な支持者たちは激怒し、スクァードラのならず者たちや地方の強力なボスたちも同様だった。激しい議論ののち、ムッソリーニはファシストの執行部を辞任した。「ファシズムがわたしにしたがわないのであれば、ファシズムにしたがうことを誰もわたしに強制できない」。ファシストのラスたちは彼の代わりになる者を見つけることを決めた。ラスのなかでももっとも目立つ存在だった二人、ディーノ・グランディ（下院の議場でまず社会党のリーダーを殴ることで、怒りをぶちまけた）と有名な飛行士イタロ・バルボがヴィットリアーレにダンヌンツィオを訪ねた。彼らはダンヌンツィオに「国民的勢力」の指導を引き受けてくれるよう求めた。決断を迫られるときのつねとして、ダンヌンツィオは躊躇し、本物もしくは見せかけの吉兆に頼った。まず星に占ってみる必要がある、と彼は言った。その夜の空はどんより曇っていた。訪問者たちは待たねばならなかった。

おそらくダンヌンツィオの適性に関して考えが変わったのか、グランディとバルボは返答を得ないままに去っていった。しかしダンヌンツィオがいつの日か隠遁生活から脱出する可能性が、それを望む人々と恐れる人々の双方を悩ませつづけた。二年後、社会主義者の歴史家ガエターノ・サルヴェーミニは、「超ファシスト的プログラム」を持っていて「誰よりも狂っている」ダンヌンツィオによってムッソリーニが取って代わられることを懸念していた。

一九二一年九月十日。イタロ・バルボが率いる三千人のファシストが、社会党員たちに残忍な攻撃を浴びせるために、ラヴェンナに集結した。その後、新たに建造されたダンテの記念碑の前で厳かに行進して、非愛国的なアカに対する勝利を祝った。イタリアの偉大な詩人が自分たちの味方であると主張することがいかに得策かを彼らはダンヌンツィオから学んだ。彼はダンテの詩の一行――「美しいイタリアの北に、湖がある……」〔『神曲 地獄篇』第二十歌〕――を自らの家の選択の根拠としてしばしば引用していた。

ダンヌンツィオは依然として浪費を続けていた。一年前、トム・アントンジーニはフィウーメの密使としてパリでの講和会議に派遣されていた。いま彼はミラノに戻り、もう一度ダンヌンツィオの使い走りをつとめていた。ダンヌンツィオは彼に頻繁に手紙を書いた。「ヴォーグから届いているはずのわたしの小包をもらってきてほしい。コルベッラにウールとリネンの毛布、それぞれ六枚ずつ注文しておいてほしい。枯葉色の緑のワニスを持ってきてくれ。二万リラ持ってきてもらいたい」。

ダンヌンツィオは、自分は絶好調だとアントンジーニに伝え、「猛烈に淫蕩な気分《リビディノジッシモ》」であると書いた。

一九二一年。ムッソリーニは演説をしていた。ダンヌンツィオの旧友ウーゴ・オイエッティがそれを見つめていた。ムッソリーニが話し終えると、二人の黒シャツ隊員が目に感動の涙を浮かべて彼の腰をつかみ「まるで聖職者が聖体顕示台のなかに聖別されたホスチア（無発酵のパン）を掲げるように」群衆の上に差し上げた。フィウーメでのダンヌンツィオがそうだったように、ムッソリーニは偶像になりつつあった。

一九二一年十月。生涯返済されることがなかった銀行からの借入金によって、ダンヌンツィオはヴィッラ・カルニャッコとその庭園、オリーブとレモンの林を購入し、それにヴィットリアーレという新しい名前をつけた。それは彼が自分の所有物とした初めての家であった。彼はすでに建築家ジャン・カルロ・マローニと出会っていた。マローニはその後の十七年間にわたって、彼とともに家屋と土地の拡張と改造のために働くことになる。

それは彼が「隠れ家《エレモ》」と名づけた多くの家の最新のものだった。彼はその家を司祭館《カノニカ》とも呼んだ。ヴィッラの中央棟は小修道院《プリオリーア》と呼ばれた。彼は自分自身を「清貧の人《ポヴェレッロ》」と呼び、ときおりフランチェスコ会修道士風のローブを身につけ、聖キアーラ修道会の尼僧たちに倣って、自分の家の女性たちを「クラリッサ」と呼んだ。ダンヌンツィオを訪ねたポール・ヴァレリーは、まるで聖フランチェスコと食事をしているように、自分まで「わが妹よ、水を」とか「わが弟よ、パンを」などと頼まねばならないような気がした。

とはいえ、ダンヌンツィオが宗教的な感情を多少なりとも持っていたことを示す証拠はまったくない。彼は冒瀆の退廃的な歓びに震えながら、変装して訪問客をからかっていたのである（「クラリッサ」たちは純潔とはほど遠かった）。

一九二一年十一月。ローマで開かれた大会でムッソリーニは社会党との「平和協定」を破棄し、ファシスト運動の統制権を取り戻した。ファシズムは流動的でつねに創造的な現象であり、政党政治の古くさい言葉で限定されるべきではない、と何年もムッソリーニは主張してきた。このとき彼は考えを変え、「全国ファシスト党」の創設を宣言した。

ダンヌンツィオの書斎は「作業場《オッフィチーナ》」と呼ばれた。ヴィットリアーレは全体としてより広い意味での作業場であった。そこでは活動の音が響いていた。終わることのない建設と装飾のプロセスは、職人たちの集団をその場に引き止めていた。それはダンヌンツィオの新しい宮廷だった。彼は自分の空想を実現するために働いている人々と気楽につき合っていた。彼らをからかい、あだ名で呼んだ。彼らに賞賛と激励の言葉を書いたメモを送った。彼は冗談を口にした。

一九二一年十二月。全国ファシスト党の綱領が発表された。それはダンヌンツィオが何年も前から信奉してきた感情や提案の数々で満ちあふれたものだった。歴史を生き抜く「有機体」としての国民。したがってそれは個々の構成員の総和よりもはるかに偉大な存在である。社会組織の適切な単位としての協同体。「ラテン文化の擁護者」としてのイタリア。イタリアが「地理的統一」を達成し、国外のイタリア人の諸権利を守らねばならないこと。イタリアの戦力を増強し、若者たちを「危険と栄光」に対してつねに準備がされているように鍛えねばならないこと。

スクァードラとその暴力行為は否定されておらず、むしろその逆であった。「彼らは力を生み出す源であり、そのなかで、それを通じてファシストの思想は自らを具体化し、自らを守るのである」。

ダンヌンツィオの政治的立場は不明瞭であった。軍団員たちはいまだに指導を求めて自分を悩ませている、と彼は愚痴をこぼした。だが彼には公的な活動をする気はまったくなかった。

彼は自分自身に関する話を発表したが、そのなかで彼はウェルギリウスのアエネイアースとイエス・キリストの役割を引き受けているように見える。アエネイアースのように彼は「ほんの一握りの忠実な者たちとともに」炎上する都市から逃れた（彼が率いた小集団が戦士たちではなく、愛人たちと使用人たちからなることは体裁よくごまかしている）。彼は言う。ヴィットリアーレは守護神であり、神殿である。彼はヴィットリアーレにおいてフィウーメで死んだ者たちをたたえ、彼らを動かした精神を生かしつづける。彼の「命ある都市」は「黒い血の染み」しか残っていない。しかしその染みは、キリストの十字架から滴り落ちた血が世界に広がったように、拡大していくだろう。

一九二一年十一月四日。休戦から三年目の記念日に『夜想曲』はついに刊行された。ダンヌンツィオは自分自身の体験から神話を創り上げた。目が見えないことと戦争の混乱に囲まれた静かな部屋で衰弱していたこと。小さな紙片。ミルトンの娘がそうであったように、視力を失った父親の才能に献身的に仕えた娘。彼が一九一六年の暗鬱な数カ月に実際に書いたものは断片的な日記でしかなかった。それを今度は、型にはまらないきれぎれの構造と強烈な内省はそのまま残した上で、拡大し、練り上げたのである。この作品を通してダンヌンツィオの意識は、ヴァージニア・ウルフが描き出す登場人物と同じぐらい、子ども時代の思い出から幻覚へ、戦争のルポルタージュからエロティックな夢想へと、流れるように埒《らち》もなく方向を変えていく。

ダンヌンツィオが『夜想曲』に着手したとき、『失われた時を求めて』はすでにその一部が刊行されていた。彼とプルーストがともにド・モンテスキューの友人であったことを考えれば、ダンヌンツィオはおそらくその作品に気がついていた。しかしプルースト流に自己耽溺しつつ書くためには、彼がプルーストを読んでいる必要はなかった。一八九〇年代に書いたドストエフスキー風の長編小説のなかで、彼はすでに感情の揺らぎに対して綿密に注意を払っていた。複数の従属節を使って、はっきりしない主動詞へ揺れるようにつながる長い文は、一八八〇年代にはすでに彼の得意な技法になっていた。生活の細かなディテール──普通ならフィクションに含まれることのないようなつまらない事実も含めて──に対する気配りについては、彼は誰かに教わる必要などなかった。戦争中に彼がトリエステの上空を飛んだとき、ジェイムズ・ジョイスはそこで『ユリシーズ』を書いていた。それはダンヌンツィオが『マイア』でやったのと同じ、古典的叙事詩を現代化する作業であった。まさにダンヌンツィオと同じように、淫らな心を持つ現代の娼婦とホメロスの伝説に登場する妖婦を結びつけたのである。古語と現代語をひとつの言葉のシンフォニーとして展開し、古代神話の底流に存在する轟音の上に最新の引喩の鋭い音を響かせた。こうしたやり方をダンヌンツィオは数十年来用いてきた。いまその本が刊行されると、戦争を美化したことでダンヌンツィオをひどく嫌ったアーネスト・ヘミングウェイも、「われわれが敬意を払う『夜想曲』の偉大な作家」として賛辞を呈した。

六十歳を迎えようとするとき、ダンヌンツィオは悲痛な調子で書いた。「ようやくわたしは自分の技能を完璧にマ

スターしたのに、それを使って歌えるのは明日の朝までなのだ」。
本の売れ行きは申し分なかった。ダンヌンツィオは多くの収入を得ていた。彼はハースト系の新聞『ニューヨーク・アメリカン』に書き、莫大な報酬を得た。彼は自筆原稿を売ることからも相当な収入を得ていた。

一九二二年一月。庭園の素晴らしいマグノリアの老木のあいだで、ダンヌンツィオは「アレンゴ」（議会もしくは集会を表す古い言葉）と呼ぶものを創り出した。複数の石のベンチが円形に配置され、大理石を刻んだダンヌンツィオのための玉座が高い台の上に作られた。そこにある十七本の石柱は、（ダンヌンツィオの意見では）第一次世界大戦における十七のイタリアの勝利を表すもので、ひとつの壊れた柱はカポレットを表していた。特別に注文したブロンズ製の勝利の女神像があり、それは茨の冠をかぶっている（異教的な勝利主義が、苦悩する犠牲者というキリスト教的理想と融合している）。ここでダンヌンツィオは宮廷を開き、敬意を表するためにヴィットリアーレにやって来た軍団員たちに演説をした。
ダンヌンツィオの戦いの記念日には、彼が主宰する儀式灰をかつての同志たちに配る。

が行われた。錬鉄でできた焼き網の下で火が燃やされ、ダンヌンツィオは炎の上に月桂樹の枝を置く。その後、彼は灰をかつての同志たちに配る。

一九二二年二月二十三日。ダンヌンツィオはルイザ・カサーティに手紙を書き、彼の「フランチェスコ風庭園」を訪れるように促した。手紙のなかで、ほかの場所で起こっていることに対する漠然とした不快感を彼はほのめかしている。「全世界は混乱した卑俗さのなかで溺れている」。彼女は招待を受け入れたが、ダンヌンツィオは約束を延期するばかりだった。彼は過去の恋人たちと再会することに慎重だった。彼女たちがどれほど年老いたかを見ることは、彼を苦しめた。そして歳月が彼にもたらしたものを彼女たちに見せることは、さらに彼を苦しめた。

しかしながら、ウーゴ・オイエッティは二月二十四日に訪問を許され、家のなかが炉のように暖房され、白檀の香りに満ちてることを見いだした。「ほっそりとして、身軽で、きびきびとした」ダンヌンツィオはエネルギーにあふれ、上機嫌だった。彼はすぐにオイエッティにまわりを見せたがった。彼は養鶏業者のマニュアルを読んでいた。庭に作った、珍しい品種を飼育している「合理的な鶏小屋」に感心するようオイエッティに要求した。彼はオイエッティに、ウェルギリウスと名づけた庭師をうれしそうに紹介した。

ヴィットリアーレを改造する建設作業はまだ始まったばかりだった。傾斜地に建てられていまにも崩れ落ちそうな古い家は、絶望的なまでに不安定で、壁にはひびが走り、外側に組んだ足場で何とか支えられていた。漆喰の塊が寝室の天井から彼の枕に落ちてきたこともあり、わずか数インチで頭にひどい打撃をこうむるのを免れた。彼のライティング・テーブルは窓のそばに置かれた。そうすればもし床が抜け落ちても、バルコニーに飛び乗って誰かが梯子で助けに来るまで手すりにつかまることができるからであった。こうしたあれやこれやをダンヌンツィオから説明されたオイエッティは、面白がりながらも懐疑的な気持ちで聞いていた。「彼は自分の家の老朽ぶりを誇張して楽しんでいる」。戦争の英雄としてダンヌンツィオは、リスクを愛することについて、危険に直面したときの不屈の精神について、長々としかつめらしく語っていた。いまでは同じテーマを面白半分に繰り返すようになっていた。

一九二二年春。ファシストたちは、社会党の組織者に取って代わることで、労働組合の統制権を握り、新聞の大半を手中に収めた。五つの全国紙と八十の地方紙が、いまではローマのファシスト本部から多かれ少なかれ直接管理されるようになっていた。ムッソリーニは社会主義者との同盟を作るという考えは棄てており、彼らを暴力的に攻撃することを暗黙のうちに支持者たちに奨励していた。いまやファシズムの創設の場として大げさに語られるようになったサン・セポルクロ広場での会議の三周年記念日は、ミラノおよび北部の諸都市での集会で祝われた。

建築家ジャン・カルロ・マローニは、初めてダンヌンツィオのために仕事をしたとき二十八歳だった。すぐに彼はダンヌンツィオが寵愛する取り巻きのもっとも新しい人材となった。ダンヌンツィオは彼をからかうのがつねだった。彼に与えたあだ名は、ジャン・カーロ（親愛なるジャン）あるいはジャン・カルネフィーチ（死刑執行人ジャン）などであった。マローニはダンヌンツィオをフラテルモ（わが兄弟）、マーゴ（魔法使い）あるいはマエストロ・ディ・ピエトレ・ヴィーヴェ（生きている石の巨匠）などと呼んだ。

一九二二年四月五日。ムッソリーニはダンヌンツィオをガルドーネに訪ねた。彼は文学を高く評価していた。彼のモットーのひとつは「本と小銃――それこそが完璧なファシストに必要なもの」であった。彼自身数冊の本を書いていた。

十日後、ローマで上演する『イオリオの娘』で主役を演じる女優に宛てた書簡を、ダンヌンツィオは公開した。彼は上演には立ち会わない、と書いた。「自由な市民が持つすべての権利とすべての特権は、しばらくわたしから奪われている」。ムッソリーニが彼を脅迫したか、あるいは自発的に自宅にとどまり沈黙を守る決意をしたかはわからない。「わたしは現在のところ自分の小さな土地に穴を掘って、そこにわたしの秘密を保存するしかない」。

一九二二年四月二十一日。さらに多くのファシストが集まる。今度はローマの創建を祝うためである。ファシストの演説者たちは、現代のイタリアは古代ローマの偉大さを手本にし、それにふさわしい価値をめざすべきであるというダンヌンツィオの主張をそのまま模倣する。ムッソリーニは書いた。「ローマでわれわれは未来の約束を見る。ローマこそわれわれの神話である」。

ダンヌンツィオの家は――その著作の多くと同様に――引喩と複製からなる彼独特のオリジナルな創造物である。この家の部屋は、有名な彫像の石膏模型と有名な絵画の写真で満たされている。縮尺と色調には奇妙なところがある。『モナ・リザ』は白黒で葉書の大きさまで縮小されている。汚れのない大理石作品として何世紀も知られてきた古代ギリシア彫刻には、金箔が施されている。ミケランジェロの悲劇的な『瀕死の奴隷』はネックレスで飾られており、その切断された脚には絹のショールが巻きつけてある。

建物も、その中味と同じぐらい、イミテーションの寄せ集めである。庭園のあらゆるところにある石造りの座席には豊穣の角《コルヌコピア》（ゼウスに授乳した山羊の角）がついているが、それはルッカの大聖堂にあるローマ時代の墓からコピーしたものである。柱の上にとまっている鷲はヴィッラ・デステの庭園――そこで若きダンヌンツィオは月光のなかでリストの演奏を聴き、バルバラとともに幸せに過ごした――にあるもののレプリカである。いまでは小修道院《プリオリーア》と呼ばれているもともとの農家のファサードは、アレッツォの中世のパラッツォ・デル・ポデスタ（行政長官官邸）をそのまま真似た石膏製の紋章入り盾で覆われている。玄関までの車道に沿って造られている柱廊はローマの水道橋のコピーである。

ルイザ・カサーティのローマのヴィッラにある真っ白な立方体や、ロメイン・ブルックスの部屋の黒とグレーの簡素さのなかにあるモダニズムに、ダンヌンツィオは出会っていた。このとき、その言葉が流行する半世紀前に、彼は――偉大な建築物の断片と過去の彫像を使った巨大なインスタレーション・アートを点在させることで――ポスト・モダニズム作品を創造していたのである。

一九二二年五月二十七―二十八日。ダンヌンツィオはソヴィエト連邦外務人民委員ゲオルギー・チチェーリンを客として迎えた。チチェーリンは数日間ヴィットリアーレに滞在した。スクァードリスタたちは共産主義者が訪問した家を燃やしていた。「ありがとう《グラーツィエ》」と到着したときチチェーリンは言った。「わたしがあなたを訪問するよりも、わたしを受け入れることで、あなたはより大きな勇気を示されました」。ダンヌンツィオはその言葉をわざと誤解した。「わたしは感染を恐れたことは一度もありません」と彼は明言した。「フィウーメの疫病患者たちはそれを知っています」。（腺ペストがフィウーメで発生したとき、ヤッファで疫病が流行したときのナポレオンのように、患者たちを病院に見舞ったことを彼は誇りにしていた。)

彼は人民委員を受け入れることに関心を持ったが、その教義には強い印象を受けなかった。「ロシアの民衆は幼稚な幻想から世界を永遠に解放した」と彼は書いた。「ひとつの階級による独裁は、許容可能な生活に必要な条件を創り出せないことを明らかにした」。ダンヌンツィオが三日月刀を使った悪ふざけで首を刎ねると脅したのは、このチェーリンの滞在中のことだったと言われている。

一九二二年五月。イタロ・バルボが率いる数万人のスクァードリスタが、ファシストの「殉教者」の葬儀のためにフェラーラに集まった。葬列の行進は反ファシストのデモと衝突し、両陣営に死者が出た。ムッソリーニは書いた。「すべてのイタリアのファシストへ。いまこの時点から諸君は肉体的にも精神的にも動員されたものと心得よ」。彼らは稲妻のごとき素早さで動いた。「諸君の一撃であらゆるものが砕けるだろう」。一万人のファシストがボローニャになだれ込み、柱廊の下で野営をした。彼らは市長を追い出し、親ファシストの将軍を警察署長に据えた。

ダンヌンツィオの献身的な友人や崇拝者のグループの尽力によって、カッポンチーナの蔵書――もう十二年も見ていなかった数千冊――がようやく彼のもとに戻ってきた。自分の過去を再び掘り返しながら、『閃光』の改訂と増補作業に着手した。その成果は、子ども時代と学校時代を扱った、半ばフィクション化された自伝的断章となった。

彼は依然として浪費を続けていた。ある友人に、二月にミラノへ行ってカリフォルニア産の桃を少なくとも一ダース買ってきてくれるように頼んだ。「値段に震え上がらないように」。彼の家で働いた室内装飾家や職人たちは支払いを何カ月も何年も待ったが、使用人たちにはその聖名の日に法外な贈り物を与えた。プレゼントにするために「二つか三つの」ちょっとした小物を買うように、彼はアントンジーニに依頼した。アントンジーニは、そのなかから選べるようにと、カフリンクス、金と銀のシガレット・ケース、数種類の指輪やタイピンなど二十個ほどの品物を送った。ダンヌンツィオはそれを全部手元に置いた。彼の引き出しは、客に与えるための、そうした品物でいっぱいだった。

一九二二年七月。社会主義者たちは全国的なストライキを呼びかけた。それは恐るべき反撃を引き起こした。イタロ・バルボに率いられたファシストたちは、社会主義者たちの家を焼き、彼らの集会所を破壊して、イタリア北東部を一掃した。バルボは日記に書いた。「それは恐ろしい夜だった。われわれが通ったあとには煙と炎が立ちのぼった。ロマーニャの平野から丘陵地の全域が、赤色テロルを永遠に終わらせようと決意したファシストたちの、怒りを込めた報復の餌食となった」。その狙いは「現体制とそのご立派な諸制度をすべて破壊し尽くす」ことであり、「われわれの行動がスキャンダラスに見えれば見えるほど、好都合だ」とバルボは書いた。

一九二二年八月。ドゥーゼはミラノで『死の都市』を演じていた。かつて一九〇九年にダンヌンツィオは彼女にフェードラの役を演じるように頼んだことがあった。彼女は明確な拒絶の手紙を返した。ダンヌンツィオがドゥーゼのもとを去ったとき、それはまるで彼女をその手でばらばらに引き裂く行為だった、と彼女は語った。もはやドゥーゼはダンヌンツィオの作品を読むことさえできなかった。彼と話すことは、彼女にとって死からよみがえることよりも困難だった。「わたしはあなたにすべてを与えた。わたしには何も残っていない」。

だがそれから十三年が経過して、彼女の気持ちは変化した。ダンヌンツィオに手紙を書いて芝居のテキストを変更する許可を求め、二人で会うことを提案した。ダンヌンツィオは次のような返事を書いた。ほかのどんな人との関係も「わたしが君と持った、いまも持っている交流ほどの価値がない」ことを彼は「たしかにそして神秘的に」理解するようになった。

彼はミラノへ行った。二人の再会に関しては諸説ある。ダンヌンツィオの召使いはのちにこう証言している。二人が会ったホテルの部屋の鍵穴から覗いたところ、両者は（ルネサンス期の祭壇画のように）互いに向かい合ってひざまずき、二人とも涙に暮れていた。

ドゥーゼ自身は二人の女友達にこのときの会話について、まるで一致しない話を聞かせている。ひとりの友達に対しては、ダンヌンツィオを鼻であしらったと語った。

ダンヌンツィオ　「どれほど君を愛しているか、君には想像できない」

ドゥーゼ　「どれほどあなたのことを忘れてしまっていたか、あなたにはわからないわ」

この種のきつい物言いはドゥーゼのスタイルではなかった。もうひとつの話のほうが彼女らしく、そして（息を呑むような傲慢さが）彼らしく聞こえる。

ダンヌンツィオ　「どれほど君は僕のことを愛していたことか！」

ドゥーゼ（声には出さず）「この人はいまだに思い違いをしている。彼が思うほどわたしが彼のことを愛していたなら、別れたときにわたしは死んでいたでしょう。でもわたしは生きてきた」

一九二二年八月の初め、五千人ほどのスクァードリスタが『ジョヴィネッツァ』を歌いながらピストルを振りまわし、ジェノヴァの町を荒らしまわった。社会党の新聞の印刷所や事務所を破壊し、船主協会の会長を事務所から追い出した。アンコーナやリヴォルノでも同じような光景が展開し、リヴォルノではダンヌンツィオの愛する同志チァーノがスクァードラを指揮した。パルマではダンヌンツィオの以前の仲間デ・アンブリスがファシストの攻撃に果敢に抵抗し、社会主義者の「人民行動隊《アルディーティ・デル・ポーポロ》」の先頭に立って、ファシストの大物バルボとファリナッチが率いる数千人のスクァードリスタに反撃した。

ミラノでは社会党が市議会の過半数を握っていた。八月三日、スクァードラがミラノの町に集まり、市議会議員たちをパラッツォ・マリーノにある市庁舎から追い出して占領した。ローマの政府に指示を仰いだ市長は、介入しないようにという勧告を受けた。

一九二二年八月三日。ダンヌンツィオはミラノにいてドゥーゼに会い、そして自分の『全集』の刊行をめぐって彼の出版者であるトレーヴェスを急き立てていた。戦時中の同志で、いまはスクァードリスタになっている数人が、ホテル・カヴールに彼を訪ねてきた。その場に居合わせたアントンジーニによれば、彼らの黒シャツは汗で濡れ、彼らの「燃えるような信念」はそのすべての仕草や輝く瞳に表れていた。数千人のファシストがミラノの町にひしめくなか、ダンヌンツィオは求められるままにパラッツォ・マリーノへ赴いた。バルコニーに出て、フィウーメを去って以来二十カ月ぶりに群衆に演説を行った。

演説は長くとらえどころがない、彼特有の輝くような言葉の雲のひとつで、そこからはいかなる意味も明確に読みとれなかった。彼は「ファシスト」という言葉を一度も使わなかった。ムッソリーニについても言及しなかった。フィウーメで習熟した金言と典礼を混ぜ合わせたスタイルで演説を行った。「呼吸をしているのはわれわれではなく、われわれのなかで呼吸をする国民である。生きているのはわれわれではなく、われわれのなかに生きる祖国である」。

彼を弁護する人々は、これはファシズムへの参加行為ではなく、政治的ナイーブさがもたらした行為である、と主張する。ファシズムに対する口頭での明確な支持の表明を彼は差し控えており、黒シャツ隊員たちをしたがえてバルコニーに自分が姿を見せることがどれほど強烈なイメージを提供するかを、彼はおそらく理解していなかった、という。こうした主張は通用しない。ダンヌンツィオは政治的舞台に関する巨匠であった。確実に彼は自分がどのように利用されるのかを理解していた。おそらく彼は黒シャツ隊員たちの招待を断ることが引き起こす事態を恐れていた。またおそらく、吠える群衆の前でもう一度舞台に立つチャンスを彼は拒絶できなかった。だがパラッツォ・マリーノへ行った動機がどのようなものであれ、彼はすぐにそれを後悔することになる。

ファシストたちは（社会党の機関紙）『アヴァンティ！』の事務所を襲った。これが三回目だった。彼らは手榴弾と小銃、電気を流した有刺鉄線を使った。新聞の倉庫に火がつけられた。共産党の支部も乱入され、破壊された。街頭では治安当局の戦車とファシストたちの四十台の装甲車のあいだで戦闘が行われた。ムッソリーニはローマからメッセージを送り、「決定的な局面での、偉大で美しく情け容赦のない暴力」に賛成した。

ダンヌンツィオは大衆の動揺に注意を払っていなかった。ホテル・カヴールに無事に戻ると、ルイザに電報を何通も送ってドゥーゼの来訪のための準備を指示した。いまではドゥーゼのことを、彼は生涯の偉大な愛と認めていた。

彼はガルドーネに戻ってドゥーゼを空しく待ったが、受け取ったのは、ファシスト党書記からの一通の電報だった。「全国ファシスト党は貴兄の《ファシズム万歳！》の「叫び」を歓迎する」。明らかにそうした「叫び」を差し控えたダンヌンツィオは、自分の「万歳」はイタリアのみに向けられていた、と憤慨して返答した。「それ以外のことについては関知しない」。時すでに遅し。ファシストたちは、自分たちに都合のいい事実を広めることでは、彼と同じぐらい熟達していた。彼への電報のコピーが『イル・ポーポロ・ディターリア』紙に送付されており、同紙はすぐさまそれを掲載した。ダンヌンツィオはファシズムとの外見上のつながりを永久に刻印されたのである。三週間後ムッソリーニは好戦的な記事を発表した。「われわれの新兵たちは議論ではなく、戦いを望んでいる」。彼はこの記事に「ラ・フィウマーナ（氾濫）」とタイトルをつけた。彼はダンヌンツィオと自分のあいだの類似性を強調することに抜け目なかった。ダンヌンツィオは違った。手帳に彼はラテン語で自分に向けて書いた。「テンプス・タセンディ（沈黙のとき）」。彼は二度と大衆の前で演説しなかった。

ミラノから戻って間もなくダンヌンツィオは思いがけない手紙を受け取った。それは彼があれほど激しく罵倒した、元首相フランチェスコ・ニッティ——カゴイア——からの手紙だった。イタリアのために、ニッティはダンヌンツィオによる過去の侮辱をすべて許すつもりだった。「わたしのことはどうでもいい」。われわれは、イタリアを呑み込んでいる暴力から祖国を救うために手を結ぶべきだ、と彼は提案していた。「われわれはすべての力を結集すべきだ……あなたは危険に気づいており、若者たちにはたらきかけることができる。彼らに火をつけ、正しい道に引き戻すことができる」。ニッティはダンヌンツィオに対して、八月十五日に自分とムッソリーニとともにトスカーナのヴィッラで会談するために招待状を出したのである。彼らがどのような合意に到達し得たか想像するのは難しいが、四半世紀後にニッティは、もしその会談が行われていればイタリアの歴史は違う経路をたどっただろう、と書いている。

約束の日の二日前のこと、ダンヌンツィオは音楽の夕べを楽しんでいた。ヴィットリアーレの地面より高く上がっている一階の音楽室でルイザはピアノを弾いていた。夜の十一時頃であった。ダンヌンツィオはパジャマとスリッパという格好で窓際の席に座り、うしろの窓は開いていた。その部屋にほかに誰がいたかについては諸説ある。一説では、ルイザの妹でチェリストのヨランダが彼の隣に座っていて、ダンヌンツィオといちゃついていた。家のなかには使用人や客たちなどかなりの人がいたのは間違いない。そのなかにアルド・フィンツィがいた。フィンツィはダンヌンツィオとともにウィーンへ飛行したパイロットのひとりであり、そのときにはファシスト党中央本部の有力なメンバーであった。

どういうわけか、ダンヌンツィオは窓から三メートルほど下の砂利の上に頭から落ちた。頭蓋骨が割れてその後の三日間昏睡状態となり、少なくとも六人の著名な医師が治療にあたった。

なぜダンヌンツィオが突然窓から外へ落ちたかを説明する多くの説——いずれも立証されていない——が提起されてきた。少なくとも三人は何が起こったかを見ていた。訪問客の弁護士とフィンツィ、そして庭師の息子である。だが三人のうちの誰も事件の決定的な説明をしていない。ダンヌンツィオの子どもたちは、彼を殺そうとしたとしてバッカラ姉妹を非難したが、彼女たちにそうする動機があったとは考えにくい。のちにダンヌンツィオはこの推論を知って激怒し、息子のマリオのみならずお気に入りの娘レナータに対してもヴィットリアーレへの立ち入りを禁止した。反ファシストたちは、ダンヌンツィオを突き落としたのはフィンツィだと断言した。ファシストの最高司令部はダンヌンツィオの政治的介入を危険な干渉と見ていた。彼の大衆的な人気は依然として高かった（彼の落下事故は新聞の第一面を飾るニュースとなり、彼が回復に向かうと『コッリエーレ・デッラ・セーラ』はフランチェスコ・ニッティからジャーコモ・プッチーニにいたる有名人たちからの善意の電文を掲載した）。ダンヌンツィオはその動きを予測できない人物であった。ファシストたちはニッティとの会談を阻止しようとしたのかもしれない。あるいは単純に彼を排除したかったのかもしれない。

だがフィンツィはそれまでもそのあともダンヌンツィオの友人であり、崇拝者であった。加えて、もしこれが暗殺未遂であれば、甚だ手際の悪いものであり、そもそも犠牲者自身が隠そうと苦労している。ダンヌンツィオは半ばフィクションで半ば自伝的な作品『秘密の書』のなかで、この「落下」は自殺の企てだったと主張している。おそらくそれが真相かもしれない。何年も自殺という考えをもてあそんできたこともあり、浅はかにもパラッツォ・マリーノに姿を見せたことによって（その傾向があった）憂鬱症の発作に陥ったとも考えられる。あるいは——これがもっとも可能性の高い説明だが——ただ落ちただけなのかもしれない。

片目であるために方向感覚がなくなること、あるいはバランスが狂うことを彼はときおりこぼしていた。その上、ガルドーネの薬剤師の言によれば、この頃までに彼は相当な量のコカインを摂取するようになっていた。彼はまたスルホンメタンも服用していたが、これは中毒性の強い睡眠薬で、平衡感覚に問題をもたらしてふらつかせるという副作用があった。おそらくドラッグもしくはアルコール――飲酒についてはつねに控えめであったが、それでも良質のシャンペンには目がなかった――によって身体がふらついたのであろう。またひょっとしたら、彼の誘惑を嫌がったヨランダが、思いのほか強くダンヌンツィオを押しのけたのかもしれない。とにかく――悪意のある攻撃であれ、絶望が引き起こした行為であれ、ドラッグで酩酊した色魔のみっともない事故であれ――この事件はすぐに、物語を創り出すダンヌンツィオのミダース王のごときやり方で、金色に輝く寓話へと形を変えることになる。事件に含まれる何かが彼を恥じ入らせ、あるいはおびえさせたために、それを栄光のもやに包み込むことによって、調査をごまかしたのである。死を免れた理由を、彼は超自然的なものの介入に帰した。彼はこの落下を「大天使の飛行《イル・ヴォーロ・デル・アルカンジェロ》」と名づけた。事件から三日目に再び起き上がった、と彼はメモした。

　一九二二年九月二十六日。ファシスト党は数千人の新規加入党員を迎えた。党員数があまりに多くなったため、党が独立した一団体として継続するのは不可能であり、「党は国家にならねばならない」と党書記は主張した。ムッソリーニは不気味な演説を行い、国王に対して「ファシスト革命」に反対すべきでないと警告をした。ファシストは「責任」を引き受ける――つまりは権力を握る――用意がある、というのである。数十年のあいだダンヌンツィオはローマを呑み込んでいる汚物を痛烈に批判し、綺麗にすることを要求しつづけてきた。いまムッソリーニはその仕事を引き受けると申し出たのだ。「ローマをわれわれの精神の都市にすること、ローマを腐敗させ汚辱に引きずり込んだすべての分子を排除し消毒することが、われわれのめざすものである」。

　一九二二年十月四日。ファシストたちはオーストリア国境のトレントとボルツァーノを占領した。依然として政府は彼らの凶暴な行為を抑えるために動かなかった。ムッソリーニはミラノで彼の信奉者たちに演説を行った。自由主義国家は「そのうしろに顔のない仮面だ。そのうしろに建物のない足場だ」と彼は断言した。ムッソリーニにもっとも近い協力者のひとりは書いた。政府は「役立たずである……われわれはそれを乗っ取らざるを得ない。さもなければ、イタリアの歴史は冗談になってしまうだろう」。

一九二二年十月十一日。ムッソリーニはダンヌンツィオを訪問した。見たところ落下事故から回復したダンヌンツィオは、それまでジュゼッペ・ジュリエッティが指導する海員組合のためにムッソリーニと交渉をしてきた。ジュリエッティはフィウーメで彼のために大いに貢献したが、ファシスト系の海員組合に構成員を奪われつつあった。交渉は長引き、何度も決裂寸前まで行った。それは厄介な論争であり、ダンヌンツィオはそれに強い関心を寄せたが、その関心を彼はもっと重要なイタリア政治の展開を観察するのに振り向けるべきであった。会談のあとムッソリーニは海員に対するファシスト組合の閉鎖に同意し、ジュリエッティの組織にフリーハンドを与えた。ダンヌンツィオは大喜びだった。これにより彼はムッソリーニに借りを作った。ダンヌンツィオはフィウーメに集まっていた軍団の解体に合意した。

一九二二年十月十四日。いまは参謀本部長をつとめているバドーリョ将軍にダンヌンツィオは手紙を書き、軍事的手段によってファシストを鎮圧するいかなる試みも大量の死者を出す結果となる、と警告を発した。

一九二二年十月二十一日。ダンヌンツィオはアントンジーニにこのような手紙を書いている。「わたしはイタリアの清貧の人《ポヴェレッロ》以外の何者でもないし、また何者にもなりたくない。わたしは自分の仕事のためにだけ生きている」。彼は五冊の本の作業を同時に進めていた。そのなかには子ども時代の回想録が含まれ、ハーストは彼の自伝に百万リラの前渡し金を支払っていた。(彼はそれを結局書かなかった。)彼は公の場で七年間の「強制労働」をこなした。戦場や街頭で大衆と「嫌悪感を催す混交」をするまでに「身を落として」きた。「わたしがこの隠れ家をどれほど望んでいたか、自分の内面とわたしの詩の秘められた泉に沈潜する必要をどれほど感じていたか、誰も想像できないだろう」。

一九二二年十月二十四日。ナポリで開かれたファシスト党大会で、何度もローマへの進軍の呼びかけがなされた。三度のトランペットの音とともに大会に入場したムッソリーニは、これに同意しているように見えた。「要するにわれわれは、矢が弓から放たれるか、弦を引きすぎて弓が壊れるか、という地点に来ている」。代表たちは黒シャツに身を包み、戦いの歌を歌いながら町のなかを三時間パレードした。彼らはいまや自分たちの集団を「分隊《スクアードラ》」ではなく「軍団《レジョーネ》」と呼んだ（もうひとつのダンヌンツィオからの借用である）。叫び声、敬礼、高らかに響く音楽。フィウーメの代表にはとりわけ騒々しい歓声が寄せられた。「ローマへ！」という叫びがいくつも上がった。そして最後に「宗教的な」沈黙が訪れ、ムッソリーニが演説をした。「彼らがわれわれに政権をよこすか、ローマへ攻め込んで奪い取るか！　それは数日のうちに、おそらく数時間のうちに決着がつく……諸君の町に戻り、命令を待て」。その命令は暴力的な行動となるだろう、なぜなら「歴史においては力があらゆることを決定するからだ」。三年前にダンヌンツィオがフィウーメに車で入ったように、ムッソリーニも彼の「聖なる入城」を果たそうとしていた。

自由民主制の代表たちは絶望的なまでにばらばらだった。現職の首相ルイジ・ファクタは更迭されることを望んでいた。「数日のうちにこうしたすべてから解放されることを強く望んでいる」と彼は妻に書き送った。「愛する人よ……首相の座を去る日に、わたしは言い表せないほど幸せだろう」。それから四日のあいだ、サランドラ、オルランド、ジョリッティらの首相歴任者は、ファシストを閉め出す戦略について、合意に達することができなかった。それどころか、三人とも、他の二人のうちのどちらかよりもムッソリーニを首相にすることを選ぶと主張した。一方では、社会主義者たちとカトリックの人民党が政権を担当する、戦略的同盟を結ぶことについて多くの議論が交わされた。穏健な「改良派」社会主義者の多くがこの同盟を支持したのに対して、強硬な「最大限綱領派」は民衆の「アヘン」の提供者たちとの提携を受け入れることができなかった。自らの原理を汚さなかったことで、社会主義者はファシストの独裁に道を開いたのである。

一九二二年十月二十六日。ピアーヴェ川を越えての反撃から四周年の記念日。すべてのファシストのリーダーに彼らのスクァードラを動員するよう命令が下された。軍隊と警察のファシスト同調者たちには介入しないように警告が出された。

一九二二年十月二十七日。ファシストたちはイタリア全土の主要都市に集まり、電話局、電報局、警察署、市庁舎を占拠した。天候は寒く雨が降っていた。スクァードリスタたちはろくな地図も持たずにさまよった。それでも彼らの一万六千人がローマの周辺に弧状に設定された集合地点に到着した。ムッソリーニはミラノにとどまり、劇場へ行ったり、寝るときには電話を外したりして冷静さを誇示した。のちにこの危機は勇敢なドゥーチェによって指導された「革命」として繰り返し説明されることになるが、その当時のムッソリーニは暴力が発生する可能性がある場所からは十分に距離を置くことを心がけていた。彼がめざしていたのは、蜂起の魔力ではなく、確実で議論の余地のない合法的な権力であった。

一九二二年十月二十八日。朝の早い時間に首相ファクタは大臣たちと先任の将軍たちを集めた。ローマの周辺に野営していたファシストのうち、(棍棒を除けば)武器を保持していた者はごくわずかで、しかも糧食も持っていなかった。バドーリョ将軍は彼らを蹴散らすことを提案した。午前八時直前にファクタは緊急事態を宣言し、その日の正午以降は戒厳令を全土に適用することを決めた。全イタリアの公務員には電報でそのことが伝えられた。午前九時、ファクタは国王のもとに行き、宣言への署名を求めた。ヴィットリオ・エマヌエーレは署名を拒否した。王が拒否した理由は今日でもはっきりしない。ファシストに対して行動をとるように命じられたとき、兵士たちが反乱を起こすことをおそらく王は恐れたのかもしれない――それはちょうど、フィウーメのダンヌンツィオを攻撃せよと命じられた場合に兵士たちが背くことを、王とその将軍たちが恐れたのと同じである。またおそらく王は、軍事クーデタが始まって彼よりも大胆な従弟のアオスタ公が自分に取って代わろうとする動きがあることを疑っていたのかもしれない。またおそらく王は流血を認めることに気乗りがせず、内戦を引き起こすことを恐れたのかもしれない。またおそらく王はこれまでの政府よりもファシスト政権の将来性を選んだのかもしれない。彼はのちに「臆病者たちの内閣」のために軍隊に戦闘を命じるつもりはなかった、と述べている。

ファクタは辞職した。戒厳令適用は撤回された。ファシストたちは首都に入った。それはファシストの神話がのちに描くような、畏敬の念を起こさせる「ローマ進軍」ではなく、個々ばらばらの統制のとれていない動きであった。彼らの多くは、軍の黙認の下で貸し切られた特別列車で到着した。国王はサランドラを呼び寄せて組閣を命じた。依然としてミラノの編集者のデスクに陣取っていたムッソリーニは書いた。「中部イタリアは完全に黒シャツ隊員によって占領された……政権は間違いなくファシストのものになるべきである」。彼には印象深いフレーズが必要だった。彼はそれをダンヌンツィオから拝借した。「われわれの勝利は不具のものであってはならない！」

自らと詩の秘められた泉に沈潜していたダンヌンツィオは、この日の出来事には何の役割も果たさなかったが、彼が持つ影響力を懸念していたムッソリーニは情報を与えつづけた。午前中に一通の電報がヴィットリアーレに届いた。「悲惨な状況を終わらせるために、われわれは兵力を動員せざるを得なかった。われわれはイタリアの大部分を絶対的に支配しており、それ以外の地域でも国の中枢部を占拠している」。そしてダンヌンツィオが「隊列に加わる」ことは求められていないという説明がそれに続き、最後に要請がひとつ示された。「宣言を読んでいただきたい！……あなたには何か語るべき偉大な言葉があるでしょう」。ダンヌンツィオは一言も発しなかった。

その日の午後も半ばの頃、ムッソリーニはもうひとつのメッセージを送った。「最新の情報はわれわれの勝利を認めている。明日のイタリアには政府ができているでしょう。われわれは勝利を無駄にしないだけの知性と分別を示すでしょう」。ムッソリーニは言う。自分はダンヌンツィオがこの驚くべき展開を歓迎し、「イタリアの青春の再生を承認する」ことを確信している、と。そしてムッソリーニは、相手が真剣に受け取るようには意図していない、ちょっとしたへつらいでこのメッセージを終わらせた。ムッソリーニは権力を握った。そしてダンヌンツィオに告げる――「あなたに！　あなたのために！」

夜が訪れ、ダンヌンツィオはやっと返信を送った。ひどく忙しい一日を過ごし、やっといま電報を読んだ、と彼は言う。ムッソリーニから送られたニュースには明確なコメントは何も返さなかった。その代わりにダンヌンツィオは自分の戦争中の演説を収録した本を一冊送り、ひとつの金言を警告としてそれにつけた。「勝利はパラス〔アテネの守護女神〕の澄んだ瞳を持つ。彼女に目隠しをしてはならない」。

一九二二年十月二十九日。雨はまだ降りつづいていた。数千人以上のずぶ濡れの黒シャツ隊員がローマに集まった。だがファシストによる権力掌握は、武力によるのではなく、脅迫をともなう強奪という行為であった。

サランドラは権力を引き受けることはできない、あるいはあえてしない、と国王に伝えた。ついにムッソリーニは待ち望んでいた電話を受けた。彼はわずか三十六人のファシスト議員のひとりであったが、ヴィットリオ・エマヌエーレは連合政権を作るように提案していた。ある事件に関するメディアの報道が事件それ自体よりも大きなインパクトを持つことを、ダンヌンツィオと同じぐらい鋭く見抜いていたムッソリーニは、公式発表を書くためにミラノからの出発を遅らせた。彼は「ファシストとして自分の黒シャツを着て」そして「自分の命令に忠実にしたがう」三十万人の支援を背景にローマへ向かう、と世界に向けて告げる。南へ向かう夜行列車に乗って、遅ればせながら「進軍」の先頭に位置を占める、と。

一九二二年十月三十日。十四時間の旅ののち、ムッソリーニはクィリナーレ宮殿へ向かった。山高帽とスパッツ〔くるぶしの上までの短いゲートル〕を身につけ、黒シャツの上にフォーマル・スーツを着込んだムッソリーニは、ダンヌンツィオから借用したもうひとつの美辞麗句で国王に自己紹介をした。「陛下、わたしはあなたにヴィットリオ・ヴェネトのイタリアをもたらします」。ヴィットリオ・エマヌエーレ王は彼に組閣を要請し、黒シャツ隊員たちを家に戻すように懇願した。ムッソリーニは前者の要請は受け入れたが、後者は拒絶した。彼の「軍団」にはローマにおける勝利を祝うことが許されねばならなかった。

一九二二年十月三十一日。ムッソリーニは首相として宣誓し、五万人のファシストたちがローマの街頭でこれを祝った。彼らはニッティの家に乱入し、ダンヌンツィオが「カゴイア」として軽蔑することを彼らに教えた人物の所有物を破壊し、奪い取った。フィウーメでダンヌンツィオの首席大臣をつとめたジョヴァンニ・ジュリアーティは、ムッソリーニ内閣の「最近解放された地域」——ダルマッィア沿岸の旧オーストリア領土——の大臣に任命された。ダンヌンツィオの戦時のレトリックをきわめて高く評価したディアッ将軍は、参謀本部長に任命された。

歓声とともに旗を揺らしながら、ダンヌンツィオが教えた「エイア、エイア、エイア、アララ！」という叫びを上げて宮殿の前を通過する黒シャツ隊員たちを、国王は五時間にわたって閲兵した。彼らは『ジョヴィネッツァ』を歌った。片腕を真っ直ぐに突き出す敬礼を行った。フィウーメでダンヌンツィオとともに過ごした経験を持つ彼らの多くにとって、それは全燔祭の町から飛び散った火の粉が、ついにローマで着火して燃え上がったように思えた。

一九二二年十一月二日。ダンヌンツィオは彼の軍団員組織の新聞に声明を発表した。それは曖昧なものであった。国王をほめたたえているが、もやのかかったような言葉を使っている。彼は言う。「実験的な政府」は来春に予定される選挙まで「許容される」と。彼は迷宮と虹について言及し、ラテン語の引用句をテキストにちりばめている。ムッソリーニとファシストたちの側にも、彼らに反対する側にもダンヌンツィオは与《くみ》していなかった。

アントンジーニへの手紙ではもっと率直に書いていた。自分の名前が不適切な形で利用されていることに彼は不満を述べている。自分たちに有利な形でファシストが彼の名声を利用することを彼は望まなかった。しかしながら彼は、ファシストたちが新たに獲得した権力を、自分の目的のために利用するのには積極的だった。またしても彼はアントンジーニにリストを渡した。今回彼が送ったものは、家の備品や調度品の買い物リストではなかった。ダンヌンツィオは新首相と彼の大臣たちに対する提案と要請を持っていくようにアントンジーニに頼んでいた。トレンティーノの軍事基地は強化されねばならない、政府の役所に改装されたアッシジの修道院は直ちにフランチェスコ会に返却されるべきである、などがその内容である。残りの生涯において、ダンヌンツィオは絶えることなくムッソリーニに恩恵を要求することになる。スケールの大きなもの（政策の変更）もあれば、些細なもの（自分の被保護者への仕事の斡旋）もあった。ムッソリーニは我慢強くそうした要求を受け止め、容易に同意できるものについては承諾した。

一九二二年十一月十六日。ムッソリーニが議会での最初の演説を行った。敗北した議員たちに対して彼は勝ち誇っていた。ダンヌンツィオがローマ中を沸き返らせ、議会の同意なしにイタリアが戦争に突入した一九一五年五月に、ムッソリーニはまず立ち戻った。「同じようにいま、議会の賛成なしに政府は樹立した」。ダンヌンツィオがウィーンの住民たちに、彼らが爆撃されないのは彼の寛大さのおかげだけである、と認識させたように、ムッソリーニも集まった議員たちに言い放つ。自分がやろうと思えば「この厳めしい灰色の議場を黒シャツ隊員の武装キャンプに、兵士の野営地に変えることができた。議会のドアに釘を打ってファシストだけからなる政府を作ることもできた」。彼がそうしなかったのは寛容のしるしであり、それがはっきり意味するのは、そうした寛容がいつまで続くかは誰にもわからないことである。何が起こりうるかを提示することの効果を、ムッソリーニはダンヌンツィオから学んだのである。

自分の沈黙は音楽だ、とダンヌンツィオは書いた。ムッソリーニの「隊列に加わった」かつての同志たちは、もっと聞きとりやすい音楽を選んだ。十一月二十四日、いまではムッソリーニの航空委員会のメンバーに指名されていたアルド・フィンツィは、ダンヌンツィオに非難を込めた手紙を寄越した。「われわれの美しいイタリアの運命を見事に予言する」ダンヌンツィオが、その予言を現実に変えつつある人々に対する支持をどうして差し控えることができるのか？　フィンツィはムッソリーニに「盲目的に」したがっていた。なぜならムッソリーニはダンヌンツィオのヴィジョンを実現することができるただひとりの男である、と確信しているからだ。「何をわれわれは間違えたのか？　われわれの行動のどの点が、あなたが予言し望んだものと違っているのか？」ダンヌンツィオからルイジ・アルベルティーニへの手紙は、その問いに対する間接的な答えを提供している。ファシストの「世界に対する理想」は自分の理想の変形であることをダンヌンツィオは認めている。しかしそれは「わたしの理想世界を日々惨めな形で台無しにし、裏切っている」。彼はそれと関係することを一切望まなかった。

ムッソリーニはロンドンへ向かった。彼はクラリッジ・ホテルに滞在し、首相や国王と会見した。戦没者記念碑に花輪を捧げた。群衆が彼のあとを追いかけ、何人かのイギリス人黒シャツ隊員が嘆かわしいほどひどいアクセントで『ジョヴィネッツァ』を歌った。イタリアに戻るまでに彼の気分はより強硬なものに変わった。十二月十五日、「偽物のフィウーメ主義」を含むさまざまな信頼できない政治的分子に対して「わたしが必要とするあらゆる措置によって」行動することを認めるように、内閣に要求した。

ダンヌンツィオはムッソリーニに対して立て続けに指示を出していた。飛行場をもっと造れ。「イタリアという聖堂のまわりに美しいペディメント〔古代ギリシア建築における三角形の切妻壁〕」を建造せよ。彼はファシズムの創案者としての自分の役割を主張していた。「自らを《ファシスト》と呼ぶ運動において、その最良の部分はわたしの精神から生まれたのではないか？　現在の大変動は四十年前にわたしが予告し、ロンキの傭兵たちによって開始されたのではないか？」彼はドゥーチェの返事の遅さと素っ気なさに落胆した。十二月十六日、彼はムッソリーニに宛てて書いた。「今日わたしは決意した。沈黙のなかに隠遁し、再びひたすら芸術に専念することを」。拒絶、期待、そして降伏であった。

三日後、ダンヌンツィオの軍団員たちに対する取り締まりが行われた。アナキストと「破壊活動分子」たちは厳しい尋問を受けた。軍団の武装グループは解体された。デ・アンブリスおよび労働組合と関係のある者たちは亡命するまで脅され嫌がらせを受けた。ダンヌンツィオは抗議をしたが、効果はなかった。この月の終わりになると、ムッソリーニは関心を共産党へ移した。グラムシを含む中央委員会のほとんどのメンバーは逮捕され、社会党と共産党に所属する数千人の労働者がイタリアを離れた。

一九二二年十二月―一九二三年一月。ファシズム大評議会が創設される。これは憲法の規定にない機関で、構成員は選挙を経ずに選ばれていたが、次第に従来の内閣の権力と機能の多くを引き受けるようになる。それと同時にファシスト義勇軍が作られた。これはかつてのフィウーメ軍団がダンヌンツィオの私兵であったように、ムッソリーニ自身の私的軍隊である。

公的世界からのダンヌンツィオの隠遁が、どの範囲まで自発的なものであったかについてはよくわからない。彼はルイジ・アルベルティーニに「わたしはここで永遠の囚人である」と語った。彼は自分が閉じ込められていることに事あるごとに苛立った。「平坦な道を走ったり、人々で賑わう町を通り抜けたり、図書館に入ったり、わたしが研究し愛する芸術作品の前で瞑想に耽ったりすることが、なぜできないのか？」たしかに彼は厳しい監視下に置かれており、見えない柵で権力の中心から遠く離れた湖畔に閉じ込められているかのように振る舞っていた。彼の死から十五年後、フィウーメで彼の信頼が厚い副官だったエルネスト・カブルーナは次のように書いている。「ファシズムがダンヌンツィオをその晩年において、どれほど残忍にヴィットリアーレの囚人としてとめおいたか、歴史研究はそれを明らかにするだろう……ダンヌンツィオは二十一人の使用人を雇っていたが、そのうちの六人はファシスト警察のメンバーだった」。

一九二三年三月。ムッソリーニは書いた。「人類はおそらく自由に飽きてしまっている。あまりにも自由をほしいままにしたからだ」。彼はより厳しく、より身を引き締めるような理想を提案する。「秩序、ヒエラルキー、規律」。

ローマ駐在のイギリス大使はロンドンへ次のように報告した。ムッソリーニは「せっかちで暴力的」であり、「抑えられない激怒の発作」を起こしがちだが、「類いまれな能力と冒険心を持った政治家」であり、実際にはかなり紳士的である。彼は「二人乗りの自動車の助手席にかなり大きなライオンの子を乗せて、ローマ中をドライブしている」。大使はこの習慣を「奇妙」だと思うが、「イタリア人はこの種のことを好むようだ」と結論づけている。

一九二三年五月六日。ダンヌンツィオはますます引きこもりがちになる。タイピストは、彼が自分の部屋に閉じこもっていると報告している。誰にも会わず、誰とも会いたがらない。何日も続けて庭にすら出ない。

それでもセックスをする時間だけはあった。同じ家にいながら彼に会うことを拒否していたルイザに手紙を書いた。ヴィットリアーレを訪れた女性の誰かがルイザの嫉妬を引き起こしたのだ。ダンヌンツィオは謝罪する。「わたしは自分が不可解であることをわかっている」と彼は書いた。「ときおり君に頼むことがおそらく冷酷なのもわかっている」。彼はルイザを安心させる。「君から何も奪うつもりはない。わたしの心と頭のなかで君はいつも最高のものだ。君なしではどうやれば生きていけるのかわからない」。ここまでは罪を犯した恋人としては普通である。だがそこからダンヌンツィオはさらに激怒の段階へと移る。ほんとうのところは、君はわたしを憐れむべきだ、と彼は書く。彼女の「静かな怒り」は彼をひどく苦しめる。彼女の「厳しい言葉」はなお悪い。乱交について自分には責任がない。問題は自分の「遺伝性の病気」にあって、それが自分を彼女よりも惨めにしている、と説明する。彼女が「兄弟に寄せる同情」を自分は受けるに値する、と彼は求める。

一九二三年五月十五日。ルイザが姿を見せなくなって一週間が経過した。自分たちの愛は「終わった」と彼女はダンヌンツィオに知らせた。彼は抗議した。彼は決して彼女と別れたくなかった。自分は彼女に対して愛情のしるしを切れ目なく送りつづけてこなかったか？　彼は怒りっぽくなった。自分は何度も何度も説明しなかっただろうか？　ほかに複数のセックス・パートナーを持つのは快楽のためではなく、「貪欲な好奇心」が駆り立てるからだ、と。彼女たちは自分の想像力を刺激する——彼女たちとベッドをともにするのは、探求の一形態であり、仕事の一部だ。「このことについてわたしたちはあれほど話し合ったではないか」。（哀れなルイザ！）ほかの女性と関係を持ったあと、彼女がとりわけ刺激的なセックスを味わったことを彼は思い出させる。「わたしたちの興奮はあらゆる限界を超える」。

おそらくそれこそルイザが――彼女の前にドゥーゼがそうであったように「官能のとりこになって」――とどまった理由であろう。その後の十五年間、彼の楽しみのためにピアノを弾き、家計を切り回し、他の女性たちを彼にあてがい、彼の客たちをもてなし、彼と一緒にいたい夜には寝室の鍵穴に一輪の薔薇を挿して、彼女はダンヌンツィオとともに暮らした。

一九二三年六月。ますます独特なものになってきた庭園にダンヌンツィオはさらに手を入れていた。この月彼は、第一次世界大戦でイタリアの戦闘が行われたあちこちの山の頂上から、巨石を運ばせた。彼はそれらの石をアレンゴのまわりに配置し、金言で飾った。

彼は三月に六十歳になり、新しいセックスのパートナーを得ていた。それはアンジェル・ラジェという二十二歳のフランス人女性で、パリから来たダンヌンツィオの古い知人のコンパニオン〔話し相手をする住み込みの女性〕として雇われてガルダ湖で暮らしていた。それから三年間、彼女は断続的にダンヌンツィオの愛人をつとめた。ファッショナブルに髪を刈り込んでいるため露わになっている彼女の首に、彼は嚙みついて楽しんだ。彼女のことを「ジュヴァンス（青春）」と呼んだ。ダンヌンツィオは彼女にイチゴや桃を送り、コカインを使うことを教え、性病に感染させた――と二人の関係が終わったあと彼女は主張することになる。

かつて一九一五年に、マリネッティはムッソリーニを模範的未来主義者として絶賛したことがあった。いまではドゥーチェのあらゆる点を彼はたたえていた。ムッソリーニの侮辱行為、大胆さ、喧嘩早いこと。「無益で、のろくて、厄介で、役に立たない、あらゆるものにつばを吐きかける」やり方。その大きな頭、「疾走する車のようなウルトラ・ダイナミックな目」。「アペニン山脈のインクのように黒い峡谷の上に垂れ込める真っ黒な雲」のごとき山高帽。魚雷に似ていること。

相思相愛ではなかった。ムッソリーニはそれほど未来主義者たちを好きではなかった。彼はマリネッティを信用せず、厳しい監視下に置いた。

一九二三年九月二十四日。ダンヌンツィオはムッソリーニに「護衛」を配置するように要請した。それはいまだにうんざりするほど頻繁に、司令官に対して敬意を表するためにやって来る厄介な軍団員を（表面上は）遠ざけておくためであった。ムッソリーニはこの要請に喜んで応じ、警察官のジョヴァンニ・リッツォを派遣した。リッツォはその後、護衛、看守、スパイの三つの役割を演じることになる。ダンヌンツィオは自分が監視下にあることは百も承知だった。ファシストの密偵たちは、見えすいた口実で村を歩きまわっていた。いまでは自発的にスパイを家のなかに受け入れることで、ダンヌンツィオは自分の状況をコントロールするようになったが、それは今後、実質的に一種の自宅軟禁状態になるということであった。

リッツォは定期的に報告をファシスト司令部に送っていた。これを知っていたダンヌンツィオは、ムッソリーニへメッセージを送る手段としてリッツォを使った。ダンヌンツィオは、リッツォにとって良き主人であった。というのも、ムッソリーニへの影響力を利用してたびたび彼に昇進をもたらしてやったからである。明らかに自分の主人／任務への愛着が増したリッツォはそのお返しとして、ムッソリーニへの報告のなかで、ダンヌンツィオの危険な公的発言をより無害なものに変えて主人を守ってやった。ダンヌンツィオの目に余る数多《あまた》の交通違反を見逃すように、地元警察を説得する際にもリッツォは大いに役に立った。

ダンヌンツィオは服を脱ぎ、身体を洗い、香水を身にふりかけた。コカインへの渇望に抵抗しようとしていた。だが失敗した。「泥棒のように、暗殺者のように、光を避けながらわたしはキャビネットから毒を取ってくる」。コカインやスルホンメタンと同じように、アヘンチンキと「アダリーナ」と彼が呼ぶ鎮痛剤も常用していた。「狂宴《オルジア》」は夜明けまで続いた。ルイザの部屋のドアは半開きだった。

一九二三年十一月二十三日。ムッソリーニはアドルフ・ヒトラーなる男が指導するバイエルンの「ファシスト」たちに関心を抱いてきたが、ビアホール一揆が失敗すると彼らは「道化師《ブッフォーネ》」だと片づけてしまった。イタリアを訪れたスペインの将軍プリモ・デ・リヴェーラのほうが彼の好みに合った。将軍はムッソリーニを「崩壊と無秩序に対する世界の戦いの指導者」と呼んだ。

一九二三年十二月二十二日。ダンヌンツィオはありがたくもヴィットリアーレをイタリアに寄贈すると申し出て、彼のお気に入りのモットー――「我、譲りしものを有する《イオ・オ・クエル・ケ・オ・ドナート》」――に新たな意味を付与した。彼はこの言葉を正面入り口の上にかかるアーチに刻印させた。その言葉の曖昧さは挑発的であった。ダンヌンツィオは自分がどれほど多くのことを要求しているかを十分意識していた。それは、この家は彼のものとして残るが、その維持費についてもはや自分は責任を持たない、ということであった。

一九二四年一月二十七日。ユーゴスラヴィアとの新しい条約によって、フィウーメはついにイタリアの一部となり、ダンヌンツィオはモンテ・ネヴォーゾ（雪の山）公という称号を与えられた。彼はジュヴァンスに書き送った。「おお可愛いマルデストラ（ぶきっちょ）よ、わたしは《偉人》で《公人》だ、なんということだ！」

口では何と言おうと、彼は自分の新しい称号を非常に喜んでおり、お気に入りの芸術家のひとりに自分の紋章のデザインを注文した。月桂冠、山、七つの星からなる紋章がすぐにヴィットリアーレの大きな柱廊の石材に刻まれることになる。リッツォはムッソリーニにダンヌンツィオが求めていることは二つだけだと報告する。ひとつは、後世まで記憶に残る偉大な名声であり、二つ目は「何の心配もなく、いままで生きてきたように生きる」のに十分な金である。

一九二四年四月六日。再び総選挙が行われる。選挙運動は大荒れのものとなった。集会が乱闘へ変わるケースが頻発した。ファシストたちは欺瞞と脅迫、殺人を駆使した。彼らが罰を受けないように、ムッソリーニは警察を粛清し、三百四十人の警察署長と副署長を早期退職させた。反対派の諸政党――社会党、共産党、自由主義政党――はファシストに対して共闘するために違いを乗り越えることがまたしてもできなかった。

ムッソリーニの支持者たちは有効投票の三分の二を獲得し、議会を容易に支配できるようになった。ファシスト議員たちの八十パーセントは議会の経験がない新人で、三分の二は四十歳以下と若かった。フィウーメのダンヌンツィオがそうであったように、ムッソリーニもいまでは「青春の王子」であった。

一九二四年四月十二日。ポール・ヴァレリーがヴィットリアーレを訪れた。彼はデゼンツァーノで「悪魔のごときモーターボート」に迎えられ、湖の上を疾風と水しぶきのなか運ばれた。おかげで服や髪、皮膚までひんむかれてしまいそうだった、と彼はこぼしている。（「炉のように暖房された」）ヴィットリアーレに着くと、ダンヌンツィオに迎えられた。ダンヌンツィオは眉毛も含めて顔の毛をすべて剃り上げてしまっていた。彼らは抱き合ったが、対等の関係ではなかった。ヴァレリーが言うように、ダンヌンツィオの抱擁は「国王による爵位授与」のごときものであった。

ヴァレリーに語ったところによれば、ダンヌンツィオは「第三の場所」に再び入ろうと試みていた。それは生でも死でもなく、カッターロへの危険に満ちた夜間飛行の際に彼が垣間見たものだった。彼のコカイン常用と強迫的な乱交はたんなる放縦ではなかった。ドラッグやセックス、風変わりだが意味のある家のなかのスペースなどによって、神秘的な自己超越を果たそうとしていたのである。ディオニュソス信仰に関する古代の著作を彼は読んでいた。彼は「酩酊したしらふ状態《ソブリア・エブリエタス》」に関する聖パウロの言葉を引用した。彼は『リグ・ヴェーダ』〔古代インドの聖典である『ヴェーダ』のひとつ〕、ソクラテス、ニーチェそして予言者ホセアを研究していた。

ダンヌンツィオは自分を甘やかすことと同じぐらい禁欲にも関心を抱いていた。彼はマハトマ・ガンジーについて書きとめている。薄い粥のようなものだけでガンジーが生き延びていることに感銘を受けていた。

一九二四年四月二十四日。のちにオズワルド・モズレー〔イギリスのファシスト運動のリーダー〕の議会担当秘書官となるイギリスのジャーナリスト、ジョン・セイント・ロー・ストレイチーがムッソリーニをパラッツォ・キージ〔首相官邸〕に訪ねた。ムッソリーニはデスクの向こうで身を丸くしていた。ストレイチーの挨拶に対しては素っ気なくうなずいただけだった。ストレイチーは強い印象を受け、ダンヌンツィオが自身についてしばしば用いた比喩で表現した。「鍛冶場で作業の邪魔をされたウルカヌス〔ローマ神話の火と鍛冶の神〕を想像してほしい」。ムッソリーニは、彼の鉄床の上で新しいイタリアを叩いて作り出しているウルカヌスであった。「炉の熱が、彼の肉体の緊張が、顔の筋肉とがっしりした肩、そしてその鋭い眼差しのなかに感じられる」。イギリス大使グレアムもストレイチーと同じ印象を持った。グレアムはムッソリーニの「内でくすぶる力」については同意したが、留保をつけた。「彼は内心、政治的な敵対者たちに向けける暴力にほんとうは反対していない、と思う」。

一九二四年五月二十二日。ダンヌンツィオはムッソリーニからそれまでで最大の贈り物を受け取った――一九一八年八月にダンヌンツィオがウィーンへ飛んだときの飛行機である。彼はのちにそれを展示するために巨大なドーム型の建物を造ることになる。

一九二四年四月二十一日。アメリカを公演旅行中のエレオノーラ・ドゥーゼがピッツバーグのホテルで死去した。六十五歳だった。そのニュースが届くと、ダンヌンツィオはムッソリーニに手紙を書いた。「イタリアから遠く離れた地で、もっともイタリア的な心が消えた」。彼女の「崇められた身体」が国費で故郷に運ばれることをダンヌンツィオは要請した。それはかなえられた。名声の象徴的な有用性を十分理解していたムッソリーニは、わざわざ促されるまでもなかった。

ドゥーゼがこれ以上自分に要求を突きつけることができなくなったいまでは、ダンヌンツィオははばかることなく彼女を悼んだ。彼はお気に入りの彫刻家に彼女の胸像を作らせ、それにヴェールをかけてデスクの上に置いた。彼は以後死ぬまで、毎年彼女の命日を記念した。彼はつねづね愛する女性たちの死を想像して楽しんできたのである。

ドゥーゼの娘エンリケッタは、母に宛てたダンヌンツィオからの手紙をすべて廃棄した。彼女はドゥーゼが「そうするように命じた」と主張しているが、だとすると、エレオノーラ自身がそれをしなかったのは奇妙に思える。エンリケッタは手紙の内容に衝撃を受けたに違いない。ダンヌンツィオの他のラブレターがすべてそうであるように、手紙には二人のセックスに関する赤裸々な記述が疑いなく含まれていた。ダンヌンツィオはエンリケッタに激怒した手紙を送った。「ギゾーラに宛てたわたしの手紙を廃棄したのは、精神に対する正当化できない犯罪である」。エンリケッタよりも彼のほうがドゥーゼの心を理解している。「彼女は、言葉は発さなくても、つねにわたしのそばにいる」。

一九二四年五月三十日。統一社会党の新しい指導者ジャーコモ・マッテオッティが議会で演説を行い、最近の選挙でファシストたちが勝利を収めるために用いた「胸が悪くなるような暴力」を告発した。激しい野次が飛び交った。ムッソリーニは顔をしかめながら黙ってじっと座っていた。しかし彼の支持者たちは叫び声を上げ、拳を振りまわしてマッテオッティを演壇から引きずり下ろそうとした。閣僚席からの怒鳴り声が響いた。「陰でお前を蹴ったり、撃ったりして、われわれを尊敬することを教えてやる！」マッテオッティはどよめきのなかで自分の言葉が届くまで待ち、政府に対する告発を続けた。非合法な義勇軍の創設に対して彼は抗議した。彼は明言した。「あなたがたはこの国を絶対主義に向かって退行させようとしている」。

マッテオッティは自分が冒しているリスクを正確に理解していた。演説の結びで彼は自分の党の議員たちに向かって微笑みながら言った。「さあ、君たちはわたしに対する哀悼の辞を準備することができるようになった」。

一九二四年五月二十六日。ダンヌンツィオは新しいペットとして、ルイザ・カサーティが彼のためにハンブルクの動物園から買った亀をもらった。庭師たちは亀にカロリーナという名をつけた。ダンヌンツィオは格調の高さを狙ってケーリ（ギリシア語で亀）と呼んだ。

一九二四年六月十日。マッテオッティはローマの中心部でテベレ川沿いの道を歩いていた。彼は議会でファシスト政府に挑戦したというだけでなく、外国との重要なコネクションを持つ成功した弁護士でもあった。広く信じられているところによれば、彼はファシスト政府の腐敗の証拠、とくにイタリア国内での石油の流通権を握ろうとしていたアメリカの石油会社からの賄賂に関する証拠を集めていた。

マッテオッティがひとりで歩いていると、五人の男が彼を取り囲み、車に引きずり込んだ。彼らは全員が（ソヴィエトの秘密警察にちなんで）チェーカーと呼ばれたファシストの殺し屋たちの秘密集団に属していた。マッテオッティは刺し殺された。殺人者たちは数時間ローマを車で走りまわり、郊外まで遺体を運ぶと道路のそばに浅い穴を掘って埋めた（二カ月後に遺体は発見された）。彼らが乗っていた車が犯行の前夜に内務省の中庭に駐車していた事実がすぐに明らかになった。その日の晩、実行犯のひとりがムッソリーニを訪ね、血で汚れたクッションの一部を彼に見せた。

ムッソリーニは殺人に対するいかなる責任も否定し、事件の真相に関する「混乱」を作り出すように同僚たちに命じた。事件の捜査は独立した司法官ではなくファシストの警察署長によって行われる、と彼は宣言した。彼はスタッフにこう語った。「これを切り抜けられれば、われわれは全員生き残れるだろう。さもなければ、みんな一緒に沈没してしまう」。

それから二週間のあいだずっと、ダンヌンツィオは刊行に向けて作業を進めていた自伝的エッセイの修正に取り組んでいた。毎日午後二時から次の日の朝五時まで仕事をしている、と彼はトレーヴェスに語った。マッテオッティの死に関しては何の記述も残していない。

一九二四年六月十三日。約百名の反ファシスト議員――民主党、社会党、カトリックの人民党――は、ファシスト政府は「憲法に反する」として、パラッツォ・モンテチトーリオ〔下院〕から退出し、マッテオッティ暗殺に対する非難を示すために議会をボイコットした。紀元前五世紀のローマの平民《プレブス》の行動にちなんで「アヴェンティーノの分離」と呼ばれる、彼らの議場からの撤退は、破滅的な失敗であった。ムッソリーニは信任投票を求め、すべての反対派の不在によって簡単に信任を得た。

G・ウォード・プライスは『デイリー・メール』紙に次のように書いた。「われわれの時代だけでなく、これまでの歴史を通じて、ムッソリーニは自由を重んじて祖国を愛するすべての人々を鼓舞する存在として残るであろう」。

ダンヌンツィオは家の使用人たちとの連絡にメモを使っていた。アルビーナ修道女と彼が呼んでいた料理人に、ふざけて卑猥な内容を書くこともあった。ダンヌンツィオは彼女が作るパイやクリームケーキが大好きで、それぞれに自分で名前をつけた。「聖なるニンフの五つの瞳」はチョコレートと栗のケーキで、上に五つのホイップクリームの塊が載っていた。前の晩に彼女が作ったビスケットがフランスでは「尼僧の乳房」と呼ばれているとアエリス（「尼僧院長」）が教えてくれた、とダンヌンツィオは料理人に伝えた。メモに書かれた彼の署名は「修道院長」となっていた。

一九二四年六月十五日。ファシスト政府はダンヌンツィオに『栄光』の手書き原稿の代金として莫大な金額（おそらく彼の沈黙を買うに足る額）を支払った。『栄光』のなかで――ファシストの批評家たちは概ね同意しているが――ダンヌンツィオはイタリアがようやく見いだしたリーダーとして、ムッソリーニのような人物を描き出していた。

ダンヌンツィオは彼の出版者の妻アントニエッタ・トレーヴェスに手紙を書いて、大きな庭園用の傘二本——片方は赤いストライプ、もうひとつは青いストライプが入ったもの——と香水に調合するための最上のオポパナクス〔精油を香料にするセリ科の植物〕を相当量買ってくれるように頼んだ。この年の夏彼は、バルコニーを備え杏色の漆喰が塗られた美しい隣家ヴィッラ・ミラベッラを、ゲストハウスとして購入した。隠れ家だとか憂鬱だとかについて盛んに口にしていたにもかかわらず、彼は客好きの主人であった。イーダ・ルビンシュタインがやって来て滞在した。彼女が去るとすぐにルイザ・カサーティが現れた。カサーティの出発から一週間後にはダンヌンツィオの妻が取って代わった。ダンヌンツィオは彼女をモンテ・ネヴォーゾ公妃として歓迎することを楽しんだ。四十年前、彼女との駆け落ちが彼に貴族階級への門戸を開いた。その彼がいまや彼女に称号を与えるようになったのである。

一九二四年七月二十三日。ダンヌンツィオはかつての彼の軍団員のひとりに手紙を書き、現在の政治状況を「腐敗臭のする廃墟」だと書いた。これはマッテオッティの死に関するダンヌンツィオのコメントとしては、もっともきわどいものだった。手紙が公開されると、この発言にしろそれ以外のダンヌンツィオの公的な声明にしろ額面通りに受け取るべきではない、とリッツォはムッソリーニに報告した。ダンヌンツィオはこの手紙を反ファシスト陣営が権力を取り戻す場合に備えた「アリバイ」として書いた、とリッツォは考えていた。詩人は「一度もファシストであったことはない」が、目下政治的には活動していない、とリッツォは語った。

一九二四年九月。ひとりのファシスト議員がローマの街頭で射殺された。ファシストのラスたちのなかでもっとも攻撃的だったロベルト・ファリナッチは、これを共産党員たちの犯行と非難し、復讐を呼びかけた。「マッツィーニとダンテの国は、レーニンに引き渡されてはならない」。スクァードリスタは大挙して街頭に出て、社会主義者と疑われる者たちを脅し、殴りつけ、その財産を破壊した。

イタリアのもうひとりの有名な劇作家、ルイジ・ピランデッロはムッソリーニに電報を送った。「閣下がわたしを全国ファシスト党への加盟の資格があるとお思いなら、あなたが示されるもっとも低いポストでも最大の名誉と考え、忠実な支持者となります」。ダンヌンツィオはマッテオッティ暗殺について何も発言しなかったことで責められるとしても、少なくともこうしたことは言わなかった。

一九二四年十月四日。画家のグイド・マルッシグとグイド・カドリンの二人が、ダンヌンツィオの常雇いの職人と芸術家のスタッフに加わった。マローニとともに彼らはダンヌンツィオのがたつく古い家を一部はフランチェスコ会風に、一部は仏教風に、一部は十九世紀のデカダン派風に、そして全体としては唯我論的な聖域に作り変える仕事で忙しく過ごした。ダンヌンツィオはブレーシャ県庁に宛てた公開書簡のなかで、自分の敷地の壁の外で起こることは、何であれ関心を持っていないことを明言した。

彼は「癩病患者《レップローソ》の部屋」――そこにはフィウーメの墓場から持ってきた土で満たされた棺がある――で作業中だったカドリンに指示を書いた。カドリンはダンヌンツィオの注文で『癩病患者のダンヌンツィオを抱きしめる聖フランチェスコ』という題の絵を描いた。世界から切り離され、姿が見えないまま大衆に話しかけるダンヌンツィオは、自分を癩病患者と見なしていた。

暗い小さな部屋は、そのフランチェスコ会風の簡素さにもかかわらず、とんでもなく金がかかることが判明した。壁とカウチは鹿皮で覆われていた。それは十二世紀のアッシジ周辺の森でならたやすく入手できたかもしれないが、一九二〇年代では調度用の素材としては極端に高価なものだった。鹿皮は金箔をかぶせた革紐でつなぎ合わされていた。カドリンはダンヌンツィオ好みのモチーフ――裸の射手、グレイハウンド、うしろ足で立つ馬、飛行機、縛られた裸の女――を描いた黒い漆塗りのワードローブを作った。

カドリンに宛てて書くときに、ダンヌンツィオは彼に「グイドット修道士」と呼びかけ、自分の署名として「フオーコ（炎）修道士」と書いた。

一九二四年十二月二十七日から一九二五年一月二日までのあいだ、数万人の武装した黒シャツ隊員がイタリアの諸都市を暴れまわり、反ファシストの家を破壊し、監獄に乱入して同志を解放した。ムッソリーニとマッテオッティ暗殺を結びつけるさらなる証拠が明らかになった。戦時に首相をつとめ、その支持がファシスト政権を合法化したと思われるサランドラが、反対派へ移った。義勇軍の指揮官たちはムッソリーニに、彼が反対派を打ち破らないのなら、ファシスト運動が彼なしでそれを行うだろう、と伝えた。

国王がムッソリーニを解任し戒厳令の施行が宣言されるだろう、と広く信じられた。

　この危機のなかでムッソリーニは、少なくとも潜在的に危険なひとりの批判者を黙らせる決意を固めた――彼はヴィットリアーレを「国民的記念碑」とする契約を承認した。おそらくこれこそが、ムッソリーニがダンヌンツィオに与えた最大の贈り物であった。これ以降、ヴィットリアーレの改修に必要な費用は国家が負担することになった。

　ダンヌンツィオは蓄音機を購入した。初めはそのお粗末な音質――「ただ吠えているだけ」――は彼の好みがうるさい耳には「身の毛もよだつ」ように思えたが、すぐにそれが持つ可能性を理解した。生涯を通じて彼は演奏家たちを求めてきた。いま彼は夜も昼も音楽を聴くことができるようになった。秘密にされた音源から謎のように作られた合唱曲は、小祈禱室兼閨房に彼が設置した、誘惑の道具立てを大いに強化することになる。

　一九二四年十二月三十日。ムッソリーニは、一月三日に行う重要な演説のために、すべての議員をクリスマス休暇から呼び戻した。

　一九二五年一月三日。彼は議会で演説を行った。その当時のイタリアではびこっている暴力は、彼自身が創り上げた「特定の風潮」がもたらしたものであることを、彼は認めた、というよりむしろ自慢した。（そうすることで、その「風潮」の真の創作者であるダンヌンツィオに対する彼の負い目を否定した。）「わたしは宣言する。わたしが、わたしだけが、これまで起こったことすべての政治的、道義的、歴史的責任を負うことを」。

　一九一五年にダンヌンツィオがカンピドリオで傲然と私刑を奨励したように、ムッソリーニはさらに続けた。「ファシズムが犯罪者の組織であるなら、わたしはその首領である」。反対派のリーダーを暗殺したことを彼は実質的に認め、必要と思えば、それを何回でも繰り返すと脅していた。「イタリアは平和と静穏を、落ち着いた勤勉さを必要としている」。彼はイタリアに「可能ならば愛によって」平和をもたらすだろう。しかし「二つの力が衝突し、互いに和解できない場合には、武力こそ答えである」。彼は独裁権を主張しており、自分がそれを容赦なく防衛することを宣言していた。

　彼の演説はすさまじい喝采と「ムッソリーニ万歳！」という叫び声で迎えられた。ファリナッチは議場を横切って彼に近づき、握手をした。全国の県知事には、「国家を蝕んでいる」疑いのあるあらゆる組織を直ちに閉鎖せよ、との指令が与えられた。夜が訪れると、ファシスト義勇軍と警察は反対派諸政党のメンバーを逮捕した。

一九二五年一月。ムッソリーニからダンヌンツィオへのさらなる贈り物が届いた。ダンヌンツィオは小柄であり、狭い場所を快適に感じるとともに、手のひらに載せられるような高価な品物を愛した。つねに特大のものを好むムッソリーニは、委細かまわずダンヌンツィオにブロブディンナグ風の記念品を贈った。

最初は、ダンヌンツィオが「ブッカリの悪ふざけ」を行ったときに乗った攻撃艇MASであった。ダンヌンツィオは家の上の丘にボートを入れる格納庫を造らせることになる。

次は、正常に操縦できる水陸両用機が届いた。ダンヌンツィオはこの飛行機を、彼の連作詩のタイトルから、「アルキオネー（カワセミ）」と呼んだ。ディアツ将軍はさらに多くの遺物――複数の不発弾の外殻――を彼に贈った。ダンヌンツィオはそのうちのいくつかを、「鉄の頭の橋《ポンテ・デッレ・テステ・ディ・フェッロ》」と名づけた橋の上に設置した。そのほかは礎石の上や敷地のあちこちに点在する柱の上に載せた。

その次に贈られたのは、戦艦プーリアの船首部分であった。険しい斜面に設置され、ダンヌンツィオの薔薇園にのしかかっている戦艦の一部は、驚くほど適切な政治的アレゴリーを表している――詩人の遊び場の上に致命的な権力が影を落とす。

一九二五年二月二日。ダンヌンツィオは食堂にいて、食べながらメモを書いていた。テーブルの上には初咲きのスミレと水仙が置かれていた。はかない命の花びらが持つ柔らかな美しさと、エナメルを塗ったクジャクの羽根の硬くてぴかぴかした恒久性がもたらすコントラストについて、彼はじっくり考えていた。

彼は依然として損傷した目に浮かぶ幻覚と、見えるほうの目の視界が歪む現象に苦しんでいた。平らな面がレリーフのように浮き出して見えた。色彩は妙にどぎつく見えた。ものが二重に見えた――間近で見ていたもののコピーが地平線上に見え、遠くに見えるものはその近くにもうひとつだぶって見えた。こうした煩わしさを彼はストイックに耐えたが、片目では距離感をつかむのが難しかった。飲

み物を注ぐときにグラスの位置をつかみ損ねて、ワインや水を書き物をしている紙の上にこぼした。これについて彼が愚痴をこぼすことは滅多になかったが、ひとりで食事をすることを好んだのはこのせいかもしれない。

いま彼は複数のグレートデーンを飼っていた。犬たちの体高は彼の腰ほどもあり、その名前はすべて彼と同じ頭文字で始まっていた――ダンキ、ダンゼッタ、ダンナッジョ、ダンノッツォ、ダンニッサ。

女性たちがヴィットリアーレにやって来ては去っていった。パリにいた頃に知り合った女優は、「癩病患者の部屋」で赤と黄色の豆を使ったフランチェスコ会風の夕食でもてなされた。イタリアの映画女優エレーナ・サングロも現れた――彼女とは一九一九年にローマで、フィウーメ進軍前の狂乱の数週間に初めてセックスをした。

一九二五年五月二十九日。ムッソリーニが再びヴィットリアーレを訪れた。ダンヌンツィオは控えの間に次のような銘文を設置していた。「訪問者へ。汝はナルキッソスの鏡を持参しているのか？……仮面を汝の顔につけよ／だが汝は鋼鉄に立ち向かうガラスであることをわきまえよ」。それが威嚇的なメッセージを意図していたとしても、ムッソリーニは無視した。ダンヌンツィオは彼をMASに乗せて湖を走りまわった。ムッソリーニはゴム引きのレインコートのベルトをきつく締めたが、礼儀として何とか楽しんでいるように見せた。夕方になって弦楽四重奏団がベートーヴェンとドビュッシーを演奏した。ムッソリーニが立ち去ったあと、ダンヌンツィオはバルコニーに出て、集まった群衆に、彼とドゥーチェが国王に宛てて送った電報――互いに尊重し合うことを宣言している――を読み上げた。リッツォはその次の報告に書いた。「こうして、二人の愛国者たちを互いに反目させようとしつこく試みてきた人々の最後の希望は潰えた」。

ダンヌンツィオは自分の庭にいた。彼は草の上に横になっていた。彼のまわりには戦場から運んできた岩、捕獲したオーストリア軍の機関銃、シベニクから持ってきたライオンの石像などがあったが、彼の視線はきわめて低く、青、黄色、白の小さな花々しか見ていなかった。それは受胎告知の絵のなかで天使が踏みつけるような花々であった。彼の犬たちは主人をそこで見つけた。彼は犬たちに伏せるように命じ、犬たちは彼の周囲で次第に静まって、人間と犬たちの呼吸が一致するように思えた。二階の窓からルイザがシェークスピア風の英語で彼を呼ぶ。「Come with a thought, delicate Ariel.（思考とともにわたしのもとに来たれ、華奢なアリエルよ）」。

一九二五年六月二十二日。ムッソリーニは国民全体が「ファシスト化」されなければならない、と宣言する。彼は自分が「妥協しないこと」を自慢し、自らの「断固とした意志」を「残忍なまでに実行する」ことを明言する。反ファシストの政治家や知識人たちはイタリアを去りつつあった。とどまった人々は脅迫され、迫害され、殴られた。ジョヴァンニ・アメンドラ――マッテオッティの死後、ムッソリーニを告発する証拠を果敢に発表した、自由主義派のジャーナリスト・政治家――は殴られ、その結果死にいたった。

一九二五年。この夏のあいだもダンヌンツィオは自分の土地を拡張しつづけた。湖の近くにある塔を彼は購入した。自分の敷地の入り口に、彼の「親族」であるミケランジェロに捧げる大きな柱廊をマローニに造らせた。彼はもうひとつの隣接する建物であるホテル・ワシントンを購入した。七月、彼の妻が訪れた（ルイザ・バッカラと彼女の

妹は、妻の滞在中コルティーナに行かされた)。トスカニーニを含む他の訪問客たちがやって来ては去っていった。ダンヌンツィオは訪問客たちに付き添って自分の領地を案内した。いまやその奇抜さは有名になっていた。客たちをプーリア号へ連れて行き、そこで水兵たちは彼らの閲兵のために行進した。重要な訪問者は船の大砲が放つ礼砲で迎えられた。

一九二五年十月。ムッソリーニは政治理論に対する自らの特別な寄与——全体主義の教義——を発表する。すべての反ファシズムの政党、労働組合、組織は禁止された。これ以降イタリアは単一政党国家となる。五年前ダンヌンツィオとデ・アンブリスはカルナーロ憲章の起草を終え、憲章にある協同体にあらゆる市民が包摂される制度を作り上げた。その当時ムッソリーニはまだ政治的プログラムを探しており、次のように公言していた。「わたしは個人から始め、そして国家へと進む」。国家は「窒息させ」、「害しかもたらさない」とその当時彼は考えていた。いまでは立場は正反対になり、個人主義の死を高らかに宣言する。「あらゆるものが国家のなかにあり、国家の外や国家に反しては、何も存在しない」。

一九二五年十月四日。村の教会の鐘の音がうるさいと声高に不満を述べていたダンヌンツィオが、カッターロ空襲の記念日を祝うために戦艦プーリアから二十一発の礼砲を放って、自ら騒音をまき散らした。

ダンヌンツィオの寝室の内装がようやく完成した。黒い漆、金箔を施した浮き彫り、青と金の縞模様の壁紙などが、例のごとくおびただしい量の織物、花瓶、小立像などの背景となった。暖炉の上の大理石でできたニッチには、「レダと白鳥」を表したきわめてエロティックなギリシアの石碑の、金箔を施されたレプリカが立っていた。寝室は男根のシンボルでいっぱいだった――柱と槍、麦の穂、象牙。

一九二五年十一月、改良派社会党が解体された。

ダンヌンツィオは死を考えていた。彼はムッソリーニに手紙を書き、飛行船による片道の北極探検を提案した。「あの近づきがたい場所にわが国の旗を掲げること、そしてその旗竿の下、勝利を得た飛行船が祖国へ向けて去っていくのを断固たる眼差しで見つめながら、その地にとどまることについて考えてもらいたい」。

ムッソリーニは死の願望は無視し、提案を文字通り受け取って、それについてさらに議論するためにダンヌンツィオをローマに招いた。ダンヌンツィオは動かなかった。彼は再びローマを見ることはなかった。極地探検の英雄になる代わりに、彼は英雄をもてなした。一九一九年にダンヌンツィオ自身が計画した東京への飛行を実際に達成した飛行士、フランチェスコ・ピネードがヴィットリアーレを訪れ、飛行に使った水陸両用機のプロペラをダンヌンツィオの英雄的な軍事コレクションに加えた。演説と「アララ！」の叫びが繰り返され、プーリア号の大砲が多くの礼砲を放ったため、ダンヌンツィオはムッソリーニにさらなる火薬の補給を依頼しなければならなかった。

一九二五年十二月。紙面上でも面と向かっても、ムッソリーニに率直に意見を述べていたルイジ・アルベルティーニは、『コッリエーレ・デッラ・セーラ』の編集長の職務から追放された。ムッソリーニはイタリアが「永続的な戦争状態にある」と宣言した。アルチェステ・デ・アンブリスは市民権を剝奪され、フランスへ去った。

一九二六年一月。ムッソリーニはこの年がファシズムにとってナポレオンの年になるだろうと明言した。ナポレオンは彼のロールモデルのひとつであった。ムッソリーニはナポレオンに関する戯曲を書いてもいる。学生の頃からボナパルティストだったダンヌンツィオは、ヴィットリアーレにナポレオンの記念の品々を安置するための祭壇を作った。それはデスマスク、砂時計、セント・ヘレナ島で彼が使った嗅ぎタバコ入れなどで、すべてが聖書朗読台の上に陳列され、その足元にはトラバーチン〔炭酸石灰からなる建材〕を彫刻して作ったローマの鷲がいた。

　人民党の議員たちがモンテチトーリオ〔下院〕の議席を取り戻そうとしたが、ファシストの警備隊によって追い払われた。

　一九二六年春。ダンヌンツィオは将軍の地位に昇進した。彼は自分のために三着の新しい軍服とハイ・ブーツを注文してこれを祝った。ムッソリーニが、オーストリア人はトレントから排除すべきだと好戦的な演説をすると、ダンヌンツィオはプーリア号から二十七発の礼砲を放って賛意を表した。

　イーダ・ルビンシュタインがミラノのスカラ座において、トスカニーニの指揮で『聖セバスティアヌスの殉教』を演じた。ダンヌンツィオは新しい将軍の軍服を着て、ボックス席から観劇した。

　クレメンタイン・チャーチル（ウィンストン・チャーチル夫人）はムッソリーニに会い、彼が「きわめて素朴かつ自然で、非常に威厳があり……美しい金茶色の貫くような目をしている」と語った。彼女は筋骨たくましいドゥーチェに魅せられた数多い女性たちのひとりであり、そうしたドゥーチェのイメージはいまやいたるところに存在した。ダンヌンツィオと同じように、ムッソリーニは写真の持つ政治的力を理解していた。二千五百通りのポーズで、三千万枚と推定されるムッソリーニの写真が配布された。

　三月二十八日、ムッソリーニは競馬場で五万人の黒シャツ隊員を前に演説をした。新しい「黙示録の黒い天使たち」の制服、敬礼、歌、演説者と群衆のあいだで交わされる魔術的な呼びかけと応答など、すべてがフィウーメで作られたダンヌンツィオのスタイルであった。ムッソリーニの死への陶酔も同じだった。「生きることは美しい。しかし必要とあらば、死ぬことはさらに美しい」。

大衆の目を離れて、自分の小さな宮廷にいるときのダンヌンツィオは陽気になった。他者をからかい、自分を茶化した。彼は料理人に次のようなメモを書いた。


わたしの大切な、親愛なるアルビーナ（彼は「ソース修道女」とも呼んだ）。

四つ割りしたゆで卵を食べてからもう何年も何年も経った。

君のゆで卵は絶対的な完璧さで作られている。

それは崇高だ。

小さな子どもの頃、わたしは卵に少量のアンチョビーを足してスプレッドにしてくれと頼んだものだ。それを指でなめ、ときには第一関節まで浸したこともあった。今夜わたしはあの神聖な陶酔を再び味わった。どんな女性でも引き起こしたことのないような失神をおぼえて、テーブルの下に滑り込みそうになった。

アルビーナよ、永遠に君の名がたたえられることを祈る。そして卵の星座とアンチョビーの星雲が永遠に輝くことを！　アーメン。


一九二六年四月七日。アイルランド人の中年女性、ヴァイオレット・ギブソンがカンピドリオの丘で至近距離からムッソリーニを狙撃した。『ジョヴィネッツァ』――フィウーメ軍団員たちのテーマソングだったが、いまではファシストの歌になっていた――を歌う学生たちに応えるために振り向いたおかげで、ムッソリーニは鼻にわずかな傷を負っただけで、危ないところを助かった。その日の午後、絆創膏をつけたまま、彼は感動的な演説を行った。ダンヌンツィオは自分の信奉者たちに訴えたものだった。「つねに立ち向かうことを忘れるな」。ムッソリーニは「果敢に生きよ」、兵士の掟にしたがえ、と支持者たちに訴えた。「わたしが前進すれば、わたしのあとに続け。わたしが後退すれば、わたしを殺せ。わたしが死ねば、仇を討て」。

一九二六年六月。ダンヌンツィオの全作品を刊行するための国家組織が創設された。全部で四十四巻になる全集を刊行するのはアルノルド・モンダドーリ社であった――ダンヌンツィオは新しい収入源に大喜びして、モンテ・ドーロ（黄金の山）とあだ名をつけた。全集の刊行はダンヌンツィオの虚栄心をこの上なく満足させた。編集や訂正や校正作業、紙の質とページのデザインについてあれこれこだわることは、ダンヌンツィオが余生を楽しく過ごす糧となった。

一九二六年九月。ザクセン＝ヴァイマール公女パオラ・フォン・オストハイムがヴィットリアーレにダンヌンツィオを訪ねた。彼女が初めてダンヌンツィオの目にとまったのは二十一年前、損傷を受けた鼓膜の治療のため彼女がローマにいたときのことだった。苦痛をともなう治療を受けて医者のもとから帰ってきた彼女は、半ば抱きかかえられてホテルの部屋へ戻る途中、身分の高い知人と廊下でおしゃべりをしていたダンヌンツィオの横を通り過ぎた。美しい外国人が弱々しく明らかに苦しんでいる姿は、ダンヌンツィオが狙わずにはいられない格好の獲物だった。彼女はレイヨウ〔優美な形態を持つ、鹿に似た草食獣〕のように華奢で、長い脚をしていた、と彼は手帳に書いた。

ダンヌンツィオは甘言を弄して、付き人たちの小集団の横を抜けて彼女の部屋に入った。そこで彼女をじっくり見つめて大いに楽しんだ――「白い薔薇と金の斑点が入ったムラーノのガラス」――そのあいだ彼女は朦朧としてベッドに横たわっていた。彼はそっと立ち去ったが、彼女にセッティニャーノへの招待状とともに小さな金の箱を贈った。公女はその招待に応じなかった。だが、このたび自分の回想録を出版し、一部を彼に送ってよこした。そして、ダンヌンツィオからヴィットリアーレへ招待され、今回はそれを受け入れた。

彼女は駅で飛行士が運転する巨大な赤いスポーツカーに迎えられ、猛スピードで丘を駆けのぼってヴィットリアーレに運ばれた。小修道院《プリオリーア》の狭苦しい玄関ホールに案内された彼女は、オー・ド・コティの香りが主人の登場を告げるまで待った。ダンヌンツィオは真っ白な軍服を着ていた。たるんだ頬には白粉がはたいてあった。目は潤んでいて、小刻みに動いていた。

その後のことについては、公女は適当にごまかしているが、ダンヌンツィオの手帳は彼らのセックスを残酷なまでに細かく記録していた。彼女のレイヨウのような脚はいまでも美しかったが、それ以外の部分はあまりにも老化が進んでいたため、彼は見ないようにした。「わたしは巧妙に彼女の身体を金色のドレスで隠し、顔はたくさんのクッションの陰で見えなくした」。

公女は彼に素晴らしい贈り物を持ってきた。それはミュケーナイの金の留め金で、『死の都市』の著者への優美な貢ぎ物でもある古代の財宝だった。翌朝彼女は「クラリッサ」のひとりを通じてそれを彼に渡した。ダンヌンツィオは金の小箱に入れて戻してよこした。彼女は彼に持っていてほしいのだと言い張った。彼は再びそれを返した。今度はつっけんどんなメモを添えて。「失礼しました。風呂に入っておりました。わたしはこの贈り物を要りません。おわかりでしょうか？」

一九二六年。ムッソリーニのユダヤ人の愛人マルゲリータ・サルファッティは彼の伝記『ドゥクス』を出版した。彼女はムッソリーニを天才、イタリアの美徳の精髄、そして殉教者として描き出した。戦場から傷病兵として送還された彼の身体は「矢によって多くの傷を負った聖セバスティアヌスのようだった」と彼女は書いた。これはあからさまな借用であった。サルファッティはダンヌンツィオの作品をよく知っていた。彼女は詩人を「フィウーメの君主」、未来主義の父、男らしいナショナリスト文学の「嵐のような論争の姿勢」の創始者と称した。

ダンヌンツィオの音楽室の改装が完成した。そこには十五本の柱――赤大理石、黒大理石、黒檀――があったが、いずれも重さを支える構造的な機能は持たなかった。柱は非対称的に配置されていた。ダンヌンツィオによれば、その配置は音楽のフーガを具体的に表現したものだった。柱の上には瓢簞や果物籠の形をした、さまざまな色のガラスのランプがあった。それらはムラーノの熟練したガラス吹き親方のナポレオーネ・マルティヌッツィがダンヌンツィオのために作ったものだった。ダンヌンツィオは彼を「ナーペ修道士」と呼んだ。ダンヌンツィオがパトロンになっていたヴェネツィアの演奏家集団「ヴィットリアーレ四重奏団」は、頻繁にここを訪れてはこの部屋で演奏をした。

一九二六年秋。再度暗殺の企てを生き延びたムッソリーニは、内務大臣を罷免して、すでに数多く兼任していた自分の大臣職のひとつに加えた。「アヴェンティーノの分離」として議会から退出した反対派のメンバーは、その議席を公式に剝奪された。共産党の指導者アントニオ・グラムシは再び逮捕され、ムッソリーニの「特別裁判所」で裁かれた。彼は獄中で死ぬことになる。ダンヌンツィオが「カゴイア」と呼んだフランチェスコ・ニッティは二年前に亡命していたが、市民権を剝奪された。親ファシスト的な新聞『リンペーロ』は――ダンヌンツィオがかつて用いていたような激烈な言葉で――ニッティへの死刑判決を求め、

「刑の執行は、彼を捕らえることに成功したイタリアの市民なら誰がやってもよい」ことにするように提案した。

ムッソリーニは「現代帝国のカエサル」と宣言された。セレモニーには随所に配されたローマの鷲、ファスケス〔斧のまわりに棒の束を縛りつけたファシスト党の標章〕そして黄金の玉座があった。ファシストの少年組織バリッラのために作られた教本は次のように明言していた。「カエサルはドゥーチェのなかによみがえった。彼は数え切れないほど多くの隊列の先頭に立ち、すべての臆病者と不純な人々を踏みつけてローマの文化と新しい力を再建する」。

ムッソリーニが「古代ローマ精神《ロマニタ》」と呼ぶものの復活を前世紀以来呼びかけてきたダンヌンツィオは、もうひとつの大きな贈り物を受け取った。それはヴィチェンツァ市から寄贈されたローマ時代の一対のアーチである。マローニはそれらをヴィットリアーレの敷地内に再現した。

一九二七年一月十四日。ウィンストン・チャーチルはムッソリーニと会い、独裁者の「紳士的で飾らない物腰」に魅了された。

スクァードラの乱暴な男たちは排除されつつあった。彼らの暴力はムッソリーニに権力をもたらすのに役立ったが、その新体制の一部となるには、彼らはあまりにも無秩序で予測がつかなかった。数千人が党から追放された。いまではファシズムは品のよいものになった。

ムッソリーニはまた別の教訓をダンヌンツィオから学んでいた。彼は議会での演説で海軍を強化する意図を伝え、「空軍――その重要性をますます強く確信している――を数的に強化して、飛行機のエンジンの咆哮がイタリア半島のそれ以外の音をかき消し、翼の表面がイタリア全土の太陽を隠すようにする」と伝えた。

一九二七年九月十一日。ロンキからの進軍の記念日は、ヴィットリアーレの庭での『イオリオの娘』の上演で祝われた。国王の代理としてアオスタ公が出席し、メイエルホリド、スタニスラフスキー、マックス・ラインハルトなど演劇界の有名人たちもその場にいた。ダンヌンツィオは将軍の軍服に身を包み、それぞれの幕の始まりは大砲の音で知らされた。詩人の隠れ家は――静穏と孤独への願望を口にしていたにもかかわらず――パフォーマンスの舞台になりつつあった。彼はヴァイオリンの形をした池を計画しており、その端に舞台を作ってダンスをさせることを考えていた。

一九二七年。新たにファシスト暦が導入された。それはイタリアの栄光ある過去もしくはその悲劇的死者の神聖な日に満たされた暦であった。新しい年は十月二十九日に始まり、年は一九二二年から数えられた。

戦争の記念碑が全国のいたるところで建立された。かつてダンヌンツィオが幾度となく演説したように、ムッソリーニも繰り返し六十万人の戦死者を引き合いに出して、イタリア人たちに対して彼らの犠牲にふわさしい存在となるよう求めた。学校の生徒たちには「これほど多くの血に浸り、これほど多くの殉教者たちによって清められた土地に生まれた」ことを誇りに思うよう求められた。

一九二七年九月二十一日朝。ダンヌンツィオは寝室にいた。女性がそこを去ったばかりだった。乱れたベッド。倒れた香水瓶。小さな金の箱にはコカインの痕跡がわずかに残っていた。冷めた夜食がテーブルの上に載っている。ダンヌンツィオはまだその食べ物に手をつけていなかった。しかし夜のあいだ、彼が「狂宴《オルジア》」の途中で身体を洗って新しい絹の寝間着に着替えるために自室に戻っているときに、女性がいくらか食べていた。いまひとりになって、彼はガツガツと食べている。イチジクとハムはいずれもこの部屋を訪れていた女性の性器を彼に思い出させた。

一九二八年三月十六日。新しい法律によって、今後の選挙ではすべての議会の候補者はファシズム大評議会によって選ばれることが決められた。八十六歳になっていたジョリッティがこれに反対した唯一の下院議員であった。

ラテン語で「タディウム・ヴィテー（生の倦怠）」と彼が名づけた、ダンヌンツィオの憂鬱にはさまざまな理由があったが、そのひとつは彼があれほど熱心に得ようとした名声だった。彼は自分が「モストロ」であると語った。これは「モンスター」と「ショー」（フリーク・ショーのような）の双方を意味する曖昧な言葉である。

三人の元軍団員が、巡礼のように歩いてナポリからヴィットリアーレまでやって来た。ダンヌンツィオは彼らに会うことを拒否した。また別の崇拝者は、庭を歩くダンヌンツィオを一目見ようと登った木から落ちて怪我をした。マローニは敷地を取り巻く高い壁の建設に着手した。

一九二九年。ムッソリーニは執務室をローマの中心にあるヴェネツィア宮殿へ移した。彼は自分のデスクを「世界地図の間」と呼ばれる部屋に設置したが、それは偶然にもダンヌンツィオがヴィットリアーレのなかに作った図書室と同じ名前だった。ダンヌンツィオは自分の蔵書を七万五千冊と推定していた。生きている人々から次第に距離を置くようになったダンヌンツィオは、自分の同志と見なす死者たちと親しくつき合った。彼はモンテーニュとダンテを読んだ。手帳のなかで彼らと議論をして、自分の意見を彼らの権威が裏書きするようなときには、熱烈に彼らに同意した。

ダンヌンツィオの「世界地図の間」は小さな部屋で、『神曲』の豪華版のコレクションと天井から吊り下げられた長さ五フィートのヴェネツィアのガレー船模型で占められていた。ムッソリーニの部屋は広大なものだった。あるジャーナリストは、部屋の端からムッソリーニを見るには双眼鏡が必要だと述べている。この二つの部屋にはいずれも意味が込められ、その保有者の栄光を高めるように意図して設計されていた。ムッソリーニの部屋のモザイクの床は、雄牛の姿のユピテルによって凌辱されるエウロパを描いており、それはあたかも猪首のドゥーチェによっていままさに世界が支配されようとしているのを示しているようだった。彼の個人秘書は、毎日のように違う女性がつかの間のセックスのためにこの部屋に連れて来られたことを報告している。

フィウーメの総督官邸がダンヌンツィオのステージだったように、ヴェネツィア宮殿はムッソリーニのステージであった。来る日も来る日も彼はバルコニーから民衆に語りかけた。彼の身ぶりは意図的に誇張されていた。それはダンヌンツィオが古代ギリシア演劇の身ぶりの言語について読み、それを俳優たちに要求したのと同じであった。ムッソリーニはしかめ面をし、拳を固く握りしめ、腕を振りまわした。彼のボディーランゲージは衝動的に見えたが、入念に稽古をした上でのものだった。

一九二九年五月十二日。ダンヌンツィオはひとりのレズビアンと一夜をともにした。二人は刺激的なセックスを味わったが、翌朝ダンヌンツィオは彼女をあっさり追い出してしまった。彼女が駅でスーツケースに座っているあいだ、ダンヌンツィオはマーマレードを塗った小さなケーキを食べていた。彼はセックスをしたあとのこのような静かな朝食が好きだった。彼はグラス一杯のマムのシャンペンを頼んだ。鳥のさえずりに満たされたさわやかな朝に得られる感覚は、人間の経験を超えたもののように彼には思えた。

一九二九年十一月十日。フィウーメでのダンヌンツィオの作戦長官、グイド・ケラーが自動車事故で死んだ。ダンヌンツィオは遺体をヴィットリアーレに運ばせ、プーリア号のデッキにそれを置いて徹夜の祈りを捧げたあと、敷地のなかに埋葬した。彼は霊廟の計画についてマローニと相談した。

カサーティ侯爵夫人が再び訪れた。ダンヌンツィオは、彼女からもらった亀がオランダスイセンを食べすぎて死んだと伝えた。ド・モンテスキューの現実からユイスマンスのフィクションへと進んだ亀を暗に示して、ダンヌンツィオはお気に入りの動物彫刻家レナート・ブロッツィにその甲羅につけるブロンズの脚と頭を作らせ、それを新しい食堂のテーブルの端に置いた。それは「大食」の罪に対する警告だ、とダンヌンツィオは説明した。彼の意見では、この部屋は小修道院《プリオーリア》のなかでただひとつ「悲しい」ことがない部屋であった。緋色と金の壁に、輝くような青と金の円筒型天井の部屋で、あらゆるものが光沢のあるラッカーで塗られていた。これは、シャープかつスマートな、活気のある現代の部屋だった。

一九三〇年三月。ムッソリーニは党のリーダーたちに演説をした。彼はダンヌンツィオの発言をオウムのように繰り返した。世界はイタリア人が戦えないと信じている、と彼は言った。「鋼鉄のごとき気質を持ち、勇気と憎しみと情熱のすべてを戦いに投じた」中世の傭兵隊長たちの文化を再生することで、そうした誹謗が事実ではないことを立証するのはイタリア人の責務である。現代のイタリア人も彼らと同じように振る舞うべきである。なぜなら「国民の威信はもっぱらその軍事的栄光、その軍事力によって決定される」からである。それはダンヌンツィオが『フランチェスカ・ダ・リミニ』を書いた理由であり、一九一五年にイタリアの参戦を望んだ理由でもあった。

ダンヌンツィオは、彼のオスカー・ワイルド風「ハウス・ビューティフル」を美しく飾る仕事をしている職人たちのかたわらで自らも働いた。新しい漆喰のむき出しの白さを、紅茶とコーヒーを混ぜたものを上から軽く刷毛で塗ることで和らげた（それは彼が二十世紀初頭の数年、ドゥーゼと幸せに過ごしていたヴェネツィアで、ひとりのアメリカ人女性から学んだ技だった）。彼は絹の布地に黄道十二星座を描いた。半世紀近く前に最初の長編小説で描いた素晴らしいベッドカバーを現実の世界で実現したのである。それはダンヌンツィオの旧友チァーノの息子と結婚しようとしていた、ムッソリーニの娘エッダへの婚礼祝いだった。

彼はスカーフやショール、スリップやキモノ、ストッキングのコレクションを持っていた。それを使って「行きずりのクラリッサ」ひとりひとりをドレスアップしていた。彼は愛人でありスタイリストでもあった。新しい女性に服を着せることと脱がすことの、どちらをより楽しんでいたかはわからない。

ダンヌンツィオとアエリスは二人ともジャズに夢中だった。彼は召使いをミラノに派遣してジャズのレコードをダース単位で買い込んだ。「ジャズバンド。ジャズバンド。ジャズバンド！」（彼は英語で書いている）。「われわれは毎晩ダンスをしている」と彼は友人に語った。

ヴィットリアーレは言葉で覆われていた――金言、警告、教訓、ダンヌンツィオ自身の詩の二行連句。聖フランチェスコの聖歌から失敬したものもあった。正統的でない八福（キリストが山上の垂訓のなかで説いた八つの幸福の教え）もあった。「戦争で死ぬ者は幸いなるかな」。玄関ホールにあるラテン語の碑文は主人を紹介していた。「わたしは神の前に立つガブリエル／翼を持つ兄弟たちのなかでただひとり目撃される」。

ムッソリーニもまた金言を好んだ。「果敢な者が勝利を得る」。「男にとっての戦争は、女にとって母であることと同じである」。「ためらう者は敗北する」（これは昔からのことわざだが、ムッソリーニはおそらくダンヌンツィオの『栄光』から盗用している）。「忠誠は炎よりも強い」。「ムッソリーニはつねに正しい」。「歯のあいだには短剣を、手には爆弾を、心には限りない軽蔑を持とう」。「弱い者は吊せ」。

一九三〇年六月。イタリア軍はリビアに侵攻した。ダンヌンツィオのフィウーメの歴史ではっきりしない役割を演じたピエトロ・バドーリョが総督をつとめた。バドーリョは部下に対して「断固として容赦ない」姿勢を保つことを要求し、彼と軍隊の同僚たちは十万人以上の民間人――女性、子ども、老人――を狩り出し、砂漠を横断させ（千キロメートル以上におよんだこともある）、ベンガジの近くの鉄条網で囲まれた収容所に抑留した。それから三年のあいだに収容者の四十パーセント以上が疫病あるいは栄養不良で死亡した。イタリアによる占領に抵抗するリビア人たちには、空から毒ガスによる攻撃が加えられた。

祝賀のためにダンヌンツィオはレナート・ブロッツィにメダルの作成を依頼した。メダルは象牙と金でできており（詩人は「クリソエレファンティーノ（象牙と金で飾られた）」という言葉を好んだ）、そこには鼻を高く上げた象と「テネオ・テ・アフリカ（アフリカよ、お前は我がもの）」という言葉が刻まれていた。

一九三一年八月。ダンヌンツィオは、建築家でデザイナーのジオ・ポンティが編集する、室内装飾を扱う雑誌『ドムス』の熱心な読者だった。ダンヌンツィオの家で働いている職人の多くは、その雑誌で紹介されて彼の関心を引いた人々だった。いまポンティ自身がダンヌンツィオのバスルームを改装しており、大理石の壁と瑠璃色の浴槽や洗面台がしつらえられた。ガラス製造工のピエトロ・キエーザは日本風のアールデコ様式の窓を作り上げた。そこには、濃い藍色から明るいウルトラマリンへと変わる青のなか、翼を広げたサギが渦巻くように表現されていた。ダンヌンツィオはいまでも新しいテクノロジーを喜び、美的な流行を追っていた。

彼は自分の所有物を組み合わせるのを好んだ。古い緑色のガラス製蒸留器を、金銀の象眼細工を施したペルシアの兜の上に載せたりして、その効果を楽しんだ。

一九三一年十月。かつてダンヌンツィオの首席大臣をつとめたジョヴァンニ・ジュリアーティは、ムッソリーニの党の書記になっていた。いまもフィウーメにいたときと同じように、ジュリアーティは忠誠だが目はしっかり開いていた。ムッソリーニの自画自賛ぶりと彼が腐敗をシニカルに受け入れていることにジュリアーティは失望していた。

一九三一年九月。本人いわく、静寂を求めてガルドーネにやって来たダンヌンツィオは、十年のあいだ建築現場の騒音のなかで暮らした。

マローニは円形劇場を研究するためにポンペイに派遣され、その後パトロンのために千五百人の収容能力を持つ大劇場の設計に取りかかった。彼はまたガレージも造っていた。ダンヌンツィオはいまだに車好きで、戦時中の同僚ジョヴァンニ・アニェッリからの贈り物として、定期的にフィアットの最新モデルを受け取っていた。自動車は女性であり、彼はそれを支配した。彼の好みは、女性のように優雅で生き生きとしていて、女性よりも従順な車であった。彼がとくに気に入ったのは、明るい黄色の車だった。

一九三二年二月十八日。ダンヌンツィオはムッソリーニに、もっと多くの建物を建てるための資金を求めた。彼は生活のためのスペースは広げていなかった。それは断じてしていなかった。アントンジーニはヴィットリアーレをヴェルサイユになぞらえている。その広大な宮殿で、見学者たちはマリ・アントワネット個人のアパートメントの狭さに驚く。ダンヌンツィオは戦争の博物館、コンサート・ホール、映画館そして空中庭園（これは実現されなかった）を計画していた。たくさんの立派なペルシア絨毯と「それ以外の美しく豪華な品々」が必要だった。そして、もちろん、最上のバスルームも複数なければならなかった。

こうしたものすべてが、まるでジョルジョ・デ・キリコの絵に登場する建築の幻想を形にしたかのような、マローニによって設計されたダンヌンツィオの新しい「要塞」のなかに収められることになっていた。ダンヌンツィオはそれを「スキファモンド（世界からの逃避）」と名づけた――『快楽』の一部の舞台となった海辺のヴィッラを思い出させると同時に、十四世紀に建てられたフェラーラにあるエステ家の宮殿にちなんだ名前でもあった。新しい建物は、無秩序で装飾過剰な小修道院《プリオリーア》よりもはるかに大きく、より壮麗である。それは高くて滑らかな垂直の外壁と装飾のないアーチを持ち、高さにおいても広さにおいても、黙示的権力においても壮大であった。ダンヌンツィオはいかなるファシスト建築も見ていなかった――いまでは自宅を離れることはまったくなくなった――が、挿絵入りの雑誌は熱心に読んでおり、新奇なものに対するいつもの鋭い目で、新しい美学の真髄をつかんでいた。

映画館は大成功だった。マローニが映写技師をつとめ、ダンヌンツィオは夢見心地の静寂のなかで映画を観た。（一般の映画館では、映画は生演奏付きで上映されていた。）彼は西部劇を楽しんだ。ごひいきのスターはグレタ・ガルボだった。フリッツ・ラング監督の『メトロポリス』、フレッド・ニブロ監督の『奇傑ゾロ』、チャップリンの『黄金狂時代』が気に入った。ハロルド・ロイドの滑稽な仕草に腹を抱えて笑った。

ムッソリーニも喜劇映画を好んだ。彼が山高帽をやめる決意をしたのは、ローレル＆ハーディの映画を観たあとのことだった。自分のお気に入りの帽子が滑稽に思われるとはそれまで認識していなかったのである。

一九三一年九月。心から賞賛する新しいファッションとして、シースルーのブラウスについてダンヌンツィオは書いた。そして絹のストッキングについて、そのシームの色しか見えず、その縁の部分だけが素晴らしいムラーノのガラスの色だとわかることについても。ニケの思い出が彼をこうした一連の思考に向かわせた。いまその思い出はさらに明瞭によみがえってきた。彼の指についた月経の血、彼女の乳房の銀白色の肌、彼の「疲れを知らない短刀」の挿入。書くことへの刺激としてのセックス。性的刺激を高める方法としての書くこと。ダンヌンツィオの性的衝動はつねにもっとも役に立つミューズであった。

西瓜を食べながら、そのガラスのようなピンクと緑のなかに感じる快楽を表現する直喩を彼は探し求めた。ときどき彼は何日も続けて何も食べないことがあったが――コカインが食欲を奪っていた――最終的に空腹を満たすときには淫らな快楽をそこから得ていた。彼は湧き水の鑑定家だった。この頃にはコーヒーを忌み嫌うようになった――とくにミルク入りのコーヒーをひどく嫌った。「ぺっ！　こんなもの飲めるか！」

この世に存在する三つの驚異として彼が挙げるものは、ロブスター、ブロンド女性の陰毛、そしてオレンジの「新鮮な」香りであった。この種の意見を述べることを彼は好んだ。「グレイハウンドあるいはサラブレッド種の馬、イーダ・ルビンシュタインの脚、ピアーヴェ川の浅瀬を渡るアルディーティの身体、わたしの磨き上げた頭蓋骨の形と構造――これらは世界のなかでもっとも美しい現象である」とも彼は言う。

彼は依然として睡眠薬を服用していた。それは見えない目の苦痛を軽減し、消耗をもたらす幻覚から救ってくれた。彼は生々しい夢を見て、そこから醒めるときにはトランス状態から戻るようであった。豪華な隠れ家に閉じ込められて、彼は自分をセント・ヘレナ島のナポレオンに、狼人間に、自らの城にいる青髭公に、芸術家＝暴君のネロに、あるいは「古来の儀式にしたがって」その財宝とともに埋められた古代の王になぞらえた。

ダンヌンツィオは蓄音機をもう一台購入した。未来主義者の画家カルロ・カッラは彼を「蓄音機の予言者」と呼んだ。新しい蓄音機は「仮面の部屋」と呼ばれた小さな控えの間に置かれた。この部屋にはアールデコ様式のブロンズの馬とムラーノのガラスのシャンデリア――それは豊穣《コルヌコピア》の角の房を表すとされたが、アイスクリームのコーンの塊のように見える――があった。彼はジャズやフォクストロット、霊歌、ルンバを聴いた。ジョゼフィン・ベーカーの『二人の恋人』のレコードを持っていて、それがすり切れるまで聴いた。

一九三一年十二月十二日。ファシズムの儀式と典礼はますます洗練され、その振付はさらに野心的なものになっていった。ムッソリーニはあるジャーナリストに次のように語った。「あらゆる革命は新しい形を、新しい神話と新しい儀式を創り出す」。あらゆる公的な会合は、ダンヌンツィオがフィウーメでしていたように、「ドゥーチェに対する敬礼」の儀礼で始めることが布告された。

雑誌『クリティカ・ファシスタ』のある記事は、イタリア人はムッソリーニを見倣うべきだと論じた(キリスト教徒がキリストを見倣うことを課せられるように)。ある聖職者は、ムッソリーニがアッシジの聖フランチェスコの再来であると宣言した。巡礼たちは花を飾ったトラックに乗って、彼の生まれ故郷にやって来た。彼らはムッソリーニが生まれた家を訪れ、壁や家具、床にうやうやしくキスをした。学校の生徒たちには新しい信条が教えられた。「わたしは崇高なるドゥーチェ――黒シャツ隊の創設者――を信じます。……彼はローマに降臨し、三日目にこの国を再建なさいました。彼は顕職へと就かれ……」。ダンヌンツィオはこの種の聖なるレトリックを政治的に用いることを戦前から実践していたが、年齢を重ねても信心深くはならなかった。意識の霊妙な「火花」と、食欲と性欲という二つの「獣欲」の対比について思いつくままにペンを走らせながら、彼はこう書いた。「神は暴君であり道化でもある。偽物の王冠と鐘を上につけた帽子をかぶっている……わたしは神を嫌悪する!」

一九三二年四月。ダンヌンツィオは六十九歳になり、いまではほとんどいつも、死ぬことについて考えていた。人生は「腐敗している」が、美しい女性たちの脚を魅力的に見せる、ある種の愛すべき綿毛もそこにはある、と彼は書いた。「わたしはその両者(人生と女性たち)に唇を走らせる」。快楽は素晴らしいが、彼の唇は腐敗が迫っているのを、輝く肉体の下の骸骨を感じとることができる。彼はある旧友が死んだことを聞かされた。彼は音楽家たちにベートーヴェンの後期の弦楽四重奏曲を演奏するように頼み、夜明けまでそれを聴きながら起きていた。「深遠な楽曲の一曲一曲が、失われた良きものを悼んで泣いていた」。

一九三二年七月六日。ダンヌンツィオは人間嫌いな気分になっていた。親戚たちが彼から金を搾り取るので、まるでスイスの乳牛か、エフェソス人たちの乳房のたくさんあるディアナ〔豊饒の女神〕にでもなった気がする、と愚痴をこぼした。妹と姪が訪れたが、彼は会うことを拒否した。

一九三二年七月。国家事業である百科事典へのムッソリーニの寄稿部分が刊行された。哲学者ジョヴァンニ・ジェンティーレの協力を得て書かれたその項目は、「ファシズムの教義」であった。教義のなかには次のようなものがある。個人の自由は間違った信念である。唯一の真の美徳は国家に対する献身である。戦争は道徳的偉大さをもたらす。イタリアは拡張を続けなければならない。人間は闘争によって気高い存在となる。十九世紀は個人の世紀であった。二十世紀は「集団的」世紀、「ファシストの世紀」である。

ムッソリーニのエッセイの補遺のなかで、歴史家ジョアッキーノ・ヴォルペは、一九一九年の混乱のあいだにファシストの英雄たちが「共産主義者あるいは脱走者」たちとの戦いで殺されたことを嘆いた。彼らは模範的な男たちである、とヴォルペは書いて、彼らの典型的な経歴をまとめている。彼らは参戦派で、戦争には志願し、そして何よりもまずフィウーメ軍団員であった。ダンヌンツィオは、いまだに自分の崇拝者たちにファシストになることをあえて求めずにいたが、ファシストたちは彼らがもう自分たちのものだと主張していた。

一九三二年十月。ローマ進軍十周年。「フォーリ・インペリアーリ通り（皇帝たちのフォーラムの通り）」が古代のローマを貫き、コロッセオからカンピドリオのあいだを一本の道路で結んだ。ムッソリーニが「汚らしい絵のような」と軽蔑を込めて呼んだ、中世の建物からなる十一本の通りが破壊され、ムッソリーニがローマの中心で軍隊をパレードさせることを可能にした。

四百万人の観客が、パラッツォ・デッレ・エスポジツィオーニで開かれた「ファシスト革命展」を見学した。このパラッツォの新古典派風のファサードは、新しい正面——すべてが黒と赤と銀色で、列柱のように並んだ四つの巨大なファスケスがアルミのリベットでとめられている——で覆われていた。展覧会の目玉は、象徴的な場面が作り上げられているいくつかの部屋だった。「ファッシのギャラリー」は、装飾用の付け柱が、「ドゥーチェ」という言葉が描かれた天井に向かってファシスト式の敬礼をしているかのように壁から上方に突き出ているホールだった。「ムッソリーニのホール」は、彼の執務室を原寸で再現したものだった。「殉教者たちの神殿」は暗い丸天井の部屋で、その壁は数千枚の金属板で埋め尽くされており、そのひとつひとつが死んだ兵士を表していた。ダンヌンツィオが隠遁生活のなかで実験していた芸術――インスタレーション・アート兼室内装飾――がいまや体制によって巨大なスケールで実践されていた。

十一月、ムッソリーニはダンヌンツィオを訪ねた。いまでもこの年長者――自らを「都市と海岸線を与えし者、ファシズムに関するすべての良きものの先駆者」と説明していた――への敬意を表する必要が彼にはあった。

一九三三年一月三十日。アドルフ・ヒトラーがドイツ首相になった。ヒトラーは「比類なき者ムッソリーニ」を大いに敬愛し、彼を「きわめて有能な政治家」と見ていた。二人の指導者とそれぞれの体制には多くの違いが存在した――とりわけナチスの人種理論から見れば。イタリア人はアーリア人種ではなく、インド＝ヨーロッパ語族ですらなかった。彼らは「地中海人種」であり、ヨーロッパでは三番目に優れた血族であった。そしてイタリアは第一次世界大戦で連合国側についてドイツを裏切った事実があり、南ティロル／トレントをめぐる、いまも係争中の問題が存在した。また逆の側では、オーストリア＝ドイツの抑圧者たちに対するイタリア人の何世紀にもわたる敵意が存在した。

こうした諸事情にもかかわらず、二人の指導者は互いに友好的に対応した。ヒトラーはミュンヘンの党本部にムッソリーニの等身大の胸像を設置した。一九二二年ローマ進軍の二週間後に、「国家の権威を復活させ、ストライキをなくす……一言でいえば秩序を回復させる」ためのナチスの政治的プログラムは「その大部分がイタリアのファッショから学びとったもの」であることを、諜報員のひとりから伝えられてムッソリーニは喜んだ。

一九三三年二月、イタロ・バルボは二十四機の飛行艇部隊を率いて大西洋を横断し、緊密な隊形を維持しながらオルベテッロからシカゴまでを往復した。それはダンヌンツィオがかつて計画した東京までの飛行と同じぐらい素晴らしい偉業であった。アメリカ合衆国内での短い滞在のあいだに、バルボはスー族の酋長フライング・イーグルとして認められ、遊園地のヤシの実落とし（ココナツの実にボールを投げて倒す遊び）で楽しんだ。

一九三三年七月。何年も不満を口にしたあげく、ダンヌンツィオはヴィットリアーレの入り口のそばにあった「汚らしい居酒屋」を閉鎖し解体させることにようやく成功した。そこにたむろする酔っ払いたちが女性の友人たちを怖がらせてきた、と彼は弁護士に語っている。綺麗になったスペースに、マローニは「戦死者の広場」――広場兼戦争記念碑――を造る計画に取りかかった。そこでは、ヴィットリアーレは「生きている石」で作られた「宗教の書」である、と説明する碑文を複数の石のアーチが囲んでいる。

ムッソリーニは自分自身を協同体大臣に任命した。ファシストの哲学者ウーゴ・スピリトは「協同体主義《コルポラティヴィズモ》」の定義を発表した。それは「平等化をもたらす国家」（社会主義）にも「無法な個人」（自由主義）にも反対していた。その本質は全員の合意にあった。「複数の意志は結合して単一の意志を形づくる。複数の目標は合体して単一の目標を形づくる」。この一枚岩の国家はその頂点に偉大な指導者を持つ。ムッソリーニについて書くときには、神について書くときのように、大文字を用いるのがこの頃には慣習となった。「革命とは**彼**である。**彼**こそが革命である」。「**彼**はイタリアの人々に幸運をもたらす**天才**である」。

すべての市民、労働者あるいは雇用主は同じように、いずれかの協同体に所属しなければならない。そのなかで彼らは「国家とファシズムのために全面的に献身することで」同等に働く。ダンヌンツィオとデ・アンブリスによってフィウーメで作られた憲法は、ついに実現されたのである。

一九三四年二月。ダンヌンツィオは彼がラクネと呼ぶ新しい愛人を得た。それはミラノから来た二十五歳の娼婦で、アエリスが彼のために見つけてきた女だった。ラクネは結核を病んでいて、四年後に死ぬ。ダンヌンツィオは彼女の長い手と青白い顔色、目のまわりのスミレ色の翳りを愛した。彼女は湖畔のトラットリア、ロ・スポルトの二階に部屋を借りていた。みすぼらしい環境のなか、狭いベッドに横たわる彼女を想像して、ダンヌンツィオは自分自身を刺激した。彼女の陰毛をたたえる詩を中世の韻律を使って書き上げた。彼女を連れてくるために自分の大きなぴかぴかの車を迎えにやらせた。自分の好物のリゾットを食べさせた。毛皮のコートを与え、それを脱がせて裸にし、あるときは金色のチュニックをまとわせ、別のときには彼自身が絵を描いた上質のモスリンの布をぐるぐると身体に巻きつけた。素晴らしい手紙の数々を彼女に書き、それまでの愛人たちの場合と同じように、自分たちのセックスを細かく描写した。彼女の生理が始まるとあっさりお払い箱にしてこう告げた——誰かほかの娼婦と映画館で楽しんでおいで、そして僕を真の恋人「憂鬱《メランコリー》」と二人にさせておくれ。長い密会のあと、彼はコカインを過剰摂取してベッドにくずおれ、意識を失った。

イタリア人は自分の国とその過去を愛することを教えられねばならない、とムッソリーニは命じた。伝統的な衣装の展示、民族舞踊と民族音楽の上演、農村の儀式——キリスト教的なものとそれ以外のものの両方——の再現など、一八八〇年代にダンヌンツィオとミケッティが徹底的に調査したようなことが、奨励された。それは「それなしでは世界において偉大なことは何も成し遂げられない、国民精神」を高揚させることが目的だった。

一九三四年六月。ダンヌンツィオはムッソリーニに手紙を書き、「石灰と膠《にかわ》が飛び散った卑しい顔の持ち主」であるヒトラーから距離を置くように主張した。ムッソリーニはその忠告を無視して、このときヒトラーと初めてヴェネツィアで対面した。それは愉快な訪問ではなかった。ビエンナーレが開催中で退廃的な現代芸術があふれる部屋にヒトラーは反感をおぼえた。ムッソリーニは彼の外見を「防水コートを着た配管工」と感じ、その激しい毒舌にうんざりした。ドイツに戻るとヒトラーは「長いナイフの夜」〔エルンスト・レームをはじめとする突撃隊幹部などを粛清した事件〕の虐殺を命じた。翌月大統領ヒンデンブルクが死去し、ヒトラーは絶対権力を握って総統《フューラー》を名乗るようになった。ムッソリーニが友好関係を結んでいたオーストリア首相エンゲルベルト・ドルフスをナチスは暗殺した。ドルフスが死んだとき、彼の妻と子どもたちはムッソリーニの家族と一緒に過ごしていた。

ムッソリーニはヴィットリアーレを再び訪ねた。その三日後、ローマに戻った彼は国王とともに『イオリオの娘』の初日に出席した。このときの上演は、ピランデッロが演出し、デ・キリコが舞台装置を担当した。ダンヌンツィオとその作品は依然として支持されていた。

ダンヌンツィオには新しい恋人ができた。それはエミー・ヒュフラーという名前の、アルト・アディジェ地方出身でブロンドの二十代初めの女性であった（写真の左側）。ときおり彼は彼女とともに二、三日続けて自分の部屋に閉じこもった。ヒュフラーは彼が死ぬまでヴィットリアーレにとどまることになる。

一九三四年十月二十九日。ローマ進軍の十二年目の記念日に三十七人のファシスト「殉教者」がサンタ・クローチェ教会に再埋葬された。フィレンツェにあるこの教会にはミケランジェロ、マキアヴェッリ、ガリレオらが眠っている。棺は荘厳な行列のなかで通りを運ばれ——ダンヌンツィオのフィウーメでの「殉教者たち」の葬列のように——それぞれの棺を死者の名を書いた旗が先導した。この儀式は神聖であると同時に世俗的なものであった。ある新聞は「ファシズムの世俗的典礼」と、集まった人々の「篤い信仰」についてコメントしたが、その信仰は神に対するものではなく、ムッソリーニに対するものだった。

一九三四年十一月八日。ダンヌンツィオは病気で意気消沈していた。彼は彫刻家レナート・ブロッツィに手紙を書いた。三日のあいだ彼にとって唯一の仲間は、ブロッツィが作ったブロンズの鷲、猫、アヒル、ガゼル、犬そして豚だった、と告げた。自分は最後に挙げた豚だと考えた。フィウーメを軽快に歩きまわり、そのウエストはコルセットをしているように見えた（おそらく実際にしていた）男が、しまりのない身体になってしまった。食への関心が増していた。彼は料理人に、バナナの皮ほどの厚さまで叩いて薄くしたカツレツを「気が狂うほど食べたい」とメモを書いた。ブロッツィには自分が「天使のような羽を生やした豚」だと書き送った。

一九三四年十二月。ブレーシャ復員兵協会は、『そうでもあり、そうでもなし』のなかに登場する紀元一世紀の『勝利の女神像』の複製をダンヌンツィオに寄贈した。マローニは、蜂蜜色の漆喰でできた素晴らしい柱廊のなかに、それを収容する聖堂を造った。この柱廊は、いまではダンヌンツィオの家を取り囲み、文書館および図書館の塔と家をつないでいた。そうした贈り物がさらに続いた。ミラノ市は新たに発注した『ピアーヴェの勝利』の像を寄贈した。それは縛られた女性の像で、ダンヌンツィオの詩の一行から作られた。「それは勝利の女神だった……あの死の川岸に、われらの不死の囚人として彼女を保持しつづけるだろう」。マローニはその像を高い柱の上に設置し、そのまわりに壊れたアーチの列を置いた。

一九三五年六月。新たに人民文化省が設置された。半世紀前にダンヌンツィオはジャーナリズムが文学よりも大きな影響力を持つと主張した。いまではファシストたちがそれに賛成していた。政治思想は本やハイカルチャーを通じて、「たくさんの宿題を出して」広めることができるものだと考えるのは思い違いである。「政治活動に大衆が関わるようになれば」、銀行やビジネスを宣伝するようにイデオロギーを宣伝する必要が出てくる、とある指導的なファシストは考えた。指導者の顔、声の調子、言葉は「写真や映画を通じて何度も何度も」繰り返されなければならない「……商業宣伝と同じように」。これもダンヌンツィオから学んだもうひとつのことであった。

一九三五年九月。ダンヌンツィオの自伝『死を試みたガブリエーレ・ダンヌンツィオによる秘密の書』が刊行された。『秘密の書』は一貫性のない著作だった。自伝に物語のような挿入部分があり、叙述は繰り返し省察によって中断された。その本のほとんどはダンヌンツィオの手帳を材料としており、その多くはすでに『閃光』あるいは『夜想曲』で利用され刊行されていた。だが素材は古くとも、形式はモダンであり、モダニズムと言えるものだった。

「わたしはこれらの断片で自分の廃墟を支えてきたのだ」とT・S・エリオットは一九二二年に書いた。その年にダンヌンツィオはのちに『秘密の書』となる作品を書きはじめた。思い出の文学的なモザイクと内省的な思考、そして彼の心にもたらされた、膨大なテキストの集成である溜め込んだ断片に自分の人生を転換することで、ダンヌンツィオはまたもや時代の精神を嗅ぎとる才能を披露したのである。

一九三五年十月二日。ムッソリーニはヴェネツィア宮殿のバルコニーからエチオピアに対する戦争を宣言した。彼の演説はラジオによって全国に伝えられ、あらゆる広場に設置されたスピーカーから流れた。二週間後、国際連盟はこの侵略を非難し、イタリアに対する経済制裁を課した。国民の多くがそれまでムッソリーニをたたえてきたイギリスは、考え方を変えた。アンソニー・イーデンはムッソリーニを「完璧なギャング」、「アンチ・キリスト」と呼んだ。しかしイタリアでは、体制にもっとも批判的だった自由主義派——そこにはダンヌンツィオの友人で出版者だったルイジ・アルベルティーニも含まれる——でさえ、イタリア人に「日の当たる場所」を獲得して四十年前のアドゥアの敗北の屈辱を晴らそうとするムッソリーニの企てを支持していた。

ダンヌンツィオはムッソリーニに手紙を書き、「わたしの心の奥深くまで——あたかも超自然的な啓示のごとく」感動したことを伝えた。柄の部分にフィウーメの町の金無垢のミニチュアがついている剣を彼はムッソリーニに贈った。ダンヌンツィオは国際連盟に対する痛烈な非難の文章を書き、それを深紅の絹でくるみ、房飾りのついた金の留め金でとめて、フランス大統領アルベール・ルブランに送った。大統領はそれを受け取ったとも知らせてこなかった。

一九三六年一月。一年間会っていなかったアントンジーニがダンヌンツィオを訪ねた。面会を許されるまで数日待たされ、ダンヌンツィオの部屋にようやく通されたときには、かつての主人の老衰ぶりにショックを受けた。彼の身体はしぼんでしまったように思えた。左肩の下がり具合はさらにひどくなっていた。顔は見る影もなかった。彼のおしゃべりはいまだ健在だった。何時間もぶっ続けで、非現実的なイメージをちりばめた素晴らしく手の込んだセンテンスを語りつづけた——だがその会話は支離滅裂で繰り返しばかりだった。その主な話題はセックスだった。湖畔に立ち並ぶカフェでは「ガブリエーレ・ダンヌンツィオの最近の情事に関する噂話がささやかれている」とアントンジーニは書いている。

一九三六年五月五日。バドーリョ元帥は、マスタードガスと砒化水素の非合法な助けを借りてエチオピア軍を制圧し、アディス・アベバに入った。ローマでは四十万人の人々がムッソリーニの勝利の演説を聴こうとヴェネツィア宮殿のまわりに集まり、彼らの歓声に応えてバルコニーに出てきてほしいと十回も呼びかけた。そのあいだ一万人の子どもたちがヴィットリオ・エマヌエーレ二世記念堂の階段に並んで国歌を歌った。ダンヌンツィオは二十七発の祝砲をプーリア号から放ち、ドゥーチェに祝いの手紙を書いた。「貴殿は運命のすべての不確かさを支配し、あらゆる人間のためらいを打ち破った」。

一九三六年七月十七日。フランシスコ・フランコ率いるスペインの将軍たちのグループがスペインの民主政府に反旗を翻し、三年間にわたる内戦が始まった。ムッソリーニはスペイン共和国について「今日において議会にもとづく共和制を創設することは、電灯の時代に石油ランプを使うのを意味する」と語って、叛徒たちを支援した。

一九三七年八月二十六日。これが最後となったが、ウーゴ・オイエッティがヴィットリアーレを訪問した。ダンヌンツィオは愛想がよく優しかったが肉体的には廃人である、と彼は報告した。彼には歯がなく、その顔はしわだらけであると同時にむくんでもいた。かつては入念に清潔を保っていた彼が、いまではだらしなくなっていた。くたびれた靴は、靴紐がほどけていた。彼のジャケットやズボンは「嘆かわしい」状態だった。

一九三七年九月二十八日。ムッソリーニはドイツを訪問していた。ヘルマン・ゲーリングは客を楽しませるために自分の鉄道模型を実際に動かしてみせた。ベルリンでは百万人近い群衆にムッソリーニは演説し、ファシスト・イタリアとナチス・ドイツがどれほど多くのものを共有しているかを指摘した。両者はほぼ同じ時期に統一国家として登場し、いずれの文化においても若さとエネルギーが賛美され、人間の意志こそが歴史を推進する力であると考えられている、と。

　ドイツからの帰路、ムッソリーニの列車はヴェローナを通過した。これが彼にとってダンヌンツィオとの最後の対面の機会となった。


　一九三八年三月一日。ダンヌンツィオはデスクに座っているあいだに脳出血により死去した。七十四歳であった。その死をムッソリーニの司令部へ伝えた電話交換手は、電話を受けた相手側で誰かがが叫ぶのを聞いた。

「ついに死んだか《フィナルメンテ》!」

　ダンヌンツィオのブロンドの愛人エミー・ヒュフラーはすぐにヴィットリアーレを離れた。それから間もなくして彼女はベルリンで外務大臣リッベントロップのために働くようになった。彼女はダンヌンツィオを密かに見張るために、彼の家に送り込まれたナチスのスパイだった。彼女がコカインの過剰投与によってダンヌンツィオを殺したという説が唱えられてきたが、彼の麻薬常習歴や性感染症、多くの人によって書き残されている肉体的衰弱を考えれば、彼女が手を下す必要があったとは思えない。

　翌日、ムッソリーニは最高位のファシストたちの大半を引き連れてヴィットリアーレに到着すると喪主の役割をつとめることを主張し、生前詩人がはぐらかしていたとしても、死んだいまとなっては彼をファシズムの大義にしっかりと結びつけようとした。ダンヌンツィオの遺体はプーリア号の上に正装安置され〔埋葬前に棺のふたを開けて最後の別れをする〕、儀仗兵たちが松明を持って寝ずの番をした。一昼夜、弔問者の列が棺の前を通過した。

　葬儀はヴィットリアーレの入り口の横にある教会で行われた。ダンヌンツィオはかつて、鐘を鳴らして静寂を邪魔するのをやめさせようと、この教会の聖職者に巨額の賄賂を申し出たことがあった。ダンヌンツィオのためにオルガ・レーヴィが作った旗、ダンヌンツィオがランダッチョの棺を覆い、その後は事あるごとに小道具として使った旗が、彼自身の棺台に掛けられた。ムッソリーニと国王の代理が会葬者たちを先導し、ダンヌンツィオの妻(ここ最近はしばしば訪れていた)と子どもたち(そのいずれとも彼は何年も会っていなかった)が続いた。葬式に関する報告には、ルイザ・バッカラとアエリスに対する言及はない——ダンヌンツィオがティッティと呼び、最後の数カ月間お気に入りのセックスのパートナーだった娼婦についても言及はない。
彼とマローニが計画してきた霊廟の建設が未決定であったため、遺体はヴィットリアーレの前庭にある「生贄の小さな神殿」に保管された。

一九三八年九月一日。ヴェネツィアのサンテレーナ島で『船』が野外上演された。ステージは広大で、キャストも膨大な数にのぼった。装置はダンヌンツィオがいつも望んでいたように手の込んだものだった。建築途上の聖堂、船、砲床を完備した巨大な城壁と堀などがすべて同時に舞台の上に作られ、どれもが見事なほど実寸に近かった。四千人の観衆が連夜集まった。公演の資金を出した人民文化省は、カゼッタ・ロッサに大理石の飾り板を設置して伝えた。「国家の意志にもとづき、ガブリエーレ・ダンヌンツィオは心から追憶される」。

ダンヌンツィオは死んだが、いまではヴィットリアーレ財団の理事長となったマローニは彼のためにまだ働いていた。建築家と注文主は降霊術によって交流した。霊媒の口を通じて、ダンヌンツィオの霊魂は計画された円形劇場と霊廟は完成されねばならないと主張した。マローニはダンヌンツィオの死後のメッセージを、さらに多くの資金の要請とともに、ムッソリーニに伝えた。ムッソリーニはこれに応じた。

霊廟はダンヌンツィオが「城塞」もしくは「聖なる山」と呼んだ丘の上にある。それは、ヴィットリアーレの柔らかい黄色の漆喰とテラコッタの上にのしかかるように建つ冷厳な神殿で、白い石板を使い、尊大な感じを与える。石でできた三つの同心円型の段――「それぞれの輪が低い階級の者、工兵、英雄、おのおのの勝利を表す」――と磨かれた石の階段、高い滑らかなアーチの柱廊がある。あらゆるものが巨大で堂々としている。英雄の輪の上には十個の石棺があり、そのなかにダンヌンツィオの弟子たち、グイド・ケラーやフィウーメで最初に死んだ軍団員であるルイジ・シヴェーリオらの遺体（いくつかのケースではその断片）が納められている。その中心で、もうひとつの円形の台と四本の装飾のない四角い柱によって仲間たちの上に高々と掲げられているのが、ダンヌンツィオの石棺である。

壁や天井でさえダマスク織りで柔らかくすることを好み、庭に一万本の薔薇を植え、彫像にネックレスや彩色した絹布を掛けた人間に対して、この霊廟はふさわしくない記念碑である。ダンヌンツィオが墓の彼方から話をして賛成した、というマローニの説明はあるが、それを疑うことは許されるだろう。その生涯の最後の数年間、ダンヌンツィオは身を隠していた。そのあいだに「強奪に夢中の若い模倣者たち」が彼のアイデアや言葉、名声を、彼が認めることを拒んだ目的のために利用した。死後にとうとう彼は「隊列に加わる」ことを強制された。彼の霊廟は典型的なファシスト風モニュメントである。

GABRIELE D'ANNUNZIO
NOTTURNO

# 註

ほとんどの場合、引用の典拠についてはテキストのなかで明らかにしてある。関心を持たれた読者は参考文献表を使えばさほど苦労することなくそれらを見つけることができるだろう。以下に挙げる註は、明示されていない資料がどこにあるか、それ以上の情報をわたしがどこで見つけたかを示すことを意図している。英語を母国語とする著者が引用したものを再利用する際には、それらの翻訳を使った。それ以外の翻訳はわたし自身のものである。参考文献の正確なページを知りたい読者は、Fourth Estate のウェブサイト www.4thestate.co.uk を通じてわたしとコンタクトをとっていただきたい。大いに歓迎する。

## 略記について

ダンヌンツィオの作品集

AT – *Altri Taccuini*
PDRi – *Prose di Ricerca di Lotta di Commando*
PDRo – *Prose di Romanzi*
SG – *Scritti Giornalistici*
T – *Taccuini*

TN – *Tutte le Novelle*

## ダンヌンツィオの個別作品

### 自伝的著作

DG – *Diari di Guerra*
DM – *Di Me a Me Stesso*
FM – *Le Faville del Maglio*
LdA – *Lettere d'Amore*
LL – *La Licenza*
LS – *Cento e Cento e Cento Pagine del Libro Segreto di Gabriele d'Annunzio Tentato di Morir*
N – *Notturno*
PV – *La Penultima Ventura*
SAS – *Solus ad Solam*

### 小説

F – *Il Fuoco*
FSFN – *Forse che sí, Forse che no*
I – *L'Innocente*
P – *Il Piacere*
TdM – *Il Trionfo della Morte*
VdR – *Le Virgine delle Rocche*

ザ・パイク（カワカマス）

フィウーメについてはComisso, Berghaus, Kochnitzky およびLedeenを見よ。サンディカリズムとナショナリズムについてはAlatriのなかのAngelo Olivetti参照。ファシストの「青写真」についてはNardelliを、ボワレーヴについてはJullianを見よ。ヴァンシタートについてはChadwickを、サルファッティについてはSchnapp参照。縛られた死体に関するダンヌンツィオの記述はLLを見よ。

目撃証言

スカルフォーリョとウェスターハウトについてはAndreoli（2001 ― Andreoliのすべての参考文献はこの本に使われている）を参照。エレルについてはAlatri（1983 ― Alatriのすべての参考文献はこの本にも使われている）を参照。ジイドについてはAndreoliとKochnitzkyを参照。匿名の貴婦人についてはAntonginiを、サーバについてはAndreoliを参照せよ。カフカについてはWohlを見よ。フランスの印象についてはJullianを見よ。イーダ・ルビンシュタインについてはDMを参照。ランスをめぐる記述についてはOjettiとTosiそしてDGを見よ。カンピドリオでの出来事についてはPDRiとNを参照。ヘミングウェイについてはAllan Massie, ***Telegraph***（28 Feb. 1998）を、ヴェントゥリーナへの手紙はAndreoliにある。ヴェネツィアへの帰還についてはAntonginiを参照。

この章の主たる出典——典拠が示されていない引用のすべて——はダンヌンツィオ自身の手帳であり、DGのなかで公開されている。パキンについてはGiannantoniを、「アマゾン」とその他のパリでのダンヌンツィオの愛人たちについてはChiaraを参照。パリからの出発についてはTosiを、カルドゥッチとジェノヴァの教授についてはRhodesを見よ。「自身の崇高な幻覚に恍惚として……」はThompsonのなかで引用されている。クァルトへのダンヌンツィオの登場についてはCorriere della sera (16 May 1915) とwww.cronologia.leonardo.it. を参照。このときおよびその後の演説のテキストはPDRiにある。トリーアとその他の敵対的な戯画についてはChiaraを見よ。ロランはWoodhouseのなかで引用がある。オイエッティはChiaraで引用されている。下院議員の質問はAndreoliに挙げられている。ジョリッティへの支持についてはRoger Griffinを見よ。ヒュー・ダルトンの発言はWoodhouseのなかで引用がある。ムッソリーニの呼びかけはChiaraに引用がある。カレルによる描写はAntonginiにある。「禿げた頭が放つ光……」はMuñozにある。マンとコストラーニの発言はStrachanで引用されている。マルティーニの記述はTosiに、王太后の逸話はAntonginiにある。一九一五年五月の憲政上の危機についてはAlatriとThompsonを見よ。トゥラーティの言葉はThompsonで引用されている。カンピドリオでの演説と聴衆の反応に関するダンヌンツィオの報告はNを見よ。ブロンズ像を鋳造する彫刻家に関するダンヌンツィオの記述はFSFNを参照。ニーチェについてはHollingdaleを見よ。「金色の埃が漂うなかを……」はPからとったものである。マリオ・ダンヌンツィオが語るアルゼンチンの貴婦人の逸話はRhodesにある。「座ったままの仕事はぞっとする……」というアルベルティーニに宛てたダンヌンツィオの手紙は、Leddaが紹介している。「わたしにとってそれは確実な死だ……」はフラテルナーリに宛てた手紙で、

Woodhouseにある。マルティーニに関する記述はAlatriに、アルベルティーニの手紙はAndreoliにある。サランドラへの手紙はLeddaに、マルティーニについてはAlatriにある。「戦いの踊りを舞った」ことはDameriniを見よ。「帰還するという考えは……」はLLを参照。ロイド・ジョージの発言はParkerにある。「わたしのすべての詩よりも」はDameriniを見よ。「過去のすべてが……」はNにある。「これまでの人生のあいだ、わたしはずっと……」はアルベルティーニに宛てた手紙で、Leddaが引用している。

## 第2部 さまざまな流れ

わたしはダンヌンツィオの生涯を語るにあたって、一次資料と同様に多くの伝記からも材料を引き出した。そのうち有用と思われるものはすべて参考文献表にリストアップした。なかでもとくに多くを負っているのはAnnamaria AndreoliとPaolo Alatriによる伝記で、ともに幅広い叙述とダンヌンツィオの同時代人たちの膨大な引用が特徴である。Piero ChiaraとGiordano Bruno Guerriおよび（英語で書かれた）John Woodhouseによる伝記もまたとりわけ役に立った。

### 信仰

「主の天使は……」はWinwarを参照。「絵の描かれた荷車が……」および「古いベッドカバーの刺繍に……」はNを見よ。「狂信の風……」はTdM、「わたしはきわめて古い家系に属する……」、「父はわたしを軽々しく……」「わたしを見る母の眼差し……」「珍しい獣」はLSを見よ。「僕がまだ小さかった頃……」はフランチェスコ・パオロ・ダンヌンツィオに宛てた手紙で、Leddaのなかで引用されている。「生命はわたしをおびえさせた……」はNを参照。尼僧院訪問と魔術については

LSを見よ。「処女オルソラ」はTNとTdMで触れられている。ダンヌンツィオによる歌と儀式の採集についてはTdM参照。鳥の巣とバルコニーでの事件はLSを見よ。学校の成績通知表はChiaraとGuerriで見ることができる。

## 栄光

ナイフを使って怪我をした事件はFMを、「武器や装備を川に投げ込んで……」はTNを見よ。国王の訪問についてはAlatri参照。学生時代のダンヌンツィオの思い出についてはFMを見よ。両親に宛てた彼の手紙はLeddaのなかに収められている。「偉大な人物として名を残すことに……」はGuerriのなかで引用されている。チコニーニ校での生活についてはChiaraのなかのFracassiniの記述を見よ。カルドゥッチ、ネンチオーニ、フォンターナそしてキアリーニへの手紙はLeddaのなかにある。ダンヌンツィオの偽りの死についてはChiaraを見よ。

## 愛の死

ジゼルダ・ズッコーニに宛てたダンヌンツィオの手紙の抜粋がLeddaとLdAにあり、それぞれに有用な説明が付されている。農民の娘に対するレイプについてはFMのなかの'Il Grappolo del Pudore'（恥じらいの房）を見よ。ティート・ズッコーニとキアリーニに宛てた手紙はAlatriのなかにある。「頭にヴェールを巻きつけた女性たち……」はSGのなかの'Aternum'から引用した。マニコについてはChiaraを見よ。サルデーニャへの旅については、SGにあるスカルフォーリョとダンヌンツィオの記述およびWinwarを参照。ダンヌンツィオがノーと言えないことについてはAntonginiを見よ。「彼はふっといなくなると……」はGuerriが引用しているスカルフォーリョの記述。ダンヌンツィオの手紙を売りたいというエルダの希望についてはWoodhouseを見よ。

## 故郷

ミケッティと彼の「チェナーコロ」についてはAndreoli'、そしてSGにあるダンヌンツィオの'Ricordi Francavillesi'とAndreoliに引用されているジゼルダ・ズッコーニへの手紙を見よ。トスカーニについてはAntonginiにある。復活祭のセレモニーは修道院の外に設置されている飾り板に記録されている。「普通のドイツの農民たちのあいだで見いだされる」はZipes参照。「突然、小さな広場に美しい若い女が、髪を乱して叫びながら駆け込んできた……」は一九二一年のインタビューで、Andreoliが引用している。ミリアーニコの巡礼たちについてはSGにあるダンヌンツィオの'Il Voto'とTdMを見よ。「シラミがうようよいる」はTdM、「わたしの靴の底にはアブルッツォの土がついている」はLS参照。

## 青春

この章および続く十章で引用されているダンヌンツィオの作品はすべてSGに収録されている。ジゼルダ・ズッコーニへの手紙はLeddaにある。スカルフォーリョはGuerriを見よ。「滑らかな栗色の巻き毛……」はAntonginiを見よ。ローマにおけるダンヌンツィオの初期の社交生活についてはAndreoli'、Ojetti'、AntonginiそしてダンヌンツィオのSG参照。

## 貴族性

ポッジョ・ア・カイアーノ訪問はダンヌンツィオの母親に宛てた手紙で描かれており、Leddaのなかにある。「そのうちの数人は母のドレスの……」はLSを見よ。「彼は激怒した……」はGuerriが引用している。「優越した存在」はVdRを見よ。背後から見られているエレーナ・ムーティについてはAndreoliが書いており、SGの序説にある。社交界やファッションに関するダンヌンツィオの論評は、SGのなかの'La Cronachetta delle Pellicce'と'In Casa Huffer'そして'Alla Vigilia di Carnevale'にある。スカルフォーリョはRhodesとSG参照。クリスピとヘアはDugganのなかで引用されている。ヴィッラを世俗用に転化させたことに関するダンヌンツィオの意見はSGの序文にある。「こっそりとご婦人の手に触ることができる」はSGのなかの'Christmas'にある。マリア・ディ・ガッレーゼはSG内の'Venere Capitolina Favente'にある。「優美な女性……」はGuerriのなかで引用されている。プリーモリの描写はAndreoliにある。ダンヌンツィオの'Casa Primoli'はSGに収録されている。「若い詩人……」はAndreoliが引用するプリーモリの言。

### 美しさ

「がらくたマニア」はSGを参照。ベレッタ姉妹の店はSG内の'Toung-Hoa-Lou, Ossia Cronica del Fiore dell'Oriente'を参照。「わたしは檻のなかの獣のように……」、「泣き声がうるさすぎる」はネンチオーニに宛てた手紙で、Leddaで紹介されている。楽隊はAndreoli参照。スカルフォーリョへの手紙はLeddaを見よ。ダンヌンツィオの夢はSG内の'Balli e Serate'からとった。「小鳥のように軽やかかつ陽気に」はChiaraで引用されている。ホテル経営者と小切手の件はAntonginiにある。マッフェオ・コロンナ公への手紙はAndreoli参照。カルドゥッチはDugganを見よ。

### エリート主義

政治的背景についてはMack SmithとDugganを参照。この章での引用のすべてはDugganからとった。「お願いだから、君自身を大事にしてくれたまえ……」はVittorio Pepeに宛てた手紙で、Alatriのなかで引用されている。

殉教

「夫と結婚したとき……」はGuerriで引用されている。オルガ・オッサーニについてはSG内の'Il Ballo della Stampa'と、Ledda、AndreoliおよびLdAが紹介しているダンヌンツィオから彼女に宛てた手紙を見よ。ヘンリー・ジェイムズについてはhttp://www.romeartlover.it/James.html#Medici参照。聖セバスティアヌスとしてのダンヌンツィオについてはDMおよびAndreoliが引用しているオルガに宛てた手紙を見よ。聖セバスティアヌスのイコノグラフィーについてはBoccardoを参照。「そして僕たちは微笑み合う……」はFMのなかの'Il Compagno dagli Occhi senza Cigli'からとった。ソォンターナへの手紙はLeddaを見よ。ピエタをめぐる空想はAndreoliにある。

病

エルヴィラ・フラテルナーリへの手紙はLeddaおよびLdAを見よ。「ヘラクレスの力……」のダンヌンツィオの言葉はGuerriが引用している。「ローマでもっとも美しい目」はWoodhouseが引用したGattiの発言。

海

「海での誕生」はエレルに宛てたダンヌンツィオの手紙で、Andreoliにある。「素っ裸で……」はLSを見よ。「陽気な小文」はSG内の'I Progetti'を見よ。浜辺でのピクニックについてはDamerini のなかのMorelloを参照。「たんなる詩人」はAlatriで引用されている。『イタリアの艦隊』はPDRiに収録されている。

デカダンス

「園遊会」はSG内の'La Vita Ovunque – Piccolo Corriere'から引用した。「売春婦か……既婚女性だけだった」はLSを見よ。「ぶっ続けで机に向かい」はAlatriに引用されている手紙。『快楽』執筆当時の、フィクションと書くことに関するダンヌンツィオの考え方についてはTdMの序文を見よ。マラルメとド・モンテスキューについてはBaldickを参照。ダンヌンツィオは『快楽』と『さかしま』の類似性をG. Gattiのなかで認めている。トレーヴェスへの手紙はAlatriにある。

血

イタリアの愛国主義と戦争願望についてはMack SmithとDugganを見よ。この章での引用はすべてDugganからのものである。但し、ヴェルディに関する引用のみGilmourからとった。

名声

リストとハイネについてはWalkerを見よ。そしてSG内の'Franz Liszt'を参照。「本を世に出す方法を知っている」はGuerriに引用がある。「刷るのは限定された……」のサルトーリオに宛てたダンヌンツィオの手紙はAndreoliにある。「素早いコミュニケーションにわたしは心を惹かれる」はSGの序文にある。「数千もの若者たち……」はAlatriのなかで引用されている。

超人

雨の夜についてはAndreoliにあるフラテルナーリへの手紙を見よ。フラテルナーリとの別離がもたらしたダンヌンツィオの苦しみについてはLSを見よ。「わたしの最悪の敵でさえ……」はLdAにあるフラテルナーリへの手紙。「一面血だらけの光景……」はAndreoliにあるフラテルナーリへの手紙。マリア・ディ・ガッレーゼとその父親についてはG.Gattiを見よ。マリアとラスティニャックについてはChiaraを見よ。ドイツの自殺熱についてはDe Waal参照。債権者たちから隠した品物の目録はAndreoliを見よ。「わたしは苦しみ……出発した」はAlatriで引用されている。『ファンフッラ』紙の批評は『罪なき者』のオスカー版序文にある。「彼が金を借りた人々が憂鬱な列をなして」はGuerriにある。フラテルナーリへの手紙はLdA参照。クリスピはSassoonで引用されている。「腐敗」への乾杯についてはAntona-Traversiのなかで引用されているダンヌンツィオの演説を見よ。ニーチェについてはSafranskiとHollingdaleを見よ（ここでの引用はすべてSafranski)。「わたしが同じ種なのだろうか?」はDGにある。「目がほとんど見えない」はAlatri参照。「急流に身を投げようかと思った」はGuerri参照。「債権者たちの行列がまた始まった」はWoodhouseにある。「まる一時間われわれは……」はAndreoliにある。エレルとの書簡のやり取りはLeddaを見よ。スカルフォーリョについてはAndreoli参照。

男らしさ

マリア・グラヴィーナの狂気に関するダンヌンツィオの手紙についてはAndreoliとChiaraを見よ。ヴェネツィアでの出来事に関するエレルの回想はAndreoliに引用されている。「わが音楽的作品」と「謎と思索」はTdMへのダンヌンツィオの序文にある。「わたしは骨の髄までヘレニズムが浸透したように感じる……」はAndreoliが引用している手帳の記述である。

雄弁

ドゥーゼのより若い時代についてはWeaverとWinwarを見よ。「日本風の奇妙な髪型……」は

SG内の'Carnevale'にある。「部屋の隅で死ぬ」はWinwarにある。「劇場に喝采が響きわたり……」はFを見よ。引用されているドゥーゼの手紙はWinwarを参照。ダンヌンツィオの回想はDGおよびLSにある。ダンヌンツィオの声の説明はDamerini参照。彼が行った声の訓練についてはLS、FMおよびTdMの序文を見よ。「精彩に欠ける」「活気がない」はRollandとMarinettiを見よ。「それは円形競技場で行われる激しい競技……」および「彼の魂と聴衆の魂の……」はFにある。

冷酷

「水中花のように」はLSを見よ。ダンヌンツィオの思い出はLSを参照。ドゥーゼの手紙は（そうではないと記述のあるもの以外は）Winwarに挙げられている。「傷ついたピエロ」はGuerriを見よ。「情熱と苦悩の松明……」はRollandを参照。「より詩的」で「より真面目」はRollandにある。「自分を壊してしまいたいの」とのドゥーゼの言葉はAndreoliにある。オッサーニによるドゥーゼのインタビューはAndreoliを見よ。「頭のいい女性ではない」はAntonginiを見よ。「花々を踏みにじる……」はAndreoli参照。「疲れきって、ぼんやりとして……」はRollandにある。「絶対的な権利」はAndreoliを見よ。「彼女に夢中」はGuerriにある。迷路についてダンヌンツィオからの報告はFを、そしてドゥーゼ側はWinwarを見よ。

生命

議会に関するダンヌンツィオの考え方についてはAntongini、VdRそしてLeddaにあるトレーヴェスへの手紙を見よ。「わたしは……右翼と左翼の彼岸にいる」はローディに宛てた手紙で、Alatri参照。ニーチェとハイネについてはSafranskiを見よ。崩壊したヴェネツィアの鐘塔に関するダンヌンツィオの意見はGuerriを見よ。雑誌『コンヴィート』にダンヌンツィオが寄稿した作品は

PDRiに収録されている。「生気論」についてはAlatriとThompsonを見よ。選挙運動については Leddaで引用されているトレーヴェスへの手紙を見よ。そしてマリネッティの文はSGに含まれる。政治的背景についてはAlatri、DugganそしてWoodhouseを参照。「山羊のような機敏さ」は Palmerioを見よ。「生命」と「ヘラクレイトスの弓」はLSにある。ニッティはAlatriで引用されている。「生け垣」についてはPalmerioを見よ。

演劇

ワーグナーに対するダンヌンツィオの視点はSG内の'Il Caso Wagner'とFを参照。識字率についてはRiallを見よ。ドゥーゼとローマの侯爵はWinwarを参照。演劇に関するダンヌンツィオの意見はPDRiを見よ。オランジェについてはAndreoliにある。

生活の場面

カッポンチーナの説明とそこでのダンヌンツィオの生活様式についてはPalmerioを見よ。ダンヌンツィオの当初の印象についてはTおよびATのなかの手帳と、Leddaにあるトレーヴェスとテンネローニに宛てた手紙を見よ。この時期の彼の思い出はFMおよび彼の作品『コーラ・ディ・リエンツォの生涯』の序文を見よ。アッシジ訪問は、FMのなかの'Scrivi che Quivi è Perfecta Letitia'を見よ。「室内装飾家」についてはAntonginiを見よ。作曲家ピッツェッティについてはAndreoli参照。パリでのダンヌンツィオについてはAndreoliで引用されている彼の手紙と、エレル、スカルフォーリョの手紙とMarinetti（1906）を参照。彼の極度の潔癖さについてはAntonginiとPalmerioを見よ。エジプト訪問についてはAndreoli参照。コルフ島でのドゥーゼの嫉妬についてはWeaverを見よ。ナポリでの『栄光』の上演についてはChiaraを見よ。オルサンミケーレ教会での演説はPDRiに収録されている。「言葉の泥の海から……」はAlatriにある。「わたしはその小説を知っており……」というドゥーゼの発言はPalmerioを参照。「彼女の目尻からこめかみに走るかすかなしわ……」はAntonginiに引用されている。ウィーンのダンヌンツィオについてはLSを見よ。ガブリエッリーノの訪問についてはAndreoliを見よ。犬小屋についてはPalmerioを参照。プジーに関してはSouhamiを見よ。デ・アミーチスはAndreoliに登場する。ダンヌンツィオの屋内ジムについてはLSを見よ。ピンポンについてはRollandを見よ。四十歳の誕生日についてはFMのなかの'Esequie della Giovinezza'を参照。ルツェルンで聞こえてきた会話と有名人であることの苦労についてはLSを見よ。「わたしは彼のリズムを《録音》した……」はLeddaで紹介されている。ドゥーゼの声明は『イオリオの娘』の序文にある。「エピソードをひとつ」はLSからとった。デッラ・ロッビア侯爵夫人の目撃証言はJullianにある。

スピード

「欲深でちっぽけな三文文士たち」はDMを見よ。狩猟についてはAntonginiとLSを参照。アレッサンドラの手紙はWoodhouseとWinwarで引用されている。彼女の手術の際のダンヌンツィオについてはPalmerioとAntonginiにある。ベレンソンについてはAndreoli参照。カサーティについてはJullianとRyersonを見よ。『愛よりも』の評価についてはAlatriを参照。ジュゼッピーナ・マンチーニとの関係については、Ledda、LdA、そしてSASにある、彼女に宛てた手紙を見よ。「もっとも苦いアドリア海」と政治的文脈についてはAlatriを見よ。ヴェネツィアでの宴会についてはDameriniを参照。「彼女を馬車に押し込んだ」はAndreoliにある。ジュゼッピーナの精神の崩壊についてはSASを見よ。プッチーニについてはAndreoliを見よ。「不毛な肉体労働」はSASを見よ。ナタリーについてはLeddaおよびLdAにある、ダンヌンツィオの手帳と彼女に宛てた手紙を見よ。マリネッティと未来主義についてはOttinger、Berghaus、そしてMarinetti（1972）を見よ。トレド侯爵夫人についてはAndreoliを参照。飛行についてはWohlを見よ。飛行に関するダンヌンツィオの見方についてはFSFNを見よ。ガブリエッリーノについてはChiaraにある。バルツィーニはAndreoliにある。H・G・ウェルズについてはWohlを見よ。

## 万華鏡

レニエとボワレーヴはAlatriが触れている。マスカーニの娘はGuerriを参照。ド・モンテスキューはJullianを見よ。ド・カステラーヌについてはDMとAlatriを参照。ルビンシュタインについてはAlatri、Antongini、Jullian、Winwarを見よ。メーテルリンクに対するダンヌンツィオの見解はJullianにある。バレスについてはJullianにある。ロメイン・ブルックスについてはSouhami、JullianそしてWoodhouseにある。アルカションの家についてはAntonginiを見よ。アーンについてはLSを見よ。「古いフランスの美」はCarrにある。プルーストとレニエはJullianが述べている。ヴィエルヌはLSにある。ムッソリーニはStonor Saundersを参照。ジョリッティについてはGentileとThompsonを参照。フォン・ホーフマンスタールについてはGuerriを見よ。クローチェについてはChiaraを見よ。溺死体についてはPDRiを見よ。映画製作におけるダンヌンツィオについてはAlatriとGuerriを参照。「ブームだった」というバーニーの発言はJullianにある。イギリス訪問はLSを見よ。プレッツォリーニとドナートはBerghausを参照。意気消沈したダンヌンツィオについてはLLを見よ。パレオローグへの手紙はTosiにある。

## 戦争の犬たち

Tosiがこの章の主たる資料源である。ダンヌンツィオの引用はLLあるいはDGからのもの。マンとリルケについてはStrachanを見よ。ヒトラーはSassoonを参照。バルヤンスキーはRyersonにある。ジョリッティはThompsonを見よ。プレッツォリーニはAlatriを参照。ウアールの家についてはOjettiを見よ。フェデルゾーニについてはBosworth（1983）を参照。コッラディーニはDugganが触れている。『ラ・ヴォーチェ』誌についてはAlatriを参照。ムッソリーニはSassoonにある。マリネッティはBerghausを見よ。

# 第3部 戦争と平和

## 戦争

ダンヌンツィオの個人的な体験に関する記述はLL、DG、N、LSそしてLeddaおよびLdAに収録されている手紙からとった。彼の演説は、それを支える有益な資料とともに、PVとPDRiに収録されている。戦時のヴェネツィアについてはDameriniを見よ。イタリア戦線における戦争の説明としては、Mark Thompsonの見事で包括的な研究を見よ。戦闘に関するほぼすべての事実と人物、そして多くの証人たちの感想などはこの書物からとった。マリピエーロについてはDameriniを参照。マリネッティ、ピアッツァそしてロレンスはWohlで触れられている。皇帝カールはBelloを参照。「普通の兵士は……」はBosworth（2006）を見よ。「まるで集団自殺の企てのように見える」はThompsonを参照。マッツィーニについてはRiallを見よ。盲目の兵士たちが寄せた敬意についてはRoshwaldを参照。「跡も残さぬ翼のように」はThompsonの訳を使用した。「戦時パン」、アメリカとバレスについてはAlatriを参照。ティマーヴォ川の戦いについてはThompsonを見よ。サンカノゴイのエヴァンドロについてはAntonginiを参照。ディアッツについてはAlatriを見よ。ガッティは

Thompsonを参照。「ある将校」、ロッドそしてガッティについてはThompsonを見よ。ジャルダはDameriniを見よ。カポレットの敗走についてはThompsonとDugganを見よ。マラパルテはDugganを見よ。ディアッツはThompsonを参照。マルティーニはAlatriを見よ。ウェルズはWohlを見よ。ムジルはThompsonに記述がある。

平和

ムッソリーニについてはGriffin、Duggan、Bosworth、Berghausを見よ。ダンヌンツィオの鬱状態についてはOjettiとAntonginiを参照。和平の話し合いについてはMacMillanとThompsonを見よ。「彼は……理想のために一心に捧げた」はWoodhouseにある。「神から授かった権利および……」はGiuriatiを見よ。アルベルティーニについてはAndreoliを参照。イギリス人将校はMacMillanで語られている。「暴力的な壮麗さで」はDameriniを参照。「不満が浸透しはじめた」はSantoroを見よ。バルボについてはDugganを参照。マンナレーゼはAlatriを見よ。アルディーティについてはBerghaus、Bosworth（2002）、DugganそしてLedeenを見よ。カルリはBerghausにある。「われわれはもはやどこへ向かえばいいのかわからない……」はLedeenにある。カヴィーリアはLedeenを見よ。ムッソリーニはBerghausを参照。「真のイタリア……」はWoodhouseにある。ビッソラーティの提案はThompsonを参照。「行政、法律、学校、植民地など」はSchnappを見よ。『アヴァンティ！』襲撃についてはLedeen、Bosworth（2002）を見よ。パリのオルランドについてはMacMillanを見よ。ハンキーについてはDugganを参照。イギリス大使とクレマンソーについてはMacMillanを見よ。ハーディングの発言はSassoonにある。イギリス海軍軍令部長の発言はThompsonを参照。「非常に青白く……」はMacMillanを参照。「ルビコン川が真に忘れられたことは一度もなかった」はRhodesを見よ。「ダンヌンツィオの崇拝者である若い詩人」はComissoを見よ。オルランドとロイド・ジョージはMacMillanを参照。ムッソリーニはDugganを見よ。「彼はさまざまなアイデアを持っていると考えられている……」はSassoonを参照。フィウーメの歴史、人口、経済についてはŽic（1998）を見よ。フィウーメでの戦闘終結についてはŽic（1998）とMacdnaldを参照。一九一八年十一月から一九一九年八月までのフィウーメの展開についてはMacdonald、Comisso、Giuriati、Powell、De Felice（1974）、Ledeen、そしてLyttletonを見よ。「町の公的な活動は……」はPowellを参照。ハウスの発言はMacMillanを見よ。「信頼と規律を保ちながらわたしを待て……」はLedeenにある。「信じる者たちに伝えよ……」はMacdonaldを見よ。「ねえ君、あれは……」はPowellを見よ。バドーリョはAndreoliを参照。「ほとんど教育を受けていない……」はDe Feliceを見よ。「もはやわたしはイタリア軍将校としてではなく……」はMacdonaldを参照。「われらの兄弟に……を伝えてもらいたい」はGiuriatiを見よ。「われわれは誓った」はLedeenにある。

## 全燔祭の町

ムッソリーニへの手紙はLeddaにある。フィウーメへの進軍についてはSusmel、Santoro、MacdonaldそしてDe Felice（1974）を見よ。フィウーメでのダンヌンツィオの演説はPV（De Feliceの解説付き）とPDRiを見よ。「彼らの耳をキスの蠟でふさいで」はComissoを見よ。ディ・ロビラント将軍についてはLedeenを参照。「超人のように美しい」と「何だって？　わたしが支配者だと？」はComissoにある。「足どり、叫び声、歌……」はKochnitzkyを参照。「ある疑い深い観察者……」はNittiを見よ。「ここでは誰もが楽しんでいる……」はLedeenにある。「兵士それぞれに恋人がおり……」はComissoを見よ。ダンヌンツィオの意図についてはŽic（1998）、Rhodes、Ledeen、De FeliceそしてChiaraを見よ。ムッソリーニへの手紙はAndreoliにある。ニッティとバドーリョは

Andreoliを参照。マリネッティはLedeenとBerghausを参照。アメリカ副領事の報告はLedeenにある。「アメリカ人の観察者」はPowellを見よ。「人々はわたしの名を呼びながら……」はLSにある。「対話」はMacdonaldとSitwell（1925）を見よ。「あなたのスタッフ全員が……」はLedeenを参照。「コーラスガールたちとシャンペン」はSitwell（1925）にある。「売春宿……」はLedeenを参照。「よく知られていること」はWoodhouseにある。「黒帯隊」についてはNardelliとKochnitzkyを見よ。「詩人の言葉は……響きわたった」はLedeenが引用しているMaraniniの記述。クロアチア人たちに対する敵意はMacdonald、Ledeen、Žicを見よ。「陳腐な決まり文句とドラッグを詰め込んだ……」はWoodhouseを参照。「両替商は七・一〇で……」はLedeenにある。「暫定協定」についてはGiuriatiを見よ。

五番目の季節

カヴィーリアはDe Feliceを参照。聖セバスティアヌスの祝日についてはŽic（1998）とLedeenを見よ。「支配のコツは……」はComissoを参照。フィウーメの知的活動についてはBerghausとComissoを見よ。ケラーについてはComissoを参照。「マダム、未来において美は禿げを意味する……」はAntonginiにある。フィウーメ司教の記述はAlatriにある。イタリア共産党代表者の発言はLedeenを見よ。「実質的に空っぽ……」はLedeenを参照。「ラ・ディスペラータ（絶望部隊）」、ケラーの鷲を盗んだこと、ケラーが計画した祭についてはComissoを見よ。カルナーロ憲章のテキストは解説付きでPVおよびPDRiにある。「それは狂気と宴の日々であった」はLedeenにある。「わたしの兵士たちを見てみろ……」はComissoを参照。「裏切り者たちをどのように罰したか」はLedeenを参照。カヴィーリアはLedeenを参照。さまざまなカルトや結社についてはComissoとBerghausを見よ。フェスタ・ヨガはBerghausにある。ザネッラはMacdonaldを参照。デ・アンブリスはLedeenを参照。「王のなかの王」はJullianにある。ブーランジェはAntonginiを参照。「裏切り者の政府よ……」はComissoを参照。グラムシの見解はDe Felice(1974)を見よ。「彼は戦闘の近くには決して行かなかった……」はAlatriを参照。「助けてくれ!」はAlatriにある。「この子がイタリアだ……」はRhodesにある。「われわれはまだ何もしていません……」はComissoを参照。

## 隔離された場所

戦間期イタリアの政治経済史とファシズムの台頭に関するわたしの記述は、Bosworth(そこからムッソリーニの言葉や他の引用の大半を引いた)、Duggan(もうひとつの重要な引用の典拠)、Mack Smith、Lyttleton、Sasson、Gentile、De Felice、Schnappらの著作にもとづいている。ヴィットリアーレでのダンヌンツィオの生活に関する一次資料は彼自身のDMとLSと、LeddaとLdAに集められている、もしくはAndreoliが引用している数多くの手紙である。Ojetti、Antongini、Jullian、Nardelli、Damerini、Winwar、Chiara、Andreoli、Guerriらはすべてさまざまなエピソードを提供している。ビアボームについてはWoodhouseを参照。「羽根板の裏側には……」はOjettiにある。サルファッティについてはSchnappsを見よ。タスカについてはLyttletonを参照。カブルーナはWinwarの記述による。マリネッティはGriffinにある。ストレイチーはStonorとSaundersを参照。ウォード・プライスはFootを見よ。ピランデッロはDugganを参照。カッラはAndreoliを見よ。

# 謝辞

ジョナサン・キーツとデイヴィッド・ジェンキンズ、ルパート・クリスチャンセン、そして誰よりもわが兄ジェイムズ・ヒューズ＝ハレットに、この本の初期の草稿を読んでコメントしてくれたことに対して感謝する。この八年間にダンヌンツィオおよびそれと関わる問題をめぐって、わたしと話し合ってくれた数多くの人々に感謝する。そうした会話はわたしのアイデアを明確にして新たな探求の道を切り開くのを助けてくれた。とくにムラデン・ウーレムには、古文書館でのその助力がリエカへの訪問をきわめて実り豊かなものにしてくれたことと、イゴール・ジックに紹介してくれたことについて大いに感謝したい。この二人のおかげで、ダンヌンツィオの伝記作者たちのなかで初めて、ダンヌンツィオのフィウーメを描く際にクロアチアの視点からも見ることができた。ロンドン図書館には、所蔵するダンヌンツィオの初期の美しい版をわたしに委ねてくれたことに対して感謝する。

この本の刊行に関わったすべての人々に感謝する。それはわたしのエージェントであるフェリシティ・ルビンシュタイン、わたしの出版者ニコラス・ピアスン、そしてフォース・エステート社のあらゆる人々、アンドリュー・ミラーとクノップ社の彼の同僚たち、といった人々である。

同じようにジェイン・ハンクスに感謝する。わたしの家族に対する彼女の並外れた親切と献身がなければ、この本は決して書かれることがなかっただろう。

メアリーとレティスには、ともに過ごした大きな喜びに対して感謝する。ダンには感謝と大いなる愛を捧げる。

# 訳者あとがき

本書はLucy Hughes-Hallett, *The Pike: Gabriele D'Annunzio—Poet, seducer and preacher of war* (London, Fourth Estate, 2013) の全訳である。一九五一年生まれのイギリス人女性作家、ルーシー・ヒューズ＝ハレットにとって、本書は三冊目の著書にあたる。これ以前に彼女が書いた二書を挙げておくと、クレオパトラを扱った *Cleopatra: Histories, dreams and distortions* (New York, Harper & Row, 1990) と、もう一冊は、アキレウス、エル・シド、ワレンシュタイン、ガリバルディら古今の英雄を取り上げた *Heroes: Saviours, traitors and supermen* (London, Fourth Estate, 2004) であり、肩書きとしては伝記作家biographerということになるだろう。

トーマス・カーライルの「伝記のみが真の歴史である」という主張は極論であるにしても、伝記はイギリスの文学史や文化のなかできわめて大きな部分を占めており、十八世紀のジェイムズ・ボズウェル『サミュエル・ジョンソン伝』や二十世紀のリットン・ストレイチー『ヴィクトリア朝偉人伝』『ヴィクトリア女王』といった傑作が数多く生まれてきている。その対象となる人物も自国の君主・政治家・軍人のみならず、学者や文人、俳優にいたるまで多岐にわたるとともに、外国人を取り上げることも多い。英語で書かれたイタリア人を扱った伝記として代表的なものを挙げれば、G・M・トレヴェリアンの『ガリバルディ三部作』(*Garibaldi's Defence of the Roman Republic/Garibaldi and the Thousand/Garibaldi and the Making of Italy*) などがある。

ガブリエーレ・ダンヌンツィオの生誕百五十周年にあたる二〇一三年に刊行された本書は、その年のサミュエル・ジョンソン賞およびコスタ賞（伝記部門）を受賞している。前者は英語で刊行されたノンフィクションの最良の作品に与えられる賞であり、一九八七年に創設されたNCR図書賞から一九九九年に名前を変え、すでに三十年近い歴史がある。これまでに邦訳されている受賞作品としては、アントニー・ビーヴァー『スターリングラード』、マーガレット・マクミラン『第一次世界大戦』、アナ・ファンダー『監視国家』、バーバラ・デミック『密閉国家に生きる』、ウェイド・デイヴィス『沈黙の山嶺』、ヘレン・マクドナルド『オはオオタカのオ』などがある。

さて、ダンヌンツィオの今日的な意味について簡単に触れておきたい。第二次世界大戦勃発の前年一九三八年三月にダンヌンツィオは七十四歳で死んだ。その時点でのイタリアおける彼の評価は「詩聖《イル・ヴァーテ》」＝国民的詩人にして「ファシズムの洗礼者ヨハネ」＝先駆者であり、大きな影響力を持つ最高の文化人であったわけだが、ファシズム体制の崩壊とイタリアの敗戦ののち、その評価は一八〇度変わってしまった。二十年間におよぶファシズムの支配という災厄を招いた張本人のひとりであるというイデオロギー的な断罪がなされ、ダンヌンツィオの退廃主義的な生活や不道徳な女性関係、次々と負債を作っては夜逃げする経済感覚や無軌道なドラッグの悪癖などは、その政治活動や思想とともに激しく批判された。ダンヌンツィオの文学的な価値も否定され、無視された時期が第二次大戦後には続いた。

ダンヌンツィオをめぐるそうした状況が変化するのは一九六〇年代で、それは彼の作品のなかでも詩が再び評価されるようになったことがきっかけだった。ダンテやペトラルカから始まるイタリア詩の流れのなかに位置する彼の詩作品は、その豊かな音楽性や官能性とともに、自然に対する細やかな感情を謳い上げる華麗なイメージによってイタリア人の心をとらえつづけた。とくに『アルキオネー』に収録されている抒情的な作品は広く愛誦されると同時に学校教育で採用され、国語教育のなかで暗誦 recitazione が実践されることが多いイタリアでは、世代を超えて受け入れられている。「ターチ。ス・レ・ソーリエ／デル・ボスコ・ノン・オード／パローレ・ケ・ディーチ／ウマーネ・マ・ノン・オード（黙って。森の入り口に立つと、君が話す人の言葉は聞こえない。）」と始まるダンヌンツィオの詩『松林の雨 *La pioggia nel pineto*』をイタリア人の知人の子供たち（小学校高学年から中学生ぐらい）が暗誦してくれるのを聞いたのは、一九八〇年代の半ばだったと記憶している。それは知人の家で食事をしている際にたまたまダンヌンツィオが話題になったときのことだった。その当時のイタリアでダンヌンツィオがどのように扱われているかというわたしの質問に答えて、知人が自分の子供たちに暗誦を披露するように促したのであった。彼の話では、ダンヌンツィオの詩が教材として使われるようになったのはそれより二十年ぐらい昔のことで、彼自身も学んだ経験があるということだった。政治的にはどちらかといえば左翼的な立場の彼と話していて、ある種の困惑のようなものがその口調から感じとれた。その困惑は、文学者としてのダンヌンツィオと政治活動家・政治思想家としてのダンヌンツィオを単一のものとしてとらえることの困難さから来ていた。本書の著者ヒューズ＝ハレットの言葉を借りれば、「自然や神話について情熱を込めて書き綴る好ましいダンヌンツィオと、地上を血まみれにするようイタリア人に呼びかけ、愛国主義の危険な理想と栄光を擁護したことで制度的な殺人への道を開いた、戦争挑発者の恐ろしいダンヌンツィオがいる」のである。

そうした問題がありながらも、二十世紀のイタリア文化、ヨーロッパ文化のなかでダンヌンツィオが持っていた重要な役割に関して、ゆっくりとではあるが、評価が定まってきた。プルーストやジョイスなどとともに、ダンヌンツィオが十九世紀末から二十世紀にかけてのヨーロッパ文化の革新のさまざまな面にもたらした功績が認められるようになってきたのである。ダンヌンツィオは新しい文化の潮流を並外れた鋭い感覚で見つけ出し、それを自分の作品のなかに取り入れると同時に、さまざまな分野で実践することにも躊躇しなかった。第一次世界大戦への参戦を呼びかけたときからフィウーメ遠征まで、大衆を前にしてダンヌンツィオが展開した一連の過激な演説や行動は、演劇的な意図を含んだパフォーマンスの一種と理解することもできるだろう。その効果をファシズムは引き継いだのであり、それは現在の政治運動のなかにも生き残っている。

ダンヌンツィオの生涯の多面的な軌跡を、著者のヒューズ＝ハレットは本書で実に鮮やかに描き出している。基本的には歴史研究や史料に依拠しながらも、彼女の語り口は「伝記よりもフィクションを書くときに一般的なテクニックを自由に用い」ており、人物像をきわめてリアルに浮かび上がらせている。とくに、ダンヌンツィオがつねに携えて書き込んでいた手帳の記述を効果的に利用している点は本書の大きな特徴である。手帳にはダンヌンツィオが自らの創作の材料として残したものという意味もあるが、著者はそれを見事に活用している。

ダンヌンツィオには自分の生涯をモニュメントとして遺そうという意図があったように思える。それはほぼ三年前に白水社編集部の藤波健氏から本書の翻訳の可否について問い合わせがあったときに、わたしの頭に浮かんだことであった。二十年ほど前になるが、イタリア北部、ガルダ湖の畔ガルドーネ・リヴィエーラにあるダンヌンツィオの旧居ヴィットリアーレ・デリ・イタリアーニを訪れたときの記憶がそのときによみがえった。特別な観光地というわけではないのにわざわざ訪れたのは知人の強い勧めがあったからで、不便な場所であるためブレーシャで車を借りて現地に向かった。ホテルにチェックインを済ませ、湖岸の急な斜面をかなり登ったところにヴィットリアーレがあった。六月の天気のよい午後だった。

奇妙な施設であるという話は聞いていたが、ヴィットリアーレはわたしの想像を超える建造物だった。ダンヌンツィオが暮らした建物は、その部屋のひとつひとつが彼が死んだときのまま保存されている。装飾過剰という言葉では説明しきれないほどのモノで埋まった部屋には、強い香りの名残が漂っており、そのすべてに恐ろしいほどのこだわりが感じられた。そう大きな建物ではないのだが、ガイド付きのツアーは二時間以上かかった。説明を聴きながら、炉のように暑く暖房されていたという往時を想像し、館の主人の姿を思い浮かべた。そして、建物の外に出て、ダンヌンツィオが第一次世界大戦中にウィーンまで飛行した複葉機を展示するドームや、小型攻撃艇MASが収容されている建物、そして戦艦プーリアの船首部分が傾斜した庭の一部になっている様子を見るとともに、ガルダ湖を見下ろす小さな野外劇場、ダンヌンツィオの棺が置かれた霊廟までまわると、半日があっという間に過ぎてしまった。そのときに思ったのは、ダンヌンツィオが自分の人生を芝居仕立てに再構成し、モニュメントとしている、それがこの場所だということであった。ただし、考えようによっては、そこは贅沢な牢獄というべき場所でもあった。ムッソリーニにとってダンヌンツィオは、生きているあいだは警戒すべき存在であり、自分の目の届く範囲に置いておくためにあらゆる措置を講じたのは間違いなかろう。そのためにヴィットリアーレにさまざまな恩恵を施したのは誰が見ても明らかだった。

ヴィットリアーレの強烈な印象が残っていたため、本書の翻訳に関する問い合わせがあったときにすぐさま応諾の返事をしたのである。実際に読んでみると、研究者ではなく作家の文体と感じることが多く、どの部分をとってもその記述は豊かなイメージを伝えている。長大な書物ではあるが、それはダンヌンツィオの長い人生と多方面にわたる活動を扱っているがゆえである。前述のように、サミュエル・ジョンソン賞の受賞もあって企画が決まり、実際の翻訳作業を進めた。作業にあたっては原書とともに、二〇一四年にリッツォーリ社から刊行されたイタリア語版も参考にした。出来上がった訳稿は、ダンヌンツィオの日本趣味に関するイタリア語の著作をものにされておられるとともにダンヌンツィオを取り上げた研究プロジェクトを主宰してこられた、東京大学大学院総合文化研究科の村松真理子教授に検討していただいた。また、白水社編集部の藤波氏には企画の始まりから索引や図版の整理までお世話になった。記して感謝したい。ただし、訳文に関する責任がわたしにあることは言うまでもない。

ダンヌンツィオは若くして売れっ子になった作家であるだけに印象としてはかなり昔の「文豪」のようで、作品も古びていると思って読まずにいる人が少なくない。しかし彼の処女長編小説『快楽』の冒頭の部分を読むだけで、それが驚くほど現代的な小説であることに気づくだろう。ヒューズ＝ハレットが指摘しているように、その映画的な手法は現代に通じるものであり、主人公の屈折したキャラクターも興味深い。未読のかたがたには、ぜひダンヌンツィオの作品を手にとっていただきたい。かつては日本でもダンヌンツィオは人気作家であったと言われるが、未訳の優れた作品も多く、再評価が進むことを祈っている。

信州山形村にて　柴野　均

二〇一七年三月

訳者略歴
柴野均（しばの・ひとし）
一九四八年生まれ。信州大学名誉教授。西洋史、近代イタリア史専攻。

主要訳書
チポッラ『シラミとトスカナ大公』、ロメーオ『カヴールとその時代』、ヴェネ『ファシズム体制下のイタリア人の暮らし』、ルッス『戦場の一年』、ファレル『ムッソリーニ　上下』、アクトン『メディチ家の黄昏』（以上、白水社）、バーク『イタリア・ルネサンスの文化と社会』（森田義之共訳）、カパッティ／モンタナーリ『食のイタリア文化史』（以上、岩波書店）

ダンヌンツィオ　誘惑のファシスト

二〇一七年六月二五日　印刷
二〇一七年七月一七日　発行

著　者　ルーシー・ヒューズ＝ハレット
訳　者 ©　柴　野　　均
装丁者　日　下　充　典
発行者　及　川　直　志
印刷所　株式会社　理　想　社
発行所　株式会社　白　水　社

東京都千代田区神田小川町三の二四
電話　営業部〇三（三二九一）七八一一
　　　編集部〇三（三二九一）七八二一
振替　〇〇一九〇-五-三三二二八
郵便番号　一〇一-〇〇五二
http://www.hakusuisha.co.jp
乱丁・落丁本は、送料小社負担にてお取り替えいたします。

株式会社松岳社

ISBN978-4-560-09560-7

Printed in Japan

# 主要人名索引

## ア行

アエリス → マゾワ、アメリを見よ
アオスタ、エマヌエーレ・フィリベルト（公） Aosta, Emanuele Filiberto, Duke of 70–71, 370, 376, 378, 390, 407, 447, 455, 458, 573, 599
アニェッリ、ジョヴァンニ Agnelli, Giovanni 423, 604
アポリネール、ギョーム Apolinaire, Guillaume 324
アマランタ → マンチーニ、ジュゼッピーナを見よ
アミーチス、エドモンド・デ Amicis, Edmondo de 178, 262–263
アメンドラ、ジョヴァンニ Amendola, Giovanni 592
アルベルティーニ、ルイジ Albertini, Luigi 59, 69–71, 76, 284, 324–325, 341, 344, 352, 354, 375, 404, 423, 434, 471, 531, 577–578, 594, 614
アルマ=タデマ、ローレンス Alma-Tadema, Sir Lawrence 134, 331
アレティーノ、ピエトロ Aretino, Pietro 127–128, 382
アレラーモ、シビッラ Aleramo, Sibilla 55
アングイッソラ（伯爵） Anguissola, Count 196, 203
アントネッロ・ダ・メッシーナ Antonello da Messina 154
アンドレオーリ、アンナマリア Andreoli, Annamaria 131
アントンジーニ、トム Antongini, Tom 22, 46, 64, 69, 215, 242, 244, 246–247, 276–277, 308, 313, 316, 318–319, 321, 323–324, 326, 329–330, 333, 344, 346–347, 350, 352, 361, 367, 374, 382, 397, 404, 430, 540, 543, 546, 548–549, 556, 564, 566, 571, 576, 605, 614–615
アンブリス、アルチェステ・デ Ambris, Alceste de 502–503, 511, 515, 523, 526–527, 535, 544–545, 553, 566, 578, 593–594, 610
アーン、レイナルド Hahn, Reynaldo 319
イェイツ、W・B Yeats, W.B. 387
イジーキエル、モージズ Ezekiel, Moïse 127
イーデン、アンソニー Eden, Anthony 614
イプセン、ヘンリク Ibsen, Henrik 29, 216
イリイッチ、ダニロ Ilič, Danilo 338
ヴァザーリ、ジョルジョ Vasari, Giorgio 129, 154
ヴァダラ、ロッコ（大尉） Vadalà, Captain Rocco 520
ウアール、マダム Huard, Madame 351
ヴァレリー、ポール Valéry, Paul 557, 582–583
ヴァンシタート、ロバート（男爵）

Vansittart, Baron Robert　23
ヴィエルヌ、ルイ　Vierne, Louis　321
ヴィットゲンシュタイン、ルートヴィヒ　Wittgenstein, Ludwig　190
ヴィットリオ・エマヌエーレ二世（イタリア国王）　Vittorio Emanuele II　94, 178, 615
ヴィットリオ・エマヌエーレ三世（イタリア国王）　Vittorio Emanuele III　56, 449, 476, 573, 575
ウィルソン、ウッドロウ　Wilson, Woodrow　427, 432, 435, 441–443, 454–455
ヴィルヘルム二世（ドイツ皇帝）　Wilhelm II, Kaiser of Germany　179
ウェスターハウト、ニッコロ・ヴァン　Westerhout, Niccolò van　27, 198
ウェストミンスター、ヒュー・リチャード・アーサー　Westminster, Hugh Richard Arthur　330
ヴェッキ、フェッルッチョ　Vecchi, Ferruccio　440
ヴェッツェラ、マリー　Vetsera, Marie　190
ヴェルガ、ジョヴァンニ　Verga, Giovanni　16, 107, 123
ウェルズ、H・G　Wells, H.G.　305, 424
ヴェルディ、ジュゼッペ　Verdi, Giuseppe　178, 180, 258
ヴェントゥリーナ → レーヴィ、オルガ・ブリュンナーを見よ
ヴォルペ、ジョアッキーノ　Volpe, Gioacchino　608
ウルフ、ヴァージニア　Woolf, Virginia　324, 559
ウンベルト一世（イタリア国王）　Umberto I, King of Italy　100, 258
エリオット、トーマス・スターンズ　Eliot, Thomas Stearns　614
エルダ → ズッコーニ、ジゼルダを見よ
エレル・ジョルジュ　Hérelle, Georges　28, 204, 207, 209–210, 212, 216, 245, 310
オイエッティ、ウーゴ　Ojetti, Ugo　38, 59, 368, 376, 389, 397, 425, 557, 561, 615
オーウェン、ウィルフレッド　Owen, Wilfred　19
オッサーニ、オルガ　Ossani, Olga　152–153, 155–157, 159, 202, 213, 224
オリーゴ、クレメンテ　Origo, Clemente　65, 268, 289, 293
オルドフレーディ（伯爵）　Oldofredi, Count　34
オルランド、ヴィットリオ・エマヌエーレ　Orlando, Vittorio Emanuele　425–426, 441–445, 448, 454–455, 458, 485, 572

## カ行

カイヨー、ジョゼフ　Caillaux, Joseph　337
カヴィーリア、エンリーコ（将軍）　Caviglia, General Enrico　438–439, 501, 522, 534
カサーティ（侯爵）　Casati, Marchese　19, 388
カサーティ、ルイザ（侯爵夫人）　Casati, Marchesa Luisa　157, 279, 301, 303, 328, 340, 386, 448, 561, 563, 585, 587, 602

カサノヴァ、ジャーコモ・ジローラモ Casanova, Giacomo Girolamo 183, 297, 326
カステラーヌ、ボニ・ド（伯爵） Castellane, Comte Boni de 312
ガッティ、アンジェロ（大佐） Gatti, Colonel Angelo 411, 413
カッペッロ、ビアンカ Capello, Bianca 129
カッラ、カルロ Carrà, Carlo 295, 606
ガッレーゼ、マリア・アルドウアン・ディ → ダンヌンツィオ、マリアを見よ
ガッレーゼ、ディ（公爵） Gallese, Duke di 301
ガッレーゼ、ナターリア・ディ（公爵夫人） Gallese, Duchessa Natalia di 137
カーティス、グレン Curtiss, Glenn 35, 301–302
カドリン、グイド Cadorin, Guido 588
カドルナ、ルイジ（将軍） Cadorna, General Luigi 23, 70, 374, 390, 396, 404–405, 409, 412, 416, 422, 428–429, 439
カーニ、ウンベルト Cagni, Umberto 220, 362
カフカ、フランツ Kafka, Franz 34, 301, 399
カブルーナ、エルネスト Cabruna, Ernesto 578
カプローニ、ジャンニ Caproni, Gianni 405, 423
カーライル、トーマス Carlyle, Thomas 98, 102, 150, 201
ガリエニ、ジョゼフ（将軍） Gallieni, General Joseph 341
ガリバルディ、ジュゼッペ Garibaldi, Giuseppe 15, 30, 40, 51–53, 56–57, 60, 94, 107, 150, 178, 195, 258, 333, 354, 396, 425, 433, 461, 463, 486, 527
ガリバルディ、ペッピーノ Garibaldi, Peppino 52–53, 354, 447, 455
ガリバルディ、メノッティ Garibaldi, Menotti 258
カール（オーストリア=ハンガリー皇帝） Karl, Emperor of Austria-Hungary 367
カルデラーラ、マリオ Calderara, Mario 35, 301
カルドゥッチ、ジョズエ Carducci, Giosuè 55, 100–101, 148, 283–284
カルリ、マリオ Carli, Mario 438–439, 474, 505, 509, 522, 526
カレル、ジャン Carrère, Jean 61
カロリス、アドルフォ・デ Carolis, Adolfo de 261
ガンジー、モーハンダース・カラムチャンド（尊称マハトマ） Gandhi, Mohandas Karamchand (Mahatma) 583
キアリーニ、ジュゼッペ Chiarini, Guiseppe 103–104, 109, 125
キエーザ、ピエトロ Chiesa, Pietro 604
キーツ、ジョン Keats, John 102, 104, 110, 157–158, 260, 376
キッチナー、ホレイショ・ハーバート（陸軍元帥） Kitchener, Field Marshal Horatio Herbert 374
ギブソン、ヴァイオレット Gibson, Violet 596

キプリング、ラドヤード　Kipling, Rudyard　14, 284, 327, 343, 388
キャナダイン、デイヴィッド　Cannadine, David　474
キリコ、ジョルジョ・デ　Chirico, Giorgio de　605, 611
グッツォ、ジョヴァンニ・デル　Guzzo, Giovanni del　305–306
グラヴィーナ、ガブリエーレ・ダンテ　Gravina, Gabriele Dante　222
グラヴィーナ、マリア（公女のちの伯爵夫人）　Gravina, Maria, Princess (*later* Countess)　26–27, 184, 196–197, 202–207, 209, 216, 222–223, 226, 230, 281, 332
グラヴィーナ、レナータ → ダンヌンツィオ、レナータを見よ
グラムシ、アントニオ　Gramsci, Antonio　536, 545, 578, 598
グランディ、ディーノ　Grandi, Dino　556
クリスピ、フランチェスコ　Crispi, Francesco　135, 150, 178–180, 199, 229, 248, 284, 326
クリムト、グスタフ　Klimt, Gustav　328
グリム、ヤーコプ&ヴィルヘルム　Grimm, Jacob and Wilhelm　119–120
グレアム、ロナルド・ウィリアム　Graham, Sir Ronald William　583
クレマンソー、ジョルジュ　Clemenceau, Georges　435, 442, 453
クローチェ、ベネデット　Croce, Benedetto　22, 195, 203, 326
グロッシヒ、アントニオ　Grossich, Antonio　452, 457, 468, 478, 528
ゲーテ、ヨハン・ヴォルフガング・フォン　Goethe, Johann Wolfgang von　14, 162, 190
ケラー、グイド　Keller, Guido　463, 468, 470, 483, 489, 497, 506–508, 512–515, 523, 527, 529–531, 533, 535, 545, 552, 602, 617
ゲーリング、ヘルマン　Göring, Hermann　615
コクトー、ジャン　Cocteau, Jean　316, 321
コストラーニ、デジェー　Kosztolányi, Dezsö　62
コッツァーニ、エットレ　Cozzani, Ettore　354–355
ゴッツォーリ、ベノッツォ　Gozzoli, Benozzo　318
コッラディーニ、エンリーコ　Corradini, Enrico　353
ゴーティエ、ジュディット　Gautier, Judith　143
コホニッキー、レオン　Kochnitzky, Léon　449, 472–473, 475, 486–487, 497, 504, 506, 509–510, 523, 525, 528–529
コミッソ、ジョヴァンニ　Comisso, Giovanni　43–44, 453, 459, 465–466, 469, 474, 497–498, 510, 514, 519, 537–539
ゴルベフ、ナタリー・ド　Goloubeff, Nathalie de　50–51, 54, 69, 294, 298, 305–306, 309, 311, 314–315, 317–318, 322–323, 330, 332, 334–335, 343, 348, 375–376
コロンナ・ディ・シャッラ、マッフェオ（公）　Colonna di Sciarra, Prince Maffeo　147
ゴンクール、エドモン・ド

Goncourt, Edmond de　143, 173
ゴンクール、ジュール・ド
Goncourt, Jules de　143
コンティ、アンジェロ　Conti, Angelo　207

## サ行

サヴェイジ=ランダー、A・ヘンリー
Savage-Landor, A. Henry　304
ザネッラ、リッカルド　Zanella, Riccardo　476, 503, 524, 554
サーバ、ウンベルト　Saba, Umberto　33
サバティエ、ポール　Sabatier, Paul　240
サランドラ、アントニオ　Salandra, Antonio　40, 52, 54, 59–61, 64–66, 75–76, 195, 390, 396, 572–574, 588
サルヴェーミニ、ガエターノ
Salvemini, Gaetano　556
サルトーリオ、アリスティード
Sartorio, Aristide　182
サルファッティ、マルゲリータ
Sarfatti, Margherita　23–24, 552, 598
サンガッロ、ジュリアーノ・ディ
Sangallo, Giuliano di　129
サングロ、エレーナ　Sangro, Elena　591
サン=ポワン、ヴァレンティーヌ・ド
Saint-Point, Valentine de　332
ジイド、アンドレ　Gide, André　28–30, 35, 244
シヴェーリオ、ルイジ　Siverio, Luigi　617
ジェイムズ、ヘンリー　James, Henry　14, 131, 153, 183, 194
ジェミート、ヴィンチェンツォ
Gemito, Vincenzo　19
シェリー、パーシー・ビッシュ
Shelley, Percy Bysshe　45, 69, 102, 104, 157–158, 162, 166, 449
ジェルマン、アンドレ　Germain, André　311, 330
ジェンティーレ、エミリオ　Gentile, Emilio　15
ジェンティーレ、ジョヴァンニ
Gentile, Giovanni　608
ジガンテ、リッカルド　Gigante, Riccardo　554
シットウェル、オズバート　Sitwell, Sir Osbert　44–45, 492, 528, 530, 532
シベッラート、エルコレ　Sibellato, Ercole　397
シモンズ、アーサー　Symons, Arthur　218
シャトーブリアン、ルネ
Chateaubriand, René　126, 173
ジャーマン、デレク　Jarman, Derek　155
ジュヴァンス → ラジェ、アンジェルを見よ
ジャルダ、ゴッフレード　Giarda, Goffredo　413
シュトラウス、リヒアルト　Strauss, Richard　244
シュニッツラー、アルトゥル
Schnitzler, Arthur　190
ジュリアーティ、ジョヴァンニ
Giuriati, Giovanni　445, 455, 457–458, 469–470, 472, 479–480, 483, 488, 494–496, 500–502, 507, 514, 534, 575, 604
ジュリアン、フィリップ　Jullian, Philippe　49

ジュリエッティ、ジュゼッペ Giulietti, Giuseppe 504, 519, 571
ジョイス、ジェイムズ Joyce, James 14, 324, 367, 559
ショーペンハウエル、アルトゥル Schopenhauer, Arthur 162
ジョリッティ、ジョヴァンニ Giolitti, Giovanni 60–61, 63–65, 67, 288, 326, 336, 341, 352, 429, 432, 437, 445, 523, 532, 534–538, 541–542, 544, 554–555, 572, 600
スウィンバーン、アルジャーノン・チャールズ Swinburne, Algernon Charles 100, 106, 153, 304, 320
スエトニウス Suetonius 331
スカルフォーリョ、エドアルド Scarfoglio, Edoardo 25, 29, 125–126, 128, 133, 137, 144, 148, 156, 170, 194–195, 199, 204, 209, 211, 244, 249, 300, 329, 477
スクリャービン、アレクサンドル・ニコラエヴィチ Scriabin, Aleksandr Nikolaevich 392, 398
スコット、ウォルター Scott, Sir Walter 119, 394
スターキー、ウォルター Starkie, Walter 42–43, 551
スタニスラフスキー、コンスタンティン Stanislavsky, Konstantin 599
スタンダール Stendhal（Marie-Henri Beyle） 154
スタンリー、ヘンリー・モートン Stanley, Sir Henry Morton 280
ズッコーニ、ジゼルダ［エルダ］ Zucconi, Giselda［'Elda'］ 106–118, 121, 125, 133, 152, 220
ズッコーニ、ティート Zucconi, Tito 106, 108–110, 123
スティーヴンスン、フランセス Stevenson, Frances 441
ストラヴィンスキー、イゴール Stravinsky, Igor 17, 335
ストレイチー、ジョン・セイント・ロー Strachey, John St.Loe 583
スピリト、ウーゴ Spirito, Ugo 610
セアイユ、ガブリエル Séailles, Gabriel 209
セラーオ、マティルデ Serao, Mathilde 149, 195, 199, 247, 267–268, 477
ゾラ、エミール Zola, Emile 123, 174
ソレル、ジョルジュ Sorel, Georges 336, 353, 428, 502–503, 530
ソレル、セシル Sorel, Cécile 314–315, 338
ソンニーノ、シドニー（男爵） Sonnino, Baron Sidney 52, 58–59, 441–444, 455
ソンマルーガ、アンジェロ Sommaruga, Angelo 126–127

## タ行

ダーウィン、チャールズ Darwin, Charles 92, 151, 191, 199–200
タオン・ディ・レヴェル、パオロ（提督） Thaon di Revel, Admiral Paolo 381
タスカ、アンジェロ Tasca, Angelo 552
ダッガン、クリストファー Duggan, Christopher 150
ダメリーニ、ジーノ Damerini, Gino 71, 79, 414, 418

ダルトン、ヒュー　Dalton, Hugh　60
ダンカン、イザドラ　Duncan, Isadora　36, 69, 314, 338
ダンテ・アリギエーリ　Dante Alighieri　9, 33, 44, 48, 95, 109, 230, 251–252, 259, 264, 266, 270, 321, 379, 428, 513, 550, 556, 587, 601
ダンヌンツィオ、ヴェニエーロ（ダンヌンツィオの息子）　d'Annunzio, Veniero（d'Annunzio's son）　146, 169, 289, 405, 414
ダンヌンツィオ、ガブリエッリーノ（ダンヌンツィオの息子）　d'Annunzio, Gabriellino（d'Annunzio's son）　33, 146, 256, 299, 369, 382, 460
ダンヌンツィオ、フランチェスコ（ダンヌンツィオの従弟）　d'Annunzio, Francesco（d'Annunzio's cousin）　189
ダンヌンツィオ、フランチェスコ・パオロ（ダンヌンツィオの父親）　d'Annunzio, Francesco Paolo（d'Annunzio's father）　83, 85–86, 94–96, 99–100, 104, 111, 143, 163–164, 200
ダンヌンツィオ、マリア（公爵の娘マリア・アルドゥアン・ディ・ガッレーゼとして生まれる／ダンヌンツィオの妻）　d'Annunzio、Maria（née Duchessina Maria Hardouin di Gallese）　27, 137–141, 143, 146–147, 152, 164, 166, 174, 184, 189–190, 311
ダンヌンツィオ、マリオ（ダンヌンツィオの息子）　d'Annunzio, Mario（d'Annunzio's son）　69, 138, 140, 143–144, 569
ダンヌンツィオ、ルイザ・デ・ベネディクティス（ダンヌンツィオの母親）　d'Annunzio, Luisa de Benedictis（d'Annunzio's mother）　86, 88, 404
ダンヌンツィオ、レナータ（ダンヌンツィオの娘）　d'Annunzio, Renata（d'Annunzio's daughter）　184, 202–203, 206, 359, 384–386, 392, 414, 569
チァーノ、エッダ　Ciano, Edda　603
チァーノ、コスタンツォ　Ciano, Costanzo　431, 566, 603
チェッケリーニ、サンテ（将軍）　Ceccherini, General Sante　492–493, 533
チチェーリン、ゲオルギー　Chicherin, Georgy　563–564
チャーチル、ウィンストン　Churchill, Sir Winston　595, 599
チャーチル、クレメンタイン　Churchill, Clementine　595
ディアギレフ、セルゲイ　Diaghilev, Sergei　36, 313
ディアツ、アルマンド（将軍）　Diaz, General Armando　410, 422–423, 425–427, 435, 439, 458, 460, 471, 575, 590
デイ、フレデリック・ホランド　Day, Frederick Holland　155
テッシャー、メアリー　Tescher, Mary　127
テニスン、アルフレッド　Tennyson, Alfred　106, 110, 158, 179, 306
ドゥーゼ、エレオノーラ　Duse, Eleonora　13, 22, 29–31, 43, 54, 91,

157, 208, 213–216, 220–228, 233, 237–241, 244–247, 249–251, 253–255, 258, 260–261, 263–272, 274–276, 294, 297, 303, 313, 316, 359, 368–369, 406, 489, 516, 547, 549, 555, 565–567, 580, 584, 602
ドゥーゼ、エンリケッタ　Duse, Enrichetta　584
ドゥミーニ、アメリーゴ　Dumini, Amerigo　436
トゥラーティ、フィリッポ　Turati, Filippo　65, 233
トスカニーニ、アルトゥーロ　Toscanini, Arturo　45, 118, 412, 593, 595
トスティ、フランチェスコ・パオロ　Tosti, Francesco Paolo　117–121, 127
ドストエフスキー、フョードル　Dostoevsky, Feodor　16, 160, 191, 198, 200, 280, 559
トーデ、ヘンリー　Thode, Henry　546
ドナート、ジャーコモ　Donato, Giacomo　336
ドビュッシー、クロード　Debussy, Claude　38, 157, 244, 319–320, 322, 392, 592
トムスン、マーク　Thompson, Mark　23, 65, 409
トリーア（風刺画家）　Trier (caricaturist)　56
トルストイ、レフ・ニコラエヴィチ　Tolstoy, Lev Nikolayevich　14, 98, 160, 193, 327
ドルフス、エンゲルベルト　Dollfuss, Engelbert　611
トレーヴェス、アントニエッタ　Treves, Antonietta　587
トレーヴェス、エミリオ　Treves, Emilio　70, 175, 182, 192–194, 205, 217, 229, 231–232, 235, 248, 258, 263, 299, 302, 325, 330, 566, 586
トレド、ベアトリス・アルヴァレス・デ（侯爵夫人）　Toledo, Marchesa Beatrice Alvarez de　298
トロツキー、レオン　Trotsky, Leon　544

## ナ行

ナポレオン一世（フランス皇帝）　Napoleon I（Bonaparte）　98–99, 120, 201, 345, 415, 450, 464, 564, 595, 606
ナポレオン三世（フランス皇帝）　Napoleon III　178
ニケ → ルディーニ、アレッサンドラ・ディを見よ
ニコルスン、ハロルド　Nicolson, Sir Harold　36, 218, 442
ニジンスキー、ヴァーツラフ　Nijinsky, Vaslav　17
ニーチェ、フリードリヒ　Nietzsche, Friedrich　17, 27, 67, 151, 200–202, 204, 209–210, 217, 229, 234, 238–239, 348–349, 428, 516, 522–523, 583
ニッティ、フランチェスコ　Nitti, Francesco　195, 235, 445–447, 456, 458, 464, 467, 471, 473, 476–478, 482, 484–485, 493–496, 502, 511–512, 517, 520–521, 523, 568–569, 575, 598
ニーノ、アントニオ・デ　Nino, Antonio de　90, 119, 266
ネリッサ（赤十字看護婦）　Nerissa (Red Cross nurse)　419
ネンチオーニ、エンリーコ

Nencioni, Enrico　101–102, 106, 117, 125, 138, 148
ノアイユ、アンナ・ド　Noailles, Anna de　312

## ハ行

ハイネ、ハインリヒ　Heine, Heinrich　104, 181, 230
バイロン、ジョージ・ゴードン　Byron, George Gordon, 6th Baron　92, 98, 102–103, 173, 182, 327
ハインリヒ・デア・フォーグラー（ドイツ王）　Henry the Fowler, King of Germany　237
バーヴァ・ベッカリス、フィオレンツォ（将軍）　Bava-Beccaris, General Fiorenzo　233
パウエル、アレクサンダー　Powell, Alexander　450
ハウス、エドワード　House, Edward　442, 454
パウンド、エズラ　Pound, Ezra　17, 320
パオラ・フォン・オストハイム（ザクセン=ヴァイマール公女）　Paola von Ostheim, Princess of Saxe-Weimar　597
パキン、マダム　Paquin, Madame　53, 56
バクスト、レオン　Bakst, Léon　36, 38, 313, 320
パスコリ、ジョヴァンニ　Pascoli, Giovanni　283, 327
パストローネ、ジョヴァンニ　Pastrone, Giovanni　328–329
バッカラ、ヨランダ　Baccara, Jolanda　568–570
バッカラ、ルイザ　Baccara, Luisa　461, 476, 489, 510–511, 514–515, 529, 531, 533, 535, 539, 549, 554, 567–569, 579–581, 592, 616
バッラ、ジャーコモ　Balla, Giacomo　64, 280
パッリ、ナターレ　Palli, Natale　425
ハーディング、チャールズ　Hardinge, Sir Charles　442
バドーリョ、ピエトロ（将軍）　Badoglio, General Pietro　458, 471, 476, 478, 495, 501, 571, 573, 603, 615
バートン、リチャード　Burton, Sir Richard　280
バーニー、ナタリー　Barney, Natalie　55, 315–316, 332
パピーニ、ジョヴァンニ　Papini, Giovanni　353
バルザック、オノレ・ド　Balzac, Honoré de　145, 189
バルツィーニ、ルイジ　Barzini, Luigi　301–302, 344–345
バルバラ → レオーニ、エルヴィラ・フラテルナーリを見よ
バルビエーリ（大佐）　Barbieri, Colonel　391
バルベッラ、コンスタンティーノ　Barbella, Constantino　117–118
バルベー・ドールヴィイ、ジュール・アメデ　Barbey d'Aurevilly, Jules Amédée　175
バルボ、イタロ　Balbo, Italo　437, 556, 564–566, 609–610
パルメリオ、ベニーニョ　Palmerio, Benigno　243, 246, 249, 257, 271–272, 276, 278, 293, 300
バルヤンスキー、カトリーヌ

Barjansky, Catherine　334–336, 340
パレオローグ、モーリス　Paléologue, Maurice　310, 338
バレス、モーリス　Barrès, Maurice　36–37, 245, 312–313, 315, 397–398
ハンキー、モーリス　Hankey, Sir Maurice　442
バーン=ジョーンズ、エドワード　Burne-Jones, Edward　101, 106
ピアッツァ（大尉）　Piazza, Captain　365–366
ビアボーム、マックス　Beerbohm, Max　548
ピエロ・デッラ・フランチェスカ　Piero della Francesca　154, 261
ビオンド、ジョヴァンニ・デル　Biondo, Giovanni del　154
ピカソ、パブロ　Picasso, Pablo　314, 324, 367
ビクシオ、ニーノ　Bixio, Nino　40, 425, 444
ビスマルク、オットー・フォン（公）　Bismarck, Prince Otto von　179
ビーチ、シルヴィア　Beach, Sylvia　316
ビッソラーティ、レオニーダ　Bissolati, Leonida　439
ピッタルーガ、ヴィットリオ・エマヌエーレ（将軍）　Pittaluga, General Vittorio Emanuele　464–465, 470, 474
ピッツェッティ、イルデブランド　Pizzetti, Ildebrando　244, 286, 354
ヒトラー、アドルフ　Hitler, Adolf　13, 49, 340, 581, 609, 611
ピネード、フランチェスコ　Pinedo, Francesco　594
ヒュービン、マダム　Hubin, Madame　397
ヒュフラー、エミー　Huefler, Emy　612, 616
ビューロウ、ダニエラ・センタ・フォン　Bülow, Daniela Senta von　546
ビューロウ、ベルンハルト・ハインリヒ・カール・マルティン・フォン（公）　Bülow, Prince Bernhard Heinrich Karl Martin von　288
ピランデッロ、ルイジ　Pirandello, Luigi　224, 283, 587, 611
ヒルシュフェルト、マグヌス　Hirschfeld, Magnus　155
ヒンデンブルク、パウル・フォン　Hindenburg, Paul von　611
ファクタ、ルイジ　Facta, Luigi　572–573
ファースト、ヘンリー　Furst, Henry　487, 506, 510, 529
ファリナッチ、ロベルト　Farinacci, Roberto　555, 566, 587, 589
フィナモーレ、ジェンナーロ　Finamore, Gennaro　119
フィノ、ジャン　Finot, Jean　52–53
フィンツィ、アルド　Finzi, Aldo　568–569, 577
フェッラーリオ、カルロ（将軍）　Ferrario, General Carlo　517
フェデルゾーニ、ルイジ　Federzoni, Luigi　352
フォーキン、ミハイル　Fokine, Michel　36
フォルトゥニー、マリアーノ　Fortuny, Mariano　134, 207, 216, 239, 261, 285–286, 303
フォンターナ、チェーザレ

Fontana, Cesare　103, 155, 308
プーシキン、アレクサンドル　Pushkin, Aleksandr　14, 174
プジー、リアーヌ・ド　Pougy, Liane de　262, 316
プッチーニ、ジャーコモ　Puccini, Giacomo　292–293, 301, 327–328, 331, 569
プライス、G・ウォード　Price, G. Ward　586
ブラウン、トーマス　Browne, Sir Thomas　323
ブラック、ジョルジュ　Braque, Georges　314, 367
フラテルナーリ、エルヴィラ → レオーニ、エルヴィラ・フラテルナーリを見よ
プラトン　Plato　209, 231, 527
フランク、セザール　Franck, César　319, 397
フランケッティ、ジョルジョ　Franchetti, Giorgio　22
フランコ、フランシスコ（将軍）　Franco, General Francisco　615
ブーランジェ、ジョルジュ（将軍）　Boulanger, General Georges　179
ブーランジェ、スザンヌ　Boulanger, Susanne　334, 339, 397
ブーランジェ、マルセル　Boulanger, Marcel　334, 339, 343, 427, 533, 555
フランス、アナトール　France, Anatole　245, 312, 314
フランツ・フェルディナント（オーストリア大公）　Franz Ferdinand, Archduke of Austria　314, 338
フランツ・ヨゼフ（オーストリア=ハンガリー皇帝）　Franz Joseph, Emperor of Austria-Hungary　325, 384, 451
プリモ・デ・リヴェーラ、ミゲル　Primo de Rivera, Miguel　581
プリーモリ、ルイジ（伯爵）　Primoli, Count Luigi　138–139, 142, 218, 223, 238, 245, 294
プリンツィプ、ガヴリロ　Princip, Gavrilo　338
ブールジェ、ポール　Bourget, Paul　171
プルースト、マルセル　Proust, Marcel　14, 155, 207, 231, 299, 309, 312, 314, 319, 321, 324, 406, 492, 559
ブルックス、ロメイン　Brooks, Romaine　55, 157, 316–317, 319, 355, 384–385, 397, 430, 563
ブルック、ルパート　Brooke, Rupert　62, 340, 388, 487
プルナス、ロバート　Prunas, Robert　393
ブルーニ、T（詩人）　Bruni, T. (poet)　119
ブレシャーニ、ルイジ　Bresciani, Luigi　393
プレッツォリーニ、ジュゼッペ　Prezzolini, Giuseppe　336, 341, 353
ブレリオ、ルイ　Blériot, Louis　33, 305, 314
フロイト、ジークムント　Freud, Sigmund　16, 155, 492
プローダム、アッティリオ　Prodam, Attilio　460
ブロッツィ、レナート　Brozzi, Renato　602, 604, 612–613
ブロート、マックス　Brod, Max　34, 301
フローベール、ギュスターヴ　Flaubert, Gustave　14, 16, 123,

144, 153, 158, 320, 462
ヘア、オーガスタス　Hare, Augustus　135
ペイター、ウォルター　Pater, Walter　100–101, 148, 209–210, 234, 253, 487
ペーシェ、ロッコ　Pesce, Rocco　256
ペタン、フィリップ（元帥）　Pétain, Marshal Philippe　54
ベネット、ジェイムズ・ゴードン　Bennett, James Gordon　239
ベネッリ、サム　Benelli, Sam　455
ベネディクトゥス十五世（教皇）　Benedict XV, Pope　429
ヘミングウェイ、アーネスト　Hemingway, Ernest　41, 360, 381, 559
ベルクソン、アンリ　Bergson, Henri　298, 314
ヘルダー、ヨハン・ゴットフリート　Herder, Johann Gottfried　256
ペルッジャ、ヴィンチェンツォ　Peruggia, Vincenzo　324
ベルトラーモ（飛行士）　Beltramo (pilot)　370, 376–377, 379
ベルナール、サラ　Bernhardt, Sarah　13, 214, 223, 244–245
ベレッタ姉妹（店主）　Beretta sisters (shopkeepers)　143
ベレンソン、バーナード　Berenson, Bernard　224, 279
ボイト、アッリーゴ　Boito, Arrigo　213
ホーエンローエ、フリッツ・フォン（公）　Hohenlohe, Prince Fritz von　208, 360
ボシス、アドルフォ・デ　Bosis, Adolfo de　166–169, 230
ホスト=ヴェントゥーリ、ニーノ（大尉）　Host-Venturi, Captain Nino　454–455, 457–458, 466, 468, 470
ボードレール、シャルル　Baudelaire, Charles　147–148, 158, 392
ホーフマンスタール、フーゴ・フォン　Hofmannsthal, Hugo von　190, 205, 326, 340
ボローニャ、ルイジ　Bologna, Luigi　388–389, 398–399, 406
ボワレーヴ、ルネ　Boylesve, René　18, 35, 311
ポワレ、ポール　Poiret, Paul　331
ポンティ、ジオ　Ponti, Gio　604

## マ行

マクドナルド、J・N（神父）　Macdonald, Father J.N.　454–455, 465, 467, 482, 489, 491, 501, 503, 508, 518, 523, 551
マクファースン、ジェイムズ　Macpherson, James　119
マスカーニ、ピエトロ　Mascagni, Pietro　293, 311, 313, 327
マゾワ、アメリ［アエリス］　Mazower, Amélie［'Aélis'］　54, 69, 322–323, 331, 334, 359, 397, 400, 414, 421, 549, 586, 603, 610, 616
マッツィーニ、ジュゼッペ　Mazzini, Giuseppe　125, 379, 587
マッテオッティ、ジャーコモ　Matteotti, Giacomo　436, 584–588, 592
マッラ、デッラ（男爵夫人）　Marra, Baronessa della　197
マニコ、カルロ　Magnico, Carlo

112, 149
マーラー、グスタフ　Mahler, Gustav　190
マラテスタ、エッリーコ　Malatesta, Errico　504
マラテスタ、ジャンチョット Malatesta, Gianciotto　259
マラパルテ、クルツィオ　Malaparte, Curzio　416
マラルメ、ステファヌ　Mallarmé, Stéphane　148, 163, 174
マリーニ、マリーノ　Marini, Marino　58
マリネッティ、フィリッポ・トンマーゾ　Marinetti, Filippo Tommaso　13, 17, 30–31, 40, 62, 232, 238, 245, 279, 288–290, 295–299, 303, 311, 336, 353, 365–366, 439–440, 474, 479–480, 494–495, 505, 531, 580
マリピエーロ、ジャン・フランチェスコ　Malipiero, Gian Francesco 365, 410
マルコーニ、グリエルモ　Marconi, Guglielmo　361–362, 528, 541
マルッシグ、グイド　Marussig, Guido　588
マルティーニ、フェルディナンド Martini, Ferdinando　62, 70, 76, 422
マルティヌッツィ、ナポレオーネ Martinuzzi, Napoleone　598
マローニ、ジャン・カルロ　Maroni, Gian Carlo　49, 547, 557, 562, 588, 592, 599–600, 602, 604–605, 610, 613, 617–618
マンゾーニ、アレッサンドロ Manzoni, Alessandro　183
マンチーニ、ジュゼッピーナ（伯爵夫人）［アマランタ］　Mancini, Countess Giuseppina [‘Amaranta’]　281–283, 285, 289–294, 303, 419–420, 460
マンテーニャ、アンドレア Mantegna, Andrea　154
マン、トーマス　Mann, Thomas　62, 155, 340
ミケッティ、フランチェスコ・パオロ Michetti, Francesco Paolo　117–123, 127, 170–172, 175, 185–186, 192, 194, 204–205, 211, 217, 265–266, 611
ミケランジェロ・ブオナッローティ Michelangelo Buonarroti　157, 230, 264, 270, 284, 303, 563, 592, 612
三島由紀夫　Mishima, Yukio　155
ミッロ・ディ・カサジャーテ、エンリーコ（提督）　Millo di Casagiate, Admiral Enrico　534
ミラーリア、ジュゼッペ　Miraglia, Giuseppe　73–74, 76–79, 364–366, 368, 375, 381–389, 391, 393, 397, 399, 406
ムジル、ロベルト　Musil, Robert 427
ムッソリーニ、ベニート　Mussolini, Benito　12–13, 18, 23–24, 40, 46–49, 61, 98, 325, 353, 428–429, 431, 435–437, 439–440, 447–448, 455, 462, 476–478, 480, 484, 494–495, 502, 517, 527, 532–533, 545, 548, 550, 552–557, 562, 564, 567–568, 570–596, 598–605, 607–612, 614–617
メイエルホリド、フセヴォロド・エミリエヴィッチ　Meyerhold, Vsevolod Yemilevich　599
メーテルリンク、モーリス Maeterlinck, Maurice　29, 314

メネリク（エチオピア皇帝） Menelik, Emperor of Ethiopia 229
メリッタ　Melitta　382–383, 387–388
モーパッサン、ギ・ド　Maupassant, Guy de　107, 123
モーラス、シャルル　Maurras, Charles　352
モレショット、ヤーコブ　Moleschott, Jacob　161
モロー、ギュスターヴ　Moreau, Gustave　171
モロシーニ、アンニーナ（伯爵夫人） Morosini, Countess Annina　77, 80, 301
モンダドーリ、アルノルド　Mondadori, Arnoldo　596
モンテヴェルディ、クラウディオ　Monteverdi, Claudio　194, 244, 321, 365
モンテスキュー=フェザンサック、ロベール・ド（伯爵）　Montesquiou-Fézensac, Count Robert de　36–37, 174–175, 311–313, 315–316, 321, 559, 602
モンテーニュ、ミシェル・ド　Montaigne, Michel de　323, 601
モンテメッツィ、イタロ　Montemezzi, Italo　430
モントレゾール、リリー・ド　Montrésor, Lily de　476

## ヤ行

ユイスマンス、ジョリス=カルル　Huysmans, Joris-Karl　174–175, 289, 312, 602
ユゴー、ヴィクトル　Hugo, Victor　120, 123, 126

## ラ行

ライト、ウィルバー　Wright, Wilbur　33, 298
ラインハルト、マックス　Reinhardt, Max　599
ラヴェル、モーリス　Ravel, Maurice　319, 397
ラクネ　Lachne　610
ラジェ、アンジェル［ジュヴァンス］ Lager, Angèle［'Jouvence'］ 580, 582
ラスティニャック　Rastignac　189
ランダッチョ、ジョヴァンニ（少佐） Randaccio, Major Giovanni,　407–410, 444, 469, 485, 488, 496, 503, 527, 542, 616
リスト、フランツ　Liszt, Franz　181, 546
リッツォ、ジョヴァンニ　Rizzo, Giovanni　581–582, 587, 592
リッツォ、ルイジ　Rizzo, Luigi　494–495, 501
リッベントロップ、ヨアヒム・フォン Ribbentrop, Joachim von　616
リルケ、ライナー・マリア　Rilke, Rainer Maria　316, 340, 378
ルディニ、アレッサンドラ・ディ（侯爵夫人）［ニケ］ Rudinì, Marchesa Alessandrra di［'Nike'］ 31–32, 272, 274–277, 281, 292, 303, 322, 433, 606
ルディニ、アントニオ・ディ（侯爵） Rudinì, Marchese Antonio di 233
ルドルフ（オーストリア=ハンガリー皇太子） Rudolf, Crown Prince of Austria-Hungary　190

ルナン、エルネスト　Renan, Ernest 144
ルビンシュタイン、イーダ　Rubinstein, Ida　36–38, 157, 313, 319–320, 322, 335, 355, 460–461, 587, 595, 606
ルブラン、アルベール　Lebrun, Albert　614
レイナ（少佐）　Reina, Major　495, 500–501
レーヴィ、オルガ・ブリュンナー［ヴェントゥリーナ］　Levi, Olga Brünner［'Venturina'］　41, 400–402, 407–408, 414, 418, 420, 423, 431, 461, 616
レーヴィ、ジョルジョ　Levi, Giorgio　392
レオナルド・ダ・ヴィンチ　Leonardo da Vinci　118, 209, 220, 244, 261, 324
レオーニ、エルヴィラ・フラテルナーリ（伯爵夫人）［バルバラ］　Leoni, Countess Elvira Fraternali［'Barbara'］　159–164, 166–167, 169–170, 184–193, 195–198, 331, 354, 563
レオーニ（伯爵）　Leoni, Count　159–160, 185
レニエ、アンリ・ド　Régnier, Henri de　148, 311, 323
レーニ、グイド　Reni, Guido　154
レーニン、ウラディーミル・イリイチ　Lenin, Vladimir Ilich　11, 509–510, 587
ロイド・ジョージ、デイヴィッド　Lloyd George, David　80, 412, 435, 441–442, 448
ロヴァテッリ（伯爵夫人）　Lovatelli, Countess　222
ロスタン、エドモン　Rostand, Edmond　37, 327
ロッセッティ、ダンテ・ガブリエル　Rossetti, Dante Gabriel　101, 106, 108, 134
ロッド、レネル　Rodd, Sir Rennell　60, 412
ロッビア、デッラ（侯爵夫人）　Robbia, Marchesa della　272
ロティ、ピエール　Loti, Pierre　314
ロビラント、マリオ・ニコリス・ディ（将軍・伯爵）　Robilant, General Count Mario Nicolis di　467
ロビラント、マルゲリータ・ディ（伯爵夫人）　Robilant, Countess Margherita di　77
ロラン、ロマン　Rolland, Romain　16, 58, 66, 118, 163, 187, 222, 243–244, 251, 254, 262, 265, 343
ロレンス、デイヴィッド・ハーバート　Lawrence, David Herbert　287, 366
ロレンツォ・イル・マニフィコ（デ・メディチ）　Lorenzo the Magnificent（Medici）　95, 129–130, 270

## ワ行

ワイルド、オスカー　Wilde, Oscar　148, 153, 155, 158, 164, 242, 315, 320, 602
ワーグナー、コジマ　Wagner, Cosima　546
ワーグナー、リヒアルト　Wagner, Richard　27, 109, 198, 217, 237–238, 259, 406, 414, 546
ワース、チャールズ　Worth, Charles　55, 216, 261

# 主要参考文献

ダンヌンツィオの作品はモンダドーリ社の素晴らしいMeridiani版において、以下のタイトルで入手可能である。

*Altri Taccuini*（1976）
*Prose di Romanzi*（two volumes, 1988 and 1989）
*Prose di Ricerca di Lotta di Commando*（two volumes, 2005）
*Scritti Giornalistici*（two volumes, 1996 and 2003）
*Taccuini*（1965）
*Teatro: Tragedie, Sogni e Misteri*（two volumes, 1939 and 1940）
*Tutte le Novelle*（1992）
*Versi d'Amore e di Gloria*（two volumes, 1982 and 1984）

それぞれの巻には豊富な註があり、序論と年譜、参考文献表が付されている。

序論はさまざまな著者が書いている。このシリーズのもともとの編者はE.Bianchettiであった。彼のあとを継いだのは、優れたダンヌンツィオ研究者であるAnnamaria Andreoliである。

個別の作品はモンダドーリ社のオスカー・ペーパーバック版でも入手可能であり、こちらにも学術的な註と序論がついている。なかでもとくに有用なものは、*Le Faville del Maglio*（ed. Andreoli, 1995）、*Diari di Guerra*（ed. Andreoli, 2002）、*Lettere d'Amore*（ed. Andreoli, 2000）である。

Adamson, Walter L.,'The Impact of World War I on Italian Political Culture,'in Aviel Roshwald and Richard Stites（Cambridge, 2002）
Alatri, Paolo, *Gabriele d'Annunzio*（Turin, 1983）
——（ed.）, *Scritti Politici di Gabriele d'Annunzio*（Milan, 1980）
——*Nitti, d'Annunzio e la Questione Adriatica*（Milan, 1959）
Albertini, Luigi, *Origins of the War of 1914-18*（London, 2005）
Andreoli, Annamaria, *Il Vivere Inimitabile: Vita di Gabriele d'Annunzio*（Milan, 2001）
——*D'Annunzio*（Bologna, 2004）
——*Il Vittoriale degli Italiani*（Milan, 2004）
Antona-Traversi, Camillo, *Vita di Gabriele d'Annunzio*（Florence, 1933）
Antongini, Tom, *D'Annunzio*（London, 1938）
Baldick, Robert, *The Life of J. K. Huysmans*（Cambridge, 2006）

Barjansky, Catherine, *Portraits with Backgrounds* (New York, 1947)
Bello, Piero, *La Notte di Ronchi* (Milan, 1920)
Berghaus, Günter, *Futurism and Politics* (Oxford, 1996)
Boccardo, Piero, and Xavier F. Salomon, *The Agony and the Ecstasy－Guido Reni's St Sebastians* (Dulwich/Milan 2007)
Boccioni, Umberto, *Gli Scritti Editi e Inediti* (Milan, 1971)
Bosworth, R. J., *Italy and the Approach of the First World War* (London, 1983)
——*Mussolini* (London, 2002)
——*Mussolini's Italy* (London, 2006)
Bourke, Joanna, *An Intimate History of Killing* (London, 1999)
Brendon, Piers, *The Dark Valley* (London, 2000)
Bultrini, Nicola, and Maurizio Casarola, *Gli Ultimi* (Chiari, 2005)
Cadorna, Luigi, *La Guerra alla Fronte Italiano* (Milan, 1921)
Carli, Mario, *Con d'Annunzio a Fiume* (Milan, 1920)
Carlyle, Thomas, *On Heroes, Hero-Worship and the Heroic in History* (London, 1993)
［トーマス・カーライル『英雄崇拝論』岩波文庫　1949年（老田三郎訳）］
Carr, Helen, *The Verse Revolutionaries* (London, 2009)
Caviglia, Enrico, *Il Conflitto di Fiume* (Milan, 1948)
Chadwick, Owen, *Britain and the Vatican during the Second World War* (Cambridge, 1987)
Chiara, Piero, *Vita di Gabriele d'Annunzio* (Milan, 1978)
Clark, Martin, *Modern Italy* (London, 1996)
Clarke, I. F., *Voices Prophesying War* (Oxford, 1966)
Comisso, Giovanni, *Opere* (Milan, 2002)
Croce, Benedetto, *A History of Italy* (Oxford, 1929)
D'Annunzio, Mario, *Con Mio Padre sulla Nave del Ricordo* (Milan, 1950)
Damerini, Gino, *D'Annunzio e Venezia, Postfazione di Giannantonio Paladini* (Venice, 1992)
De Felice, Renzo, *Sindicalismo Revoluzionario e Fiumanesimo nel Carteggio de Ambris/d'Annunzio* (Milan, 1973)
——*D'Annunzio Politico* (Milan, 1979)
—— (ed.), *Carteggio d'Annunzio-Mussolini* (Milan, 1971)
——*La Penultima Ventura－Scritti e Discorsi Fiumani a cura di Renzo de Felice* (Milan, 1974)
De Waal, Edmund, *The Hare with Amber Eyes* (London, 2010)
［エドマンド・ドゥ・ヴァール『琥珀の目の兎』早川書房　2011年（佐々田雅子

訳)]
Dos Passos, John, *The Fourteenth Chronicle* (London, 1974)
Duggan, Christopher, *The Force of Destiny: A History of Italy since 1796* (London, 2007)
Farrell, Joseph, *A History of Italian Theatre* (Cambridge, 2006)
Flaubert, Gustave, *Salammbô*, trans. A. J. Krailsheimer (Harmondsworth, 1977)
[ギュスターヴ・フローベール『サランボオ』角川文庫 1954年(神部孝訳)]
Foot, Michael, *The Trial of Mussolini by 'Cassius'* (London, 1943)
Gadda, Carlo Emilio, *Giornale di Guerra e di Prigionia* (Milan, 1999)
Gatti, Angelo, *Caporetto: diario di guerra* (Bologna, 1997)
Gatti, Guglielmo, *Vita di Gabriele d'Annunzio* (Firenze, 1956)
Gentile, Emilio, *Storia del Partito Fascista* (Bari, 1989)
——*The Sacralisation of Politics in Fascist Italy*, trans. Keith Botsford (Harvard, 1996)
Germain, André, *La Vie amoureuse de Gabriele d'Annunzio* (Paris, 1925)
Gerra, Ferdinando, *L'Impresa di Fiume* (Milan, 1974)
Giannantoni, Mario, *La Vita di Gabriele d'Annunzio* (Mondadori, 1933)
Gilmour, David, *The Pursuit of Italy* (London, 2011)
Giuriati, Giovanni, *Con d'Annunzio e Millo in Difesa dell'Adriatico* (Rome, 1953)
Glenny, Misha, *The Balkans* (London, 1999)
Griffin, Gerald, *Gabriele d'Annunzio: The Warrior Bard* (London, 1935)
Griffin, Roger, *The Nature of Fascism* (London, 1991)
—— (ed.), *Fascism* (Oxford, 1995)
Guerri, Giordano Bruno, *D'Annunzio: l'Amante Guerriero* (Milan, 2008)
Hemingway, Ernest, *Across the River and into the Trees* (London, 1966)
[アーネスト・ヘミングウェイ『河を渡って木立の中へ』ヘミングウェイ全集 三笠書房 1950年(大久保康雄訳)]
——— *A Farewell to Arms* (London, 2005)
[アーネスト・ヘミングウェイ『武器よさらば』岩波文庫 1957年(谷口陸男訳)]
Hérelle, Georges, *Notolette dannunziane* (Pescara, 1984)
Hollingdale, R. J. (ed.), *A Nietzsche Reader* (Harmondsworth, 1978)
Hyusmans, Joris Karl, *Against Nature*, trans. Robert Baldick (London, 2003)
[ジョリス=カルル・ユイスマンス『さかしま』桃源社 1962年(澁澤龍彦訳)]
James, Henry, *Selected Literary Criticism*, ed. Morris Shapira (Cambridge,

1981)
Jullian, Philippe, *D'Annunzio* (Paris, 1971)
Kochnitzky, Leone, *La Quinta Stagione o i Centauri de Fiume* (Bologna, 1922)
Ledda, Elena (ed.), *Il Fiore delle Lettere—Epistolario* (Alessandria, 2004)
Ledeen, Michael A., *The First Duce: d'Annunzio at Fiume* (London, 1977)
Lussu, Emilio, *Sardinian Brigade* (London, 2000)
［エミリオ・ルッス『戦場の一年』白水社　2001年（柴野均訳）］
Lyttleton, Adrian, *The Seizure of Power* (Princeton 1987; revised edition 2004)
Macbeth, George, *The Lion of Pescara* (London, 1984)
Macdonald, J. N., *A Political Escapade: The Story of Fiume and d'Annunzio* (London, 1921)
Mack Smith, Denis, *Modern Italy: A Political History* (London, 1997)
——*Mussolini* (London, 1981)
MacMillan, Margaret, *Peacemakers* (London, 2003)
Marinetti, Filippo Tomaso, *Les Dieux s'en vont: d'Annunzio reste* (Paris, 1906)
——*Selected Writings*, ed. R. W. Flint (London, 1972)
Martini, Ferdinando, *Diario 1914-18* (Milan, 1966)
Melograni, Piero, *Storia Politica della Grande Guerra, 1915-18* (Bari, 1977)
Moretti, Vito, *D'Annunzio Pubblico e Privato* (Venice, 2001)
Muñoz, Antonio (ed.), *Ricordi Romani di Gabriele d'Annunzio* (Rome, 1938)
Mussolini, Benito, *My Autobiography* (New York, 1928)
［ベニート・ムッソリーニ『わが自叙伝』改造社　1941年（木村毅訳）］
Nardelli, Federico and Livingston, Arthur, *D'Annunzio: a Portrait* (London, 1931)
Nicolson, Harold, *Some People* (London, 1926)
Nietzsche, Friedrich, *A travers l'oeuvre de F. Nietzsche; extraits de tous ses ouvrages*, ed. Lauterbach and Wagnon (Paris, 1893)
Nitti, Francesco Saverio, *Rivelazioni* (Naples, 1948)
Ojetti, Ugo, *As They Seemed To Me*, trans. Henry Furst (London, 1928)
Ottinger, Didier (ed.), *Futurism* (London, 2009)
Paléologue, Maurice, *My Secret Diary of the Dreyfus Case, 1894-99*, trans. Erich Mosbacher (London, 1957)
Palmerio, Benigno, *Con d'Annunzio alla Capponcina* (Florence, 1938)
Panzini, Alfredo, *La Guerra del'15* (Bologna, 1995)

Parker, Peter, *The Old Lie* (London, 1987)
Pasquaris, G. M., *Gabriele d'Annunzio－Gli Uomini del Giorno* (Milan, 1923)
Pater, Walter, *The Renaissance: Studies in Art and Poetry* (London, 1902)
［ウォルター・ペイター『ルネサンス』冨山房　1977年（別宮貞徳訳）］
——*Marius the Epicurean* (London, 2008)
Paxton, R.O., *The Anatomy of Fascism* (London, 2004)
［ロバート・パクストン『ファシズムの解剖学』桜井書店　2009年（瀬戸岡紘訳）］
Powell, Edward Alexander, *The New Frontiers of Freedom from the Alps to the Aegean* (www.gutenberg.org/files/17292/17292-h/17292-h.htm)
Praz, Mario, *The Romantic Agony* (Oxford, 1970)
［マリオ・プラーツ『肉体と死と悪魔―ロマンティック・アゴニー』国書刊行会　1986年（倉智恒夫他訳）］
Procacci, Giovanna, *Soldati e Prigionieri nella Grande Guerra* (Turin, 2000)
Rhodes, Anthony, *The Poet as Superman: A Life of Gabriele d'Annunzio* (London, 1959)
Riall, Lucy, *Garibaldi: Invention of a Hero* (London, 2007)
Ridley, Jasper, *Mussolini* (London, 1997)
Roberts, David, *Syndicalist Tradition and Italian Fascism* (Manchester, 1979)
Rodd, Sir J. Rennell, *Social and Diplomatic Memories* (http://net.lib.byu.edu/˜rdh7/wwi/memoir/Rodd/Rodd10.htm)
Rolland, Romain, *Gabriele d'Annunzio et la Duse: Souvenirs* (Paris, 1947)
Roshwald, Aviel, and Stites, Richard (eds), *European Culture in the Great War* (Cambridge, 2002)
Ryerson, Scot D., and Michael Yaccarino, *Infinite Variety, the Life and Legend of the Marchesa Casati* (Minnesota, 2004)
Safranski, Rüdiger, *Nietzsche: a Philosophical Biography* (London, 2002)
Santoro, Antonio, *L'Ultimo dei Fiumani: Un Cavaliere di Vittorio Veneto Racconta* (Salerno, 1994)
Sassoon, Donald, *Mussolini and the Rise of Fascism* (London, 2007)
Schiavo, Alberto (ed.), *Futurismo e Fascismo* (Rome, 1981)
Schnapp, Jeffrey T. (ed.), *A Primer of Italian Fascism* (Lincoln, Nebraska, 2000)
Sforza, Carlo, *L'Italia dalla 1914 al 1944 quale io la vidi* (Rome, 1944)
Sitwell, Osbert, *Discursions on Travel, Art and Life* (London, 1925)
——*Noble Essences* (London, 1950)

Soffici, Ardengo, *I diari della Grande Guerra* (Florence, 1986)
Sontag, Susan,'Fascinating Fascism,'in *A Susan Sontag Reader* (Harmondsworth, 1983)
Souhami, Diana, *Wild Girls* (London, 2004)
Stanford, Derek (ed.), *Writing of the Nineties: from Wilde to Beerbohm* (London, 1971)
Starkie, Walter, *The Waveless Plain: An Italian Autobiography* (London, 1938)
Stonor Saunders, Frances, *The Woman who Shot Mussolini* (London, 2010)
Susmel, E., *La Città di Passione; Fiume negli Anni 1914-20* (Milan, 1921)
Tasca, Angelo, *The Rise of Italian Fascism 1918-22* (London, 1938)
Thompson, Mark, *The White War* (London, 2008)
Toseva-Karpowicz, Ljubinka, *D'Annunzio u Rijeci* (Rijeka, 2007)
Tosi, Guy, *La Vie et le rôle de d'Annunzio en France au début de la Grande Guerre, 1914-15* (Paris, 1961)
Trevelyan, G. M., *Scenes from Italy's War* (London, 1919)
Turr, Stefania, *Alle Trincee d'Italia* (Milan, 1918)
Valeri, Nino, *d'Annunzio davanti al Fascismo* (Florence, 1963)
Vecchi, Ferruccio, *Arditismo Civile* (Milan, 1920)
Walker, Alan, *Liszt, the Virtuoso Years* (Cornell, 1988)
Weaver, William, *Duse* (London, 1984)
Wickham Steed, Henry, *Through Thirty Years: 1892-1922* (London, 1924)
Winwar, Frances, *Wingless Victory* (New York, 1956)
Wohl, Robert, *A Passion for Wings: Aviation and the Western Imagination* (London, 1994)
Woodhouse, John, *Gabriele d'Annunzio: Defiant Archangel* (Oxford, 1998)
Woodward, Christopher, *In Ruins* (London, 2001)
Žic, Igor, *Kratka Povijest grada Rijeke* (Rijeka, 1998)
——*Riječki Orao, Venecijanski Lav i Rimska Vučica* (Rijeka, 2003)
Zipes, Jack (ed.), *The Complete Fairytales of the Brothers Grimm* (New York, 1987)

# 写真著作権について

図版の大半はヴィットリアーレ・デリ・イタリアーニ財団の寛大な許可を得て掲載されている。わたしのためにそれらを見つけてくれた文書館員のアレッサンドロ・トナッチに感謝する。そこに含まれないものは以下の通りである。

海辺のダンヌンツィオの写真（121頁）はフィレンツェのアリナーリ・アーカイヴ／ミケッティ・アーカイヴの許可を得て掲載されている。アドルフ・メイヤーが撮影したルイザ・カサーティの写真（279頁）はカサーティ・アーカイヴの許可を得て掲載されている。セムの風刺漫画（309頁）はブリッジマン・アート・ライブラリーの許可を得て掲載されている。イーダ・ルビンシュタインの写真（321頁）はメアリー・エヴァンス・ピクチャー・ライブラリーの許可を得て掲載されている。二、三のケースに限って、画像の著作権保有者を見つけられなかったことをわたしは残念に思っている。ここに名前が挙がっていない、画像の著作権保有者は出版者とコンタクトをとっていただきたい。そうすれば、将来のすべての版において修正が可能になると思われる。